author
valentina ferraro

Copyright © Valentina Ferraro
Immagine di copertina: © Shutterstock
Cover: Catnip Design
Editing: Veronica Pigozzo
Settembre 2019

Ogni riproduzione, totale o parziale, e ogni diffusione in formato digitale non espressamente autorizzata dall'autore è da considerarsi come violazione del diritto d'autore, e pertanto punibile penalmente.
Questo libro è un'opera di fantasia. Nomi, personaggi, luoghi e avvenimenti sono frutto dell'immaginazione dell'autore. Ogni riferimento a luoghi o persone reali, viventi o defunte, è del tutto casuale.

Contatti:
valentinaferraroautore@gmail.com
@valentinaferraroautore
@matchingscars

VALENTINA FERRARO

SEMPRE LEI

*"Dovunque tu vada,
vacci con tutto il tuo cuore."*

Confucio

*A Ben e Cat,
vi amerò fino alla fine del mondo
e poi ancora un altro po'.*

Valentina

Ascolta la playlist su Spotify

PROLOGO

Welcome to New York

La prima cosa che noto, mettendo piede nel lungo corridoio del dormitorio, è che sono l'unica a essere accompagnata dai propri genitori. La seconda? Il Brittany Hall è molto diverso da come me l'ero immaginato guardandolo attraverso il sito dell'università. Con le porte così attaccate le une alle altre, le camere sembrano ammassate; l'ascensore piccolo e il pavimento scuro, in contrasto con le pareti avorio, mi danno un senso di claustrofobia. C'è un via vai frenetico, ragazzi che si salutano al rientro dalle vacanze estive, altri che camminano in punta di piedi con i loro scatoloni, alla disperata ricerca della propria stanza. Sorrido osservando l'espressione imbarazzata di papà mentre due ragazze della mia età gli passano davanti in accappatoio. Fa una smorfia e poi dice qualcosa all'orecchio di mia madre, che alza gli occhi al cielo e lo liquida sventolandogli la mano davanti agli occhi. Un ragazzo grosso quanto un armadio ci sorpassa e la squadra dalla testa ai piedi, facendo spazientire ancora di più mio padre.

«Sono i capelli lunghi», si giustifica lei. «Mi fanno sembrare più giovane».

«Sono i jeans stretti sul sedere», ribatte mio padre. Le prende la mano e la trascina nella direzione opposta a quella dell'energumeno appena passato. «Per fortuna che almeno tu ti vesti in modo normale», afferma indicando i miei pantaloni larghi della tuta.

«Siete sicuri che starete bene, voi due, a casa da soli, senza di me?». Strascico il trolley in direzione della camera numero trecentoventitré e sento mio padre dire a mia madre, a bassa voce ma con il chiaro intento di farsi sentire da me: «Glielo dici tu a Vipera che stiamo sognando questo giorno da quando ha iniziato a parlare, a undici mesi?».

Mia madre ridacchia e lo zittisce, poi aggiunge, prendendomi in giro: «No, che magari per ripicca ci ripensa e torna in Florida con noi».

«Ah-ah... simpatici! La verità è che morirete di noia senza di me».
Mi fermo davanti alla stanza che mi hanno assegnato e rimango a osservarla, immobile.

«Quando non ne potremo più salteremo sul primo aereo e correremo da te. New York è una città magica e io e tuo padre ci torniamo sempre volentieri. Vero, Ben?».

«Non così *volentieri*». Sbuffa guardandola di traverso. «Tua madre mi ha mollato per un altro in questa città».

«Non è vero, non ti ho lasciato! Noi non stavamo insieme, era *lui* il mio ragazzo».

«Un avvocato...», continua mio padre, fingendo disappunto e ignorando la protesta di mamma. «Ora capisci perché questa storia che vuoi frequentare la scuola di Legge non mi va giù?».

«Stai tranquillo, papà, io farò il giudice...». Vorrei aggiungere altro, ma non ricordo cosa.

Due occhi blu color zaffiro incrociano i miei per una frazione di secondo soltanto, ma tanto basta a farmi trattenere il respiro.

Il ragazzo, di almeno un paio d'anni più grande di me, accenna un sorriso sbieco, poi ci supera e si ferma davanti alla porta della stanza accanto alla mia. Indossa dei jeans strappati e una t-shirt nera che lo fascia alla perfezione. Ma il particolare che mi balza subito agli occhi, oltre al suo petto ampio e a un viso spigoloso e privo di imperfezioni, è il tatuaggio colorato che sbuca dalla manica corta e gli ricopre tutto il braccio sinistro, fino al polso. Rimango a fissarlo senza riuscire a smettere, al punto che papà deve schioccarmi le dita davanti al viso per rompere l'incantesimo.

«Eva?».

«Eh? Cosa...?». Sto ancora guardando il ragazzo e mi volto verso i miei genitori solo quando lui si richiude la porta della camera alle spalle.

«Quello è esattamente il genere di ragazzo dal quale devi stare alla larga!», sentenzia mio padre, categorico. Mi sfila la chiave elettronica della stanza dalle mani e mi fa scansare.

«Oh, papà, come sei antico! Io ho chiuso con i ragazzi, e *quello,* tra l'altro, non è proprio il mio tipo». Mamma se la ride e nasconde le labbra dietro il dorso della mano. «Che c'è? Cos'ho detto?», le domando con un tono brusco che con lei non mi permetto mai di usare.

«Oh, niente... Proprio niente», dice prima che possa scusarmi.

«Eva, dico sul serio, non farmi pentire di averti lasciato venire a studiare in un altro Stato. Non dare confidenza a certi soggetti».

«Mamma mia! Non si può più nemmeno guardare? Ero solo incuriosita dal suo tatuaggio», mento spudoratamente. Papà scuote la testa ed entra nella stanza, mentre mamma si mordicchia il labbro inferiore, come se fosse a conoscenza di non so quale segreto.

Non stavo scherzando, non voglio saperne di ragazzi per un bel po'. Ho messo un punto definitivo alla storia con J.J. poco prima di partire per il college e ho bisogno di tempo e spazio. Stare lontani, in questi anni, è stata troppo dura. Nonostante le promesse e la buona volontà di entrambi, non siamo riusciti a far funzionare le cose.

Così l'ho lasciato andare...

Una volta messo piede nella mia nuova camera mi dimentico completamente del mio vicino tatuato e bello da perdere la testa e mi concentro su quello che vedo. L'ambiente è piccolo ma entra tantissima luce. Dato che la mia compagna di stanza – che non conosco – non è ancora arrivata, scelgo il letto singolo di destra e le lascio quello opposto.

«Non ho idea di dove metterai tutta la roba che hai portato», dice mia madre osservando scettica la scrivania accanto al mio nuovo letto e dentro il piccolo guardaroba. Non avevo dubbi che quella sarebbe stata la prima cosa che avrebbe notato.

«Non ho portato poi così tante cose». Sposto lo sguardo sulle due valigie e il trolley e... sì, forse ho esagerato. «Okay! È ora che vi leviate dai piedi. La mia compagna di stanza arriverà da un momento all'altro e proprio non ho voglia di farmi trovare qui con i miei genitori. Non so se ve ne siete accorti, ma ormai sono al college e sono l'unica che è arrivata accompagnata».

«Hai insistito tu!», ribatte mio padre, scontroso. La mamma gli dà una gomitata e lui sbuffa. «Scusate, sono nervoso. Non mi piace saperti così lontana e ancora non capisco perché tu abbia scelto New York quando sei stata accettata anche alla Boston University, dove ci sono i tuoi cugini, Logan ed Ethan».

«Mhmm, vediamo... Ah, sì... perché *ci sono* Logan ed Ethan!». È così difficile da capire che ho bisogno di cambiare aria? Di cavarmela da sola? Per tutta la vita sono stata "la piccola Carter", "la cuginetta Carter", "la figlia di Benjamin Carter", e negli ultimi due anni di scuola superiore addirittura "l'intoccabile Carter". Non sono mai stata solo *Eva*, una sconosciuta qualunque che può farcela con le sue forze senza dover essere costantemente protetta o controllata.

Riesco a cacciarli via dopo venti minuti, fra le proteste di papà e le raccomandazioni di mamma, e gli ricordo che li aspetterò davanti all'ingresso principale del campus alle otto in punto per andare a cena fuori.

«Il bellimbusto tatuato non mi piace per niente!», ribadisce papà a bassa voce appena prima di richiudersi la porta alle spalle, e io mi concedo una risatina sommessa.

Respiro a pieni polmoni. Far finta di essere pronta a lasciarli andare è una missione estenuante. Loro staranno benone senza di me. Io, al contrario, non ne sono così sicura.

Mi affaccio alla finestra e mi gusto il via vai di studenti che si apprestano a entrare al dormitorio, pieni di pacchi marroni e di valigie. Ognuno ha un'espressione diversa sul viso: euforia, agitazione, spavento, indifferenza.

E poi ci sono io, che trasudo aspettativa da tutti i pori.

Sono a New York City.

Il mio grande sogno.

La mia compagna di stanza fa il suo ingresso teatrale poco dopo e, passati due minuti in compagnia l'una dell'altra, diventa piuttosto chiaro a entrambe che non ci sopportiamo. Lei svuota le sue valigie e dissemina vestiti striminziti e tacchi a spillo per tutta la stanza. Il suo beauty case, che ha poggiato sulla mia scrivania senza chiedermi il permesso, è grande quanto la mia borsa per il nuoto e il suo accento forzato dell'Ovest mi fa storcere il naso. Non mi stupirei se facesse la finta californiana ma in realtà arrivasse da qualche fattoria sperduta nel Wyoming e questo fosse il suo primo incontro con la civiltà. Di certo si spiegherebbe il suo pessimo gusto in fatto di vestiti e abbinamenti. A malapena mi rivolge la parola, si lamenta del fatto che ho scelto il lato destro della stanza e, quando risponde al telefono, le sento dire qualcosa che somiglia tanto a "una snob del Sud", rivolto a me, facendomi attorcigliare le budella per il fastidio.

Afferro un piccolo asciugamano, lo spazzolino da denti e il dentifricio dal beauty case ed esco dalla stanza prima di dire o fare qualcosa di cui mi pentirei senza dubbio.

Mio cugino Logan mi suggerirebbe di mandarla a quel paese e chiedere un cambio stanza. Per fortuna non ascolto mai quello che dice, così faccio un bel respiro profondo e vado in perlustrazione.

Quando sull'opuscolo del dormitorio ho letto "bagni in comune" mi aspettavo qualcosa di diverso, di più triste, un bagno sterile in stile caserma militare. Invece, le toilette del Brittany Hall sono spaziose ed eleganti. I lavandini – una quindicina, disposti in modo ordinato su tre pareti – mi ricordano, per lo stile e i colori, il mio bagno di casa: toni caldi e forme sinuose. Mentre questa parte è promiscua, le docce e i WC sono divisi. Due corridoi si snodano dalla stanza in cui mi trovo e portano nei rispettivi locali.

Mi fermo davanti a uno dei lavabi, mi osservo allo specchio e mi sistemo la coda di cavallo. Sono pallida e stanca. Applico con cura il dentifricio sul mio spazzolino verde e mi sostengo con una mano alla ceramica fredda. Alzo appena la testa e lo sguardo che incrocio nello specchio mi stende in due secondi: è Mr-Quello-È-Esattamente-Il-Genere-Di-Ragazzo-Dal-Quale-Devi-Stare-Alla-Larga-Pieno-Di-Tatuaggi.

Per poco non mi va di traverso la schiuma alla menta. Lui continua a guardarmi e io, ipnotizzata neanche fosse il primo bel ragazzo che vedo nella mia vita, non riesco a staccargli gli occhi di dosso.

Si posiziona accanto a me, apre il rubinetto, estrae da non so dove uno spazzolino e mi scruta dallo specchio.

«Mi presti un po' di dentifricio?», mi domanda con un tono lascivo, che scivola deciso dalle sue labbra carnose, e con un accento leggero che non riconosco subito.

Non rispondo, a quanto pare non ne sono capace, ma allungo la mano e gli passo il tubetto.

Sono imbambolata e stupida, non c'è altra spiegazione.

A me i ragazzi con i capelli così corti, poi, neanche piacciono! E tutti quei tatuaggi a imbrattargli la pelle... per carità!

Deglutisco e mi ricordo che ho un pezzo di plastica infilato in bocca e che non mi sto più spazzolando da una ventina di secondi abbondante. Lo osservo con la coda dell'occhio e fisso con morbosità il suo tattoo colorato; è così stravagante, ingombrante, addirittura, ma allo stesso tempo sexy da morire. È un insieme di figure messe a caso: fiori tropicali dai colori sgargianti, visi di donne, un paio di teschi, un tempio giapponese ricoperto da fiori di Sakura, dei simboli che non conosco. Intravedo anche la bandiera del Canada e dei numeri, ma non ne sono sicura, perché lo sconosciuto continua a scrutarmi dallo specchio e io sono costretta ad abbassare lo sguardo, imbarazzata.

«Ti piacciono i tatuaggi?», mi domanda, ancora con quella voce calda, ancora con quell'intonazione lussuriosa.

«Non proprio», confesso e sputo nel lavandino – in modo poco elegante – schiuma mista a saliva.

«Primo anno?».

«Sì. Voglio entrare alla scuola di Legge».

«Anch'io». Mi rivolge una smorfia infastidita e si infila di nuovo lo spazzolino fra le labbra.

«Cosa? Primo anno o Legge?».

«Legge, purtroppo».

Sto per dire una cosa scontata, tipo "se non ti piace, perché non cambi?", poi mi ricordo che il resto del mondo non vede la vita come facciamo io e mio padre, o bianco o nero, così mi zittisco. Finiamo di lavarci in silenzio, poi mi asciugo la bocca e mi afferro il labbro inferiore con i denti. Non ho più niente da fare qui dentro e nemmeno una scusa decente per rimanere.

«Ci vediamo in facoltà, allora», dico alla fine.

«O qui nei bagni», mi ricorda lui, con tono divertito. Non ci sono doppi sensi nelle sue parole.

Il suo aspetto eccentrico, tutt'a un tratto, mi sembra meno invadente e intimidatorio. Si guarda distrattamente allo specchio e si pulisce la bocca con delle salviette usa e getta, pronto ad andarsene.

«Giusto», confermo. Poi allungo la mano, presa da un coraggio improvviso e senza pensare troppo alle conseguenze. «Piacere, Eva».

«Hai anche un cognome, Eva?», mi domanda. La sua stretta è decisa e le sue mani sono calde e morbide.

«Carter. Eva Carter».

«Piacere, Eva Carter, io sono Theo». Mi sorride ancora e i suoi occhi, di un blu scintillante, ridono insieme a lui. È di una bellezza stupefacente. «A presto, allora».

Sta per allontanarsi quando la mia bocca si apre ancora e la domanda mi esce incontrollata. «E tu? Ce l'hai un cognome?».

Fa un paio di passi all'indietro, dirigendosi verso la porta ma senza perdere il contatto visivo con me. «Steinfield. Theo Steinfield».

CAPITOLO 1

Eva

Theo non mi ha riconosciuta.

Lo osservo con la coda dell'occhio mentre infila, con estrema scrupolosità, alcuni dei suoi vestiti in una delle lavatrici dell'anteguerra nella piccola lavanderia al piano terra del Brittany Hall. *Eighteen* dei Pale Waves risuona appena dalle casse posizionate in alto, agli angoli della stanza.

Ci siamo solo noi due. Quando è entrato mi ha rivolto un cenno di saluto distratto con il mento e poi si è concentrato sul suo bucato, ignorandomi del tutto. Da quando sono arrivata a New York City, tre settimane fa, non faccio altro che ritrovarmelo davanti e lui... Lui non mi vede proprio.

È come se il suo sguardo mi trapassasse ogni singola volta. Sono fuori dal suo radar. Lontana anni luce dai suoi pensieri.

La lavatrice numero quattro si arresta di colpo. Mi alzo dall'unica sedia presente nella saletta e, spalle dritte e petto in fuori, mi avvicino al punto in cui si trova lui, che sta ancora dividendo i suoi panni.

Al secondo tentativo riesco ad aprire l'oblò e mi si ferma il cuore.

«Merda!», sibilo.

Mi basta un'occhiata per rendermi conto di aver rovinato tre quarti del mio guardaroba. Infilo una mano nel cestello e ne estraggo una camicetta bianca. Ha una vistosa macchia bluastra sulla manica destra e una rossiccia, meno evidente ma altrettanto fastidiosa, sul davanti. Proprio all'altezza del seno destro.

Trattengo il fiato. Ad ogni capo che recupero la situazione peggiora: i bianchi sono diventati colorati e i colorati sono diventati ancora più colorati.

Merdaaa!

«Hai combinato un bel disastro, eh?». La voce di Theo mi fa sussultare sul posto.

Mi volto a guardarlo al rallentatore e come ogni volta il respiro mi si mozza in gola e il cuore perde un battito. E poi un altro. E poi un altro ancora. Mi rivolge un'espressione divertita e indica un paio di mutandine di cotone che tengo in mano e che fino a quarantacinque minuti fa erano *solo* bianche.

«Queste lavatrici non funzionano», dichiaro. «Fai attenzione».

Lui ride, una risata pulita e sguaiata che mi mette a disagio. Pensa che stia scherzando?

«Oh, sei seria». Soffoca con scarso successo una nuova smorfia divertita. Si morde forte l'angolo destro delle labbra, ma il sinistro continua a sollevarsi e il risultato è un mezzo sorriso sexy che mi fa avvampare. «Forse dovevi solo dividere i panni. Chiari da una parte e scuri dall'altra».

Lo guardo come se mi stesse parlando in cinese. Perché dovrei dividerli? Mia madre non lo fa mai. Lei ficca tutto nel cestello e un'ora dopo i vestiti ne escono puliti, profumati e ogni colore è rimasto al suo posto.

«Fammi vedere». Theo si sposta accanto a me. Prima valuta i danni del mio bucato, poi esamina la lavatrice incriminata. Quella che non funziona, per capirci. «Hai sbagliato a impostare la temperatura», dice lui indicando una manopola che non ho assolutamente toccato. «Non si lava mai niente a novanta gradi. Ci sono altre cose interessanti che si possono fare con quel numero, ma non il bucato».

Rimango immobile a fissarlo, stringo forte i denti per impedire alla mia mascella di tradirmi rovinando a terra. «Io... *Cosa?*».

Theo sogghigna, scuote la testa e i muscoli sulle braccia si tendono. Non è quello che definirei "il mio tipo", con tutti quei tatuaggi, i capelli così corti, il viso "da grande" e gli addominali che non vedo ma sono certa siano ben definiti sotto quella t-shirt, eppure non riesco a staccargli gli occhi di dosso. Theo ha il fascino del ragazzaccio. Le sue iridi sono di un azzurro talmente intenso da renderle quasi finte. I suoi tatuaggi gridano "oh, andiamo, lo so che vuoi toccarli, ragazzina" e il suo corpo... Diciamo solo che Madre Natura è stata molto generosa con lui, e lasciamo cadere qui il discorso.

«Scherzo», si affretta a replicare quando si accorge della mia espressione attonita.

Forse pensa che non abbia capito la battuta o, peggio ancora, che mi sia scandalizzata, ma la verità è che ho sei cugini maschi. Sono immune a queste battute a doppio senso.

«Io sono Theo, comunque». Mi porge la mano e io rimango come una scema a fissarla.

Ma non l'avevamo già avuta questa conversazione?

«Lo so come ti chiami», ribatto di getto, pentendomene subito.

Theo raddrizza le spalle, abbassa la mano e sporge all'infuori il labbro inferiore della sua bocca da infarto.

«Ah, sì? Ti sei informata su di me?». Mi rivolge uno sguardo da latin lover incallito e, Dio mi è testimone, raggiunge il suo scopo: farmi avvampare dalla testa ai piedi e mandarmi in confusione totale.

«Ci siamo presentati tre settimane fa. Sono quella dei bagni».

Sono quella dei... BAGNI? L'ho detto davvero?

Le mie guance scottano per l'imbarazzo, così infilo la testa nella cesta del bucato. Vorrei sprofondare.

Quella. Dei. Bagni.

Theo rimane in silenzio e sono costretta a riemergere dal mio inutile nascondiglio. Le sue sopracciglia sono ancora più corrugate e le sue labbra modellate in una smorfia pensosa.

«Nei... *bagni?*».

Annuisco.

«Lucy?», azzarda e io non riesco a nascondere la delusione.

«Eva», preciso.

«Ma certo! Eva! Sei quella del dentifricio».

Adesso sì che mi sento speciale! Quale ragazza non vorrebbe essere ricordata come "quella del dentifricio"?

«In carne e ossa», borbotto.

«Quindi la tua camera è sul mio stesso piano», deduce.

«Sono la tua vicina di stanza».

Theo si gratta il mento e sembra riflettere su non so cosa. «Sei la coinquilina di Tette-Al-Vento?», mi domanda.

«Già».

Un soprannome volgare come lei, penso, le si addice.

È chiaro che uno come lui si sia accorto di una ragazza come Carmen ma non abbia notato *me* nemmeno di sfuggita in questi ventuno giorni.

Oltre a essere una stronza megagalattica, Carmen si veste in modo provocante e del tutto fuori luogo: indossa solo dei top striminziti e talmente scollati da avere sempre il reggiseno in bella mostra. A differenza mia, che vivo e vegeto nei miei vestiti "comodi". Vestiti che dovrò buttare nel primo cassonetto, a quanto pare.

Riporto lo sguardo sull'ammasso di cotone informe, che ora riposa in pace nella mia cesta nuova di zecca dal cartellino ancora attaccato. Sospiro e recupero tre monete da venticinque centesimi dalla tasca posteriore dei jeans.

Theo mi è alle spalle, sento i suoi occhi addosso ma non oso voltarmi. Forse mi sta controllando.

O forse si sta facendo i fatti suoi e non ti considera minimamente, Eva.

Carico l'asciugatrice dall'alto e rimango come un'ebete a fissarla.

«Devi selezionare prima la temperatura e poi premere qui». Il mio vicino di stanza, che a quanto pare discende da una lunga dinastia di lavandaie, mi indica due manopole che, maledizione, non avevo visto.

Sono senza speranze.

«Certo. Giusto», cerco di darmi un tono, ma poi esito di nuovo.

«Se devi asciugare accappatoi e lenzuola, allora ti consiglio di darci dentro, massima potenza». Ruota la manopola tutta verso sinistra. «Se invece si tratta del bucato normale, basterà la temperatura media. Così…». Involontariamente mi sfiora il braccio.

Lui non ci fa neanche caso.

Io? Apnea.

Elettroencefalogramma piatto.

Soffocamento da inalazione di testosterone.

Trattengo il fiato e mi rimprovero all'infinito per il mio scarso autocontrollo.

«Grazie», dico e lo osservo con la coda dell'occhio mentre torna a fare le sue cose. Inserisce prima il detersivo e poi l'ammorbidente nelle vaschette, imposta il programma *giusto* e infine fa partire le sue lavatrici.

«Bene, Eva. Sto andando nella *Rec Room*[1]. Vieni anche tu?».

«No», rispondo di getto senza nemmeno prendere in considerazione il suo invito.

«Sai, non devi rimanere qui a fissare l'asciugatrice. Lei farà il suo sporco lavoro per i prossimi quarantacinque minuti e tu non potrai impedirglielo». Mi ammalia con un altro dei suoi sorrisetti furbi e mi si blocca la saliva in gola nel misero tentativo di provare a deglutire.

---

[1] Recreation Room: sala ricreativa presente all'interno dei dormitori universitari.

Istintivamente mi passo una mano sulla testa e mi sistemo la coda di cavallo. Raddrizzo anche un po' le spalle.

Cosa cavolo mi prende? Non è da me comportarmi così di fronte a un ragazzo. Un uomo, okay, non un ragazzo, un *uomo*! Ma, comunque... lisciarmi i capelli, spingere all'infuori le tette e rimanere a bocca aperta senza una battuta al vetriolo pronta a salvarmi è inammissibile.

«Ho da fare», rispondo impacciata e mi prendo mentalmente a schiaffi.

«Tipo?». Theo incrocia le braccia, non la smette di rivolgermi quella sua espressione da mascalzone e poggia il suo fondoschiena davvero, *davvero* perfetto contro una delle macchine in movimento.

Il mio cervello formula un pensiero alquanto inquietante: io-lui-centrifuga-alla-massima-potenza-corpi-nudi-e-intrecciati.

«Sto leggendo», dichiaro rendendomi conto troppo tardi di non avere uno stramaledetto libro con me.

«Cosa? Di certo non le istruzioni della lavatrice», mi prende in giro lui, avvicinandosi poi di qualche passo.

«Hai mai sentito parlare di e-book?», improvviso.

«Beh, sì. Dopotutto sono stato accettato da una delle università più prestigiose del Paese... anche se sto rivalutando il loro sistema di ammissione». Indica con il mento l'asciugatrice che contiene ciò che rimane dei miei vestiti. «Allora, questo libro?».

«Ecco, sto leggendo un e-book. Sul mio cellulare. Dall'*app Kindle*».

«Secondo me, Eva, è una scusa. Non vuoi venire con me e la cosa mi addolora». Si porta una mano al petto e finge di stritolarsi il cuore.

Gli concedo il primo sorriso da quando abbiamo iniziato a parlare.

«Ah, ma allora sei capace di sorridere!». Mi fa l'occhiolino e afferra con entrambe le mani la sua cesta di plastica, bucherellata sui due lati lunghi, per poi nasconderla sotto il tavolone di legno laccato che serve per piegare i panni. «Se cambi idea, sono in fondo al corridoio con alcuni amici. Sei nuova, dovresti fare qualche amicizia giusta».

«Giusta?», domando ironica.

«Sì. Dai, sai come funziona. Se ti inserisci nel giro giusto, la vita al college diventerà molto più interessante».

«Lo terrò a mente».

«Ciao Ragazza Dentifricio», ribadisce e io spalanco la bocca. Theo scoppia a ridere di fronte alla mia espressione inorridita ed esce dalla piccola lavanderia.

Maledizione!

Quarantacinque minuti dopo la mia asciugatrice ha finito e anche le sue lavatrici, ma di Theo nessuna traccia. Non perdo tempo a piegare i panni, li infilo alla rinfusa nella cesta e corro lungo il corridoio, verso gli ascensori, sperando di non essere vista da nessuno.

Sorpasso la palestra, la mensa, la sala studio e, per ultima, la *Rec Room*. Abbasso la testa e mi fingo molto interessata a contemplare i miei vestiti ingarbugliati alla bell'e meglio. Quando sono sana e salva nella mia stanza afferro il cellulare e digito un messaggio per mia madre.

EVA: Avresti dovuto insegnarmi a fare la lavatrice prima di spedirmi a New York!

Ma non ottengo risposta. Mi lancio sul letto e mi copro il viso con il cuscino.

Mi ha chiamata "Ragazza Dentifricio". La mia vita sociale è ufficialmente finita!

CAPITOLO 2

Theo

Kian ci sta provando con una ragazzina bionda del primo anno, mentre io me ne rimango seduto su uno dei tavoli della *Rec Room*, con le gambe ciondoloni, a sorseggiare una birra. La seconda, per l'esattezza, e sono solo le sei e trenta di venerdì. Al diavolo, me le sono meritate, ho passato tutto il giorno a studiare!

Il mio migliore amico si sporge in avanti e tramortisce la malcapitata con un sorrisino da paraculo che nessun altro che conosco riesce a rendere credibile quanto lui. Credo dipenda dal suo accento *british*. Le ragazze diventano matte quando lo sentono parlare, pendono dalle sue labbra, e lui vince ogni volta.

Li sto ancora fissando e non riesco a trattenere una risatina quando vedo la tipa, che sfoggia un caschetto alla moda, digitare quello che immagino sia il suo numero di telefono sul cellulare del mio amico. Ammicca e non la smette più di toccarsi i capelli. Quattro minuti e l'ha già fregata. Io non sono mai sceso sotto i sette. È un fottutissimo mago!

Torna da me ostentando un sorrisetto da eroe e mi sventola davanti al viso il suo smartphone.

«Spiegami perché devi rimorchiare le matricole nel mio dormitorio ogni singola volta».

«Perché nel mio le matricole non sono ammesse», replica come se fosse ovvio. Poi, dal nulla, butta lì: «Domani sera suoni da me, al Broadway House».

Istintivamente stringo i pugni e mi mordo le labbra così forte da farmi male. Non ho mai più rimesso piede in quel posto, dopo il casino successo a giugno, ma non posso tirarmi indietro. È la prima festa dell'anno al campus e, se non mi presentassi, darei solo adito a tutte le voci che continuano a girare e che, nonostante ci sia stata un'estate di mezzo, continuano a rimbalzare di bocca in bocca.

«Mhmm-uhm», riesco a farmi uscire dalle labbra.

«E ci sarà un sacco di figa», replica serio.

Scuoto la testa ridendo. «Sei sempre il solito».

«Non fare il santarellino con me. Solo perché da tre settimane fai coppia fissa con Helena, non vuol dire che io mi sia dimenticato quello che hai combinato *prima*. E poi quest'anno le matricole sono da perderci la testa. Mai vista tanta figa tutta insieme come all'assemblea di orientamento».

«Cosa cazzo ci facevi tu all'assemblea di orientamento?».

«Secondo te? Sono andato a vedere che aria tirava».

«E che aria tira?», lo imbocco.

«Tira aria di figa!».

Rido di nuovo e mi scolo la birra. Kian è un ragazzo brillante ma con un vocabolario molto limitato. Le sue due parole preferite sono "figa" e "birra". Meglio ancora se usate nella stessa frase. Ci conosciamo dal primo giorno di college. Abbiamo diviso una doppia al terzo piano di questo dormitorio, dopodiché lui ha fatto richiesta per una singola al Broadway House – come il novantanove per cento degli studenti della Columbia –, mentre io sono rimasto qui.

«Hai già pensato a una scaletta per domani sera?».

Sospiro e sollevo il top del Mac che giace accanto a me, sul tavolo. Seleziono una cartella sul desktop, la apro e poi giro il computer così che possa vederla anche lui.

Borbotta qualcosa che non colgo, per poi passarsi la mano sulle labbra.

«Che c'è che non va?», chiedo.

«Non ti sei rotto le palle di suonare questa merda commerciale?».

«Sì. Ma non possiamo farci granché. Finché suoneremo nei dormitori della Columbia, questo sarà quanto».

Kian richiude lo schermo del Mac con un tonfo che non gradisco e si accomoda accanto a me. «E allora smettiamo di suonare nei cazzo di dormitori universitari! Ho ancora quel contatto, lasciami organizzare una serata al Doha Club. Tre quarti dei dj di questa città darebbero un braccio pur di mettere musica anche solo per quindici minuti in quel locale. Io non sono abbastanza bravo, ma tu...», mi implora con la voce e con gli occhi.

Scuoto la testa. «Kian, ne abbiamo già parlato mille volte...».

«Lo so, lo so. Lo studio. Avrai l'LSAT[2] a breve e ti devi focalizzare su quello».

---

[2] LSAT: Law School Admission Test – Test di ammissione per la scuola di Legge.

«Esatto. Ho solo un mese e mezzo per tentare il miracolo. Un punteggio inferiore a centosettanta e sarò fuori dai giochi».

E mio padre mi toglierà dalla faccia della terra una volta per tutte.

Proprio ieri sera, a cena, nel suo attico pretenzioso nell'*Upper East Side*, mi ha massacrato le palle con un monologo di due ore su quanto sia fondamentale questo test, sul fatto che non posso più permettermi di cazzeggiare. E io glielo devo, non fosse altro che per farmi perdonare di tutte le stronzate che ho combinato in questi tre anni di college. Specie quella gigantesca che mi è quasi costata la carriera universitaria e con la quale ho rischiato di trascinare anche lui in uno scandalo mediatico senza precedenti, lo scorso giugno.

«Ma si tratterebbe solo di qualche sabato sera, niente di troppo impegnativo», continua Kian.

«Ci penserò, okay?», taglio corto perché non ne posso più di questa cantilena.

Ho iniziato a fare il dj il primo anno di college quando, quasi per sbaglio, sono finito nella sala radio del campus in cerca di un lavoretto facile facile che mi avrebbe fatto guadagnare qualche credito extra per il mio piano di studi. Tutto quello che so l'ho imparato da Emilian "El Diablo" Denver, un ragazzo che frequentava l'ultimo anno quando io ero ancora una matricola. Era il direttore della radio, mi aveva affidato lo spazio serale dalle diciannove alle ventidue, dalla domenica al giovedì. Mi occupavo del segmento *One Song, One Love*: tre ore di musica sdolcinata che mi faceva sanguinare le orecchie. Lui ora gira il mondo e suona nelle discoteche più rinomate del pianeta, mentre io ho preso il suo posto alla WKCR. Kian morirebbe per poter arrivare ai suoi livelli, ma non io. Non mollerò l'università per la vita da dj.

Era divertente all'inizio, ora è routine. E io non vado d'accordo con la routine. Sono impaziente, irrequieto di natura e mi stanco presto. Di tutto.

Stanford, questo è il mio unico sogno duraturo. Ma non se non riporterò il mio GPA[3] almeno a 3,70. E, da come si sono messe le cose l'anno scorso, è piuttosto chiaro che sono fottuto già in partenza.

Mio padre vorrebbe che rimanessi alla Columbia, che seguissi le sue orme in tutto e per tutto. Che frequentassi i corsi che ha frequentato lui, che appendessi al muro il mio diploma accanto al suo: stesso stemma, stessa carta color avorio, stesse scritte in oro, stesso cognome.

---

[3] GPA: Grade Point Average – Media scolastica

Ma io ho altri progetti. Legge non è mai stata la mia prima passione, ma dal momento che ho accettato di perseguire la strada che ha scelto per me – frutto di anni e anni di estenuante lavaggio del cervello –, ho deciso di farlo a modo mio. Diventerò un avvocato rispettabile, ma non sarò mai il suo clone.

Kian sta continuando a parlare, ma non lo sto più ad ascoltare perché sono concentrato su quello che vedo oltre la vetrata della *Rec Room*: una testolina bionda con il viso sepolto nella sua cesta del bucato. Mi sfreccia davanti e si dirige verso l'ascensore.

Mi viene da ridere se ripenso alla sua espressione sconvolta quando ha iniziato a tirare fuori dalla lavatrice i suoi vestiti rovinati. Pensavo che scoppiasse a piangere, mi ha fatto tenerezza. Chi cavolo arriva a diciotto anni senza sapere come si fa una lavatrice?

«Che cosa guardi?», mi domanda Kian seguendo il mio sguardo.

«Niente. Continua».

«Dicevo che potremmo prendere accordi per un sabato al mese, niente di impegnativo...».

Alzo gli occhi al cielo. Non mollerà finché non gli dirò di sì. «Hai vinto tu, ma a una condizione». Solleva le sopracciglia e mi ascolta attento. «Una serata al mese, ma non adesso. Dopo il test di ammissione alla scuola di Legge».

Kian sorride soddisfatto, raddrizza le spalle e mi porge una mano. «Affare fatto, *mate*».

Quanto ci avrà messo per averla vinta? Quattro minuti al massimo? Sì, è decisamente un fottuto mago!

***

Ancora sbadigliando trascino il mio culo nella mensa del dormitorio e mi fermo davanti alle brocche del caffè. Le fisso come se dovessero sollevarsi da sole e versarmi quel liquido scuro e bollente nella tazza, perché io non ne ho le forze.

Ieri sera mi ero ripromesso di andare a dormire a un orario decente, ma soprattutto di arrivarci sobrio. Qualcosa dev'essere andato storto tra la settima birra e la centesima sigaretta. Mi sono ritrovato con alcuni amici a ballare in un locale squallido a Downtown e a strisciare fino alla porta della mia stanza alle quattro del mattino.

Devo andare in radio stamattina, maledizione! *Not Alone* dei Red risuona a ripetizione dalle casse della mensa. Ogni sabato mattina è la stessa storia: la playlist preimpostata funziona solo per le prime tre canzoni, dopodiché va in tilt e l'ultimo brano riecheggia all'infinito per tutto il campus finché il sottoscritto, bestemmiando, non corre a sbloccare il computer con la password. Sbuffo mentre trovo il coraggio di afferrare il boccale fumante e di versare il caffè nel thermos che mi porto sempre dietro. Mi stropiccio la faccia e contemplo la lunga fila di dispenser di cereali davanti a me. Non credo di avere la forza per masticare, ho bisogno di qualcosa di più semplice per fare colazione. E poi la vedo: la gloriosa mousse al cioccolato di Miss Latisse. Un bicchierino di plastica alto sette centimetri e largo cinque, con dentro l'unica cura conosciuta al genere umano per smaltire una sbornia epica.

Ne metto uno sul vassoio, mi guardo intorno e poi, come se fossi un ragazzino che sta rubando le caramelle, ne afferro altri due. Non mi sento generoso questa mattina e ho bisogno di endorfine, quindi fanculo gli altri studenti.

Mi accomodo al primo tavolo libero e sbatto la testa dolorante contro il legno duro. *Uccidetemi, uccidetemi adesso!* Quando mi decido a rialzare il capo una coda di cavallo e una felpa blu sformata della Columbia attirano la mia attenzione. Ragazza Dentifricio è seduta qualche posto più avanti, mi dà le spalle e tiene un libro in una mano e una mela nell'altra. È carina, con quel suo nasino proporzionato, il viso dai lineamenti delicati e quei suoi occhi strani, un miscuglio di verde e turchese. Accanto a lei, sulla lunga panca, ha posato una borsa da palestra con lo stemma della nostra squadra di nuoto.

Non ha il fisico da nuotatrice, o forse ce l'ha ma è impossibile stabilirlo, visto che indossa solo felpe di almeno due taglie più grandi.

Riporto lo sguardo sulle mie mousse al cioccolato, perfettamente allineate davanti a me. Quando le ho finite – in quattro cucchiaiate – la cerco di nuovo con gli occhi, ma se ne è andata.

«Theo Steinfield...». Volto la testa di un paio di centimetri, quanto basta per capire a chi appartiene la vocina stridula che mi sta chiamando per nome *e* cognome. «Cosa ci fai già sveglio a quest'ora?».

Quello che vorrei sapere anch'io, a dire il vero!

«Mary?». Si chiama Mary, giusto?

«Martha», mi corregge lei, per nulla infastidita dal fatto che abbia sbagliato il suo nome.

«Sto andando in radio», rispondo lapidario.

«Mi piacerebbe *venire* con te uno di questi giorni... in radio...».

Tre settimane fa le avrei sorriso e le avrei fatto strada. Stamattina, invece, mi ritrovo a scuotere la testa e a rifiutare la sua gentile offerta.

Ho un piano per quest'anno, per rientrare in carreggiata, e questo include "smettere di scopare ogni fine settimana come se stessi raccogliendo punti per un concorso a premi".

«Un'altra volta, magari». Mi alzo dalla panca e recupero le mie cose sul tavolo: un pacchetto di sigarette, un accendino verde fluo, il portafogli e il cellulare.

«Ci conto». Mary-Martha mi accarezza il braccio e istintivamente faccio un passo indietro. Queste matricole stanno diventando sfacciate e impudenti. Sono insopportabili nei loro vestiti striminziti e con le facce impiastricciate di trucco pesante anche alle sette del sabato mattina.

E io non posso più permettermi di giocare.

CAPITOLO 3

Eva

Esco dalla palestra con i capelli bagnati e la tracolla del mio borsone che mi sta lacerando la pelle.

Le temperature a New York sono strane: la mattina fa freddo, verso l'ora di pranzo si muore di caldo. Mi annodo la felpa intorno alla vita e mi lego i capelli in una treccia laterale. Le goccioline fredde che mi ricadono sul braccio sono piacevoli; il fatto che le docce negli spogliatoi non funzionino, un po' meno. Puzzo di cloro e sento la pelle del viso tirare come se fosse fatta di cartapesta.

Recupero il cellulare nella tasca laterale della sacca e digito il numero di Dennis.

«Finalmente!», urlo dentro la cornetta quando, al quinto squillo, si degna di rispondere. «Ti stavo dando per disperso».

Siamo entrati entrambi all'università con una borsa di studio parziale per meriti sportivi. Lui è stato ammesso alla University of Texas, ad Austin, nella squadra di nuoto più prestigiosa del Paese, io ho fatto il diavolo a quattro per entrare alla Columbia.

«Sono distrutto», sbuffa, la voce attutita da quello che immagino sia il suo cuscino. «Credo che morirò sul mio letto».

«Questo è il prezzo da pagare per chi vuole partecipare alle olimpiadi, caro mio».

«Le olimpiadi... Non credo ci arriverò vivo se questi sono i ritmi. Dovresti vedere i miei compagni di squadra, sono grossi il doppio di me. Ma che dico? Il *triplo*!».

«Come sei drammatico», lo sfotto io.

«Che combini, Brutto Anatroccolo?».

«Niente di che, sto tornando in stanza». Mi fermo sulle strisce pedonali e aspetto che il semaforo diventi verde. «Stasera c'è una festa in uno dei dormitori...», dico lasciando un po' di suspense.

Dennis è, insieme ad Amber, la persona che mi conosce meglio di tutti. Sa che odio le feste, la confusione, trovarmi in mezzo a gente che non conosco.

«E...?».

Faccio spallucce. «Forse ci andrò», dico poco convinta.

«Che Dio sia lodato!».

Il semaforo diventa verde, ma guardo comunque a destra e a sinistra cinque volte prima di attraversare. La lezione l'ho imparata due giorni fa quando per poco non sono finita sotto un autobus che è passato con il rosso.

«Non entusiasmarti troppo. Ho solo promesso a Victoria e a Josephine che ci avrei fatto un salto, ma se mi annoio me ne torno di corsa in camera mia».

«Eva, mi hai fatto una promessa», mi ricorda lui.

«Lo so, lo so, e ho intenzione di mantenerla».

«Devi fare amicizia e *non* devi startene tutto il giorno chiusa in quella stanza, china sui libri», mi ricorda.

Come se fosse facile! Ho gli stessi due amici dalle medie. Non sono un tipo particolarmente socievole e sono diffidente di natura: una combinazione letale per la mia vita sociale.

«Non è così semplice», mi giustifico e metto il broncio.

«Balle! Non cercare scuse. Io sono in Texas e Amber è in Oregon, devi farti degli amici a New York».

Mi blocco sul marciapiede e abbasso lo sguardo sulle mie scarpe. Intrappolo il labbro inferiore fra i denti e chiudo gli occhi per alcuni secondi. «Lo sto facendo», mi difendo. So bene che lui e Amber sono lontani anni luce da New York, pronti a vivere appieno l'esperienza del college. Io invece mi domando che diavolo ci faccia qui! Forse aveva ragione mio padre, sarei dovuta andare a Boston con Logan ed Ethan.

Scuoto la testa.

Dio mio, Eva, smettila di fare la ragazzina!, mi rimprovero mentalmente.

«Sei riuscita a parlare con il tuo vicino di stanza figo?», mi domanda Dennis cambiando del tutto discorso.

Sorrido. «Theo?».

«Lui. Proprio lui».

«Un disastro!». I piedi ricominciano a muoversi, mi sto sciogliendo sotto il sole cocente di settembre. «Ieri l'ho incontrato in lavanderia. Non si ricordava di me. E mi ha chiamata "la ragazza del dentifricio"».

Faccio una smorfia e passo la tessera magnetica sul lettore del portone d'ingresso del Brittany Hall. «È stato umiliante».

Dennis scoppia a ridere così forte che devo spostare il telefono dall'orecchio. «Oh, mio Dio! La ragazza del dentifricio. Epico!».

«Non è divertente proprio per niente!».

«Un po' lo è, Brutto Anatroccolo».

Se sapesse che mi ha invitata a seguirlo nella *Rec Room* e che ho rifiutato, come minimo la sua mano uscirebbe da questo telefono e mi strangolerebbe. Ma lui non capisce come mi sento, nessuno riesce davvero a farlo.

«Il fatto che ti abbia rivolto la parola è un passo avanti *gigante*», mi sfotte Dennis e io sorrido contro la cornetta.

Faccio le scale a due a due fino al terzo piano e mi dirigo con passo svelto verso la mia stanza. Il corridoio è deserto e silenzioso. Quando entro in camera tiro un sospiro di sollievo: Carmen non è ancora rientrata.

«Se lo dici tu...».

«Dovresti dargliela», dice e io mi strozzo con l'acqua che sto bevendo.

«Dargli *cosa*?».

«Beh... *quella* cosa!».

Divento paonazza. «Ma sei matto? Lui non mi guarda in quel modo. Lui non mi guarda proprio! È all'ultimo anno e ieri mi ha beccata con un paio di mutande di cotone bianco in mano». Solo a ripensarci mi si contorce lo stomaco e mi sudano i palmi.

«Non fare la santarellina con me. Non venire a dirmi che non hai pensato a Theo nudo sotto la doccia?».

«Dennis! Certo che no!».

«Peggio per te, io l'ho fatto».

«Ugh! Sei orribile».

«J.J. è acqua passata, *babe*. È ora di aprire...».

«Dillo e sei morto!», lo interrompo.

«... la *porta* a nuove esperienze», finisce la frase ridendo come un matto.

Dennis mi manca tantissimo. Mi manca Amber. Mi mancano i nostri pomeriggi a studiare in camera mia. Le feste il sabato sera. La tranquillità di Daytona Beach. Le nostre abitudini. E mi manca il rapporto perfetto che avevo con J.J.

Sono stata innamorata dello stesso ragazzo da che ne ho memoria, pensavo fosse quello giusto, il mio "per sempre". Accettare che la distanza abbia vinto sul nostro amore non è facile, anche se ormai sono passati quattro mesi da quando ci siamo lasciati.

Dennis sta ancora ridendo da solo.

«Hai finito?».

«Sì... No... Dai, Eva, non te la prendere».

«Non me la prendo, solo... per me non è così facile come per te e Amber. Io non sono brava a fare "amicizia" con i ragazzi, non mi vesto come le mie coetanee, non mi diverto a ingurgitare birra scadente per poi ballare come una scema in mezzo alla pista. Sono... diversa...».

«Non essere stupida!». Stavolta è serio. Mi siedo sul letto e stendo le gambe sul materasso. «Sei perfettamente in grado di fare amicizia. Sei selettiva, e allora? Non dico che tu debba presentarti a mezzo campus e non c'è bisogno che ti ubriachi rendendoti ridicola o che ti vesta con minigonne e tacchi a spillo, o che tu vada in giro a scopare con il primo che capita. Vai bene così come sei, solo...». Sospira e io sporgo le labbra all'infuori.

«Solo...?».

«Sciogliti un po'».

«Devo andare», taglio corto. Invece che tirarmi su il morale, questa conversazione mi ha messo di cattivo umore.

«Sei arrabbiata con me?».

«No». *Forse sì.* «Le docce negli spogliatoi non funzionavano e devo andare a togliermi tutto questo cloro di dosso».

«Sicura?».

«Affermativo, capo», cerco di mascherare la delusione e lui si tranquillizza.

«Okay, ci sentiamo domani».

«A domani». Attacco e sprofondo con tutto il corpo nel materasso.

Mancano tre anni e nove mesi al diploma. Non sopravvivrò mai al college.

***

Le docce del Brittany Hall sono... *interessanti*. La privacy è un concetto che, a quanto pare, l'architetto che le ha progettate non aveva ben chiaro. I pannelli divisori coprono a malapena dal seno al sedere.

Quando entro nella stanza riconosco la risata sguaiata di Josephine. Lei e Victoria, che abitano nella camera di fronte alla mia, si stanno insaponando i capelli e sono entrambe nello stesso box doccia. Lo fanno sempre. Le prime volte mi sono stupita, ora non ci faccio più caso. Non sono pudica ma preferisco lavarmi in santa pace e comoda.

«Cos'avete da ridere in quel modo?», domando appoggiandomi con entrambi gli avambracci al bordo della loro porta a vento.

Io e Josephine frequentiamo due classi insieme del corso di Scienze politiche – *Introduction To American Government* e *Introduction to International Politics* –, mentre Victoria studia Filosofia.

«Evaaa! Che ci fai già qua?», mi domanda quest'ultima, con gli occhi chiusi e una quantità di shampoo esagerata sui capelli.

«Storia lunga». Mi infilo nella cabina accanto alla loro, mi spoglio e metto i miei vestiti in una piccola sacca impermeabile per evitare che si bagnino.

«Kian mi ha chiesto il numero di telefono, ieri pomeriggio». Stavolta è Victoria ad appoggiarsi contro il pannello che divide le nostre docce.

«Ma non le ha ancora scritto». Anche Josephine, ora, mi vede nuda mentre apro l'acqua e mi ci butto sotto.

«L'amico di Theo Steinfield?», domando con noncuranza. So benissimo chi è Kian. Lo vedo sempre insieme al ragazzo che mi fa perdere l'uso dei polmoni ogni volta che me lo trovo davanti.

«Proprio lui!», dice Victoria e percepisco il suo sguardo sognante anche senza guardarla. «Stasera Theo suonerà al Broadway House. Vieni, vero? Non è che ci hai ripensato?».

«No, non ci ho ripensato».

«Quel dormitorio è un sogno. Non sono ammesse le matricole, ma io e Vicky abbiamo già fatto richiesta per una doppia per il prossimo anno. La competizione è agguerrita!», mi spiega Josephine.

«Tredici piani, trecentotrenta stanze. Ogni piano ha la sua mensa personale e la lavanderia *gratuita*! E poi hanno una *Rec Room* spaziale, la più grande fra i dormitori. Ho sentito dire che danno le feste più fighe in assoluto».

«E i *senior* alloggiano agli ultimi tre piani, hanno delle singole che sono più grandi delle nostre doppie».

«E il bagno in camera!».

Troppe informazioni tutte insieme.

Mi piace il Brittany Hall. Lo trovo… *intimo*. Questo edificio ha solo sei piani, è abitato perlopiù da matricole che, come me, si guardano intorno spaesate per la maggior parte del tempo e la cucina della mensa è accettabile.

«Tieni questo». Josephine mi passa un flacone arancione dall'aspetto corrosivo. «È un nuovo balsamo districante che ho comprato ieri. Lascia i capelli morbidissimi».

Lo guardo sospettosa. Josephine ha una cascata di ricci indomabili in testa. Lo annuso e vorrei ripassarglielo.

Profuma di vaniglia – che odio – e rose – che odio ancora di più.

«Ha un buon odore, vero?», insiste la mia amica e io mi sforzo di sorriderle.

«Buonissimo!», mando giù il tono sarcastico e me ne applico una dose generosa sui capelli lunghi.

Quando abbiamo finito di farci la doccia ci spostiamo nella stanza adiacente, quella con una serie di asciugacapelli fissati al muro, come quelli degli hotel.

Josephine sbuffa. «Ogni volta mi riprometto di comprare un phon e poi me ne dimentico». Strattona il pettine e una ciocca di capelli le rimane annodata fra i dentini.

Io li asciugo a testa in giù e quando mi sembra che siano sufficientemente asciutti li lego in uno chignon morbido. Mi rannicchio sulla panca, sotto la fila di asciugacapelli, e mi porto le ginocchia al petto.

«Cosa vi mettete stasera?», domanda Victoria mentre armeggia con la sua piastra per capelli per renderli lisci come spaghetti.

«Credo che indosserò l'abito azzurro con le bretelline che ho comprato la settimana scorsa. Tu?».

«Quello verde acqua che mi lascia la schiena scoperta».

Si voltano entrambe a guardarmi e io faccio spallucce.

«Io, un paio di pantaloni neri e una maglietta dello stesso colore».

«Oddio, metterai i calzoni della tuta, vero?».

«E la maglietta coordinata», puntualizzo.

«Prima o poi verrai da noi in cerca di aiuto. Ricordatevi queste parole: presto o tardi Miss Io Non Voglio Essere Notata Da Nessuno Carter busserà alla nostra porta e ci chiederà in prestito un vestito».

Alzo gli occhi al cielo divertita. «Sognate pure!».

CAPITOLO 4

Theo

La *Rec Room* del Broadway House è ancora deserta quando arrivo insieme a Kian. Tengo la testa bassa e lo sguardo fisso sul Mac che ho sistemato sul tavolo ad angolo vicino alle casse. Sbroglio i fili della consolle, mentre Kian fa la cosa che sa fare meglio: recupera due birre dalla ghiacciaia portatile, le stappa e me ne porge una.

«Ma sono tutte per noi, quelle?». Indico con il mento le bottiglie stipate nel frigorifero improvvisato e butto giù un paio di sorsi.

«Certo! Lo sai che io non la bevo quella merda annacquata che servono a queste feste».

Facciamo tintinnare i colli di vetro e riporto l'attenzione sulla *Pioneer* ancora nascosta nella sua sacca nera di protezione.

Odio trovarmi in questa stanza, odio i ricordi che riaffiorano alla mente.

«È la prima festa seria di quest'anno, ci sarà il delirio», lo sento mormorare mentre io inizio a infilare i vari jack nelle prese della consolle, che scarto come se fosse uno dei cigni in cristallo che colleziona mia madre.

Ho selezionato brani per un totale di quattro ore, anche se non ho nessuna intenzione di rimanere inchiodato dietro questo dannato tavolino per tutta la notte.

«È arrivato il tuo "amico"». Seguo lo sguardo di Kian e i miei occhi incrociano quelli di Jonah Ward, la persona che detesto di più al mondo. Quello stronzo avanza con le mani in tasca e il mento rivolto all'insù come se fosse il padrone del mondo. Ci siamo sempre stati sulle palle, fin dal primo giorno. E ce le siamo date di santa ragione così tante volte da aver perso il conto. Sul campo da basket, fuori da una discoteca, e l'ultima proprio qui, nella *Rec Room* deserta, con solo Kian e uno dei suoi tirapiedi come testimoni, impegnati più che altro a controllare che uno dei due non ci rimettesse le penne.

«Steinfield, ancora qui a giocare con i tuoi piatti?».

Kian trattiene il fiato, so che vorrebbe dargli un destro in faccia senza perdere tempo con questo teatrino ridicolo, ma è consapevole che non ce lo possiamo permettere. La mia situazione scolastica è fin troppo precaria. Un'altra rissa e sono fuori. Un'altra cazzata e il rettore mi appenderà per le palle davanti all'*Alma Mater*.

«Con i piatti e anche con i bicchieri», replico sollevando un bicchierino di plastica trasparente con dentro due dita d'acqua, che sto usando come posacenere.

Jonah sorride. Non ha mai la risposta pronta perché è un coglione.

E, per la cronaca, non si usano più i "piatti". Dio mio, non siamo mica negli anni '90!

«Sei nel mio regno, Steinfield», dice dopo qualche secondo di silenzio e io lo guardo, concentrato, come se mi interessasse davvero quello che ha da dirmi. Allarga le braccia e indica l'intera sala. «Vedi di farmi fare bella figura».

«Ce la metterò *tutta*!», replico serio e lui rimane a fissarmi. Non capisce mai quando lo sto prendendo in giro.

Perché è un coglione!

Come Kian, anche Jonah vive qui al Broadway House. Hanno entrambi una stanza all'ultimo piano. Io non ho mai fatto richiesta di trasferimento. Mi piace il Brittany Hall, anche se la mia camera è più piccola rispetto alle loro, la vista fa schifo, i bagni sono in comune e sono circondato da ragazzini con i visi ancora ricoperti di acne, che mi guardano come se fossi un orco cattivo pronto a sbranarli. La mia vita al Brittany Hall mi piace perché è semplice. Io sono il supervisore del dormitorio e gli studenti fanno tutto quello che gli dico. E lo fanno senza ribattere. Mai.

Metto su la playlist che ho creato oggi pomeriggio e aspetto che Jonah si levi dal cazzo. La sua sola presenza mi porta al limite. Fuori sono la quiete dopo la tempesta, dentro un incendio che mi brucia vivo. Mi rivolge un sorrisetto che vorrei cancellargli per sempre da quella faccia di merda che si ritrova prima di vederlo girare sui tacchi e allontanarsi.

«Dio, vorrei riempirgli la faccia di pugni», sbotta Kian.

«Ignoralo», ribatto secco. Alzo il volume e testo le casse. Poi mi concentro sui bassi e mixo un paio di canzoni per scaldarmi un po'.

Rialzo lo sguardo solo quando le luci si abbassano e mi rendo conto che i primi avventori stanno entrando nella *Rec Room*. La prima cosa che fanno è buttarsi sul bar improvvisato dove quattro ragazze del terzo anno, molto truccate e poco vestite, iniziano a servire loro alcolici. Non chiedono i documenti, non fanno domande, semplicemente intascano i soldi e preparano i cocktail.

Uno di questi giorni ci arresteranno tutti.

E io marcirò in galera perché mio padre, piuttosto che tirarmi fuori e infangare il prestigioso cognome che porto, stavolta mi abbandonerà lì. Fisso i tatuaggi sul mio braccio sinistro. Tutto sommato potrei trovarmi bene in prigione. Ho un aspetto minaccioso quanto basta per sopravvivere.

Mi passo la mano fra i capelli corti e raddrizzo le spalle.

«Jonah è un coglione ma ha talento quando si tratta di figa! La rossa laggiù, quella che sta preparando un gin-tonic che fa schifo anche da questa distanza, mi ha appena dato il suo numero».

Volto la testa verso Kian. Non mi ero accorto che si fosse allontanato. Tiene in mano una *Red Solo Cup* e ne sorseggia il contenuto. Birra, sicuramente.

«Pensavo che non la bevessi "quella merda annacquata che servono a queste feste"», lo sfotto io. Faccio partire *Price Tag* di Jessie J, una canzone che odio profondamente, l'inno alla musica di merda, ma che servirà a far scaldare la folla e a far bere le ragazze.

E quando le ragazze bevono, poi ballano.

E se le ragazze ballano, i ragazzi le seguono in pista.

E bevono anche loro.

E tutti si divertono.

È una formula matematica ben collaudata.

Non esistono eccezioni.

«Tu non mi stai ascoltando. Hai capito che la rossa figa mi ha dato il suo numero? Ah, è arrivata Helena».

Due metri di gambe e un sorriso da copertina mi si fermano davanti. Sposto una delle due cuffie dall'orecchio e mi sporgo verso di lei per darle un bacio sulla guancia.

Helena è il prototipo di ragazza perfetta: bella, sveglia, simpatica e non rompe i coglioni. Lei ha la sua vita e io la mia. Non si aspetta il messaggio del buongiorno o della buonanotte, non mi stressa con le solite stronzate da ragazza gelosa, non pretende che giriamo mano nella mano il sabato pomeriggio sulla Quinta per fare shopping e non ha intenzione di presentarmi i suoi. Ci vediamo quando abbiamo voglia di divertirci e poi ognuno torna a fare le sue cose.

Per questo l'ho scelta come frequentazione fissa. Sono state tre settimane perfette, hanno superato di gran lunga ogni mia aspettativa. La monogamia è sottovalutata in certi casi.

«Ehi, sei già qui?», le domando. Sfilo una Marlboro rossa dal pacchetto adagiato accanto alla consolle e l'accendo. Altra cosa illegale che succede a queste feste: fumano tutti, incuranti dei cartelli di divieto e dei rilevatori di fumo, manomessi da anni.

«Il ristorante giapponese in cui mi ha trascinato Rebecca era poco più di una topaia, siamo scappate». Mi sfila la sigaretta dalle labbra, fa un tiro e poi me la ripassa. «Vado a prendere qualcosa da bere».

«Kian ha un arsenale di birre nascosto sotto il tavolo, serviti pure».

«Stasera ho bisogno di uno di quei drink da femminucce, con tanto di ombrellino e fettina di lime dentro». Mi fa l'occhiolino e si volta per salutare alcuni amici.

Mi incanto a fissarle il sedere. È sexy. Sofisticata. E, ripeto, non rompe i coglioni. È la donna perfetta!

Faccio partire un altro paio di brani da festa sulla spiaggia e, come volevasi dimostrare, la pista da ballo si riempie.

«E quella da dov'è uscita?». Kian mi dà di gomito e indica con il mento la porta d'entrata.

È la ragazza della lavanderia, quella che è riuscita a rovinare un intero guardaroba in soli quarantacinque minuti.

Ragazza Dentifricio.

Eva.

Non la vedo subito perché è nascosta dietro ad altre due ragazze. Se non sbaglio, alloggiano al mio stesso piano al Brittany Hall e la biondina con il caschetto è la stessa con cui stava flirtando Kian ieri pomeriggio. Le sue due amiche sfoggiano vestiti che a malapena gli coprono il culo, mentre lei...

Inclino la testa di lato per osservarla meglio. Indossa i pantaloni di una tuta, un paio di Vans bianche con le stelle nere e una t-shirt a maniche lunghe piuttosto accollata. Per quello che riesco a vedere da qui, con questa luce, sembra che non abbia un filo di trucco sul viso e porta i capelli legati.

Scuoto la testa ma non posso fare a meno di sorridere. Spicca fra la folla e non solo per il modo in cui si è conciata o per il suo viso pulito dai lineamenti delicati ma per la sua altezza. Supera le sue amiche di alcuni centimetri, nonostante loro calzino dei tacchi vertiginosi. Ha delle labbra pazzesche: sono piene e con gli angoli rivolti all'ingiù.

Come se volesse mostrare al mondo il suo broncio perenne, della serie "scordatevi che mi divertirò, stasera".

«Si chiama Eva», dico sovrappensiero.

«Che cavolo ci fa a una festa universitaria? Non dovrebbe essere già nella sua cameretta a dormire, circondata da decine di Barbie?».

«È una matricola. È la mia vicina di stanza».

Kian solleva entrambe le sopracciglia. «Vuoi dirmi che è maggiorenne?».

«Beh, credo proprio di sì».

«Interessante». Lo stronzo si gratta la mascella come se stesse pensando intensamente e io gli mollo una gomitata.

«Lasciala in pace, non è pane per i tuoi denti. È una ragazzina, e non come le altre del primo anno. È *davvero* una ragazzina!».

Una moretta che non ho mai visto prima si avvicina alla consolle e mi scocca un'occhiata da pantera. Devo trattenermi dallo scoppiare a riderle in faccia.

«Dj…», esordisce lei, con una vocina da finta timida. «Metteresti *Sorry* di Justin Bieber… *per favore*?». Si mordicchia le labbra e giocherella con una ciocca di capelli.

Justin Bieber? Piuttosto un calcio in culo con una scarpa chiodata.

«No!».

«Ti pregooo!». Strascica la "o" e unisce le mani davanti alla bocca a mo' di preghiera.

«Mai». Riporto lo sguardo sul mio computer e seleziono un'altra di quelle canzoncine da spring-break [4] che fanno impazzire la sala, ignorando del tutto la moretta, che se ne va mettendo il muso.

«Sei proprio stronzo». Kian ride passandomi una seconda birra.

«C'è un limite a tutto. Se cedessi, poi sarei subissato di richieste ridicole. E lo sai cosa succede se concedi un Bieber a una festa?».

«Illuminami».

«Che prima ancora che tu te ne renda conto starai suonando, in ordine, One Direction, Ariana Grande e, che Dio ce ne scampi, Taylor Swift».

«Taylor Swift è sempre stata una gran figa».

Alzo gli occhi al cielo.

---

[4] Lo Spring Break è una pausa dallo studio che dura circa una settimana e avviene a inizio primavera.

«Pensavo che lo scopo fosse quello di far divertire le ragazze. Aspetta, com'è la tua teoria? "Se le ragazze ballano, poi bevono e i ragazzi scopano"?».

Idiota!

«Hai voglia di mettere qualche pezzo?», domando per cambiare discorso.

«Nah, non ancora. Ho da fare». Mi fa l'occhiolino e sparisce non so dove.

Chiudo gli occhi e scuoto la testa, esasperato. Mixo *One Kiss* di Calvin Harris e Dua Lipa con il brano di Rihanna che sta suonando. Alzo lo sguardo sulla festa e la individuo subito. Sembra che si stiano divertendo tutti.

Tutti tranne lei.

Rimango un paio di secondi a osservarla. Forse più di un paio di secondi. È appoggiata contro il muro, immobile come una statua di sale, le mani nelle tasche dei suoi pantaloni larghi e sposta solo gli occhi da una parte all'altra della sala. Le sue amiche si sono dileguate, ma lei non sembra in difficoltà. È come se fosse a suo agio nella sua solitudine.

Mi sforzo di concentrarmi sulla musica, ma continuo a cercarla con lo sguardo. Non si sta divertendo.

Ricerco fra i brani che ho preparato per la serata qualcosa che potrebbe piacerle. È stupido, ma il fatto che stiano ballando tutti tranne lei mi infastidisce. Provo con un vecchio brano di Beyoncé.

Niente.

Pitbull: sbadiglia.

50 Cents: gioca con il suo cellulare.

Lady Gaga: rivolge il mento all'insù e chiude gli occhi.

È l'incarnazione della noia.

Ha vinto lei: Taylor Swift, *Shake it Off*.

Con questo brano sono certo di smuovere qualcosa in lei. Al diavolo, non conosco nemmeno una ragazza che non si scateni su questa canzone.

Invece, non solo non inizia a ballare e a cantare come mi aspetto, ma volta la testa di scatto verso di me, mi guarda dritto negli occhi e mi rivolge una smorfia schifata.

Merda!

Quando mi riconosce, però, trattiene il fiato e abbassa lo sguardo sui suoi piedi, portandosi poi un'unghia fra i denti.

Sulla pista, nel frattempo, c'è il delirio. Ragazze ormai piuttosto su di giri che si dimenano, cantano e sollevano le mani in aria. E in mezzo a tutto quel casino riconosco subito Kian che balla fra le due tipe che sono arrivate con Eva alla festa.

Sposto di nuovo gli occhi sulla porzione di parete con la quale Eva sembrava essere diventata un tutt'uno, ma non la vedo più. Allungo il collo e la cerco, contro ogni logica.

Dove diavolo è andata a finire?

Scansiono la stanza e poi la adocchio accanto all'ultima persona con la quale dovrebbe parlare: Jonah Ward.

La sta trascinando in mezzo alla pista da ballo, contro la sua volontà, e mi sale il sangue al cervello. Eva scuote la testa e la sua coda di cavallo rimbalza da una parte all'altra mentre cerca di dissuaderlo con energici "no", uno dopo l'altro. Lui, che è un viscido arrogante e pensa di potersi prendere tutto quello che vuole, quando vuole, inizia a ballarle davanti. Eva lo fissa imbarazzata, ma non gli dà alcuna soddisfazione: rimane impalata con i piedi inchiodati a terra e incrocia le braccia sul petto. Mi sta sempre più simpatica.

Le ragazze si strappano i capelli quando Jonah le degna di uno sguardo. Ma non lei.

Cambio brano senza toglierle gli occhi di dosso.

«Taylor Swift?». La voce divertita di Helena mi distrae.

«Una matricola mi ha implorato», mento io facendo spallucce.

«Devi essere davvero di buon umore, allora». Si posiziona accanto a me e mi butta le braccia al collo. Le sue labbra sfiorano le mie e la sua lingua mi accarezza in modo sensuale. Le circondo la vita con un braccio e con la mano libera mi sfilo del tutto le grosse cuffie imbottite.

Approfondisco il bacio e assaporo la sua bocca che sa di fragola e tabacco. Faccio scivolare le dita sul tessuto liscio del suo top rosa e le sfioro l'elastico dei pantaloni di pelle aderentissimi che indossa. Con i suoi stivaletti neri siamo quasi alti uguali.

«Potrebbe migliorare», la provoco.

«Dormo da te, stasera?».

«Tu che dici?». Apro la mano e le accarezzo il fondoschiena stando ben attento a non farmi vedere da nessuno. Non mi piace dare spettacolo.

La lingua di Helena gioca con la mia e le sfugge un mugolio di puro piacere. «Sono stata da Victoria's Secret, oggi. Ho un regalino per te...». Si stacca dalle mie labbra e mi rivolge un sorrisino impertinente.

«Spero non sia un perizoma. Lo sai che odio la sensazione di quel filo sottile in mezzo alle chiappe».

Sogghigna e la sua bocca trova di nuovo la mia. «No, mi dispiace. Non è un perizoma...». Helena ride di nuovo.

Ci stacchiamo perché la canzone sta finendo e ne seleziono un'altra a caso. Spero che Kian torni presto e prenda il mio posto, perché la serata si è appena fatta molto interessante e ho una voglia matta di uscire da questo buco che puzza di fumo, sudore, ormoni impazziti e ricordi strazianti.

***

Kian torna dopo mezz'ora e io ne approfitto per andare in bagno. Mi lavo le mani e mi butto un po' d'acqua in faccia per rinfrescarmi. Fa caldo qui dentro e sono sudato.

Rientro in sala e mi ritrovo Eva davanti. Tiene le braccia dietro la schiena mentre annuisce poco convinta alla ragazza che le sta di fronte. Dalla sua espressione assente potrei giurare che non stia ascoltando una parola di quello che le sta dicendo la sua amica.

«Ciao».

Ragazza Dentifricio solleva lo sguardo e quando incrocia i miei occhi sgrana i suoi per lo stupore. Si passa una mano fra i capelli e balbetta qualcosa che credo sia un "ciao" di rimando, ma non ne sono sicuro. Mi fa sorridere.

«Ti stai annoiando», dico ignorando la sua amica e fregandomene di aver interrotto la loro conversazione.

«No! No, no. Io. Allenamenti. Stanca. Nuoto».

Eh?

«Non ho capito una parola di quello che hai detto».

Eva trattiene il fiato e io mi sento in colpa per averla messa in imbarazzo. Non è vero, non mi sento in colpa neanche un po'.

«Volevo dire... sono solo un po' stanca. Per via degli allenamenti di nuoto. Di stamattina».

«Tieni». La bionda con il caschetto, quella a cui Kian ha messo gli occhi addosso, le passa un bicchiere e poi mi squadra dalla testa ai piedi. «Ciao». Mi sorride spavalda.

«Theo, ti presento Victoria», dice Eva. Caschetto Biondo fa un passo verso di me e mi porge la sua mano. La guardo appena, la mia attenzione è sul bicchiere che ha dato a Eva e che lei si rigira fra le mani.

«Theo», dico ricambiando il saluto.

«E lei è Josephine», continua Eva indicando la tipa con la quale stava parlando prima che le interrompessi.

«Piacere», rispondo con tono cordiale. «Vieni con me». Prendo Eva sottobraccio e la trascino verso il bar improvvisato, ignorando le sue proteste e gli sguardi da pesci lessi delle sue amiche.

«Cosa stai facendo?», mi domanda lei sulla difensiva.

«Ti insegno un'altra cosa».

Passo dietro il lungo tavolo attrezzato e rivolgo un sorriso di scuse alle bariste. Loro rispondono con una serie di moine ammiccanti e risatine imbarazzate. Sanno chi sono e mi lasciano fare.

Prima mi approprio del bicchiere di Eva, fregandomene di chiederle il permesso, dopo ne svuoto il contenuto nel piccolo lavandino alle mie spalle, senza mai perdere il contatto visivo con lei. «Regola numero due: mai, MAI bere da questi bicchieri se non sei sicura di quello che c'è dentro».

Eva sbuffa. «Me lo ha portato Victoria. Le ho chiesto io di prendermi un cocktail alla frutta».

«Hai visto con i tuoi occhi mentre lo preparavano?», domando alzando un sopracciglio.

«No, ma...».

«Niente "ma"! Se non l'hai visto con i tuoi occhi, allora è spazzatura. Tu ordini da bere e non perdi mai di vista il bicchiere finché non è al sicuro fra le tue mani». Afferro una bottiglia di vodka e ne verso due dita in una coppa di plastica trasparente, poi armeggio con l'acqua tonica e lo riempio quasi fino all'orlo. Non ho idea di quello che sto preparando, ma a lei non sembra importare. Ci infilo dentro un po' di sciroppo alla fragola che lo fa diventare fucsia e alla fine mi ricordo di metterci dentro due cubetti di ghiaccio. Prendo una cannuccia gialla e la immergo in quell'intruglio dall'aspetto disgustoso. «Ma quello non è Chris Hemsworth?». Dico il nome del primo attore che mi passa per la testa e, con faccia sorpresa, indico verso la folla.

Ed Eva cosa fa? Si gira!

Merda! Questa ragazzina non ci arriva proprio.

«Chris Hemsworth? Dove?». Riporta lo sguardo su di me e io tendo il braccio, offrendole la brodaglia che ho preparato.

E lei?

Allunga la mano per afferrarla.

«Ti sei distratta», ribatto con tono severo, schiantando il bicchiere sul tavolo. «Complimenti, Ragazza Dentifricio: ora c'è una pasticca di *Roofies*[5] nella tua vodka alla fragola!».

«Ma smettila», dice lei, sforzandosi di sorridere ma tornando seria non appena si accorge della mia espressione incazzata.

So che la sto mettendo in imbarazzo, ma non mi interessa. È una ragazza ingenua. È una preda facile e sento uno strano bisogno di proteggerla.

Mi sporgo verso di lei. «Sono serio, Eva. Non. Devi. Mai. Perdere. Di. Vista. Il. Tuo. Bicchiere».

«Mi sono voltata solo per un paio di secondi. Non avresti fatto in tempo a...», ma non finisce la frase.

Alzo entrambe le sopracciglia e la vedo mortificarsi. «Vuoi ancora il tuo cocktail?».

Scuote la testa e io sospiro rumorosamente. Mi volto e butto tutto, bicchiere compreso, nel lavandino.

«Ricominciamo». Stavolta ho la sua più totale attenzione e mi compiaccio. Mi impegno a creare una bevanda che sia all'altezza di portare quel nome. Cambio ingredienti, mi cimento in qualcosa di più semplice: Coca-Cola, una spruzzata di rum – così poco che non ne sentirà nemmeno l'odore –, qualche cubetto di ghiaccio e una fettina di lime.

Eva non mi perde di vista un secondo e a stento trattengo una smorfia soddisfatta. Forse la principessina inizia a capire.

«Ecco a lei un Cuba Libre *drug-free*[6]!». Le porgo il bicchiere e lei lo afferra senza incrociare il mio sguardo. «Non voglio fare lo stronzo, ma solo perché sei in una delle università più prestigiose del paese non vuol dire che non ci sarà qualcuno che cercherà di approfittarsi della tua ingenuità. I ragazzi sanno essere davvero vigliacchi, Eva».

I suoi occhi, di quel colore assurdo e unico – una specie di verde acquarello che si mescola con il turchese – si incastrano nei miei. «Non sono ingenua», replica con tono profondo. Le sue labbra si piegano ancora di più all'ingiù e io scuoto la testa.

«Lo sei». Le tengo testa, deve capire che non è più al liceo, che qui si fa sul serio. Che i ragazzi sono perversi e lei è una cazzo di preda facile.

«Non mi conosci affatto».

---

[5] Roofies: tipo di droga conosciuta come "droga dello stupro".
[6] Drug-free: Privo di droga

È irritata. Bene, forse riuscirò a farle entrare un po' di sale in zucca.

«Non ce n'è bisogno. Si vede che sei cresciuta sotto una campana di vetro e che non sai niente della vita vera».

«Sei arrogante». Le trema il labbro inferiore e io annuisco. Lo sono, e lei *è* ingenua.

«E tu sei una bambinetta!». Sta per ribattere, ma cambio discorso e interrompo la risposta piccata che vorrebbe rifilarmi. «Che musica ti piace? Quando vai in discoteca, intendo. Che musica ti piace ballare?».

L'espressione sorpresa di Eva mi fa trattenere una nuova risata. I suoi occhi scintillano di rabbia e frustrazione.

«Io non ballo», risponde a tono.

«Non balli? Tutti ballano».

«Non io».

«Beh, ma ci sarà una canzone che ti fa venire voglia di scatenarti, giusto?».

«No!».

È cocciuta come un mulo!

«Okay. Almeno dimmi che genere di musica ti piace ascoltare».

«Non lo so. I Muse?».

«È una domanda?», la provoco io.

«I Muse mi piacciono. Ma non li mettono mai alle feste».

«Forse frequenti le feste sbagliate».

Il suo sguardo è impassibile. Le sue labbra belle, con gli angoli naturalmente rivolti all'ingiù, rimangono immobili. Non riesco a sostenere quelle iridi fiammeggianti per più di qualche secondo alla volta, mentre lei mi fissa spavalda.

«Finalmente qualcosa su cui siamo d'accordo! Frequento proprio le feste sbagliate: è da quando avevo otto anni che non mi capitava di ascoltare Taylor Swift».

Sfacciata!

Cerco di trattenere una risata, ma gli angoli delle mie labbra, che si sollevano di qualche millimetro, mi tradiscono. «Quindi l'altro ieri?», la provoco io.

Sta per rispondermi, ma veniamo interrotti da Helena.

«Eccoti! Sei pronto per andare?». Le sue braccia circondano la mia vita e il suo mento si posa sulla mia spalla.

«Sì. Devo prima sistemare un paio di cose con Kian». Passo accanto a Eva, allungo una mano e le mollo due colpetti sulla testa con il palmo aperto. «Fai la brava, Eva. Ti tengo d'occhio».

La supero ignorando lo sguardo truce che sono certo mi sta rivolgendo perché sento la schiena andarmi a fuoco.

«Chi era, quella?», mi chiede Helena mentre attraversiamo la sala e ci dirigiamo verso la consolle.

«Una matricola», rispondo con tono incurante. «È la mia vicina di stanza».

Raggiungo il mio migliore amico e lo informo che me ne sto andando. Lo prego – nel vero senso della parola – di riportare in stanza la mia consolle sana e salva e di trattarla come se fosse il Santo Graal. Lancio prima un'occhiata alla *Pioneer*, poi a Kian, poi di nuovo alla consolle. Me ne sto già pentendo amaramente.

«Santo cielo, Theo! Sembri un'anima in pena. Vai a divertirti con Helena, proteggerò questa schifezza da quattro soldi con la mia stessa vita, se necessario».

«E anche il Mac», gli ricordo mentre lui mi fa cenno con la mano di levarmi dalle palle.

Esito ancora. Odio ammetterlo, ma non è solo per via dei miei strumenti che non mi decido ad andarmene. Sono stato troppo brusco con Eva, avrei dovuto usare un tono più gentile, spiegarle che in questi tre anni di università mi è capitato di vedere di tutto. Avrei dovuto metterla in guardia, ma senza spaventarla.

La cerco di nuovo fra la folla e la trovo accanto alle sue amiche. È l'unica che non balla, l'unica che non si sta divertendo. Ogni tanto poggia le labbra sul bordo del suo bicchiere, ma non sta davvero bevendo.

Mi posiziono nuovamente dietro lo schermo del portatile e chiedo a Kian, con un gesto eloquente della mano, di passarmi le cuffie.

Faccio scorrere il cursore del mouse sulla lunga lista di brani che ho sul disco rigido finché trovo quello che sto cercando. Ci metto un secolo perché ogni due battiti di ciglia sollevo lo sguardo per controllarla.

Jonah le si avvicina di nuovo e trattengo il respiro. Quello stronzo deve aver fiutato la sua inesperienza non appena ha varcato la soglia della *Rec Room*. È peggio di un cane, ma di quelli pericolosi.

Quello schifoso le porge il proprio drink e allunga la mano per afferrare quello di Eva. Per un brevissimo secondo mi si annebbia il cervello e mi scende un velo nero sugli occhi. Ma Eva è sveglia, a differenza di quanto pensassi, e vederla fare un passo indietro e rifiutare lo scambio mi fa ricominciare a respirare regolarmente. Sorrido e, come se si sentisse i miei occhi addosso, la ragazza più vestita in sala volta la testa e mi becca a fissarla.

Annuisco una sola volta. Sa che ho visto tutta la scena e finalmente mi sorride. Non con le labbra, solo con gli occhi. Quei ridicoli occhi che tendono al turchese.

Faccio partire *Uprising* dei Muse sullo schermo e cerco il punto di incontro perfetto con il brano che sta suonando a tutto volume dalle casse. La folla si scatena. Riporto il mio sguardo su Eva, ancora aggrappata al suo bicchiere, che ora tiene stretto contro il petto.

Stavolta mi sorride per davvero, con tanto di zigomi che si sollevano. Gli angoli perfetti della sua bocca si alzano e, del tutto inaspettatamente, inizia a ballare sul posto. "Ballare" forse è chiedere troppo, muove appena la testa, facendo oscillare la sua coda di cavallo da una parte all'altra.

So che sta facendo finta di divertirsi per farmi contento, perché ho messo una canzone solo per lei e, se da una parte mi compiaccio di essere riuscito a buttare giù un pezzettino dello spesso muro che la circonda, dall'altra ho l'impressione di averla forzata a essere qualcosa che non è, a fare qualcosa che non aveva voglia di fare.

Non le piacciono le feste.

Non le piace ballare.

Non è venuta per bere.

Lei è l'eccezione alla mia stramaledetta regola.

CAPITOLO 5

Eva

Carmen è rientrata in stanza, ubriaca fradicia, alle cinque del mattino, facendo un gran casino e inciampando nelle sue scarpe almeno tre volte. Non sono più riuscita a riaddormentarmi e sto fissando il soffitto da ore.

Un lieve bussare alla porta, alle nove passate, mi fa scattare a sedere sul letto. Mi catapulto verso la porta e la apro di un paio di centimetri. Mi ritrovo davanti Josephine, con i suoi lunghi capelli ricci a incorniciarle il viso stanco e le labbra screpolate. Sono andata via dalla festa al Broadway House poco dopo aver visto Theo lasciare la sala con la sua ragazza, mentre Josephine e Victoria sono rimaste lì a ballare e a bere.

«Buongiorno», bisbiglio. Esco dalla stanza e mi accosto la porta alle spalle. «Nottata difficile?», le domando.

«Ho bisogno di un caffè nero, possibilmente servito in un secchio. Vieni con me a fare colazione? Victoria sta russando, sono a tanto così dal soffocarla con il cuscino».

«Dammi dieci minuti».

«Okay. Ti aspetto giù, all'entrata. Ho un mal di testa micidiale».

Rientro in stanza, incurante di fare rumore, e mi infilo le prime cose che mi capitano a tiro. Vado a rifugiarmi in bagno, spazzolo i capelli, li sistemo in uno chignon disordinato sopra la testa e mi lavo i denti. Quando, ormai pronta, passo davanti alla stanza di Theo il mio sguardo si sofferma su quel maledetto calzino bianco ancora annodato intorno alla maniglia. Uno di quelli orribili di spugna. È la prima cosa che ho notato ieri sera rientrando al dormitorio.

Sospiro e combatto il fastidio che provo nel saperlo ancora in camera sua, nel suo letto, con la sua ragazza. Tre quarti delle maniglie al terzo piano sono addobbati con calzettoni di ogni forma e colore, come se fosse necessario informare il mondo intero che, dietro quelle porte, stanno facendo sesso con le conquiste del sabato sera.

Scuoto la testa. Lo trovo triste. E stupido. E infantile. E perché mai Theo dovrebbe comportarsi in modo così sciocco? Vuole farmi sapere che stanotte lui e la sua donna ci hanno dato dentro?

Mi sto montando la testa. Solo perché mi ha preparato un drink e suonato un brano dei Muse per farmi contenta non significa che mi guardi in "quel" modo. La pacca sulla testa che mi ha dato, a mano aperta, come se fossi sua sorella minore, ne è la prova. Anche Josh, il maggiore dei miei cugini, lo fa sempre.

Scendo le scale fino al piano terra e trovo Josephine seduta su uno dei divanetti con le mani sepolte fra i capelli e la testa china in avanti.

«Ti senti male?», le domando sperando con tutto il cuore che non vomiti proprio qui. Cerco un secchio dell'immondizia, ma vedo solo un portaombrelli accanto al portone. Meglio di niente.

«No! Ho solo mal di testa». Solleva il viso, è bianca come uno straccio e si pizzica la radice del naso fra l'indice e il pollice.

«Vedrai che la colazione ti farà bene». Mi avvicino ma non la tocco. Non le offro il braccio per sostenersi o la mano per aiutarla a tirarsi su. Al contrario, le infilo entrambe nelle tasche della felpa della Columbia che mi hanno dato il primo giorno di allenamento e mi limito ad aspettare che si alzi.

«Ho bevuto troppo», confessa e sporge il labbro all'infuori mettendo il broncio.

«Si vede», replico di getto, pentendomi subito di aver usato un tono così sgarbato. «Cioè, volevo dire, non hai una bella cera».

«Va bene se andiamo al *Warren Coffee Bar*? È proprio qui dietro l'angolo. Ho bisogno di un caffè decente e quello della mensa mi fa venire il voltastomaco al solo pensiero».

Annuisco e mi affretto a spalancare il portone d'ingresso per poi tenerlo aperto per farla passare.

«La festa era carina», dico per smorzare il silenzio, dopo qualche minuto.

«È stata spaziale! Abbiamo ballato come delle matte. Peccato che tu sia andata via così presto».

«La prossima volta rimarrò con voi fino alla fine». Se non altro per impedirle di ridursi come uno zombie.

Josephine solleva gli occhi e il suo viso si esibisce in un sorriso soddisfatto. Dopodiché allunga un braccio e me lo passa intorno alle spalle, facendomi irrigidire. «Non sei felice di vivere per conto tuo? Di essere al college? Di poter far tardi quando vuoi, senza genitori rompipalle tra i piedi? Di partecipare a feste dove servono l'alcol senza chiederti i documenti?».

No! «Certo! Devo solo ambientarmi un po'».

«Si vede che sei una ragazza timida».

Non sa quanto si sbaglia. Non sono affatto timida, sono solo riservata. Mi tornano in mente le parole di Theo di ieri sera: "Si vede che sei cresciuta sotto una campana di vetro…". È così evidente?

Theo…

«Raccontami qualcosa di te», continua Josephine.

Ma non ha mal di testa? Perché vuole parlare? Ci conosciamo da un paio di settimane, sa già le cose importanti su di me: mi chiamo Eva, ho diciotto anni, sono nata in Florida e studio Scienze politiche perché voglio entrare alla scuola di Legge.

Svoltiamo su Amsterdam Avenue e mi stringo nella felpa liberando le spalle dal suo braccio con una mossa calcolata. Oggi il cielo è di un grigio piombo deprimente. Mi manca il caldo afoso di Daytona Beach.

«Vediamo un po'. Sono figlia unica, ma ho sei cugini maschi, tre più grandi e tre più piccoli. Siamo cresciuti tutti insieme».

«Ti mancano?».

«Certo», rispondo senza riflettere. Mi mancano? Avrei detto "non così tanto", invece il cuore ha parlato al posto del cervello. Mi manca Logan più di tutti, per assurdo.

«E i tuoi genitori?».

Sorrido ripensando a mia madre e a mio padre. Non li sento da venerdì sera. Mio padre avrà già preparato l'impasto per i pancake del brunch domenicale, mentre mia madre si sarà scolata la terza macchinetta di caffè espresso.

«Molto. Sono due bravi genitori. Mi hanno sempre lasciato una buona dose di libertà, si fidano di me». Forse è per questo che non sento il bisogno impellente di trasgredire alle regole, di ubriacarmi con alcol da quattro soldi e fare le cinque di mattina, solo perché posso farlo.

«Sembrano due tipi a posto». Josephine si lega i capelli con un elastico, poi abbassa lo sguardo sulle sue scarpe.

Questo semaforo ci mette sempre una vita a diventare verde.

«E tu? Hai fratelli? Sorelle? Come sono i tuoi? Sei di New York, giusto?».

«Sono di Brooklyn, per l'esattezza. Ho una sorella più piccola. Sorellastra, a dire il vero. Mia madre si è risposata quando avevo tre anni. Mio padre lo vedo molto poco, vive in Germania». Il suo tono è triste e io non so cosa dirle, così le pongo un'altra domanda.

«Come mai vivi al campus se sei di Brooklyn?».

«Il primo anno è obbligatorio e non potrei esserne più felice».

«Non vai d'accordo con il tuo patrigno?». Non so perché il mio cervello, in automatico, formuli quel collegamento. Forse perché se i miei si lasciassero e mia madre sposasse un altro uomo io lo odierei con tutta me stessa, a prescindere.

«Mia madre ha divorziato anche da lui, poco dopo la nascita di Ruth. Poi ha divorziato anche dal marito numero tre. Adesso è tornata a vivere con mio nonno e mia sorella a Brooklyn».

Se ci fosse Dennis, le tirerebbe su il morale con una battuta sagace. Amber le accarezzerebbe il braccio e le direbbe che le dispiace. Logan, invece, non perderebbe tempo con frasi banali, non gliene fregherebbe nulla del suo sguardo malinconico, troverebbe il modo per portarsela a letto. E io? Io la imito: mi fisso le scarpe e lascio cadere il discorso.

«Cosa ti ha detto Theo, ieri sera?».

Solo a sentir pronunciare il suo nome le guance mi vanno in fiamme e mi mordo furiosamente l'interno della guancia.

«Mi ha sgridata… come se fossi una ragazzina deficiente», sbotto io senza riuscire a frenare la lingua.

«Per cosa?».

«Ha detto che sono un'ingenua, che non devo mai accettare drink da parte di nessuno. Mi ha fatto sentire come una… come una… *stupida*!».

Attraversiamo la strada e io riprendo a parlare, gesticolando come solo mia madre sa fare e sbrodolando dalle labbra tutta la mia frustrazione.

«Insomma, il cocktail me lo aveva portato Victoria. Non ho motivo di dubitare di lei. Avresti dovuto sentire il tono che ha usato contro di me. Ha buttato il bicchiere nel lavandino e me ne ha preparato un altro. Poi mi ha teso un tranello, io mi sono girata e lui? Si è arrabbiato. Ma come si permette? Ha buttato anche quello. *Roofies*. Così ha detto. Che ha messo una pasticca di *roofies* nel mio cocktail alla fragola. Come se fossi un'idiota che si fa mettere la droga nel bicchiere. Chi si crede di essere?».

Josephine mi fissa con gli occhi sbarrati. Forse avrei dovuto informarla che sono una persona riservata finché qualcuno non mi punge sul vivo, in quel caso mi trasformo in un fiume in piena e vomito parole senza senso, e non c'è verso di fermarmi.

«Ti ha messo una pasticca nel drink?», mi domanda Josephine allarmata. Mi afferra il polso e mi costringe a fermarmi.

«No, certo che no! Ha detto che avrebbe *potuto*. Che lo fanno sempre. Non lui. Cioè, i ragazzi all'università. Che devo stare attenta. Che non sono più al liceo. Ti rendi conto?».

Qualcuno mi fermi!

«Okay, okay, calmati!». Josephine posa le mani sulle mie spalle e io riempio i polmoni d'aria per poi buttarla fuori lentamente. «Ricomincia da capo».

«Scusa. Quando sono nervosa tendo a straparlare», sospiro rumorosamente. «Ha detto che devo stare attenta perché a queste feste i ragazzi sono vigliacchi e si divertono a mettere la droga nei nostri bicchieri. Ha insistito sul fatto che non devo mai perdere di vista il mio, mai».

Josephine sorride. «Quel ragazzo è davvero un sogno!».

Ma ha capito cosa le ho appena detto? Mi ha *umiliata*! Trattata come una scema, fatta sentire una nullità assoluta. E okay, forse è un sogno, un bellissimo sogno fatto di inchiostro colorato e occhi azzurri che ricordano i ghiacciai del Polo Nord che si infrangono nel mare blu, ma è stato maleducato e fuori luogo.

«Mi ha trattata malissimo», piagnucolo io.

«Ti stava solo guardando le spalle. Lo trovo tenero. Cioè, *lui* ti ha parlato! Di sua spontanea volontà. Ti ha preso per un braccio e ti ha detto, con quella voce super sexy che per poco non mi ha fatto venire un orgasmo: "Vieni con me"». Prova a imitare il suo tono accentuando la cadenza mascolina e sfoggiando un sorriso mascalzone, cosa che Theo non ha assolutamente fatto. Ridacchio. «Hai idea delle voci che girano su di lui?».

Scuoto la testa.

«Pare che fino alla fine dello scorso anno fosse davvero scatenato. Cambiava una ragazza ogni sera. Dove c'era una rissa, potevi metterci la mano sul fuoco che ci fosse di mezzo lui. Organizzava festini privati molto esclusivi, se sai cosa intendo... Ha avuto qualche casino con la droga e i suoi voti facevano schifo. Ha rischiato di essere cacciato da scuola un milione di volte, l'ultima a giugno. Gira voce che sia arrivato alle mani con Jonah Ward pesantemente e che se non fosse stato per l'intervento dei loro genitori, li avrebbero espulsi entrambi dalla Columbia».

«E adesso?».

«Da quando sta con Helena, *dicono* abbia messo la testa a posto». Fa spallucce e riprende a camminare.

«La ragazza con la quale è andato via ieri sera?».

«Proprio lei: Miss Figa di Legno!».

Helena...

«Deve amarla davvero tanto, allora», mi sento dire.

«I ragazzi come lui non amano "davvero tanto". Victoria ha sentito dire che suo padre lo ha minacciato di mandarlo a lavorare su un peschereccio in Alaska, se non si fosse rimesso sulla retta via».

«Come fate a sapere tutte queste cose? Siamo qui da sole tre settimane», domando entrando nella caffetteria.

«A Victoria piace tenersi informata. Lei sa tutto di tutti. E poi Theo Steinfield è una specie di istituzione alla Columbia. Non troverai una ragazza nel raggio di cento chilometri che non se lo vorrebbe fare». Josephine si guarda intorno per poi indicare un tavolino al centro della sala. Io avrei scelto quello appartato, nell'angolo in fondo, vicino all'uscita di sicurezza.

«Anche tu?».

«È troppo pieno di sé per i miei gusti. Me lo faresti? Oh, sì! Adesso, qui, immediatamente». Josephine sfoggia un sorriso smagliante. «Ma non è il mio tipo. Tu no? Non te lo faresti?».

Rimango a fissarla. Non so se posso fidarmi di lei. L'ultima cosa che voglio è che vada a spifferare le mie confidenze in giro.

«Rientro nei cento chilometri di raggio... no?!», svio la domanda diretta con una mezza risposta che però sembra soddisfarla.

«Avreste dei bambini stupendi! Tu con quel nasino alla francese, lui con quella bocca da stupro! E poi i vostri occhi: non oso pensare che mix assurdo ne verrebbe fuori».

«Bambini?». Scoppio a ridere.

Josephine fa spallucce e si accascia su una sedia. «Come va con quella mezza pazza della tua coinquilina?».

Sbuffo. «Quando è rientrata, verso le cinque, pensavo volesse demolire la stanza. Se n'è fregata che stessi dormendo. È davvero una stronza», mi lascio sfuggire.

«Si vede che è un'arpia. Ma non ti preoccupare, potrai sempre rifugiarti da me e Vicky». Josephine afferra il menù e se lo porta a un paio di centimetri dagli occhi. «Ho bisogno di uova strapazzate, milk-shake e caffè bollente. Tu cosa prendi?».

«Pancake». Non devo nemmeno guardarlo, il menù. «È una specie di tradizione domenicale», aggiungo poi, come se dovessi giustificarmi.

«Cameriera!». Josephine alza il dito – e la voce – per attirare l'attenzione di una ragazza che gira fra i tavoli con un blocchetto in mano e un grembiule annodato intorno alla vita. «Siamo pronte per ordinare».

***

«Cosa combini, cuginetta?». Nemmeno un "ciao" da parte di Logan quando rispondo alla chiamata.

«Sono stata a una festa ieri sera. Mi sono ubriacata», lo stuzzico io.

«Brava! E poi?».

«Ho fatto sesso in bagno con uno sconosciuto».

«Mi sto commuovendo».

«E non sai la parte più interessante: credo di essere incinta! Già. Mi sono ubriacata, ho fatto sesso senza protezione con uno sconosciuto e fra nove mesi sarò una ragazza madre».

«Zio Ben sarà così fiero di te! Non ti ha ancora fatto prelevare dai servizi segreti?», lo sento ridacchiare.

«Mi aspetto un elicottero sul tetto del dormitorio da un momento all'altro».

«Dove sei?».

«Sono stata a fare colazione con un'amica. Lei è andata in biblioteca a prendere un libro, io sto tornando in stanza».

«Okay, ferma, ferma. Hai detto "amica"? Cioè, *tu* hai un'amica? Ora sì che la storia non quadra».

«Ah-ah, davvero simpatico! Si chiama Josephine, sta nella stanza di fronte alla mia. Frequentiamo gli stessi corsi». Entro nel portone del Brittany Hall e mi accomodo su uno dei divanetti davanti all'ascensore.

«È scopabile?».

«Per te *tutto* è scopabile», lo prendo in giro io.

«Giusto!». Ride di nuovo e io sorrido contro la cornetta.

Alcuni rapporti funzionano meglio a distanza. Per me e Logan è così: più siamo lontani, più sentiamo il bisogno di avvicinarci l'uno all'altra. Da quando si è trasferito a Boston, un anno fa, siamo inseparabili. Prima? Ci odiavamo. È strano, non ci siamo mai potuti vedere, ce le siamo date di santa ragione per anni, eppure, il giorno che è partito, caricando la sua auto con decine di scatoloni marroni, qualcosa ha scricchiolato nel mio petto. Non saprei spiegarlo a parole, lui è partito e si è portato via un pezzo del mio cuore. E, giuro, avrei messo la mano sul fuoco che non avrei mai sentito la sua mancanza.

Avevo persino cerchiato di rosso la data della sua partenza sul calendario in cucina. Quel giorno avrebbe dovuto essere il più bello della mia vita, finalmente mi sarei liberata di quello stronzo presuntuoso e prepotente, invece mi ero sentita persa senza di lui.

«Eva, mi senti ancora?». La voce di Logan mi riporta al presente. Mi alzo dal divano e mi intrufolo nel vano scale tramite la porta antincendio.

«Sì, ci sono. Cosa stavi dicendo?».

«Che presto verrò a trovarti. Stavo pensando che potrei venire a New York per il tuo compleanno, e poi potremmo partire insieme per tornare a Daytona la mattina del Ringraziamento».

«Sarebbe bello», dico ansimando per aver fatto le scale a due a due di corsa.

«Come hai detto che si chiama la tua amica?».

«Stupido! Non te la porterai a letto».

Replica qualcosa, ma non lo sto più ad ascoltare. La porta della camera di Theo si spalanca e la sua ragazza sbuca oltre la cornice. È vestita come ieri sera: top rosa e leggings neri, così aderenti che le fanno da seconda pelle. I suoi capelli sono in disordine e non ha più un filo di trucco sul viso, ma è comunque bellissima. Abbasso lo sguardo e rallento il passo.

«Evaaa?!», mi richiama di nuovo mio cugino.

«Sì, sono qua. Non prende bene la linea», sussurro.

Avanzo lungo il corridoio e prego di non incrociare Theo. Preghiere che non vengono ascoltate. Prima sbuca la sua testa da dietro lo stipite e poi il resto del corpo. Sento le ginocchia cedere. È a petto nudo e indossa solo un paio di boxer neri attillatissimi, di quelli con l'elastico bianco e la scritta "Dolce&Gabbana" in rilievo. E lo sguardo mi si ferma *proprio lì*! Non sono una pervertita – non lo ero fino a pochi secondi fa, almeno –, ma è impossibile non guardarlo... *proprio lì*!

Sento le guance andarmi a fuoco e la mia dignità scavarsi una buca profonda nel pavimento.

«Ma dove sei?», domanda ancora Logan.

«Sto rientrando in camera», bisbiglio.

Incrocio *Heleeena*, ma lei non si accorge della mia presenza e mi supera.

Lui sì. Lui mi vede, eccome!

Si appoggia contro la porta e incrocia le braccia sul petto. È muscoloso. Parte del busto è ricoperta di tatuaggi e le sue gambe sono sode e atletiche.

«Buongiorno», dice Theo. La sua voce è roca, probabilmente perché si è svegliato da poco. O forse per tutto il sesso che avrà fatto stanotte, che dalla sua espressione rilassata deduco sia stato *fantastico*. È sexy. È così bello da provocarmi un principio di infarto, tanto batte forte il mio cuore.

«Ciao», rispondo impacciata riabbassando subito lo sguardo.

«Chi hai salutato?», mi domanda Logan ricordandomi che siamo ancora al telefono.

«Devo andare. Ti richiamo dopo». Attacco prima che mio cugino possa aggiungere altro e mi concentro sulla porta della mia stanza.

La stupida tessera magnetica non funziona. La infilo nella serratura quattro volte prima di rendermi conto che la sto inserendo dal verso sbagliato.

«Serve una mano?», mi domanda Theo, con tono ironico. Mi sta ancora guardando. Sento i suoi occhi addosso e io mi aggrappo a quella maledetta maniglia stritolandola. Vorrei buttare giù la porta a spallate.

«No. Fatto. Contrario. Tessera».

Sono patetica! Sono patetica e sono senza speranze. Patetica, senza speranze e imbecille.

Il cellulare, che ho infilato nella tasca della felpa, vibra, ma lo ignoro. Non riesco a concentrarmi su più di una cosa contemporaneamente, al momento.

E la mia priorità è ficcare questa maledetta tessera nel verso giusto e nascondermi come una ladra.

«Gli ho fissato il pacco», piagnucolo a voce bassissima quando sono al sicuro nella mia stanza. Mi butto sul letto e me ne frego di Carmen che sta ancora dormendo, attorcigliata come una mummia nella sua coperta. Seppellisco la faccia nel cuscino e soffoco un gridolino esasperato.

Gesù bambino... gli ho fissato il pacco!

LOGAN: Ma cosa cavolo è successo? Perché hai attaccato in quel modo? Richiamami!

EVA: Ci sentiamo più tardi. Devo studiare.

Vorrei confidarmi con lui, vorrei farlo davvero, ma non saprei cosa dirgli, da dove cominciare. La prima volta che ho visto Theo sono rimasta folgorata dal colore assurdo dei suoi occhi, dal suo fisico, dai suoi tatuaggi esagerati, e questa stupida cotta, invece di assopirsi, sta crescendo in modo esponenziale ogni volta che me lo ritrovo davanti.

Io non sono il suo tipo e lui, in tutta sincerità, non è il mio. Il mio ex ha il viso di un angelo, lineamenti delicati, capelli lisci e biondi che ha sempre portato lunghi fin sotto le orecchie, muscoloso ma non massiccio. Esattamente l'opposto di Theo, che quando entra in una stanza calamita su di sé l'attenzione di tutti i presenti. È merito della sua presenza ingombrante, del suo modo di fare così sicuro di sé. E i ragazzi come lui non perdono la testa per le ragazze come me che, nonostante mi sforzi di essere come tutte le mie coetanee, non ci riesco.

Non mi piacciono gli sguardi insistenti dei ragazzi, non ho voglia di rendermi ridicola in mezzo a una pista da ballo, magari ubriaca e fuori controllo, o di andare a letto con il primo che mi capita solo perché *posso* farlo. Non sono capace di "divertirmi e basta". Sono stata innamorata dello stesso ragazzo per dodici lunghi anni prima di trovare il coraggio di rivolgergli più di tre parole in fila senza balbettare, e tutto questo dove mi ha portato? A non essere in grado di lasciarmi andare.

E Theo ha una ragazza, una *bellissima* ragazza con un fisico da modella e un portamento da superstar.

Se mi confidassi con Logan, se gli dicessi di aver preso una cotta micidiale per il ragazzo dell'ultimo anno, bello e irraggiungibile, riderebbe di me. Si prenderebbe gioco della povera ragazzina sciocca che credeva di poter conquistare il mondo, invece è così stupida da aver messo gli occhi sull'unico ragazzo che non la degnerebbe mai di uno sguardo, nemmeno di sfuggita.

Prendo a pugni il cuscino e soffoco un nuovo strilletto irritato. Riesco quasi a vedere l'espressione contrariata di mio cugino e a sentire il suo avvertimento: "Eva, Eva, Eva… fattela passare presto, questa cotta, o ti farai del male".

Ma forse è già troppo tardi.

***

Dopo aver trascorso tutto il pomeriggio china sui libri sento il bisogno di mettere qualcosa sotto i denti e di uscire da questa stanza claustrofobica. Non appena chiudo il grosso tomo, Carmen accende lo stereo e la musica risuona a tutto volume in questi dodici metri quadrati.

«Vado in mensa», la informo, ma lei non mi degna di uno sguardo. Ha passato l'intero pomeriggio con il naso sepolto nel suo cellulare, saltando da Facebook e Instagram e alternando il tutto con selfie ridicoli.

Carmen non mi risponde, non mangia mai in mensa. Ora che ci penso, non credo che mangi affatto.

Appena arrivo metto sul vassoio una porzione di patatine fritte e un hamburger di pollo, poi torno indietro e prelevo dal bancone in acciaio anche un piatto di insalata mista. Mi siedo al mio solito tavolo, quello defilato in uno degli angoli della grande sala.

Prendo in mano il libro e cerco di rilassarmi. Domani inizierà la quarta settimana al campus e la terza di lezioni. Il professore di letteratura europea, il primo giorno di corso, ci ha consegnato una lista lunghissima di letture per il semestre. Ne ho già letti una decina al liceo, ma mentirei se dicessi di ricordarmi qualcosa di quei romanzi. Così venerdì mattina sono andata in biblioteca e ho preso in prestito *Madame Bovary*. Ricordo di averlo divorato in seconda liceo, non mi dispiace ripartire proprio da quello.

Tengo il grosso volume incastrato fra il pollice e il mignolo della mano sinistra e pesco con la forchetta foglie di insalata e bocconcini di hamburger con la destra.

Mi estranio da tutto, dal rumore di stoviglie alle mie spalle, dal vociare divertito degli studenti, e mi concentro solo su Emma.

Alzo gli occhi dal romanzo solo quando il mio cervello registra il silenzio assoluto intorno a me. Sono rimasta sola. Anche gli inservienti pagati per servirci i pasti e ripulire la mensa sono spariti.

Mi stiracchio, poi recupero il mio vassoio e vado a riporlo nel carrello in acciaio accanto al grande secchio dell'immondizia.

Con passi lenti, e Flaubert sottobraccio, mi avvio su per le scale e punto dritta alla mia stanza. Lo vedo subito: un calzino rosa penzola dalla maniglia della porta trecentoventitré. La *mia* porta numero trecentoventitré!

Rimango impalata a contemplare quella calzetta di filo – sporca, fra l'altro – e non so che diavolo fare. Il messaggio è piuttosto chiaro, ma sono le nove passate di domenica sera. Cosa dovrei fare secondo Carmen? Rimanere seduta, spalle al muro, in attesa che finisca di trastullarsi con il ragazzo che sicuramente ha in camera?

La odio!

Aspetto una decina di minuti, l'unico rumore che proviene dall'interno è *Who do You Love* dei The Chainsmokers, a un volume esagerato.

Mi guardo intorno, il corridoio è stranamente deserto. Decido di darle un'ora, non di più, e di aspettare in sala studio.

Avrei comunque continuato a leggere, mi ripeto nella testa cercando di placare il nervoso per questa trovata assurda della mia compagna di stanza.

Avrebbe dovuto avvisarmi. Che stronza!

Sono stata in sala studio solo due volte da quando sono arrivata. La stanza è ampia, arredata con librerie dal design moderno, divani e poltrone in tessuto scuro e una decina di tavoli di legno chiaro, sistemati a caso.

Theo è seduto su uno di questi ultimi, i piedi sulla sedia. Sta contando dei soldi, gli occhi incollati sulle banconote. Ne sfila un bel po' e le passa, con un gesto rapido, a un ragazzo che ho intravisto in mensa in queste settimane. Il tipo se le infila in tasca, dopodiché si salutano amichevolmente con un mezzo abbraccio.

Mi accomodo su una delle poltrone accanto alla finestra. Sospiro e ignoro il tuffo al petto che provo ogni volta che me lo ritrovo davanti.

Non sono mai stata una da colpo di fulmine. Come mi ha ricordato qualche giorno fa Dennis, sono stata innamorata dello stesso ragazzo per dodici anni. Non vedevo altri che J.J. Invece con Theo è stato immediato. Mi è passato davanti, ha incrociato il mio sguardo per alcuni brevi secondi e la mia immaginazione ha preso il volo. In modo del tutto inaspettato.

Ripenso al nostro breve incontro nei bagni comuni e devo poggiare le mani fredde sulle mie guance calde per placarne il rossore. Da quel giorno, ogni volta che lo vedo il mio cuore perde un battito. E poi un altro. E poi un altro ancora.

Non è solo il suo aspetto fisico a imbambolarmi, è il modo in cui si muove, le smorfie che fa con le labbra, l'aura di perfezione che lo avvolge. L'attrazione fisica che provo per lui è intensa. Viscerale.

Riapro il libro a pagina cinquantadue e mi concentro sulle parole che vedo. Ci metto qualche paragrafo prima di rientrare nella storia, dimenticarmi dove sono e catapultarmi in Francia. Finché la sua voce non mi riporta bruscamente al presente e il cuore riprende a martellarmi nel petto come un ossesso, senza che riesca a oppormi.

«Cosa leggi?», mi domanda Theo. Alzo appena la testa e lo vedo stravaccato sulla poltrona di fronte alla mia.

«Madame Bovary». Stranamente riesco a rispondere come una persona normale.

«Letteratura europea con il professor Humer?».

«Sì».

«Una noia mortale».

«A me piace», rispondo, poi riporto lo sguardo sulla pagina. Le lettere si mescolano e il testo diventa incomprensibile.

«Sei una secchiona».

«No, affatto», ribatto.

«Se non ricordo male, hai detto che vuoi entrare alla Facoltà di Legge. Giusto?».

Adesso ha tutta la mia attenzione. Annuisco. «Anche tu».

«Sì, beh, è un vizio di famiglia. Mio padre è un avvocato, ha deciso tutto lui». Sorride a mezza bocca e io devo sigillarmi le labbra per non dire qualcosa di stupido.

«Spacci?». Da dove diavolo mi è uscita questa cazzo di domanda? A quanto pare, le parole di Josephine di stamattina hanno fatto breccia: "Organizzava festini privati molto esclusivi, se sai cosa intendo... Ha avuto qualche casino con la droga e i suoi voti facevano schifo".

«Cosa?», mi domanda sorpreso.

«Droga. Spacci droga?».

«Cosa te lo fa pensare?». Accavalla le gambe, rilassa i gomiti sui braccioli e accentua quel suo ghigno sardonico che lo contraddistingue.

«Non ti sto giudicando. Ho visto la mazzetta di soldi che hai dato a quel ragazzo».

Theo non riesce a trattenere la risatina. «Organizzo feste, serate nelle varie confraternite e nei dormitori, e tornei di poker. Quelli erano i soldi di una vincita».

«È legale?», domando sorpresa.

«Non proprio».

«Non hai paura di finire in galera o, che ne so, che ti caccino via?». Non so molte cose della vita, ma di una sono certa: il gioco d'azzardo è severamente vietato all'interno delle scuole.

«Nah! Mio padre non lo permetterebbe. Diciamo che il rettore chiude un occhio per me, a patto che mantenga un profilo basso».

«E perché?».

Theo ride di nuovo. Sembro una macchinetta impazzita. «Mio padre è un ex alunno della Columbia. Uno di quelli "importanti". Al rettore Reagan fanno comodo le donazioni esorbitanti che elargisce ogni anno a questa università, non gli conviene».

Che discorso stupido! Solo perché hai il potere di fare una cosa non significa che tu debba farla per forza. Tengo per me questa considerazione. Theo, nonostante le voci che secondo Josephine girano sul suo conto, non mi sembra uno spiantato, una testa calda. Al contrario, lo trovo posato e con la testa sulle spalle.

Ma forse mi sbaglio. Forse lo sto giustificando solo perché voglio credere di non essermi presa una cotta per il *bad boy* di turno. Non sarebbe da me.

Il telefono mi squilla in tasca e mi fa balzare sulla poltrona.

«È mia madre», dico guardando il display.

«Ti lascio in pace, allora. Ci si vede in giro, Eva». Lo guardo alzarsi, rivolgermi un cenno con il mento e allontanarsi di pochi metri.

«Ciao, mamma», rispondo in italiano. Da quando ero piccola mi parla nella sua lingua madre e pretende che lo faccia anch'io con lei.

«Stavi dormendo?», mi domanda.

«No. Sono in sala studio».

Chiacchieriamo per un po', con la coda dell'occhio sbircio Theo che beve birra e fuma sigarette insieme a un gruppetto di ragazzi. Chiudo la conversazione poco dopo che se ne è andato.

Guardo l'orologio. Sono passati quarantacinque minuti. Mi sforzo di leggere, di concentrarmi su Flaubert, ma non serve a nulla. Alle dieci mi alzo e torno al terzo piano. Solo che quel maledetto calzino è ancora lì, la musica ancora troppo alta.

Cosa diavolo faccio, adesso?

Vorrei buttare giù la porta, ma non ne ho il coraggio. Carmen è una persona indisponente e cattiva, non ho voglia di litigare con lei, perché mi conosco troppo bene. Quando sono così nervosa il mio caratteraccio tende a prendere il sopravvento: alzo la voce, non uso il filtro fra la bocca e il cervello e nove volte su dieci passo dalla parte del torto.

Torno in sala studio, riprendo possesso della mia poltrona e riapro il libro. Sento le palpebre pesanti e una rabbia alla bocca dello stomaco che non mi fa concentrare sulla storia. Chiudo gli occhi un paio di volte e, senza rendermene conto, mi addormento.

Mi risveglio alle cinque di mattina.

CAPITOLO 6

Theo

Raccolgo i panni sporchi in giro per la stanza e li infilo nella cesta per il bucato. Rovisto dentro l'armadio alla ricerca dei pantaloni e della t-shirt che ho usato per allenarmi in palestra ieri sera e che ho saggiamente sigillato dentro una busta di plastica.

La tengo lontana dal mio naso, questa roba è radioattiva. Mi ricordo di prendere anche il quadernino che uso per appuntarmi le cose che devo fare e una penna blu, per poi poggiarli entrambi sopra la montagna di vestiti sporchi.

Quando entro in lavanderia mi blocco per alcuni istanti sotto la cornice della porta. Eva, di spalle, sta esaminando due magliette. Una chiara e una scura. Le ficca in due lavatrici diverse e sorrido.

Non l'ho vista spesso questa settimana, eppure sono contento di trovarla qui.

«Mi devi venti dollari per la consulenza», esordisco io, facendola scattare sull'attenti al suono della mia voce. È una ragazzina tranquilla, è sveglia e mi piace che abbia ascoltato i miei consigli senza controbattere, la fa risultare molto più matura di tante altre persone. Non si atteggia mai a prima donna, non vuole avere ragione per forza. Se una cosa non la sa, è disposta a fare un passo indietro per impararla.

I suoi occhi, sempre troppo grandi, sempre troppo verdi, mi trovano e le sue guance si colorano di rosa. È tenera. So che ha una cotta per me, glielo leggo a caratteri cubitali scritto in fronte, e il modo in cui diventa nervosa quando le parlo ne è un'ulteriore conferma.

A differenza delle altre ragazze, però, il suo imbarazzo è genuino. Non cerca di fare colpo o di atteggiarsi a qualcosa che non è. Non fa la svenevole per poi rivolgermi sguardi impertinenti e battute troppo audaci e dirette che la dicono lunga sulle sue intenzioni. E io me ne approfitto.

«Per la dritta sulle lavatrici o sui drink?», mi domanda lei. Si volta e continua a stipare vestiti nelle lavatrici.

«Giusto! Allora me ne devi quaranta».

«Come mai non sei a prepararti anche tu per qualche festa super megagalattica?».

«Il venerdì pomeriggio è il giorno del bucato. È l'unico momento in cui ho tutte le lavatrici e le asciugatrici a mia disposizione. *Quasi* tutte! E tu perché non sei a prepararti per uscire?».

«Sto sfuggendo a Vicky e Jo. È tutta la settimana che mi assillano per andare a una festa al Kinny Hall». Fa spallucce e fruga nelle tasche dei pantaloni alla ricerca dei suoi quarti di dollaro.

Rimaniamo in silenzio per qualche minuto, ognuno impegnato a portare a termine la propria missione. Eva si va a sedere sull'unica sedia nella stanza e tira fuori il suo inseparabile libro da uno zainetto nero.

«L'hai quasi finito», appuro vedendo che è arrivata ben oltre la metà.

«Avrei voluto terminarlo prima, ma sono stata subissata di compiti e allenamenti. I ritmi sono frenetici, devo ancora prenderci la mano».

Inserisco i soldi nella piccola fessura e faccio partire le mie lavatrici, poi vado a sedermi su una delle asciugatrici, di fronte a lei.

«Non vai via, oggi?».

«Nah. Ti faccio compagnia».

«Okay», replica lei, sempre più imbarazzata. Seppellisce la testa nel suo romanzo mentre io rimango a fissarla, giusto per il gusto di metterla in soggezione. Apro il mio quaderno e inizio a scarabocchiarci sopra un paio di appunti.

«Cosa fai?», mi domanda posando il suo volume sul tavolo accanto a lei.

«Sto organizzando la festa di Halloween per la confraternita Pike».

«Manca più di un mese ad Halloween», puntualizza lei usando un tono sarcastico.

«Lo so. La Pike è stata sospesa per cinque anni, ma ora sono tornati e vogliono riprendersi il primato assoluto fra le confraternite. Mi hanno chiesto di organizzargli un party assurdo, e a me piace pianificare le cose per tempo. Ti piace Halloween?».

Eva scuote la testa. «Non tanto».

«Chissà perché ci avrei scommesso dei soldi».

Ridacchia e abbassa lo sguardo sulle mani. «Ognuno ha i suoi gusti», taglia corto.

«Stasera ci sarà una festicciola nella *Rec Room*. Niente a che vedere con la festa di sabato sera al Broadway House. È riservata ai ragazzi del dormitorio. Un po' di musica, un paio di birre e poi un torneo di poker in sala studio. Dovresti venire».

Si morde l'interno delle guance e frena il suo rifiuto secco. Alzo un sopracciglio e aspetto che trovi le parole giuste per dirmi che non ci pensa proprio.

«Perché no?», dice invece, e ne rimango sorpreso. «Dove hai imparato a giocare a poker?».

«Me lo ha insegnato la mia tata. Era una mezza pazza. Quando i miei erano via il sabato sera, cioè sempre, invitava a casa mia le sue amiche e disponeva le carte sul tavolo rotondo di legno massello dell'Ottocento di mia madre. Bevevano Margarita e fumavano in casa». Rido a quel ricordo. Eva ascolta ogni parola in religioso silenzio e decido di continuare con il mio racconto. Non ho mai detto questa cosa a nessuno, è sempre stato un segreto fra me e Tracy. «Mi metteva a letto e poi si dava al gioco d'azzardo. Io mi alzavo e la spiavo da dietro il muro del corridoio. Lei e le sue amiche si ammazzavano di risate e a mano a mano che la serata proseguiva, fino a notte fonda, il nostro salone di casa immacolato si trasformava in una vera e propria bisca, con tanto di cappa di fumo. Una sera mi sono sporto un po' troppo, mi ha scoperto ed è scoppiata a piangere, implorandomi di non dire nulla ai miei. L'avrebbero cacciata senza darle nemmeno il tempo di fare le valigie».

«E non l'hai fatto?».

Scuoto la testa energicamente. «No».

«E perché?».

«Perché le volevo, *le voglio*, bene. Me l'avrebbero portata via ed era la cosa più vicina a una madre che avessi». Deglutisco e distolgo lo sguardo. Non ho mai pronunciato queste parole ad alta voce, non sapevo nemmeno di pensarle.

«E cosa è successo dopo?».

«Facemmo un patto: lei mi insegnò a giocare e io custodii il suo segreto».

«È una cosa così spericolata! Io non ho segreti con i miei genitori. Beh, mio padre è convinto che sia ancora vergine, ma quello non conta».

Ridacchio. Devo essere onesto, l'ho pensato anch'io sabato scorso, quando l'ho vista entrare nella *Rec Room* del Broadway House vestita come se stesse andando in palestra.

«Sei una brava ragazza. Si vede».

«La fai sembrare una cosa brutta». Fa una smorfia con le labbra e riprende il suo libro dal tavolo, rigirandoselo poi fra le mani.

«Non lo è, ma se nella vita non rischi un po', come ti diverti?». Fa spallucce e io continuo. «E non venirmi a dire che leggere il venerdì sera è divertente».

«Dipende da quali sono le alternative».

Ragazza intelligente. Non segue la massa, ragiona con la sua testa, non le importa di uniformarsi al resto del mondo. Intanto alla radio del campus passano *Not Strong Enough* degli Apocalyptica. Marcus, il ragazzo nuovo che segue la fascia pomeridiana, è in gamba.

«Dove sei cresciuto?», mi domanda.

«Fai un sacco di domande, eh?».

«Sono solo curiosa. Il mio migliore amico, Dennis, mi dice sempre che sono una palla al piede, che non mi sforzo mai di fare amicizia con nessuno, che divento strana quando parlo con gli sconosciuti e blatero frasi senza senso. Sto cercando di dimostrargli che si sbaglia, che sono perfettamente in grado di instaurare rapporti civili con altri esseri umani».

«Vuoi diventare mia amica?», domando con un tono volutamente malizioso, e l'imbarazzo riaffiora sulle sue guance bianche come l'avorio.

«Ci siamo solo io e te qui dentro. Non ho molta altra scelta, non credi?», replica a tono.

Che tipa!

Le prime volte che le ho parlato balbettava frasi sconclusionate, mentre adesso che si è rilassata capisco che non è una ragazzina impacciata, come l'avevo etichettata, è solo riservata.

«Sono cresciuto a Toronto. Sono per metà canadese. Tu?». È ora di passarle la palla.

«Florida, Daytona Beach. Mio padre è americano, mia madre italiana».

«Lo avevo intuito. Hai risposto a tua madre in italiano l'altro giorno al telefono», dico e lei sgrana gli occhi per alcuni secondi. «Lo studio dal primo anno ma, tranquilla, ho capito solo "ciao mamma". Sono una causa persa, le lingue non fanno per me».

Eva ride e quel suono è rilassante, una sauna calda dopo una giornata passata a sciare.

«Mi parla in italiano da quando sono nata, ma la mia pronuncia fa davvero schifo. Mio nonno Luca me lo dice sempre e mi sfotte tantissimo». Non c'è risentimento nella sua voce, percepisco solo affetto.

Rimaniamo in silenzio per un po', io continuo a battere il tallone contro l'asciugatrice e lei sta distruggendo gli angoli della copertina di Madame Bovary.

«Magari ti chiederò ripetizioni. In cambio ti passerò i miei appunti per il corso di letteratura europea. Ci stai?», le domando e lei annuisce.

«Hai fratelli o sorelle?».

«Sono figlio unico. Tu?».

«Figlia unica».

Andiamo avanti a farci domande sulle nostre vite finché le lavatrici si arrestano e siamo costretti ad alzarci e a procedere con la seconda fase del nostro bucato.

«Tieni». Le passo un rettangolo di carta profumato.

«Cos'è?».

«Non sai proprio niente tu, eh?!», la sfotto io. «Sono salviette ammorbidenti. Rendono il bucato profumato».

«Sai, il tuo aspetto fisico stride parecchio con le tue doti casalinghe».

«E che aspetto ho?», uso ancora un tono malizioso, solo per il gusto di vederla arrossire.

«Beh. Muscoli. Insomma. Tatuaggi. Grosso».

Sta blaterando di nuovo. «Sono *grosso*?», le domando fingendomi stupito e lei cade nel tranello.

«No. Sì. Grossissimo».

Mi gratto il mento. «Mi hanno fatto complimenti in passato, insomma, basta guardarmi. Ma "grossissimo" non me lo aveva ancora detto nessuno». Mi guardo di proposito in mezzo alle gambe, poi fisso di nuovo gli occhi su di lei. «Credo tu abbia proprio ragione. Sono *grossissimo!*».

Le sue guance vanno a fuoco, la sua mascella arriva alle ginocchia e fa un passo indietro.

«Dai, Eva! Ti sto prendendo in giro! Devi lasciarti un po' andare, sai? Si capisce che sei una con la risposta pronta quando vuoi, quindi non farti prendere in contropiede da certe frasi idiote a doppio senso, o i ragazzi penseranno che sei una suoretta appena uscita dal convento e cercheranno di approfittarsene».

«Io... io...».

«*Tu* adesso fai un bel respiro e mi rispondi come mi meriterei».

Eva si morde il labbro inferiore e butta fuori l'aria che tratteneva nei polmoni con uno sbuffo nervoso. «Non dovresti dar retta a tua madre: si sa che tendono a ingigantire le doti dei propri figli».

Ridacchio. «Puoi fare di meglio».

«Okay». Si porta le mani ai fianchi e sospira di nuovo. «Sapevi che le dimensioni dei genitali maschili sono inversamente proporzionali all'ego dei loro proprietari? E tu ne hai uno smisurato». Mi guarda in mezzo alle gambe per poi rifilarmi una smorfia schifata che la fa sembrare ancora più carina. «E hai i piedi piccoli!». Inclina la testa di lato per rafforzare le sue parole e io mi avvicino di un passo.

«E che mi dici delle mie mani?». Spalanco il palmo e glielo mostro. «Lo sai cosa si dice degli uomini con le mani grandi?».

«Che hanno un futuro come muratori?», mi rimbocca lei, e devo trattenermi dal ridere.

La mia espressione si fa seria, socchiudo gli occhi e schiudo le labbra di proposito, nel tentativo di tramortirla con uno sguardo voglioso. «Che sanno far godere le ragazze in modi inimmaginabili perché arrivano a toccare punti dove nessun altro arriva».

I suoi occhi verdi e turchesi brillano di qualcosa che non riconosco. Fa un passo in avanti, il suo viso a pochi centimetri dal mio. L'aria si surriscalda e per un attimo mi pento di aver intavolato questo giochino del cazzo con lei.

«Non troveresti il mio punto G nemmeno se ti fornissi una mappa dettagliata».

Scoppio a ridere. «Carina questa».

«Credo di averla sentita in qualche film o forse l'ho letta, non ricordo, ma morivo dalla voglia di usarla!».

Mi vado a sedere di nuovo sull'asciugatrice ripristinando una distanza appropriata fra di noi.

«Test superato?», mi domanda lei.

«Non male come prima volta, ma dobbiamo lavorarci ancora un po'».

«Ti stai offrendo come insegnante?». Anche lei si è riseduta, la temperatura è tornata normale ed Eva è di nuovo a suo agio. Io un po' meno.

«Perché no? Hai seriamente bisogno di una guida per sopravvivere in questa giungla».

«Mi sembra di sentir parlare mio cugino Josh». Rotea gli occhi e si porta le ginocchia al petto, abbracciandole.

Avrei detto che mi sto comportando più come un fratello maggiore premuroso, ma cugino va bene lo stesso. Uno che non la guarda con smania e che non muore dalla voglia di infilarsi nelle sue mutande.

Perché una cosa mi è fin troppo chiara dopo averla osservata bene: è intoccabile. Per un sacco di motivi.

***

Sto selezionando il prossimo brano quando la vedo entrare nella *Rec Room*, con le mani sepolte nelle tasche della sua felpa di due taglie più grande – che, mi ci gioco una mano, lei definirebbe "comoda" – e le scarpe slacciate.

«È arrivata la tua vicina di stanza strana», mi informa Kian.

Non gli dico che l'ho già notata, che, senza volerlo, stavo controllando la porta d'entrata.

«Non è strana. È solo piccola», chiarisco. Afferro la birra che mi ha stappato il mio amico e riabbasso lo sguardo sulla consolle. Seleziono *You Spin Me 'Round (Like a Record)* e la faccio partire nelle cuffie. Quando sono sicuro che le due canzoni si sovrappongono alla perfezione, lancio i Dead or Alive.

«Serata un po' moscia, no?», continua a domandarmi Kian.

«C'è una festa al Kinny Hall. Meglio così, prima finiamo qui, prima ce ne andiamo in sala studio».

«Chi gioca stasera?».

«Più o meno i soliti. Tu farai un giro?».

«Sì», risponde annoiato.

«Che c'è? Serata magra?».

«La figa che mi sono rimorchiato sabato sera mi sta attaccata come un polipo e mi sta rovinando la piazza. Sta dicendo in giro che stiamo insieme. Meglio se me ne rimango qui stasera».

Sghignazzo e alzo lo sguardo verso Eva. Helena le sta parlando e la mia vicina di stanza rimane rigida come uno stoccafisso ad ascoltarla.

«Che diavolo le sta dicendo Helena?», domando a Kian.

Lui segue il mio sguardo e poi fa spallucce. «Lo sai com'è la tua ragazza, ha un bisogno spasmodico di piacere a tutti. Si starà presentando».

«Non è la mia ragazza», rettifico senza motivo, ma Kian mi ignora.

Ho raccontato a Helena di Eva, oggi pomeriggio, quando si è autoinvitata nella mia stanza per una sessione di sesso indecente per festeggiare l'inizio del week-end.

Le due ragazze si avvicinano alla consolle, Helena tiene Eva sottobraccio.

«Dj, ci offri una birra?», mi domanda Helena.

«Tutto quello che volete, signore», mi precede Kian. Sparisce sotto il tavolo e riemerge con due Corona. Le stappa con l'accendino e non stacca gli occhi da Eva.

«Non dovrei. Ho gli allenamenti domani mattina».

«Solo una», insiste Helena.

Eva mi guarda come se cercasse la mia approvazione e mi mette a disagio.

«Ma sì», mi sento dire. «Solo una».

Eva non ne è convinta ma accetta comunque la bottiglia che le sta passando Kian. Mi aspettavo che rifiutasse categoricamente, invece si porta la Corona alle labbra e ne butta giù un paio di sorsi.

«Finito qua andremo nella sala studio, c'è un torneo di poker stasera. Verrai?», continua Helena.

«Non credo». Eva scuote la testa. Ora sì che la riconosco.

«Eva mi stava dicendo che studia Scienze politiche». Il tono di Helena è allegro, forse un po' artefatto, ma comunque cordiale. «Cosa ci troverete di così interessante nella legge!».

«Tu cosa studi?», le domanda Eva spostando abilmente il discorso su Helena.

«Biochimica. È difficile ma appagante».

«Sembra interessante», replica Eva, senza sforzarsi di mettere enfasi al suo commento.

«Vieni con me, ti presento alcune persone».

Se ne vanno con le loro birre in mano e io rimango a fissarle.

«Gelosa?», mi domanda Kian.

«Ma chi?».

«Helena!».

«E di chi dovrebbe essere gelosa, scusa?».

«Non fare il finto tonto con me. Tu hai una nuova amica, una figa spaziale, e lei sta marcando il territorio».

«Sei fuori strada, amico. Helena e io non abbiamo bisogno di fare queste stronzate. Sa benissimo che Eva è una ragazzina del primo anno, gliene ho parlato proprio oggi pomeriggio. Non ho mire su di lei e Helena non è di certo una tipa gelosa».

«È donna. Sono tutte gelose». Mi scansa dalla console. «Stai mettendo della musica di merda. Lascia fare a me, va'!».

«Sai bene che rapporto c'è fra di noi. Io vivo la mia vita, lei la sua, e andiamo d'amore e d'accordo da quattro fantastiche settimane».

Kian sospira. «Continua pure a raccontarti questa favoletta. Mi ci gioco l'uccello che presto inizierà ad avanzare pretese e tu ti troverai con la faccia talmente a fondo nella tua stessa merda che, per uscirne, farai qualche cazzata, tipo regalarle un anello di fidanzamento».

«Figuriamoci! Ho appena compiuto ventitré anni. E, ti ripeto, Helena la pensa come me».

Il discorso di Kian mi mette a disagio. Solo al pensiero di intraprendere una relazione "seria" con lei mi sudano le mani e mi viene il voltastomaco. È una ragazza brillante e sofisticata, sexy e sfacciata quando il momento lo richiede, e la pensa come me: siamo troppo giovani per giurarci amore eterno.

Il matrimonio è lontano anni luce dai miei progetti. Prima cosa, dovrò capire come diavolo recuperare i crediti che mi servono per laurearmi a giugno; secondo, Helena è consapevole del fatto che, una volta finiti questi quattro anni di college alla Columbia, mi trasferirò in California per studiare Legge a Stanford.

Il nostro rapporto, per quanto all'apparenza perfetto, ha una data di scadenza bella grossa sulla confezione. Una che non potrebbe ignorare nemmeno se volesse.

Poco dopo Helena torna da me e il mio primo pensiero è cercare Eva con lo sguardo. Sta parlando con le sue due amiche: la biondina col caschetto e l'altra – Josephine, mi sembra –, che ha acconciato la sua testa piena di ricci in una treccia laterale. Sono vestite in modo piuttosto appariscente. O forse è solo la vicinanza con Eva, nella sua felpa extralarge e un paio di leggings neri, ad accentuare il loro abbigliamento succinto.

Eva continua a scuotere la testa, si porta la bottiglia alle labbra e sorseggia in modo sensuale. Non lo fa di proposito, ne sono certo.

«Avevi ragione tu», dice Helena. «Eva ha proprio bisogno di una guida, o se la mangeranno viva».

Annuisco, anche se non ne sono più così convinto.

«Lo so», ribatto troncando il discorso.

Le braccia sottili della mia "ragazza" mi circondano la vita e mi preme il seno contro la schiena. La sua mano mi accarezza la pancia, si intrufola sotto la maglietta e continua a lambire la pelle nuda. I suoi polpastrelli sono caldi e morbidi. Sposto la testa di lato e trovo la sua bocca. Le mordicchio il labbro inferiore, per poi succhiarlo. Riporto lo sguardo sullo schermo del Mac e lei poggia il mento sulla mia spalla.

Qualcuno si schiarisce la voce e alziamo entrambi lo sguardo. Eva è davanti a noi, sposta con fare nervoso il peso del corpo da un piede all'altro. Con una mano tiene la bottiglia ormai vuota, con l'altra si tormenta la coda di cavallo.

«Io andrei. Grazie per la birra».

«Vai alla festa?», domando. Le sue amiche sono a pochi metri da lei e ci stanno guardando.

«No!», risponde di getto Eva, come se le avessi chiesto se sta andando a fare il bagno nuda in un acquario pieno di piranha.

«Pensavo che le tue amiche fossero riuscite a convincerti», la provoco.

Le braccia di Helena si stringono più forti intorno alla mia vita e, senza motivo, mi bacia sul collo, mettendo ancora più a disagio Eva, che si affretta a distogliere lo sguardo.

«Devo svegliarmi presto domani mattina».

«Sei sicura *sicura* che non vuoi venire con noi in sala studio? Qui ormai abbiamo finito. Vero, Theo?».

«Ha detto di no, lasciala in pace», le rispondo con un tono brusco del tutto fuori luogo. «Ci vediamo domani, Eva. Buona notte», taglio corto.

«Okay. Buona notte». Eva ci saluta con un cenno della mano, butta la bottiglia di birra nel secchio accanto al mio tavolo e si volta verso le sue amiche. Escono tutte e tre dalla *Rec Room* e io spengo la musica.

«Non c'era bisogno di usare quel tono», mi rimprovera Helena, le sue mani lasciano di colpo la presa sulla mia pancia.

Continuo ad armeggiare con i fili della consolle e la ignoro.

«Sto parlando con te!», insiste, indispettita.

Finisco di fare le mie cose, fregandomene della sua collera e della discussione che sta cercando di accendere fra noi. «Te l'ho già detto oggi, è una ragazzina. Non darle corda. E poi cosa ti salta in mente di offrirle una birra? Ha solo diciotto anni».

«A me sembra grande abbastanza. E, se non sbaglio, la settimana scorsa le hai preparato un drink tu stesso», replica seccata e io alzo gli occhi al cielo.

Da quando in qua discutiamo per queste cretinate? Da quando in qua discutiamo in generale?

«Dammi una mano con questo coso», tronco il discorso e le passo la sacca nera della *Pioneer*. Helena esita un attimo, poi afferra il borsone che le sto passando e lo tieni spalancato per me. «Grazie», concludo quando la consolle è al sicuro nella sua custodia.

«Vuoi una mano a portare tutto in camera?».

«No, faccio in un attimo. Ci vediamo in sala studio».

Mi carico la borsa del computer su una spalla e afferro le maniglie della sacca nell'altra. Faccio cenno a Kian che me ne sto andando e lui batte le mani due volte per attirare l'attenzione degli studenti nella *Rec Room*.

«Ci spostiamo di là!», lo sento urlare.

L'ascensore è al piano terra. Premo il tasto numero tre e mi fisso allo specchio. Dovrei seguire l'esempio di Eva e andarmene a dormire.

Queste serate finiscono tutte allo stesso modo: alle quattro del mattino, piuttosto alticcio, con Helena fra le lenzuola che mi tiene sveglio fino all'alba e un bel gruzzolo di soldi in tasca.

Non che mi stia lamentando, sia chiaro, ma l'anno scolastico è appena iniziato e mio padre mi sta addosso come un falco.

Le porte dell'ascensore si spalancano e la prima cosa che vedo è Eva, in fondo al corridoio, impalata davanti alla sua porta.

Sospiro e avanzo verso di lei, con la mia tessera magnetica in bilico fra l'indice e il medio.

«Che succede?», le domando quando sono a pochi passi da lei.

«Carmen. È di nuovo lì dentro con un ragazzo. Non so che fare».

Il suo tono è così sconsolato che mi fa venir voglia di buttare giù la porta con una spallata.

«Lo fa spesso?», chiedo. Poso le mie cose per terra e mi porto le mani ai fianchi.

«Quasi tutti i giorni. Domenica scorsa ho dormito nella sala studio». Il suo tono è avvilito, non da lei. «Apro la porta, entro e me ne frego?». I suoi occhi mi stanno implorando di darle la risposta che cerca, ma non so cosa dirle. Il college è così: metti il calzino fuori dalla porta e nessuno rompe i coglioni. È una regola non scritta che tutti rispettano. Fine della storia.

Ma non deve diventare un'abitudine.

«No». Scuoto la testa. «Ma appena potrai, dovrai parlarle, dovete stabilire delle regole e degli orari. Non puoi dormire in sala studio. Se succederà di nuovo, le dirai che hai parlato con il supervisore del dormitorio e che sono pronto a segnalarla al consiglio degli studenti». Sono infuriato.

«Adesso cosa faccio? Il mio libro è in stanza e io volevo... Lo so che è venerdì sera e non è "figo", ma avevo davvero voglia di terminare la mia lettura». Sembra ancora di più una bimba in questo momento.

«Senti, io devo tornare giù perché mi stanno aspettando. Puoi venire con me o puoi aspettare nella mia stanza che Carmen "finisca". Davvero, non ci sono problemi. Puoi startene lì».

Eva ci pensa, sposta lo sguardo dalla sua porta alla mia, poi su di me, infine di nuovo su quel calzino. Scuote la testa, frustrata. «No, non mi sembra giusto invadere la tua privacy. Tornerò in sala studio e aspetterò».

«Ne sei sicura?», le domando. Lei fa sì con la testa e si lascia andare a un sospiro. «Okay, come vuoi tu. Aspettami un attimo qua».

Faccio scattare la serratura ed entro nella mia camera. Da una parte sono felice che non abbia accettato, c'è il finimondo qui dentro. Istintivamente raccolgo due paia di scarpe e le lancio nell'armadio. Poi sistemo la scrivania e rifaccio il letto. La porta è accostata ma sono sicuro che non ci sta sbirciando dentro. Mi avvicino alla libreria e faccio scorrere il dito su una serie di libri sull'ultimo scaffale finché non trovo quello che stavo cercando.

Madame Bovary.

Mi guardo di nuovo intorno, la stanza sembra un pochino più in ordine. Metto via il Mac e la consolle e la raggiungo nel corridoio.

Eva se ne sta con la schiena poggiata contro il muro, si rigira il cellulare fra le mani e gli angoli delle sue labbra perennemente imbronciate sono accentuati da una smorfia triste.

«Tieni». Le passo il romanzo e lei trattiene il fiato.

«Grazie», sussurra. È mortificata e non lo sopporto. Non sopporto che quella stronzetta della sua coinquilina si stia approfittando così della sua educazione.

«Andiamo».

Le poggio una mano dietro la schiena e la guido verso l'ascensore, ma lei si ferma poco prima di raggiungerlo e mi indica la scala antincendio.

«Ti dispiace?», mi domanda.

«Come preferisci tu. Hai paura degli ascensori?».

Eva scuote la testa e ridacchia. «No. È solo una buona abitudine che sto cercando di mantenere».

«Magari seguirò il tuo esempio».

«Insomma, come funzionano questi tornei di poker?». La sua voce rimbomba nell'androne delle scale.

«Organizzo tavoli da quattro. La quota per entrare è di duecento dollari. Finite le *fiches*, finisce il gioco. Man mano che la gente esce, riunisco i tavoli finché non rimangono solo quattro giocatori».

«Partecipano in tanti?».

«Stasera ho solo quattro tavoli».

«Tu giochi?».

«No. Gioco solo se mancano giocatori. Mi limito a controllare la situazione, mi assicuro che non facciano i furbi».

«Cosa ci guadagni?».

«Il dieci per cento della vincita. La divido con Kian, se non gioca».

«Capisco. Grazie per il libro».

«Non c'è di che».

Quando entriamo nella sala studio Eva si apparta a uno dei divanetti mentre Kian sta già distribuendo le *fiches* e raccogliendo i soldi.

«L'hai convinta a tornare?», mi domanda Helena. Non l'avevo nemmeno vista.

«La sua coinquilina ha occupato la stanza senza dirle nulla, le ho proposto di tornare qui».

«Hai fatto bene». Ci guardiamo negli occhi, lei cerca di rifilarmi un sorriso ma è strana. È da prima che lo è. «Vado a farle compagnia».

«Credo che voglia starsene per conto suo a leggere».

«Questa storia del fratello maggiore ti sta un po' sfuggendo di mano», mi rimprovera.

«La conosco, tutto qua».

«La *conosci*? E io che pensavo che ci avessi parlato solo due volte», dice con tono ironico.

Eva ci sta guardando, credo che abbia sentito tutto. Mi schiarisco la voce e sorrido alla mia ragazza. «Che ti prende?».

«Lascia stare. Vuoi che rimanga da te o me ne vado?».

«Credo che faremo tardi». Ci fissiamo a testa alta, nessuno dei due è disposto a cedere il passo all'altro. Forse dovrei ricordarle i termini del nostro accordo.

Merda, ha ragione Kian: è gelosa. Il che è ridicolo! Non è di una ragazza come Eva che dovrebbe preoccuparsi. Il primo giorno di lezioni una ragazza è entrata nuda nel bagno dei maschi. Quando gliel'ho raccontato ci siamo fatti una grossa risata, ci siamo ubriacati e abbiamo scopato con una foga tale da far tremare le pareti di tutto il dormitorio, e ora mi tiene il muso per *Eva*?

Solo io la vedo per quello che è? Una bambina che non dovrebbe trovarsi a mille miglia dalla sua cameretta e dai suoi genitori.

«Come vuoi tu. Ci vediamo in giro, Theo».

Se ne va senza salutare e io alzo gli occhi al cielo. In che razza di casino mi sono cacciato?

CAPITOLO 7

Eva

Tengo il libro aperto ma continuo a sbirciare verso Theo e Helena. Stanno discutendo, non c'è dubbio. Lei è piuttosto inviperita, lui sembra a dir poco annoiato. So che stanno parlando di me, l'ho appena sentita dire "questa storia del fratello maggiore ti sta un po' sfuggendo di mano", per cui riporto lo sguardo sul romanzo, imbarazzata.

Odio che lui mi veda come qualcuno da proteggere, mentre io sento lo stomaco andare in fiamme e la gola seccarsi ogni volta che parliamo. Prima, nel corridoio, quando mi ha prestato la sua copia di Flaubert pensavo che sarei scoppiata a piangere. Ho dovuto fare appello a tutto il mio buon senso per darmi un contegno. Lui è premuroso e io ci leggo dentro cose che non dovrei. Cose che amplificano l'attrazione che provo per lui. Come quando poche ore fa mi ha chiesto di tenergli testa e mi sono ritrovata a un soffio dalla sua bocca, il cuore in gola e una voglia matta di baciarlo.

È sempre più bello, con quei capelli corti e quegli occhi azzurri. Con le sue labbra carnose e le sue smorfie sexy.

Con la coda dell'occhio scorgo Helena uscire dalla sala studio come una furia e io seppellisco il naso nel libro. Theo non si avvicina mai a me, fa le sue cose senza prestarmi attenzione. A differenza della sua ragazza, è sereno e di buon umore. Lo sento ridere, scherzare, lo vedo scolarsi un paio di birre e nemmeno una volta guardare nella mia direzione.

Chiudo il volume con un tonfo secco una volta letta l'ultima frase. Poggio la testa contro la spalliera della poltrona e serro le palpebre. Non so che ore siano, mi sono immersa nella storia e mi sono imposta di escludere tutto il resto.

«Ti sei addormentata?». La voce di Theo è una ninna nanna dolcissima che mi ripeto nella testa all'infinito.

«No», mi decido a rispondere, senza però sollevare le palpebre. «Ho finito il romanzo».

«Ti è piaciuto?».

«Più della prima volta». Trovo il coraggio per guardarlo. Sorride. È seduto di fronte a me, i gomiti posati sulle ginocchia.

«Hai gli occhi rossi. Si è fatto tardi, forse dovresti andartene a dormire».

«Sì. Sono stanca e domani la sveglia suona alle sei e trenta».

«Qui abbiamo finito. Se mi dai due minuti, vengo su con te. Rimarrà Kian».

Mi ritornano in mente le parole sprezzanti di Helena.

«Non ce n'è bisogno. Conosco la strada». Gli sorrido a mia volta e mando giù il groppo che mi si è incastrato in gola. È più forte di me, quando siamo così vicini la pelle mi formicola, il cuore galoppa e la ragione mi abbandona del tutto.

«Sono stanco», taglia corto lui. Si alza dalla poltrona e si avvicina all'amico. Si parlano tenendosi la mano destra in una presa energica, Kian annuisce un paio di volte. I suoi occhi si posano su di me, mi osserva dalla testa ai piedi e mi rivolge un sorriso malizioso.

Mi mordo l'interno della guancia e dondolo da una parte all'altra ballando sulle punte dei piedi. Cosa cavolo gli starà dicendo Theo? Kian gli molla una pacca amichevole sulla spalla e poi torna a guardare me. Mi saluta alzando solo il mento e io gli sorrido. Esco dalla sala studio e aspetto Theo davanti alla porta antincendio.

«Eccomi». Spalanca il grosso portone di acciaio e mi lascia passare per prima. Saliamo i tre piani di scale in silenzio, lui dietro di me.

Quel fottutissimo calzino è ancora lì e mi blocco al centro del corridoio. Theo mi sbatte addosso, non riuscendo a fermarsi in tempo.

«Quella stronza!», sbraito.

«Sono le due passate, cosa cavolo fa? A questa manca qualche rotella».

«È solo la persona più maleducata che abbia mai conosciuto. Non la sopporto. Cosa dovrei fare io, adesso, secondo lei? Dormire per strada?».

«Le tue amiche sono ancora alla festa?», mi domanda avanzando lentamente fino a fermarsi davanti alla sua porta.

«Sì, di sicuro. Provo a bussare». Mi avvicino alla stanza di Victoria e Josephine e batto, in modo energico, sul legno duro. Poggio l'orecchio contro la superficie liscia, ma non sento nessun rumore.

«Dormi da me», dice Theo, con una tale naturalezza che mi fa mancare il fiato.

«Cosa? No! Non esiste. Torno in sala studio e mi metto su uno dei divani».

«Scordatelo. Non è il posto per dormire, quello».

«Non posso restare in camera tua», ribatto allarmata.

Theo. Camera. Dormire. Assolutamente no!

«Non si discute, ho un materassino gonfiabile che tengo per le emergenze, tu puoi avere il letto. Non ti lascio in mezzo al corridoio, quindi, a meno che tu non voglia che butti giù la porta della tua stanza a spallate, non ci sono alternative».

«No. Io... aspetterò che tornino Victoria e Josephine. Non posso».

«Eva, prometto di non sfiorarti nemmeno con un dito». Si porta una mano al cuore e si esibisce in un giuramento solenne. Non ce n'è bisogno, so che non lo farebbe.

Vorrei.

Ma non lo farebbe mai.

«Non è quello. So che non ti piaccio», rigurgito quelle parole senza riuscire a fermarle in tempo. Ma non è tanto quello che dico a spiazzarlo, è il tono accusatorio che non avrei dovuto usare.

«Che vuol dire che non mi piaci?», mi domanda lui, ancora piuttosto sorpreso dal mio cambio di tono.

«Ti ho sentito parlare con Helena, so che le hai detto che mi vedi come una sorellina scema da proteggere».

Theo scuote la testa lentamente, ma non nega. «È la verità. Tranne la parte dove ti autodefinisci "scema", perché io non l'ho detto. Nemmeno lo penso».

Gli occhi mi si riempiono di lacrime, però tengo la testa alta e le spalle dritte. Mi sta offrendo un letto sul quale dormire, si sta mostrando gentile senza volere nulla in cambio e io mi sento umiliata. È il primo ragazzo per il quale provo un interesse reale dopo J.J., e lui non mi vede proprio.

«Sì. Scusa. Sono stanca, sto straparlando come al mio solito», mi giustifico.

Theo sorride, per nulla scosso dal mio atteggiamento infantile. Un po' come se se lo aspettasse, come se le mie parole non facessero altro che confermare la sua teoria. Mi mostra la tessera che apre la sua stanza e me la sventola davanti alla faccia. «Terrò le orecchie tese. Quando sentirò la tua porta aprirsi, ti sveglierò e potrai tornartene in camera tua».

Annuisco.

La sua stanza è molto più grande della mia, quasi del doppio. Il letto a una piazza e mezza è posizionato sotto la finestra. La scrivania è in ordine, la cesta con dentro il bucato piegato in modo ordinato di oggi pomeriggio ancora intatta accanto allo specchio a parete. Anche la sua finestra è più grande della mia.

«Cambio le lenzuola», dice inginocchiandosi davanti all'ultimo cassetto dell'armadio gigantesco per prelevare un set pulito.

«Non ce n'è bisogno, non preoccuparti».

«Sì, beh… meglio se te ne metto di nuove». Mi rivolge una smorfia eloquente e il cuore smette di battere.

Ovvio. Perché ci ha fatto sesso con la sua ragazza, lì sopra.

«Posso dormire io sul materassino», dico.

«Che cavaliere sarei se ti lasciassi fare una cosa del genere?». Tira via le lenzuola sporche dal suo letto, io non mi azzardo nemmeno a toccarle. Poi lo aiuto a sistemare quelle nuove.

Cerca il materassino in fondo all'armadio e lo guarda accigliato. «Dovrai darmi una mano a gonfiarlo».

«Dai qua. Ho sicuramente più fiato di te». Glielo strappo di mano e cerco il beccuccio.

«Ah, sì? Non hai idea di quanto fiato abbia, ragazzina».

«Cos'è? Un'altra battuta a doppio senso alla quale dovrei rispondere con un commento al vetriolo?».

«Forse». Mi fa l'occhiolino, ma non mi lascio sopraffare dalle farfalle nello stomaco. Sarei davvero una sciocca se mi aggrappassi a queste mezze frasi provocatorie quando lui, a fatti, è stato fin troppo chiaro su quello che prova per me: il nulla cosmico!

«Io sono una sportiva e tu fumi come una ciminiera», ribatto. Inizio a respirare dentro al soffietto, un'impresa che si rivela essere titanica. Non è come gonfiare un palloncino. Mi stanno per scoppiare le guance da tanta aria incamero nella bocca per poi sbuffarla dentro l'involucro di plastica.

«Anch'io sono uno sportivo. Vado a correre tre volte a settimana, gioco a basket e mi alleno in piscina».

«*Tu?*», lo sfotto io.

«Come pensi che faccia a mantenere questi muscoli da urlo?». Solleva la maglietta e si dà un pugnetto sugli addominali. Afferra il colletto con una mano e si sfila la t-shirt di dosso mostrando i suoi pettorali definiti, una pancia piatta e una fascia di addominali che mi fanno perdere il contatto con la realtà. «Sono messo bene, non trovi?».

Mi sta provocando, sta calcando la mano in attesa di una mia risposta piccata. Peccato che il mio cervello sia andato in tilt e i miei occhi non si schiodino dal suo torace. L'unica cosa che vorrei dirgli è "fa' di me ciò che vuoi, padrone", per poi inginocchiarmi in modo reverenziale davanti a lui e chinare la testa in segno di rispetto.

Invece riesco ad annuire. Chiudo la mano a pugno intorno al beccuccio di plastica e lo avvolgo tutto con le labbra. Una posa facilmente fraintendibile. Una che, su qualunque altra ragazza, risulterebbe sexy e provocante, ma che fa sembrare me ridicola.

«Ce la fai?», mi domanda lui preoccupato. Afferra una t-shirt bianca dalla sedia e la indossa.

Annuisco di nuovo. Riesco a buttare un po' d'aria dentro il materasso, ma non c'è verso di togliergli gli occhi di dosso.

«Faccio io?», domanda di nuovo.

«Sì».

Riempie i polmoni e il suo petto si solleva a dismisura. Strapperà la maglietta, ne sono certa.

«È come se ci stessimo baciando sulla bocca», dice e io mi pietrifico.

Cosa ha appena detto?!

«Noi. Io. Non credo».

Theo scoppia a ridere e si siede sul tappeto rosso posizionato proprio al centro della stanza, poi incrocia le gambe in stile Buddha. «Sei davvero uno spasso».

Mi accomodo sul suo letto e poggio i palmi sui bordi del materasso. «Ti diverti un sacco a mettermi in imbarazzo, vero?», riesco a dire.

«Abbastanza», confessa lui. Il suo buon umore è contagioso. Lo conosco da pochissimo e l'ho sempre visto ridere. «Ti romperò talmente tanto le palle con queste battute che imparerai a rispondermi a tono senza neanche pensarci».

Per un attimo mi dimentico chi è lui e cosa mi fa provare e mi sforzo di tirare fuori Eva, quella che non ha bisogno di lezioni su come rimettere al proprio posto un ragazzo, quella che non te le manda mai a dire. Forse finora mi sono rinchiusa nel mio guscio per proteggermi, perché mi sentivo un pesce fuor d'acqua in questa città spaventosa, lontana dai miei affetti e dalla mia *comfort zone*, ma non voglio che lui mi veda così, che pensi che sono fragile e sciocca. O una sorellina da proteggere.

Voglio che conosca la vera Eva.

«Leccare lo stesso beccuccio non è come baciarsi», dico seria. Mi alzo dal letto, mi avvicino a lui con passi lenti e ben calcolati per creare un po' di suspense e mi inginocchio davanti al suo viso. Smette di soffiare, preso in contropiede. Sposto con una manata decisa quel maledetto coso di plastica fra noi e lui mi fissa negli occhi.

Che c'è, non parli più?
«Cosa stai facendo?», mi domanda con voce roca.
«Questo è un bacio».

Mi sporgo in avanti, lui d'istinto indietreggia di un paio di centimetri e io sorrido dentro di me. Mi lecco le labbra, le schiudo e, un secondo prima di stampargli un bacio sulla bocca, metto la mia mano fra di noi. I suoi occhi si spalancano e io, dopo aver baciato il dorso della mia mano, inizio a ridere.

«Dovresti vedere la tua espressione da pesce lesso», lo prendo in giro.

Il cuore rischia di schizzarmi fuori dal petto per la troppa vicinanza, ma riesco a mascherare quello che provo. Credo.

Il suo profumo, misto all'odore del tabacco, è invitante come il sangue per uno squalo. Contrae la mascella e il respiro si fa profondo.

«Sei davvero impertinente». Scatta in avanti e mi ritrovo schiena a terra, con lui sopra. «Pensi di essere simpatica?». Mi fa il solletico e io rido come non facevo da troppo tempo.

«Basta. Basta, ti prego, *basta*!».
«Sei una canaglia!».

Smette di solleticarmi e lascia che riprenda fiato. Ho una gamba avvinghiata a una delle sue, le braccia bloccate sopra la testa e la sua bocca di nuovo a pochi millimetri dalla mia.

Allinea il bacino con il mio e non oso muovermi. Anche lui rimane immobile. Il suo sguardo si incastra nel mio e lo sposta solo per fissarmi la bocca.

«Fila a dormire», dice spezzando l'incantesimo. Si solleva da terra, mi porge la mano e mi tira su. Finisce di gonfiare il suo letto improvvisato e lo posiziona accanto alla scrivania, a distanza di sicurezza da me.

Mi infilo sotto il lenzuolo fresco e pulito, il cuore che batte ancora a mille.

«Vuoi qualcosa di più comodo per dormire?», mi domanda. Adesso non ride e non scherza più. È imbarazzato, forse ho esagerato.

«No, grazie. Sto bene così». Spengo la luce e lo sento respirare piano al buio. «Buona notte, Theo».

«Buona notte, canaglia».

Soffoco un'altra risata.

Sono nel suo letto, un finale di serata che non mi sarei mai aspettata. La stanza è buia, non riesco a vedere nemmeno la sagoma del suo corpo. Mi rannicchio su me stessa, chiudo gli occhi e respiro gli odori che mi circondano.

Se pensava di giocare con la sottoscritta e dettare lui tutte le regole, ha fatto male i suoi conti. Sarò anche vissuta sotto una campana di vetro, e forse non so niente della vita vera, ma sono cresciuta con sei cugini maschi e so come difendermi.

***

Mi sveglio sudata, con i capelli incollati alla fronte e alla nuca. Perché diavolo fa così caldo qui dentro? Non filtra nemmeno uno spiraglio di luce nella stanza. So dove sono, ma il corpo che mi sta incollato addosso non l'avevo messo in conto.

Theo mi sta abbracciando. Non proprio "abbracciando", mi sta addosso con tutti e novanta i suoi chili, come se io fossi il suo cuscino.

Rimango immobile, un po' perché ho paura che mi soffochi se solo provassi a muovere un muscolo e un po' perché... è piacevole.

Il suo respiro sul collo, i suoi capelli che mi solleticano la guancia, il calore che emana il suo corpo, memorizzo tutto.

Non ho idea di che ore siano o di come siamo finiti in questa posizione. Fisso il buio per qualche minuto, forse qualcosa in più. Con una lentezza disumana e gesti ben calcolati avvicino il mio viso al suo.

«Theo», sussurro appena e lui scatta sull'attenti. Si tira su con tanta foga da schiacciarmi la spalla con il suo gomito e io urlo dal dolore. «Ahiii!».

«Scusa. Che cazzo...?». Si catapulta giù dal materasso e il tonfo che rimbomba fra queste quattro pareti è assordante.

«Come ci sei finito nel mio letto?».

«Mi sono fatto male!», dice con tono dolorante. «Tranquilla, eh. La prossima volta svegliami pure con un secchio d'acqua in faccia, giusto per non farmi morire di paura».

«Ma se ho appena sussurrato il tuo nome!».

«Ahia!», dice di nuovo.

«Cosa ti sei fatto?». Cerco al buio l'interruttore, ma quando lo trovo esito prima di premerlo. I miei capelli saranno un disastro e non voglio proprio che mi veda così.

«Potresti accendere la luce, per favore?».

Merda!

Lo faccio e istintivamente mi passo una mano sulla testa e poi sul viso. Theo si sta esaminando la spalla.

«Hai fatto un volo di trenta centimetri. Quanto male puoi esserti provocato?». Scendo dal letto, ma evito di guardarlo.

«Sto bene. Sto bene!».

«Perché eri sul mio letto?», domando di nuovo, però non c'è più bisogno che mi risponda: il materassino è completamente sgonfio e giace inerme ai piedi della scrivania.

«Mi sa che quel coso è bucato. Mi sono ritrovato per terra e mi faceva troppo male la schiena. Giuro che non ti ho toccato nemmeno con un dito».

«Ma se mi stavi in braccio!», ribatto. *Non che mi stia lamentando...*

«Sì, beh, scusa tanto, eh!».

«Siamo permalosetti di prima mattina?». Mi guardo allo specchio e mi sistemo la coda di cavallo. «Che ore sono?». Recupero il mio cellulare sulla scrivania e per poco non mi prende un colpo. Devo essere in acqua fra venti minuti.

«No, non sono permaloso», risponde stizzito.

«Devo andare! Sono in ritardissimo!». Controllo di avere tutte le mie cose e mi avvicino alla porta. «Grazie per avermi ospitata».

«Di niente», lo sento borbottare, richiudendomi la porta alle spalle.

***

Incredibile!

Quel fottutissimo calzino è ancora annodato intorno alla maniglia.

La strozzo, giuro che la strozzo.

Me ne frego delle regole di buona condotta del dormitorio, stritolo la tessera magnetica fra le dita e poi la inserisco nella fessura. La lucina diventa verde e spalanco la porta, preparandomi al peggio.

Ma solo una è peggiore del ritrovarmi Carmen nuda avvinghiata a qualche sconosciuto: trovare la stanza vuota.

Quella grandissima stronza! Questa me la paga!

Non perdo tempo a cambiarmi o a sistemarmi la faccia, afferro la mia borsa del nuoto e corro verso gli allenamenti rimuginando su quello che le dovrò dire quando me la ritroverò davanti.

Il mio cellulare è quasi del tutto scarico, così lo spengo e mi infilo negli spogliatoi ormai deserti, visto che sono già tutti in acqua.

L'allenamento è devastante. Ho un buco allo stomaco grande quanto un melone e sento la testa girarmi sempre di più ad ogni vasca.

Non ho voglia di fermarmi, di alzare bandiera bianca e disertare l'esercitazione, devo tenere duro. Sollevo lo sguardo sul grosso orologio a parete, mi sfilo gli occhialini e batto un paio di volte le ciglia. Possibile che siano passati solo quindici minuti?

Non sopravvivrò mai alla lezione. Decido di concentrarmi su altro, su qualcosa che non mi faccia pensare a quanto sia stanca, al calo di zuccheri che mi sta facendo pulsare la testa.

Davanti ai miei occhi si materializza l'immagine di Theo, in boxer, senza maglietta, con i capelli corti scompigliati e un broncio che non gli avevo mai visto ma che rimarrà per sempre marchiato a fuoco nella mente.

Ha dormito nel mio letto. Nel *suo* letto, a dire il vero, ma io ero lì con lui. Dovrei sentirmi in colpa nei confronti della sua ragazza... dovrei proprio!

Finisco le mie vasche e rivivo la conversazione di ieri sera, quando, per un attimo, ho pensato di non mettere la mano fra le nostre labbra, di baciarlo per sentire il suo sapore nella mia bocca.

Le ragazze nello spogliatoio chiacchierano fra di loro, ma io ho la testa ancora in quella stanza, il suo odore addosso, che riesco a sentire nonostante il quintale di bagnoschiuma che ho usato, e le sue braccia che mi circondano tutta in modo possessivo.

Pianeta Terra chiama Eva. Eva, ci sei?
No!

Asciugo i capelli e li lego in una treccia, recupero le mie cose ed esco dalla palestra. Mi fermo in un caffè e ordino un cappuccino e due muffin. Sto per svenire dalla fame.

Riaccendo il cellulare e leggo tutti i messaggi in sospeso. Josephine mi chiede perché c'è un calzino sulla mia porta. *Vorrei saperlo anch'io!* Dennis vuole sapere se ieri sera sono andata alla festa nel mio dormitorio. Logan mi conferma di aver comprato il biglietto per tornare a Daytona Beach da New York, invece che da Boston, e mi manda gli estremi del volo per prenotare lo stesso aereo.

Finisco la colazione e me ne torno al dormitorio. Quando entro in stanza Carmen è sul suo letto, con il cellulare in mano e il capo chino.

«Cosa ti è saltato in mente di lasciare quel cazzo di calzino sulla porta tutta la notte?», esplodo, senza nemmeno provare a filtrare le parole. Sbatto il mio borsone a terra e mi porto le mani ai fianchi.

«Sì, me lo sono dimenticato».

«Ah, sì? Che simpatica che sei! Ti sei dimenticata anche di avere un cervello o quello non lo hai mai avuto?».

Il mio tono acido la fa finalmente reagire. Alza gli occhi su di me, sono un pozzo di disgusto senza fine. Non mi importa se è una persona meschina, sono disposta a scendere al suo bassissimo livello se servirà a farle capire come ci si comporta.

«*Scusa?*».

«Hai capito bene. E adesso ascoltami attentamente: non azzardarti più a portare un ragazzo qui dentro senza prima chiedermi il permesso. Non è solo la tua stanza, ci sono i miei effetti personali qui dentro».

«Se non ti sta bene, cambia alloggio. Perché non ti fai trasferire?». Il suo tono strafottente mi fa saltare le coronarie.

«Perché non te ne vai al diavolo?», le faccio il verso. «Se farai entrare di nuovo un ragazzo qui dentro senza avvertirmi, ti farò segnalare al consiglio degli studenti dal supervisore del dormitorio». Mantengo il tono di voce fermo e una postura rigida. Uso le stesse parole di Theo sperando non mi abbia detto una cretinata. Non sapevo ci si potesse rivolgere al consiglio per queste questioni.

«Si vede che sei una verginella repressa». Carmen alza gli occhi al cielo e sono a tanto così dal cavarglieli dalla testa.

«Poteva andarmi peggio, potevo essere una stronza poco di buono come te!». Sono fuori controllo. Non solo non si è scusata ma vuole avere anche ragione. E mi offende.

È ufficiale: Eva la Vipera è tornata, e non so se sia un bene.

***

Dopo la nostra discussione Carmen è uscita dalla stanza e non l'ho più vista. Sto messaggiando con Victoria che mi chiede se ho qualche preferenza per il film di questa sera. Ieri hanno fatto di nuovo tardi e stasera vorrebbero rimanere in camera a guardare un film sul PC di Josephine. Mi manda una serie di titoli e mi distrae dai miei compiti di calcolo.

Sbuffo e chiudo il libro di testo. Ha vinto lei!

EVA: Per me va bene tutto. Tranne i film horror. E i documentari.

VICTORIA: Io vorrei vedere una vecchia commedia romantica. Tipo Bridget Jones. O Notting Hill.

EVA: Mai sentiti, ma per me va bene.

VICTORIA: Pizza o giapponese?

EVA: Pizza per me.

VICTORIA: Okay! Ci vediamo per le sette.

EVA: A dopo.

Mi butto sul letto e chiudo gli occhi. Per oggi basta così, sono sfinita e ancora scombussolata dalla discussione con quella pazza che mi ritrovo come coinquilina.

Alle sette meno dieci sono pronta e ho anche rassettato la stanza, così decido di andare dalle ragazze un po' in anticipo. Apro la porta della mia camera e volto la testa di lato, attirata da un fruscio alla mia destra. Helena, vestita in modo elegante, si sta mettendo nella borsetta il portafogli che le porge Theo.

Anche lui è vestito in modo elegante. È bellissimo nei suoi pantaloni blu scuro e nel maglione dello stesso colore, aderente nei punti giusti. Mette in risalto il suo fisico da bava alla bocca.

«Ciao», mi saluta lui allegro.

Io e Helena ci guardiamo, lei mi sorride in modo educato, io mi sforzo di imitare la sua mimica.

«Ciao».

«Dove vai di bello?», mi domanda Theo senza un briciolo di imbarazzo nella voce, come se fra noi non fosse successo niente, come se non avessimo dormito nello stesso letto. Abbracciati.

Indico la porta di Josephine e Victoria e accentuo il sorriso. «Pizza e film», riesco a dire.

Helena mi sta squadrando dalla testa ai piedi senza sosta. «Sembra *carino*».

Carino... per una ragazzina.

«Voi?», mi sforzo di domandare.

«Theo mi porta a cena al Russian Tea Room. Ci sei mai stata?», cantilena lei sfoggiando un risolino soddisfatto, come se avesse appena vinto alla lotteria.

Devo rivalutare Helena e devo farlo alla svelta. Quando si è presentata, ieri sera, era gentile e affabile, così disponibile nei miei confronti da sembrare eccessiva. Adesso, invece, il suo tono è in qualche modo crudele, come se volesse sottolineare il fatto che *lei* può e *io* no!

«Sì. Posto *carino*», mento io. Non ci sono mai stata, non so nemmeno dove si trovi. Mi riprometto di cercarlo su Bing. «Divertitevi, allora».

Mi avvicino alla stanza delle ragazze, ma la voce di Theo mi fa bloccare il pugno a mezz'aria, prima che possa bussare.

«Hai risolto con la sciroccata della tua compagna di stanza?».

Non so come rispondere, perché non so se ha raccontato a Helena che ho dormito da lui. «Credo di sì. Gliene ho dette quattro», mi limito a dire.

«Le hai detto che, se ti lascerà di nuovo fuori tutta la notte, la segnalerò?».

Sposto gli occhi su Helena, mi sta ancora sorridendo in modo artefatto. Si avvicina a Theo e lo prende sottobraccio, poi poggia la guancia contro il suo braccio.

«Sì», dico solo.

«Bene. Certe cose è meglio metterle subito in chiaro».

«Già», borbotto.

«Noi andiamo. Buona notte».

«Buona notte».

«Ciao E-va!». Helena sventola la sua manina ossuta e mi lancia un'ultima occhiata di fuoco. Dovrei capirla, giustificarla, in fondo sono io quella che ieri sera ha dormito nello stesso letto con il suo ragazzo. Ha tutto il diritto di essere astiosa, *lei*. Invece quella a cui sta rodendo il fegato per la gelosia sono io. Li guardo andare via, Theo le mette un braccio intorno alle spalle e lei gli sussurra qualcosa all'orecchio che lo fa ridere, poi si struscia contro il suo corpo come una micetta in calore.

È ingiusto! Il primo ragazzo che mi piace davvero ha una ragazza che potrebbe posare senza trucco per una rivista di moda. È bella e raffinata.

E io la odio!

CAPITOLO 8

Eva

Helena è una brava persona. Purtroppo.
La odio lo stesso, sia chiaro, ma per i motivi sbagliati.
Dopo l'ultimo incontro ambiguo fra di noi, circa un mese fa, la situazione si è ribaltata: siamo diventate "amiche", o qualcosa del genere. Ogni tanto pranziamo insieme, ma sempre in presenza di Theo. La cosa più fastidiosa è che è ostinatamente gentile con me, come se volesse davvero instaurare un rapporto di complicità con la sottoscritta. Io non ci penso neanche. È già abbastanza imbarazzante e fuori luogo provare certi sentimenti per il suo ragazzo senza mostrare il benché minimo briciolo di senso di colpa, non aggiungerò alla lista "pugnalatrice alle spalle di brave ragazze che si mostrano gentili anche se non gliel'ha chiesto nessuno".
Se potessi cancellarla dalla faccia della terra, lo farei. Oh, sì che lo farei.
Li ho osservati spesso in questo periodo e sono… *strani!* Non si scambiano mai gesti affettuosi in pubblico, non si chiamano con soprannomi sdolcinati, eppure dormono insieme – in camera di Theo – praticamente tutte le sere. Un giorno mi convinco che sono solo molto riservati, un altro che non stanno davvero insieme. E in quei giorni in particolare la mia cotta raggiunge livelli imbarazzanti e la mia mente vaga verso luoghi sconosciuti dove ci siamo solo io e Theo innamorati persi ai confini del pianeta Terra.
Sono al limite della follia. Alterno momenti di razionalità acuta a tendenze suicide degne del miglior schizofrenico!
Come adesso che mi sto sforzando di mantenere l'attenzione fissa sul piatto, invece continuo a sbirciarlo in fila alla mensa del dormitorio, intento a scegliere il suo pranzo. I jeans attillati gli fasciano il sedere alto e sodo, la maglia di cashmere stringe sui dorsali definiti e sulle braccia muscolose e il cappellino dei *Knicks* gli nasconde gli occhi e mette in risalto le labbra. E le sue labbra sono motivo di distrazione costante.

Morale della favola: sono una pervertita. E non perché mi incanto a guardargli la bocca ogni volta che posso, no, quello sarebbe il meno. Lo sono perché più di una volta mi sono ritrovata a fantasticare su quello che potrebbe farmi con quelle due mezze lune che rasentano la perfezione. Solo il pensiero mi fa pulsare di desiderio in mezzo alle gambe e devo scacciare con forza l'immagine di lui inginocchiato davanti a me prima che il cuore riprenda a martellarmi nel petto.

Lo vedo avanzare verso di me con passo sicuro e nascondo le mani, che iniziano a sudare, sotto il tavolo. Sono diventata bravissima a tenere sotto controllo la mia infatuazione scandalosa, anche se sono certa che lui sappia perfettamente cosa provo. Lo sa tanto quanto io sono consapevole di essere l'ultimo dei suoi pensieri erotici o lontanamente romantici. E mentre io non posso fare a meno di constatare che quest'uomo diventa più attraente con il passare dei giorni, lui continua a vedermi e a trattarmi come se fossi sua sorella.

«Posso?», domanda indicando il posto libero davanti a me.

«Certo», rispondo con un sorriso.

«Tieni». Mi passa una vasetto con dentro quella che immagino sia una crema al cioccolato e infila il cucchiaino nella sua. «Vanno a ruba queste mousse. Le hai mai assaggiate?», mi domanda con il boccone pieno. È sexy anche con i denti neri!

«Mai».

Si lascia sfuggire dalle labbra un mugolio godurioso che mi fa contrarre le dita dei piedi. E qualcos'altro.

«Domani è il grande giorno», dico passandomi una mano sulla fronte gelata mentre cerco di non fissare la sua lingua, che lecca con devozione il cucchiaino.

Theo emette un nuovo gemito, stavolta più gutturale, più profondo, come se stesse godendo tantissimo della sensazione della cioccolata sulle papille gustative. Sospira e si pulisce le labbra... con la lingua.

«Già».

«Sei pronto?». Mi rigiro il cucchiaino di plastica fra le dita e lascio il mio pranzo a metà, ormai troppo concentrata su quella dannata coppetta che ha preso per me.

«Credo di sì». Si stiracchia, lancia il bicchierino vuoto sul suo vassoio e poi si tuffa sul suo piatto di *Macaroni And Cheese*. «Devo ripassare dei capitoli oggi pomeriggio, dopodiché quel che è fatto è fatto».

«Io andrò in biblioteca a studiare dopo gli allenamenti. Se hai bisogno di qualcuno che ti interroghi, conta pure su di me».

Theo si gratta il mento e mi rivolge una mezza smorfia pensosa. «In realtà c'è una cosa che potresti fare per me». *Tutto! Tutto quello che vuoi!* «Dovrei fare una simulazione del test, ma ho bisogno di qualcuno che mi cronometri e mi impedisca di barare». Si infila in bocca una nuova forchettata di pasta al formaggio e io afferro la mia bottiglietta dell'acqua aggrappandomici con entrambe le mani.

«Barare? Come fai a barare a una simulazione?».

«Oh, sono bravissimo! Nell'ultima pagina ci sono scritte le risposte...».

Ridacchio e sorseggio la mia acqua. «Non ti piace proprio studiare, eh?».

«Diciamo solo che la mia filosofia di vita assomiglia più a qualcosa tipo "massima resa, minimo sforzo" che non a "chiuditi in biblioteca e fatti venire la gobba, chino sui libri"».

«Sarò felice di darti una mano». Mi concentro sulla mousse al cioccolato e a stento resisto all'urgenza di mugolare in maniera oscena come ha fatto Theo pochi minuti fa. «Che diavolo c'è dentro questa cosa? È divina!», parlotto con la bocca piena.

«Non lo so, ho provato a corrompere la cuoca in tutti i modi, ma non vuole svelarmi la ricetta. Li prepara solo quando è di buon umore».

«Affonderò in piscina dopo questa botta calorica... ma ne sarà valsa la pena». Senza pensarci infilo la lingua nella coppetta e recupero fino all'ultima goccia di cioccolato. Theo mi sta fissando a metà fra il divertito e l'esasperato. «Cosa?».

«Ti sei sporcata... il naso».

«Oh». Mi pulisco con il palmo della mano e ripongo tutto sul vassoio. «Devo scappare, sono in ritardo».

«Ma non hai mangiato niente!».

Osserviamo entrambi la mia insalata con pollo alla piastra lasciata a metà e la mela intatta. L'afferro dal vassoio e la infilo nella borsa del nuoto.

«Mangerò la mela dopo gli allenamenti».

«Sei indisciplinata», mi rimprovera lui accompagnando le sue parole con un sorriso che mi mozza il fiato.

«Ci vediamo in biblioteca». Carico la tracolla sulla spalla e lui mi fa cenno di lasciare i resti del mio pranzo sul tavolo.

«Sparisci! Ci penso io qua».

«Grazie».

«E copriti bene, che fa freddo oggi».

«Sì, *papà*», lo sfotto io per poi – Dio solo sa perché – sporgermi verso la sua guancia e premerci un bacio sopra. Scappo dalla mensa come una ladra, con il fiato corto e le ginocchia che tremano.
Perché cazzo ho fatto una cosa del genere? Perché, Dio, perché?
Rossa dalla vergogna esco dal Brittany Hall e mi incammino verso la palestra senza smettere nemmeno per un secondo di prendermi a schiaffi sulla fronte.

***

Ci sono circa dodici librerie disseminate in lungo e in largo sul territorio del campus della Columbia. Mi dirigo a passo svelto verso la *Arthur W. Diamond Law Library*, a ridosso del dipartimento di Legge e Scienze politiche, dall'altro lato rispetto alla piscina. Ho passato due ore in acqua a fantasticare sulla sessione di studio fra me e Theo in biblioteca e ogni singola volta la scena si concludeva allo stesso modo: io appoggiata a una delle grosse librerie stracolme di tomi antichi e impolverati in fondo alla biblioteca e lui premuto contro di me, una mano sopra la mia testa e l'altra a circondarmi la vita. E ci baciamo. Lingue bollenti e labbra affamate.

La sala d'ingresso è silenziosa, le luci sono basse e quasi tutte le postazioni singole sono occupate. Cerco Theo con gli occhi, ma non lo vedo nella sala principale, quindi inizio a muovermi fra gli scaffali e sbircio nelle varie salette in cerca del mio vicino di stanza tatuato.

Individuo il suo zainetto sportivo abbandonato su una poltrona e i suoi libri, aperti, sul tavolino di fronte. Lo cerco ancora, ma non lo trovo da nessuna parte.

Faccio due passi avanti, mi volto di scatto e vado a sbattere contro un ragazzo altissimo e ben piazzato al punto che, mentre io rimbalzo contro il suo torace e barcollo all'indietro, lui non si sposta di un centimetro.

Allunga una mano e mi afferra, aiutandomi a ritrovare l'equilibrio.
«Tutto bene?», sussurra nell'aula silenziosa.
È il ragazzo che si è presentato durante quella prima festa al Broadway House, quello che mi ha trascinata in pista per un braccio obbligandomi a ballare. Quello carino, con gli occhi e i capelli nocciola e qualche lentiggine sul naso a donargli un'aria da "bravo ragazzo". Mi ricorda J.J. in qualche modo, con il suo viso pulito e perfettamente rasato, il sorriso sincero stampato sulle labbra e il fisico da atleta.

«Ciao, Eva», pronuncia il mio nome senza esitare, anche se non ci siamo più parlati dopo quella sera. Non pensavo se lo ricordasse. L'ho incrociato diverse volte al campus, ma mai, nemmeno una volta, si è avvicinato per parlarmi, si limita a guardarmi da lontano, mi sorride, mi saluta con la mano e poi torna a fare le sue cose.

«Ciao». Io, invece, non sono sicura di ricordarmi il suo nome. Jonah? Joshua?

Nel dubbio, rimango zitta.

«Stai cercando un posto libero?». Si guarda intorno, facendomi notare che tutte le postazioni studio sono occupate.

«Sto cercando un amico, dovrebbe essere seduto qui». Indico le cose di Theo e lui fa una smorfia strana, compiaciuta, forse. Sporge entrambe le labbra all'infuori per tentare di nascondere un sorriso. Cos'ho detto di così divertente?

«Studi Scienze politiche, giusto?».

«Sì. Tu?».

«Anch'io. Mi laureo a giugno. Insieme al tuo "amico"... se riuscirà a recuperare i crediti». Mi rivolge di nuovo quel suo ghigno ambiguo che mi mette a disagio. Sa che sto cercando Theo? Si conoscono?

«Devo andare a cercarlo», sento la mia voce incerta, così me la schiarisco. Faccio un passo indietro e lui ne fa uno in avanti. Il ragazzo-carino-ma-un-po'-pressante si infila le mani in tasca e mi viene sotto.

«Mi piacerebbe invitarti a cena, Eva».

La sua domanda mi prende in contropiede e mi ritrovo a balbettare come una scema. «I-io n-non so. Forse sì. Cena».

«Perfetto», lo dice in modo bizzarro. Se non fosse così carino e non avesse quell'espressione da Principe Azzurro, lo avrei già mandato a quel paese. «Chiedi pure il mio numero a Theo, lui ce l'ha». Si guarda dietro le spalle e poi riporta l'attenzione su di me. «Aspetto una tua chiamata, allora. Ah, Theo è dietro quel corridoio».

Chiedere il suo numero a Theo? Non lo farei mai, morirei dalla vergogna.

«Mhmm, okay. Grazie».

«Scappo. Ciao, Eva».

«Ciao...», *ragazzo carino di cui non sono sicura di ricordare il nome.*

Mi affaccio dietro il lungo corridoio che mi ha indicato... il ragazzo... e per poco non stramazzo al suolo quando metto a fuoco la scena che mi ritrovo davanti.

Sta dando vita al mio sogno a occhi aperti, ma con un'altra ragazza! Il sangue mi ribolle nelle vene e mi mordo forte la lingua per non gridare. A onor del vero, non sta baciando la stronza davanti a sé, ma sono pericolosamente vicini.

Mi schiarisco la voce e attiro la loro attenzione. Spero che la mia occhiataccia lo bruci vivo, che senta tutta la mia rabbia sulla pelle.

Che razza di stronzo!

Sta flirtando con una moretta che mi arriverà sì e no alle spalle e con un culone gigante che riesco a vedere anche da qui.

«Ehi», mi saluta Theo tirandosi su e nascondendo le braccia dietro la schiena. La stupida ridacchia e si copre la bocca con le mani.

«Ti aspetto di là», ribatto brusca. Stringo i pugni e batto i piedi con una tale foga da guadagnarmi le occhiatacce di un paio di studenti. Poggio i palmi delle mani sulle guance e chiudo gli occhi.

Ma che cavolo! Cosa diavolo ci faceva addosso a quella… quella… stronza?!

Theo mi raggiunge dopo nemmeno dieci secondi, con un sorriso malizioso disegnato sulle labbra e l'espressione più colpevole del mondo. Sprofonda nella poltroncina davanti al suo libro e poggia la pianta del piede contro il tavolino.

«Hai una ragazza!», gli ricordo senza preoccuparmi di abbassare la voce.

«Non stavamo facendo niente», cerca di convincermi lui senza sforzarsi nemmeno di risultare convincente. Continua a ridacchiare e io vorrei sbattergli in testa il suo libro di esercitazioni.

«Ci sei inciampato sulla sua bocca?».

«Non ci stavamo baciando». Solleva entrambe le sopracciglia e fa segno di no con l'indice una decina di volte. «A lei serviva una mano per prendere un libro dallo scaffale in alto e io mi sono gentilmente offerto di recuperarlo».

Lo trafiggo con un'occhiataccia schifata. «Non lo sa che esistono le scalette?».

Theo fa spallucce e poi ride di nuovo. «Sei diventata tutta rossa. Non ti sarai mica scandalizzata, Ragazza Dentifricio, vero?».

Quello stupido soprannome mi fa imbestialire. Non mi aveva mai più chiamata così, e so che lo sta facendo apposta per mettermi a disagio. E ci sta riuscendo.

Con quale diritto lo rimprovero? E non mi interessa davvero se tradisce Helena. È il fatto che guardi tutte tranne me che non mi va giù.

Perché io lo guardo, eccome! Sempre, costantemente, non lo perdo mai di vista.

«Non ti facevo così...».

«Così, come?». Inclina la testa di lato e solleva un angolo delle labbra.

«Facile!», sbotto.

«Mi stai dando della prostituta?», mi domanda fingendo un tono offeso e portandosi una mano al petto.

«No. Ma ti atteggi a bravo-ragazzo-che-ha-smesso-di-fare-certe-cose-in-giro e poi ti fai beccare a strusciarti contro la prima scemetta che trovi».

«Che ti devo dire, Kian non fa altro che ripetermi che il lupo perde il pelo ma non il vizio. Mi sa che ha ragione...».

Il suo commento mi spazientisce, scuoto la testa e sbuffo. Non pensavo fosse così superficiale. La mia cotta potrebbe essersi appena spenta come la fiamma di un cerino al vento. Poi lo guardo di nuovo... Scherzavo! La cotta è ancora qui fra noi.

«Me ne vado. Fatti aiutare da quella brutta racchia a studiare».

«Dai, Eva...». Si alza e mi raggiunge con due passi, bloccandomi il passaggio e obbligandomi a fermarmi. «Sto giocando. Non la stavo baciando, non l'avrei mai fatto. Alexia è una ragazza con la quale sco... uscivo ogni tanto l'anno scorso. Stava facendo la scema e io mi stavo divertendo un po' a provocarla. Non tradisco Helena, con nessuna».

Tutto quel blu tempestoso mi confonde, mi fa venir voglia di credergli e non riesco a sostenere il suo sguardo distaccato, così abbasso la testa e mi fisso i piedi. Poggia un dito sotto il mio mento e mi costringe a guardarlo.

«Ho davvero bisogno del tuo aiuto».

Annuisco e faccio un passo indietro così che smetta di toccarmi.

«Me lo fai un sorriso?», mi domanda con quel suo tono seducente che mi fa seccare la gola.

«Sì. Certo che ti aiuto». *Ma il sorriso te lo puoi scordare.* Mi vado a sedere sul divanetto di velluto verde di fronte alla sua postazione e aspetto che mi raggiunga.

Theo prende in mano una dispensa e me la passa, poi sceglie una penna blu dal mucchietto che ha disseminato sul tavolino e una scheda di quelle che si usano per gli esami a risposta multipla.

«Cosa devo fare?», domando leggendo le prime righe sulla copertina.

«Il plico che hai tu ha tutte le risposte, il mio è vergine». Si passa la lingua sulle labbra. Non è più spavaldo e sicuro di sé, è concentrato e attento. «Ogni sezione va completata in un lasso di tempo prestabilito. Tu dovrai darmi il via e fermarmi a tempo scaduto, evitare che chiunque mi interrompa o mi distragga. Il test dura due ore, sono sei sezioni. Alla fine ti consegnerò la scheda compilata e dovrai correggerla. Un punteggio superiore a centosettanta ed entro a Stanford. Da centosessantanove in giù, sono fottuto».

Annuisco di nuovo. Recupero il mio cellulare dalla borsa e imposto il timer con il tempo che vedo scritto sotto la prima sezione.

Venticinque minuti.

«Sono pronta quando lo sei tu».

Theo sbuffa, tutt'a un tratto inquieto come non l'avevo mai visto. Si scrocchia le dita, si alza, si siede e poi si rialza di nuovo. «Mi serve un caffè, prima. Tu vuoi qualcosa?».

«Sto bene così».

Quando torna, pochi minuti dopo, i muscoli del viso sono nuovamente distesi e il blu dei suoi occhi è reso ancora più intenso dalle luci soffuse. Ma credo stia solo mascherando la sua preoccupazione, come se nascondere la polvere sotto il tappeto fosse sufficiente per autoconvincersi che va tutto bene.

«Questa è solo un'esercitazione. Hai il tempo per leggere le domande con calma e riflettere prima di rispondere, senza la pressione dell'esame addosso. Se anche il punteggio finale sarà centoquaranta, non importerà a nessuno. Questo test ti serve solo per controllare l'ansia e capire come gestire il tempo a disposizione. Se servirà, lo ripeteremo di nuovo. E poi di nuovo».

Theo mi guarda sorpreso aggrottando la fronte.

«Me lo diceva sempre mio padre quando mi aiutava a studiare per gli SAT's[7]». Faccio spallucce e lui respira a pieni polmoni.

«Hai ragione: controllo dell'ansia e gestione del tempo. Il mio coach per gli SAT's, invece, mi diceva sempre che le cose sono due: o hai studiato o non hai studiato».

«Molte domande sono di logica e la logica non la puoi studiare».

---

[7] SAT: Scholastic Assessment Test. Esame a risposta multipla che viene sostenuto dagli studenti del terzo anno di scuola superiore per essere ammessi al College.

Theo mi sorride, apre la bocca per dire qualcosa ma ci ripensa subito. Si guarda intorno per l'ennesima volta e poi stritola la penna fra le dita. «Fai partire il timer».

***

«Ancora niente?», domando a Helena entrando nella sala studio del Brittany Hall e raggiungendola a una delle scrivanie.

«No». Helena chiude il suo libro e sbuffa. «Avrebbe dovuto finire un'ora fa! Speriamo che l'esame sia andato bene».

«Per forza è andato bene. Ha studiato come un pazzo!».

Ieri siamo rimasti in biblioteca fino alle undici passate. Verso la fine della terza simulazione mi sono addormentata con la dispensa sulla faccia e le gambe distese sul divano. Mi ha svegliata lui quando è suonato l'ultimo timer – che non ho sentito –, accovacciandosi accanto a me e scuotendomi piano una spalla.

Aprire gli occhi e trovarmi come prima cosa il suo viso attraente a fissarmi mi aveva fatto fermare il cuore.

«Ho finito», ha sussurrato, per poi spostarmi una ciocca di capelli dalla fronte, in un gesto tanto intimo quanto inaspettato. Mi sono tirata su e ho corretto il foglio. Ho sorriso e confermato il risultato: centosettantatré. Ho pronunciato quel numero con un moto di orgoglio infinito e lui ha annuito. La biblioteca era ormai deserta, l'unico rumore udibile fra gli scaffali stipati di fogli e parole erano i nostri respiri profondi. Su tre esercitazioni, solo una aveva un punteggio inferiore a centosettanta.

«Giusto. Sei pronta per domani sera?», mi domanda Helena riportandomi con la mente al presente e ricordandomi la festa di Halloween.

«Non ho ancora il vestito. Fra poco andrò a cercarne uno con Vicky e Josephine, vedremo cosa troverò».

«Ti sei ridotta all'ultimo. Te lo avevo detto che saresti dovuta venire con me due settimane fa».

Mi tornano in mente le parole velenose di Victoria: «Non puoi andare con lei! Smettila di fraternizzare con il nemico».

Scaccio quel pensiero. Helena non è il nemico, io lo sono.

Alla fine, dopo aver negato per settimane i miei sentimenti per Theo alle uniche due amiche che ho a New York, sono stata costretta a vuotare il sacco e, incredibile, sono contenta di averlo fatto.

«Non dovrei avere difficoltà a trovare un vestito da strega a Manhattan. Vedrai, sarò presentabile».

«Eccolo». Helena guarda oltre le mie spalle, alza il braccio e attira l'attenzione di Theo.

Io ci metto qualche secondo prima di voltarmi. Mi schiarisco la gola e cerco di controllare la sudorazione dei palmi. Come ogni volta li strofino sui jeans per asciugarli. È incredibile come il mio corpo reagisca alla sua presenza, anche se i miei occhi non hanno ancora incontrato i suoi.

«Allora?», domanda Helena impaziente.

«Credo sia andato bene», risponde Theo, senza un briciolo di entusiasmo nella voce. Le rifila un sorriso tirato che mi fa preoccupare.

«Evviva! Allora possiamo festeggiare. Vedrai, la festa di domani sarà spettacolare», insiste lei.

«Sì. Infatti».

Io continuo a fissarlo, ma lui non mi guarda.

«Okay, ora posso andarmene al mio dormitorio». Helena si alza dalla sedia e gli butta le braccia al collo, baciandolo poi in modo dolce sulla guancia. «Ci vediamo dopo. Ciao, Eva».

Appunto mentale per Eva: oggi è uno di quei giorni dove so per certo che stanno insieme!

«Ciao», lo saluto in italiano quando restiamo soli.

Theo si siede al posto di Helena, allunga le gambe sotto la scrivania e le divarica, poi si sfrega il viso con la mano, più e più volte. Io non parlo, è chiaramente scosso e non voglio essere invadente.

«Ho fatto un casino», dice infine. Si porta le braccia incrociate al viso e ci si nasconde dietro. «Non credo di averlo superato».

Mi sporgo verso di lui e gli poggio una mano sulla coscia. Pessima idea. Il contatto fisico con lui è *sempre* una pessima idea. Ritiro la mano ma rimango con il busto proteso in avanti.

«Era troppo difficile?», domando con un filo di voce.

Theo non risponde subito, si concede un lungo sospiro e poi, con estrema lentezza, riabbassa le braccia lasciando che ricadano penzoloni ai lati del busto. Prima di replicare si guarda intorno, forse per capire se qualcuno ci sta ascoltando.

«Più o meno. Non mi sono preparato a sufficienza, questa è la verità. Alcuni argomenti li ho tralasciati di proposito perché, coglione che sono, ho supposto che non fossero importanti e invece erano oggetto d'esame». Con la mano sinistra si copre la bocca e chiude gli occhi. «Merda», sussurra.

«Puoi ripeterlo?».

«Sì, ad aprile», la sua voce è attutita dal palmo che tiene premuto sulle labbra. «Ma il rischio è che io non entri a Stanford. I posti sono limitati e gli studenti che passano l'LSAT a ottobre hanno la precedenza».

Stanford. Giusto. L'anno prossimo sarà in California.

«Sai cosa mi fa davvero incazzare?». Volta il busto nella mia direzione e mi annienta con uno sguardo carico di risentimento. «Che io, Legge, non volevo nemmeno studiarla. L'unica cosa che mi faceva tenere duro era la possibilità di potermene andare da questa città, di trasferirmi dall'altra parte del Paese, in una università dove mio padre non è un benefattore e non c'è un'aula che porta il suo fottutissimo cognome. Ci sarei arrivato con le mie forze, e invece…».

Si alza dalla sedia e mi squadra dall'alto in basso. Sono costretta a sollevare la testa quasi fino a tirarmi i muscoli del collo per guardarlo in faccia. Rimango in silenzio e lo lascio sfogare. Se il test è andato male, non c'è niente da fare. Non posso dirglielo, ma non mi va nemmeno di prenderlo in giro con frasi fatte che lo farebbero solo incazzare ancora di più.

«Invece dovrò chiedere aiuto a lui affinché interceda per me, così da poter quantomeno rimanere alla Columbia. Continuerò a vivere nella sua ombra».

Mi alzo anch'io.

«Grazie», dice dopo alcuni minuti di silenzio imbarazzante.

«Per cosa?», gli domando.

«Per non aver detto niente. L'ultima cosa che voglio ascoltare in questo momento è che esistono altre università o, peggio, che sicuramente il test sarà andato bene e sto ingigantendo le cose».

«Prego». Gli faccio un inchino reverenziale per smorzare la tensione e lui apprezza. Il suo bellissimo sorriso mi stende.

VICTORIA: Siamo pronte. Tu dove sei?

Guardo di sfuggita il display del cellulare e poi di nuovo lui.

«Devo andare. Victoria e Jo mi stanno aspettando».

«Certo. Vai pure. E grazie ancora per ieri».

«Starai bene?».

«Una favola». Sorride di nuovo, stavolta accentuandone l'ampiezza.

«Posso fare qualcosa per te? Non so, portarti una scatola di cupcake? Li andrei a comprare personalmente da Magnolia Bakery». Mi esibisco in una smorfia buffa e lui scuote la testa divertito.

«Se proprio insisti... Tutti colorati, però. Con gli *sprinkles* sopra».

«Okay. Ci vediamo dopo in lavanderia?».

«Certo».

«Vado». Lo saluto con la mano e mi avvio alla porta. Mi volto per guardarlo prima di uscire dalla stanza. Si è riseduto e fissa la parete davanti a sé.

***

«Saremo le streghe più sexy e più fighe che la Columbia abbia mai visto. Che dico? Che tutta *New York* abbia mai visto!». Vicky è euforica, come ogni volta che compra un abito nuovo in vista di una festa importante, e quella di domani lo è senza dubbio.

Le matricole sono ammesse solo su invito e noi tre ne abbiamo ricevuto uno personalmente da Theo. Ci ha lasciato le buste sigillate con la ceralacca sotto le porte delle nostre stanze quindici giorni fa. Sono settimane che lo sento parlare di questo party, ma non aveva mai accennato al fatto che potessi parteciparvi. Invece, una mattina mi sono svegliata e ho trovato quel rettangolo nero incastrato sotto la mia porta.

«Devo entrare un attimo qui da Magnolia Bakery», le informo.

«Come mai?», mi domanda Josephine.

«Volevo prendere dei cupcake per Theo». Faccio spallucce nel misero tentativo di sminuire il mio gesto.

Le mie amiche mi guardano storto. Victoria con le sopracciglia sparate in cielo e Josephine corrucciando la bocca.

Le ignoro, entro nella pasticceria e mi incanto davanti alla vetrina espositiva da banco. Mi faccio preparare una scatola da dodici dolcetti, ognuno di un colore diverso. Me li sistemano per gradazione formando un grande arcobaleno di zucchero che fa venire l'acquolina in bocca.

Questo gli tirerà su il morale di sicuro!

Li osservo di nuovo. Mi sono costati una fortuna, ma ne è valsa la pena. Non spendo molti soldi per me, non ho voglia di gravare ancora di più economicamente sui miei genitori, ma è per una buona causa, no?! Theo ne sarà felice, mi regalerà uno dei suoi sorrisi affascinanti che mi fanno sentire importante e si innamorerà di me. Va bene, forse non si innamorerà di me, ma non importa.

«Okay, facciamo un passo indietro», dice Josephine quando le raggiungo sul marciapiede con la scatola salda fra le mani e la busta con dentro il costume per Halloween appesa al braccio. «Perché stai comprando dei cupcake a Theo?».

«Perché gliel'ho promesso».

«Eva... *Eva*!».

«Cosa? Cosa c'è che non va adesso?».

«Ti stai facendo del male da sola», interviene Vicky.

«È solo un gesto carino per un amico che ha avuto una brutta giornata, okay?!».

«No, affatto!», continua Victoria e io alzo gli occhi al cielo.

«Lo so che ha una ragazza e che non ho speranze con lui, non c'è bisogno che me lo ricordiate».

«Ma chi se ne frega di quella scopetta moscia piena di doppie punte! È odiosa, falsa e opportunista, davvero non capisco cosa ci trovi Theo in quella strega, ma il punto è un altro: un conto è avere una cotta per lui, un'altra è portargli *cupcake* e prostrarti ai suoi piedi».

«Dovresti regalargli una scatola di preservativi, piuttosto, e dirgli: "Molla quella stronza e scopa me"», conclude Victoria.

«Non mi sto *prostrando* ai suoi piedi e non gli regalerò una scatola di preservativi. Sentite, so cosa sto facendo, davvero». Allungo il passo e le supero, lasciandomele dietro di un paio di metri.

«Eva...», mi chiama Josephine, raggiungendomi.

«So che da fuori sembra una follia, ma siamo davvero amici».

Victoria mi prende sottobraccio, Jo fa lo stesso dall'altro lato.

«Ma tu non vuoi essergli *solo* amica».

Scuoto la testa. «No, non voglio, ma è quello che siamo. Lui non prova niente per me e io non posso obbligarlo ad amarmi», la mia voce è triste e concitata allo stesso tempo.

«Forse se gli parlassi...», azzarda Josephine e io scoppio in una risata nervosa.

«Per dirgli che cosa? Credi che non sappia già che sono pazza di lui? Che non si sia accorto dello sguardo sognante che gli rivolgo ogni volta che entra in una stanza? I ragazzi come lui non hanno bisogno di sentirsi dire certe cose, le sanno e basta. Lui ha una ragazza e sta bene così».

Victoria storce le labbra. «Quella mi sta proprio sulle palle. Come diavolo fai a sopportarla?».

«Non è così male...».

«Sì che lo è! Si sente la regina del mondo. E lo sai perché fa tanto l'amicona con te? Perché ti vuole tenere sotto controllo. Al diavolo, sa benissimo che Theo ha un debole per te e che potresti prendertelo come e quando vuoi».

«Ma cosa dici!? Sei fuori strada. Lei non mi vede come una minaccia perché non lo sono».

Josephine annuisce. «Sono d'accordo con Vicky. Ti ricordi come si comportava all'inizio? E poi dall'oggi al domani è diventata docile come un agnellino. Solo tu non vedi che effetto fai a Theo. Per questo devi parlargli. Magari lui si sente in imbarazzo, forse sta solo aspettando che sia tu a fare la prima mossa».

Scuoto la testa come se fossi in preda a un tic nervoso. «Theo in imbarazzo? Figuriamoci! Mi vuole bene, ma non in quel modo. Non sapete quanto vorrei che aveste ragione voi due, però non è così».

Entriamo al Brittany Hall e ci dirigiamo alla porta antincendio.

«E allora perché ti ha invitato alla festa più esclusiva di tutto il campus?», domanda ancora Vicky mentre saliamo le scale.

«*Perché siamo amiciii*! E poi ha invitato anche voi».

«Ovvio, per essere sicuro che ci fossi anche tu», continua.

«Mi state mettendo un sacco di strane idee in testa». Spalanco la spessa porta tagliafuoco e mi avvio lungo il corridoio. Il cuore mi si ferma in gola e le ginocchia iniziano a tremare.

«Visto?», dico con tono triste indicando un punto preciso davanti a noi.

Un calzino blu, da donna, è annodato alla maniglia della porta di Theo. Le lacrime si affacciano dai miei occhi, ma gli impedisco di scendere. Le ricaccio giù a forza e mi impongo di respirare regolarmente.

Che stupida che sono! Pensavo davvero di tirargli su il morale con dodici dolcetti che andrebbero bene per la festa di compleanno di un undicenne? Guardo la confezione trasparente fra le mie mani, sembra che un unicorno ci abbia vomitato dentro.

«Eva...».

«Siete voi che non avete ancora capito nulla. Per me la situazione è molto chiara», ribatto seccata. Lascio la scatola davanti alla stanza di Theo con un gesto di stizza e mi affretto a raggiungere la mia. «Ci vediamo a cena in mensa».

Mi rintano nella mia camera senza salutarle e poggio la schiena contro la porta. Mi lascio cadere sul pavimento e respiro a pieni polmoni.

Non avrei dovuto lasciarle parlare. Per un secondo mi sono fatta convincere che sotto i modi gentili di Theo, sotto il suo sguardo sempre attento e l'ala protettiva nella quale mi ha avvolto ci fosse dell'altro.

Ma lui è in camera con la sua ragazza.

E io mi sento scoppiare il cuore.

CAPITOLO 9

Theo

Helena si sta rivestendo nella penombra della stanza mentre io me ne rimango immobile a letto, nudo, con le gambe divaricate, il respiro corto e l'orgasmo che ancora mi scorre nelle vene.

«Perché stai scappando?», mi lamento senza però muovere un muscolo.

«È tardi!», ridacchia.

«Speravo nel secondo round». Allungo un braccio e la trascino sul letto. Le annuso il collo, il suo profumo si è mescolato al mio. Le bacio in modo sensuale la pelle liscia sotto l'orecchio e lei miagola. «Sai che non è da me lasciarti insoddisfatta. Non ti sei neanche spogliata del tutto. Dieci minuti?».

«Non se ne parla». Mi restituisce il bacio, concentrandosi con devozione sul mio labbro inferiore. «Mi stanno aspettando al dormitorio».

Sbuffo. Mi sento un po' in colpa: l'ho chiamata un'ora fa e lei, disponibile come sempre, si è presentata in stanza nascondendo sotto i jeans attillati un completino intimo che avrei voluto strapparle via a morsi. Mi sono sfilato i pantaloni, sdraiato sul letto e ho lasciato che si inginocchiasse in mezzo alle mie gambe. E ora se ne sta andando.

«Okay, vai. Sparisci».

«E poi è venerdì. Non hai il bucato da fare?», mi prende in giro lei. Quelle parole mi fanno scattare sull'attenti.

«Che ore sono?».

«Le sei e un quarto».

Eva mi starà aspettando, penso.

Helena si rimette in piedi e io la imito. Mi infilo i boxer, cerco la maglietta sul pavimento e indosso i jeans.

«C'è una scatola qui fuori».

«Uhm?». Alzo lo sguardo e la vedo chinarsi accanto alla porta aperta per raccogliere un pacco.

«Wow! Cupcake di Magnolia! Chi te li manda?».

Eva!

La raggiungo e afferro la confezione. Sono tutti colorati, come le avevo chiesto. Non pensavo me li comprasse davvero.

Helena mi passa il calzino che ha legato intorno alla maniglia e, senza aspettare la mia risposta, si avvia nel corridoio. «Ci vediamo domani», le sento dire, ma io sono ancora concentrato sul regalo di Eva.

Lo poso sulla scrivania, afferro la cesta del bucato e mi ricordo di prendere la tessera magnetica prima di volare giù per le scale e verso la lavanderia.

«Lo so, lo so, sono in ritardo!», urlo a gran voce entrando nella piccola stanzetta che profuma di detersivo.

Eva è al suo solito posto: seduta sulla sedia di plastica bianca con un libro in mano. Alza appena lo sguardo dalle sue pagine. Non mi sorride come al solito, non le si illuminano gli occhi appena mi vede.

«Ciao», mi saluta a voce bassa, quasi annoiata.

Mi sbrigo a dividere i panni, faccio partire le macchine e vado a sedermi davanti a lei, sull'asciugatrice numero tre.

«Cosa leggi?». Questa ragazza ha una velocità di lettura impressionante. Da quando ha iniziato il corso di letteratura europea ha già fatto fuori metà dei testi della sua lista. Io ne avrò letti due, forse tre. Però ho guardato i film degli altri.

«*L'Assommoir*», risponde lapidaria.

È incazzata con me. Non so perché, ma lo è.

«Grazie per i cupcake. Non avresti dovuto lasciarli davanti alla porta della mia stanza, però. Hai idea di quanto siano preziosi quei dolcetti?».

Mi guadagno un'occhiata ostile e trattengo il fiato per alcuni secondi.

«Non potevo bussare. Ho visto il calzino».

Okay. È incazzata perché ero con Helena. È la prima volta che mi parla in questo modo e questa sembra – a tutti gli effetti – una scenata di gelosia. Non ne capisco il motivo, tantomeno mi piace il suo tono. E mi dispiace vederla così imbronciata, mi fa venir voglia di giustificarmi, il che non ha senso.

«Potevi portarli qua», insisto.

«Non sapevo se saresti venuto», mi risponde distaccata, senza distogliere l'attenzione dal suo romanzo.

Mi serve la battuta su un piatto d'argento e sono lì lì per dirle "oh, sono venuto, eccome!", ma ci ripenso. In questo mese e mezzo ci siamo legati molto. Il venerdì pomeriggio, in lavanderia, è diventato il nostro appuntamento settimanale fisso e io mi ritrovo spesso ad aspettarlo con impazienza. Eva balbetta ancora ogni tanto, soprattutto quando deve rimettermi al mio posto, ma per lo più si comporta come una persona "normale". È spiritosa e ironica, sarcastica al punto giusto. Ci siamo riscoperti pettegoli da morire e mi piace la nostra confidenza, ma mi sta facendo sentire di troppo. E sporco. E come se le avessi fatto un torto.

In tutta sincerità pensavo che la cotta nei miei confronti le fosse passata, che ci avesse messo una pietra sopra. Sia chiaro, ogni tanto la becco ancora a spogliarmi con gli occhi, e sarei un ipocrita se dicessi che non mi lusinga – o che non me ne approfitto un po' –, ma il suo atteggiamento ostile non me lo aspettavo.

«Helena è venuta a salutarmi. Mi ha visto un po'... *giù*». Cerco di smorzare l'aria tesa con una battuta a doppio senso, ma lei non mi dà corda.

«Le hai detto dell'esame?». Finalmente posa quel dannato libro sul tavolo e si concentra su di me.

«No». Scuoto la testa. «Non le ho detto niente».

«Perché?».

Ci risiamo, ora partirà con il terzo grado.

«Non parliamo di certe cose».

«E di cosa parlate? *Se* parlate, ovvio». Alza gli occhi al cielo e io le rivolgo un mezzo sorriso malizioso.

«Il confessionale lo lascio per le nostre sedute del venerdì pomeriggio».

«Ne sono lusingata».

Ma non lo è. Anzi, è infastidita, così decido di accontentarla.

«Io e Helena non abbiamo quel tipo di rapporto. Siamo monogami ma non ci "apriamo" a confidenze».

«Non capisco».

Glielo devo mettere per iscritto che io e Helena scopiamo e basta? Che non ci intromettiamo l'uno nella vita dell'altra? Pensavo l'avesse capito, ci siamo frequentati spesso dall'inizio dell'anno scolastico.

«Cos'è che non capisci? Io parlo di certe cose con te perché sei una mia amica, con lei faccio altro».

Sgrana gli occhi e si morde il labbro con violenza. «Non sa che vuoi andare a Stanford?», mi domanda stupita.

«Sì che lo sa. Certo che lo sa».

«E cosa succederà fra voi se tu dovessi passare l'esame e partire a fine agosto per San Francisco?».

«Niente, credo. Io andrò per la mia strada e lei per la sua. Sta cercando di entrare alla Michigan. Ce la farà, è molto brava».

«Perché proprio Stanford?», mi domanda a bruciapelo.

Rimango a fissarla per qualche secondo, impassibile. Non me l'ha mai chiesto nessuno "perché proprio Stanford?". Mio padre pensa che sia una ripicca nei suoi confronti, Kian crede che lo faccia per allontanarmi da New York e cambiare aria.

«Sono cresciuto con l'idea che un giorno sarei diventato un avvocato famoso come mio padre. Da piccolo mi piaceva pensare di diventare come lui, ma con il passare degli anni il desiderio di compiacerlo si è affievolito». Mi schiarisco la gola e mi fisso i piedi per alcuni secondi. «Quando mi sono iscritto alla Columbia non ero felice, studiavo il minimo indispensabile per non essere buttato fuori, ma non mi interessava granché del "dopo". Durante il primo anno ho frequentato un seminario di Criminologia con un famoso professore che insegna a Stanford».

Eva mi sta fissando senza battere ciglio, lo fa sempre quando è concentrata sulle mie parole. Parlare con lei è rilassante, sento sempre che potrei raccontarle tutto senza filtrare le parole, senza dosare le emozioni.

«Sono rimasto... folgorato». Le sorrido imbarazzato e lei annuisce. «Quell'uomo è riuscito a tenermi incollato alla sedia per sei ore di fila, non mi sono perso nemmeno una parola. Mai preso così tanti appunti in vita mia. Ho comprato tutti i libri che ha scritto, sono volato fino in California per seguire un suo *work-shop*, gli ho scritto delle mail, ho guardato tutte le sue interviste su Internet. Non so spiegartelo, forse è stato il suo modo di fare o la sua capacità di tenere alta la mia concentrazione, ma ho capito che "da grande" sarei voluto diventare un criminologo come lui. Mio padre è un civilista...». Faccio una smorfia con le labbra ed Eva si lascia scappare un sospiro ironico. Ci è già arrivata da sola.

«Non è d'accordo con la tua scelta».

«Non è solo quello. Non mi prende sul serio, crede che lo faccia per il solo gusto di contrariarlo, ma si sbaglia. Il professor Juckerson mi ha inconsapevolmente aperto gli occhi. Per tanto tempo ho combattuto contro la sensazione che stessi seguendo una strada che mi era stata imposta, lui ha stravolto le carte in tavola. Legge *è* il mio destino. Ma come dico io. Nella specializzazione che dico io. Ogni anno offre dei tirocini prestigiosi ai suoi studenti migliori e io voglio lavorare al suo fianco. Voglio andare a Stanford, seguire i suoi corsi e diventare il migliore».

Eva tamburella i polpastrelli contro il mento e sposta lo sguardo oltre le mie spalle. «Il tuo sogno è molto bello».

«Non è solo un sogno, è un traguardo da raggiungere. Niente mi impedirà di arrivarci».

«Eppure, gira voce che tu per tre anni abbia fatto tutto tranne che studiare». Mi fissa negli occhi e mi piace quello che ci leggo dentro. Non ha mai paura di dire quello che pensa, non mi infiocchetta le domande per non risultare troppo schietta o inopportuna.

«Ho un carattere di merda: mi faccio in quattro solo quando qualcosa mi interessa davvero. Tutto il resto mi scivola addosso. Sono il primo in graduatoria in tutte le materie che hanno a che fare con Diritto penale. Arranco nelle altre. Mi sono ripromesso che, se fossi arrivato al quarto anno e avessi ancora sentito così forte il desiderio di trasferirmi in California per studiare Criminologia, allora avrei messo la testa a posto e avrei dato il massimo. È quello che sto facendo».

«Buon per te». Si sforza di sorridere e uno stupido senso di delusione mi attanaglia lo stomaco.

Le ho appena confidato la cosa più personale che mi riguarda e tutto quello che riesce a dirmi è "buon per te"?

Eva abbassa lo sguardo sulle sue mani.

«Ti vedo perplessa».

Scuote la testa per poi fondere i suoi ridicoli occhi verdi nei miei. «Non è niente».

«Qualcosa è, perché hai un muso lungo fino ai talloni da quando sono arrivato e mi stai trattando *male*», esagero sperando di smorzare i toni.

«Non è vero!», salta su.

«Mi stai trattando malissimo, invece. Non mi hai nemmeno aspettato per caricare le lavatrici. E se ti fosse finito un perizoma rosso insieme alle magliette bianche mentre io non ero qui per supervisionare?».

Le sue gote si colorano di un rosa acceso. «Io non ho perizoma rossi, non sono mica una prostituta!».

«Giusto, tu indossi mutandoni della nonna in cotone bianco», la stuzzico io perché so che questo la farà reagire.

«Smettila di guardare nella mia biancheria!». Mi punta il dito contro. È più rilassata e sono riuscito a farle sparire quel broncio che sembra il suo marchio di fabbrica.

Alzo le mani. «Ehi, non ti scaldare. Non è colpa mia se pieghiamo le nostre cose l'uno accanto all'altra. Mi ci sarà caduto l'occhio». E non solo sulle sue mutande antistupro. Ho sbirciato anche i suoi reggiseni imbottiti di seta liscia e le mutandine alla brasiliana.

Si possono capire tante cose dalla cesta dei panni di una persona. Per esempio, so che Eva indossa sempre biancheria coordinata. Non è provocante nella definizione più stretta del termine, ma è comunque sexy. Dorme con il pigiama, predilige il nero e il grigio. Odia il rosa o i colori troppo accesi. In mezzo a quel miscuglio di pantaloni della tuta e t-shirt comode ho intravisto un paio di magliette scollate e tempestate di strass. Non gliele ho mai viste indosso, però, ora che ci penso.

«Le uso solo quando ho le mie cose, va bene?!». Si alza dalla sedia e va a controllare – senza motivo – le sue lavatrici, pur di darmi le spalle e di nascondermi il suo imbarazzo, e io volto la testa per guardarla.

«Non ti stavo mica giudicando, eh! Lo so che hai anche un completino color carta da zucchero niente male, lì in mezzo. Ti sei ricordata di metterlo fra i chiari?», la provoco ancora.

«A dire il vero lo sto indossando in questo momento». Allarga di un paio di centimetri lo scollo della t-shirt e mi mostra la bretellina sottile del suo reggiseno. Mi passo la lingua sulle labbra senza riuscire a fermarla.

«La settimana scorsa mi stavi raccontando del tuo ex», dico io schiarendomi la voce. Riporto lo sguardo sulla parete di fronte a me e cambio del tutto discorso. «Vi siete lasciati perché la lontananza era troppo difficile, giusto?».

Eva torna al suo posto, si siede con un tonfo e incrocia le braccia. «Domani è il suo compleanno».

«È nato il giorno di Halloween. Figo!».

«Vorrei mandargli un messaggio, ma non lo sento da mesi. Non so se sia il caso».

«Chi ha lasciato chi?», le domando.

«Io ho messo la parola fine, ma ci siamo allontanati gradualmente. Le relazioni a distanza non fanno per me».

«Concordo. È per questo che con Helena è quello che è. Non potrei pensare di avere una storia con una donna che si trova dall'altro lato del Paese».

«Neanche se fosse la donna della tua vita?», mi domanda in un sussurro.

«Esiste la donna – o l'uomo – della propria vita?», ribatto con un'altra domanda.

«Beh, sì! Non credi nell'amore?».

Come diavolo siamo finiti a parlare di certi argomenti? Rifletto prima di rispondere di getto. Mi distraggo con la canzone che Marcus ha appena messo alla radio del campus: *Somebody to Die For* degli Hurts.

«No, non ci credo molto. Non credo che lì fuori ci sia una sola persona giusta per noi. O che possa durare tutta la vita. L'amore è labile e cambia come cambiano le stagioni. Siamo animali in continua evoluzione. Per esempio, vuoi dirmi che oggi ti piace fare le stesse cose che ti piaceva fare quando avevi dieci anni? O che fra dieci anni ti piaceranno ancora le cose che ti piacciono ora? Prendi la musica: da ragazzino ero fissato col rap, lo ascoltavo tutto il giorno, solo quello. Ora, se mi capita di sentire una canzone di Jay-Z alla radio, cambio stazione».

Eva guarda il soffitto per alcuni secondi ponderando bene la sua risposta. «Il tuo discorso non ha senso. Non puoi paragonare l'amore alla musica o alle Barbie, per esempio. A dieci anni ci giocavo tutto il tempo, ora non più, ma sono sicura che Barbie Veterinaria sia ancora innamorata di Ken lo Stalliere, anche se io non gioco più con loro».

«Ken lo Stalliere?», domando alzando un sopracciglio.

«Il marito di Barbie Veterinaria!», insiste lei con un tono da saputella, come se fossi *io* quello che non ci arriva.

«Sei fuori di testa». Rido in modo sguaiato.

«Forse non hai trovato la persona giusta…», continua lasciando la frase a metà. I suoi occhi sono incandescenti, mi fissa con una tale intensità che mi trovo costretto ad annuire.

«Forse hai ragione tu».

A salvarmi dal suo sguardo profondo è il timer della sua lavatrice. Eva si alza dalla sedia interrompendo quel contatto visivo troppo intenso e fuori luogo.

«Verrai alla festa domani sera?», le domando rimanendo di spalle.

«Sì. Ho già preso il vestito. Ero indecisa fra Strega Sexy e Vampira Sexy».

«E cosa hai scelto?». La parola "sexy" pronunciata dalle sue labbra dolci e innocenti stride come un set di unghie sulla lavagna.

«Lo vedrai domani».

«Ti ricordi cosa ti ho detto in merito a queste feste?».

«Tranquillo, non ho intenzione di farmi drogare da nessuno».

«Bene». Ma non sono tranquillo neanche un po'. «Io suonerò quasi tutta la sera, non potrò tenerti d'occhio».

«Grazie, paparino, penso che me la saprò cavare. A proposito, cosa pensi di Jonah? O forse Joshua, non ricordo il nome. È il supervisore del Broadway House. Ci siamo presentati a quella festa nel suo dormitorio. Ieri l'ho incontrato in biblioteca mentre ti cercavo e abbiamo scambiato due chiacchiere».

Mi volto di scatto, come se mi avessero dato uno schiaffo in pieno viso. Lei sta infilando i suoi vestiti nell'asciugatrice e non vede la mia smorfia inorridita. «Jonah Ward? Stai alla larga da quel tipo».

Eva, con un calzino in una mano e un costume nell'altra, alza lo sguardo e mi osserva aggrottando la fronte e strizzando gli occhi. «Perché? Chi è?».

«È una testa di cazzo. Un puttaniere e l'ultima persona con la quale devi avere a che fare». Si distrae e io scendo dal piano sul quale sono seduto per andarmi a parare davanti a lei. «Ti sta addosso?», domando preoccupato.

«Più o meno. Cioè, mi ha chiesto di uscire, gli ho detto che ci avrei pensato. È carino».

Le sue parole mi fanno andare il sangue al cervello. Sapevo che quel cazzone avrebbe messo gli occhi su Eva, sapevo che prima o poi avrebbe fatto la sua mossa.

«È un coglione», ribatto categorico. Le afferro le spalle con le mani e lei rimane interdetta dal mio gesto irruento. «Ascolta: esci con chi vuoi, ma non con lui».

«Perché?».

«Non fare sempre mille domande, Cristo! È feccia e devi stargli alla larga».

Il solo pensiero che si sia avvicinato a lei mi fa venire voglia di marciare fuori da questa stanza, correre verso il suo dormitorio e ucciderlo a mani nude, come avrei dovuto fare lo scorso giugno.

«Non mi piace giudicare le persone senza conoscerle», è la sua risposta, e io rafforzo la presa sulle sue spalle.

«Beh, stavolta dovrai farlo. Ti devi fidare di me. Non è una brava persona. Fine della storia».

«Non mi basta».

Merda! Merda, merda, merda.

Lei e le sue dannate domande, il suo bisogno quasi infantile di voler sapere sempre tutto, di non accontentarsi mai e di andare fino in fondo ad ogni questione.

«Non posso dirtelo».

«Perché?».

«Perché...». Mi metterò in un mare di guai. «Ho firmato un accordo di riservatezza», dico infine.

Eva fa un passo indietro e si protegge il busto incrociandoci le braccia intorno. «Okay».

Ma non è *okay*. Voglio sapere cosa le frulla per la testa. La sua mente starà facendo voli pindarici ma non può immaginare cosa sia successo davvero. Niente di quello che le sta passando in questo momento per la testa può essere più grave della verità.

«Okay?! Tutto qua?». Mi infilo le mani in tasca e mi avvicino di un passo. Lei annuisce ma non incrocia più il mio sguardo. Non voglio perderla. La sua amicizia, intendo. Non voglio perdere la sua amicizia.

«Mi sa che le tue lavatrici hanno finito», sussurra, ma io non mi muovo di un passo. Vorrei scuoterla forte e dirle che non è cambiato niente, confessarle il mio segreto più oscuro, rassicurarla sul fatto che lo so che sono stato un idiota in passato, ma che sono ancora lo stesso di dieci minuti fa, nonostante lei stia pensando al peggio.

Sono ancora quello che guardava con uno strano luccichio negli occhi. Quello che la proteggerà finché gli sarà possibile, perché non potrebbe sopportare se le succedesse qualcosa di brutto.

Istintivamente allungo un braccio e le sfioro una guancia. È un gesto senza senso ma che non riesco a controllare.

«Ho fatto un sacco di cazzate in passato, cose di cui non vado fiero. Ma non è più così. Sono un'altra persona adesso», mi obbligo a dirle. Non mi sono mai giustificato con nessuno per le mie azioni, nemmeno con mio padre, che prima mi ha tirato fuori dai casini e poi mi ha quasi spellato vivo, ma con lei è diverso.

Ho bisogno che mi creda, che si fidi di me, perché è l'unica amica che ho. L'unica con la quale mi piace parlare.

«Lo so». Mi concede un sorriso che, però, non è capace di mettere a tacere la mia inquietudine, perché sappiamo entrambi che la sto tenendo all'oscuro di un fatto grave e importante. Uno che potrebbe cambiare del tutto il suo giudizio sul sottoscritto.

Le sto chiedendo di fidarsi di me a prescindere e non ho nessun diritto per farlo. E lei lo sa, per questo prende le distanze facendomi tremare la terra sotto i piedi.

CAPITOLO 10

Eva

«Eva, te lo giuro su quanto ho di più caro al *mondo*! È solo uno shampoo colorato e il fucsia se ne andrà con il primo lavaggio». Josephine si avvicina in modo pericoloso ai miei capelli con quel tubetto rosa shocking imbrattato di scritte cinesi, così fitte che mettono ansia.

«Ma non posso essere una strega bionda?», piagnucolo io senza ritegno. Quando ho accettato di farmi sistemare i capelli pensavo a un giro di piastra e qualche mollettina a forma di ragno! Non avevo nessuna intenzione di farmeli tingere.

Le mie due amiche mi fissano e le loro espressioni non promettono niente di buono. Sbuffo e chiudo gli occhi. Non mi va di fare la guastafeste, spero solo di non doverli rasare a zero domani mattina.

«Okay, okay. Avete vinto voi».

Iniziano entrambe a saltellare sul letto e mi si buttano addosso facendomi ricadere spalle al materasso.

«Contenete l'entusiasmo!», urlo per sovrastare i loro gridolini felici.

Victoria è la prima ad alzarsi da sopra di me, raggiunge il suo cellulare, perennemente sintonizzato sulla radio del campus, e alza il volume al massimo. *Last Night's Mascara* di Brynn Cartelli quasi mi spacca i timpani e la bionda inizia a ballare nello spazio ristretto fra i letti. Indossa solo un paio di culottes nere e un top senza reggiseno, si dimena come se stesse ballando su un palco, del tutto fuori tempo, finge di attaccarsi a un palo da *lap-dance* e ci fa sbellicare dalle risate. Si accovaccia a terra, infila la testa sotto il suo letto e riemerge con una bottiglia di vodka alla fragola. Svita il tappo e ci si attacca per poi scuotere la testa e rabbrividire da cima a fondo.

La bottiglia passa prima a Josephine e poi finisce in mano a me. Alzo gli occhi al cielo e ne butto giù un paio di sorsi.

È calda. Fa schifo.

Ci sediamo sul letto, dopo averlo ricoperto di asciugamani, e loro decidono di sperimentare quella merda puzzolente prima su di me. Sospiro e smetto di pensare.

Penso troppo. Penso sempre. Una volta tanto vorrei lasciarmi contagiare dal loro entusiasmo.

È la notte di Halloween e fra due ore inizierà la festa più chiacchierata del campus, posso essere anch'io spericolata e disinibita per una sera.

Victoria ha scelto il blu elettrico, Josephine un verde fluo che le mette in risalto gli occhi da cerbiatta. Quando abbiamo finito di cospargere con quei prodotti terrificanti le nostre teste ci scattiamo una foto, che spero non finisca su Internet. Il colore deve stare in posa per trenta minuti, ma già dopo cinque sento la cute andarmi a fuoco e prudermi come se avessi un esercito di formiche che ci cammina sopra – sì, rimarrò pelata. Nonostante ciò, non dico nulla, visto che le mie amiche non se ne lamentano.

Anche se vorrei non farlo, ogni trenta secondi controllo il mio cellulare. Stamattina ho mandato un messaggio a J.J., un semplice "Tanti auguri di buon compleanno", ma non mi ha ancora risposto. Forse non avrei dovuto, sono mesi che non ci sentiamo.

Pensi troppo, Eva!

Afferro la bottiglia di vodka e ne butto giù un altro paio di sorsi, l'alcol mi darà un po' di coraggio e mi aiuterà a lasciarmi andare.

Funziona davvero. Un'ora dopo abbiamo lavato e asciugato i capelli. Forse è la vodka che mi sta annebbiando la vista – e il buon senso –, ma giuro che questi capelli fucsia sono fichissimi! Li dovrei portare sempre così. Mi guardo allo specchio e continuo a toccarli. Josephine li ha resi così lisci da farli sembrare fili di seta.

Torniamo di corsa nella loro stanza sperando di non essere viste da nessuno. Mi trucco gli occhi esagerando con il *kajal* nero e mi faccio mettere il rossetto – dello stesso colore dei miei capelli – da Victoria, che mi fa fare un sacco di smorfie strane con le labbra per essere sicura di averlo applicato alla perfezione.

Mi infilo il vestito da strega e non sembro nemmeno io: sono sexy. Sembro così grande e pericolosa.

«Che ne pensi?», mi domanda Josephine sistemandosi accanto a me davanti allo specchio. È bellissima con i suoi capelli verdi, lisci come spaghetti – ci abbiamo messo un'eternità a passarle la piastra –, il trucco esagerato sugli occhi e le labbra colorate di nero.

«Penso che stasera infrangeremo un sacco di cuori», dico io con tono ironico, ripetendo le parole che Victoria non smette di gridare da stamattina.

«Non vedo l'ora di gustarmi la faccia di Theo quando ti riconoscerà».

Lei pronuncia il suo nome e io sussulto. Non ho raccontato alle ragazze le sue mezze confidenze di ieri pomeriggio e nemmeno del modo tenero con il quale mi ha sfiorato la guancia facendomi tremare le ginocchia. Non so bene che idea mi sia fatta del suo passato, o se mi interessi farmene. Nel dubbio, butto giù un altro sorso di vodka e poi un bicchiere d'acqua.

Mi fisso il corpetto striminzito che si allaccia sul davanti e mi strizza il seno, la gonna vaporosa di tulle nero che arriva fino ai piedi. Si intravedono le culotte fucsia che indosso sopra gli slip. Infilo un paio di tacchi a spillo che mi ha prestato Josephine e mi sistemo per la milionesima volta i capelli. Solo che stavolta non incastro le ciocche dietro l'orecchio, al contrario, lascio che mi ricadano come una tenda ai lati del viso.

«Siamo pronte?», domando eccitata come non mai.

A smorzare il mio entusiasmo è un *bip* familiare che mi avverte di un messaggio in entrata.

J.J.: Grazie, Cenerentola. Devo dirti una cosa... ho conosciuto una ragazza, la cosa sta diventando piuttosto seria. Mi sembrava giusto informarti, è da un po' che voglio farlo, a dire il vero. Te la presenterò al Thanksgiving. La porto a Daytona, voglio farle conoscere mia madre.

Il mio cuore accelera. Poi smette di battere del tutto. Mi passo una mano sulla fronte e cerco di regolarizzare il respiro.

«Tutto bene?», mi domanda Josephine.

Ha una ragazza. Una che vuole presentare a sua madre.

Sapevo che questo giorno sarebbe arrivato prima o poi, che dal momento in cui ho deciso di smettere di lottare per il nostro rapporto avrei perso qualunque diritto su di lui. Solo che non mi aspettavo facesse così male.

Torno sui miei passi, mi accovaccio sotto il letto di Victoria e recupero la bottiglia di vodka che ha rimesso al suo posto, nascondendola per bene dietro tre scatole di scarpe. Seduta per terra, sui miei talloni, con i tacchi che mi infilzano il sedere, la svito e ne butto giù due sorsi generosi. Tre. Quattro. Cinque sorsi.

Mi brucia la gola e mi pizzicano le papille gustative, ma l'alcol che mi scende lungo la trachea ha il potere di calmarmi subito.

«Andiamo», sentenzio ignorando le loro bocche spalancate. Le supero e mi avvio lungo il corridoio, non troppo stabile sui tacchi alti. Una volta tanto mi fermo davanti all'ascensore, mi metto una mano sul cuore sperando di placare le palpitazioni e schiaccio il pulsante di chiamata.

«Ha una nuova ragazza», dico quando siamo tutte e tre in quella scatola di alluminio soffocante. «Non vede l'ora di presentarmela», aggiungo sarcastica.

Non c'è bisogno che spieghi loro di chi sto parlando, ho fissato quel dannato cellulare per tutto il pomeriggio.

Non so nemmeno perché mi interessi così tanto. Non sono più innamorata di lui, non in *quel* senso, almeno. Solo che... lui era mio. E io ero sua.

Camminiamo in silenzio verso l'edificio che ospita la confraternita Pike e mi rendo conto di aver smorzato l'entusiasmo generale, e non è giusto.

«Stasera ho voglia di bere e di ballare», annuncio allegra, rinchiudendo in un angolo del mio cuore J.J. e la nostra storia finita.

«Ah, sì?», mi domanda Josephine ritrovando il buon umore.

«E di baciare qualcuno».

«Spero che tu riesca a infilare la lingua in gola a Theo, amica», mi dice Victoria, prendendomi poi sottobraccio e accelerando il passo.

«Magari!». Sospiro.

«O a Jonah», sussurra Josephine. Lo indica con il mento; è davanti al portone d'ingresso con una sigaretta accesa che gli penzola dalle labbra e le mani impegnate a digitare sul suo cellulare.

Il ricordo delle parole di Theo mi rimbomba in testa.

"È feccia e devi stargli alla larga".

«Ma chi abbiamo qua? Tre streghe sexy del primo anno?!».

Non mi piace alimentare i pettegolezzi e non so cosa sia davvero successo, ma mi ritrovo istintivamente da una parte a rafforzare la presa sul braccio di Victoria e dall'altra a cercare la mano di Josephine, spingendole poi entrambe in avanti per evitare che si fermino a parlare con lui.

Ieri pomeriggio l'atteggiamento di Theo mi ha indispettita, ora mi ritrovo a concedergli il beneficio del dubbio senza pensarci due volte. Come se fosse inevitabile fidarmi di lui.

«Ciao, Jonah», cinguetta Victoria.

«Ci vediamo dentro». Mi sforzo di sorridergli e di usare un tono cordiale, ma non smetto di camminare e le mie amiche sono costrette ad assecondarmi.

«Cos'è appena successo? Perché, sbaglio o quello era un figo della Madonna dell'ultimo anno che ci stava rivolgendo la parola?».

«State alla larga da quel tipo».

«Perché?».

«Fatelo e basta».

Forse vorrebbero replicare, chiedere spiegazioni, ma una volta varcata la porta d'ingresso ci ritroviamo all'interno di una festa come non ne avevo mai viste. Nemmeno quelle che i genitori di J.J. gli organizzavano ogni anno per il suo compleanno sono mai state tanto spettacolari. La sala comune dei Pike è una nuvola di fumo artificiale, ragnatele e ragni schifosi penzolano ovunque dal soffitto, mummie viventi ci girano intorno. Quasi tutti indossano collane e bracciali fluorescenti che, sotto le luci ultraviolette, brillano e mi ipnotizzano. *Katchi* di Ofenbach & Nick Waterhouse risuona a tutto volume facendo scatenare e dimenare gli studenti in pista. Cerco Theo con gli occhi e quando lo individuo una nuova famiglia di farfalle viene alla luce.

Già, perché a quanto pare sto contribuendo alla ripopolazione sul pianeta Terra della *Glaucopsyche Alexis*, una varietà di farfalle in via d'estinzione da ormai un secolo. Sono annidate nel mio stomaco: mangiano, bevono, si riproducono. Ogni volta che mi ritrovo Theo davanti, soprattutto in veste di dj, con le dita che scorrono esperte sulla consolle, la barba curata e le sue smorfie sexy, ne viene alla luce una nuova. E io le do un nome.

Dio. Mio. Santissimo.

Indossa una t-shirt nera attillata con la sagoma di uno scheletro disegnata sopra che, grazie alle UV, diventa di un giallo fluo scintillante. Balla sul posto in modo sensuale, muove la testa da una parte all'altra e si mordicchia l'angolo destro del labbro inferiore.

Con una mano tiene una cuffia gigante sopra l'orecchio, con l'altra gioca con i pulsanti della sua consolle, una sigaretta accesa incastrata fra l'indice e il medio.

«Cosa stai guardan... *Ohhh!*». Non so se a parlare sia stata Jo o Vicky, i miei occhi sono incollati su quel ragazzo che mi fa ingoiare la voce ed eccitare in mezzo alle gambe. I tatuaggi colorati sul suo braccio sinistro sono sfacciati e misteriosi, una specie di canto di sirena. E io sono Ulisse. E qualcuno dovrebbe incatenarmi a un palo.

«Cosa gli farei!», mi sento dire, e la risata incontrollata di Victoria mi trapana il timpano. «Sul serio! Com'è possibile che mi faccia questo effetto? Io... Io... Io avrei una voglia pazza di raggiungerlo su quel cavolo di piedistallo che sovrasta la pista, infilargli la lingua in bocca e le mani nei pantaloni».

Ecco, l'ho detto. E non me ne pento. E la vodka mi piace, mi fa sentire libera e controllata allo stesso tempo. Libera di dire quello che penso senza però rischiare di dare forma ai miei pensieri insensati.

«Vai a salutarlo», mi incita Josephine.

Lo faccio. Al diavolo, lo faccio eccome.

Mi armo di coraggio, raddrizzo la schiena e marcio fra i corpi già sudati in mezzo al salone trasformato a festa per raggiungerlo sotto la consolle. Fa partire un nuovo brano francese che ho già sentito in passato e aspetto che sollevi lo sguardo dalla *Pioneer*. Non salgo su quella scaletta improvvisata che hanno messo per raggiungere il tavolo dove ha sistemato i suoi strumenti, rimango sotto di lui e lo guardo.

Si sta divertendo un mondo, non l'ho mai visto ballare quando mixa. Forse sente i miei occhi addosso, forse si sta solo guardando intorno, ma pochi secondi dopo quei due zaffiri peccaminosi si posano su di me.

Mi lancia un'occhiata talmente carica di desiderio che manda in tilt il mio sistema nervoso e neutralizza i miei neuroni. Poi mi mette a fuoco e strabuzza gli occhi.

«Eva?!».

Gli sorrido appena, sono congelata. Due mani si posano sulle mie spalle e sussulto. Kian, nascosto da un mantello nero con il cappuccio calato sugli occhi, mi fa prendere un colpo.

«Strega sexy! *Uff...* Ti si vede il culo. E *che* culo».

«Kian!», lo rimprovero.

Si sporge verso di me finché i suoi occhi, talmente stretti da sembrare chiusi, non mi riconoscono. «Oh, mio Dio! Per tutti i santi del paradiso... Eva? Se non fossi certo che Theo mi staccherebbe le palle, ti starei già chiedendo di scoparmi».

«Cosa?!», urlo indignata sopra la musica.

«Sposarmi! Ho detto SPO-SAR-MI».

«Certo, come no».

«Ma l'hai vista?», urla Kian a Theo, indicandomi come se non fossi proprio accanto a lui.

Il mio vicino di stanza mi sta ancora fissando con un'espressione imbalsamata, come se avesse appena visto un fantasma.

«Vieni su». Theo scende di un gradino e mi porge la mano. Io l'afferro, poggio il primo piede su quel trabiccolo e prego in italiano – perché non so farlo in inglese – di non rovinare faccia avanti. La sua mano stringe fortissimo la mia, so che non mi lascerà cadere. Mi ritrovo a un metro e mezzo da terra a condividere uno spazio ristretto con Theo, le sue dita ancora intrecciate alle mie e l'intera sala ai nostri piedi.

«Ciao!», grido.

Mi squadra dalla testa ai piedi, poi di nuovo, e poi un'ultima volta. «Bei capelli», dice. Smette di toccarmi, afferra la sua cuffia e digita alcuni tasti sulla tastiera del Mac. «Tieni».

Mi passa un set di auricolari che recupera da sotto il tavolo e io lo afferro. Imito i suoi gesti, ne appoggio uno contro l'orecchio e ascolto. La canzone che rimbomba nei miei timpani è diversa da quella che sta facendo ballare l'intera festa.

«*This Girl*. Kungs & Cookin' On 3 Burners», dice e io immagino si riferisca al brano che solo noi due possiamo sentire. «Sei pronta?».

Per fare cosa?

Mi afferra per un polso trascinandomi verso di lui e mi posiziona davanti al tavolo, incastrandomi fra il suo corpo scolpito e i suoi strumenti di lavoro. «Ti insegno come si fa a mixare un brano», mi parla nell'orecchio libero. «Questo tasto, con la luce arancione intorno, si chiama CUE. Senti la canzone nelle cuffie? Dobbiamo sovrapporla in modo graduale a quella che stanno ascoltando tutti, quindi dobbiamo andare a cercare il *cue point*, ossia il punto da dove vogliamo che parta il secondo brano. Tutto chiaro?».

Annuisco. Non ho capito un tubo. Il suo respiro che mi accarezza il collo mi confonde le idee, il suo corpo premuto contro il mio, poi, mi manda in blackout.

«Il brano che stanno ballando è gestito dalla parte sinistra della console, quella che senti tu nelle orecchie la manipoliamo da questo lato». Mi indica la parte destra e mi rendo conto – in un brevissimo istante di lucidità – che questo rettangolo complicato che sembra un albero di Natale, tante sono le luci colorate che lampeggiano, è fatto a specchio. «Ora mando il brano in *loop*». Qualunque cosa voglia dire.

Preme un tasto azzurro, poi uno rosa, poi uno verde acqua. Gira delle manopoline, solleva e abbassa alcune levette e il ritmo nelle mie orecchie cambia, si modifica, si plasma.

Mi rimbomba dentro la stessa sequenza all'infinito, tre secondi ripetuti con una cadenza millimetrica.

«Ci siamo quasi», sussurra ancora. Il suo torace mi preme sulla schiena, le sue braccia mi circondano tutta. Sposta una mano dalla consolle e mi tocca una ciocca di capelli, spostandomela poi con un gesto rapido dietro la spalle. «Scusa, mi stavano facendo il solletico».

Schiaccia una serie di tasti, spiegandomi ogni passaggio, ma io non lo sto più ascoltando. Fisso le sue dita, le unghie curate, il serpente tatuato che striscia intorno al suo polso e finisce con la testa in un fiore di loto colorato, mi concentro sulla sua barba che mi pizzica la guancia ogni volta che si sporge in avanti per arrivare all'estremità alta della consolle. Percepisco tutto, il suo odore, il suo calore, il fatto che siamo estremamente vicini, ma non sento la musica, non sento più nulla.

Theo mi afferra l'indice e mi obbliga a schiacciare un tasto sulla *Pioneer*. La musica cambia e dieci secondi dopo tutti stanno ballando *This Girl*. Tranne noi due.

«Hai appena mixato il tuo primo brano». Si scansa e recupera una sigaretta dal pacchetto di Marlboro rosse, inclina la testa di lato, circonda la cicca con la mano sinistra come se volesse ripararla da uno spiffero d'aria improvviso e aspira. La punta si arroventa e un rivolo di fumo soffia via dalle sue labbra dischiuse.

«È arrivato il momento di muoversi un po'. Fai vedere a questa gente come si fa», mi fa l'occhiolino.

Ma di cosa parla?

«Cosa dovrei fare?», domando.

«Ballare!».

Ma ha capito che sono io? Eva? Eva quella che odia stare al centro dell'attenzione?

Posa le sue mani sulla mia vita, appena sopra il sedere, e mi costringe a muovermi. Sono più rigida di un manico di scopa e non riesco a smettere di guardalo.

È rilassato. Sensuale. Perfetto.

«Devo prima bere qualcosa per sciogliermi un po'», mi giustifico.

Il ritmo della musica è incalzante e Theo si lascia andare a qualche passo di danza. È vicinissimo al mio viso, sorride a mezza bocca per poi abbassare la testa e sbirciare dentro il corpetto che mi sta stritolando le tette. La mia immaginazione parte per la tangente. Eppure, quando finalmente trovo il coraggio di assecondarlo e schiodare i miei fottutissimi piedi dal pavimento lui si stacca da me, le sue dita lasciano i miei fianchi e riporta le sue attenzioni sul suo giocattolino sofisticato.

Ho perso il mio momento.

«Sono d'accordo. Fatti accompagnare da Kian», mi sussurra all'orecchio.

«Dove?».

«Non hai appena detto di voler bere?».

Ah, sì. Bere. Giusto. Alcol.

Theo fa cenno al suo amico di avvicinarsi. «Tienila d'occhio», gli ordina e Kian annuisce.

«Sarà un vero piacere. La marcherò stretto. Non le darò respiro».

«Fai poco lo stronzo», lo rimprovera Theo. Si concentra sulla *Pioneer* e io afferro la mano che mi sta porgendo Kian per aiutarmi a scendere.

«Di cosa hai voglia?».

Di Theo!

«Qualsiasi cosa. Basta che sia forte».

Kian è bellissimo. È inglese ma con origini asiatiche. Se ho ben capito, sua nonna è coreana. È alto, magro – ma ben piazzato – e ha due occhi così neri che non si capisce dove finisce l'iride e inizia la pupilla.

Mi porta dietro il bancone del bar e inizia a prepararmi qualcosa. Tengo d'occhio il bicchiere, gli ingredienti che ci mette dentro, e quando mi dà le spalle mi sporgo verso di lui per controllare quello che fa.

Theo mi ha detto che non mi devo fidare di *nessuno*, immagino che questo includa anche il suo migliore amico.

Kian infila un ombrellino nel mio drink arancione e brinda con me dopo essersi stappato una birra. La musica cambia ancora e l'aria si surriscalda.

«Grazie».

«Deve averti terrorizzata per bene, Theo». Indica con il mento il mio cocktail.

«Abbastanza».

«Gli dirò che hai superato l'esame». Alzo gli occhi al cielo. «Sei venuta con la tua amica? La biondina? Com'è che si chiama?». Fa finta di pensarci e io scuoto la testa. Sono mesi che le gira intorno, ma non l'ha ancora mai chiamata.

«Kate?», dico il primo nome che mi passa per la testa e lui mi fissa interdetto.

«Victoria».

Ah, allora te lo ricordi il suo nome!

«Sì. Credo sia con Josephine in mezzo alla pista».

«Beh, allora andiamo a salutarle», insiste lui.

«Dopo di te», gli dico afferrando con entrambe le mani il mio bicchiere di plastica per evitare di rovesciarne il contenuto.

Ballo per un po' ma senza metterci troppo impegno. Vicky, invece, si struscia addosso a Kian e lui apprezza moltissimo. Josephine sta cercando di sganciarsi di dosso un tipo orribile che cerca a tutti i costi di ballare con lei.

«Vieni un attimo con me». Kian, come prima, poggia le sue mani sulle mie spalle e mi spintona in avanti, costringendomi ad avanzare in mezzo alla pista e verso la consolle.

«Dove stiamo andando?», domando allarmata.

«Da Theo. Mi ha detto di raggiungerlo e di portarti da lui».

«Ma quando, scusa? Come ha fatto a dirtelo? È lì che suona».

Alzo lo sguardo sul dj e mi rendo conto che, in effetti, ci sta osservando.

«Io e lui ci capiamo al volo. Fidati».

Kian sale i gradini, lasciandomi lì, sotto la consolle. I due si scambiano un paio di battute, dopo di che Theo gli passa le sue cuffie e scende con un balzo da quella pedana malferma, parandomisi davanti.

«Io e te adesso balliamo». Sgrano gli occhi. Lui solleva un dito e mi fa cenno di aspettare. La musica cambia e Theo sorride. «Questa è quella giusta».

Be Mine di Ofenbach pompa dalle casse proprio accanto a noi, facendomi martellare il cuore che sento persino nel cervello. Theo trova la mia mano e mi trascina in mezzo alla pista da ballo creando un piccolo varco per noi.

«Hai bevuto?».

«Sì!», urlo per sovrastare la musica.

«Bene. Allora adesso non hai più scuse». La sua mano destra mi afferra la vita e mi attira a sé, facendomi sbattere il petto contro il suo torace. Smetto di respirare. Si muove in modo sexy, a tempo con la musica. «Devi lasciarti andare, Eva. Fallo per me».

Oh Signore, farei tutto per te!
Cerco di stare dietro al suo ritmo, ma il mio corpo non mi aiuta.
«Devi muoverti così...». Mi costringe a dimenare il bacino, ma io oppongo resistenza.
«Guarda che so ballare!», riesco a urlargli nell'orecchio.
Theo si ferma di colpo. «Sei sicura? Perché lì sopra sembravi più rigida di un palo della luce».
Il suo sarcasmo mi indispettisce. *Certo che so ballare*. Non mi piace farlo ma so benissimo come ci si muove su una pista da ballo.
«Mi stai provocando come al tuo solito?».
«Già». Inizia a ballarmi davanti. «Allora? Ti decidi o no?».
«Ti pentirai di avermi lanciato questa sfida». Punto le mani ai fianchi e sospiro.
«Non credo».
Spengo il cervello, mi dimentico di tutto tranne che di lui. Faccio scivolare la mano sul suo braccio, su fino ad afferrargli la nuca. Muovo il bacino, scuoto la testa così che i miei capelli sciolti assecondino le mie mosse e danzino insieme a me.
Si avvicina di un passo. Mi struscio sensuale contro di lui, con la mano libera gli afferro il bordo dei jeans senza mai mollare la presa sulla sua nuca, con l'altra. Theo balla da Dio. Lui fa tutto come se fosse un dio. Sento il suo respiro caldo sul viso, sa di menta che cerca di mascherare il tabacco delle sigarette.
La sua mano scorre lungo la mia spina dorsale, lentamente, facendomi rabbrividire nonostante l'aria asfissiante nella sala. Le sue dita si intrufolano sotto i miei capelli e fa a me quello che io sto facendo a lui: mi afferra per la nuca e mi spinge in avanti, finché le nostre fronti non si toccano poggiandosi l'una contro l'altra. Si muove più veloce e mi trascina in un ballo peccaminoso. È sconvolgente il modo in cui mi possiede, come tutti i miei sensi siano in allerta, come la mano che non mi sta arpionando il collo stia cercando di crearsi un varco fra il tulle voluminoso e il corpetto per sfiorarmi la pelle nuda, come continui a mordicchiarsi le labbra senza riuscire a smettere.
Il respiro mi muore in gola, il suo diventa greve, irregolare, erotico.
La sua bocca è a pochi millimetri dalla mia, gli occhi conficcati nei miei, le sue mani non mi lasciano scampo.
Il buio, spezzato solo dalle scie dei braccialifluorescenti che danzano in aria, ci avvolge e la tensione fra di noi aumenta insieme ai bassi di questa canzone così potente, che ha scelto per noi.

Lascio che un sospiro carico di frustrazione mi sfugga dalla gola, ma non interrompo mai il contatto visivo con il suo viso perfetto. Mi perdo nel blu intenso dei suoi occhi, ci scavo dentro. Memorizzo il suo naso, gli zigomi alti, la barba folta ma ben curata.

Le sue labbra si schiudono; le mie, le catturo fra i denti. Smetto di stritolare la cintura dei suoi jeans e gli accarezzo la schiena fasciata dalla t-shirt aderente. Qualunque cosa stia succedendo fra di noi è folle, incomprensibile e così reale. Theo sospira, serra le palpebre, le riapre, quasi smette di muoversi, ma io non ci riesco, il mio corpo segue il ritmo della musica che mi rimbomba nelle orecchie.

Piego la testa di lato, chiudo gli occhi... e lo bacio.

Le mie labbra toccano le sue, la mia lingua lo cerca e lo trova per un brevissimo istante. Mi aspetto di tutto, i fuochi d'artificio, le sirene, la fine del mondo, ma non quello che succede dopo. Theo si irrigidisce di colpo, prima mi preme con più forza contro di sé, quasi soffocandomi, e una frazione di secondo dopo si stacca con un gesto brusco, allontanandomi con entrambe le mani. Fa un passo indietro e va a sbattere contro un paio di ragazzi. Serra le labbra e mi fissa confuso, sciocato... arrabbiato.

«Che cazzo stai facendo?».

CAPITOLO 11

Theo

Eva mi fissa con gli occhi sbarrati e la bocca spalancata. Mi passo una mano sulle labbra con un gesto di stizza, quasi come se volessi cancellare il suo bacio sfregandolo via. Sto per chiederle spiegazioni, per farle una scenata senza precedenti, quando si volta e inizia a correre, scomparendo fra la bolgia.

Che cazzo le è preso?

La seguo per qualche metro, ma non riesco a raggiungerla, sta uscendo dalla sala. Ha recuperato la sua giacca e la vedo tentare di infilarsela mentre imbocca la porta d'ingresso.

Torno alla consolle spintonando chiunque mi trovi davanti. Sono infuriato.

Ma come le è venuto in mente di baciarmi? E adesso la devo anche rincorrere fuori da questa confraternita del cazzo, perché se lo può scordare che lascerò cadere il discorso senza una spiegazione.

Mi precipito sulla pedana e afferro il mio piumino.

«Torno subito», ringhio.

«Bravo! Vedi di tornare immediatamente». Kian è incazzato, ma non ho tempo per fare domande.

Esco dall'edificio correndo e mi incammino a passo svelto verso il dormitorio. La raggiungo un isolato più avanti. Eva si tiene stretta nel suo cappotto, le mani intorno alle braccia e la testa bassa. Sta marciando spedita senza prestare attenzione a ciò che la circonda.

«Si può sapere dove cazzo stai andando?», le urlo dietro.

Volta la testa al suono della mia voce e si ferma quando mi riconosce. «Scusa», dice solo questo quando la raggiungo. Ha gli occhi lucidi e un'espressione mortificata dipinta in viso, ma non sta piangendo. «Scusami davvero. Io... io...».

«Tu, *cosa*, Eva? Mi baci senza motivo, scappi via in quel modo e poi mi chiedi scusa?».

«Io non... non...».

«Smettila di balbettare! Che diavolo ti è preso?».

«Ho frainteso», dice tutto d'un fiato. «Mi dispiace davvero».

Non credo di essere mai stato così arrabbiato con una ragazza in vita mia, per un bacio, poi. Non doveva farlo, stavamo giocando, come al nostro solito, pensavo di essere stato chiaro con lei. Evidentemente non è così.

«Sì, hai frainteso. Ci stavamo divertendo e tu hai passato il segno».

Eva si morde il labbro inferiore, che trema vistosamente, e tiene la testa alta, ma gli occhi tradiscono tutto il suo nervosismo e l'imbarazzo.

«Pensavo ti fosse passata quella stupida cotta che avevi per me». Le mie parole la colpiscono in pieno, trattiene il fiato e si abbraccia ancora più forte. Mi guarda sciocata, come se le avessi rivelato di essere a conoscenza del più scabroso dei suoi segreti. «Pensavi non lo sapessi? Che fossi cieco? Andiamo, Eva. Te l'ho fatto capire in tutti i modi che non ti vedo in *quel* modo, che sei intoccabile come se fossi una sorella, da quel punto di vista. Cos'altro dovrei fare? Mettermi un cartello in fronte così che tu lo possa leggere ogni volta che ci vediamo?».

Sto esagerando, sono del tutto fuori luogo. Non c'è motivo di umiliarla così. Razionalmente lo so, ma non riesco a trattenermi. Non avrebbe dovuto avvicinarsi in quel modo, non avrebbe dovuto baciarmi.

Ha rovinato tutto.

«Scusa», ripete di nuovo abbassando lo sguardo sui suoi tacchi alti e nascondendo il viso dietro quella cortina di capelli fucsia che le ricade davanti agli occhi.

Mi porto le mani sui fianchi, alzo la testa verso il cielo e conto fino a cinque cercando di ritrovare un po' di calma. Mi formicolano le mani, i piedi... e le labbra. Proprio nel punto in cui le sue hanno toccato le mie.

«Come cazzo ti è venuto in mente di fare una cosa del genere?», sbotto di nuovo. Non mi aspetto davvero una risposta da parte sua, non la voglio nemmeno.

«Non lo so». La sua voce è un sussurro e mi fa incazzare ancora di più.

Vorrei scuoterla forte e dirle di tirare fuori le palle, di prendersi la responsabilità dei suoi gesti, di dirmi come stanno le cose. Perché, se è innamorata di me, la faccenda si complica di molto. Sono disposto a tollerare una cotta da parte di una ragazzina sciocca, ma non un sentimento più profondo.

«Non lo sai? Vai in giro a baciare la gente a caso?», insisto io. Sono fuori controllo, il mio corpo trema dalla testa ai piedi.

«No! Io... non so cos'altro dirti. Mi dispiace, scusa, ho frainteso, mi sono fatta...», lascia la frase a metà e io la incalzo.

Mi avvicino di un passo e poi di un altro. «Ti sei fatta, *che cosa?*».

Siamo immobili l'uno di fronte all'altra, l'aria carica di umidità che mi entra nelle ossa, la frustrazione che non mi fa ragionare come dovrei, che non mi permette di abbassare il tono e smetterla di inveire contro questa ragazzina inesperta.

«Sei innamorata di me?», le domando quando capisco che non finirà la sua frase.

I suoi occhi si spalancano ancora di più e irrigidisce le spalle.

«No!». Mi urla addosso quelle due lettere con tutta la forza che ha in corpo. «Non sono innamorata di te. Neanche per sogno. Ho bevuto un po' troppo, mi sono lasciata andare come mi hai chiesto *tu* e ho reagito d'impulso. Non succederà mai più».

«Lo spero bene. Io e te siamo solo amici, niente di più».

«HO CAPITO!», strepita, poi però perde un po' della sua sicurezza. «Torno al dormitorio». Mi volta le spalle e riprende la sua camminata verso l'edificio del Brittany Hall, e io la lascio andare.

Aspetto immobile di vederla entrare nel portone, ma anche dopo che è sparita dalla mia visuale non riesco a muovere un passo.

«Quella sciocca», dico ad alta voce. «Cosa cazzo le è saltato in mente di fare?». Mi porto una mano alle labbra, poi le mordo furioso. «Non avrebbe dovuto. Non doveva permettersi di baciarmi». Chiudo gli occhi e cerco di darmi una calmata, ma non funziona. «Merda! Merda! Merda!».

Torno verso la confraternita continuando a borbottare imprecazioni fra me e me ad alta voce finché non sono di nuovo accanto a Kian, che non mi degna di uno sguardo e continua a mixare musica. Mi accovaccio sotto il tavolo, appallottolo il piumino – che incastro fra due scatoloni vuoti – recupero una birra e mi accendo una sigaretta.

Mi gratto la fronte con i polpastrelli e cerco di regolarizzare il respiro. Fa caldo qui dentro, mi sento soffocare.

Non mi avvicino più alla *Pioneer*, lascio che sia Kian a far ballare gli studenti di questa festa pazzesca, che ho organizzato per mesi e che non mi sono goduto per colpa... *sua!*

Mi scolo altre tre birre, l'alcol mi tranquillizza, mi regala un po' di pace e annebbia il ricordo di quel ballo che non avrei dovuto iniziare con lei. Ma non cancella il suo profumo che mi sento addosso.

Devo farmi una doccia.

E il tabacco non è abbastanza amaro da neutralizzare il suo sapore.

Perché cazzo lo ha fatto?

Mi rendo conto che la festa è finita solo quando accendono le luci. Alzo lo sguardo sulla schiena di Kian che sta già riavvolgendo i cavi. A un certo punto mi sono seduto sulla pedana, estraniandomi dal mondo intero, e ho rivissuto nella mente la scena delle nostre fronti incollate, di lei che sposta la testa di lato, che chiude gli occhi e poi si avventa su di me, all'infinito.

«Ti do una mano», riesco a dire. Ho la bocca impastata di birra e nicotina. Mi avvicino a Kian, ma lui mi ignora. «Si può sapere che cazzo hai anche tu, stasera? Vi ha dato di volta il cervello a tutti?».

«Sei un coglione, *mate*», dice e io mi immobilizzo.

«Scusa?».

I suoi occhi neri come la pece mi stendono, tanto è incazzato lo sguardo che mi rivolge.

«Sei. Un. Coglione. Vi ho visti, sai? Come cazzo ti è venuto in mente?».

«Ma di che cazzo parli?». Stiamo alzando entrambi la voce e attiriamo l'attenzione dei ragazzi della confraternita che stanno già ripulendo la sala.

«Di Eva. Del modo in cui stavate ballando. Del bacio che ti ha dato e di come è scappata subito dopo».

«Ah, e secondo te è colpa mia? Quella ragazzina mi si è buttata addosso e il coglione sono io?». Mi batto l'indice sul petto tre volte.

«Sì, il coglione sei tu. Ti pare quello il modo di ballare con lei? A che cazzo stavi pensando, Theo?».

«Stavamo giocando», sbraito. Cosa ne sa lui del rapporto che c'è fra me ed Eva, poi?

«No, *tu* stavi giocando. L'hai provocata, l'hai portata al limite e poi l'hai spinta via come se fosse una sgualdrina. Ho visto tutta la scena, non fare il finto tonto con me».

«Sei fuori strada. Stavamo solo ballando». Mi sale il sangue al cervello. Non devo giustificarmi con lui, non la stavo provocando, non la stavo portando al limite, non stavo facendo proprio niente.

«Stronzate!». Mi punta il dito contro. «Lo sai benissimo che ti muore dietro, che ogni volta che ti vede ha un cazzo di mancamento. Fa tutto quello che le dici di fare, pende dalle tue labbra, e te ne sei approfittato».

Le sue parole mi spiazzano. Non l'ho fatto. Si sbaglia.

«No!». Scuoto forte la testa.

«Ti sei scusato?».

«Scusato? Ma sei pazzo? Eravamo in mezzo a metà campus e mi ha baciato! Se ci avesse visti Helena?».

«Già, Helena. E dove cazzo è Helena? Non lo sai, perché hai la testa da un'altra parte. Perché ti piace fare il figo con quella ragazzina, perché eri impegnato a insegnarle come si mixano le canzoni, perché avevi fretta di portarla in mezzo alla pista da ballo e strusciarti addosso a lei».

«Vaffanculo, Kian. Stai dicendo un sacco di stronzate. Io ed Eva siamo amici, lei lo sa – o dovrebbe saperlo, Cristo – e quello era un fottuto gioco».

«Uno che è finito male. Per lei, però. Ti sei scusato?», mi domanda di nuovo.

«Certo che no! Le ho detto quello che andava detto, che non deve azzardarsi più a fare una cosa del genere». Perdo un po' della mia spavalderia.

«Sei un coglione», ribadisce.

«E tu chi cazzo sei? Mio padre? Perché mi stai rimproverando come se fossi un ragazzino? Vuoi anche mettermi in castigo?».

«Helena non si sentiva bene ed è andata via, comunque», dice cambiando del tutto discorso.

Era alla festa? Non l'ho nemmeno vista.

«Qual è il tuo problema, Kian?».

«È da un mese che mi ripeti che non c'è niente fra te e occhi-belli. Un mese, cazzo!».

«Ma è *così*!». Allargo le braccia e sollevo entrambe le sopracciglia.

«Per Helena non l'hai mai fatto. Per *nessuna* l'hai mai fatto». Scuote la testa e riporta l'attenzione sul computer.

«Che cosa?».

«Lasciarmi la consolle mentre la festa è al suo apice, per andare a ballare con una ragazza. E non farmi nemmeno continuare sul come la stavi palpeggiando. Anzi, continuo: sembrava te la volessi scopare davanti a tutti».

«*Cooosa?!* Ma sei fuori di testa?», sbraito.

«No, e l'espressione da finto tonto non ti dona. Ti si forma una ruga orrenda proprio qua...», si indica con l'indice l'angolo destro della bocca. Mi copro il viso con entrambe le mani e mi stropiccio gli occhi. «Era prevedibile, questo finale», continua lui con un tono di voce neutro. Ha sistemato tutto. Mi passa la sacca della *Pioneer* e la molla, senza accertarsi che l'abbia afferrata per bene. «Un po' meno il tuo comportamento di stasera».

«Che vuoi dire, scusa?»

«Che ti sei svegliato una mattina e hai deciso che l'ultima ragazza che ti sei scopato sarebbe diventata la tua ragazza, perché avevi bisogno di concentrarti sullo studio e rimorchiare in giro sarebbe stato un dispendio inutile di energie. E Helena, secondo te, si prestava bene a questa farsa. E poi che fai? Arriva la prima ragazzina con un bel culo e ti rimangi tutto? Non fraintendermi, io sono l'ultimo che può giudicarti e sinceramente al posto tuo me la sarei già fatta il primo giorno, la piccola e dolce Eva. E capisco che la fama da scopatore seriale che ti precede cozzi con il buon nome di tuo padre e con le sue aspettative, ma, onestamente, che cazzo stai facendo, *mate*? Perché a me sembra che tutta questa stronzata della monogamia ti stia creando più problemi che altro».

Distolgo lo sguardo, non so cosa sto facendo, a dirla tutta. Non so perché tutto quello che faccio, ultimamente, mi riporta sempre a Eva.

«Hai ragione», concludo con una smorfia seccata. Odio quando mi rinfaccia le mie cazzate, soprattutto quando dà voce ai pensieri che cerco invano di mettere a tacere.

Aggiunge qualcosa che non sento, colgo solo l'ultima parte della frase: «E, per favore, scrivile e assicurati che stia bene», borbotta superandomi e scendendo dalla nostra postazione.

Alzo gli occhi al cielo. Non voglio scriverle, non ho nulla da dirle. L'ho trattata male, è vero, mi scuserò. Domani.

Kian mi lancia un'occhiata di fuoco e mi arrendo.

THEO: *Ho esagerato, mi dispiace. Possiamo parlarne con calma domani?*

Premo invio.

«Dille anche che ha lasciato qui il suo cappello da strega, che ce l'ho io».

«Il cappello da strega? Mi sa che non è il suo. Non aveva un cappello».

«Sì che lo aveva. Se l'è levato quando mi ha detto di avere mal di testa e lo ha lasciato qui».

Sbianco.

Merda.

«Helena?», domando.

«Sì, chi se no?».

Chiudo gli occhi. «Cazzo!».

«Ma perché, a chi hai scritto?».

«A Eva».

Kian mi molla un pugno – piuttosto forte – sul pettorale sinistro. «Sono... senza parole. Te lo giuro, ti si è fottuto il cervello del tutto».

«*Sei tu che mi stai confondendo, Cristo!*», sbraito di rimando. «E adesso che faccio? Che le dico?».

«Le scrivi un cazzo di messaggio e ti scusi per stasera». Kian scuote la testa. «A Helena! Non a Eva!».

Giusto. *Helena.* Non Eva.

Solo Helena!

***

Eva non mi risponde al messaggio. Il giorno dopo la cerco nella sua stanza, nella sala studio, nella mensa, nella *Rec Room* e poi ricomincio il giro, ma di lei nessuna traccia: sparita dal mondo!

Le mando un altro messaggio dicendole che ho davvero bisogno di parlarle, ma lei continua a ignorarmi.

Lunedì mattina, dopo aver passato ventiquattro ore a rimuginare su quel dannato bacio e sulle parole di Kian, sono un fascio di nervi. Nemmeno la mia corsa mattutina a Central Park riesce a distrarmi.

EVA: *Ciao. Sono a lezione. Finisco all'una e un quarto.*

Mi ritrovo a sospirare di sollievo e a rileggere quel messaggio dieci volte.

THEO: *Io finisco all'una. Ci vediamo davanti all'Alma Mater?*

EVA: *OK.*

Okay...

Non so cosa le dirò, ma ci penserò durante la lezione di italiano. Il professor Tremonti cerca invano di inculcarci alcune nozioni base nel cervello, ma con me è tempo sprecato. Avrei dovuto seguire il corso di cinese, sono certo che abbiano meno regole grammaticali. A malapena riesco a coniugare un verbo al presente, mentre lui cerca di spiegarci la differenza fra un congiuntivo e un condizionale.

Ci dice che entro la fine del semestre dobbiamo tradurre in inglese una canzone italiana a scelta. Spero che il traduttore di Google non mi faccia fare figuracce.

Esco dall'aula per primo, mi infilo sulle spalle lo zainetto con dentro solo un bloc-notes che uso per tutte le classi e passo in radio prima di andare al mio appuntamento.

Non appuntamento *appuntamento*. Incontro-casuale-con-la-mia-amica-Eva-alla-quale-devo-delle-scuse. Così suona meglio.

Uno dei ragazzi che seguono la fascia mattutina sta giocando con il suo cellulare quando entro nella stanza. Cerca maldestramente di metterlo via, ma si becca un'occhiataccia lo stesso.

«Come va?», chiedo.

«Benissimo, capo».

Scott è una matricola che si è presentata il primo giorno di lezioni implorandomi di prenderlo alla radio. L'università non ci paga un centesimo per seguire il broadcast della WKCR, quindi, anche se non mi fa molto onore, accetto tutto l'aiuto che riesco a racimolare, anche quello di questo sbarbatello che non sa chi sono gli AC/DC. O i Queen. Come cazzo si fa a non conoscere i Queen?!

«Marcus non è ancora arrivato?».

«No, signore».

Mi pizzico le labbra trattenendo la cattiveria che sto per ringhiargli addosso. «Non chiamarmi "signore". Theo è sufficiente».

«Certo sign... Theo».

«Sai se abbiamo dei dischi di cantanti italiani?». Mi volto verso la parete lunga cinque metri e alta due, stipata di vecchi vinili e CD dell'anteguerra. Vuoi che non ci sia, qui da qualche parte, un vecchio nastro in quella lingua mostruosa e spaventosa?

«No».

Questo tipo non sa proprio un cazzo!

«Va beh, tornerò più tardi, ora vado di fretta».

«Ti consiglio di cercare su iTunes», mi suggerisce il fenomeno.

«Sì... bene, ciao».

«Arrivederci».

Lo prenderei a schiaffi solo per il gusto di farlo.

Guardo l'ora sul cellulare: sono in perfetto orario. La noto subito, seduta sui gradini davanti alla scultura in bronzo di Daniel Chester French, una delle poche cose che so sull'architettura di questo posto.

Indossa il solito paio di jeans chiari e la felpa blu della Columbia. I suoi capelli, che hanno ancora riflessi rosa, sono legati in uno chignon alto con una penna. Sta leggendo un libro, tanto per cambiare. Il suo orecchino lungo – sempre lo stesso sul lobo destro – struscia sulle pagine e sta ascoltando la musica dagli auricolari.

È bella nella sua semplicità. Non si deve nemmeno sforzare. Sospiro e mi stampo un autentico sorriso rassicurante sulle labbra.

Mi vede e si sfila una cuffietta.

«Lo sapevi che Daniel Chester French è famoso anche per la sua statua di Abramo Lincoln, che si trova al *Lincoln Memorial* a Washington D.C.?», esordisco così, senza senso. Eva mi rivolge uno sguardo interrogativo. «Già. Hai trovato il gufo nel vestito della dea Atena?».

Questa conversazione non porterà a niente di buono.

«Il primo giorno», confessa lei.

«Brava. La leggenda narra che chi trova al primo colpo la sagoma del gufo, incastonato nelle vesti della dea, sarà baciato dalla fortuna».

Alza entrambe le sopracciglia e mi scruta per qualche secondo.

«Per esempio, io l'ho trovato solo al terzo tentativo».

Eva mi osserva sempre più accigliata. Mi sto facendo prendere dal nervoso, sto iniziando a blaterare come fa lei. È grave!

«Cosa ascolti?».

«*Questions*. Secret Nation», risponde.

È la stessa che risuona a volume basso tramite la filodiffusione del campus. Sta ascoltando la radio dell'università. La *mia* radio.

«Come stai?». Forse è meglio cambiare discorso. Perché cavolo sono così nervoso? Sento lo stomaco sottosopra e un latente senso di vomito strisciarmi nell'esofago.

«Bene. Tu?».

Mi siedo accanto a lei e poggio gli avambracci sulle ginocchia. «Bene». Afferro una sigaretta dal pacchetto nuovo e l'accendo. Non si può fumare all'interno del campus, ma in questo momento sono troppo agitato per badare alle regole. «Ti ho cercata ovunque, ieri».

«Sono stata in giro per la città a fare la turista. Sono andata a *Liberty Island* a vedere la Statua della Libertà da vicino».

«E...?».

«Me l'aspettavo più grande. È imponente, non c'è che dire, ma credevo fosse *di più*. Forse avevo delle aspettative troppo alte».

«Sei stata solo lì?». L'imbarazzo fra noi è palpabile e spero che parlare del più e del meno serva a ristabilire la nostra complicità.

«Sono andata al *9-11 Memorial*. Ecco, *quello* è stato impressionante. Ci sei mai stato?».

«Sì, giusto una trentina di volte». Ridacchio e lei sorride a mezza bocca.

«Perché mi cercavi? Per sgridarmi di nuovo per averti baciato?».

Mi soffoco con una boccata di fumo e inizio a tossire forte. Santo cielo, va sempre dritta al punto.

«Sì. No». Tossisco ancora e lei mi passa la sua bottiglietta d'acqua. Svito il tappo e ne butto giù due sorsi.

«Attento a bere a canna! È un po' come se ci stessimo baciando e sappiamo entrambi come reagisci quando succede».

Che stronza! E io che mi aspettavo di trovarla mortificata e depressa.

Lecco in modo infantile l'anello della bottiglia tre volte. Me ne pento subito, sia chiaro, ma non riesco a trattenermi. Eva alza gli occhi al cielo e riporta l'attenzione sul suo romanzo.

«Questo adesso lo togliamo di mezzo perché io e te dobbiamo parlare». Le sfilo *Macbeth* dalle mani e lo poso sul gradino, nel poco spazio fra i nostri corpi. Adesso sono serio e quello che sto per dirle non le piacerà, quindi deve ascoltarmi con attenzione.

«Mi sono già scusata e lo hai fatto anche tu per messaggio. Perché dobbiamo continuare a parlarne?».

«Perché siamo amici e non mi va di lasciare la questione in sospeso».

«Se proprio insisti...», sussurra.

«Ho sbagliato io. Ho esagerato. Pensavo che stessimo giocando, che fosse chiaro a entrambi, invece ti ho provocata, ho passato il segno».

«Non sembrano parole tue». Le sue iridi brillano sotto la luce del sole, sono di un verde turchese così intenso che mi ricorda il mare di Zanzibar. Non indossa un filo di trucco, non ne ha bisogno. Ha i lineamenti delicati; le labbra imbronciate e definite; zigomi alti, così perfetti da sembrare finti.

«Non lo sono». La fisso intensamente. Senza saperlo mi sta facendo perdere il filo del discorso, ma non me lo posso permettere.

«E allora dimmi cosa pensi davvero». Non riesce a sostenere il mio sguardo, continua a osservare ciò che la circonda con fare distratto, forse impaurita da quello che sto per dirle.

«Non avresti dovuto baciarmi. Anche se ho esagerato. Anche se avevi bevuto un po'. Anche se stavamo ballando in quel modo – cosa di cui mi assumo ogni responsabilità –, non avresti dovuto farlo».

Eva sfila la penna dai capelli, lascia che le ricadano intorno alle spalle, ci infila le dita dentro e se li liscia.

«Io non sono pentita», dice. Afferra la sua lunga chioma in una mano e se la arrotola sull'indice. Poi recupera la penna e, con un gesto veloce ed esperto, la lega di nuovo sopra la testa. «Sono mortificata, non lo rifarò mai più – questo è certo –, ma per la prima volta dopo tanto tempo mi stavo lasciando andare, senza pensare al dopo. Ero a una festa, ero su di giri, la musica mi piaceva e avevo voglia di ballare e di spegnere il cervello. E l'ho fatto».

Mi si chiude lo stomaco. «Quindi, se ci fosse stato un altro al posto mio, ti saresti comportata allo stesso modo?». La mia è solo curiosità, ma esce fuori come un'accusa bella e buona.

Eva mi sorride, scuote la testa e poi riabbassa lo sguardo. «No. Volevo baciare te». Alza le spalle e io rimango senza fiato. «Mi dispiace per come mi sono comportata. Dovrò scusarmi anche con Helena. So che hai una ragazza, lo so, dannazione, non avrei dovuto. Non succederà più, hai la mia parola d'onore».

La sua determinazione mi spiazza. Era quello che volevo, giusto? Che capisse che non deve mai più avvicinarsi a me in quel modo, che è stata inopportuna e fuori luogo. Eppure, sentirle dire che non mi bacerà mai più mi fa stringere forte i pugni e mi mette di malumore.

«Helena non sa niente. Non è successo nulla di irreparabile, non ingigantiamo la storia», riesco a dire.

«Siamo ancora amici?», mi domanda.

«Certo!».

«Bene, perché mi mancheresti. Tranquillo, mi mancheresti come *amico*», puntualizza.

Mi alzo dai gradini, più nervoso di quando sono arrivato. La conversazione ha preso una piega che non mi aspettavo. Credevo che sarebbe scoppiata a piangere, che avrei dovuto consolarla, invece lei è una roccia, niente la scalfisce. Vorrebbe addirittura scusarsi con Helena.

Volevo baciare te.

Quell'unica frase rimbomba nel mio cervello e mi fa perdere quel briciolo di lucidità al quale mi sto ancora aggrappando.

«Devo chiederti un favore».

«Dimmi». Anche Eva si alza, si spolvera i jeans con la mano, dopodiché si china per recuperare le sue cose. È tranquilla e rilassata.

«Mi suggeriresti una canzone in italiano? Devo tradurla in inglese per il corso del professor Tremonti e non so da dove partire».

«Certo. Chiederò a mia madre».

«Grazie».

«Prego». Lei sorride, io non riesco a darmi una calmata. Il sole le rimbalza sui capelli e sul viso. Si lecca le labbra in un gesto involontario e io rimango a fissarle.

Volevo baciare te.

«Per quanto tempo ancora avrai i capelli rosa?».

Eva si passa una mano sulla testa. «Lasciamo stare! Questo colore del cavolo non vuole andare via, li ho già lavati sei volte in ventiquattro ore. E io *odio* il rosa».

«Non ti stanno poi così male». Ma in realtà vorrei dirle che le stanno bene, che tutto le sta bene. Che i suoi occhi, con questa luce, sono la cosa più spettacolare che abbia mai visto. Che quando è seria le sue labbra corrucciate mi fanno girare la testa, e quando ride il suo naso delicato si arriccia in modo sexy.

Sto perdendo il senno. Quel maledetto ballo ha complicato tutto.

«Ho lezione fra quindici minuti». Si è infilata la tracolla, tiene Shakespeare stretto al petto e scende un paio di gradini. «Ci vediamo venerdì in lavanderia?».

«Sì. Venerdì, solito posto, solita ora».

«Va tutto bene?», mi domanda.

«Certo», mento io.

«Allora a venerdì». Scende le scale a due a due e scappa via verso l'edificio di Scienze politiche.

Non ho mantenuto la mia promessa. Non mi sono più presentato in lavanderia all'orario stabilito. Non ho più pranzato con lei. Non ho risposto ai suoi messaggi. E sono andato avanti così per circa un mese.

CAPITOLO 12

Eva

Il treno in arrivo da Boston è in ritardo di quindici minuti. Rimango seduta su una panchina di ferro malconcia dondolando le gambe avanti e indietro senza sosta, a osservare le persone che mi sfrecciano davanti.

New York City è un posto particolare, uno di quelli dove puoi incontrare una ballerina di flamenco vestita di tutto punto con ai piedi un paio di infradito – anche se è novembre inoltrato – e subito dopo un barbone con una borsa a tracolla di Louis Vuitton che chiede l'elemosina.

Can't Forget You di My Darkest Days risuona nelle mie orecchie a tutto volume. Ormai sono sintonizzata come un'ossessa ventiquattro ore su ventiquattro sulla stazione radio della Columbia tramite l'app dell'università. Ho saputo che Theo ha ripreso il suo turno pomeridiano alla WKCR e questo brano lo ha selezionato lui. Lo mette tutti i giorni alla stessa ora, è quella che chiude la sua sequenza.

Sospiro e cerco di scacciare il suo viso dai miei pensieri. Ci siamo scambiati non più di dieci parole dopo il nostro chiarimento sui gradini davanti all'*Alma Mater*. Ha detto che eravamo ancora amici, che il nostro piccolo incidente poteva essere archiviato, che non sarebbe cambiato nulla, ma ha mentito. Non si è più presentato in lavanderia; se mi incontra in mensa, mi saluta con un cenno della mano e poi scappa via, mi tiene a distanza di sicurezza. Dopo aver tentato di parlargli per una settimana, mi sono arresa e ho accettato lo stato dei fatti: non vuole più avere niente a che fare con me.

Un paio di Adidas consumato entra nella mia visuale e sollevo lo sguardo per incrociare la smorfia beffarda di mio cugino Logan. Mi sta sorridendo come se fosse davvero contento di vedermi. Schizzo in piedi, mi tolgo gli auricolari e lo abbraccio con foga, stritolandogli il collo con le braccia.

«Buon compleanno, rompipalle».

«Ciao», sussurro. Sono così sopraffatta dall'emozione che non riesco a trattenere un paio di lacrime e un singhiozzo.

«Ehi, ma stai piangendo?». Logan si stacca dalla mia presa salda e sposta all'indietro il viso così da potermi guardare meglio.

«No. Sono solo commossa».

«Di vedermi?», mi domanda stupito.

«Certo, stupido».

Mi circonda le spalle con il suo braccio muscoloso e mi obbliga a camminare. Da quando è partito per il college è diventato un armadio a due ante, riuscirebbe a spostare con un dito anche una colonna di cemento armato.

«Devi essere davvero depressa in questo posto, se ti sono mancato al punto da riuscire a strizzare due lacrime fuori da quegli occhioni».

«Non sai quanto».

«Dai, andiamo. Mi sa che hai un po' di cose da raccontarmi».

Io e Logan siamo sempre stati cane e gatto. Ci siamo odiati ogni giorno, ogni minuto, ogni secondo, da quando siamo nati. Ci siamo resi la vita impossibile. Beh, lui rendeva la vita impossibile a me, mentre io, per lo più, cercavo di ignorarlo.

Poi l'anno scorso è partito alla volta del Massachusetts, con una borsa di studio completa per giocare nella squadra di football della Boston University, e da quel giorno è cambiato tutto fra di noi.

Sono ferma sul vialetto di casa, un po' in disparte, senza sapere cosa fare o cosa dire. Zia Jess non riesce a contenere le lacrime, mentre zio Mark e mio padre cercano in tutti i modi di incastrare le borse e gli scatoloni di Logan nella sua auto. Io me ne sto con le mani in tasca, immobile, a fissarlo.

Ha salutato tutti tranne me. Sono quasi certa che mi rivolgerà un cenno distratto con la mano e se ne andrà senza dire una parola. Non mi sorprenderebbe affatto.

Invece, un secondo prima di entrare in macchina ci ripensa e mi viene incontro, fermandosi a un passo da me. Abbiamo entrambi le mani in tasca e le labbra strette fra i denti. Rimaniamo così per qualche minuto, fissandoci negli occhi senza parlare. Non c'è molto da dire. Ci odiamo ma ci amiamo, come due fratelli che condividono lo stesso sangue.

«Da domani non ci sarò più io a guardarti le spalle», riesce finalmente a dire e io annuisco. «E nemmeno a romperti le palle», aggiunge con un sorriso tirato per smorzare l'imbarazzo.

«*Era ora*». Cerco di rifilargli un tono saccente, ma le parole mi si incastrano in gola.

«*Io... cioè, io e te...*». Alza gli occhi al cielo e si passa una mano fra i capelli. «*Tu sei...*».

«*Anche tu*», rispondo senza pensarci. Non c'è bisogno che dica niente, per me è lo stesso. Gli butto le braccia al collo e lui mi stringe fortissimo contro il suo petto.

Il suo cuore batte all'impazzata e il mio non riesce a stargli dietro.

«*Andrà tutto bene, sai?*», sussurro.

«*Non so se sarò all'altezza*», mormora contro i miei capelli. La sua affermazione mi spiazza. Mio cugino Logan è prepotente e arrogante e uno stronzo di proporzioni universali, mai avrei pensato che un simile pensiero lo tormentasse.

«*Lo sei. Lo sei sempre stato. Non dirlo a Josh o a Ethan, ma sei molto più bravo di loro*», sibilo con tono cospiratorio e lui scoppia a ridere.

Si stacca di un paio di centimetri dal mio abbraccio e mi rivolge un sorrisetto strafottente. «*Bugiarda! Non lo pensi per niente*».

«*No, non lo penso, ma ti stai comportando come una femminuccia e volevo essere gentile*». Invece lo penso eccome, e lui lo sa, ma non è da noi farci i complimenti o essere "gentili", se proprio dobbiamo dirla tutta.

Mi stringe di nuovo e io non voglio più lasciarlo andare. Mi mancherà troppo, anche se non lo ammetterei ad alta voce nemmeno sotto tortura. Fino a due settimane fa viveva a casa nostra per gentile concessione dei nostri genitori, mi ha sempre fatto fare tardi la mattina perché si chiudeva in bagno delle ore, mi nascondeva le cose, mi rubava la colazione dal piatto, mi faceva imbestialire tutti i giorni per qualsiasi cosa, eppure so che sentirò la sua mancanza così tanto che il solo pensiero mi spaventa e mi fa tremare la terra sotto i piedi.

«*Mi mancherai, Vipera*».

«*Anche tu, Stronzo*».

Scoppiamo a ridere e ringrazio tutti i santi in paradiso quando si volta, così che io possa asciugare una lacrima bastarda che mi scappa dagli occhi prima che se ne accorga. Sale in macchina e io rimango a fissare la sua Toyota finché non svolta sulla strada principale e sparisce in direzione della sua nuova vita.

Era stato un anno strano senza di lui, l'ultimo di liceo. A casa, a scuola, il venerdì sera al solito locale, mi sentivo sola.

Assurdo come una persona che vorresti uccidere brutalmente riesca a insinuarsi tanto in profondità nella tua anima da farti rimpiangere la sua assenza.

Usciamo da Penn Station e prendiamo la metro fino al campus. Carmen-La-Stronza è partita ieri mattina per tornare a casa per le feste, così ho proposto a Logan di rimanere da me al dormitorio. Non ho chiesto il permesso a Carmen e nemmeno me ne frega di farlo.

«Ho fame», si lamenta Logan ogni due passi.

«Cosa vuoi mangiare? Ci sono dei venditori ambulanti di hot-dog più avanti», dico indicando due carretti all'angolo.

«Uh, sì. Hot-dog!».

Io ne ordino uno singolo con il ketchup, mio cugino se ne fa incartare tre con doppia cipolla e tutte le salse che hanno.

«Vieni con me». Gli faccio strada in direzione del piazzale principale, attraversiamo la *College Walk* e puntiamo alla scalinata che porta al *Low Memorial Library*, fermandoci poi a metà, proprio sotto la statua dell'*Alma Mater*.

Sospiro ripensando all'ultima volta che sono stata qui.

«Che succede?», mi domanda Logan con il boccone in bocca.

«Mi sono innamorata», esordisco così, facendolo strozzare con il suo würstel.

«Di chi?».

«Del mio vicino di stanza al dormitorio».

«Theo?», mi chiede lui ricordandosi il nome e arricciando il naso. Incredibile, non sa il giorno in cui è nata sua madre, ma ha memorizzato il nome del mio vicino di stanza, nonostante glielo abbia nominato due volte. Tre al massimo.

«Esatto».

«Ancora?». Non gli ho raccontato molto di lui, ma ne sa abbastanza.

«Non ci parliamo da quasi un mese. L'ultima volta che l'abbiamo fatto eravamo proprio qua. E mi manca». È strano confidarmi con lui, ma estremamente naturale.

Logan si pulisce la bocca con un tovagliolo e scansa l'involucro di carta con dentro l'ultimo dei suoi panini. «Cos'è successo?».

Faccio spallucce. «Durante la festa di Halloween l'ho baciato». Sospiro e poggio i gomiti sulle ginocchia. «E lui si è arrabbiato».

«Non capisco».

«Lui ha una ragazza e mi vede come un'amica. Mi ha detto che ho passato il segno, che non avrei dovuto. Ci siamo chiariti, ma poi è sparito dalla mia vita. Se mi incontra, a malapena mi saluta».

«Hai baciato uno che ha la ragazza?». Non mi sta giudicando, anzi, credo sia piuttosto divertito dalla mia confessione.

«Mi sono lasciata prendere dal momento, avevo bevuto un po' e...». Logan aspetta paziente che trovi le parole giuste per finire la frase. «Le due cose non sono collegate, almeno non credo, ma... lo sai che J.J. ha una ragazza? Una storia seria. Mi ha mandato un messaggio poco prima della festa per dirmelo. Mi sono sentita un po'... *strana*. E persa. E con la sensazione che tutti stessero andando avanti con le proprie vite tranne me, che rimango sempre inchiodata allo stesso posto. Theo mi piace, mi piace da morire. Il modo in cui si comporta con me – si *comportava* –, le sue attenzioni. Lui era lì davanti a me, stavamo ballando, ci stavamo divertendo e la situazione mi è sfuggita di mano».

Logan allunga le gambe sui gradini e incrocia le braccia sul petto. «Poi?».

«L'ho baciato. E lui si è scansato. E poi mi ha urlato addosso cose orribili». Sento la gola chiudersi e gli occhi appannarsi. «È colpa mia, lui era stato chiaro, ma io non l'ho voluto ascoltare».

«Ti ha provocato?», stavolta il suo tono è serio, assomiglia a quello che usa mio padre quando qualcosa non gli quadra.

Scuoto la testa. «Non nel modo in cui stai pensando tu, non in modo meschino. E adesso non mi rivolge più la parola e mi manca, mi manca tantissimo». Sospiro e butto fuori tutta l'aria dai polmoni.

«Quanti anni ha?».

«Ventitré. È un *senior*. L'anno prossimo andrà a Stanford, probabilmente».

«Eva!».

«Lo so, è più grande di me, mi spezzerà il cuore, bla bla bla...».

«Sì, cuginetta. Probabilmente lo farà. E 'sta cosa che ti ha urlato in faccia non mi va per niente giù. Vuoi che gli rompa tutte le ossa?».

Ridacchio. «Magari solo un braccio. È troppo bello per sfigurarlo, sarebbe una perdita inestimabile per l'intera umanità».

«*Bleah*! Quanto sei sdolcinata!». Logan mi circonda le spalle con un braccio e mi trascina contro di lui.

«Sono stupida, vero?».

«Non sei stupida. Sei solo buona. Ed estremamente genuina. Pensi che tutti vedano il mondo come te, che seguano l'istinto, ma non è così. Tu credi nell'amore vero, nel principe azzurro, ma sei al college. Il tempo delle favole è finito».

Le sue parole mi rattristano ancora di più e per l'ennesima volta mi rendo conto di quanto io sia fuori luogo, fuori contesto, fuori dal mondo.

«Andiamo al dormitorio?».

Logan si alza senza aggiungere altro e con la mano mi fa segno di fargli strada.

«Dove andiamo stasera a festeggiare il tuo compleanno?», mi domanda quando siamo sulla 113th.

«Josephine ha prenotato da *Eataly*. Verranno anche un paio di amici».

«Ho bisogno di farmi una doccia. Quella cavolo di carrozza sembrava un carro bestiame. Puzzo». Allarga il braccio e mi ficca la sua ascella sotto il naso.

«Ma che schifo!». Lo scanso via con una manata e inizio a correre per sfuggire ai suoi giochi cretini come lui.

«Dove scappi, Vipera? Torna qua». Mi raggiunge, ma io continuo a fuggire fino a fermarmi, a corto di fiato, davanti all'ingresso principale del dormitorio. Sto per passare la tessera magnetica sul lettore quando la porta si apre e Theo quasi mi viene addosso.

Tempismo di merda!

«Ciao», diciamo contemporaneamente. Io, imbarazzata; lui, sorpreso. Lui si sposta a destra e io a sinistra. Lui si sposta a sinistra e io a destra, e continuiamo a bloccarci il passaggio a vicenda finché non faccio un passo indietro e abbasso gli occhi sui miei piedi.

Theo mi supera e io rimango immobile davanti all'ingresso.

«Era lui, vero?».

«Già».

«È troppo bello per sfigurarlo?», ripete le mie parole con un tono schifato. «Hai proprio dei gusti di merda! Prima J.J., ora quell'avanzo di galera».

Alzo gli occhi al cielo. Non ci capisce un cavolo di donne, lui, figuriamoci cosa potrebbe capire di uomini!

Mi fermo davanti all'ascensore e ignoro i suoi commenti da cugino geloso che durano per tutto il tragitto fino alla mia stanza.

«Siamo arrivati». Faccio scattare la serratura e spalanco l'uscio. «Ta-daaan!», cantileno.

«Questa stanza è un buco!».

«Già».

«Come fate a viverci in due?».

«Per fortuna Carmen non c'è quasi mai. Dopo la nostra litigata epica non ci rivolgiamo più la parola, lei sta spesso da una sua amica che ha una singola».

«La mia stanza è il doppio e ci abito da solo».

«Sì, beh, tu sei la futura star dei Boston Terriers, ti devono trattare per forza con i guanti. Io nuoto nella squadra più sfigata di tutta la East Coast, già è tanto che mi abbiano dato un tetto sopra la testa».

Logan si butta sul letto di Carmen e si pulisce i piedi sul lenzuolo. Non faccio una piega. «A che ora dobbiamo uscire?».

«Fra un'ora e mezza».

«Okay. Dormo un'ora, poi vado a farmi la doccia. Ciao».

Un minuto dopo sta già russando. Ma come cavolo fa? È sempre stato così: poggia la testa sul cuscino e sprofonda in un sonno pesante come nessun altro che conosco.

«Sei di compagnia», sussurro, ma so che non mi sente.

***

La cena scivola via tranquilla, Logan si autoproclama attrazione della serata e non perde occasione per mettersi in mostra. July e Karla, due ragazze che frequentano un paio di classi con me e Josephine, pendono dalle sue labbra. Anche Simon, il compagno di studi di Josephine, sembra avere un debole per lui. La mia amica, invece, non lo degna di uno sguardo e sono certa che questo stia mandando al manicomio mio cugino.

Victoria è partita stamattina per tornare a casa. Per fortuna, aggiungerei, perché quei due si sarebbero piaciuti subito, tipo attrazione fatale. Li avremmo persi di vista dopo dieci minuti e rivisti dopo quarantotto ore.

Afferro il cellulare, poggiato a testa in giù sul tavolo, quando lo sento vibrare. Non mi aspetto che Theo mi scriva, eppure mi ritrovo sempre a sperare di leggere il suo nome sul display. Perché sono stupida e masochista.

J.J.: Sono ancora in tempo per farti gli auguri di buon compleanno, Cenerentola? Pensavi che me ne fossi dimenticato?

Il mio cuore incoerente perde un battito quando leggo quelle poche parole da parte del mio ex. So che non si è dimenticato del mio compleanno, non potrebbe farlo nemmeno se volesse. Questa data è maledetta: coincide con il giorno in cui suo padre si è tolto la vita sparandosi un colpo alla tempia di fronte a lui e a sua madre.

Rabbrividisco dalla testa ai piedi a quel ricordo orribile.

Il mio buon umore va a farsi benedire e mi ritrovo a rigirarmi il cellulare in mano all'infinito. Fra due giorni sarò di nuovo a Daytona e lo rivedrò. E lui sarà con la sua ragazza. Che vuole presentarmi. Con la quale sta costruendo una storia "seria".

La mano di Logan si posa sulla mia bloccando quel moto perpetuo e riportandomi al presente.

«Devo sequestrartelo?», mi domanda serio.

Dovrebbe. Dovrebbe davvero, e mettere, così, fine a tutte le mie paranoie.

Non faccio in tempo a rispondere che ci viene servita la cena. Logan addenta la sua carbonara senza aspettare che tutti i piatti siano stati posati sulla tavola.

«Questa roba è una merda! Niente a che vedere con quella che fa zio Ben e che mi manca da morire».

Sorrido sotto i baffi. Se lo sentisse mia madre, si offenderebbe a morte. La carbonara è un tasto dolente nella loro relazione, motivo di discussioni infinite.

Pensare ai miei genitori mi fa sorridere. Non li vedo da tre mesi e sono impaziente di partire. E mi mancano il caldo afoso della Florida, il sole, l'oceano, la sabbia sotto i piedi, l'aria condizionata accesa anche a novembre.

«Mi ha appena scritto Kian. Stanno dando una festa nella *Rec Room*. Finito qua potremmo proseguire i festeggiamenti lì», dice Simon con la bocca piena.

Yeah! Proprio quello che mi ci voleva stasera: una festa al dormitorio con Theo a pochi metri di distanza che si comporta come se fossi invisibile. *Fanculo*!

«Non volete andare a ballare?», domando con noncuranza mentre porto il bicchiere stracolmo d'acqua alle labbra.

I miei amici, Logan compreso, mi guardano come se fossi un'aliena.

«Vuoi andare a ballare? Tu?», mi domanda Josephine.

Faccio spallucce. «È il mio compleanno», mi giustifico, ma non ci cascano.

«Possiamo ballare al dormitorio. Suona Theo», interviene Karla.

«Theo? *Quel* Theo?», domanda Logan e io gli mollo un calcio sotto il tavolo per zittirlo. A parte Josephine, nessuno sa quello che provo per lui o quello che è successo.

«Lo conosci?», domanda Karla sorpresa.

«No. Scusate, mi sono confuso con un'altra persona». Una volta tanto mio cugino coglie al volo. Vuoi vedere che l'università lo sta facendo diventare intelligente?

Finiamo la cena in fretta, mi servono un dolce con sopra una candelina e i miei amici si esibiscono in un imbarazzante "tanti auguri" che ricorderò a vita. Fanno a gara a chi urla più forte e io cerco di sparire sotto il tavolo senza successo.

«Siete proprio sicuri di non voler andare a ballare, eh?», ci riprovo, ma nessuno mi dà retta, soprattutto Logan. Adesso che sa che potrà incontrare Theo di persona, muore dalla voglia di tornare al dormitorio.

Traditore!

CAPITOLO 13

Theo

Helena si avvicina al tavolo dov'è seduta Eva con i suoi amici – e il tipo biondo che indossa la felpa ufficiale dei Boston Terriers, con la quale l'ho vista entrare al dormitorio nel tardo pomeriggio – e io vorrei lanciarle una scarpa in testa. Lei e il suo incontenibile bisogno di salutare sempre tutti! Avrei dovuto scegliere di accoppiarmi con una ragazza più riservata. Una che si fa i fatti suoi e parla solo se proprio non può farne a meno. Una che odia fare amicizia con gente nuova.

Una come Eva?, mi domanda la mia coscienza.

Oh, fottiti anche tu!

Non si è più presentata nella *Rec Room* e io ho evitato tutti i posti dove avrei potuto incontrarla. Mi sveglio all'alba per fare la doccia, mangio in mensa il meno possibile e non mi intrattengo nei corridoi.

E adesso è qua. Con un ragazzo che le sta appiccicato come un francobollo. Si è seduta per prima, scegliendo l'unica sedia che mi dà completamente le spalle, e non si è mai voltata nella mia direzione.

Helena si sporge verso di lei, le fa mille feste e poi la bacia sulle guance. Che diavolo si stanno dicendo?

«Hai presente quando stai guidando e ti trovi un gatto morto spiaccicato proprio in mezzo alla carreggiata?».

Giro la testa e guardo Kian con un'espressione schifata.

«Ecco, quando la vedi fai proprio quella faccia».

«Ma che vai blaterando?».

«Sì, *mate*», insiste lui. «Fai un'espressione a metà fra il nauseato e il disperato». Indica il mio viso e ruota l'indice davanti ai miei occhi. Imita la mia smorfia e, con uno schiaffo, gli allontano la mano.

«Non faccio proprio nessuna faccia».

«Oh, lo fai. Lo fai, lo fai. *Uhh, Eva… ti voglio, ma non posso averti*», fa finta di piagnucolare e si aggrappa alla mia spalla destra.

«Te la stacco, quella mano, se non ti levi», dico serio.

Kian – e il suo *humor* inglese – smette di toccarmi e alza le braccia in segno di resa.

«Dai, vai a salutarla», mi fa l'occhiolino e io aggrotto ancora di più la fronte, come non pensavo fosse possibile.

«Non ci penso neanche», rispondo di getto, per poi schiarirmi la voce e ritrovare un briciolo di autocontrollo. «Volevo dire... la saluterò non appena la incontrerò».

«Beh, sei fortunato». Indica con il mento un punto preciso oltre le mie spalle e io trattengo il fiato. «Sta arrivando insieme a Helena».

Eva non sta *arrivando* insieme a Helena. La mia ragazza la sta *trascinando*, contro la sua volontà, verso di me. D'istinto infilo la mano nella tasca posteriore dei jeans e ne estraggo il pacchetto di Marlboro e l'accendino. Il tempo di ritrovarmele entrambe di fronte e ho già acceso una sigaretta. Guardo Helena, non stacco mai gli occhi da lei.

«Theo! Non mi hai detto che oggi è il compleanno di Eva!», mi rimprovera lei bonariamente e io sono costretto a guardare la biondina che si sta torturando la coda di cavallo e che continua a saltellare da un piede all'altro, come se si stesse facendo la pipì addosso.

«Non lo sapevo».

«Non sa mai niente», borbotta Kian accanto a me, con un tono sarcastico che non mi sfugge. Lo fulmino con un'occhiataccia.

«Non l'ho detto a nessuno», si affretta a confermare Eva, rivolgendo un sorriso dolce a Helena. «Lo sai, sono riservata».

«Sì, ma è il tuo *compleanno*!», insiste Helena.

Dio, quando fa così la strozzerei.

«Diciannove non è un numero così importante». Eva fa un passo indietro, sposta la testa di lato e si congeda con un saluto. «Grazie per gli auguri, Helena».

«Davvero non sapevi fosse il suo compleanno?», mi domanda lei.

Quel deficiente di Kian si piega sul tavolo, ci punta un gomito sopra e poi appoggia il mento sul palmo aperto della mano. «Infatti! Come mai non lo sapevi? Siete così *amici*!».

«Hai finito?». Il mio sguardo è minaccioso, ma lui se la ride non capendo quanto sono serio in questo momento. «Non lo sapevo. Fine della storia. Vado fuori a fumare, c'è troppo caldo qui dentro».

Con la mia birra in mano e la Marlboro consumata per metà mi avvio verso l'uscita della stanza. Sento gli occhi del ragazzo nuovo sulla schiena, mi volto e lo sorprendo a fissarmi.

Eva sta con quel bestione lì? Da quando in qua frequenta un ragazzo? Un soggetto del genere, poi. Immagino sia socialmente passabile, e posso capire perché le ragazze potrebbero trovarlo in qualche modo attraente, ma lei?

È uno sbruffoncello e ha la faccia da schiaffi. E se continuerà a guardarmi di traverso con quel suo ghigno da gradasso, sarò felice di insegnargli le buone maniere. Mi prudono le mani, nemmeno l'aria fredda e carica di umidità mi rilassa. Guardo il cielo scuro e respiro la pioggia che sta arrivando.

Diciannove anni!

Tamburello il palmo della mano contro la bocca e mi perdo nei miei pensieri. Avrei dovuto farle gli auguri o almeno salutarla. Quella ragazzina ha il potere di scombussolarmi dall'interno, è una sensazione che odio.

Che cavolo mi prende? È solo Eva, per la miseria!

È la stessa che stamattina, in mensa, ha preso latte e cioccolato e ci ha intinto dentro i suoi biscottini a forma di coccodrillo, sbrodolandosi poi sulla felpa.

È la stessa che qualche tempo fa, in lavanderia, mi ha mostrato – involontariamente – i suoi mutandoni di cotone bianco, per poi confessare che li usa solo quando ha le sue cose.

È la ragazzina che, quando studia, allinea le sue penne colorate sulla scrivania e disegna cuori e fiori sugli angoli del quaderno.

Rientro nella *Rec Room* dopo essermi fumato un'altra cicca e solo quando sono certo di poter affrontare senza dare di matto lei e il gorilla che si è portata dietro.

La cerco con gli occhi non appena metto piede nella stanza piena di studenti. Kian sta mettendo un po' di musica e Helena è ancora seduta al tavolo con Eva e Josephine.

«Secondo te se la scopa?».

Sbuffo così forte che credo mi abbia sentito tutto il campus. «Non lo so, Kian. Nemmeno mi interessa».

«Secondo me, sì», insiste lui grattandosi il mento. «Spero però che lei stia sempre sopra, o potrebbe spezzarla in due». Mima con le mani chiuse a pugno un pezzo di non so cosa che si rompe a metà.

Ha raggiunto il suo obiettivo: quello di farmi incazzare così tanto che sono costretto a uscire di nuovo dalla sala e a imboccare l'uscita. Nel frattempo ha iniziato a piovere. Fumo l'ennesima sigaretta e passeggio avanti e indietro sotto la stretta tettoia.

«Okay, la smetto di fare lo stronzo se tu mi dici cosa stai combinando». Kian, che mi arriva alle spalle, mi fa cenno di passargli il pacchetto che sto stritolando fra le dita.

«Ha diciannove anni», mi lascio sfuggire. Come se fosse solo quello il problema.

«E quindi?». Un nuvolone di fumo fuoriesce dalle sue labbra insieme alla domanda. «Non sarebbe la prima».

«Dai, su, non è la stessa cosa. Non è una qualunque matricola cretina che ti porti a letto una sera e della quale ti dimentichi il nome cinque minuti dopo aver buttato il preservativo». Mi passo una mano fra i capelli scompigliando il ciuffo che sta crescendo incontrollato e che non mi decido a tagliare.

«Ci sei andato a letto e te ne sei pentito?».

Scoppio a ridere dal nervoso. «A letto? Pensi che me la sia scopata? Non hai capito proprio niente, allora. Devo solo levarmela dalla testa».

Ecco, l'ho detto. Il problema è tutto lì e facilmente risolvibile: prendere Eva, levarmela dalla testa e continuare con la mia vita tranquilla, superficiale e senza complicazioni.

«Okay. Allora fallo. Lei sta con un altro, tu hai Helena, non vi frequentate più, dovrebbe essere facile».

Dovrebbe.

«Oppuuure...», continua lui strascicando la "u", «la smetti con tutte queste paranoie e affronti la biondina che ti sta facendo comportare *così*». Indica la milionesima sigaretta che ho acceso.

«E le dico, cosa?».

«Questo devi saperlo tu. Io non ho idea di cosa ti passi per la testa, so solo che da quando è successo quel casino a Halloween sei scontroso e di pessimo umore. Se non frequentarla ti fa stare in questo stato pietoso, forse dovresti parlarle».

Poggio la schiena e la pianta di un piede contro il muro dell'edificio. «No, hai ragione tu. Lei ha un ragazzo. Io ho Helena. Fra qualche mese lascerò New York. Meglio così».

«Sono felice che tu la veda in questo modo, perché ho appena invitato il tipo a unirsi a noi per il poker in sala studio».

«Cosa cazzo hai fatto?! Non fa nemmeno parte di questa università, Cristo! A che cazzo stavi pensando?». Lancio l'ennesimo mozzicone per terra e la fiammella si spegne a contatto con il marciapiede bagnato.

Kian è impassibile, mi lascia inveirgli contro finché non riprendo a respirare regolarmente.

«Mancava uno al tavolo, io non ho voglia di giocare e tu non ci stai con la testa per farlo. E almeno così potremo tenerlo d'occhio e capire chi cazzo è e cosa vuole da lei. Ah, è arrivato anche Jonah».

«Mi verrà un esaurimento nervoso», sputo fuori dai denti.

***

I sei tavoli sono stati allestiti, le *fiches* distribuite e hanno preso tutti posto. Tutti tranne uno: il biondino che è arrivato con Eva. Sono appartati in un angolo e stanno discutendo. Lei gesticola furiosa e lui le ride in faccia ad ogni parola. Si sporge verso di lei e le sussurra qualcosa all'orecchio, qualcosa che la fa innervosire ancora di più.

La prende per mano e si voltano entrambi a guardarmi. Cerco di distogliere lo sguardo in tempo, ma credo si siano accorti che li stavo fissando. Mi abbasso a recuperare una birra dalla ghiacciaia di Kian e la stappo con l'accendino.

«Ecco i miei duecento dollari», dice una voce alle mie spalle.

Mi volto a rallentatore. Glieli ficcherei su per il colon, quei soldi. Adesso che mi è davanti sembra ancora più grosso e il suo bel visino da bravo ragazzo mi rimanda un sorriso beffardo che mi fa avvampare di rabbia.

«Perché li stai dando a me?».

«Non sei tu il capo?», domanda con una calma snervante.

«Li raccoglie Kian, i soldi. Io spartisco le vincite».

Mi sorride, lo stronzo.

«Bene. Eva, tesoro, aspettami qui».

Eva lo fulmina con un'occhiataccia, ma lui non se ne accorge. Sono già arrivati al "tesoro"? Da quanto cazzo è che si frequentano?

Mi avvicino a lei con due grossi passi, la sovrasto con la mia altezza e lei irrigidisce le spalle. Stringo le labbra in una linea tesa e conto fino a tre prima di parlare, ma non riesco comunque a controllare la rabbia.

«Lo sai, vero, che non potrebbe giocare stasera?».

«Meglio! Diglielo, così ce ne possiamo andare», mi risponde lei a tono.

«Ormai è fatta. Ma non pensare di portarlo qui ogni settimana».

«Incredibile. Non mi parli da un mese e quando riprendi a farlo mi tratti come se fossi una pezza da piedi». Non si muove di un passo, non indietreggia, non batte nemmeno le ciglia.

«Davvero ti piace quel tipo?», la domanda mi esce di bocca anche se non vorrei.

«Perché, cos'ha che non va?». Punta le mani sui fianchi, come sempre quando si indispettisce.

Non faccio in tempo a risponderle che il gorilla torna da noi con due bicchieri in mano e sono costretto a lasciar cadere il discorso.

Non azzardarti a passarle quel fottuto bicchiere!

«Tieni, piccola».

E invece lo fa. E lei lo accetta. Sono livido in volto, sento le mani vibrare nelle tasche e lo stomaco capovolgersi. Mi sta provocando, sta facendo di tutto per farmi incazzare e, che Dio mi salvi, ci è riuscita in una manciata di secondi.

«Non ci provare neanche», sibilo a denti stretti inchiodando i miei occhi a quelli di Eva.

«Posso fidarmi di lui». Eva si infila la cannuccia in bocca e succhia così forte da buttare giù metà del contenuto in un unico sorso.

«Chi cazzo è che puoi fidarti di lui? Tuo fratello?». Sono fuori controllo.

«Ti piacerebbe proprio che fossi suo fratello, eh?», interviene lo stronzetto. «Vieni, Eva, mi porterai fortuna». Mi fa l'occhiolino, le circonda le spalle con un braccio e se la porta via.

Scatto in avanti, ma una mano mi trattiene per la manica della camicia di jeans.

«Theo, Theo, Theo... non ti sembra una reazione un tantino eccessiva per una di cui non ti importa nulla?», mi prende per il culo Kian allentando poi la presa. Mi lascia andare solo quando è sicuro che non salterò al collo di quel coglioncello.

«Vaffanculo anche tu». Tremo dal nervoso, non arriverò a fine serata. O forse non ci arriverà lui. Una cosa è certa: uno dei due morirà entro la mezzanotte.

Helena cerca di attirare la mia attenzione con scarsi risultati, perché io ho gli occhi puntati su quel tipo. Non mi piace. Non mi fido di lui, non mi fido del giudizio di Eva – che nel frattempo si è scolata il suo drink. Rimane seduta accanto a lui per tutto il primo round, braccia incrociate sul petto e labbra sempre più imbronciate.

Io non le avrei fatto passare il suo compleanno su una sedia di plastica traballante, costringendola a guardarmi giocare a poker per tutta la sera.

Ah, no?! E dove l'avresti portata tu, maestro di romanticismo?, mi domanda una voce del cazzo nella mia testa.

La ignoro e alzo il volume dello stereo. *Wires* di Athlete mi distrae per un paio di minuti, ma non sono sufficienti. Kian riunisce i tavoli, che diventano tre. Il biondino con le spalle grosse e la testa – di cazzo – piccola ha una quantità notevole di *fiches* davanti a sé. Lo sento lanciare battute e far ridere i suoi avversari.

Sta facendo il giullare o sta giocando a poker?

Sembrano pendere tutti dalle sue labbra. I due tipi che ha buttato fuori al giro precedente sono dietro di lui, con le braccia incrociate e le gambe divaricate. Osservano ogni sua mossa neanche fosse Phil Ivey[8] e tifano per lui. E in tutto questo c'è Jonah che continua ad avvicinarsi a Eva con ogni scusa del cazzo da quando è uscito alla prima manche. Passo lo sguardo da quel figlio di puttana di Jonah a quell'idiota del ragazzo di Eva, e poi di nuovo.

«Il biondino è forte». Kian è di nuovo accanto a me dopo il giro di controllo.

«Ha solo fortuna, non è un bravo giocatore. Non è concentrato, non guarda le giocate degli altri. Si limita a puntare in base a quello che ha in mano. La fortuna del principiante», sminuisco io.

«Ti sta facendo perdere la testa, eh?».

«Sì». Sbuffo. «Vado a fare il giro».

L'ultima cosa che voglio è diminuire la distanza di sicurezza fra me e Boston Terrier, fra me ed Eva, fra me e Jonah, ma non ho scelta. Ragazza Dentifricio mi osserva con la coda dell'occhio, si irrigidisce sulla sedia e tortura il suo orecchino pendente attorcigliandolo intorno all'indice.

Mi sbrigo a tornare accanto a Kian. Quel cretino pompato ha vinto un'altra mano importante e ha buttato fuori Miles, uno dei migliori, costringendolo ad andare in *all-in* anche se le probabilità di vincita erano scarsissime.

«Vado a prendere una boccata d'aria». Mi guardo intorno. «Dov'è Helena?», domando a Kian, che nel frattempo si è rialzato dal tavolo dove era seduto, pronto per ispezionare i tavoli.

«È andata via dieci minuti fa».

«Non mi ha salutato», appuro sovrappensiero.

«Uhm... in realtà lo ha fatto».

---

[8] Phil Ivey è un giocatore di poker statunitense. In carriera ha vinto 10 braccialetti WSOP e un titolo del World Poker Tour.

Chiudo gli occhi, sollevo la testa verso il soffitto e sbuffo. Dovrà finire questa dannata serata prima o poi!

«Merda», soffio fuori dai denti.

Due ore dopo siamo tutti in piedi intorno all'unico tavolo rimasto. Il ragazzo che è venuto con Eva li sta stracciando tutti. Jack è quello messo peggio. Controlla per la centesima volta le carte, sa di non avere un cazzo in mano. Se potessi, gli direi di passare, ma non vedo l'ora che questa maledetta partita finisca e, se lui esce a questa mano, saranno rimasti solo in tre e potrò decretare concluso il torneo.

«Vieni a vedermi?», domanda l'imbecille con la felpa dei Terrier e Jack trattiene il respiro.

Lo teme. Non ci si crede. Questo stronzetto è arrivato nel mio dormitorio in punta di piedi e ne uscirà come una star.

Jack alza appena lo sguardo su di me. Basterebbe un gesto impercettibile del capo per convincerlo a mollare la giocata, ma non posso farlo, non falserei mai la partita.

«Sì», lo sento dire. Butta al centro del tavolo tutte le *fiches* che gli sono rimaste e lo stronzetto ride.

«*Full* di otto», dice solo questo e svela le sue carte.

«Merda». Jack sposta rumorosamente la sedia all'indietro e inizia a ridere. «Sei un fottuto bastardo fortunato. Ero convinto avessi solo una doppia coppia».

Succede una cosa mai vista prima: gli battono tutti le mani.

Quella merdina secca si alza dal tavolo, fa un inchino e poi si stiracchia. «Ragazzi, è stato un vero piacere».

Spaccone del cazzo! E io adesso dovrei anche dargli i soldi della vincita?

«Pensaci tu». Infilo le mani in tasca e ne estraggo il malloppo che abbiamo raccolto all'inizio della serata per poi passarlo a Kian.

«Oh, no, no! Spetta a te l'onore».

«Che razza di amico sei?».

«Il migliore che hai, in realtà. Chi vuole una birra?», urla a gran voce Kian e attira su di sé l'attenzione dei ragazzi che sono rimasti per godersi la finale.

Pago i due che sono arrivati secondo e terzo e temporeggio prima di andare da quella faccia da culo. Se continuerò di questo passo, presto avrò esaurito gli insulti per lui. Poi lo vedo abbracciare Eva e sussurrarle qualcosa all'orecchio e me ne vengono in mente almeno altri tre. Anche Jonah li sta osservando e sta sghignazzando.

«Theo, giusto?». Il biondino si avvicina a me con la mano tesa, sta ancora abbracciando Eva. «Non ci siamo presentati ufficialmente, io sono Logan».

No, tu sei una testa di cazzo!

Gli occhi di Eva mi fissano, ma non riesco a interpretare il suo sguardo. Con uno sforzo sovrumano costringo la mia mano a sollevarsi e ad afferrare la sua.

«Bella giocata», dico con tono impassibile, anche se dentro sono un vulcano di frustrazione pronto a eruttare e a trascinare dietro tutto ciò che mi circonda, Eva compresa.

«Bel torneo».

«Questi sono tuoi». Gli allungo una mazzetta di banconote, lui se le infila in tasca senza contarle.

«Porcellina, domani usciamo e ti compro un regalo bellissimo».

Eva sbianca accanto a lui, io strabuzzo gli occhi e, giuro, la mascella mi cade a terra.

Come cazzo l'ha chiamata?

Non so come io faccia a rimanere immobile e a non sfondargli il cranio a forza di pugni.

«Ti prego, adesso andiamo», le sento dire. O forse me lo sto solo sognando perché mi fischiano le orecchie e mi si annebbia la vista.

«Sì, andiamo. Grazie di tutto, Theo, è stato un piacere *immenso*! Noi ora andiamo a finire i festeggiamenti in camera». Il coglione mi fa un altro occhiolino e poi mi molla due pacche sulla spalla.

«Ti spacco la faccia!».

Ringrazio Dio che Kian sia accanto a me – di nuovo – e che si metta in mezzo fra me e lui – *di nuovo* –, impedendomi così di colpirlo una volta per tutte, perché ho esaurito la mia già esigua pazienza.

«Buona serata, ragazzi», sento dire al mio migliore amico.

I miei piedi si muovono contro la mia volontà e mi lascio trascinare via da Kian. Giro la testa e li seguo con lo sguardo finché non sono entrambi fuori dalla stanza.

«Stavi per dargli un destro in faccia», brontola Kian per non farsi sentire dagli altri. È incazzato nero, ma mai quanto me.

«Se lo sarebbe meritato!», sbraito fregandomene di chi ci sta ascoltando.

«No, affatto. Se la vuoi, te la vai a prendere, altrimenti ti dai una cazzo di calmata e te la fai passare. Una rissa con uno della Boston che ha appena partecipato a un torneo di poker nel tuo dormitorio, Theo? Sei impazzito? Vuoi farti buttare fuori una volta per tutte?».

Scuoto la testa. «No».

«E allora smettila di comportarti come un coglione! Da quando è arrivata 'sta ragazzina non ti riconosco più. Scopatela o levatela dalla testa, in entrambi i casi prendi una posizione definitiva e mantieni il punto». Mi obbliga a sedermi su uno dei divanetti e trenta secondi dopo mi mette una birra ghiacciata in mano.

Altro alcol, proprio quello che mi serve per calmarmi!

La poso sul tavolino alla mia destra e la abbandono lì.

«Ha bevuto senza esitare il drink che le ha passato quel coglione». Mi accendo una sigaretta, per fortuna è l'ultima che ho nel pacchetto.

«Non sono affari tuoi», mi rimbecca Kian.

No, non lo sono, ma questo non fa passare la collera che mi sta mangiando il fegato.

«Vado a dormire». Mi alzo dal divanetto e scanso il mio amico di lato.

«Posso lasciarti andare senza rischiare che sfonderai la porta della sua camera a calci?».

«No», rispondo serio. Prendo le mie cose e mi avvio all'ascensore.

Non appena le porte si spalancano lo vedo in fondo al corridoio. Il cazzone sta uscendo dai bagni comuni. Accelera il passo e si infila nella stanza di Eva, facendomi ribollire per l'ennesima volta il sangue nelle vene. Pochi secondi dopo quella dannata porta si spalanca di nuovo, Logan punta i suoi occhi su di me e, rivolgendomi un ghigno strafottente, mi mostra un calzino che poi annoda in fretta e furia sulla maniglia della stanza trecentoventitré.

CAPITOLO 14

Eva

«Porcellina?!». Gli mollo uno schiaffo sulla spalla e subito dopo un altro, più forte, sulla schiena. «*Porcellinaaa?!*», sbraito.

«Ahiii!», si lamenta Logan. Salta dal mio letto a quello di Carmen cercando di sfuggire ai miei colpi. Mi sfilo una scarpa e gliela lancio addosso. La schiva e si mette a ridere. L'altra, invece, lo prende in pieno petto e lui si accascia stremato dalle risate sul letto della mia compagna di stanza.

«Sei proprio stupido!». Mi lancio su di lui e continuo a prenderlo a sberle.

«Hai visto la sua faccia?». Logan ride a crepapelle, le mie botte devono sembrare carezze per lui, mentre io mi sto facendo un male cane ai palmi.

«Hai esagerato. Non mi rivolgerà mai più la parola!», piagnucolo.

«Scherzi? Il tipo è cotto al punto giusto. Dai, Eva, mi stava per dare un cazzotto. E me lo sarei preso volentieri». Ride ancora più forte e io cerco di tappargli la bocca. Quel suono mi sta facendo incazzare ancora di più.

«Adesso mi odierà». Smetto di malmenarlo e mi siedo sul letto, sporgendo all'infuori il labbro inferiore. Ho voglia di piangere. Theo ha smesso di parlarmi dall'oggi al domani e sono sicura che non mi degnerà mai più di uno sguardo dopo la bravata di mio cugino.

Logan si mette seduto sul letto e mi circonda le spalle con un braccio. «Non credo. Ti ha guardata per tutta la sera, non ti perde di vista un attimo. Quando ti ho passato il bicchiere ho seriamente avuto paura che mi strangolasse».

«Sono certa che volesse farlo».

«Facciamo il gioco della verità?», mi domanda.

Mi porto le gambe al petto e ci nascondo la testa dietro. «Sì», biascico.

«Non mi piace neanche un po' l'idea di quel tipo che ti gira intorno. Organizza tornei di poker, fa il dj, è irascibile e arrogante. Se dipendesse da me, ti impedirei di frequentarlo...».

«Ma...?», domando speranzosa.

«Ma non mi piaceva neanche J.J. Credo dipenda dal fatto che non penso esistano ragazzi alla tua altezza. Quindi, archiviato il discorso del cazzo da fratellone iperprotettivo, sono sicuro che sia interessato a te. Più che interessato, ho l'impressione che tu lo abbia steso».

«Ma che dici?! Non lo conosci. E ha una ragazza. L'hai vista?».

«La strafiga con i pantaloni di pelle aderenti senza mutande sotto? Oh, sì che l'ho vista».

«Appunto», mormoro sempre più depressa.

«Ma non vuol dire niente. Io ho una ragazza al campus, una in città e una a Daytona».

Sposto il viso di lato e poggio la guancia sulle ginocchia, in tempo per vederlo fare spallucce. «Ma io non voglio essere una delle tante».

«Cuginetta... lo vuoi davvero?».

Fisso fuori dalla finestra e mi incanto a guardare le gocce che picchiano incessanti contro il vetro chiuso. Sospiro e dopo un tempo infinito sussurro un "sì".

«E allora dobbiamo passare al contrattacco».

«Cioè?».

«Dobbiamo farlo ingelosire al punto che sarà costretto a esporsi. Tu fidati di me».

Ma io non mi fido affatto di lui.

Scende dal letto ed esce dalla mia stanza per andare in bagno. Quando torna, dopo una decina di minuti, irrompe nella mia camera come un ciclone, si butta per terra, si sfila prima la scarpa destra – che lancia per aria – e poi la calza.

«Che succede?», gli domando tirandomi su e puntellando i gomiti sul materasso.

«Vedrai». Apre di nuovo la porta e lo vedo legare il suo calzino alla maniglia. Rientra alla svelta e sbatte l'uscio così forte da far tremare le pareti.

«Che cavolo fai?».

«Era proprio qui fuori! Mio Dio, avresti dovuto vedere la sua faccia». Scoppia a ridere e io sprofondo sul letto portandomi le mani agli occhi.

«La tua tattica mi si ritorcerà contro come un boomerang impazzito». Mi decido ad alzarmi dopo qualche minuto e afferro il beauty sulla mia scrivania. «Vado in bagno anch'io. Cerca di non fare altri danni».

«Promesso». Si fa il segno della croce sul cuore e io alzo gli occhi al cielo.

***

Lascio Logan a dormire e, dopo essermi infilata un paio di jeans scuri e un maglioncino nero a collo alto, scendo al piano terra per andare a fare colazione in mensa. Mi sto ancora legando i capelli quando entro nella stanza deserta e riconosco Theo, di spalle, che sorseggia da una tazza.

Sono ancora in tempo per andarmene, penso. Invece decido di rimanere. Faccio un bel respiro, raggiungo il banco stracolmo di vivande e dopo aver ammucchiato sul vassoio cibo a casaccio mi avvicino a lui.

«Posso?».

Theo si volta e mi squadra dalla testa ai piedi. Ha due profonde occhiaie violacee sotto gli occhi e il viso tirato. Mi fa cenno di accomodarmi e io mi siedo davanti a lui.

Non ci diciamo nulla per un po', io butto giù uno yogurt a fatica e sparpaglio nel piatto le uova che non avrei dovuto prendere. L'unico suono proviene dalle casse della filodiffusione che stanno trasmettendo in loop *Hold Me Now* dei Red, come se si fosse incantato il disco.

«Ti sei divertita stanotte?», mi domanda lui con una punta di veleno nella voce.

«Normale», replico. Addento una mela e mi lascio cadere contro lo schienale.

«Andiamo, Eva, non fare la santarellina con me. Ci divide una cazzo di parete».

Il suo tono meschino mi fa andare di traverso la frutta e tossisco più volte. Quando riesco a recuperare la voce lo guardo con occhi sgranati.

«Ma di cosa cavolo parli?».

«Vi ho sentiti!».

«Hai sentito... *cosa*?».

«Vuoi che ti faccia un disegno?». Inclina la testa di lato e mi tramortisce con un'espressione nauseata che mi gela.

«Sei fuori strada! Qualunque cosa tu stia pensando, ti assicuro che non è come credi».

«Ma per favore». Mi liquida con un cenno della mano, come se fossi la più grande bugiarda sulla faccia della terra, e io mi ritrovo a stringere forte i pugni.

«Ma per favore, *che cosa*? Dimmi un po', cosa avresti sentito?».

«Voi due che scopavate!», grida e io impallidisco.

«Ma che schifo! Ma sei pazzo? *Bleah*!». Mi viene un conato di vomito. «Quello è mio cugino!», mi difendo io.

Theo rimane immobile, la tazza stracolma di liquido nero fumante a mezz'aria e l'espressione più strana del mondo.

«No, col cavolo. So quello che ho sentito. Non provarci nemmeno. Stavate facendo così tanto casino che tremavano i muri».

Non so se ridere o piangere. Una cosa è certa: è pazzo!

Mi alzo in piedi indignata e gli punto il dito contro. «Un conto è trattarmi male, un altro è darmi della bugiarda e della pervertita! Logan è mio cugino». Sto per andarmene, ma vengo fermata dal suo braccio che intercetta il mio polso e mi costringe a fermarmi.

«Quello è davvero tuo cugino?».

«Già».

«Di sangue?».

«No, di acqua! *Certo, di sangue!*».

Mi strattona in avanti e quasi gli cado in braccio. Riesco a sedermi sulla lunga panca verde acido accanto a lui e mi riprendo il polso.

«Quello stronzetto», borbotta per poi lasciarsi sfuggire un sorriso soddisfatto. È bipolare, non c'è altra spiegazione! «Me l'ha fatta sotto il naso. E quel calzino?».

«Stava facendo lo stupido».

Theo si sporge verso il mio viso, mi afferra la nuca con la sua grossa mano tatuata e mi attira in avanti. I nostri nasi si toccano, il suo respiro mi colpisce in faccia.

«Eva...». Chiude gli occhi e sospira di sollievo.

«Cosa stai facendo?», sussurro.

«Non lo so», mi risponde a fior di labbra.

Mi scanso bruscamente da lui, non ho più voglia di fare questo gioco. «Sai, il tuo atteggiamento non ha senso. Sembra quasi che tu sia geloso, il che è ridicolo. Davvero ridicolo!», alzo la voce e mi sposto all'indietro con tutto il corpo. «Giusto? Perché per te sono poco più che una sorella. E tu non mi parli da *un mese*».

L'espressione di Theo si fa dura, i suoi occhi mi incatenano a lui e mi pento di aver usato quel tono. Ho paura che mi dica che è proprio così, che ho preso l'ennesima cantonata e che ho frainteso tutto.

«Ho solo avuto da fare», risponde con noncuranza.

«E io sono il Sultano del Brunei! No, non ci provare. Mi hai evitata in tutti i modi e ieri sera per poco non hai steso Logan con un pugno».

«Perché stava esagerando». Theo allarga le braccia e alza la voce per adeguarla al mio livello.

«Non è vero. Non è per quello».

«E per cosa, allora? Cosa credi che sia successo ieri sera?».

«Sei *geloso!*», ripeto sbraitando. Tengo la testa alta e le spalle dritte.

«Un perfetto sconosciuto arriva al Brittany Hall, ti passa un bicchiere e tu bevi senza esitare, poi ti chiama "porcellina" e tu non fai una piega! Cristo, sì, volevo dargli un destro in faccia! Volevo scaraventarlo fuori dal dormitorio e lontano da te».

Mi porto una mano alla bocca per bloccare la risata. Sentirgli dire *quella* parola smorza la mia collera e manda in fumo la mia intenzione di mantenere il punto.

«Non c'è niente da ridere», mi rimprovera lui, ma poi si lascia andare a una risata così liberatoria e così genuina che mi fa innamorare ancora di più di lui.

«Lo avrei ucciso quando se n'è uscito con quella parola». Cerco di darmi un contegno, ma è impossibile.

«Anch'io», confessa Theo. «Vieni qua». Con un gesto inaspettato mi afferra dalla vita, mi solleva come se pesassi l'equivalente di una bustina di noccioline e riesce a farmi mettere a cavalcioni su di lui.

Il mio cuore perde una quantità infinita di battiti e la mia testa vortica paurosamente. Poggio le mani sul suo petto, come se volessi difendermi da lui, e cerco di mettere un po' di distanza fra di noi.

Theo scuote la testa un paio di volte, sposta lo sguardo sulla sala, si accerta che non ci sia ancora nessuno nei paraggi e poi riprende a parlare. «Ho un debole per te. Ce l'ho dal nostro primo incontro in lavanderia. Sarei stupido se cercassi ancora di negarlo, per primo a me stesso. Ma è solo questo, Eva: un debole. Hai diciannove anni e un giorno. E magari pensi che quattro anni di differenza non siano tanti, ma è così. Non può esserci niente fra noi. Io non vado bene per te».

«Ma...».

Mi tappa la bocca con un bacio delicato che sfiora appena le mie labbra e che mi fa venire la pelle d'oca.

«Fammi finire». I suoi occhi impazienti cercano i miei e riprende a parlare solo quando mi costringo ad annuire. «Io andrò via da questo posto alla fine dell'anno. Che sia Stanford o il Tibet, l'unica cosa di cui sono sicuro è che non rimarrò a New York, ma tu sì. Ed è giusto che sia così. Hai appena iniziato il college, devi viverti questi anni come se fossero gli ultimi. Io l'ho fatto, ho preso tutto quello che potevo prendere da questa esperienza, ma adesso sono arrivato a un punto della mia vita in cui non posso più permettermi di cazzeggiare. Ma tu *devi* farlo! Non ti negherei mai questa occasione. Devi uscire con un sacco di ragazzi e mandarli tutti in bianco finché non ti innamorerai, finché non sarai pronta a impegnarti sul serio. Io non lo sono, Eva. Io non sono quello giusto per te».

«Non puoi saperlo. Magari siamo incompatibili o magari, invece, siamo fatti l'uno per l'altra», mi trema la voce e mando giù le lacrime insieme al dispiacere che mi stanno provocando le sue parole.

«Non posso permettermi di scoprirlo. L'hai detto tu stessa, l'hai provato sulla tua pelle: le relazioni a distanza non funzionano».

«Sì, ma...».

Theo sposta la testa di lato e si morde le labbra dall'interno. «Non ci sono "ma". È un mese che rimugino su quello che è successo alla festa di Halloween, sul perché abbia dato di matto in quel modo, sul perché abbia mollato tutto per correre da te, e l'unica conclusione alla quale sono arrivato è che, non so come, mi sei entrata sottopelle e sei così ostinata che è impossibile mandarti via». Sospira sommessamente e poi aggiunge: «Ma va fatto».

Scuoto la testa e chiudo gli occhi. Theo sfiora il mio orecchino e se lo arrotola sull'indice, come faccio sempre io quando sono nervosa, poi mi accarezza il viso con i polpastrelli. Prima la guancia, poi l'occhio, scende sulla curva del naso e si ferma sulle mie labbra.

«Perché? Chi lo dice che va fatto?». Poso le mani sulle sue guance e mi sporgo in avanti finché le nostre fronti non si toccano, come abbiamo fatto alla festa di Halloween durante il nostro ballo indimenticabile.

«Ascoltami». Mi costringe a guardarlo, ma io non voglio, non voglio ascoltare un'altra parola, solo sentirlo vicino a me. «Ho esagerato quella sera, non avrei dovuto avvicinarmi in quel modo, *toccarti* in quel modo. Dovevo mantenere le distanze, invece ho fatto un casino. È stata colpa mia».

«Non volevi ballare con me?».

«Volevo fare molto di più», risponde di getto per poi respirare a fondo e continuare con il suo discorso che mi sta distruggendo. «Volevo baciarti, volevo spogliarti lentamente, volevo perdermi dentro di te».

Le sue parole mi fanno trattenere il fiato. «E allora fallo, sono qui!».

«Non posso, Eva. Tu meriti cose che io non posso darti, promesse che non sarei in grado di mantenere».

«Non è vero».

Theo mi sorride, poi si stacca dalla mia presa. «Sì, lo è. Possiamo continuare a essere amici, non chiedo di meglio, devi credermi», prosegue lui e io sento il mio cuore spezzarsi come non credevo fosse possibile.

Vorrei urlare, dirgli che non ha senso, che non mi basta, che se anche lui prova qualcosa per me allora è da stupidi arrendersi ancora prima di provare, ma le parole non ne vogliono sapere di uscire dalla mia bocca.

«Ma qualsiasi cosa stia succedendo fra noi, finisce qua. Finisce *adesso*». I suoi occhi dicono una cosa, le sue labbra pronunciano tutta un'altra storia, e io non so come penetrare nella sua corazza, come convincerlo che si sta sbagliando.

La vera Eva non gli permetterebbe mai di andare via senza aver lottato, ma in questo momento non riesco a trovarla dentro di me.

«Okay», riesco a dire. Cerco di alzarmi dalle sue gambe, ma non me lo permette.

«Sto partendo per Toronto, passo prima in radio e poi vado in aeroporto. Mia madre ci tiene a festeggiare il Ringraziamento americano tutti insieme, così approfitto di questi giorni di stop dalle lezioni per tornare a casa. Sta tornando da Zanzibar per l'occasione».

«Io torno in Florida con Logan. Domani mattina abbiamo il volo». Mi trema la voce.

«Ti scrivo domani per sapere com'è andato il viaggio, va bene?».

No, non va bene niente. Vorrei scoppiare a piangere, buttargli le braccia al collo e implorarlo di rimangiarsi le sue parole, ma non ho il coraggio nemmeno di muovermi.

«Certo». Sospiro. «Posso scendere adesso?».

Theo si sposta all'indietro e mi lascia lo spazio necessario a rimettermi in piedi.

«Sei troppo magra, mangia quelle uova».

Sorrido e ricaccio giù le lacrime. «Non ho molta fame. Vado a svegliare Logan, farò colazione più tardi con lui».

Forse si accorge che non sono più in grado di sostenere il suo sguardo senza aprire i rubinetti, perché annuisce e mi fa capire che posso andare. «Ci vediamo lunedì».

«A lunedì», balbetto e scappo via come se ci fosse un incendio nella stanza. Una volta che mi sono richiusa la spessa porta antincendio alle spalle e sono sola nell'androne delle scale scoppio a piangere così forte che i singhiozzi mi fanno perdere l'equilibrio e mi ritrovo rannicchiata su me stessa sul primo gradino, senza riuscire a riprendere fiato.

Ritorno in camera mezz'ora dopo, con gli occhi gonfi di pianto e la sensazione di non avere più un cuore nel petto.

Logan si è già vestito, è disteso sul letto di Carmen con le ginocchia sollevate e il cellulare in mano.

«Che cazzo è successo?», domanda allarmato alzandosi dal letto e venendomi incontro.

Non ho mai pianto davanti a lui, non per un ragazzo. Serro forte la mascella e mi porto una mano sul viso per nascondere le lacrime che ricominciano a scendere copiose.

«Mi ha detto... mi ha detto...». Tiro su con il naso e mi sento trascinare in avanti, finché il mio sedere non rimbalza sul materasso. «Che non possiamo stare insieme».

«Eva...».

Scuoto forte la testa, cerco di placare i singhiozzi, ma si rivela essere un'impresa titanica.

«È colpa mia. Lui è stato chiaro dall'inizio. Non avrei dovuto perdere la testa per Theo. Non vuole neanche darci una possibilità».

«Forse ho esagerato. Magari se gli andassi a parlare...».

«No». Mi asciugo le lacrime e mi pulisco il naso con un pezzo di stoffa che mi passa Logan. «Lo sa che sei mio cugino. Non è quello, Logan. Lui se ne andrà a fine anno e...». Mi rigiro il fazzoletto improvvisato fra le mani. «Che cosa cavolo è questo?».

«Il mio calzino. Quello che ho messo fuori dalla porta ieri sera».

Mi viene da piangere ancora di più. Mi sono pulita il naso con il suo calzino sporco? E poi rido, come una pazza isterica da rinchiudere in un manicomio. «Sei proprio un idiota».

«Però ti ho fatto ridere», esclama lui. Il suo braccio muscoloso mi avvolge le spalle e mi spinge in avanti, così che possa accoccolarmi contro il suo petto. Ricomincio a piangere e mi lascio cullare da Logan, in un moto delicato che pian piano ha il potere di tranquillizzarmi.

«Sono una stupida, vero?».

«Nah! Sei solo troppo speciale e lui lo sa. Vuoi sapere come la vedo io? Cosa avrei fatto io al suo posto?».

Annuisco.

«Sarei andato a letto con la matricola dagli occhi innocenti, probabilmente me ne sarei vantato negli spogliatoi il giorno dopo e non mi sarei fatto troppi scrupoli. A meno che quella ragazza non avesse significato qualcosa di più di una piacevole scopata. In quel caso me la sarei data a gambe levate, l'avrei evitata come la peste, perché ci sono ragazze con le quali ti puoi divertire e altre che sono intoccabili».

«Dovrei prenderlo come un complimento?».

«Credo proprio di sì».

Mi raggomitolo su me stessa e poso la testa sulle sue gambe. «Ha detto che ieri sera abbiamo fatto un casino assurdo e che tremavano le pareti. Ne sai niente?».

Logan scoppia a ridere così forte che per poco non mi fa ruzzolare giù dal letto. «Quando sei andata in bagno ho iniziato a saltare sul letto e ho sbattuto la testiera contro la parete un centinaio di volte. Credo di aver anche urlato un "sì, così, proprio così!"».

«Sei davvero un deficiente!».

La risata sguaiata di Logan rimbomba nella piccola stanza e mi ritrovo a sorridere nonostante i polmoni mi stiano bruciando nel petto e il cuore abbia smesso di battere in modo regolare già da un po'.

CAPITOLO 15

Theo

Il portiere mi consegna il mazzo di chiavi che gli ha lasciato mio padre. Ne deduco che né lui né mia madre siano in casa. Non che mi aspettassi un comitato di benvenuto da parte loro, sia chiaro.

L'appartamento è pulito e immacolato, impersonale come sempre. Sorpasso l'ingresso, la sala da pranzo, e mi dirigo nella mia stanza. Non troverei un granello di polvere nemmeno se lo cercassi con la lente d'ingrandimento.

THEO: *Sono a casa.*

Mando un messaggio a mio padre. Pochi minuti dopo mi vibra il cellulare fra le mani.

«Ciao, papà».

«Ciao, Theodore. Com'è andato il viaggio?».

«Tranquillo».

«Ti hanno fatto *l'up-grade* in prima?».

«Certo».

«Bene. Tua madre è dal parrucchiere, dovrebbe tornare fra un po'. Ho invitato un grosso cliente per cena, verrà con sua moglie e sua figlia».

«Okay».

«Hai un vestito?».

«Sicuro», rispondo ancora una volta a monosillabe.

«Indossalo, per favore».

Annuisco ma non replico. Il suo tono non è mai sgarbato o categorico, al contrario. Mio padre ha un dono: far fare agli altri quello che vuole rimanendo comunque cordiale ed educato. Io ho preso il carattere di mia madre.

«Ti ho lasciato le chiavi della Porsche all'ingresso. Usala, se vuoi».

Wow! Il grande capo mi invita a usare il suo giocattolino preferito di sua spontanea volontà! Questo può significare solo una cosa: mi aspetta un fine settimana da incubo con tanto di recriminazioni infinite e una lunga lista di biasimi come dessert.

«Grazie. Magari stasera».

«Vado, ho da fare».

Come sempre.

«A dopo».

Attacchiamo senza salutarci e mi guardo attorno; questo posto mi ha sempre messo uno spesso strato di ansia addosso. Da quando Tracy non lavora più per i miei genitori, poi, l'aria che tira è desolante.

All'età di quattordici anni i miei genitori mi hanno spedito in collegio a cento chilometri da casa, spesso rimanevo lì anche durante il week-end se erano troppo impegnati per dedicarmi del tempo.

Mi è sempre piaciuto il St. Andrew's, sicuramente più di quanto mi piacesse tornare in questo appartamento. Ricordo come molti dei miei compagni di scuola soffrissero la lontananza dai propri genitori. A me mancavano di più la mia tata e il mio cane, Dean: un rottweiler ciccione e mansueto come un pesciolino rosso, che un giorno, semplicemente, non ho più trovato fra queste quattro mura. Mia madre mi disse che era scappato durante la passeggiata mattutina, mio padre che stava male e non era sopravvissuto all'operazione. Non sono mai stati bravi a far combaciare le loro storie. Lo hanno dato via, fine della storia.

Non ce l'ho con i miei genitori e non credo di avercela mai avuta. Mi hanno dato tutto e anche di più, in termini economici, e il minimo indispensabile di affetto che serve a un ragazzino per crescere senza troppi complessi. Una volta spedito a Wellandport, però, probabilmente hanno tirato entrambi un profondo sospiro di sollievo: non deve essere stato facile fingere tutti i giorni di volersi bene quando era palese che il loro fosse solo un matrimonio di convenienza. Dubito si siano mai amati, ma almeno prima vivevano insieme.

Qualche mese dopo l'inizio della scuola mia madre si è trasferita in pianta stabile a Zanzibar, nella residenza della sua famiglia, e mio padre ha finalmente potuto dedicare tutto il suo tempo – senza farsi assalire dai sensi di colpa – all'unica cosa che gli interessa davvero: la sua carriera.

Eppure, nonostante tutto, ci sono stati momenti felici, vacanze indimenticabili. Per quanto non siano mai stati due genitori particolarmente affettuosi, capaci di fare cose scontate come insegnarmi ad andare in bicicletta, non mi sono mai lamentato. Non credo di aver "perso" qualcosa per via della loro freddezza, e sarei un ipocrita se li incolpassi per le cazzate che ho fatto negli anni. Mi hanno insegnato la buona educazione e la differenza fra giusto e sbagliato. Le mie bravate non sono mai state un grido d'aiuto o un modo per attirare l'attenzione. Ero consapevole delle mie scelte e ne ho sempre accettato le conseguenze.

Faccio un giro di telefonate e organizzo il dopo cena. Luke, un amico di vecchia data del St. Andrew's, mi invita a una festa privata in un locale in centro. Sembra carino, così accetto.

Un'ora dopo il mio arrivo sto già soffocando e di mia madre nemmeno l'ombra. Afferro il cellulare e digito un messaggio per Eva, poi lo cancello.

Dopo quello che le ho detto stamattina, scriverle non avrebbe senso. Mi butto sul letto, non avendo nient'altro di meglio da fare, e faccio partire un vecchio disco dei Saliva. Mi ritrovo di nuovo a pensare a lei, alle sue labbra imbronciate, agli occhi lucidi mentre le dico che fra noi non può esserci niente. E lo penso, lo penso davvero. Sarei un'egoista se mi approfittassi dei suoi sentimenti solo per soddisfare un capriccio, solo per la smania di averla nuda nel mio letto. Scaccio il pensiero del suo corpo minuto fra le mie lenzuola e mentre *Unshatter Me* mi rimbomba nelle orecchie mi addormento.

«Ho esagerato quella sera, non avrei dovuto avvicinarmi in quel modo, toccarti in quel modo. Dovevo mantenere le distanze, invece ho fatto un casino. È stata colpa mia».

«Non volevi ballare con me?».

«Volevo fare molto di più. Volevo baciarti, volevo spogliarti lentamente, volevo perdermi dentro di te».

«E allora fallo, sono qui!».

Sì, è qui. Così calda e morbida. Le sfilo il maglioncino e mi incanto a fissarle il seno nascosto da un reggiseno nero a balconcino.

Non siamo più nella mensa del dormitorio, siamo in camera mia, io sulla sedia della mia scrivania e lei a cavalcioni sopra di me. Le lecco le labbra, afferro quello inferiore fra i denti e lo pizzico facendole scappare un gemito dalla bocca. Eva si struscia contro di me, con movimenti lenti e sensuali che mi fanno eccitare in due secondi netti. Le accarezzo il collo con la punta del naso, inspiro il suo profumo delicato e mordo la pelle liscia della spalla. Butta la testa all'indietro e sfrega il suo bacino sottile contro l'erezione che spinge verso la chiusura lampo dei jeans.

Dio, è perfetta! Il suo viso dai lineamenti delicati si deforma quando le mie mani le afferrano il sedere e la obbligano a compiere movimenti circolari sulla mia eccitazione, che a stento riesco a controllare.

«Scopami», sussurra contro il mio orecchio, e quell'unica parola è capace di incendiarmi come niente prima d'ora.

Le sciolgo i capelli tirando lentamente l'elastico che li sta intrappolando in una morsa stretta. Ricadono sulle sue spalle e sul petto, nascondendole in parte il seno. Mi incanto ad ammirare la sua bellezza eterea, sembra un angelo con quegli occhi striati di turchese, il naso piccolo e dritto, le labbra piene e la pelle di porcellana.

La trattengo per la nuca e la bacio, così forte che rimaniamo entrambi senza fiato. Sono impaziente di spogliarla, di farla godere come mai prima d'ora. Con la mano libera sbottono i suoi jeans e poi i miei. La mano di Eva prende il posto della mia e le sue dita si intrufolano sotto l'elastico dei boxer, tirandomelo fuori. Circonda la mia erezione dolorante in una presa salda e fisso i suoi movimenti lenti ma decisi.

Mando giù un'imprecazione quando aumenta il ritmo e il suo respiro caldo serpeggia prima sulla mia guancia e poi dentro il mio orecchio. Il suo profumo, le sue mani, i gemiti che le sfuggono dalle labbra stanno mandando in crisi il mio intero sistema nervoso.

Mi alzo in piedi con lei in braccio e la poso sul letto. Le sfilo i pantaloni portandomi dietro gli slip e rimango incantato a guardarla in mezzo alle gambe. Non può essere vero, non è possibile che sia mezza nuda fra le mie lenzuola. Proprio lei, che ho giurato di non sfiorare nemmeno con la punta delle dita, proprio lei che si merita di essere adorata e venerata. Le spezzerò il cuore, lo farò senza volerlo, ma non posso fermarmi, non più.

Mi spoglio, lascio cadere i vestiti sul pavimento e mi sistemo sopra di lei. Eva si slaccia il reggiseno e io lo tolgo di mezzo, scaraventandolo dall'altra parte della stanza.

Le faccio scivolare un dito lungo il collo, verso il basso, fino ad approdare su uno dei suoi capezzoli, disegnandone il contorno.

Mi fissa eccitata, il corpo che trema appena. «Cosa stai aspettando?». La sua voce è strana, come se arrivasse da lontano.

«Che tu mi dica di fermarmi. Che qualcuno, chiunque, *mi dica di fermarmi».*

«Non verrà nessuno, ci siamo solo io e te».

La mia erezione punta verso il centro del suo piacere, impaziente. Mi stendo sopra di lei spostando il peso sui gomiti per non schiacciarla.

«È solo sesso. È solo sesso. È solo sesso», ripeto all'infinito e lei annuisce.

«Certo che lo è. Scopami…», ribadisce con quella vocina carica di erotismo.

La stanza adesso è buia, il letto è più grande di come lo ricordassi e le lenzuola sotto di noi sono lisce come la seta. Allarga le gambe e mi circonda la vita stringendo

forte i piedi contro il mio sedere nudo, invitandomi ad andarle incontro. Intravedo appena il suo viso, ma so che è lei.
   È sempre lei.
   Esito ancora un secondo, ma quando solleva il bacino e la sua pelle umida entra in contatto con la mia erezione tutte le mie convinzioni, la mia morale, i miei buoni propositi, vanno a farsi fottere. Le entro dentro senza usare il preservativo, ed è la sensazione più liberatoria del mondo.
   Eva è stretta, bagnata, liscia. Eva è il fottuto inferno e io ci sto sprofondando dentro, pelle contro pelle, cuore contro cuore. Asseconda i miei movimenti, che diventano più intensi ad ogni spinta, più ingordi, più veloci, e il suo piacere si fonde con il mio.
   Non l'ho mai fatto così, godendomi solo l'attimo senza rincorrere un piacere che arriva da solo, senza sforzo, senza che riesca a rallentarlo.
   Quando viene è selvaggia e sensuale, i muscoli delle sue gambe si irrigidiscono, i suoi baci si fanno roventi e la sua pelle madida di sudore scivola sulla mia amplificando il mio piacere.
   «Non venire», sussurra.
   Non venire? Non credo sia possibile... «Perché?».
   «Voglio che mi vieni in b...».

La porta della mia stanza si spalanca e salto sul letto come un proiettile impazzito.
   «Theo, amore, sei sveglio?».
   Il suono della voce di mia madre mi fa perdere dieci anni di vita. Per un attimo penso che Eva sia accanto a me, nuda e con le gambe spalancate, e mi faccio prendere dal panico. Ma non c'è nessuno, solo la mia mano infilata nei boxer che stringe con veemenza un'erezione pronta a esplodere.
   Mi copro l'uccello con un cuscino, anche se la stanza è buia.
   «Sì, no... ehm, arrivo. Aspettami di là».
   Mia madre non è una che fa domande, si richiude la porta alle spalle mentre io mi porto entrambe le mani al viso e impreco ad alta voce.
   Ma che cazzo è appena successo?
   Male, male. Molto, *molto* male! Mi prendo a sberle e sistemo i boxer cercando di dare un po' di sollievo alla mia eccitazione.
   Mi alzo dal letto, per poi chiudermi nel mio bagno. Non ho il coraggio di guardarmi in mezzo alle gambe, quello che è appena successo è sbagliato. Sbagliatissimo. Terrificante e da depravati mentali.

Mi rifugio nel box di cristallo temperato e lascio che l'acqua fredda mi scorra sulle spalle. Tutta quella storia sul farsi una bella doccia ghiacciata per calmare i bollenti spiriti? Una stupidaggine colossale. L'unica cosa che sento in questo momento è freddo, una polmonite dietro l'angolo e l'uccello che pulsa così forte che credo mi si staccherà dal corpo.

C'è solo una soluzione. Respiro a fondo e me lo afferro stretto nel pugno. Quel contatto mi regala già un po' di sollievo.

Helena.

Helena a cavalcioni su di me.

Helena piegata in avanti sulla scrivania.

Helena con le gambe divaricate, i palmi poggiati contro il muro e il mio petto contro la sua schiena.

Mhmm, sì, così inizia ad andare meglio. Nella mia mente mi spingo più a fondo dentro di lei. Non ho il preservativo, i suoi capelli lunghi sono annodati sulla testa e il suo collo sinuoso è scoperto. Glielo lecco piano, adoro quando Eva porta i capelli in quel mod... Helena!

Cazzo, Helena!

Scuoto forte la testa. Devo levarmela della testa.

Helena.

Me la immagino a sciogliere i lacci di un vestito dorato finché rimane nuda... *Sì, oh sì!*

Anche Eva starebbe da Dio in oro, con quelle tette sode...

Figlio di...

Mollo la presa sul mio uccello. Non mi darò piacere pensando a lei, nel bagno dove ho imparato a pisciare nel vasetto, fra l'altro. Non succederà mai. Piuttosto una congestione prostatica, ma non questo.

Un bel paio di palle blu non sarà mica la fine del mondo!

Mi accarezzo di nuovo in mezzo alle gambe e la sua testolina bionda fa di nuovo capolino nei miei pensieri. La sento finire quella dannata frase, le sento dire che mi vuole nella sua bocca. Chiudo gli occhi, arrendendomi al suo tocco immaginario, alle sue labbra che adesso riesco quasi a sentire intorno al mio uccello. Lo prende tutto, inginocchiata davanti a me in questa maledetta doccia.

Duro così poco che non ho nemmeno il tempo di convincere il mio cervello che è sbagliato, che lei – probabilmente – nemmeno le fa certe cose. Il piacere mi esplode da dentro, mi annebbia la vista e devo poggiare una mano sulle mattonelle bagnate per non crollare.

Ci metto qualche minuto per riprendermi e quando lo faccio chiudo in un cassetto della mia memoria questo breve attimo di follia e mi convinco che ero solo stanco, che la conversazione di stamattina e il sogno di oggi pomeriggio mi abbiano condizionato – negativamente, aggiungerei. Non succederà mai più.

Mai. Più.

***

«Hai disfatto le treccine», dico a mia madre quando entro in sala.

Mamma, che indossa un tailleur grigio perla davvero elegante, si volta e mi viene incontro. È abbronzatissima e i capelli, adesso acconciati in una messa in piega costosa, le ricadono sulle spalle.

«Sì. Tuo padre ha invitato un cliente importante a cena, mi ha chiesto di darmi una sistemata».

Non interferisco nelle loro cose, non commento mai. Per mio padre l'apparenza è il settanta per cento del biglietto da visita di una persona; mia madre, al contrario, è una mezza hippie mancata.

«Ti stavano bene», replico.

«Le rifarò lunedì, tanto domenica sera riparto per Zanzibar».

Mi avvicino e l'abbraccio, lei ricambia con più trasporto del solito.

«Come stai, tesoro? Ti vedo in gran forma, hai il viso così rilassato».

Alzo entrambe le sopracciglia, preso in contropiede. Non mi sento affatto rilassato. «Sto bene, mamma. Anche tu sei in gran forma». Ma non lo è davvero, è troppo magra, tutta pelle e ossa. Mi domando se a cena si sforzerà di mandare giù qualcosa di diverso dalla *diet coke*.

«È il sole di Paje che mi fa un gran bene. Quando tornerai a trovarmi? A Natale?».

«Semmai farò un salto durante lo spring-break». Come se l'Africa fosse dietro l'angolo.

Mamma mi accarezza una guancia in modo tenero, poi si allontana e si mette seduta sul divano in broccato. Un sofà orrendo appartenuto a chissà chi in chissà quale epoca, circondato da una spessa cornice dorata. Un pugno in un occhio.

Batte la mano sul tessuto di seta e mi chiede in silenzio di farle compagnia. «Allora, cosa mi racconti? Com'è andato l'LSAT».

Mi gratto la testa. «Credo bene. I risultati arriveranno a marzo, incrociamo le dita».

«Sei ancora dell'idea di andare a Stanford?».

«Già». *Anche se non entrerò mai!*

«Tuo padre è molto dispiaciuto». Il suo tono è cordiale e impersonale. Poche ore in Canada e si è calata perfettamente nella parte della moglie affettuosa dell'alta società e della mamma apprensiva.

«Papà se ne farà una ragione. Sto seguendo le sue orme, no?! Diventerò un grande avvocato come vuole lui, solo che studierò in un'altra università», taglio corto. «Vuoi qualcosa da bere?».

«Una *diet coke*, per favore. Con tanto ghiaccio».

Non avevo dubbi.

Mi alzo e mi dirigo in cucina, le preparo la sua bibita e poi torno nel salone, dove mi servo un whiskey liscio dal mobile bar. Giusto un paio di dita per rilassarmi.

«Chi si occuperà della cena?», domando. Non ho visto camerieri in giro per casa e in cucina non c'è nemmeno una pentola sul fuoco. Dubito che cucini mia madre, impossibile che lo faccia mio padre.

«Il catering e un paio di camerieri saranno qui fra poco». Rimaniamo fermi sul divano a guardarci intorno, senza sapere bene cosa dire. «Raccontami qualcosa! Hai una ragazza?».

Il mio idiotissimo cervello mi propone l'immagine dell'ultima persona alla quale dovrei continuare a pensare. Sta diventando un'ossessione.

«Sì», rispondo con noncuranza. «Si chiama Helena. È all'ultimo anno, studia Biochimica».

«Che bello». Altro silenzio. «È americana?».

«Sì».

«Ce la presenterai?».

Sghignazzo. «Non credo».

«Fammi almeno vedere una foto».

Non ho foto con Helena, almeno non credo, ma ne ho una di Eva, e questa consapevolezza mi paralizza. Me l'ha mandata un sabato sera di ormai un mese e mezzo fa per dimostrarmi che era effettivamente in camera sua a studiare. Ha una matita incastrata nei capelli per tenerli su, una copia de *Il ritratto di Dorian Gray* in mano e una serie di fogli sparpagliati sul copriletto. Le gambe incrociate e un'espressione buffa. L'avevo salvata senza pensarci. Non l'ho più guardata, sia chiaro, ma so di averla.

«Magari più tardi, ho lasciato il cellulare in camera».

La porta d'ingresso si apre e ci voltiamo entrambi per vedere mio padre entrare in casa. Poggia la sua ventiquattrore a terra e le chiavi della macchina nello svuotatasche all'ingresso.

«Buonasera», dice allegro.

«Ciao, pà!». Alzo il bicchiere di whiskey per salutarlo. «Sei arrivato in tempo per l'aperitivo».

Avanza nel salone ordinato e rimane a pochi passi da me. Non siamo tipi che si abbracciano e tendergli la mano mi sembra un po' eccessivo, così rimango fermo al mio posto.

«Hai un nuovo tatuaggio?», mi rimprovera lui.

«No».

«Sicuro?», chiede ancora stringendo gli occhi a fessura per esaminare meglio il mio braccio sinistro.

«Al cento per cento».

Non ne è convinto, ma lascia cadere il discorso, sa che non avrei motivo di mentirgli. Se voglio farmene uno, lo faccio e basta, di certo non devo chiedere il permesso a lui.

«A che ora arriva il catering?».

«Fra mezz'ora, caro».

«Ti stanno bene i capelli, tesoro».

«Grazie». Mia madre gli concede un sorriso e io abbasso lo sguardo sul mio bicchiere.

Quando ero piccolo a malapena facevo caso al modo cortese che usavano per parlarsi, forse perché ci ero abituato, era la normalità. Adesso, invece, mi mette a disagio. Trovo triste che siano rimasti insieme per così tanti anni solo per mantenere le apparenze. Avrebbero potuto rifarsi una vita entrambi, magari trovare qualcuno di più compatibile per loro. O almeno avrebbe potuto farlo mia madre. Mio padre è comunque al suo secondo matrimonio, forse non è portato per certe relazioni.

Lo capisco, trovo impensabile l'idea di dover passare il resto della mia vita con la stessa persona, ogni giorno, ogni anno, ogni Natale o compleanno. E non voglio figli. Non penso di essere adatto per la paternità e non metterei mai al mondo un altro essere umano se non fossi sicuro, contro ogni ragionevole dubbio, di potergli dedicare tutto il tempo possibile senza sentirmi obbligato a farlo.

Mio padre si serve il suo drink e si accomoda sulla poltrona coordinata al divano di fronte a noi.

«Ho sentito Reagan un paio di giorni fa...». Lascia la frase in sospeso e mi preparo all'attacco pacato che sta arrivando. «Il rettore dice che ti stai impegnando e non stai facendo casini al campus».
«Già. Ho messo la testa a posto». Non uso nessuna inflessione nella voce e lui fa "sì" con la testa.
«Sono felice di sentirtelo dire».
Silenzio.
«Pranziamo a casa, domani?», domando sperando di cambiare discorso.
«Sì, io e tua madre abbiamo pensato che un bel pranzo in famiglia è quello che ci vuole. Mi sono preso il giorno libero dallo studio».
Sono tentato di chiedere se stiano bene, se uno dei due per caso stia morendo. Il *Thanksgiving* canadese e quello americano non cadono lo stesso giorno. Per lui, domani dovrebbe essere un normalissimo giorno di lavoro, invece lo passerà con noi. Sono un po' preoccupato.
«Benissimo, non vedo l'ora», borbotto. «Chi viene a cena stasera?».
«Un nuovo cliente, molto importante».
«La figlia è carina?», domando, anche se la risposta non mi interessa.
«Non saprei. So solo che studia Architettura».
«Theo ha una ragazza», interviene mia madre e io mi maledico di avergliene parlato.
«Davvero?».
«Ma non vuole presentarcela».
«Esatto, quindi cambiamo discorso, per favore».
«Che c'è di male? Non ti ho mai sentito dire che hai una storia seria, sono curiosa».
Mi scolo il whiskey. «Non ho detto che è una storia seria, solo che frequento la stessa ragazza da un po'».
«La prossima volta che sarò a New York mi piacerebbe conoscerla», aggiunge mio padre, con il suo solito sorriso freddo e cordiale sulle labbra.
«Vedremo», taglio corto. Non succederà mai, ma non ho voglia di continuare a parlare di Helena.
Dopo poco, ognuno con una scusa diversa, ci alziamo e ci chiudiamo nelle nostre stanze. I miei dormono in camere separate da che ne ho memoria. Non mi sono mai soffermato a pensarci, ma oggi mi dà fastidio tutto, in primis questa recita continua che non mi spiego perché si ostinino a tenere in piedi.

***

La cena è noiosa da morire. L'unica nota positiva è la figlia del dottor Velmet che continua a lanciarmi occhiate languide e a passarsi la lingua sulle labbra ogni volta che incrocio il suo sguardo.

Non è proprio il mio tipo, ma è comunque carina e una piacevole distrazione dai loro discorsi impegnativi su non so quale clinica privata che fa non so cosa.

Guardo distrattamente il cellulare e mi rincuora il fatto che fra mezz'ora potrò andarmene da qui e togliermi questo cazzo di sorriso di circostanza dalla faccia.

«Theo, hai programmi per questa sera?», mi domanda mio padre da un capo all'altro del tavolo. Ora mi legge anche nel pensiero? O è il suo modo educato per dirmi di levare il mio fottuto cellulare da tavola?

«Sì. Una festa».

«Anch'io ho una festa. Mi daresti un passaggio?», mi domanda Gracy.

«Certo, nessun problema».

«Potete prendere la mia macchina». Mio padre mi fa l'occhiolino e io trattengo una smorfia seccata.

«Grazie», replico educato.

Gracy mi rivolge l'ennesimo sguardo malizioso e io corrugo le sopracciglia. Che diavolo si è messa in testa questa ragazzina? Non me la porterò dietro. Ho bisogno di una serata a base di alcol e musica, e lei non è contemplata nei miei programmi.

Ci alziamo da tavola dopo un po' e le faccio cenno di prepararsi. La rossa tinta si alza di scatto dalla sedia e si affretta a recuperare le sue cose.

«Come tornerai a casa, Gracy?», le domanda il suo austero padre.

«Mi farò riaccompagnare da un'amica».

«Non fare tardi».

«Certo, papà».

Salutiamo tutti e aspettiamo che arrivi l'ascensore.

«Allora, dove si va?», mi domanda la bambolina rossa accanto a me.

«Scusa? Io vado a una festa, tu non lo so».

«Oh, io vengo con te...».

Non credo proprio! Entriamo in ascensore e la vedo sfilarsi il cappotto, me lo passa per poi slacciarsi la camicetta e rivelare un top striminzito tempestato di strass, sotto.

Sgrano gli occhi e mi guardo intorno, come se ci potesse vedere qualcuno. «Cosa cazzo fai?».

«Non posso mica presentarmi a una festa conciata così!». Infila la sua camicia da educanda nella borsa e si passa uno strato deciso di rossetto cremisi sulle labbra.

«Ma quale festa? Non ci pensare neanche».

«*Eddaiii*!», mi supplica lei. «Non mi fanno mai uscire, sono peggio di una suora di clausura. Prometto che non darò fastidio».

«Quanti anni hai?», domando sospettoso.

«Diciannove».

Come lei...

«Senti, tuo padre e mio padre stanno concludendo un affare importante. L'ultima cosa che mi serve è portarti a una festa conciata così e farmi scuoiare vivo da lui. Quindi la risposta è NO!».

«Ti *pregooo*!». Si porta le mani giunte al viso e mi implora sbattendo gli occhi più e più volte.

Sbuffo rumorosamente. «A che ora devi essere a casa?».

Lei saltella dall'emozione e poi solleva l'indice e il medio per mimare il numero due.

«Va bene, ma se fai qualche cazzata...».

«Farò la brava», dice, ma non mantiene la sua promessa.

Balla tutta la sera sul cubo, si struscia contro un paio di ragazzi più grandi di me e quando la trascino per un braccio fuori dal locale e dentro la Porsche di mio padre mi si butta addosso.

È sobria ma comunque fuori controllo.

«Che cavolo fai?», le domando quando le sue labbra si incollano al mio collo.

«Secondo te? Ti ringrazio per la bella serata».

«Non è... ohhh». La sua mano fa scendere la zip dei miei pantaloni eleganti e inizia a massaggiarmi l'uccello. «Ferma, ferma. Non è necessario».

Mi rivolge un'occhiata che la dice lunga. Questa ragazzina è rimasta seduta composta a tavola per tre ore, comportandosi come una monaca, per poi scatenarsi in un locale dove non conosceva nessuno, e ora mi sta stimolando un'erezione.

«Oh, sì che lo è». Mi slaccia i pantaloni, mi abbassa i boxer quanto basta e me lo prende in bocca.

Provo a protestare, ma mi arrendo subito: la piccola Gracy sa esattamente quello che sta facendo, è piuttosto esperta.

Non la stai mica tradendo, mi informa una voce convinta nella mia testa. *Primo, ha insistito lei; secondo, sei in Canada e lei negli Stati Uniti. Davvero, non hai motivo di sentirti in colpa.*

Quello che la vocina non specifica, però, è a chi si stia riferendo. *Chi* non sto tradendo? Perché solo un viso continua a invadere tutti i miei pensieri e non è mai quello giusto.

CAPITOLO 16

Eva

«Papà mi ha scritto che non verrà lui a prenderci all'aeroporto. Tu ci credi?». Rido e mostro lo schermo del cellulare a Logan.

«In verità mi ha appena mandato un messaggio Josh. Dice che ci sta aspettando nel parcheggio sul lato destro».

«Impossibile!», protesto. Digito frenetica un messaggio a mio padre.

EVA: Davvero non sei in aeroporto?

BEN: Tesoro, ho dovuto risolvere una questione urgente al lavoro. Ci vediamo a casa fra un po'.

EVA: Sei serio? Ma è il giorno del Ringraziamento e non ci vediamo da TRE MESI!

BEN: Lo so, Vipera, ma sono a Cape Canaveral.

EVA: Ma io sono LA TUA UNICA FIGLIA!

BEN: Sei sicura? Pensa che ridere quando aprirete il mio testamento e scoprirete che ho una famiglia segreta in Texas.

EVA: Lo dico alla mamma!

BEN: No, per carità! Mi ucciderebbe solo per essere sicura che sto scherzando. Tesoro, arrivo il prima possibile, promesso.

EVA: Ma nemmeno mamma è in aeroporto?

«Evaaa! Ti dai una mossa? Voglio andare a casa», mi urla dietro Logan che è già arrivato alle porte scorrevoli.

BEN: No.

EVA: Siete due genitori pessimi.

BEN: Ciao, Eva.

«Incredibile!», sbraito io quando raggiungo mio cugino. Le vetrate si spalancano e il familiare sapore di casa mi investe in pieno. Nessun posto al mondo ha il profumo del sole della Florida. Un cartello recita *"Welcome to Orlando"* e io sospiro di sollievo. È bello essere a casa, un po' meno constatare che i miei genitori mi ignorano.

Mi butto in braccio a Josh che mi afferra al volo e mi fa piroettare un paio di volte. «Ciao Mister Quarterback dei Miami Dolphins».

«Mister *Terzo* Quarterback – quando si ricordano che esisto – dei Miami Dolphins, semmai». Josh mi mette giù e mi tira la coda di cavallo. «Sei cresciuta, nanerottola».

«Macché! Sono sempre alta uguale».

«Sei pallida. Bene, vuol dire che stai studiando un sacco e non perdi tempo dietro ai ragazzi del college».

«Ah!», mi sfotte Logan infilando il mio trolley e il suo borsone nel portabagagli del SUV di suo fratello maggiore. «Non toccare quel tasto dolente, per favore, altrimenti ricomincerà a piangere come una femminuccia».

«Io non piango!». Metto il broncio e mi lascio coccolare ancora un po' da Josh.

«Nooo! Non piangi, tu? Ma se ieri hai allagato la stanza!».

Gli lancio un'occhiataccia, ma lui se ne frega.

«Chi è che ti ha fatto piangere?», domanda Josh, non sta più ridendo.

«Un mezzo canadese», replica Logan accomodandosi al posto del passeggero.

«Un canadese? Eva, ti prego! Tutto ma non un canadese».

«Possiamo cambiare discorso, per favore?».

«Allora, com'è andata a New York? Vi siete presi per i capelli tutto il giorno e poi avete fatto pace e vi siete messi lo smalto sulle unghie dei piedi a vicenda?».

Logan inizia a raccontare della giornata di ieri, di quando siamo andati a pattinare a Central Park, del giro turistico a Times Square e poi al *9-11 Memorial*. Il tutto dura sì e no tre minuti, dopodiché mi estromettono del tutto dalla conversazione e iniziano a parlare dell'argomento più noioso del mondo: il football.

Il viaggio verso casa è piacevole, *New Americana* di Halsey risuona in sottofondo alla radio. Tengo il naso incollato al finestrino per tutto il tragitto e mi godo il panorama che mi era mancato da morire: le palme, il verde, il traffico quasi inesistente. E poi lo vedo: l'oceano! Il sole splende alto e la temperatura è perfetta. Abbasso il finestrino ignorando le proteste dei miei cugini e mi sporgo fuori con la testa, poi poggio il mento sulla cornice dello sportello. L'aria è pulita e profuma di spiaggia e di crema solare. Chiudo gli occhi e lascio che il sole mi scaldi il viso.

Quando li riapro stiamo svoltando nel viale di casa. La prima villa che individuo è quella di J.J. Un grosso pick-up nero è parcheggiato nel vialetto che conduce al suo garage, ma non vedo nessuno nei paraggi. E poi, eccola lì, la mia bellissima casa, con il portico che abbraccia l'intera facciata frontale, il prato curato e la cassetta della posta verde acqua. Un tuffo al cuore mi fa appannare gli occhi dall'emozione.

I miei cugini abitano nella villetta accanto alla mia. Non appena parcheggiamo, la porta di ingresso si spalanca e la prima a venirci incontro è zia Jess, ma la ignoro perché i miei occhi si posano su mia madre, che avanza a passo lento, scalza, verso di me. Le corro incontro e l'abbraccio fortissimo, aggrappandomi a lei con tutte le mie forze.

«Ciao, amore», sussurra in italiano fra i miei capelli.

«Ciao, mamma». Non trattengo le lacrime. Quando sono diventata così emotiva?

Rimaniamo abbracciate anche quando sento le labbra di zia Jess posarsi sulla mia testa per regalarmi un bacio affettuoso.

«Rientriamo?», mi domanda mamma e io annuisco. Non mollo la presa su di lei nemmeno per un secondo.

«Lo sapevi che papà ha una famiglia segreta nel Texas?», domando con tono ironico, che lei – evidentemente – non coglie.

«Cosa?», salta su mia madre, spingendomi di lato per guardarmi in faccia.

«Già. Tre figli e una moglie argentina», invento, solo per il gusto di vedere la sua espressione a metà fra l'infuriato e il tormentato.

Due secondi dopo ha il cellulare in mano e digita come una furia i tasti sul display.

Dio, quanto mi sono mancati!

***

Ho poche certezze nella vita, una di queste è il *Thanksgiving* a casa Carter. Finito di strafogarci con il tacchino più grande del mondo e con i mille contorni che i miei cugini divorano come se fossero digiuni da anni, nonna Jackie obbliga mio padre a suonare il pianoforte mentre il resto della ciurma sparecchia la tavola e sistema la cucina. Sembriamo dei piccoli soldatini ben addestrati: ognuno ha il suo compito e ripuliamo tutto alla velocità della luce, come se qualcuno ci stesse prendendo i tempi. In mezz'ora la casa diventa immacolata come uno specchio e papà smette di esibirsi. Lo vedo con la coda dell'occhio avvicinarsi a mia madre e farle delle moine sdolcinate, ma lei gli tiene ancora il muso da stamattina per la storia della moglie argentina. Devo uscire di corsa dalla sala da pranzo per non scoppiare a ridere.

Altra tradizione di casa Carter – una delle mille che abbiamo – è la partita di football dopo pranzo nel giardino di casa mia. Quando ero piccola era divertente vedere i miei cugini giocare contro i Matching Scars, il vecchio gruppo in cui suonava mio padre quando era giovane, ma adesso un po' meno. Zio Mark è sempre in forma smagliante, però gli altri tre sono da buttare via. Mio padre senza occhiali non vede a più di un metro di distanza, zio Kris ha messo su una pancia enorme e dopo tre passi ha il fiatone; i capelli di zio Ryan – che si rifiuta di legare in una coda – sono così lunghi che continua a mancare la palla anche quando gli sbatte addosso. E poi è magrissimo. Non so come faccia a tenersi in piedi.

Nell'altra squadra giocano il quarterback dei Miami Dolphins – okay, *terzo quarterback*! –, la punta di diamante dei Boston Terriers, Ethan, e il futuro capitano sempre dei BT, Logan. Non c'è storia!

Mio cugino Charlie, di un anno più piccolo di me, si tiene alla larga da quell'ammasso di corpi, che continuano a urtarsi ad ogni giocata, e se ne sta sul prato, seduto accanto a me, con la sua chitarra in mano, come se fosse l'estensione naturale del suo braccio sinistro. I gemelli sono spariti... per fortuna!

Anche tre contro quattro, questo match è uno scempio bello e buono.

«Spero che Josh dia una bella gomitata sulle costole a tuo padre. Se lo può scordare che gli spalmerò la crema, stasera, quando verrà a letto tutto accartocciato e dolorante».

Scoppio a ridere. «E dai, mamma, stavo scherzando! Non ha davvero una moglie argentina in Texas...», ma non riesco a finire la frase perché sto ridendo troppo. Con gli anni è diventata ancora più permalosa e drammatica.

«Lo scopriremo presto, tesoro. Lo scopriremo molto presto!», mi risponde in italiano e io scuoto la testa, senza riuscire a smettere di sbellicarmi.

Ethan atterra su zio Ryan e il tonfo è tanto assordante che tratteniamo tutti il fiato. Stavolta l'ha ucciso!

«Time *ooout*», grida lo zio, che si contorce dal dolore in maniera esagerata. Si alzano tutti per andare a vedere se sta ancora respirando. Tutti tranne me, – che sto sorseggiando un Mojito davvero spettacolare, preparato da Ethan di nascosto da mio padre – e Charlie, che non ha nessuna intenzione di mettere giù la chitarra nel bel mezzo di *The Wind Blows* degli All-American Rejects.

«Sarà morto?».

«Nah, quello ha sette vite come i gatti», mi risponde distratto Charlie.

«Stasera suoni con il tuo gruppo da Frankie's?».

«Sì, ci sarà il delirio. Tu verrai?», mi domanda.

«Sì, certo. Vengono a prendermi Dennis e Amber fra un paio d'ore». Sospiro e poso il bicchiere sull'erba.

«Perché quella faccia?».

«Ci sarà J.J. Con la sua nuova ragazza». Mi sono imposta di non pensare a loro per tutto il giorno, ma il tempo stringe e il patibolo si avvicina inesorabilmente.

«*Outch*! Sei nervosa?».

«Abbastanza».

Zio Ryan continua a lamentarsi e alziamo entrambi lo sguardo. Sta sventolando la mano in aria e piagnucola senza ritegno.

«Mi sa che stavolta Ethan gli ha fatto male sul serio».

«Zio Ryan pesa dieci chili in tutto – capelli compresi – e non ha mai fatto un giorno di sport in vita sua! È un incosciente. Guarda me, Eva, ti sembro il tipo che potrebbe buttarsi in quella mischia?».

Scuoto la testa.

«Appunto! L'unico muscolo sviluppato che ho è il bicipite sinistro, che mi serve per tenere la chitarra senza farla cadere».

«Esagerato! Non sei messo così male, hai un bel fisico».

«Non per mia volontà! Campo di rendita grazie ai geni dei miei genitori. Prendiamo te: se non avessi il fisico di tuo padre, saresti rovinata».

«Prima di tutto, io nuoto quattro volte a settimana, non "campo di rendita". Secondo, mia madre, nonostante l'età, si tiene in ottima forma».

«Sì… ma non mangia un carboidrato complesso dal giorno della tua Prima Comunione».

Ridacchio e nascondo la bocca dietro la mano. Non ha tutti i torti.

Mio cugino Ethan, che sta massaggiando il piede di zio Ryan, è il più grosso di tutti e sei i miei cugini: è spaventoso. È anche il più buono, ma comunque terrificante. Accanto a zio Mark la somiglianza è imbarazzante, come se fosse il suo clone ma di vent'anni più giovane. Hanno anche lo stesso carattere dolce e altruista.

Mamma, zia Jess e zia Abby – la moglie di zio Kris – tornano a sedersi e io le guardo aspettando il bollettino medico.

«Non si è fatto niente», mi rassicura zia Jessica. Fra gli ex componenti della Matching Scars Band, Zio Ryan è l'unico che non si è mai sposato. Lui e zio Kris non sono degli "zii" nel vero senso della parola, ma mio padre li conosce da tutta la vita e si vogliono bene come se fossero fratelli.

«Pensavo che J.J. non fosse più un problema, non ti sei innamorata di un canadese?», mi domanda Charlie quando la partita riprende e tutti tornano a farsi gli affari propri.

«E tu che cavolo ne sai?».

«Figurati, quella pettegola di Logan non vedeva l'ora di spifferare i fatti tuoi a tutti».

«Prima di tutto, è canadese solo per metà: sua madre è americana. Secondo... quello stronzo me la paga! Cosa vi ha raccontato?».

«Che è uno sbruffone, che sono quasi arrivati alle mani, che fa il dj e organizza tornei di poker illegali nei dormitori del campus, che è più grande di te...».

«E tu non potevi zittirlo?», lo rimprovero io.

«Ma l'hai visto quanto è grosso mio fratello? No, grazie, non ci penso proprio a discutere con lui». Alza le braccia al cielo e io sbuffo.

«Benissimo!».

«Mica tanto... adesso lo sa anche papà».

«Merda! Ecco perché zio Mark, a tavola, continuava a guardarmi di traverso».

«Logan ha anche spifferato che ti ha fatto piangere a singhiozzi. Auguri, cuginetta. Papà lo dirà di sicuro a zio Ben».

«Oh, che palle! Adesso lui e la mamma mi faranno il terzo grado».

«Mettici anche che li hai fatti litigare per la storia della moglie argentina... Questa la sconti tutta». Charlie ridacchia e io lo imito.

«Questa breve vacanza si sta trasformando velocemente in un incubo. E io che volevo solo godermi un po' di sole».

Charlie alza le spalle e riprende a pizzicare le corde della sua chitarra acustica. Guardo la mia famiglia, così unita e così complice, e cerco di immaginarmi Theo in mezzo a loro. Non che Theo abbia alcuna intenzione di trovarcisi, qui in mezzo. Chiudo gli occhi e l'unica visione che si materializza nella mia testa è quella dell'uomo di cui sono innamorata legato come un capretto a un albero, con mio padre che gli punta il fucile all'altezza del cuore e il resto del clan Carter che gli balla intorno con delle fiaccole accese.

***

Sorseggio la mia acqua ghiacciata e rimango con la testa incollata al cellulare mentre faccio scorrere le foto dei miei amici su Instagram. Dennis e Amber sono in ritardo, come al solito, e io ne approfitto per tenermi aggiornata sugli ultimi pettegolezzi.

Sbircio anche il profilo di Theo; non lo seguo ufficialmente, ma ha la bacheca aperta, così posso dare un'occhiata senza che lui lo sappia. Non ha postato foto di recente, l'ultima risale a due settimane fa. Stava suonando in un locale piuttosto affollato di Manhattan, le cuffie sulla testa e le dita impegnate a schiacciare i tasti della consolle, davanti a lui una folla di gente che si scatena sulla pista. C'è anche un breve video di una decina di secondi di lui che suona e fa divertire le persone sotto di sé. È ipnotico. Anche se è di schiena, è bellissimo, con le sue spalle larghe e muscolose e il suo sedere perfetto.

LOGAN: *Vieni con me o aspetti i tuoi amici?*

EVA: *Aspetto loro.*

LOGAN: *Ci vediamo da F'S.*

EVA: *O-K.*

LOGAN: *Vado a prendere Khirstein.*

Faccio finta di infilarmi un dito in gola e simulo un rigurgito. Mio Dio, ancora frequenta quell'oca giuliva? Khirstein Crownword è la classica arpia con il viso d'angelo. La *Queen Bee* per eccellenza. La reginetta del ballo. Il capitano delle cheerleader. La stronza colossale capace di rendere la vita impossibile a povere ragazze emarginate. E lui ci esce ancora! Che cosa patetica...

Mi scolo l'acqua in un paio di sorsi, tanto che mi viene il mal di testa per quanto è ghiacciata. La casa è silenziosa, i miei sono usciti mezz'ora fa e io mi sto annoiando a morte. Odio aspettare. Ho lasciato i capelli sciolti e mi sono truccata gli occhi. Se J.J. si presenterà con la sua nuova ragazza, il minimo che possa fare è rendermi quantomeno presentabile. Ho anche messo una delle magliette più vistose che mi ha regalato mia madre. E il *gloss* sulle labbra.

Sento il rumore di un clacson fuori dalla porta e mi alzo dalla sedia portandomi dietro il cellulare e un cardigan, nel caso in cui dovesse rinfrescare.

Mi ricordo di azionare l'allarme prima di chiudermi il portone d'ingresso alle spalle e corro verso i miei amici. Scendono entrambi dall'auto e ci abbracciamo forte.

«Da dove cavolo li hai tirati fuori tutti quei muscoli?», domando a Dennis accomodandomi sul sedile posteriore e pizzicandogli il bicipite.

«Lasciamo stare, mi stanno uccidendo con gli allenamenti».

Amber si volta a guardarmi. «E tu? Dove te ne vai così figa?».

Mi sposto una ciocca di capelli e la lascio ricadere dietro le spalle con un gesto teatrale. «Sai com'è, J.J. si presenterà con il nemico. Dovevo tirarmi a lucido».

Ridacchiano entrambi, poi Dennis fa partire *I Hope You're Happy* dei Blue October e sfreccia fuori dal vialetto. Passiamo davanti alla casa del mio ex, il pick-up è ancora parcheggiato nello stesso posto.

«Com'è andato il Ringraziamento?», domando sedendomi sul bordo del sedile e sporgendo la testa in mezzo a loro due.

«Una noia mortale».

«Il solito». Amber sbuffa. «Il tuo?».

«Ethan ha colpito e affondato zio Ryan. L'abbiamo quasi perso».

La risata di Dennis sovrasta la musica. Tutti conoscono Mister Ryan Person, perché tutti a Daytona Beach conoscono i Matching Scars, orgoglio cittadino indiscusso.

Parcheggiamo dietro Franky's e, sottobraccio ai miei due migliori amici, entro nel nostro locale preferito. La musica è, come sempre, a tutto volume e i tavoli tutti occupati. Un gruppo di studenti che frequentano ancora il liceo sta giocando a biliardo, mio cugino Charlie sta allestendo il piccolo palco insieme al suo gruppo. Mio padre dice sempre che questo locale è rimasto identico negli anni e che rimarrà così finché George, il proprietario, non deciderà di andare in pensione. È il ritrovo preferito dei ragazzi della *Mainland High School* e dei collegiali che tornano a casa per le festività. È la prima volta che entro qui dentro da "grande" e mi fa uno strano effetto.

Saluto alcuni ex compagni di classe, mi perdo in chiacchiere inutili sulla Columbia e su New York, e finalmente riesco a raggiungere i miei amici. Logan è seduto con Khirstein già appollaiata sulle sue gambe. Mi rivolge un sorriso così ampio che rischia la paresi facciale, io ricambio con lo stesso finto entusiasmo.

Loro ordinano birra e *shot* di tequila, io devo accontentarmi di una *Dr. Pepper* dietetica e di una manciata di arachidi. Anche Ethan si unisce a noi e si siede accanto a me. Indossa una camicia di jeans sportiva slacciata per metà che lascia intravedere una t-shirt bianca dei Guns N' Roses. Fra i miei cugini è quello che attira più sguardi di tutti, anche più di Logan. Lui entra in una stanza e il silenzio regna sovrano, le ragazze smettono di respirare, i ragazzi non possono fare a meno di scrutarlo con invidia. Non è solo un ragazzo bellissimo, è anche spiritoso, alla mano ed estremamente galante.

«Ciao, nanerottola!». Ethan mi cattura il collo con il suo braccio possente e mi scocca un bacio rumoroso sulla guancia. «Sei pronta?».

«Per cosa?».

«Non sta arrivando J.J.?», chiede come se la risposta fosse scontata.

«E tu che ne sai?». Ethan alza entrambe le sopracciglia e io scuoto la testa. «Logan!».

«Sempre lui».

«Che volete da me?», domanda il pettegolo più pettegolo che conosco.

«Niente, niente», sminuisco io e lui torna a farsi i fatti suoi. L'ultima cosa che voglio è riprendere il discorso.

«Sto bene! Ci siamo lasciati da tempo, ha tutto il diritto di rifarsi una vita con chi vuole», minimizzo ignorando la soda che mi balla nello stomaco.

Ethan annuisce, anche se sa che sto fingendo, mi conosce troppo bene. Ma cosa dovrei dirgli? Che mi sudano le mani al pensiero di vedere il ragazzo di cui sono stata innamorata per tutta la vita con un'altra persona? Confessare che il fatto che l'abbia portata a casa sua a conoscere sua madre per la festa del Ringraziamento mi sta facendo tremare le ginocchia? Lei non sa niente di lui, di quello che ha passato, delle ferite profonde che si porta nel cuore. Delle ore trascorse in una stanza silenziosa con una psicologa che per mesi e mesi lo ha costretto a rivivere il suo dramma nei minimi dettagli. Non sa quanto sia dolce e premuroso, fedele e altruista. Non sa quanto è stata speciale la nostra prima volta, e poi la seconda, e poi le mille che sono seguite.

O forse lo sa, e questo pensiero fa ancora più male.

Riprendo in mano il mio bicchiere e gioco con la cannuccia, fissando i cubetti di ghiaccio che galleggiano nel liquido scuro.

«Lo spero. Perché è qua», sussurra Ethan vicino al mio orecchio e il sangue smette di scorrere tutto d'un colpo nel mio corpo, semplicemente si congela.

Non ho il coraggio di alzare lo sguardo, avverto solo la mano di Dennis, seduto alla mia destra, stritolarmi la coscia e il suo corpo avvicinarsi a me fino a toccare la mia spalla con la sua.

Ce la posso fare. Posso guardarlo.

Sollevo la testa di pochi centimetri e me ne pento subito. Il cuore mi schizza in gola e poi prende a battere così forte che ho paura riescano a sentirlo tutti nel locale. Mi concentro di nuovo sul mio bicchiere, ma è impossibile ignorare i suoi occhi addosso, come ogni volta che ci troviamo nella stessa stanza.

Alcuni ragazzi al tavolo si alzano e lo salutano. Lo ascolto mentre presenta la tipa che è con lui – e che non ho ancora guardato in faccia – finché non ha finito il giro e manco solo io.

Mi appiccico un sorriso gentile sulla faccia e ricaccio giù a forza tutta la tristezza che ero convinta di poter gestire.

Non è così. Il mio cuore si ribella alla scena assurda che mi si presenta davanti agli occhi: J.J., che porta ancora i capelli lunghi fin sotto le orecchie, avvolge la vita stretta di una ragazza bruna. Lei ride, ha due occhi azzurri così chiari da sembrare ghiaccio ed è fastidiosamente bella.

«Ciao, Eva». Il suo tono è gentile e rilassato. Io per fortuna non riesco a muovermi perché, se fossi in grado di sbloccarmi da questa postura innaturale, sono certa che scapperei urlando dalla stanza.

Rivederlo è un colpo al cuore, un pugno nello stomaco, un macigno pesante sulla testa.

«Ciao», replico. Mi lecco le labbra secche e le mordo senza riuscire a fermarmi.

«Lei è Rory. Rory, ti presento Eva».

La brunetta allunga la mano e, contemporaneamente, Ethan e Dennis mi colpiscono con un calcetto sotto il tavolo per farmi reagire. Mi riscuoto e ricambio la stretta. L'imbarazzo scende sul tavolo e sento gli occhi di tutti i miei amici puntati in faccia come fari accecanti.

Lei mi sorride. J.J. sorride. Io faccio del mio meglio per imitarli.

«Rory, benvenuta a Daytona Beach». A parlare è Logan e trattengo il fiato. Lui odia il mio ex, non può uscire niente di buono dalla sua boccaccia. «È bello sapere che J.J. si è trovato un'altra ragazza. Per un attimo ho seriamente temuto che volesse sposare Eva. Sarebbe stato un incubo!».

«*Logan*!», urlo, mi volto come una furia verso di lui e allungo un braccio per colpirlo, ma mio cugino è troppo veloce e si scansa all'indietro evitando la sberla. Dennis mi trattiene per la vita e mi fa rimettere seduta.

«Vedo che l'università non ti ha cambiato molto. Idiota eri e idiota sei rimasto», sentenzia J.J., e noto con la coda dell'occhio che abbraccia Rory come se volesse rassicurarla dopo le parole meschine di Logan.

Cosa diavolo gli viene in mente di umiliarmi in quel modo davanti a tutti? Davanti a lui? Davanti a *lei*? Mi sento braccata. Se uscissi dalla stanza, farei la figura della ragazzina, ma se rimango dove sono, dovrò sostenere i loro sguardi.

«Ci sediamo?». Credo sia Rory a parlare, sono così in difficoltà che non ho il coraggio di guardarla di nuovo.

«Certo».

Si accomodano dall'altra parte del lungo tavolo e i miei occhi velenosi si inchiodano di nuovo a quelli di Logan. Scuoto la testa riprendendo fiato e cercando l'insulto perfetto, ma Ethan mi precede.

«Non ce la fai proprio a stare zitto, eh? Coglione». Sbuffa e gli occhi mi si riempiono di lacrime.

Amber si allunga sul tavolo e me la ritrovo davanti alla faccia. «Vuoi andare in bagno?».

Scuoto la testa. Non scapperò, non farò ancora di più la figura della perdente, non darò a nessuno di loro la soddisfazione di vedermi crollare.

Ho deciso io di mettere un punto alla storia con J.J., di andare avanti con la mia vita senza di lui. Vederlo mi fa tornare indietro di tre anni, a quando ci siamo messi insieme e tutto il mio universo ruotava intorno a lui. Ma non è più così, sono forte e indipendente. Quell'amore immenso è ancora sepolto in fondo al cuore, da qualche parte, ma ho intenzione di lasciarlo dov'è.

Incasso le spalle con il chiaro intento di diventare un tutt'uno con la spalliera della sedia, poi afferro il cellulare e il messaggio che visualizzo sul display mi fa fermare del tutto i battiti.

THEO: Com'è andato il giorno del Ringraziamento? Fa caldo in Florida? Qui a Toronto sei gradi e pioggia fitta.

Quelle poche righe hanno il potere di risollevarmi il morale prima di farmi sprofondare di nuovo nella paranoia.

EVA: Troppo cibo. Temperatura perfetta.

Schiaccio il tasto di invio e pochi secondi dopo lo vedo *online*. Prendo a battere i piedi sul pavimento, alternandoli l'uno con l'altro per scaricare la tensione.

THEO: Ti stai divertendo?

Non tanto in questo momento!, penso.

Rispondo con due foto. La prima è un selfie di me con un Mojito in mano, l'ho scattata nel pomeriggio. Nella seconda ci siamo io e Ethan al tavolo da pranzo. Lui tiene il tacchino da dodici chili dalle cosce mentre io lo infilzo con il forchettone del barbecue.

THEO: Chi è quello? Uno dei tuoi seicento cugini?

Decido di provocarlo un po'.

EVA: Forse…

THEO: Sei la solita canaglia.

Inserisce una faccina che ride, dopo di che mi arriva una foto. È lui seduto su quello che deduco sia il divano pretenzioso di casa sua. Dietro di lui, due persone di spalle, immagino siano i suoi genitori. L'uomo tiene in mano una specie di seghetto elettrico.

EVA: Ma è tuo padre, quello?

THEO: Esatto.

EVA: E cos'ha addosso?

THEO: La sua vestaglia di seta grigia. Non dire niente… ti prego, non infierire.

Scoppio a ridere, è davvero inguardabile.

EVA: Ma cosa stava facendo a quel povero tacchino? Voleva segarlo a metà?

THEO: È esattamente quello che ha fatto. Ha comprato una specie di bisturi elettrico che serve per affettare la carne.

EVA: Interessante. Dovrei regalarne uno anche a mio padre.

THEO: *Quando torni al campus?*

EVA: *Domenica pomeriggio. Tu?*

THEO: *Domenica mattina.*

Sospiro rumorosamente e fisso lo schermo senza battere ciglio, senza sapere cos'altro scrivere. Come dovrei comportarmi? Far finta che il suo rifiuto categorico di ieri mattina non mi abbia devastata? Calarmi nella parte dell'amica leale e ignorare i miei sentimenti?
Ho la testa che mi esplode.

THEO: *Ti va di cenare insieme domenica sera?*

Il mio cervello fatica a comprendere le sue parole. Mi sta invitando a cena fuori? È un appuntamento? Deglutisco a fatica. Scrivo e cancello trenta volte.

THEO: *Niente di impegnativo. Devo rimanere in radio fino a tardi. Pensavo a un paio di birre e cinese d'asporto, così mi racconti cos'hai combinato in questi giorni a casa.*

EVA: *Okay.*

Mi sventolo la mano davanti al viso e soffio l'aria fuori dai polmoni a fatica. Questo incontro non significa niente, lo so bene. *My Mistake* di Gabrielle Aplin risuona dal juke-box moderno accanto al bancone del bar mentre mi alzo per andare in bagno.

Continuo a rileggere i messaggi di Theo e a fantasticare sulla nostra cena di domenica sera quando la porta della toilette degli uomini si apre e il mio ex mi blocca il passaggio.

«Ciao», dico sorpresa. Non era seduto accanto alla sua ragazza? Volto la testa verso il nostro tavolo, ma non riesco a vederlo da qui.

Bene, ora penserà che l'abbia seguito in bagno per stare da sola con lui.

«Ehi». La sua voce è calda e sensuale. Ci sorridiamo con imbarazzo, lui si morde le labbra, io gioco con il mio orecchino pendente. «Come stai?».

«Bene», rispondo allegra. «Tu?».

«Bene».

Mi guardo intorno e lui ridacchia.

«Non ti stavo seguendo», mi giustifico, ma il mio tono mi fa sembrare ancora più colpevole.

«Non l'ho pensato». Guarda il cielo e riempie il corridoio con la sua risata limpida. «Da quando in qua siamo così imbarazzati l'uno con l'altra?».

«Non lo so. È... *strano*».

«Sì, un po' lo è». J.J. poggia una spalla contro il muro e incrocia le braccia sul petto. «Porti ancora l'orecchino». La sua voce è tranquilla e riesce ad acquietare il mio cuore.

«E tu il bracciale», dico indicando il sottile laccio di cuoio intorno al suo polso.

«Sempre».

Ci fissiamo negli occhi e istintivamente afferro il mio elastico dal polso e mi lego i capelli in una cipolla disordinata sopra la testa.

«Rory sembra una ragazza davvero in gamba». Se speravo di smorzare l'imbarazzo, ho fallito miseramente.

J.J. corruga le sopracciglia e abbassa lo sguardo. «Lo è».

«Sei felice con lei?». *Sta' zitta, Eva, mio Dio! Smettila di fare domande del cazzo.*

J.J. annuisce, sospira e poi annuisce di nuovo. Un leggero moto di gelosia mi chiude lo stomaco e la gola per qualche breve attimo.

«Ti trovo in splendida forma. L'aria di New York ti fa bene». Riporta abilmente la conversazione su di me e io sbuffo.

«Dici? Io mi vedo così pallida e magra».

«Sei sempre bellissima». Quelle tre parole hanno il potere di schiacciarmi a terra e appannarmi gli occhi. J.J. si stacca dal muro e fa un passo verso di me.

Vorrei abbracciarlo forte e dirgli che mi è mancato tantissimo, che quello che avevamo non l'ho dimenticato. Ero disperata quando è partito per il college, ma non è stato nulla in confronto alla sensazione di smarrimento che ho provato quando ci siamo lasciati definitivamente all'inizio dell'estate.

Allunga una mano e sfiora l'orecchino che non tolgo mai, nemmeno per nuotare. Ci gioca per qualche secondo, se lo rigira fra le dita per poi toccarmi la guancia con i polpastrelli. Ha le labbra socchiuse e gli occhi fissi su quel gioiello che per me ha un valore inestimabile. Il suo sguardo è penetrante, come se stesse cercando di leggermi nel pensiero.

«Forse dovresti rientrare», sussurro quando il suo tocco si sposta sul mio mento. Me lo solleva appena e mi regala il sorriso più dolce del mondo.

«Sì, credo di sì». Le braccia gli ricadono lungo fianchi mentre io mi circondo le spalle con le mani, sentendomi improvvisamente sola. Mi sorpassa e io rimango ferma lì, a fissare il corridoio vuoto davanti a me, cercando di mettere ordine nei miei sentimenti.

Fa due passi poi lo sento fermarsi e tornare indietro. Mi abbraccia da dietro, avvolgendomi con le sue braccia muscolose. Chiudo gli occhi non appena poggia il mento sulla mia spalla e il suo torace si incolla alla mia schiena.

«Rivederti è sempre un colpo al cuore, Cenerentola», bisbiglia e sento una lacrima formarsi e poi incastrarsi nell'angolo interno dell'occhio destro. Posa le labbra nell'incavo del mio collo e rimangono lì per qualche secondo. Non c'è malizia nel suo gesto, solo affetto. Solo il ricordo di un amore infinito, puro e che non c'è più.

Forse se avessimo lottato di più, se avessimo creduto fino in fondo alla nostra relazione, ce l'avremmo fatta nonostante la distanza.

Si stacca dopo qualche altro secondo e i suoi passi mi rimbombano nella testa, nel petto, nello stomaco.

Da sola, con le braccia ancora strette intorno al corpo e il respiro grosso, mi rendo conto di trovarmi sempre al punto di partenza: innamorata del ragazzo giusto al momento sbagliato.

CAPITOLO 17

Theo

Non appena metto piede nel dormitorio mi sento a casa. Sospiro e lascio cadere il borsone accanto all'armadio, poi mi sfilo le scarpe e mi libero dei jeans e del maglioncino da "bravo ragazzo". Qui dentro fa sempre troppo caldo.

Giro per la stanza scalzo e con solo i boxer addosso, sistemo i miei vestiti per poi lanciarmi sul letto. Ho ancora un'ora di tempo prima di presentarmi in radio, dove dovrò rimanere fino a sera tardi.

THEO: *A che ora torni?*

KIAN: *Atterro alle undici e trenta di stasera.*

THEO: *OK. Domani mattina corsa al parco?*

KIAN: *Sette e trenta.*

Faccio partire l'app dell'università. *Long Day* dei Matchbox Twenty risuona dalle casse *bluetooth,* alle quali ho collegato il cellulare, e mi godo la musica e la tranquillità. Marcus ha buon gusto e lavora sodo. Ha seguito tutte le fasce orarie in radio in questi giorni e si è guadagnato il mio rispetto. Non potrei trovare sostituto migliore come direttore della WKCR per l'anno prossimo, quando lascerò la Columbia.

Continuo a sbadigliare ma mi sforzo di non addormentarmi, devo dare il cambio a quel ragazzo, anche se non ne ho per niente voglia. I quattro giorni con i miei genitori sono stati infiniti. È passato troppo tempo dall'ultima volta che abbiamo convissuto tutti sotto lo stesso tetto, è stato strano. Afferro il libro di testo di diritto costituzionale dal comodino e sfoglio le pagine distrattamente. Sono indietro con il programma, devo rimettermi sotto il prima possibile. A partire da domani…

Dopo un po' mi alzo controvoglia dal letto e mi rivesto alla svelta. Mi infilo un piumino e il mio cappello di lana preferito ed esco dal dormitorio.

Marcus è seduto sulla sedia girevole e sta digitando alcuni tasti sul computer.

«Ciao, boss», mi saluta senza guardarmi.

Alzo gli occhi al cielo. «Com'è andata in questi giorni?».

«Bene. Dalle statistiche risulta che c'è stato un aumento di studenti collegati, dalla costa est alla ovest».

«Vuoi dirmi che gli studenti della Columbia sono stati sintonizzati sulla nostra radio piuttosto che godersi il ritorno a casa per le vacanze?».

«Così sembra».

«Vai, sparisci. Vatti a riposare, qui ci penso io. Domani mattina dovrebbe tornare tutto alla normalità. Hai sentito Scott?».

Marcus si stiracchia rumorosamente, fa scivolare la sedia girevole all'indietro e si alza. Prendo il suo posto e controllo i dati di cui stava parlando. Abbiamo avuto il venticinque per cento in più di ascolti rispetto alla settimana scorsa. Non male.

«Sì. È tornato. Vuoi che venga a darti il cambio per cena?», si offre.

Scuoto la testa e il pensiero va subito a Eva. «No, non ce n'è bisogno. Ci penso io qui».

Marcus mi porge la mano e ci salutiamo con una stretta decisa. «A domani, boss».

«Non chiamarmi *boss*», gli urlo dietro e lui mi fa "okay" con il pollice.

Passo le sei ore successive a mettere musica e a dare una scorsa al capitolo tredici del mio libro di testo, che mi sono portato dietro più per mettere a tacere la mia coscienza che altro.

EVA: Sono arrivata al dormitorio. A che ora ci vediamo?

Trattengo il fiato ed esito prima di rispondere. Il giorno del Ringraziamento mi era sembrata una buona idea invitarla qui per una cena amichevole. Ora non ne sono più così sicuro. L'intero edificio è deserto e l'idea di averla qui tutta per me, da soli, mi mette a disagio. Potrei disdire, potrei dirle che ci ho ripensato...

THEO: Sono in radio. Vieni quando vuoi. Sai dov'è lo studio?

EVA: No!

THEO: Earl Hall. Piano terra. Terza stanza a destra.

EVA: Arrivo.

Il cuore batte un pochino più forte e le mani sudano.

È solo un'amica che viene a farti compagnia, mi ripeto nella testa. *L'hai invitata perché vuoi sapere come sta e com'è andato il suo viaggio in Florida.*

Carico in scaletta altri tre brani pop e riprendo a leggere il paragrafo da dove l'ho interrotto. Mi distraggo ogni due righe per controllare l'ora sul cellulare. Sono già passati venti minuti. Quanto diavolo ci mette?

Mi scrocchio le dita della mano sinistra e tamburello la penna sul quaderno. Poi guardo di nuovo l'ora. Ventidue minuti.

Quando sento dei passi rimbombare del corridoio desolato mi irrigidisco. L'ultima volta che ci siamo visti me la sono caricata sulle ginocchia e le ho detto che fra noi non può esserci nulla.

E che ho un debole per lei.

Santo Dio, ho usato proprio quelle parole: ho un debole per te. Chi cazzo le dice certe frasi? Un idiota, ecco chi.

Eva bussa sul vetro e mi stordisce con un sorriso pulito. È bardata dalla testa ai piedi, le uniche cose che riesco a vedere sono la punta del suo naso, le sue labbra e la treccia che le spunta dal berretto. Gli occhi sono nascosti quasi del tutto dal cappello.

Le faccio cenno di entrare e mi alzo per aprirle la porta.

«Ciao!», mi saluta allegra, senza il minimo imbarazzo.

«Pensavo ti fossi persa».

«Ho incrociato Josephine nel corridoio, era appena arrivata». Si sfila il cappello e la sciarpa, poi posa il cappotto su un tavolino stracolmo di vecchi vinili. Indossa una felpa bianca con lo stemma della sua squadra di nuoto e un paio di leggings neri. Ha la pelle leggermente abbronzata ed è struccata, come sempre. «Allora, che si fa?».

Le fisso le labbra e reprimo il desiderio insensato di divorargliele.

«Ordiniamo la cena. Hai fame?». Mi avvicino a due sedie accatastate una sopra l'altra nell'angolo della saletta e ne prendo una, per poi sistemarla accanto alla mia.

«Moltissima».

Da sopra la mensola afferro un mazzetto di volantini per il cibo da asporto e ne seleziono tre. «Tieni». Le passo le locandine e faccio particolare attenzione a non sfiorarla nemmeno con la punta delle dita. «*Ollie's* è uno dei migliori in zona».

Eva si concentra sul menù. «Hai una penna e un foglio di carta?».

Le porgo quello che mi ha chiesto e riporto lo sguardo sullo schermo del PC, poi seleziono altri tre brani da mettere in coda e due pubblicità da inserire dopo la prima sequenza.

«Di cosa hai voglia?».

Blocco il commento sconveniente che mi balena in testa prima che possa formularsi del tutto nel mio cervello bacato.

«*Pan-Fried Noodles* con gamberi. *Singapore Mai Fun*. Poi vediamo un po'...». Mi sporgo in avanti per sbirciare il volantino e la sua treccia mi sfiora il braccio. «*Sichuan Kung Pao Chicken*, decisamente. Il resto sceglilo tu».

«Vuoi prendere altra roba oltre a questo?», mi domanda sorpresa.

«Le porzioni non sono molto grandi». *E sto morendo di fame!*

«Okay». Non sembra convinta. Scarabocchia sul foglio di carta un paio di piatti oltre a quelli che ho scelto io e spio la sua calligrafia ordinata. È rotonda e morbida. «Chiamo io?».

«Sì». Le passo il mio cellulare e si incanta a guardare la foto che ho impostato come salvaschermo: sono io che mi esibisco in un salto spericolato con lo snowboard a Brimacombe, una stazione sciistica a quarantacinque minuti da casa.

«Sei tu?», mi domanda con un sorriso da orecchio a orecchio.

«Già».

«Wow! Sei bravissimo».

Non proprio. Lo scatto è spettacolare, il tonfo che ho fatto atterrando male e rischiando di rompermi l'osso del collo un po' meno.

«Te l'hanno scattata in questi giorni?».

«No, è dello scorso inverno».

«Io non so sciare».

«Un giorno ti ci porto», dico senza pensare.

La porterò a sciare? Per quale motivo? A quale titolo?

«Okay», dice lei. «Codice?».

«Uno, due, tre, quattro», rispondo sovrappensiero.

«Davvero originale». Ridacchia e compone il numero per sbloccare la tastiera.

«Sì, beh, ho la memoria corta».

Eva parla al telefono e scandisce bene ogni piatto che ordina. «Venticinque minuti», bisbiglia coprendo il microfono con la mano. Le faccio cenno che va bene e mi impongo di respirare regolarmente.

Da quando ha messo piede in questa stanza e invaso l'aria col suo profumo dolce le mie terminazioni nervose stanno saltando a una a una. Mi ripassa il cellulare e avvicina la sedia alla mia.

«Spiegami come si fa».

«Sei di buon umore, vedo. È andato bene il ritorno a casa?».

«Lasciamo stare», sventola la sua manina davanti al mio viso e non stacca gli occhi dal Mac, mentre io non riesco a guardare altro che non sia lei.

«Cos'è successo?».

«Niente. È una storia lunga».

«Non vuoi parlarne?».

«Non è quello, è che... non lo so, è un po' strano». I suoi occhi immensi incrociano i miei e istintivamente sposto la testa indietro, come se mettere altri cinque centimetri di distanza fra noi bastasse per difendermi da lei.

«Parlare con me è strano?». Credo che mi abbia attaccato la sua bizzarra malattia: quella di fare domande a raffica.

«No, parlare con te va bene. È successa una cosa con il mio ex. Ma io e te non affrontiamo certi discorsi...». Afferra il filo sottile del suo orecchino e ci giocherella.

«Beh, iniziamo adesso. Siamo amici, giusto?». Perché sto insistendo? Non voglio sapere cos'è successo fra lei e il suo ex. Sono uscito fuori di senno per molto meno martedì scorso, forse addentrarci in questa questione non è una buona idea. Se dovesse dirmi di esserci stata a letto, potrei vomitare.

«Va bene. Hai ragione. Siamo amici...». Sospira e io incrocio le braccia sul petto. «Si è presentato nel locale che frequentiamo sempre con la sua nuova ragazza. È stato brutale. Poi ci siamo incrociati nel corridoio che porta ai bagni e abbiamo avuto un... *momento*». Lascia che la frase si perda nella piccola stanza.

«Un "momento"?».

«Sì... cioè, ci siamo abbracciati e mi ha detto delle cose...».

Serro forte la mandibola e sbuffo l'aria dal naso.

«Erano cose che non mi aspettavo. Cioè, lui è il ragazzo più dolce del mondo e non ci stava provando». Riprende a gesticolare energicamente, per poi sciogliersi in un sorriso. «Non lo so, mi ha fatto uno strano effetto. Quando ci siamo lasciati ero convinta della mia scelta, fino al midollo».

«E adesso no?», la interrompo io, nervoso.

«Sì. No. Cioè, forse. Se avessi fatto una stupidaggine?».

Aveva ragione lei: non dovremmo parlare di certe cose! La gelosia che provo mi ribolle nelle vene e so che non sono la persona giusta per darle un consiglio spassionato, visto che l'unica cosa che vorrei dirle è che ha fatto benissimo a lasciarlo. Che la cosa più sensata da fare sarebbe quella di rimanere single a vita. Di non baciare nessuno e – che Dio mi aiuti – non andare a letto con nessuno, almeno finché non avrò lasciato questa università, a giugno.

«Ti sto annoiando, vero?». Eva posa i palmi delle mani sulle guance arrossate dall'imbarazzo. «Parlo troppo! Non darmi retta, sono solo paranoie di una ragazzina scema».

«Non sei scema», mi affretto a replicare. «Ci sono persone che sono capaci di scombussolarci dalla testa ai piedi ogni volta che le incrociamo, anche se razionalmente sappiamo che non può funzionare. Te le ritrovi davanti e il cervello va in pappa, ogni singola volta e contro ogni buon senso».

Eva si rabbuia, non so se ha capito che mi sto riferendo a lei, all'effetto che mi fa quando siamo vicini.

«È capitato anche a te? Hai una ex per la quale, quando la rivedi, prende a palpitarti il cuore?».

Scuoto la testa. «No. Non ci sono ex che mi fanno quell'effetto. Se una storia è finita, è finita».

Eva annuisce, sporge le labbra all'infuori e si perde nei suoi pensieri.

«Ti vedo perplessa», osservo.

«Non ho molta esperienza in merito».

«Cosa vuoi dire?».

«Io… beh, io sono stata solo con J.J. In tutti i sensi. Lui è il mio primo amore».

«Non hai mai provato niente per nessun altro?», domando pentendomene subito. Ci stiamo inoltrando in discorsi pericolosi.

«Sì, l'ho fatto». Solleva la testa e mi perdo in tutto quel verde. Le sue guance assumono sfumature di rosa più intense e con i denti continua a mordicchiarsi le labbra. «Questa persona mi scombussolava dalla testa ai piedi, ogni singola volta. Mi prendeva una fitta proprio qui…». Posa una mano sul cuore, ma non accenna a liberarmi dal suo sguardo. «Cervello in pappa, come hai detto tu, salivazione azzerata, encefalogramma piatto».

«Stai parlando al passato», sussurro. Il respiro diventa pesante e non mi rendo conto del piede che tamburella ritmicamente sul pavimento finché non me lo fa notare lei posando la sua mano delicata sul mio ginocchio per farmi smettere.

«Già. Ma se non può funzionare, non può funzionare. Giusto?». Inclina la testa di lato e io mi ritrovo ad annuire lentamente. «Quindi ho voltato pagina».

«Esatto. Per questo non dovresti pensare più al tuo ex. Lui ha una ragazza, è andato avanti con la sua vita. Dovresti farlo anche tu». Lo so che non è la risposta che si aspetta, non è sicuramente quella sincera che vorrei darle. «Cosa vuoi ascoltare?», le domando.

«*Impossible*, James Arthur. Versione acustica».

Pertinente!

«Non mi hai più suggerito la canzone italiana per il mio corso con il Professor Tremonti».

«Non mi hai rivolto la parola per un mese», ribatte lei a tono.

Sbuffo una risatina. La sua lingua biforcuta mi fa impazzire.

«Ho chiesto a mia madre», riprende, «me ne ha suggerita una, ma non credo vada bene. Fammi dare un'occhiata qui». Si alza dalla sua sedia e si infila le mani nella tasca davanti della felpa.

Mi giro di centottanta gradi con la sedia e la osservo passare in rassegna tutti i CD sulla grossa parete.

«Non credo ci siano dischi in italiano», la informo.

«Voglio solo impicciarmi un po'», confessa. Volta la testa verso di me e mi manda K.O. con un sorriso così ampio da arrivarmi dritto nello stomaco.

È strano vederla qui dentro, dove non ho mai portato nessuna ragazza. Impregna l'aria con il suo profumo, con la sua risata, con il semplice fatto di starsene lì in piedi a leggere nomi di gruppi e titoli di vecchi album.

Allunga la mano verso la parete e con la punta delle dita estrae un CD. Sorride mentre osserva la cover, poi se lo rigira fra le mani e legge i titoli. Allungo il collo, ma non riconosco l'album.

Si gira con tutto il corpo verso di me e mi mostra il CD. «Questa è la band di mio padre. Ci suonava quando era all'università». Si porta la custodia al petto e cerca di mascherare il suo immenso orgoglio.

«Tuo padre suonava in una rock-band?».

«Sì. Questo è il loro primo disco».

«Fammi vedere». Allungo la mano e lei mi passa il rettangolo di plastica.

«"Matching Scars"», leggo ad alta voce. «Mettiamo una canzone, vediamo di che si tratta».

Eva scoppia a ridere. «No, non farlo. È imbarazzante».

«Figuriamoci». Riporto lo sguardo sul foglietto con il logo della band e la foto di quattro ragazzi. «È questo, tuo padre?». Indico quello al centro, che tiene in mano una chitarra elettrica.

«Si vede così tanto?».

«Avete gli stessi occhi. Stesso colore, stesso taglio. Tu sei più bella, però», dico con tono ironico ripassandole la custodia vuota e tenendomi il CD in mano, che poi inserisco nel vecchio lettore dell'anteguerra.

«Assomiglio di più a mia madre. E tu? A chi assomigli?».

«Non lo so di preciso. Non somiglio molto a mio padre e non riesco a immaginarmi mia madre con la barba».

Eva ridacchia e si risiede accanto a me.

«Quale vuoi ascoltare?», le domando quando i titoli di tutte e cinque le canzoni compaiono sullo schermo.

«La prima».

«Breaking Benjamin, *Breath*. Okay, programmata. Altri due brani e poi ascoltiamo quella».

«Allora, questa canzone in italiano… Hai preferenze? Vecchia, molto vecchia, una band, cantante uomo, cantante donna?».

Non ci avevo ancora ragionato. In tutta onestà, pensavo di andare su iTunes, selezionare la prima in classifica, scaricare il testo e poi pagare una traduttrice per farle fare il lavoro al posto mio.

Massima resa, minimo sforzo.

«Scegli tu, la tua preferita».

Eva sembra rifletterci, si rigira i pollici e fissa gli occhi su un punto oltre le mie spalle. «Ci devo pensare».

«Hai tutto il tempo che vuoi».

Solleviamo entrambi lo sguardo verso la vetrata quando sentiamo bussare. Un ragazzo tiene sollevate due buste di plastica bianche all'altezza del mento e mi affretto ad aprirgli la porta. Mi porge uno scontrino e gli allungo quaranta dollari dicendogli poi di tenere il resto.

Il profumo mi fa brontolare lo stomaco. Eva ha sistemato i fogli sulla scrivania e fatto spazio per il cibo.

Mi fa morire dal ridere mentre mangia i suoi *noodles*. Li arrotola intorno alle bacchette come se avesse in mano una forchetta e ne infila una quantità esagerata in bocca.

«Sei proprio italiana!», commento con la bocca piena.

«Uhm?».

«Ti pare quello il modo di mangiare i *noodles*? Non sono mica Fettuccine Alfredo!». Rido di nuovo di fronte alla sua espressione schifata.

«Prima di tutto, le Fettuccine Alfredo non esistono davvero. Mia madre dice sempre che un italiano che si rispetti non le ordinerebbe mai. Secondo, così è più facile. Dovresti provare anche tu». Posa il suo contenitore sulla scrivania e si sporge verso di me, sfilandomi dalle mani le bacchette.

Perché mi tocca? Non dovrebbe toccarmi!

«Guarda. Così...». Infila gli stecchini di legno nella mia scatola e li arrotola con meticolosa attenzione, poi ne tira su una grossa quantità e li avvicina pericolosamente alla mia faccia. «Da bravo, ora apri la bocca». Spalanca la sua come se mi stesse spiegando come si fa e le afferro il polso.

«Mangiali tu», la prendo in giro. Faccio pressione e spingo la mano verso le sue labbra.

«Ahi!». Ridacchia. Con l'altra mano le afferro il braccio libero e la faccio tendere verso di me, senza lasciarle scampo. Le sporco il viso con la salsa dei *noodles* e lei serra le labbra sforzandosi di non ridere troppo.

Lottiamo per qualche secondo finché, come era prevedibile, quell'intruglio cinese non scivola via dalle bacchette cadendo a terra in mezzo a noi.

Eva ride e butta la testa all'indietro. È tutta unta e bellissima. Ho voglia di leccarla, di baciarla, di lanciare tutto all'aria e sistemarmela sulle ginocchia. Come ho fatto in mensa, ma stavolta non le direi che fra noi non può funzionare. Non le direi niente, la bacerei e basta.

«Abbiamo fatto un disastro», lo dice ma non se ne preoccupa veramente. Infila di nuovo le bacchette nel mio cestino e si porta alle labbra un gambero.

«Stai usando le mie bacchette», le faccio notare. Lei le guarda e poi alza le spalle, incurante. «Questa storia che continuiamo a scambiarci la saliva senza effettivamente baciarci deve finire», dico senza accorgermi di averlo fatto a voce alta.

Eva sorride maliziosa, sporge le labbra all'infuori in una smorfia buffa e poi me le ripassa. «Sono d'accordo».

Afferro un tovagliolo di carta ma, invece di passarglielo, le pulisco la bocca con gesti delicati e con estrema lentezza.

Fallo! Baciala adesso!

Allungo una mano e impugno fra le dita la sua treccia laterale, mi incanto a guardarla e so che la sto mettendo in imbarazzo. Non ho fatto altro che sognarla in questi giorni, e sempre nello stesso modo:

nuda, sopra di me, sotto di me, accanto a me. In tutte le posizioni mai sperimentate dal genere umano, ora che ci penso. Nei miei sogni è sfrontata e disinibita. Mi dice esattamente quello che vuole, come desidera essere toccata, e quando raggiunge il piacere lo fa senza tirarsi indietro, senza vergogna. La "vera" Eva non credo lo farebbe mai, non si lascerebbe andare in quel modo. Mollo la presa sui suoi capelli e mi ripeto nella testa mille volte che la ragazza che infesta tutti i miei sogni non è la stessa che mi sta davanti in questo momento: hanno lo stesso viso, ma sono due entità differenti. Lei è riservata e pacata, l'altra è sfacciata e impudica.

Eva si schiarisce la voce, mi ruba il fazzoletto dalle mani e lo usa per raccogliere i resti dei *noodles* da terra.

«Mi sa che devi mettere un altro brano».

Non mi ero accorto che la musica fosse finita, del silenzio tombale sceso nella piccola stanza. Mi affretto a digitare i tasti sulla tastiera e seleziono *Lost on You*, di Lewis Capaldi, un brano che non riesco a smettere di ascoltare da settimane.

Il brano che mi fa pensare a lei incessantemente. Sempre lei.

«Tieni». Le lancio addosso uno di quei biscottini della fortuna incartati in un involucro di plastica trasparente e lo afferra al volo.

«Adoro i biscottini della fortuna», dice mentre scarta il suo. Lo rompe a metà, poggia entrambi i pezzi di cialda sulla scrivania e srotola il bigliettino nascosto dentro. «*Dovunque tu vada, vacci con tutto il tuo cuore. Confucio*», recita ad alta voce. Rimane a fissare quel pezzo di carta senza battere ciglio.

La imito e leggo il mio. «*Non cercare guai: saranno loro a trovarti. Anonimo*».

Fanculo anche ai biscotti cinesi.

***

Venerdì mattina il tempo è uno schifo. Piove senza sosta dalla sera prima ed è impensabile uscire per andare a correre al parco, così decido di approfittare della palestra del dormitorio per allenarmi.

Kian mi ha dato buca clamorosamente. Mi concentro su una serie di addominali, poi proseguo con i pesi. Lascio per ultima la corsa sul tapis roulant.

Marcus entra sbadigliando tanto che gli vedo le tonsille. Non lo facevo uno da palestra alle sette di mattina.

«Buongiorno», lo saluto azionando il macchinario e impostando tempo e velocità.

«Ehi», mi risponde. Prende posto accanto a me e sbadiglia di nuovo.

«Corsetta?», gli propongo. «Il programma numero sette è ben fatto e dura solo quarantacinque minuti».

Marcus alza un sopracciglio e storce il naso. «Vuoi correre per quarantacinque minuti?».

«Beh, di solito più di un'ora, ma dopo un po' mi stufo su questo coso. Mi sento un criceto dentro una ruota».

«Io cammino, va'».

Si infila le sue cuffie e io lo imito. Presto il sudore mi impregna la t-shirt aderente e mi bagna i capelli. Devo decidermi a tagliarli. Mi piacevano di più tutti corti e ci mettevo meno tempo a sistemarli dopo la doccia.

Chlorine dei Twenty One Pilots mi dà la carica giusta per affrontare gli ultimi dieci minuti di corsa, che non ricordavo fossero in salita. Mi scolo l'acqua rimasta nella borraccia e sollevo il lembo della maglietta per asciugarmi il sudore sul viso e sulla fronte. Marcus ha il fiatone, nonostante stia solo passeggiando, e si arrende subito dopo. Lo vedo con la coda dell'occhio far finta di sollevare il bilanciere per poi rimetterlo subito al suo posto.

«Mi sa che per oggi ho finito», dice.

Scendo dal tapis roulant e mi stiracchio. «Fai un po' di stretching, o tutta quella camminata ti farà venire l'acido lattico». Lo sto prendendo in giro ma lui non coglie l'ironia, così si sistema accanto a me, davanti allo specchio, e imita i miei esercizi.

Riempio la borraccia di acqua e me la scolo in un unico sorso.

«Devo farmi una doccia», borbotta Marcus guardandosi la t-shirt bianca immacolata. Non ha nemmeno una goccia di sudore sotto le ascelle.

«Eh, sì. Tutta quella fatica…».

Usciamo insieme dalla palestra e quasi mi scontro con Eva, che porta il berretto talmente calato sugli occhi da non vedere dove mette i piedi. È infagottata nel suo piumino e tiene in una mano la borsa del nuoto.

«Ehi», la saluto. Questa settimana ci siamo visti poco.

«Ciao», risponde assonnata.

«Stai andando agli allenamenti?».

«Sono appena tornata».

«Ciao», si intromette Marcus che mi scansa di lato e si para davanti a lei. «Piacere, Marcus». È diventato rosso come un peperone. «Vivo al secondo piano», la informa.

«Ciao». Eva gli porge la mano e lui l'afferra con troppa enfasi per i miei gusti. «Eva, piacere mio».

Marcus non accenna a liberarla da quella stretta e io mi spazientisco.

«Okay, adesso che vi siete presentati noi andiamo. Vero, Marcus?».

Lui non risponde, la guarda imbambolato e con un sorriso da ebete stampato in faccia.

«Io vado a fare colazione», ci informa la biondina dagli occhi verdi e le labbra imbronciate. Si riprende la mano e carica il borsone in spalla, aggrappandosi poi con entrambe le mani alla tracolla. Ci supera e si avvia verso la mensa.

«Non ci credo! Finalmente ci siamo presentati!».

Guardo Marcus di traverso. Non grida "*bad boy*" nel modo più assoluto, ma pensavo fosse un po' più... un po' meno... *disperato!* È oggettivamente un ragazzo attraente, alto, con un bel fisico, occhi nocciola, capelli castano scuro tagliati alla moda, sono certo che non gli manchi compagnia il sabato sera. Poi si presenta a Eva e ci manca poco che debba passargli un fazzoletto per asciugarsi la bava.

«Ti piace?».

«Ohh, un casino».

Risposta sbagliata, stronzo!

«Non credo che tu sia il suo tipo». Mi incammino verso l'ascensore e lui è costretto a seguirmi.

«Perché? Che tipo le piace?».

«Uomini grandi. *Mooolto* più grandi. Ho sentito dire che esce con uno di quarant'anni».

«Davvero?», mi domanda Marcus sorpreso.

Mi mordo la lingua, sto esagerando. Non ho nessun diritto di farle terra bruciata intorno.

«Non lo avrei mai detto. Però ha senso, insomma, non l'ho mai vista uscire con nessuno e non frequenta molte feste».

Faccio spallucce. «Esatto».

«Le chiederò di uscire comunque. Insomma, al massimo mi dirà di no».

«Ehi, ehi, ehi, aspetta un attimo! Le chiederai di uscire?».

«Sì. E grazie per avermela presentata, adesso ho una scusa per andarle a parlare senza sembrare un idiota totale».

«Non credo sia una buona idea...». Le porte dell'ascensore si aprono al secondo piano e Marcus esce. Blocco la spessa porta d'acciaio prima che si richiuda. «È un po' strana, Eva. Non le piace fare nuove amicizie». Quella merda di battente continua a richiudersi e a sbattermi contro la spalla.

«Ah, ma io non voglio essere suo *amico*». Solleva un paio di volte le sopracciglia rivolgendomi un ghigno strafottente. «Se hai capito cosa intendo...».

Oh, l'ho capito eccome, brutto figlio di...

Mi saluta con un cenno della mano e si incammina verso la sua stanza.

Marcus Gavin è ufficialmente sulla mia lista nera.

CAPITOLO 18

Eva

«Ho bisogno del vostro aiuto», esordisco così quando Victoria apre la porta della sua stanza e mi trova con indosso un vestito di lana che mi arriva al ginocchio e altri due vestiti che penzolano dalle mie mani.

«Ti sei messa un vestito?», mi domanda sciocata la mia amica. Si sposta e mi lascia entrare. Sotto l'abito indosso un paio di calze coprenti e i miei calzettoni antiscivolo di Hello Kitty.

«Ho un appuntamento». Sono così nervosa che boccheggio.

«Con chi?», interviene Josephine posando il manuale di storia americana sul letto.

«Marcus. Secondo piano. Occhi scuri. Studia Economia. Radio».

Inclinano entrambe la testa di lato e mi scrutano dubbiose. «Quello che lavora in radio con Theo?».

«Esatto, proprio lui! Mi ha chiesto di uscire, stasera».

«E perché sei già vestita?», puntualizza Victoria.

«Sto solo facendo le prove! È il primo appuntamento della mia vita?».

«Ma non sei stata fidanzata per tipo tre anni?».

«Sì, ma io e J.J. non abbiamo mai avuto un vero "primo appuntamento". Ci conoscevamo da tutta la vita. Marcus non lo conosco, non so nulla di lui. Vuole andare a cena fuori. Dovrei disdire». Mi faccio prendere dal panico e Victoria mi obbliga a sedermi accanto a Josephine, che mi accarezza una spalla per tranquillizzarmi.

«Intanto, respira».

«Giusto». Incamero una quantità eccessiva di aria nei polmoni e poi la lascio andare lentamente. Ripeto l'operazione per altre quattro volte finché non ho l'impressione di essermi calmata.

«Prima cosa: hai intenzione di andarci a letto stasera?».

«Eh?! No, certo che no!».

«Allora il vestito che indossi è perfetto. Grida "cena informale senza *happy ending* per nessuno dei due" da tutte le parti». Victoria fa una smorfia e Josephine annuisce.

«È così brutto?».

«Non è brutto, solo è… Sembri mia nonna».

Abbasso la testa e mi guardo. «Ho anche questi due».

Mostro alle mie amiche due abiti diversi. Uno a fiori rossi su sfondo nero; l'altro, un abitino dorato con le bretelle, non molto corto ma con una generosa scollatura sul seno.

«Beh, il vestito dorato è meraviglioso – dovrai dirmi dove l'hai comprato perché lo voglio anch'io – ma un po' eccessivo. È più un abito da Capodanno. O da "stasera facciamo follie". Ma quello con i fiori sembra carino».

«Carino?».

«È il massimo del complimento che posso fargli». Victoria si siede sul suo letto e mi osserva. «Josephine, cosa ne pensi?».

«Oh, ha ragione Victoria. Non vanno bene. Se non vuoi andarci a letto ma vuoi comunque fare colpo, ti serve una via di mezzo. Non troppo scollato, ma che faccia capire che ci hai messo un po' di impegno. Aspetta, forse ho quello giusto…».

Ho un po' di paura per quello che potrebbe tirare fuori Josephine dal suo guardaroba. Si veste sempre in modo molto "particolare". Al mio compleanno indossava un paio di pantaloni leopardati con sopra una camicetta a righe bianche e nere. Su di lei, tutto sommato, stava bene, ma l'abbinamento era pessimo.

Mi mostra un abito blu notte di una lunghezza accettabile, che si incrocia sul davanti, scollato quanto basta per attirare l'attenzione ma non per svelare tutta la mercanzia.

«Sì, quello può andare».

Mi spoglio e lo indosso, mi calza alla perfezione. Josephine è un pochino più bassa di me, così la gonna finisce parecchi centimetri sopra il mio ginocchio.

«Come mai questo appuntamento? Pensavo fossi ancora in fissa per Theo», mi chiede Victoria.

«Beh, lo sono! Ma lui mi ha smontata in tutti i modi possibili e immaginabili, sto solo cercando di voltare pagina. Marcus è carino, l'ho notato più volte in mensa. Perché non uscirci?», domando quasi giustificandomi.

Insomma, non posso mica passare il resto dell'anno scolastico a sbavare sul mio vicino di stanza irraggiungibile o, peggio ancora, a rintanarmi nella mia stanza a rimuginare su J.J., ancora, ancora e ancora. È ora di vivere un po', di lasciarmi andare. E Marcus è davvero, *davvero* carino! Con quei suoi occhioni color del Whiskey e il sorriso rassicurante.

«Quando ti ha chiesto di uscire?», chiede Victoria alzandosi in piedi per sistemarmi la scollatura.

«A colazione. Ci ha presentati Theo, fuori dalla palestra».

Josephine ridacchia. «E gli hai detto subito di sì?».

«Sì. Ho fatto male? Dovevo farlo aspettare? Oh, mio Dio, penserà che sono disperata».

«Non darle retta, hai fatto benissimo». Victoria lancia un'occhiataccia alla sua compagna di stanza, sguardo che vedo benissimo e che mi fa salire la paranoia.

«Dove ti porta?».

«Non me lo ha detto. Avrei dovuto chiederglielo?», domando allarmata.

«Oh, Signore, calmati! No, no, certo che no. Un ragazzo che prende l'iniziativa è una buona cosa. Ce ne fossero di più…».

«Okay». Mi guardo di nuovo allo specchio. Il vestito mi piace tantissimo. «Voi dove andrete stasera?».

«Forse rimarremo qui, c'è una festa. Ci raggiungi?».

«Non lo so, domani mattina ho gli allenamenti». Faccio spallucce e mi sistemo la spalline. «Me lo presti?», domando a Josephine incrociando il suo sguardo nello specchio.

«Certo. Fanne buon uso». Mi rivolge un occhiolino impertinente e io alzo gli occhi al cielo. «E comunque ho vinto la scommessa: sapevo che prima o poi saresti venuta a chiederci in prestito un vestito». Lei e Josephine si scambiano il cinque a mezz'aria.

«A dopo».

«Vogliamo i dettagli!», mi urla dietro Victoria quando esco dalla loro stanza, un secondo prima di richiudermi la porta alle spalle.

***

Come ogni venerdì pomeriggio prendo la cesta dei miei panni sporchi e vado in lavanderia. Trattengo il fiato quando vedo Theo, di spalle, infilare i vestiti nella sua lavatrice preferita. Non era più venuto. Ha detto qualcosa sul fatto di dover coprire il turno di un ragazzo in radio e non si è più presentato.

«Ciao!», mi annuncio con troppa enfasi. Poso la cesta sul coperchio di un'asciugatrice e cerco di domare le farfalle. E la sudorazione. E il cuore che parte per la tangente.

«Ehi».

«Che ci fai qui? Pensavo fossi in radio».

«Ho scambiato il turno con quello di un collega. Ha un appuntamento stasera e mi ha chiesto di sostituirlo».

«Marcus?», domando senza accorgermi del sorriso che mi affiora spontaneo sulle labbra.

«Sì, Marcus».

«Mi porta a cena fuori, me lo ha chiesto stamattina in mensa». Inizio a dividere i panni e mi accorgo che Theo, invece, è ancora fermo immobile e mi sta guardando. Non so quale reazione mi aspettassi da lui, di certo non il sorriso morente sulle labbra e gli occhi sgranati. «Che c'è?», domando.

«Passerò l'intera serata in radio perché Marcus ha un appuntamento con *te*?». Sembra incazzato, ma non ne capisco il motivo.

«Credo di sì».

Bofonchia qualcosa che non colgo e prende a lanciare i suoi panni alla rinfusa nella lavatrice.

«Mi sa che hai infilato un calzino nero nei chiari». Indico la sua macchina e lui si riscuote.

Ci guarda dentro ed estrae la calzetta, la osserva e poi se la appallottola fra le mani.

«Ahh... l'allieva ha superato il maestro», lo prendo in giro io, ma lui non ci trova niente di divertente. Non l'ho mai visto davvero di cattivo umore da quando lo conosco. È sempre molto attento a mostrarsi sereno di fronte agli altri.

«Dove andate?», chiede senza guardarmi in faccia.

«Non lo so. A cena da qualche parte».

Theo sbuffa.

«Lo so, devo stare attenta», lo canzono io.

«Sì, beh, fai quello che vuoi», mi risponde lui e io mi indispettisco.

«Qual è il tuo problema? Se non ti andava di rimanere in radio, potevi dirgli di no».

Sta per dire qualcosa, ma si ferma a riflettere prima di dare voce ai suoi pensieri. «Ti piace quel ragazzino? Sul serio?». Infila i quarti di dollaro nel piccolo rettangolo d'acciaio e fa partire le sue macchine.

«Se dovessi dar retta a te, non dovrei uscire con nessuno! Sì, mi piace. Sembra simpatico e un tipo okay. Non lo è?», domando seria.

Theo annuisce, sbuffa, poi annuisce di nuovo. «Sì. È un tipo tranquillo».

Il mio vicino di stanza si siede al solito posto e aspetta che io lo raggiunga. Mi accomodo sulla sedia di plastica e incrocio le gambe. Non so di cosa parlare, Theo mi sta mettendo a disagio. L'espressione tirata e le labbra serrate non aiutano.

«Sembri arrabbiato», dico infine.

«Non lo sono».

«Ho detto "sembri", infatti». Niente, non c'è verso di farlo sorridere.

«Io…». Scuote la testa, si morde l'interno della guancia e poi si alza in piedi con un balzo. «Devo andare. Kian mi sta aspettando…».

Mi sta mentendo. Perché diavolo mi sta dicendo una bugia? Aveva detto che voleva tornassimo a essere amici, ma ci sta ripensando. Dopo la serata di domenica pensavo che fosse tutto acqua passata, invece non riesce neanche a guardarmi in faccia.

«Okay», replico delusa. «Vuoi che faccia partire io le tue asciugatrici?».

«No, grazie, non è necessario. Lasciale pure lì. Tornerò». Senza aggiungere altro imbocca la porta e se ne va, lasciandomi come una scema a domandarmi quale sia il suo problema e perché questo cambio improvviso di atteggiamento nei miei confronti.

***

Marcus è elegante nei suoi jeans scuri e con il suo maglioncino dallo scollo a V che nasconde una camicia bianca ben stirata. Mi liscio per la centesima volta la gonna del vestito e sposto il peso da un piede all'altro cercando di allentare la tensione.

«Sei bellissima», mi dice guardandomi dalla testa ai piedi. Mi aiuta a infilarmi il cappotto pesante e mi porge il braccio. Esito per un paio di secondi, ma poi mi decido ad accontentarlo. È più alto di me, ma non di molto, ha una fila perfetta di denti bianchissimi e profuma di bagnoschiuma.

Ho fatto bene ad accettare il suo invito, anche se il suo braccio incastrato col mio non mi provoca grandi emozioni. O la sua presenza. Scaccio quel pensiero. Unica regola della serata: divertirsi.

«Dove andiamo?».

«Sei mai stata da *Gallaghers Steakhouse*?».

Scuoto la testa.

«Si mangia bene, adoro il loro filetto. Ti piace la carne?».

«Sì», rispondo convinta.

Usciamo per strada e una volta arrivati su Amsterdam Avenue fermo un taxi. Mi apre la portiera e mi lascia entrare per prima.

Marcus è divertente e alla mano. Per tutto il tragitto mi fa domande interessanti e mantiene la conversazione leggera. Mi fa ridere più di una volta e per una sera riesco a dimenticarmi di questi ultimi mesi e di come troppo spesso mi sono sentita del tutto inadeguata. Lascio scegliere a lui cosa mangiare e, siccome nessuno dei due può ordinare alcolici, fa un po' lo scemo nel sorseggiare l'acqua con dentro una fettina di limone, come se stesse assaggiando champagne sofisticato.

Scopro che sua madre è di Miami, mentre suo padre è californiano. Lui è nato e cresciuto a Boston. Parliamo del più e del meno, ridiamo su tutto. Insiste per offrire lui la cena e mi sento un po' a disagio. L'idea di baciarlo a fine serata mi balena più di una volta nella testa, ma quando mi riaccompagna al dormitorio e ci fermiamo davanti alla mia stanza prego con tutte le mie forze che non lo faccia.

Mi piace, è bello da guardare ed è stato un primo "primo appuntamento" che ha superato di gran lunga tutte le mie aspettative, ma quando arriviamo al dunque mi irrigidisco. Il pensiero delle sue labbra sulle mie, della sua lingua nella mia bocca mi fa sudare freddo e continuo a rigirarmi la chiave elettronica cento volte fra le dita.

«Grazie della bella serata», dico dopo un momento di silenzio.

«Ti sei divertita?».

«Molto».

«Quindi, se dovessi chiederti un secondo appuntamento, mi diresti di sì?».

Ci penso qualche secondo prima di rispondere. *Perché no?*, sussurra una voce nella mia testa.

«Certo». Il fatto che non senta le farfalle nella pancia non vuol dire nulla. Dove sta scritto che lo stomaco debba accartocciarsi ogni singola volta? O la salivazione azzerarsi? O i piedi arricciarsi al solo pensiero di baciarlo? Magari alcune relazioni nascono più lentamente, certi "sentimenti" ci mettono più tempo a sbocciare.

«Bene. Ci sarà una festa sabato prossimo al Doha Club. Bisogna avere ventun anni per entrare, ma conosco un tipo che ci lavora e ci lascerà passare».

Dove ho già sentito questo nome? Le rotelle nella mia testa prendono a girare furiosamente e solo quando riesco finalmente a salutarlo con un bacio sulla guancia e a rinchiudermi in stanza me ne ricordo: è il locale dove ha suonato Theo qualche settimana fa. Quello dove gli hanno scattato la foto che ha caricato su Instagram.

Solo pensare a lui mi fa girare la testa e brontolare lo stomaco. Mi lancio sul letto a una piazza a pancia in giù e soffoco un gridolino nel cuscino.

Quanti rifiuti sono socialmente accettabili prima che il cuore smetta di battere all'impazzata al solo pensiero di un ragazzo che non ti vuole? Perché io sto iniziando a dare di matto. I suoi occhi mi perseguitano, il suo viso spettacolare velato di barba mi fa seccare la gola, il pensiero delle sue labbra sulle mie mi fa stringere forte le cosce per bloccare il desiderio.

Chiudo gli occhi e rivivo nella mia mente la serata appena trascorsa con Marcus, solo che al suo posto c'è il mio bellissimo vicino di stanza e quando arriviamo davanti alla porta della mia camera non ci penso due volte: lo trascino dentro e lo spoglio in tre secondi. E lo bacio. Lo bacio finché ho fiato in corpo.

CAPITOLO 19

Theo

«Sono ancora lì fuori?», domando con tono agitato consumando il tappeto della mia stanza a forza di passeggiarci su e giù.

«Sì». Kian sta spiando Eva e Marcus dallo spioncino. È attaccato come un geco alla mia porta. Accovacciato e con l'occhio incollato alla piccola fessura è ridicolo. Riderei se non fossi così frustrato.

Questo è il loro terzo appuntamento. *Terzo*! Sono usciti *tre* volte in due settimane. Stavolta lo farà entrare, lo so, e io sarò costretto a sentirli. Mi porto le mani alla testa e mi strappo – letteralmente – i capelli dal cranio.

«Allora? Che fanno?», chiedo impaziente. «No, non me lo dire. La sta baciando?».

«Vuoi stare zitto un attimo? Mi distrai».

Sbuffo di nuovo e mi siedo sul letto. Sono patetico. Cosa cazzo mi è successo in questi mesi? Sono fuori di testa, fuori controllo e non so più come comportarmi.

Allontanarla: non ha funzionato.

Evitarla: ancora meno.

Vederla uscire con un altro: embolo al cervello.

Concentrarmi sullo studio: perdita di tempo.

Vedere più spesso Helena: deleterio.

Niente funziona, *niente*!

«Si stanno baciando», dice Kian soffocando quelle parole contro la porta.

Scatto in piedi. «Cosa?! Non è possibile». Lo raggiungo e lo sposto di lato con forza. «Fammi vedere».

Bugiardo. Non si stanno baciando neanche per sogno.

«Sei un idiota». Sbuffo.

«Io?». Kian ha un sopracciglio alzato e le mani puntate sui fianchi. «Dovresti vederti in questo momento. Sembri schizofrenico».

Beh, un po' mi ci sento, a essere onesti. Riporto lo sguardo sul corridoio.

Dai, salutalo e mandalo a fanculo. È venerdì sera, domani hai gli allenamenti, è ora di andare a nanna.

Come se Eva mi leggesse nel pensiero, si sporge in avanti e bacia Marcus sulla guancia in modo... come posso dire... amichevole? Sì, senza ombra di dubbio amichevole.

«Lo sta salutando», informo Kian senza riuscire a mascherare la contentezza. Aspetto di vedere Marcus passare davanti alla mia porta con l'espressione delusa, la testa bassa e le mani in tasca.

Povero cane...

«E anche questa sera il caro Marcus torna a casa a mani vuote. Ciao ciao, bello», dico con tono soddisfatto e un ghigno malefico che non riesco a controllare.

Kian mi sta ancora guardando come se fossi pazzo. «Hai finito?».

«Adesso sì». Mi siedo alla mia scrivania e poggio i gomiti sulle ginocchia.

«Continui a ripetermi che non provi niente per quella ragazza, ma credo tu mi stia riempiendo di stronzate». Non c'è rimprovero nella sua voce e io sto dicendo la verità: non sono innamorato di Eva. Nel modo più assoluto.

«È così».

«E uno che non ha perso la testa per una figa si comporta in quel modo? La stai stalkerando. È imbarazzante».

«Le sto guardando le spalle», lo correggo, convinto delle mie parole.

«Da chi? Da Marcus-Il-Povero-Cristo-Che-Al-Terzo-Appuntamento-Non-L'ha-Ancora-Nemmeno-Baciata?».

«Esattamente. Non si può mai essere troppo prudenti, non credi?».

«Credo che tu stia perdendo la ragione, oltre alla dignità». Kian scuote la testa e si prende qualche secondo prima di continuare. «Se ti piace così tanto – e non provare a dirmi che non è così dopo questa scenetta tristissima –, scopatela e facciamola finita. Sta diventando un'ossessione».

Okay, posso ammettere che forse ha ragione sulla questione "ossessione", ma sul resto si sbaglia. Quante altre volte dovrò ripetergli che Eva è intoccabile da quel punto di vista?

«Te l'ho già detto, non è il tipo di ragazza che puoi portarti a letto senza ripercussioni. Se lo fosse, l'avrei già fatto».

«Di cosa hai paura? Di innamorarti di lei? Che si innamori *lei* di te? Perché quella barca ha già lasciato il porto un sacco di tempo fa».

«Appunto! Come faccio a portarmela a letto sapendo che per lei significherebbe di più, mentre per me sarebbe solo quello, una scopata?». Ignoro deliberatamente la sua seconda domanda.

Kian scuote la testa, esasperato. «Senti, lei è una ragazza intelligente e maggiorenne. Se metti le cose in chiaro...».

Lo interrompo. «No! Ci sono altre mille ragazze che potrei trattare così, non lei».

«Hai provato a...?», lascia la frase a metà e mi indica il pacco.

Inclino la testa di lato e istintivamente chiudo le gambe. Perché cazzo mi sta fissando l'uccello?

«A...?», domando, non così convinto di voler sentire la sua risposta.

«A pensare a lei in certi... *frangenti*. Magari può aiutare. Ti chiudi in bagno, ti sfoghi per bene e *puff*, acqua passata».

«Mi stai suggerendo di farmi una sega mentre penso a lei?». Non riesco a trattenere la risata. Siamo amici dal primo giorno di college, ma non abbiamo mai parlato di certe cose. Sto trasformando in uno psicopatico anche lui.

«Esatto».

«Già fatto. Non funziona».

«Fallo di nuovo!», sbotta lui.

«Oh, pensi che lo abbia fatto solo una volta?! Oh, no, me la sono immaginata in tutte le posizioni del kamasutra! E sto ottenendo i risultati opposti. Adesso, quando la vedo, la mattina a colazione per esempio, immagino di scaraventare la sua ciotola di latte e cereali dall'altra parte della stanza e prenderla lì, davanti a tutti. Sto sviluppando una strana dipendenza... è malsano!».

«Okay, forse lo stai facendo nel modo sbagliato», riflette lui.

«Mi sto masturbando nel modo sbagliato?! Dovrò vedere qualche tutorial su YouPorn...», ironizzo.

«No, *coglione*. Non stai facendo *quello* in modo sbagliato, forse la stai immaginando in scenari che non sono reali. Eva non mi dà l'idea di una panterona fra le lenzuola. Cioè, non ce la vedo a dirti "oh, sì, prendimi qui davanti a tutti!"». Si alza dal letto, apre la finestra e poi si accende una sigaretta. Per fortuna che sono il responsabile del dormitorio, o mi avrebbero cacciato a calci in culo dal Brittany Hall molto tempo fa. Fumare nelle stanze? Credo che violi almeno quattro regole di buona condotta.

«Illuminami».

«Eva me la immagino sdraiata su un letto, nella penombra, musica romantica in sottofondo. La spogli piano, senza guardarla troppo per non metterla in imbarazzo, l'accarezzi lentamente. Un po' di preliminari per sciogliere la tensione, niente di troppo spinto. E comunque tu che ti prendi cura di lei, di certo non lei che ti fa un pompino, ecco. Anche se con quelle labbra...».

«Kian!», la voce mi esce roca e minacciosa.

«Sì, insomma. Qualcosa di "delicato". Lei, sotto, che ti guarda come se fossi Dio; tu, sopra, che ti trattieni dal dirle una serie di porcate. Lei che miagola come una gattina ogni volta che l'accarezzi, tu che esiti prima di... Merda».

«Che succede?».

«Niente. Stai facendo venire strani pensieri anche a me su Eva. Cazzo!».

«Beh, cancellali *subito* se non vuoi che ti faccia fuori. Perché lo farò, giuro che ti ucciderò».

Kian ridacchia e spegne la sigaretta nel posacenere, sbuffando poi l'ultimo rimasuglio di fumo dalle labbra e dal naso. «Ehi, non ti scaldare. Sto solo cercando di darti una mano a farti passare questa morbosa fissazione che hai per lei. E quando dico "darti una mano", intendo *metaforicamente*, sia chiaro».

«Fanculo». Gli lancio il cuscino e lo prendo in pieno. «Dai, scendiamo. I ragazzi staranno già arrivando per il torneo».

«Non vorrei infierire, ma... ci sarà di nuovo Jonah stasera».

«Non ho la testa per le sue stronzate oggi».

«O magari è proprio quello che ti serve per smettere di pensare a una certa biondina, che probabilmente viene in silenzio e non l'ha mai preso da dietro». Alza entrambe le sopracciglia e gli mollo un pugno sulla spalla.

***

Jonah Ward, oltre ad avere un nome del cazzo, è la persona che più mi indispettisce sulla faccia della terra. È tutto quello che disprezzo in un uomo: arrogante, viscido e prepotente. Non mi piace quando partecipa ai miei tornei, è scorretto e riesce sempre a farmi incazzare.

Entro nella sala studio con la schiena dritta e il mento rivolto all'insù.

È seduto su uno dei tavoli, i piedi sulla sedia. Mi saluta con un cenno del capo e io ricambio. Mi avvicino a Helena e lascio che mi circondi il collo con le mani. L'ho vista pochissimo in queste settimane, ma lei non sembra domandarsi il perché.

«Ciao, Theo». Mi bacia le labbra e io le sorrido. «Ho pensato di fare un salto. Il ragazzo di Rebecca gioca e sono venuta a farle compagnia».

Annuisco e mi stacco delicatamente da lei. «Hai fatto bene».

«Magari più tardi…», lascia la frase a metà e i suoi occhi mi sorridono maliziosi.

«Certo». Mi infilo le mani in tasca e faccio un passo indietro. «Vado a preparare i tavoli». Mi allontano prima che possa replicare.

Kian sta già raccogliendo i soldi. «C'è un sacco di gente stasera. Almeno otto tavoli».

Infilo la chiave nella serratura dell'armadietto dove tengo le carte e le *fiches*. «Staremo qui tutta la notte», mi lamento, accovacciato per recuperare tutto quello che mi serve.

«Non voltarti, ma…», sussurra con tono cospiratorio.

Ovviamente faccio l'esatto contrario di quello che mi dice. Giro la testa e la vedo entrare nella sala studio.

«Merda», borbotto. «Che cavolo ci fa qui? Non era andata a dormire?».

«È con le sue amiche».

«L'hai più chiamata, Victoria?».

«Non ancora».

«Cosa stai aspettando? Sono quasi tre mesi che hai il suo numero e ogni volta che la incontri fai il cascamorto».

«Diciamo che anche lei rientra nella categoria di quelle che non ti scopi una sera, così per divertirti, e tanti saluti il giorno dopo…».

Alzo lo sguardo e studio la sua espressione pensosa. Ho anch'io quella faccia da disperato quando parlo di Eva? Dio, ti prego, se è così, uccidimi adesso. Richiudo il mobiletto a chiave.

Non incrocio mai lo sguardo di Eva, faccio finta di non averla vista e sistemo le carte e i gettoni di plastica colorata sui vari tavoli.

Se so che la incontrerò, riesco a gestire la situazione. Quando invece me la ritrovo davanti inaspettatamente, come adesso, ci metto dieci minuti abbondanti per ritrovare un po' di autocontrollo. È ridicolo! Cosa cavolo avrà mai 'sta ragazza di così speciale da farmi comportare come un perfetto idiota?

Okay, è bella – bella da perdere la testa –, ma non posso credere che sia solo quello. Anche Helena è bella da perdere la testa, eppure con lei non mi sono mai comportato come un perdente totale.

Me la ritrovo davanti e serro la mascella, così forte che mi faccio male ai denti.

«Ciao». Gli occhi di Eva, come ogni volta che mi vedono, cambiano colore, diventano più luminosi, più espressivi.

«Che ci fai qui?», domando abbassando lo sguardo sul foglio che sto compilando.

«Jo e Vicky mi hanno chiesto di raggiungerle. Non avevo sonno».

«Non hai gli allenamenti domani mattina?».

«Sì». Fa spallucce e si guarda intorno nervosa.

«Ciao, Eva». Helena sbuca da non so dove e le sue braccia mi circondano la vita, possessive.

«Ciao». Eva infila le mani nelle tasche dei suoi pantaloni larghi e si alza un paio di volte sulla punte dei piedi, ondeggiando.

«Finalmente ci rivediamo. Sono settimane che non ti fai sentire».

«Ho avuto tanto da studiare», si giustifica lei, lapidaria.

«Partirai per tornare a casa a Natale?».

Perché diavolo le sta facendo tutte queste domande? Non lo vede che la mette a disagio? Continuo a compilare il foglio e faccio un passo avanti per liberarmi dalla presa di Helena.

«No. I miei genitori si sono inventati una crociera ai Caraibi con i miei zii quest'anno. I miei cugini andranno a sciare, quindi ho deciso di rimanere al campus».

«Tutta sola durante le feste?», le domanda ancora Helena.

«Josephine mi ha invitata a casa sua il giorno di Natale». La osservo con la coda dell'occhio e la vedo incurvare le spalle. «Tu parti?».

«Sì, l'ho promesso ai miei». Helena si passa una mano fra i lunghi capelli e si sistema una ciocca dietro l'orecchio. «Theo, dovresti regalarli a Eva i biglietti per il teatro».

Alzo lo sguardo su Helena e ci metto un paio di secondi per capire a cosa si riferisca.

«Che biglietti?».

«Quelli per *Les Misérables*», risponde lei cantilenando. «Al papà di Theo regalano sempre un sacco di biglietti VIP per gli spettacoli più belli a Broadway e Theo li regala a me. Di solito ci vado con Rebecca, ma sono per il giorno della Vigilia, purtroppo devo rinunciare».

Eva sospira. «Wow!».

«Ti piacerebbe andare?», le domando guardandola negli occhi per un brevissimo e dolorosissimo istante.

«Sì! Mio Dio, sì, mi piacerebbe da morire. Ma te li pagherò».

«Se li vuoi, sono tuoi», dico addolcendo lo sguardo. «E non mi devi pagare proprio nulla. Sono un regalo».

«Potresti andare con quel ragazzo carino del secondo anno che lavora con Theo...», dice Helena usando un tono scaltro. «Marcus, giusto?».

Eva si irrigidisce e io più di lei. «Ehm, non so. Le cose non vanno proprio bene...». Si morde l'interno della guancia e continua a spostare lo sguardo da me a Helena, che nel frattempo si è aggrappata al mio braccio e mi ha poggiato la testa sulla spalla.

«Oh, no. Come mai?».

«Lasciala in pace», sussurro, anche se so che possono sentirmi entrambe.

«Lui è fantastico, ma... non è scattato nulla fra noi», risponde Eva, sempre più a disagio.

Mi ritrovo a sospirare mentalmente di sollievo, il che è ridicolo.

«Sai cosa ti dico? Hai impegni per Capodanno?».

Eva fa spallucce e io mi rigiro fra le dita il foglio che tengo in mano, nervoso al pensiero di quello che sta per dire Helena.

«Ho il ragazzo giusto per te! Che ne dici di un doppio appuntamento?».

Neanche fosse una molla, il mio collo scatta di lato e la guardo di traverso. Cosa cazzo sta facendo? Perché non può semplicemente lasciarla in pace?

È come se fossimo entrambi ossessionati da questa ragazza, ma per motivi ben diversi. Lei vuole vederla a tutti i costi accanto a un ragazzo, *qualunque* ragazzo. Io la chiuderei in una torre e butterei la chiave.

«Chi?», mi ritrovo a domandarle, più infastidito che curioso.

«È una sorpresa». Helena si struscia contro il mio bicipite. «Appuntamento al buio. Ci stai?».

Sento lo sguardo di Eva addosso, ma non ho il coraggio di guardarla. Mi leggerebbe in faccia il fastidio e non saprei come giustificarmi.

«Ci posso pensare?». Eva fa un passo indietro, è pronta ad andarsene e anch'io. Non so cosa le risponda Helena perché, seccato come sempre quando si tratta di Eva, mi scrollo la mia ragazza di dosso una volta per tutte e raggiungo Kian con la mia lista in mano.

«Tutto okay?», mi domanda lui.

Mi tremano le mani dal nervoso e ho bisogno di una sigaretta. «Helena si è messa a fare Cupido. Lo sai che a Capodanno saremo io, lei, Eva e un ragazzo fantastico che non vede l'ora di presentarle?», il mio tono è a metà fra il sarcastico e l'imbestialito. «Che cazzo le viene in mente?».

«Quella donna ha le antenne!», borbotta Kian. «Te l'ho detto, è gelosa. Sta marcando il territorio».

«Beh, mi pisciasse intorno come fanno i cani se proprio non può farne a meno, ma deve lasciare Eva in pace». Esco dalla stanza come una furia e supero lo spesso portone all'ingresso. L'aria fredda mi tranquillizza, la nicotina nei polmoni mi rilassa.

Fumo la mia Marlboro e quando rientro vedo Eva imboccare l'androne delle scale.

«Stai già andando via?», sono certo che senta la punta di delusione nella mia voce.

Si volta a guardarmi, tiene la spessa porta antincendio aperta con una mano e io mi muovo prima che il mio cervello mi comandi di rimanere fermo al mio posto. L'afferro per le spalle e la spingo in avanti.

«No, sto andando a prendere il cellulare che ho lasciato in camera», dice mentre la porta si richiude alle nostre spalle lasciandoci soli nella tromba delle scale silenziosa.

«Dille di no».

«Di cosa parli?», mi domanda inclinando la testa di lato. La sua lunga coda di cavallo le ricade oltre le spalle e un ciuffo di capelli le scappa da dietro l'orecchio.

«Del doppio appuntamento per Capodanno. Dille di no», la mia voce è acuta e urgente. Devo infilarmi le mani in tasca per evitare di toccarla, di accarezzarle il viso, di giocare con i suoi capelli biondi e liscissimi.

«Perché? Non... vuoi che venga? Non vuoi che passiamo il Capodanno insieme?».

Scuoto la testa. «No. Non così».

«Non capisco», si difende lei. Fa un passo indietro e si sistema sul primo gradino della scala. Siamo alla stessa altezza, adesso.

«Sì che capisci. Non fare l'ingenua con me», replico brusco per poi respirare a pieni polmoni.

Eva sgrana gli occhi. «Ma che ti prende?».

Le circondo il viso con le mani e incastro i miei occhi nei suoi. «Non è una buona idea». Eva schiude le labbra per dire qualcosa, ma la precedo. «Mi stai facendo uscire fuori di testa».

L'espressione sul suo viso è pura incredulità. Le sfioro il naso con il mio, respiro il suo profumo, le accarezzo la guancia con le labbra. Sono fuori controllo, sono una fonte interminabile di contraddizioni.

«Dammi un motivo valido e le dirò di no», sussurra Eva contro il mio viso.

La porta al primo piano che si spalanca ci fa saltare entrambi dallo spavento. Con un balzo all'indietro metto almeno un metro di distanza fra noi e lei abbassa gli occhi sulle sue scarpe. Prima che possa dire altro, che possa fare qualche altra cazzata, esco dall'androne e torno in sala studio.

***

Il torneo va avanti da due ore e sono rimasti solo due tavoli. Eva è seduta su uno dei divani con le sue amiche e Kian, che sta dando il tormento a Victoria.

Helena mi sta appiccicata come un polipo e quel coglione di Jonah ad ogni interruzione si avvicina a Eva per provarci. Non muovo un muscolo, controllo la sala dalla mia sedia e cerco di captare i loro discorsi. Mi sono imposto di seguire la partita di poker e controllare che nessuno imbrogli, ignorando i suoi occhi verdi sempre fissi su di me.

«Sono un po' stanca», dice Helena accarezzandomi il lobo dell'orecchio sinistro con la punta della lingua. «Che ne dici se ti aspetto di sopra?».

Eva ci sta guardando di nuovo. So che devo esserle sembrato un pazzo prima, e ringrazio il cielo per l'interruzione perché ero a tanto così dal dirle cose di cui mi sarei pentito. *Farle* cose di cui mi sarei pentito.

«Sì». Infilo la mano nella tasca posteriore dei jeans e le passo la mia tessera magnetica senza pensarci troppo.

Helena mi bacia il collo in modo sensuale anticipando le sue intenzioni per la chiusura di serata. Rimango immobile a fissare di fronte a me, con le braccia incrociate e i muscoli del viso tesi.

Dice qualcos'altro, ma non la sto ascoltando. Jonah continua a scambiarsi occhiate con un altro giocatore e sono certo che stia combinando qualcosa. Lo fa sempre, solo che stasera finirà male perché ho i nervi a fior di pelle.

THEO: *Vieni qui.*

Digito il messaggio per Kian e dieci secondi dopo me lo ritrovo accanto.

Jonah è scaltro, ma io sono più furbo di lui.

«Sta barando», dico solo quelle due parole, senza quasi muovere le labbra, e Kian annuisce. Non c'è bisogno che gli dica a chi mi riferisco.

«Vado».

Il mio migliore amico si avvicina ai tavoli, io tengo gli occhi fissi su quel figlio di puttana. Kian non ci mette molto a capire che il compare di quella testa di cazzo sta guardando le carte degli altri giocatori. Lo prende sottobraccio con nonchalance e gli sento dire "andiamo a prenderci da bere" mentre lo allontana dai tavoli.

Jonah incrocia i miei occhi e mi rivolge un mezzo sorriso da delinquente. Io rimango impassibile. Sa che non faremo scenate, ma sa anche che gli spaccherò il culo se lo beccherò di nuovo.

Il resto della partita scivola via tranquillo, le ragazze sono ancora sul divanetto a chiacchierare. Quando mancano ormai solo un paio di mani le vedo alzarsi e dirigersi alla porta.

Io non saluto Eva e lei non saluta me.

Jonah perde l'ultima mano e arriva quarto. Aspetto che Kian decreti terminato l'incontro e che i ragazzi si avvicinino per riscuotere le vincite.

«Hai solo avuto culo», sento dire a Jonah, rivolto a un ragazzo del terzo anno che vive nel suo stesso dormitorio, a pochi passi da me.

«Sei tu che non ci capisci un cazzo di poker», ribatte l'altro. Ascolto distrattamente la loro conversazione mentre raccolgo le *fiches* e le sistemo nella loro custodia.

«Voglio la rivincita», insiste Jonah.

«Okay, ma non a poker...».

Tendo le orecchie e infilo i gettoni a uno a uno con calma.

L'altro tizio prosegue. «La biondina con la quale stavi parlando prima, la verginella del primo anno, quella che continua a dirti di no facendoti fare la figura del coglione. Scommetto la vincita di stasera che *quella* non riesci a portartela a letto».

Il cuore mi schizza in gola e i palmi delle mani sudano.

Jonah ride ad alta voce e quel rumore stonato mi buca i timpani. «Quella me la scopo come e quando voglio», replica l'imbecille stiracchiandosi annoiato. «Rilancio: me la faccio entro Capodanno».

Stringo forte i pugni e cerco di mandare aria nei polmoni e ossigeno al cervello.

«Tutti fuori dai coglioni», tuona Kian e sono certo che abbia sentito anche lui la loro conversazione.

Nel giro di pochi minuti la sala è vuota e io mi rendo conto di essere rimasto fermo immobile a rigirarmi fra le dita lo stesso tondino di plastica senza sosta.

«Ci beviamo una birra?», mi domanda Kian.

Alzo lo sguardo e annuisco. Kian me ne passa una bella fredda e un secondo dopo una sigaretta già accesa.

«Devi raccontarle quello che è successo», dice il mio amico sedendosi sul tavolo e centrando in pieno i miei pensieri.

«Non posso. Lo sai».

La sua espressione muta rapidamente: da preoccupata diventa angosciata. *Davvero* angosciata. «Eva è sveglia. Non le succederà niente, non ci cascherà».

Lo dice ma non lo pensa, glielo leggo in faccia. Anche Harper era una sveglia e quel bastardo le ha comunque rovinato la vita.

«Cosa devo fare con lei?». Non so perché glielo domando. So cosa devo fare, ma non so *come*!

«Ti rigiro la domanda: cosa *vuoi* fare?».

Scuoto la testa, non ho una risposta alla sua domanda. Non una che posso permettermi di dare ad alta voce.

«È una ragazzina e fra qualche mese me ne andrò», borbotto.

«Puoi continuare a ripetertelo fino all'infinito ma, a meno che non inizierai a crederci sul serio, sarà fiato sprecato». Spegne la sigaretta nel posacenere. «Andiamo?».

«Ti accompagno al tuo dormitorio. Ho bisogno di una boccata d'aria».

«Ma non c'è Helena che ti aspetta in camera?». Ci fissiamo per un paio di secondi, ma io non rispondo. Kian annuisce, non c'è bisogno che gli spieghi nulla. «Come vuoi tu. Prendo le mie cose».

CAPITOLO 20

Eva

Passare la Vigilia di Natale senza la mia famiglia è stato strano. Logan ha cercato di convincermi fino allo sfinimento a partire con lui ed Ethan, ma l'ultima cosa di cui avevo voglia era trascorrere tre giorni in uno chalet sperduto in mezzo ai monti, circondata da tre metri di neve e con dodici ragazzoni sempre ubriachi. I miei due cugini iperprotettivi mi avrebbero reso la vita un inferno.
No, grazie!
La sera sono andata a teatro con Josephine, ho dormito a casa sua a Brooklyn e il giorno dopo ho festeggiato il Natale con la sua stramba famiglia.
È stata una settimana tranquilla e silenziosa al campus. So che Theo è rimasto a New York, ma non l'ho mai incrociato.
La piscina è deserta, ci immergo le gambe dentro fino al ginocchio e rimango a contemplare l'acqua per un po', seduta sul bordo. Mi infilo gli occhialini e poi le cuffiette del mio lettore mp3 subacqueo – regalo di compleanno azzeccatissimo da parte di Logan. Faccio partire *Why Her Not Me* e mi sistemo la cuffia.
Mi tuffo dentro a candela, con i piedi cerco la parete della vasca e grazie a una spinta energica mi stacco dal bordo. La sensazione dell'acqua tiepida sulla pelle è rilassante. Mi concentro sulla respirazione, sulle bracciate, spengo il cervello, solo la voce di Grace Carter a farmi compagnia.
La canzone finisce e ricomincia così tante volte che perdo il conto. Solo quando non sento più le braccia e faccio fatica a mantenere il ritmo cadenzato del mio respiro decido di fermarmi. La corsia accanto alla mia è occupata da un ragazzo che esegue uno stile libero quasi perfetto. Dovrebbe distendere di più le braccia per sentire meno fatica – soprattutto il sinistro, quello ricoperto di tatuaggi – quando chiude la bracciata.
Mi isso sul bordo e rimango seduta sul cemento freddo a riprendere fiato. Sfilo la cuffia e sciolgo i capelli, ravviandoli con la mano. Il

ragazzo sta tornando verso di me, ha un corpo bellissimo, così sinuoso ed elegante in acqua che è impossibile non notarlo. Man mano che si avvicina riconosco quelle spalle larghe e alcuni disegni sulla pelle.

Faccio finta di sbrogliare il filo degli auricolari e vedo solo con la coda dell'occhio che si è fermato a riprendere fiato.

«Buongiorno».

Volto la testa e incrocio gli occhi di Theo, nascosti sotto un paio di occhialini della Speedo e una cuffietta nera di cotone.

«Ciao».

«Il costume intero accollato fino al mento non ti rende giustizia», dice con una smorfia ironica indicando poi il poco seno che mi ritrovo, per giunta appiattito dal tessuto elastico e bagnato del costume. «Ma lo stacco di gambe è notevole».

Istintivamente mi copro il seno con le braccia e incrocio le gambe. Siamo da soli in piscina e le nostre voci rimbombano nell'immenso palazzetto che odora di cloro e vapore acqueo.

«Quella cuffia ti fa sembrare la testa piccola e sproporzionata», ribatto.

Theo ride, in un modo così disarmante che mi fa venire la pelle d'oca e una tensione fortissima in mezzo alle cosce. Se la sfila e la poggia sul bordo davanti a sé insieme agli occhialini. Butta il capo all'indietro per bagnarsi i capelli e poi li scuote forte come se fosse un cane sotto la pioggia. Un bel cane, sia chiaro. Uno di quei cani di razza che partecipano ai concorsi di bellezza e agilità. E li vincono. Primo premio, voto unanime. Goccioline d'acqua gli ricadono sul viso, una in particolare mi ipnotizza: solca la fronte, poi il naso e scende giù fino alle labbra. Lui la lecca via e la pressione in mezzo alle mie gambe aumenta al punto che sono costretta a stringerle forte perché ho paura che, in qualche modo, si accorga del desiderio folle che nutro nei suoi confronti.

Anche se non balbetto più quando me lo trovo davanti, anche se ho smesso di tremare come una ragazzina, anche se riesco a rispondergli a tono quando mi provoca, la smania di averlo tutto per me non passa. Non passa mai.

«Sei molto brava. Ti ho vista mentre eseguivi quelle due vasche a delfino. Davvero impressionante».

Mi porto le ginocchia al petto e ci poggio il mento sopra. Inizio a sentire freddo, ma non voglio andarmene. Voglio stare con lui, anche se non lo capisco più da un sacco di tempo.

«Sapevi che ero io?».

«Chi altro verrebbe a nuotare la mattina del trentuno dicembre?».

«Tu?», domando con tono ironico.

«Giusto». Ridacchia.

Poggia le mani sul bordo, tende i muscoli delle braccia e con un movimento rapido e aggraziato si solleva dall'acqua per mettersi seduto accanto a me.

«Anche tu non sei male». Tengo gli occhi fissi sui cerchi concentrici nella mia corsia finché l'acqua diventa piatta come una tavola da surf.

«Dici?».

«Dovresti distendere di più le braccia quando chiudi la bracciata. E la mano, dovresti tenerla tesa ma appena inclinata di lato quando la immergi, per darti una spinta maggiore». Gli mostro cosa intendo e lui imita il mio gesto.

«Così?».

«Esatto».

«Ti propongo una sfida: due vasche, chi arriva ultimo paga la colazione».

Scuoto la testa ridacchiando. «Sei più alto di almeno venti centimetri e hai il triplo dei miei muscoli. Non c'è partita».

«Ti do dieci secondi di vantaggio», insiste lui.

«Col cavolo. Non voglio favoritismi solo perché sono una "femminuccia". Sfidiamoci in apnea. Chi arriva più lontano, vince». Alzo entrambe le sopracciglia e aspetto.

Il suo viso perfetto mi fa seccare la gola, i suoi capelli bagnati che si arricciano ai lati mi ipnotizzano e i suoi tatuaggi, costellati di gocce d'acqua, mi fanno venir voglia di morderlo.

«Ci sto». Theo si alza in piedi e mi tende la mano. Esito prima di afferrargliela, toccarlo non è mai una buona idea. Lascio che mi aiuti a mettermi in piedi e trattengo il fiato quando con lo sguardo mi esamina dalla testa ai piedi. Il suo petto si solleva vistosamente ad ogni respiro.

«Ci tuffiamo?», domando legandomi i capelli. Non mi rimetto la cuffia, non mi interessa se è vietato entrare in acqua senza. L'ultima cosa che voglio è sembrare una cipolla davanti a lui, è già abbastanza imbarazzante il costume intero da gara, talmente scosciato da coprirmi a malapena le parti intime.

Ci sistemiamo gli occhialini e ci posizioniamo l'uno accanto all'altra, ognuno nella sua corsia. Lo sguardo mi ricade sul costume di Theo: degli slip neri che non lasciano molto spazio all'immaginazione. Se l'acqua fredda gli fa quell'effetto, non voglio immaginare le sue dimensioni fra le lenzuola, eccitato e pronto a darci dentro. Un brivido mi corre lungo tutta la spina dorsale e irrigidisco la schiena.

«Chi vince sceglie dove andare a fare colazione». Mi tende la mano per sigillare la nostra scommessa ma io, invece di stringergliela, la schiaffeggio come se volessi dargli il cinque.

«Non arriverai a metà vasca», lo sfotto anche se la voce non esce limpida e sicura come vorrei.

«Preparati a mangiare la polvere, bambina».

Riporto lo sguardo sull'acqua, mi metto in posizione e inizio a contare.

«Tre... due...», e poi mi tuffo lasciandolo come un allocco sul bordo. Sento che grida qualcosa, ma io sono già mezzo metro sotto l'acqua ed eseguo una rana perfetta, distendendo al massimo i muscoli e concentrandomi sulla respirazione. Butto fuori un po' d'aria per volta, facendo molta attenzione a non svuotare troppo presto i polmoni.

Vedo la fine della vasca e nessuno accanto a me. I polmoni mi stanno andando a fuoco, ma voglio vincere a tutti i costi. Le ultime bracciate sono veloci e quando ormai non ne posso più emergo con la testa a un metro dalla fine della vasca.

Merda!

Mi volto per cercare Theo nella corsia accanto, ma non lo vedo da nessuna parte. Un paio di mani mi agguantano dalla vita e mi sento trascinare sott'acqua. Quando riemergo mi ritrovo faccia a faccia con Theo che mi sputa addosso uno zampillo d'acqua centrandomi in pieno il naso. Le sue mani sono calde e forti, la sua presa è salda.

«Ho perso», dice arricciando il naso e le labbra. «Però ho superato la metà della vasca».

«Principiante», sussurro nel vano tentativo di riprendere fiato. Sollevo gli occhialini sulla fronte. I suoi gli ricadono penzoloni intorno al collo. Il suo corpo è terribilmente vicino al mio e le sue dita si conficcano nel mio bacino. Mi tiene ferma immobile e mi guarda come se volesse sbranarmi. Provo ad avvicinarmi ma non me lo permette, intensificando la presa sulla mia pelle per mantenere una distanza di sicurezza fra di noi, per evitare che i nostri corpi si tocchino in punti dove non dovrebbero. Vorrei buttargli le braccia al collo e implorarlo di smettere di combattermi, perché quello che proviamo è così palese che mi fa male al cuore ogni volta che mi rifiuta.

Ho provato a uscire con altri ragazzi, l'ho evitato il più possibile, ma nei pensieri c'è spazio solo per lui. Sempre lui.

«Cosa vuoi mangiare?».

Mi mordo le labbra per non rispondere con la prima cosa che mi passa per la testa.

«Pancake». Approfitto del fatto che si stia guardando intorno per posargli le mani sulle spalle e far aderire i nostri corpi bagnati. Quel contatto mi manda fuori orbita, mi fa tremare le ginocchia.

«Eva...», mi avverte lui senza però guardarmi negli occhi. È una statua di sale.

I muscoli della sua schiena si irrigidiscono e io non riesco a fermare le mani. Ho paura di sentirmi dire di nuovo che ho frainteso tutto, che non mi vede in quel modo, che l'attrazione fra noi è solo nella mia immaginazione, ma il bisogno di toccarlo è più forte, così faccio scivolare un dito sul suo braccio tatuato fino al bordo dell'acqua, per poi risalire e riscendere sul suo petto. Sfioro i suoi tatuaggi, li osservo per la prima volta con attenzione.

«Cos'è questo?».

Theo abbassa lo sguardo e fissa il punto che sto indicando.

«Un lupo», sussurra lui sollevandosi appena per permettermi di vedere il disegno per intero.

Le linee nere che marchiano la sua pelle si mescolano in sfumature delicate. È il tatuaggio più bello che abbia mai visto. Metà della testa del lupo è stilizzata, sembrano dei fiori che si intrecciano per crearne la sagoma. Lo accarezzo piano.

«I lupi sono animali leali. Si fidano del loro istinto...», dico sovrappensiero.

«Sono animali pericolosi. Dilaniano la preda. Sono selvaggi e liberi».

Il suo pomo d'Adamo si alza e si abbassa incontrollato.

Smetto di toccarlo, il messaggio mi arriva forte e chiaro. Di nuovo. Poso le mani sulle sue sotto il filo d'acqua e lo costringo a lasciarmi andare. Mi sollevo sui palmi ed esco dalla vasca, troppo codarda per guardarlo negli occhi.

«Non posso venire a fare colazione». Lui non replica, ma so che mi sta ascoltando. «Mi sono ricordata che devo... riconsegnare dei libri in biblioteca».

«Stamattina?».

«Sì. È meglio che vada».

«Eva, non fare così...».

«Così *come*?». Mi volto come una furia e gli punto il dito contro. «Smettila di avvicinarti in quel modo se poi...».

Dio, vorrei urlargli in faccia tutta la mia frustrazione, ma le parole mi muoiono sulle labbra. Gli occhi si appannano e la gola si stringe. Non riuscirei a finire la frase senza scoppiare a piangere.

Theo, con un balzo, è anche lui fuori dall'acqua e mi sovrasta con il suo corpo. Faccio un paio di passi indietro, ma lui mi è comunque addosso, in tutto il suo splendore.

«Se poi...?», mi domanda a corto di fiato, la sua bocca a pochi centimetri dalla mia. «Se poi non ho intenzione di baciarti? Se poi non ti trascino nello spogliatoio e ti scopo nelle docce?».

Stringo forte le labbra, si meriterebbe uno schiaffo in pieno viso. «Sì!», urlo.

«È quello che vuoi?». È rabbioso. Mi circonda il collo con una mano finché le nostri fronti non si incollano l'una all'altra. «Vuoi che ti baci, Eva? Vuoi davvero superare quel limite? E dopo cosa facciamo? Pensi che non ne sarei capace? Spogliarti, farti godere per un'ora e poi girarmi dall'altra parte? Perché lo farei. È esattamente quello che farei».

«Sei meschino», dico fra i denti.

«No, cazzo! No, non lo sono. Ti sto rispettando come non ho mai fatto con nessun'altra». Mi lascia andare e si stropiccia i capelli con le mani, tirandoli forte in tutte le direzioni. «Vai!», mi urla addosso. «Vai via, *adesso*. Sono serio».

Abbasso lo sguardo sui miei piedi, troppo vigliacca per guardarlo ancora negli occhi, troppo orgogliosa per dargliela vinta.

«Sei un ipocrita. Non stai proteggendo me, solo te stesso». Con le mani che mi abbracciano la vita mi volto e con passo svelto vado a recuperare il resto delle mie cose dall'altra parte della piscina.

Theo è ancora fermo immobile a fissare il vuoto quando entro nello spogliatoio.

***

Esco dalla doccia e mi avvolgo il corpo con un asciugamano che a malapena mi copre il sedere. Ho la testa in una bolla di sapone, i suoni sono ovattati e i miei pensieri mi perseguitano. Salto per aria quando lo trovo seduto su una panchina di legno davanti agli armadietti, lo sguardo basso e gli avanbracci posati sulle gambe.

«Cosa vuoi, ancora?», domando con il tono più scocciato che riesco a farmi uscire dalla bocca.

«Siediti».

«Smettila di darmi ordini. Dimmi cosa vuoi e vattene. Devo vestirmi».

I suoi occhi sono velati da uno spesso strato di frustrazione.

«Mi fai perdere la testa. So quello che devo fare, so come devo comportarmi, so esattamente dov'è la linea di confine e sto facendo uno sforzo enorme per non superarla, ma tu non mi sei di nessun aiuto».

Mi volto verso il mio armadietto, con una mano mi tengo stretto intorno al corpo l'asciugamano e con l'altra frugo nelle tasche laterali alla disperata ricerca della mia biancheria intima. Non voglio starlo a sentire, non mi interessano più le sue scuse. Non gli sto chiedendo di giurarmi amore eterno, solo di provarci. E se lui non ha intenzione di farlo, allora deve starmi alla larga.

«Se queste sono le tue scuse, sono piuttosto patetiche». Mollo la presa sull'asciugamano e lascio che mi ricada attorno ai piedi, rimanendo nuda. Gli do le spalle. Non ho intenzione di voltarmi, ma sono stanca della sua stramaledetta linea, di tutti i paletti che ha messo fra noi e che io non gli ho chiesto.

«Che cazzo fai?», sbraita.

«Te l'ho detto, mi devo vestire».

«Merda!».

Lo sento alzarsi e irrigidisco le spalle. Chiudo gli occhi per alcuni istanti, convinta che da un momento all'altro me lo troverò alle spalle. Non sono mai stata così sfacciata, non pensavo di avere l'audacia di spingerlo al limite in questo modo. Non ho il coraggio di voltarmi, così mi infilo gli slip e poi il reggiseno.

Sento la porta dello spogliatoio delle donne chiudersi con un tonfo e ricomincio a respirare. Faccio appena in tempo a vestirmi del tutto che quella dannata porta si apre di nuovo e il colpo contro il muro è, se possibile, ancora più forte di prima.

Passi pesanti riecheggiano nella stanza vuota e un Theo imbestialito svolta l'angolo formato dagli armadietti e si ferma a pochi passi da me.

«Tu sei pazza!», alza la voce e tutto ciò che ottiene da parte mia è una smorfia seccata. Mi siedo a terra e mi infilo i miei *UGG boots* marroni. *Closer to You* degli Adelitas Way risuona nel locale e smorza il rumore assordante del suo respiro greve. «Tu...». Tira un pugno contro uno degli armadietti ammaccandolo al centro.

Sussulto e mi alzo in piedi trattenendo il fiato. «Ti ha dato di volta il cervello?», alzo la voce anch'io.

«Non farlo mai più. Non provocarmi in quel modo».

«Altrimenti cosa fai? Scappi via?».

«Non sto scappando, per Dio!». Le nostre voci sovrastano la musica e le mie mani tremano furiose.

«È per Helena? È perché sei innamorato di lei?».

Theo sgrana gli occhi. È bastato formulare la domanda giusta per farlo calmare. La rabbia evapora dal suo viso e lo vedo scuotere la testa, rassegnato. Le braccia gli ricadono inermi lungo i fianchi e si va a sedere sulla panchina dov'era prima. Appoggia l'asciugamano sulle spalle e appiattisce la schiena contro il muro.

«No», risponde cupo. Respira a fatica e chiude gli occhi. «Certo che no».

Mi accovaccio fra le sue gambe. «Guardami».

«No».

«Per favore», sussurro.

«Non capisci». Finalmente mi accontenta e gli occhi azzurri più belli che abbia mai visto si fondono nei miei. «Mi fai provare cose che non voglio. Sei una maledetta calamita: più cerco di starti alla larga, più mi ritrovo a gravitare nella tua orbita. È una maledizione».

Mi siedo accanto a lui e sospiro. «Cosa vuoi che faccia?».

Scuote di nuovo la testa. «Non lo so».

«Sono pronta a farmi trasferire in un altro dormitorio pur di non vedere più quell'espressione sconvolta che hai adesso. Perché io non voglio essere un peso per te. E se non posso essere qualcosa di bello, allora non voglio essere niente».

«Ma che dici?».

«Sono seria. Non so come siamo arrivati a questo punto, ma non ne posso più di questo tira e molla fra noi. Io vorrei solo abbracciarti, mentre tu continui ad allontanarmi».

«Non voglio che tu vada da nessuna parte».

Mi alzo in piedi, la sua mano afferra il mio polso. Mi accarezza le nocche e se le porta all'altezza della bocca, per poi sfiorarle con le labbra.

«Ma non vuoi neanche che ti stia vicino», sussurro.

Afferra con le labbra la punta del mio indice e lo succhia delicatamente facendomi partire una scarica di piacere che mi esplode in mezzo alle gambe.

«Ho bisogno che tu rimanga esattamente dove sei. Ho bisogno di sapere che stai bene». Lascia la presa sul mio polso e si alza in piedi. Le sue labbra si posano delicate sulla mia fronte e io gli circondo la vita con le braccia.

«Forse dovremmo evitare di vederci per un po'. Di nuovo. Dirò a Helena che non mi sento bene e che stasera non posso venire».

Le dita fredde di Theo mi avvolgono il viso. «No, non se ne parla. Non ti chiuderai al dormitorio solo perché non riesco a gestire il modo imbarazzante in cui reagisce il mio corpo quando sei a un passo da me».

Trattengo il fiato e lo spingo via. Le sue parole sono capaci di sgretolarmi l'anima. Mentre io sono innamorata pazza di lui, per Theo è solo una questione fisica. Un'erezione che non riesce a controllare. Diventa tutto così chiaro nella mia testa che faccio fatica a trattenere le lacrime.

«Non provi niente per me», dico ad alta voce senza riuscire a fermare quel pensiero devastante.

«Ti voglio bene, Eva. Mi preoccupo per te, voglio saperti felice».

Ma non accanto a te.

Stavolta riesco a bloccare le lingua.

«Okay».

«Puoi farmi un favore?», mi domanda. Il suo tono è tornato allegro, i suoi occhi sorridono e l'aria intorno a noi è meno soffocante. «Non spogliarti mai più in quel modo, o giuro non risponderò di me».

Ridacchia ma non riesco a farmi contagiare dal suo ritrovato buon umore.

Annuisco. «Sì, scusa. Non so cosa mi sia preso». Mi volto e infilo la testa nel mio armadietto.

«Andiamo a fare colazione? O devi andare a riportare i tuoi libri immaginari nella biblioteca chiusa?».

Mi asciugo una lacrima senza farmi vedere. «Certo. Ci vediamo fuori».

Lo sento uscire dagli spogliatoi e mi aggrappo all'anta di metallo aperta. Con il palmo della mano scaccio via altre lacrime che scendono contro la mia volontà.

Sono ridicola! Piangere per un ragazzo in questo modo mi fa sentire debole e sola. E non posso neanche prendermela con lui, solo con me stessa.

Devo voltare quella stramaledetta pagina, devo farlo una volta per tutte. Mi sciacquo il viso con abbondante acqua fredda, mi asciugo i capelli e quando sono certa che non crollerò di nuovo a piangere vado ad aspettarlo nel corridoio.

Ho solo una speranza per sopravvivere al dolore che mi provoca il mio povero cuore spezzato: trovare qualcuno che sia in grado di ricucirlo.

CAPITOLO 21

Theo

THEO: *Dove cazzo sei? Ho bisogno di te.*

THEO: *Sono serio. Vieni subito o mi butterò giù dalla finestra.*

THEO: *Lo faccio.*

THEO: *Sto per lanciarmi nel vuoto e ti sentirai un verme per non essere arrivato in tempo.*

THEO: *Ho una gamba fuori dal cornicione...*

Kian si porta il cellulare anche al cesso, ma una volta che ho *davvero* bisogno di lui per non andare fuori di testa, *puff*, sparito. Roba che una volta mi ha risposto mentre stava scopando! Dove cazzo è finito?

Tre colpi secchi sulla porta mi fanno sussultare. La spalanco e me lo ritrovo davanti, i capelli schiacciati contro l'orecchio sinistro, come se si fosse appena svegliato, e lo sguardo assassino.

«Ma che cazzo succede?».

«Dov'eri?».

«La finestra non è neanche aperta. Non sei nemmeno capace di inscenare un finto suicidio».

«*Dov'eri?*», domando di nuovo, con tono urgente.

«Ero con una in fondo al corridoio! Che vuoi?».

«L'ho vista nuda. Integrale. Sedere, tette, gambe, braccia, collo e anche un centimetro della sua...». Non ho il coraggio di dire quella parola. Lo indico in mezzo alle gambe e lui sospira.

«Figa?».

«È depilata. Tutta. Dalla testa ai piedi. Lo avevo immaginato quando l'ho vista in costume, Cristo è talmente liscia lì sotto che me lo sono dovuto prendere a martellate per rimetterlo a cuccia».

«Ma di chi stiamo parlando?», mi domanda. Si accende una sigaretta e va ad aprire la finestra. Ne passa una anche a me e aspiro così forte da consumarne un terzo.

«Eva. Cazzo, *Eva*!».
«Hai visto Eva nuda?».
«Sono fottuto. Almeno prima potevo immaginarmela, che ne so, piena di orribili e disgustose cicatrici. O con i peli lunghi e ispidi. Invece, col cazzo. È perfetta».
Kian scoppia a ridere e io mi indispettisco. «Come cavolo hai fatto a vederla nuda?».
«Si è spogliata. Ha semplicemente lasciato cadere l'asciugamano e KABOOM, fine dei giochi».
«Cos'è successo? *Dov'è* successo?».
«Ci siamo incontrati al Dodge Fitness Center, in piscina. Mi sono avvicinato troppo, non avrei dovuto farlo. E lei si è infuriata. E poi si è spogliata. E allora *io* mi sono infuriato!», sbraito. Mi devo dare una calmata, mi porto la mano al petto e sento che sto per avere un infarto. «Non l'ho sfiorata nemmeno con un dito. Sono uscito dallo spogliatoio, ho tirato quattro pugni alla parete imbottita e poi sono rientrato da lei».
«Beh, complimenti per l'autocontrollo», mi prende in giro.
«Autocontrollo? Mi merito una cazzo di medaglia al valore. Ce l'ho duro da tre ore!».
«Troppi dettagli, amico mio. Troppi dettagli».
«E stasera dovrò sedermi a un tavolo con lei da una parte, Helena – che non tocco da settimane – dall'altra e un coglione di cui non so nulla, davanti. Con chi cazzo le ha organizzato l'appuntamento al buio? Tu lo sai, dimmelo una buona volta». Spengo la sigaretta nel posacenere e me ne accendo un'altra.
«Intanto, datti una calmata. Mi stai davvero facendo preoccupare».
Mi siedo sul bordo del letto ma non riesco a fermare la gamba che sembra vivere di vita propria.
«Sono due settimane che mi dici di non volerne sapere nulla, che non ti interessa».
«Dimmi quel cazzo di nome!».
«Owen Tudor».
Sgrano gli occhi. «Owen Tudor? Owen sarebbe il ragazzo *fantastico* con il quale Helena la vuole accoppiare? Owen Tudor il suo compagno di studi?». Scoppio a ridere così forte che devo tenermi la pancia. «Oddio! Mi sento già meglio».
«Tu sei fuori di testa, *mate*. Ma cosa ti sta succedendo?».
«Owen Tudor», ripeto fra me e me. Scuoto la testa e soffoco un'altra risata. «L'uomo con più forfora al mondo».

«Ti sei innamorato», sostiene Kian dopo qualche secondo di silenzio e il sangue mi defluisce di colpo dal viso.

Smetto di battere le ciglia, di ondeggiare la gamba, persino di respirare. «Ma che dici?».

«È così. Continua pure a negarlo fino all'infinito, ma è così. Ti sei innamorato della biondina della porta accanto. Un po' un cliché, ma inevitabile».

«No! Che cazzo dici?! Sei fuori strada». Scuoto forte la testa incredulo.

Mi sono innamorato di Eva? Impossibile.

Non mi sono mai innamorato di nessuna in vita mia. Ho preso una bella cotta un paio di volte al liceo, ma mai, *mai* ho provato certi sentimenti da quando sono nato. E non li provo per lei. Potrei scommetterci dei soldi sopra. Al diavolo, ci scommetterei la mia ammissione a Stanford.

Mi passo la mano sulla barba e mi pizzico le labbra.

«Ci sei?», mi domanda Kian.

«Sto riflettendo».

«Su come le dichiarerai il tuo *ammmore*?», mi prende per il culo.

Il cuore mi arriva in gola in un secondo e poi sprofonda nello stomaco. Una sensazione che non avevo mai sperimentato... è surreale!

«Sei fuori strada», la mia voce è irriconoscibile persino alle mie stesse orecchie. «Non è possibile. È possibile? No, è *impossibile*».

«Davvero non capisco perché sei così sconvolto. Non c'è niente di m...».

Lo interrompo bruscamente alzandomi e andandogli sotto.

«Kian, porca puttana! Smettila di mettermi strane idee in testa. Non la amo, non la amerò mai. È una mia amica e le voglio bene. Punto. Fine della discussione. Fine della storia. Quello che provo per lei è solo fisico, e sai cosa ti dico? Che finisce qui anche questa stronzata. Da questo momento non me ne frega più un cazzo di lei».

Kian alza le mani in segno di resa. Ho il respiro corto e gli occhi iniettati di sangue.

«Quello che dici tu, *mate*».

***

Esco dalla mia stanza con la testa bassa, impegnato a chiudere l'ultimo bottone della camicia, e quasi le sbatto addosso. Non la riconosco subito. Indossa un paio di tacchi alti, dei pantaloni neri attillatissimi che le fanno da seconda pelle, e a mano a mano che il mio sguardo si solleva e mette a fuoco più e più centimetri di corpo femminile la gola si secca.

Tiene in mano un cardigan dello stesso colore dei pantaloni e indossa un top argentato che brilla e mi acceca. E ha il seno in bella mostra. Non è grande – lo so per certo, adesso – ma, Dio santo, riempie alla perfezione quel top scollato. Deglutisco a fatica, terrorizzato all'idea di incrociare i suoi occhi.

«Sono pronta!», annuncia Eva sorridente. «Come sto?». Fa una piroetta su se stessa e sono costretto a guardarla tutta. Ha sciolto i lunghi capelli biondi, si è truccata come una diva, mi sorride e le sue labbra laccate di rosso, così piene e così morbide, mi stordiscono.

Sembra così *diversa*.

Così *donna*.

Così *intoccabile*.

«Bene», replico secco voltandomi poi verso la porta della mia stanza e tirando la maniglia per chiuderla. La nostra discussione di stamattina sembra dimenticata, mentre le parole di Kian di qualche ora fa continuano a rimbombarmi incessantemente nel cranio.

«Solo *bene*? Andiamo! Mi aspettavo qualcosina in più. È il mio primo appuntamento al buio».

E anche l'ultimo, penso.

«Sembri quasi maggiorenne».

«Tu, invece, così sbarbato potresti passare per un liceale», mi sfotte.

Mi passo una mano sul viso e carezzo la pelle liscia. Mi sento un po' nudo senza la barba. Che cavolo mi ha detto la testa per radermela tutta oggi pomeriggio?

«Ero convinto ti presentassi in tuta. Magari con il costume intero sotto», ironizzo sforzandomi di mantenere il tono della voce neutro. La verità è che non ho il coraggio di guardarla per più di tre secondi di fila.

Dov'è finita la matricola impacciata e sprovveduta che abitava dietro la porta accanto alla mia? Quando cavolo è diventata così "grande"?

«Helena è da una settimana che non fa altro che tessere le lodi di questo fantastico ragazzo».

«Owen», dico sottovoce.

«Ooowen», strascica la "o" e mi ipnotizzo a fissarle le labbra. «Già mi piace! Ho pensato fosse carino fare uno sforzo. Alla fine, è la notte di Capodanno».

«Se lo dici tu». Mi aggiusto la giacca, raddrizzo la cravatta, passo una mano fra i capelli, tutto pur di non doverla guardare. Mi sta mandando di nuovo in confusione.

«Ehi, se pensi che sia brutta conciata così, faccio ancora in tempo a cambiarmi». Sorride di nuovo, con il pollice indica dietro di sé e io vorrei dirle di sì, di andarsi a cambiare, di far sparire quella canottiera che indossa e che le mette in risalto il seno appuntito, quei pantaloni che le fasciano il culo e di legarsi i capelli.

Vorrei dirle che dovrebbe correre in camera sua e spogliarsi. Per me. Come oggi nello spogliatoio, ma stavolta voglio essere davanti a lei, stavolta non scapperei.

Ho lo stomaco sottosopra. Che sia bella è sotto i miei occhi da mesi, che fosse anche così sexy, però, è una novità assoluta. Una che faccio fatica a digerire.

«Ti senti bene?», mi domanda allarmata. Fa un passo in avanti e poggia la sua mano sul mio braccio. Quel tocco delicato mi fa rizzare i peli dietro la nuca.

No, affatto. Ho voglia di baciarti. Ho una cazzo di voglia folle di inchiodarti a questa parete, infilarti la lingua in bocca per poi inginocchiarmi fra le tue gambe e farti godere. Quindi, no, non sto affatto bene.

«Certo. Andiamo. Helena è già qui sotto con il tuo appuntamento e non vedo l'ora di vedere la faccia che farai». Scuoto la testa e scaccio via il pensiero insensato di qualche secondo fa. Se lei può far finta che fra di noi sia tornato tutto alla normalità, che siamo solo due vecchi amici, allora posso farlo anch'io.

Eva si aggrappa al mio bicipite, è su di giri e io cerco di rilassarmi. Arrivati davanti all'ascensore volto solo il viso per guardarla e lei fa lo stesso. È sempre stata così alta?

«Ci sai almeno camminare su quei tacchi?».

«Non tanto». Ridacchia. «È per questo che ho bisogno del tuo braccio».

In questo momento le darei molto di più di un braccio!

Non mi accorgo nemmeno di essere entrato in ascensore, di aver premuto il tasto per il piano terra e di essere arrivato a destinazione perché sono troppo concentrato a non morire ustionato dal suo tocco.

Helena è in strada con Owen, li vedo attraverso la grande finestra che ricopre gran parte della parete. Ci danno entrambi le spalle. Dalle casse presenti nella piccola hall risuona *Someone You Loved* di Lewis Capaldi e io non riesco a staccarmi da lei. Aiuto Eva a infilarsi il cappotto e istintivamente le sistemo la sciarpa intorno al collo, così che non prenda freddo.

Un gesto innocente, mi convinco. Una pioggerella fitta misto neve continua a scendere da oggi pomeriggio e non sembra volerci dare tregua. Le sfioro il mento con i polpastrelli e indugio con le dita sulla sua pelle più del dovuto.

Un gesto un po' meno innocente, mi rimprovera la mia coscienza. Devo smettere di toccarla. Di guardarla. Di pensare a lei in quel modo.

«Owen è... particolare», riesco a dire.

«Lo so, Helena me lo ha detto».

«Ah, sì?! E cosa ti ha detto?».

«Che è molto intelligente, il primo del suo corso di studi. Che è simpatico e molto tenero».

«E tu? Che idea ti sei fatta?».

«In che senso?».

Afferro i lembi del suo cappuccio e lo sollevo per poi calarglielo sulla fronte. Rimango con le dita aggrappate alle due estremità.

Devo smettere di toccarla!

«È intelligente, simpatico e "tenero"...», ripeto.

«Sei davvero superficiale! Helena me lo ha detto che non spicca per la sua bellezza, se è a questo che ti riferisci».

Non riesco a trattenere una risatina. Quando mette il broncio è ancora più bella.

«No, decisamente non spicca per la sua bellezza». Avvicino il viso al suo, quel profumo dolce mi inebria e chiudo gli occhi per un secondo.

«Lo stai facendo di nuovo», mi rimprovera lei a bassa voce. «Mi stai addosso, mi provochi e poi ci ripenserai».

Sei innamorato di lei...

La voce di Kian nella mia testa si confonde con quella di Eva davanti a me. Ha ragione lei, lo sto facendo di nuovo.

«Sì, lo so».

«E allora smettila! Se ci vedesse Helena, penserebbe male», sussurra.

Me ne frego di Helena che si trova al di là della porta, di Owen che non starà più nella pelle all'idea di avere un appuntamento con una ragazza come Eva, del mio buon senso che mi dice che devo tornare a comportarmi come un uomo e non come un ragazzino in piena tempesta ormonale, me ne frego di tutto.

L'attiro verso di me e il suo viso è così vicino al mio che i nostri nasi si sfiorano. «Porti sempre lo stesso profumo».

Eva smette di respirare e io faccio lo stesso. Dio, basterebbe allungare il collo di un centimetro per baciarla. Un unico, cortissimo, inutile e sofferto centimetro.

Eva schiude le labbra, deglutisce, soffia piano un po' di aria fuori dal naso. E io la guardo, la guardo tutta. La guardo come non mi sono mai permesso di fare.

«Tu invece lo cambi ogni volta».

Usciti dalla piscina siamo andati a fare colazione. Io mi sono sforzato di sembrare rilassato e a mio agio, lei a malapena ha spiccicato due parole. Mi sono scusato di nuovo per il mio comportamento, lei per essersi spogliata. Ho fatto una battuta cretina sulle uova strapazzate, lei ha riso e siamo tornati a essere Eva e Theo: amici, vicini di stanza, complici ma non intimi.

E ora sto di nuovo per passare la linea di confine.

«Andiamo». Sposto il viso all'indietro concedendo a entrambi un po' di respiro. Mi chiudo il cappotto e raggiungo il portone.

«Oh, eccovi! Eva, ti presento il mio carissimo amico Owen».

Il nerd fa un passo avanti, inciampa nei suoi piedi e balbetta un «c-c-ciao». Mi dispiace per Eva, sul serio. L'idea che esca con un ragazzo mi fa venir voglia di strapparmi i peli dal petto a uno a uno, ma questo non vuol dire che mi faccia piacere che Helena l'abbia incastrata con Owen che, nonostante si sia pettinato i capelli all'indietro in modo ordinato con il gel, si sia rasato la barba e abbia fatto sparire i suoi occhiali da secchione, rimane comunque brutto. Apprezzo lo sforzo di essersi "ripulito", ma vicino a Eva, così bella e aggraziata, stona completamente.

«Ciao, piacere», si presenta lei in modo educato porgendogli la mano.

«Bene! Ora possiamo andare». Helena è su di giri, si aggrappa al mio avanbraccio e mi costringe ad avanzare di qualche passo.

Osservo Eva, che cammina davanti a noi, e l'inutile tentativo di Owen di metterle il braccio intorno alle spalle, con la scusa di ripararla dalla pioggia gelata con il suo ombrello.

Non so bene quale reazione mi aspettassi da lei alla vista di Owen, di certo non quello sguardo rilassato e il sorriso sincero che gli rivolge ogni dieci passi.

«Cosa ti avevo detto?», mi sussurra Helena all'orecchio. «Secondo me si piacciono».

«Secondo me lei ha voglia di piantargli un coltello nella giugulare», replico. «Come fai a pensare che possa funzionare? Lei è raffinata, riservata e troppo più bella di lui. Sono mal assortiti. E poi quella forfora sulle spalle del cappotto... *bleah*».

Helena ride sotto i baffi e si copre la bocca con la mano. «Owen è speciale e a Eva farebbe bene un tipo come lui: pacato, intelligente e devoto. Proprio perché è una ragazza riservata credo che le farebbe bene uscire con uno dolce come Owen».

Non ha alcun senso quello che dice. Eva ha il fuoco dentro e una corazza di granito intorno. Non le serve un tipo "pacato", le serve qualcuno che le faccia capire che va bene infrangere qualche regola di tanto in tanto. Che può lasciarsi andare.

«Non dirmi che la preferiresti accanto a uno come Kian o, peggio ancora, come Jonah».

Quel nome, come ogni volta, mi fa irrigidire le spalle e contrarre la mascella. Helena non sa bene cosa sia successo lo scorso giugno, lo sa solo Kian. Sa che non ci tolleriamo e che siamo arrivati alle mani pesantemente, ma non ha mai chiesto dettagli. Non potrei fornirgliene neanche se volessi.

«Eva non si metterebbe mai con un coglione del genere. È troppo furba», rispondo categorico.

«Non scaldarti. È per questo che ho organizzato il loro appuntamento, sai? Così Eva sarà impegnata tutta la serata con Owen e Jonah la lascerà in pace. Le ha messo gli occhi addosso e sai com'è fatto, non si fermerà finché non se la sarà portata a letto».

Ho un mancamento. Sul serio. Mi gira la testa, mi sudano le mani e mi viene da vomitare.

«Non glielo permetterò», sibilo fra i denti. So anch'io che farà la sua mossa stasera. Che ha prenotato un tavolo alla stessa festa dove stiamo andando noi, che cercherà di irretirla, ma non ha fatto i conti con il sottoscritto.

Camminiamo a passo svelto per le strade affollate di New York. Neanche la neve che ora inizia a prendere forma è in grado di dissuadere i turisti dal raggiungere Times Square per il *Ball Drop* a mezzanotte. Il traffico è impossibile, lunghe code di taxi sono immobili in mezzo alla strada e i pedoni sfrecciano fra le macchine senza rispettare i semafori.

All'incrocio con Columbus Avenue devo trattenere l'istinto di prendere sottobraccio Eva per farla attraversare. Lascio che sia Owen a farle strada fra le macchine imbottigliate e passo un braccio intorno alla vita di Helena, riparandomi meglio sotto il suo ombrello. Il viaggio in metro fino a Midtown è lungo e ci mettiamo più di mezz'ora. Siamo stipati uno sopra l'altro nella nostra carrozza e i miei occhi sono puntati su Eva per tutto il tragitto. Gente ubriaca fradicia ed eccessivamente euforica continua a venirci addosso. È un incubo. Tiro un sospiro di sollievo quando riemergiamo dai tunnel della Metro 1 e ci ritroviamo all'aria aperta.

The Roof, che si trova all'ultimo piano del Viceroy Hotel, è gremito di gente. Aspettiamo una vita prima che una hostess ci dia retta e ci indichi il nostro tavolo. La prima persona che metto a fuoco è proprio Jonah Ward. È seduto a capotavola, intorno a lui una ventina di persone. Ci saluta con la mano e poi, con la coda dell'occhio, lo vedo alzarsi.

«Buonasera», dice quando ci raggiunge. Prende la mano di Eva, ancora in piedi intenta a sfilarsi il cappotto, e se la porta alle labbra per baciarne il dorso. Mentre si esibisce in quel gesto patetico come lui, mi guarda, non mi perde di vista un secondo. Mi conosce bene, sa che ho voglia di prenderlo a calci in culo.

«Ciao, Jonah», lo saluta Eva con educazione.

«Che bella sorpresa», continua lui. Eva cerca di riprendersi la mano, ma il coglione non gliela molla. Al contrario, la costringe a fare una piroetta su se stessa. «Sei uno schianto, piccola».

Piccola… vomito!

«Grazie», risponde Eva, impassibile. Riesce a sfilare la mano da quella di Jonah e la posa sulla spalliera della sedia.

«Perché non vi unite a noi? Facciamo aggiungere un tavolo», propone Jonah e io non trattengo la risata.

«Non credo proprio», borbotto. «Ora, se vuoi scusarci, vorremmo iniziare la nostra cena».

«Piccola, vieni a cercarmi più tardi». Le fa l'occhiolino e mi guarda di nuovo. «Steinfield, sei carino senza barba».

«Grazie, tesoro. Dopo se vuoi ti faccio toccare la mia pelle liscia».

«Nah, sarò troppo impegnato a toccare altro». Mi rivolge un ghigno che vorrei cancellargli dalla faccia a suon di pugni. Si avvicina all'orecchio di Eva e le sussurra qualcosa che non riesco a sentire. Lei sgrana gli occhi dall'imbarazzo, ma si ricompone subito.

Non riesco a fermarmi, i piedi si muovono da soli e gli vado sotto, faccia a faccia. «Sparisci, Ward».

«Come siamo suscettibili». Mi molla una pacca sulla spalla e se ne va ridendo. «A dopo, *piccola*».

Coglione.

«Cosa ti ha detto?», chiedo subito. Sento lo sguardo indispettito di Helena addosso, ma me ne frego.

Eva mi sorride, forse per tranquillizzarmi. «Ma niente, voleva solo fare lo stupido».

I suoi occhi sono di nuovo incastrati nei miei, il mondo intero sparisce. Ci siamo solo io, lei e la voglia matta che ho di baciarla. Ricordo bene il tocco morbido delle sue labbra sulle mie, le sue mani che mi sfiorano la nuca, il calore del suo corpo a pochi centimetri dal mio. E la sua pelle nuda e liscia.

È Eva a interrompere quel momento, si schiarisce la gola e sposta la sua sedia per poi accomodarcisi sopra. «Allora, cosa mangiamo di buono? Ho una fame...».

Sospiro e rimango per qualche secondo a fissare il vuoto davanti a me. Mi siedo accanto a lei, i posti li ha decisi Helena. Helena, che non riesco a guardare in faccia ma che sono certo avrà da ridire sul mio comportamento.

Afferro il menù e mi concentro su quello che c'è scritto sopra.

«Credo che prenderò l'hamburger con le patatine», dichiara Owen. Mi ero dimenticato anche di lui.

«Anch'io», concorda Eva. «Owen, mi ha detto Helena che studi Ingegneria. Anche mio padre è un ingegnere».

«Davvero? In quale campo?»

«Lavora per la NASA», pronuncia con tono fiero. È rilassata e a suo agio. Io invece mi sento fuori luogo, fuori controllo, e la mia stessa pelle mi va stretta.

Il cellulare vibra contro il mio torace e lo sfilo dalla tasca interna della giacca. C'è un messaggio di Helena. Alzo lo sguardo su di lei che mi sta fissando senza battere ciglio.

HELENA: Cosa sta succedendo?

THEO: Non succede proprio nulla. Mi ha fatto innervosire.

HELENA: No, non è solo quello.

THEO: Possiamo parlarne dopo? Siamo ridicoli a scambiarci messaggi a tavola.

HELENA: Benissimo, ne parleremo dopo.

La cena è un disastro. Helena non rivolge la parola a nessuno, Owen fa battute idiote sperando di risultare simpatico ed Eva, per compassione, ride. Io a malapena tocco cibo, bevo una quantità di birra esagerata e ascolto solo per metà il ciarlare intorno a me. Non so cosa dirò a Helena, è già abbastanza frustrante dover ammettere a me stesso che Eva mi ha fatto perdere la testa, anche se ho provato in tutti i modi a tenerla a distanza. Non saprei come spiegarle che dalla festa di Halloween, inspiegabilmente, è cambiato qualcosa. Che stamattina in piscina il mio cervello è andato in tilt.

Owen si alza per andare in bagno e scende un silenzio tombale sulla tavola.

«Va tutto bene?», domanda Eva guardando prima Helena, poi me, poi di nuovo Helena.

La mia ragazza le sorride, non ce l'ha con lei, solo con me. «Certo. Ti stai divertendo?».

Eva ride. «Sì... ma, non offenderti, Owen non è proprio il mio tipo». Si copre il viso con le mani e scuote la testa.

Helena scoppia a ridere. «Sì, lo avevo immaginato. Ti ha anche rovesciato il bicchiere di birra nel piatto. Mamma mia, è un disastro, quel ragazzo!».

«E quando gli ho chiesto di passarmi il burro lo ha preso con le mani».

Ridono entrambe e mi concedo un sorriso anch'io.

«È un bravo ragazzo», conclude Eva ricomponendosi.

«Lo è, ma non va bene per te. Ti serve un tipo più estroverso». I suoi occhi si piantano nei miei, ma continua a parlare con Eva. «Uno che perda la testa totalmente, che si metta in gioco al cento per cento e sia in grado di stare al tuo passo. Uno che capisca che non hai bisogno di essere protetta, non l'hai mai avuto». Riporta l'attenzione su Eva e si alza da tavola. «Scusatemi, vado in bagno anch'io».

Si allontana alla svelta e io mi lascio cadere contro la spalliera.

«Avete litigato?», mi domanda Eva sporgendosi su di me.

«No». *Non ancora, almeno.* «Non farci caso».

«Ho fatto qualcosa che non dovevo? Si è offesa per quello che ho detto?». I suoi occhi striati di turchese sono talmente grandi ed espressivi che non riesco a gestirli.

«Non è quello, Eva. È colpa mia se è di cattivo umore».

«Forse dovresti raggiungerla per fare pace».

«Aspetto che torni Owen e vado a cercarla, non mi va di lasciarti da sola».

«Hai paura che mi mangi qualcuno?», mi domanda con sarcasmo.

Sì. Ho paura proprio di quello. Ho paura a lasciarti da sola. Che qualcuno ti porti via da me.

Scuoto la testa e allungo il braccio per afferrare la birra. «È quasi mezzanotte», dico la prima cosa che mi passa per la testa.

«Io non lo bacio *quello* a mezzanotte!». È serissima e mi fa ridere anche se la situazione è tutto fuorché divertente.

«E chi bacerai?», la domanda l'ho solo pensata, ma dalla sua espressione maliziosa capisco di averla fatta ad alta voce.

Owen torna al tavolo e, nella foga di sedersi, gli si impiglia il cinturino dell'orologio nella tovaglia e se la trascina dietro facendo cadere le posate a terra. Riesce ad afferrare il piatto prima che si schianti in mille pezzi. Eva ride, si alza da tavola e va in suo soccorso. Mi alzo anch'io, ma per andare a cercare Helena.

L'aspetto fuori dal bagno delle ragazze, appoggiato contro la parete e con le mani in tasca.

Esce dopo pochi minuti. Si è rimessa il rossetto e si sta aggiustando i capelli con la mano. È bellissima, lo è sempre stata.

«Il bagno degli uomini è nell'altro corridoio», mi informa lei. La sua voce è pacata e il viso rilassato, ma so che è arrabbiata.

«Non mi serve il bagno».

«Sei venuto a cercare me?».

«Parliamo».

«Adesso?», mi domanda stupita.

«Adesso». La prendo per mano e la conduco verso il terrazzo coperto. Ci sono ancora poche persone. Un dj sta allestendo il suo computer e la consolle in attesa che gli ospiti del ristorante finiscano la cena e si trasferiscano in questa parte del locale per dare il via ai festeggiamenti. Con le mani in tasca e lei alle calcagna mi avvicino alla vetrata e guardo fuori. Lo skyline è ai nostri piedi. A mezzanotte, quando cominceranno i fuochi, sarà impressionante la vista da quassù.

«Cosa c'è fra te ed Eva?», mi domanda senza perdere tempo affiancandosi a me. Anche lei sta guardando fuori dalla vetrata.

«Non c'è nulla, Helena. Non c'è proprio nulla».

«Per poco non dai un pugno in faccia a Jonah, e una volta tanto non stava facendo nulla di male».

«Mi fa innervosire».

«Perché ci prova con Eva?».

Mi mordo l'interno della guancia e doso bene le parole prima di dirle ad alta voce. «Lo sai che Jonah non mi piace».

«Non hai risposto. Va bene, Jonah è un viscido schifoso ed Eva è una tua amica, ma ciò non toglie che lei sia maggiorenne e in grado di decidere con chi stare. A te cosa importa?».

«Stai facendo insinuazioni che non esistono». Stavolta la guardo dritta in faccia.

«E tu non stai rispondendo alle mie domande. Non sono una tipa gelosa, non lo sono mai stata. Conosco il tuo passato e non mi sono mai fatta condizionare, ma stavolta è diverso. Lei ha un ascendente strano su di te, ce l'ha dal primo giorno, e io l'ho invitata a passare il Capodanno con noi. Dimmi, ho invitato il lupo a cena?».

«Ma cosa dici?».

Le mani di Helena mi circondano il viso e quel tocco mi fa vacillare. «Devo preoccuparmi?».

La fisso negli occhi, non le racconterò una bugia. Sciolgo quel contatto e prendo fiato. «Devo solo mantenere le distanze da lei». Una frase che non dice nulla ma che lei capisce benissimo. Le mie parole la feriscono, so che è così. Vorrebbe che la rassicurassi, che magari le dessi qualche speranza per il nostro futuro insieme, ma non posso.

Si passa una mano sulla fronte accarezzandosi lentamente la pelle liscia. «Il nostro rapporto è un po' strano: stiamo insieme ma non siamo davvero una coppia, e va bene così a entrambi. Ma questo non vuol dire che mi farò andare bene un'altra donna nella nostra storia», mi avverte.

Sospiro. «Non te lo chiederei mai».

«Credo che tu debba starle alla larga», le parole le escono di bocca concitate, poi aggiunge: «per il suo bene. Le spezzerai il cuore. Sei a tanto così dal realizzare il tuo sogno, Stanford, e io ti conosco bene: non sei in grado di provare certi sentimenti, di impegnarti sul serio».

Non sei in grado di provare certi sentimenti...

Con le mani ancora in tasca e gli occhi che fissano la moquette scura mi domando per la millesima volta cosa mi stia succedendo.

Ogni discorso sembra sempre riportarmi a lei, ogni pensiero ricade su lei.

Sempre lei, Cristo, sempre lei.

«La lascerai in pace?».

«Devo farlo per forza», mormoro.

CAPITOLO 22

Theo

Quando torniamo nella sala del ristorante ci sono due sedie in più al nostro tavolo. Riconosco subito le amiche di Eva. Stanno parlando fra di loro mentre Owen gioca con il suo cellulare, del tutto estraniato dalla conversazione.

«Ciao, ragazze». Helena si ferma davanti a loro e le saluta con due baci sulle guance per una. «Siete qui per la festa?».

Helena ha ritrovato il suo buon umore, io mi sento sporco e ipocrita. Non guardo mai Eva, mi impongo di starle alla larga. Forse ha ragione Helena, non sono in grado di provare certi sentimenti, di impegnarmi sul serio. Le spezzerei solo il cuore.

Mi risiedo al mio posto, attiro l'attenzione di un cameriere e ordino un'altra birra. Qualcuno annuncia che possiamo spostarci nella terrazza e il primo ad alzarsi è Jonah, lo vedo con la coda dell'occhio. Il resto del suo gruppo lo imita e poco dopo l'intera sala si svuota.

«Ehi, *mate*. Eccomi». Mi arriva una manata sulla spalla, così forte da farmi balzare in avanti.

«Dov'eri finito?», domando a Kian, che mi ruba il boccale di birra e se lo porta alle labbra.

«Avevo da fare». Solleva entrambe le sopracciglia e io annuisco. Non ci vuole un genio per interpretare il suo sguardo.

«Sei solo?».

«Certo!». Si avvicina prima a Helena e le scocca un bacio rumoroso sulla guancia per salutarla, dopodiché punta dritto dritto verso Eva e le sue amiche. «Ragazze, stasera siete più belle del solito».

Alzo gli occhi al cielo. Con quel suo accento inglese e il viso da fotomodello riuscirebbe a incantare anche i serpenti. Victoria si alza in piedi e lo guarda come se fosse Dio.

Lui le porge il braccio e lei ci si aggrappa come se ne andasse della sua stessa vita. «Andiamo a divertirci».

Kian la scorta oltre la sala ed Eva e Josephine li seguono dopo aver raccolto le loro cose. Owen è ancora con il naso sepolto nel suo cellulare, non si accorge di nulla.

«Andiamo?», dico ad alta voce. Ho già perso di vista Eva e mi innervosisco. Poi mi ricordo che solo pochi minuti fa ho deciso che non mi importa di quello che fa, che non è un problema mio.

Helena batte una mano sulla spalla di Owen. «Vieni con noi?».

«Nah, credo che tornerò a casa. Eva non mi si fila proprio».

Ridacchio fra i denti e sono costretto a voltarmi per non farmi scoprire.

«Ma è Capodanno! Dai, balliamo un po' e poi ce ne andiamo».

«Uff, okay, ma passata la mezzanotte sono fuori di qua».

Davvero non capisco come Helena possa aver pensato che Owen andasse bene per Eva. Lei è solare e piena di vita. Ragiona fuori dagli schemi. È di una bellezza sconvolgente.

E sto di nuovo pensando a lei.

Merda!

Hanno abbassato le luci nella terrazza, la musica è alta e la pista nel giro di pochi minuti è già stracolma di gente che balla.

Il dj sta suonando *Don't Call Me Up* di Mabel. Mi avvio al bancone, dove individuo Kian appartato con Victoria.

«Cosa bevi, *mate*?», mi domanda.

«Whiskey. Senza ghiaccio».

«Serata difficile?».

«Non sai quanto», borbotto. Mi guardo intorno e la cerco.

Sta ballando. Questa sì che è una novità. Dimena il suo culetto sodo e i capelli lisci danzano da una parte all'altra colpendo le spalle dei ragazzi che le stanno vicino. È sexy da morire mentre chiude gli occhi e segue il ritmo della musica, stretta nei suoi pantaloni attillati e con quei tacchi alti che me lo fanno scattare sull'attenti. Sorride a Josephine e una volta tanto si lascia andare.

Kian mi passa il bicchiere e lo afferro senza guardarlo, sta parlando fitto fitto con Victoria. Mi domando se a un certo punto farà la sua mossa con lei o se farà la cosa giusta: lasciarla in pace perché fra pochi mesi lascerà New York e tornerà a Londra.

Cerco Helena e la individuo a pochi metri da Eva, sta ballando anche lei. Mi appoggio contro il bancone, il braccio che tiene in mano il whiskey posato inerme sul legno duro. Ho tutta la situazione sotto controllo da qui. Tengo d'occhio anche Jonah, che non la smette più di fissare Eva con quel suo ghigno da serpente.

Sorseggio il mio drink e rimugino sulla conversazione con Helena. Mi scoppia la testa, spero solo che la serata finisca presto. Una bella dormita mi farà ritornare in me. Ne sono certo.

«Allora, che succede?», mi chiede Kian.

Victoria mi sfreccia davanti con tre bicchieri stracolmi in mano e raggiunge le sue amiche.

«Li hai ordinati tu?», gli domando.

«Sì, tranquillo. Sono puliti».

Victoria passa un bicchiere a Eva e lei, come se fosse un gesto automatico, alza gli occhi e mi scopre a fissarla. Guarda il suo bicchiere, poi di nuovo me. Annuisco e lei mi sorride, per poi brindare con le sue amiche e portarsi la cannuccia alle labbra.

Sapeva dov'ero, non mi ha cercato fra la folla, è andata a colpo sicuro. Io non perdo di vista lei e lei non perde di vista me. Questa consapevolezza mi destabilizza. Mi scolo il whiskey e cerco di darmi una calmata. Mi tremano le mani, mi trema lo stomaco.

«Hai una faccia da funerale. Cos'è successo?».

Giro solo la testa e la scuoto più volte. «Ho mal di testa».

«Allora ti consiglio di andarci piano con il whiskey».

«Non è l'alcol».

«Che ti prende?».

«Non lo so», taglio corto vedendo Helena avanzare verso di noi. Mi prende le mani e mi strattona in avanti.

«È quasi mezzanotte, vieni a ballare».

L'ultima cosa che voglio fare è intrufolarmi in quell'ammasso di corpi e farmi spintonare da tutte le parti. Mi sforzo di sorriderle, dovrei accontentarla, tranquillizzarla, ma i piedi non si muovono.

«Sì, andiamo a ballare». La mano di Kian si posa sulla mia spalla e la strizza forte per riscuotermi.

Ho voglia di una sigaretta, di uscire dalla porticina che conduce al piccolo spazio non protetto dalle vetrate e avvelenarmi il sangue con la nicotina. Di sentire l'aria fredda in faccia e schiarirmi la mente. Kian corruga le sopracciglia, come a chiedermi che cazzo mi succede.

Come se fosse facile da spiegare a parole. O forse è tutto troppo chiaro nella mia testa e ho solo paura di ammetterlo. Ho una paura fottuta di accettare il fatto che ho perso la testa per l'ultima persona per la quale avrei dovuto provare certi sentimenti. Ho il terrore di ammettere che forse ha ragione lui: mi sono innamorato di Eva e non ho idea di come o quando sia successo.

Manca un minuto alla mezzanotte. La musica si abbassa e ci voltiamo tutti verso la vetrata per ammirare lo spettacolo di fuochi d'artificio. Helena è alla mia sinistra, Eva alla mia destra.

Dieci...

La mano di Helena trova la mia.

Nove...

Eva si sposta verso le sue amiche.

Otto...

Helena si posiziona davanti a me e io chiudo gli occhi per un secondo.

Sette...

Sei a tanto così dal realizzare il tuo sogno, Stanford.

Sei...

Vorrei allungare la mano e afferrare quella di Eva.

Cinque...

Non sei in grado di provare certi sentimenti.

Quattro...

Volto la testa alla mia destra.

Tre...

Jonah è di fronte a Eva.

Due...

Helena mi afferra il viso fra le mani.

Uno...

Mi bacia e io ricambio.

«Buon anno nuovo, tesoro».

«Buon anno nuovo, Helena».

***

Sono di nuovo al bancone del bar, stavolta ho ordinato una Coca-Cola. La testa mi pulsa, la musica è troppo alta e l'odore acre del sudore e dei diversi profumi mescolati fra loro nell'aria mi ha fatto venire la nausea.

Ho bisogno di ossigeno e di scappare da questo posto.

Kian sta ballando in mezzo alla pista, ma non è più incollato a Victoria. Ora che ci penso è da un po' che non la vedo. E ho perso di vista Eva da almeno un quarto d'ora. Attiro l'attenzione di Kian e gli faccio cenno di avvicinarsi.

«Hai visto Eva?», gli domando.

«Credo sia andata via. C'è una festa al Broadway House, Victoria ha detto che stavano andando tutti lì. Io le raggiungo fra un po'».

«Se ne è andata?», domando sorpreso.

«Sì. Forse una decina di minuti fa».

Non faccio altre domande, mi volto e raggiungo a fatica l'uscita. Il corridoio che porta agli ascensori è deserto, così come la sala ristorante. Non mi preoccupo di prendere il cappotto, raggiungo gli ascensori e inizio a pigiare come una furia il tasto di chiamata finché le porte non si spalancano.

Perché diavolo è andata via senza dire nulla?

Mi precipito dentro e mi guardo allo specchio. Ho la mascella contratta, gli occhi rossi e le labbra serrate in modo innaturale. L'unico suono, oltre al mio cuore impazzito, è *What's Left* dei 3 Doors Down che risuona a volume basso.

Dove cavolo sto andando? Le correrò dietro senza la giacca? Per dirle cosa, poi?

La trovo seduta su un divanetto nella hall con il cellulare in mano, fissa lo schermo come se volesse infilarcisi dentro.

«Sei qua!». Solleva di poco la testa e la sua espressione triste mi spiazza. «Che succede?».

«Niente», si affretta a dire e fa sparire il telefono.

«È successo qualcosa?».

«No».

«Non è vero. Sei triste».

«Va tutto bene. Sto andando con le ragazze al Broadway House. Victoria e Josephine sono in bagno. Vieni anche tu?».

«Non mi va che tu ci vada da sola».

Lo sguardo di Eva si rabbuia e corruccia le labbra così tanto che credo scompariranno nella sua bocca.

«*Da sola?* Sono con le mie amiche. E poi a te cosa importa?», mi attacca. Si alza dal divanetto e si aggiusta la sciarpa intorno al collo.

«Ti ha baciata? A mezzanotte? Jonah ti ha baciata?». Sono senza fiato.

«Sì», risponde fiera. Punta le mani sui fianchi e si avvicina di un passo. «Mi ha baciata, e allora?».

«Devi stare attenta a lui, Eva. Non so più come dirtelo».

«E allora smettila di farlo!». Allarga le braccia e fa un altro passo in avanti. «Smettila di trattarmi come una bambina, so badare a me stessa. Smettila di preoccuparti per me a giorni alterni».

«Non andrai a quella festa». Non riesco a fermare le parole che esplodono senza controllo. Imploro il mio corpo di darmi retta, di tornare alla terrazza e fregarmene. Devo prendere le distanze, devo starle alla larga.

«Cosa?! Certo che ci andrò!», alza la voce.

«No!», la alzo più di lei. «Tornerai su con me e ti riporteremo al dormitorio sana e salva fra un'oretta».

«Chi? Tu e la tua ragazza? Volete anche rimboccarmi le coperte?». Il suo tono sarcastico è quasi meschino.

«Sì», rispondo a tono.

«Chi diavolo ti credi di essere? Mio padre?».

«Stai facendo la ragazzina».

Spalanca gli occhi e le braccia le ricadono lungo i fianchi. L'ho mortificata, l'ho fatto di nuovo. Sposto lo sguardo oltre le sue spalle; Jonah è a pochi passi da noi, ha sentito tutto, si sta gustando la scena e si sta divertendo un mondo. Un ghigno perfido gli affiora sulle labbra. Sa benissimo che questa battaglia la perderò e lui ne approfitterà. E io non posso sopportarlo.

«Andrò alla festa, Theo. Fattene una ragione». Sta per voltarsi ma sono più veloce di lei, le afferro il gomito e la riporto a pochi centimetri dal mio corpo.

«A che ora torni?». Mi sto comportando come un matto.

«Stai davvero esagerando. Tornerò quando ne avrò voglia».

«Bene. Ti aspetterò sveglio».

Matto è riduttivo. Sono uno psicopatico! Dico cose senza senso e non ho più filtri fra la bocca e il cervello.

«Sì, certo. Come no!».

«Scommettiamo?».

Rimaniamo in silenzio per un tempo infinito. Ancora una volta mi perdo nei suoi occhi, scompare tutto intorno a noi. Mi guarda in modo strano, come se mi stesse implorando di eliminare la distanza fra noi, di baciarla una volta per tutte e lasciarmi andare. Di dare un senso, con i fatti, alle parole. Dovrei farlo, dovrei stringerla fra le braccia e portarmela via. Al sicuro. Dovrei mettere a tacere la ragione e seguire l'istinto, perché non riesco a pensare ad altro che a lei.

Ma non posso. Dio, non posso proprio.

«Buon anno nuovo, Theo». Eva si solleva in punta di piedi e le sue labbra si posano delicate sulla mia guancia liscia. Il bacio che mi dà è dolce e senza malizia, proprio come dovrebbe essere, come le ho imposto che fosse sin dall'inizio. «Ci vediamo domani pomeriggio in lavanderia».
Si stacca piano, ma non se ne va, continua a fissarmi. Annuisco e lei sospira, delusa.
Fermala! Fermala subito e portatela via, o lo farà qualcun altro, stupido!
«Ti aspetterò sveglio», ripeto a fior di labbra, ma lei non mi sente. Victoria e Josephine sono già davanti alle porte girevoli e lei a un passo da loro. Jonah le porge il braccio e lei lo accetta.
Fisso quella maledetta vetrata finché non smette di ruotare.

EVA: Non l'ho baciato a mezzanotte. Non ho baciato nessuno. Avrei baciato solo te.

Bastano quelle poche parole per farmi crollare del tutto. Non c'è una rete di salvataggio, c'è solo il vuoto, e io ci precipito dentro a peso morto.

CAPITOLO 23

Eva

J.J.: Buon anno nuovo, Cenerentola. Ho bisogno di parlarti. Si tratta di Rory...

Stavo leggendo proprio quel messaggio quando Theo ha fatto irruzione nella hall del Viceroy con il viso tirato e l'espressione sconvolta, quando ha iniziato a blaterare frasi senza senso e per l'ennesima volta mi ha lasciata andare mentre lui è rimasto fermo.

Scuoto la testa, devo smetterla di farmi male in questo modo. Fisso il display del cellulare; ci sono altri tre messaggi in entrata da parte di J.J., che non ho il coraggio di leggere, e nemmeno uno da parte sua.

J.J... deve dirmi una cosa che riguarda Rory. Ridacchio fra me e me, una risata amara che mi spezza il cuore. Non ci vuole una mente sopraffina per immaginare cosa contengano quei messaggi che mi ostino a non voler leggere.

«Ehi, sei qui».

Alzo gli occhi al cielo senza farmi vedere da Jonah. Non posso credere che mi abbia trovata anche qui, nel corridoio deserto che porta a una delle mense del Broadway House.

«Sì», rispondo sforzando un sorriso. «La musica è assordante lì dentro».

«Sono d'accordo. Che ne dici se...», indica l'ascensore alle sue spalle e io seguo il suo sguardo. «Andiamo a parlare in un posto più tranquillo?».

«Dove?», domando confusa.

Non risponde subito, estrae dal portafogli una tessera magnetica e me la mostra. «In camera mia. Ho una vista pazzesca da lassù».

Non so se ridere o scappare a gambe levate. È tutta la sera che mi sta addosso, che prova a baciarmi, a toccarmi, e sono arrivata al limite della pazienza.

«Ti ringrazio, ma credo che tornerò al mio dormitorio. Sono un po' stanca».

«Oh, andiamo, Eva!». Fa un passo avanti e io, istintivamente, ne faccio uno indietro, e poi un altro ancora finché non sento il muro contro la schiena. «È ancora presto».

Jonah si sporge su di me e io trattengo il fiato. Il suo alito di liquore mi fa contorcere lo stomaco. Con la punta di un dito mi sfiora la guancia e scende fino al collo. Non ho paura di lui, ma sapere di trovarmi in un corridoio deserto, senza vie di fuga, mi fa comunque mettere sull'attenti.

Si avvicina finché le sue labbra non sono a un soffio dalle mie. Volto il viso prima che mi baci e lo sento irrigidirsi. Sbuffa aria fuori dal naso come se fosse un toro e l'unico pensiero che riesco a formulare è che il mio spray al peperoncino è nella borsa. Sulla sedia. Nella *Rec Room*.

Cazzo!

Jonah non mi farebbe mai niente, mi ripeto nella testa almeno tre volte per non perdere la lucidità.

«Dai, Eva, non fare la difficile». Il suo dito riprende a toccarmi e mi sfiora la scollatura profonda.

«Smettila subito», lo avverto cercando di mantenere la voce ferma e i nervi saldi.

«Le ragazze farebbero carte false per trovarsi al posto tuo in questo momento». La sua mano scende di altri tre centimetri e gliela sposto con forza.

Forse non ho lo spray con me – che giuro non esiterei a usare solo per fargli passare la voglia di fare l'arrogante e di mettermi le mani addosso – ma so difendermi. Lo colpirei così forte con un pugno sul naso da provocargli una frattura scomposta e mandarlo K.O. in due secondi.

«Benissimo. Chiamale, allora. Chiamale tutte». Lo spingo via e lui non oppone resistenza. Il corridoio è lungo e io sono veloce, ma lui è alto e agile. «Vado a dormire».

Il suo ghigno mi fa tremare le ginocchia, ma fuori sono impassibile, una lastra di ghiaccio. Non gli darò la soddisfazione di fargli capire che mi sta spaventando.

Faccio un passo verso il corridoio e poi un altro più veloce. Mi afferra il polso e mi obbliga a fermarmi.

«Ti farò del male se non mi lasci».

«Ah, sì?», mi sfotte ridendomi in faccia. Stringe la presa intorno al mio polso e sento lo stomaco capovolgersi.

«E se non dovesse bastare, chiamerò Theo e lascerò che sia lui a finirti».

Sapevo che nominare il mio vicino di stanza avrebbe innescato la miccia. I suoi occhi diventano scuri e pericolosi. Le cose sono due: o mi lascerà andare o rimpiangerò questo giorno per il resto della mia vita.

La presa si allenta a poco a poco. Ci guardiamo dritto negli occhi: io con odio, lui con quella che credo sia solo compassione.

«Ti stai fidando della persona sbagliata, Eva. Non sono io il cattivo».

Non gli rispondo, non annuisco, non mi muovo di un millimetro. Jonah mi supera e i suoi passi rimbombano per tutto l'androne.

Tiro un sospiro di sollievo, mi porto una mano al petto per controllare il battito del cuore e poi corro come una furia verso la sala principale.

Recupero le mie cose e saluto Josephine e Victoria con un cenno della mano per avvisarle che sto andando via. Non aspetto che lascino la pista da ballo e mi raggiungano, mi infilo la sciarpa e il cappotto ed esco di corsa da questo maledetto dormitorio.

Cammino svelta verso il Brittany Hall sotto una tempesta di neve, mi guardo alle spalle ogni tre passi, mi maledico mille volte per essermi messa questi tacchi scomodi visto il tempo e ringrazio la mia buona stella per avermi permesso di uscire dal quel fottuto posto tutta intera.

Quello che non mi aspetto è la figura imponente davanti alla porta del mio dormitorio. Un corpo massiccio, avvolto da un piumino nero e con il cappuccio calato sugli occhi è piantato di fronte al portone.

Mi sudano le mani e il cuore mi schizza in gola per l'ennesima volta. Non posso tornare indietro, non ho il coraggio di avanzare.

Non può essere Jonah, mi convinco. Non avrebbe avuto il tempo di uscire dal Broadway House e arrivare prima di me. O sì?

La mente mi gioca brutti scherzi, ad ogni passo sento il pericolo strisciarmi nelle vene e impossessarsi della mia razionalità.

La testa di quell'ammasso scuro si volta nella mia direzione e io mi immobilizzo. Ho i piedi congelati dal freddo, non riuscirei a scappare neanche se ne andasse della mia stessa vita. E poi lo riconosco...

«Theo?!», urlo per sovrastare le raffiche di neve.

Lui solleva una mano e io non so se corrergli incontro e abbracciarlo o ucciderlo.

Che sta facendo? Mi sta aspettando davvero?

Mi sbrigo a raggiungerlo e quando me lo trovo davanti decido: voglio ammazzarlo!

«Cosa cavolo ci fai qui fuori?». È fradicio dalla testa ai piedi e trema vistosamente.

«Ti stavo aspettando», sussurra. Le sue labbra sono viola e la pelle del viso bianchissima.

«Mi aspettavi?». Sono così arrabbiata che vorrei usarlo contro di lui, il mio spray al peperoncino. Non posso credere che lo abbia fatto davvero, che continui a trattarmi come una stupida ragazzina. Dovrei raccontargli quello che è appena successo con Jonah, fargli capire che non ho bisogno di essere protetta. Sto per inveirgli contro quando lui inizia a starnutire. Una volta, due volte... sette starnuti.

«Entriamo?», mi supplica. Passo la tessera nel lettore, spalanco la porta ed entro, senza aspettarlo.

Chiusi nell'ascensore, lo vedo rabbrividire e la mia collera aumenta. Cosa diavolo sta cercando di dimostrarmi?

«Sei un deficiente», sibilo fra i denti.

«Ehi, mi sono beccato una polmonite per te, dovresti essere contenta di vedermi».

«No, non lo sono affatto». Le porte si spalancano e imbocco il corridoio come una furia.

«Eva!», mi chiama lui, ma tutto quello che ottiene in risposta è la visuale della mia schiena e un dito medio sollevato. «Aspetta».

Mi raggiunge davanti alla mia porta e mi impedisce di entrare.

«Giuro che, se non ti togli di mezzo, do a te il pugno sul naso che sto trattenendo da mezz'ora».

Theo inclina la testa di lato. «A chi volevi dare un pugno sul naso?».

«Lasciamo stare. Fammi passare».

Poggia le mani sulle mie spalle e io lo fulmino con lo sguardo. Cerca di parlare, ma continua a tossire e starnutire. Ha un aspetto orribile.

«Mi dispiace». Smette di toccarmi e poggia la schiena contro il legno dietro di lui.

«Per cosa? Per avermi trattato come una bambina? Per la sfuriata di stamattina? Per la scenata di gelosia al *The Roof*? Perché non vuoi stare con me? Per cosa, *esattamente*, ti dispiace?».

«Per tutto», confessa passandosi una mano fra i capelli fradici.

«Vai a dormire, Theo. Non sono dell'umore giusto per parlare con te in questo momento».

Senza contare che il mio ex probabilmente ha messo incinta la sua ragazza e un idiota ha cercato di mettermi le mani addosso.

Sento le pareti chiudersi intorno a me e le lacrime pizzicarmi in fondo agli occhi.

«Vieni con me», dice.

«Dove?».

«In camera mia. Parliamo un po'».

Scuoto la testa. Non ho voglia di parlare, non mi interessano le sue scuse, non voglio più avere niente a che fare con lui.

«Buona notte», dico solo e lui si scansa da davanti alla porta.

Rimango al buio anche se so per certo che Carmen non è ancora rientrata. Non ho nemmeno l'istinto di piangere. Mi sfilo i tacchi e mi libero dei miei abiti, che lascio a terra davanti all'armadio.

Vago a tentoni per la stanza finché raggiungo il letto. Recupero il mio pigiama grigio sotto il cuscino, lo indosso, mi lego i capelli e poi mi siedo sul materasso. Il cellulare, che ho lasciato sulla scrivania, si illumina una volta, poi due, poi tre.

«Argh!».

Dovrei ignorarlo, dovrei ignorare tutti stasera, mettermi a dormire e cancellare questa giornata infinita dalla mia memoria.

Invece mi alzo e visualizzo i messaggi di Theo.

THEO: *Non mi sento bene.*

THEO: *Potresti venire un attimo?*

THEO: *Sono serio.*

Mi passo una mano sulla fronte e chiudo gli occhi.

Che cazzo!

Marcio fuori dalla mia stanza e mi fermo davanti alla sua. Spero che stia quantomeno morendo!

Busso tre colpi secchi sulla porta e il cretino mi apre dopo neanche un secondo. Era appostato proprio lì dietro.

Cammina sulle sue gambe, non può stare così male.

«Cos'hai?», domando brusca.

Si è infilato una tuta e si va a buttare sul letto, a pancia in giù.

«Ho la febbre», dichiara con una voce che sembra provenire dall'oltretomba.

Mi avvicino a lui e gli poso una mano sulla fronte, ma ho le mani talmente fredde che non riesco a capire se scotti davvero o se sia solo l'effetto della sua pelle a contatto con la mia.

Mi sporgo in avanti e premo l'angolo delle labbra sulla sua testa, come fa ancora mia madre quando deve capire se ho la febbre oppure no.

È freddo. Non avrà nemmeno trentasette.

«No, non ce l'hai».

«Sì! Ti dico che ho la febbre», protesta lui con un tono infantile che in qualunque altro momento mi avrebbe fatto sorridere, mentre ora mi fa imbestialire.

«Hai un termometro?», gli domando.

«È nella scatola del primo soccorso. In fondo all'armadio. Anta destra».

La recupero e mi avvicino a lui con quel bastoncino elettronico ricoperto di plastica.

«Devo girarmi?», mi domanda lui come se anche solo parlare gli costasse una fatica immensa.

«Dipende, vuoi che ti misuri la febbre come si fa con i bambini?».

Solleva il viso dal cuscino di un paio di centimetri, quanto basta per spiarmi con un occhio solo. «Come si misura la febbre ai bambini?».

«Per via anale», rispondo seria e lui si tira su a una velocità impressionante.

«Va bene sotto l'ascella».

Gli passo il termometro e mi siedo accanto a lui. Sento i suoi occhi addosso, ma lo ignoro fissando la mia attenzione oltre la finestra. Non la smette più di nevicare stasera.

Il *bip-bip* ci avverte che sono passati tre minuti. Allungo una mano e lui mi passa il termometro.

«Trentasette e due», dichiaro.

«Te l'ho detto che ho la febbre». Si accascia di nuovo sul letto e si rannicchia su se stesso.

«Questa non è febbre! Hai solo preso freddo, mettiti a dormire e domani starai meglio».

«Sto malissimo». Si tocca la gola e poi tossisce. Okay, forse la tosse è autentica e non credo che riesca a fingere di avere i brividi di freddo, ma non sta morendo, quindi...

«Io vado».

«No, ti prego. Non andartene. Mi prenderesti...», ci pensa un attimo e io sbuffo. «Un'altra coperta dall'armadio? Per favore».

Sbuffo e recupero quello che mi ha chiesto. Gliela sistemo addosso e poi lo vedo pensare ancora.

«E un'aspirina».
«Dove sono?».
«Sempre nella scatola del primo soccorso».
«Hai bevuto?».
«Sì, prima al locale».
«Non puoi prendere medicinali se hai ancora alcol in corpo».
«Ho smesso di bere quattro ore fa», mi spiega e io lo fisso. Coincide con l'orario in cui ho lasciato il *The Roof*. «Sono andato via poco dopo di te e ti stavo aspettando».
«Sei stato fuori *per quattro ore*?», domando scandalizzata e lui annuisce. «Perché?».
«Perché ti stavo aspettando».
Prelevo dal blister due compresse e gliele passo, sempre più arrabbiata.
«Hai dell'acqua?».
Annuisce di nuovo e recupera una bottiglia dal comodino. Manda giù le pasticche in un unico sorso e poi si ributta sul letto. Ha una pessima cera e riesce nel suo intento: quello di impietosirmi!
«Vado a preparati un tè caldo».
«Grazie».
Esco dalla sua stanza e mi ricordo di afferrare la sua chiave elettronica sulla scrivania e qualche banconota da un dollaro che trovo accanto al suo cellulare. Scendo fino al piano terra ed entro nella *Rec Room*. Le macchinette automatiche una volta tanto funzionano e pigio i tasti per selezionare la mia bevanda.
La stanza è vuota e silenziosa, solo il ronzio della macchina in funzione mi fa compagnia. Ho la testa in una bolla e poche energie per dare un senso al gesto di Theo. Poggio la fronte contro la superficie liscia e respiro a fondo, mi riscuoto solo quando capisco che il tè è pronto.
Torno in camera sua e lo trovo come l'ho lasciato: raggomitolato sul letto, avvolto da una spessa coperta. Allunga una mano e mi mostra il termometro che ora segna trentanove e mezzo.
«Cos'è, l'hai messo sotto la lampadina?».
Mi guarda con l'espressione più offesa del mondo e alzo gli occhi al cielo. Mi siedo accanto a lui, poso il liquido caldo che mi sta bruciando i polpastrelli sul comodino e poggio di nuovo le labbra sulla sua fronte.
È freddo, proprio come prima.
«Fallo ancora», sussurra lui.

«Cosa?».

«Quella cosa che fai con le labbra. Fallo ancora».

Gli accarezzo la pelle con la bocca e lo sento rilassarsi sotto il mio tocco. «Perché sei rimasto lì fuori?».

Theo sospira, chiude gli occhi e poi li riapre, annientandomi con uno sguardo che sono sicura sto mal interpretando per l'ennesima volta.

«Volevo essere sicuro che stessi bene».

«Perché?».

«Perché... ho un debole per te...».

Mi tiro su.

«O forse è un po' più di un debole...», continua.

«Bevi il tuo tè», riesco a dire non so come. Mi accontenta, ne butta giù un paio di sorsi, poi chiude gli occhi. «Adesso dormi».

«Non te ne andare».

Ma non posso rimanere. Aspetto alcuni minuti, quando sento che è tranquillo mi alzo lentamente dal letto. Resto ferma a guardarlo per un tempo infinito.

Non lo capisco.

Per quanto mi sforzi di vedere le cose dal suo punto di vista, non ci riesco. Non mi importa se partirà alla fine dell'anno scolastico, se abbiamo i minuti contati, se le relazioni a distanza sono difficili. Io sarei disposta a rischiare ogni cosa per lui, a mettere in gioco tutta me stessa.

Esco dalla sua stanza e torno nella mia. Dopo essermi struccata mi infilo sotto le coperte e rimango a fissare il soffitto per un'eternità, con il cellulare posato inerme sul petto. Quando vibra sobbalzo dallo spavento.

THEO: Dove sei andata? Sto male.

So che sta mentendo, che non sta *così* male da aver bisogno di me, eppure mi alzo lo stesso. Mi infilo le mie pantofole pelose e raggiungo la sua stanza. Ha lasciato la porta accostata... perché sapeva che sarei tornata. Perché sa bene che io torno sempre e non so come questo mi faccia sentire. La prima parola che mi passa per la mente è "scontata", ma non voglio crederci. Non posso pensare che dopo tutto questo tempo lui non abbia capito fino in fondo quello che provo o, peggio ancora, che se ne stia approfittando.

«Che succede?», sussurro.

Mi passa il termometro e stavolta il display digitale indica trent'otto. «Stavolta ho *davvero* la febbre. Lo giuro».

«Cosa vuoi che faccia?».

«Stai qui con me».

Scosta le coperte e mi fa spazio accanto a lui. Scruto il letto come se fosse avvolto dalle fiamme, poi faccio l'errore di guardarlo in faccia. Mi fa provare sentimenti che pensavo di aver dimenticato, quel battito al cuore accelerato, quella fitta alla pancia di aspettativa mista alla paura di scottarmi sul serio, quella voglia irrefrenabile di farmi cullare dalle sue braccia e lasciare il mondo fuori da questa stanza.

«E domani?», gli domando con un filo di voce.

«Domani credo che ti vorrò ancora qui con me».

***

Theo ha lasciato accesa l'abat-jour sulla sua scrivania. Siamo uno di fronte all'altra, appoggiati sul fianco, e ci guardiamo senza dire nulla da almeno mezz'ora. Lui ogni tanto rabbrividisce e io, che fino a stamattina non avevo un briciolo di spirito da crocerossina dentro di me, gli rimbocco la coperta.

Non ci diciamo niente per altri trenta minuti almeno. I suoi occhi ogni tanto si chiudono, poi si riaprono di scatto, quasi volesse essere certo che non sia andata da nessuna parte. Non ci tocchiamo, non ci parliamo, ci guardiamo e basta.

«Credo che la febbre sia scesa», dice a un certo punto.

Come se fosse il gesto più naturale del mondo, mi sporgo verso di lui e gli sfioro la fronte con la bocca. È freddo e sudato, eppure profuma ancora in modo divino.

Mi volto per recuperare il termometro e lui alza il braccio. Lo incastro sotto la sua ascella e aspettiamo, di nuovo in religioso silenzio.

Trentasei e mezzo.

Dovrei andare via, dovrei alzarmi dal suo letto e tornare in camera, proteggermi. Forse una parete non sarebbe comunque sufficiente a salvare il mio cuore, visto il modo in cui mi sta guardando adesso da sotto le sue lunghe ciglia. Non so come ci riesca, come solo lui sia in grado di capovolgere il mio mondo e stordirmi al punto da spezzarmi il fiato.

«Ti lascio riposare». Riesco a dire, ma poi rimango ferma.

Theo si muove sotto le coperte finché trova la mia mano e intreccia le nostre dita. Si avvicina al mio viso lentamente, al punto che il suo respiro caldo mi accarezza la pelle e mi fa precipitare in una soffice nuvola di incertezza. Perché, se dovesse mandarmi via, non sopravvivrei. Stavolta ne morirei.

«Non voglio riposare». La sua voce è roca ma dolce. Mi fa formicolare la pelle, gridare l'anima. Sospira e si accosta di un altro centimetro. «Voglio fare questo».

Le sue labbra meravigliose sfiorano le mie con un tocco delicato capace di farmi venire le vertigini. Rimango immobile mentre mi tempesta la bocca di minuscoli baci morbidi.

La testa mi dice di spingerlo via, il cuore – che non credo abbia mai battuto così forte nella mia vita, forse nemmeno per J.J. – mi convince a lasciarmi andare. E lo faccio. Assecondo i suoi baci delicati finché non sento la punta della sua lingua sfiorare la mia.

È una sensazione magica. È potente e primordiale. Gli succhio il labbro inferiore e lo sento rabbrividire. Il suo corpo si avvicina al mio, le sue labbra mi cercano senza sosta e il bacio diventa soffocante. Riesce a infilare un braccio fra la mia vita e il materasso e mi ritrovo premuta contro il suo petto scolpito. E ci stiamo baciando. Ci stiamo baciando davvero.

Un velo di barba è già ricresciuto sul suo viso seducente e quella peluria ruvida mi graffia le guance, il collo e poi la clavicola. Sollevo una gamba e gli circondo il bacino costringendolo ad avvicinarsi ancora di più. Sento tutta la sua eccitazione contro il centro del mio corpo. Si struscia piano contro di me alternando baci smaniosi a gemiti appena sussurrati. Infila le mani sotto la mia maglietta e mi sfiora la pelle nuda della schiena. Ha gli occhi chiusi, io invece non riesco a lasciarmi andare. Lo voglio guardare, voglio essere sicura che non sparirà come un meraviglioso sogno che ti lascia con il cuore in fiamme e la delusione per esserti svegliata nel momento più bello.

Solleva il pezzo di sopra del mio pigiama fino a sfilarmelo dalla testa, poi si toglie la felpa. Siamo nudi dalla vita in su. Mi bacia piano in mezzo al petto, lecca la pelle intorno ai miei seni e io vorrei strattonarlo dai capelli e implorarlo di mettere fine alle mie pene, di smetterla di accarezzarmi come se fossi fatta di vetro soffiato e toccarmi tutta, ma lui, a differenza mia, non ha fretta.

Le mie mani si insinuano sotto l'elastico dei suoi pantaloni della tuta e li tirano giù di qualche centimetro. Non indossa i boxer, non indossa niente lì sotto, e la sua erezione, che sento prepotente in mezzo alle gambe, mi sta facendo perdere il controllo.

I nostri baci diventano roventi, i gesti meno delicati, e ci ritroviamo ad ansimare l'uno nella bocca dell'altra senza esserci ancora spogliati del tutto.

Le sue dita scorrono lente sulla mia schiena fino al bordo dei pantaloni e i suoi occhi si spalancano. Mi spoglia piano, senza mai perdere il contatto visivo tra noi, senza battere ciglio. Mi ritrovo nuda nel suo letto e stavolta sono io a serrare le palpebre.

Mi sfiora il sedere, fa scivolare la mano in alto e la porta in mezzo a noi, sulla mia pancia.

«Guardami», sussurra e io lo faccio. Mi sbrigo a sbarazzarmi dei suoi calzoni, con gesti sempre più impazienti.

La sua erezione mi preme contro l'inguine e io cerco ancora le sue labbra. I suoi baci sono delicati e controllati, mentre io vorrei morderlo, leccarlo, salire a cavalcioni su di lui e soddisfare il bisogno crescente fra le mie gambe.

Mi formicola la pelle nei punti in cui le sue dita mi toccano, mi sento avvampare ad ogni nuovo bacio. Quando mi sfiora nel punto in cui lo bramo sempre di più perdo il controllo: poggio la mia mano sulla sua, inarco il bacino e, senza dire una parola, gli faccio capire il bisogno impellente che ho di sentirlo dentro di me. Gli spingo il palmo in avanti e lui mi accontenta, riempiendomi con le sue dita esperte.

Aveva ragione lui: gli uomini con le mani grandi sono in grado di toccare punti che *oh, mio Dio!*

Mi stacco dalle sue labbra, butto la testa all'indietro sul cuscino e mi concentro solo sul piacere che mi sta regalando. Ansimo ad ogni spinta, stringo i denti per non gridargli di continuare, di non azzardarsi a smettere.

Le sue labbra si incollano al mio collo, domani mi verrà un livido grande quanto un limone, tanto sta succhiando forte, e io allargo di più le gambe concedendogli tutto il mio corpo.

Il piacere mi travolge e mi lascia senza fiato. Theo mi guarda come se fossi la cosa più bella del mondo e io, d'istinto, poso i palmi sulle guance infuocate. Si stacca piano e si sistema accanto a me, di nuovo sul fianco, di nuovo con i suoi occhi blu notte inchiodati sul mio viso, con un sorriso limpido stampato in faccia.

Non mi sento in imbarazzo, solo... non ancora del tutto soddisfatta.

Scosto le coperte che mi stanno facendo soffocare e lo costringo a sdraiarsi di schiena sul materasso. L'elastico dei capelli si è allentato e non appena gli salgo a cavalcioni me lo sfila del tutto e lascia che le onde ricadano oltre il mio viso e sul suo petto.

Sono così eccitata da perdere del tutto il contatto con la realtà. Mi muovo piano su di lui, poi sempre più veloce.

Theo mi solleva dai fianchi e dopo aver racchiuso l'erezione nel pugno mi penetra piano. Ci ritroviamo entrambi a trattenere il respiro finché non è del tutto dentro di me.

«Come nel mio sogno», mormora.

Rimane immobile, mentre io vorrei solo che mi liberasse dalla tensione che mi sta facendo perdere la testa.

«Abbiamo bisogno di un preservativo. Adesso», la sua voce è squillante e impaziente. Si tira su a sedere poggiando la schiena contro la parete, senza staccarsi da me. Mi bacia una spalla, le labbra, il mento. Gli stringo le braccia intorno al collo mentre scivola piano fuori dal mio corpo. Allunga una mano sul comodino, apre il cassetto e ci fruga dentro fino a trovare quello che cerca. Scarta il preservativo e, con solo una mano, riesce a indossarlo.

«Eva...», mormora il mio nome contro le mie labbra. Sollevo di poco il bacino e scendo sulla sua erezione che mi provoca dolore e piacere in egual misura. Lascia che sia io a muovermi su di lui, ad abituarmi al suo corpo.

Non riesco a parlare, a pensare lucidamente. Theo Steinfield è fra le mie braccia, dentro di me, il suo cuore batte furioso contro il mio torace e i suoi baci affamati mi fanno perdere il controllo. Fisso i suoi tatuaggi, accarezzo quella pelle marchiata per sempre e il suo viso spettacolare. Siamo faccia a faccia, ci spingiamo l'uno dentro l'altra senza sosta. I suoi gemiti riempiono il silenzio che ci circonda mentre i miei respiri concitati si perdono nella sua bocca.

Mi afferra il sedere e fa di me ciò che vuole, io non posso fare altro che assecondare le sue spinte energiche e tentare – invano – di riprendere fiato. Lo bacio di nuovo, lo bacio così forte che spero capisca quanto mi fido di lui in questo momento, che gli lascerei fare cose che in passato ho avuto vergogna anche solo a pensare. Spengo il cervello e butto la testa all'indietro godendomi fino in fondo la sensazione della sua pelle contro la mia, delle sue mani addosso, della sua erezione che mi invade in modo così divino e la sua lingua che vorrei sentire ovunque.

Per la prima volta nella mia vita vengo nello stesso istante dell'uomo divino che mi sta davanti. È come se riuscisse a scavarmi dentro, a fondere la sua anima con la mia, a mescolare il suo piacere con il mio.

Il mio orgasmo è rumoroso, il suo è ovattato tanto stringe le labbra in una morsa furiosa fra i denti. Restiamo immobili per un tempo che non riesco a quantificare con razionalità, le nostre fronti premute l'una contro l'altra, i nostri corpi sudati che tremano per lo sforzo e il piacere infinito.

Theo mi solleva delicatamente e mi stende sul letto. Si libera del preservativo e si sdraia accanto a me, con ancora il fiatone e i muscoli tesi.

Mi porto le mani sulla faccia e mi ci nascondo dietro dall'imbarazzo. Dio, credo di aver urlato il suo nome a un certo punto.

«Che succede?», mi domanda baciandomi a fior di labbra sul collo e trascinandomi contro il suo petto.

«Non ho mai fatto tutto quel... *casino*», confesso.

Le sue mani si posano sulle mie e mi costringe a spostarle dal viso per guardarlo.

«Io, invece, non credo di essere mai stato così silenzioso».

Le nostre risate sono così piene di imbarazzo che non so più dove girare la testa.

È stato bellissimo.

«Guardami!», mi rimprovera di nuovo lui. Mi sposta il mento con un dito ed eccoli lì quegli occhi immensi che mi hanno fatto innamorare dal primo istante.

Forse avrei dovuto chiedergli quali fossero le sue intenzioni prima di spogliarmi. Assicurarmi che per lui, questo momento, fosse importante tanto quanto lo è stato per me. Forse non avrei dovuto affrettare le cose.

Forse pensi troppo..., sussurra una vocina nella mia testa.

Theo mi accarezza i capelli sciolti, me li scosta dal viso e incastra una ciocca dietro il mio orecchio. «Sei sempre stata così bella?».

Il cuore perde un battito e mi ritrovo a boccheggiare. Lo bacio sulla guancia, poi sulla punta del naso, infine sulle labbra.

«E tu? Sei sempre stato così dolce?».

Sorride imbarazzato e nasconde il viso nel mio collo respirandomi addosso.

«Ho mentito prima. Quando ho detto che domani *credo* che ti vorrò ancora qui con me. Non lo "credo", lo so per certo. Domani ti vorrò ancora qui con me».

***

Sgattaiolo fuori dalla sua stanza e mi richiudo la porta alle spalle il più silenziosamente possibile.

«Beccata!», urla una voce dietro di me e io salto dallo spavento.

«Ehm... ciao... ehm».

«Jo, vieni un po' qua!», urla di nuovo Victoria.

«Shh, sei matta? Vuoi svegliare tutto il piano?».

«A dire il vero, sì».

«Ma guarda guarda... Capelli arruffati, pigiama stropicciato, occhi gonfi, sguardo sognante...», mi prende in giro Josephine.

«Non è come sembra», mi affretto a dire e le mie due amiche inclinano la testa di lato. «Okay, è esattamente come sembra», confesso.

«In stanza. Adesso», ordina Josephine.

Con gli occhi bassi e la coda fra le gambe le seguo nella loro camera. Mi siedo sul letto di Victoria e infilo le mani sotto le cosce, loro sorridono e si accomodano di fronte a me.

«Cosa ci siamo perse?».

«Stava male. Febbre. Sesso». Merda, non lo perderò mai questo vizio del cavolo.

Josephine e Victoria scoppiano a ridere così forte da mettermi in imbarazzo. «Ti ha fottuto il cervello, eh? Oltre a tutto il resto, si capisce».

L'imbarazzo mi sta mangiando viva, così mi concentro sulle mie unghie.

«Non sembri soddisfatta», dice Josephine e io incrocio i suoi occhi.

«Cosa? No, certo che lo sono!».

«Sicura?».

«Certo!».

«È stato passionale? Ti ha strappato i vestiti di dosso? Ti ha fatto urlare di piacere?».

Le guardo con gli occhi di fuori. «Ma che dite?!».

«Oh, andiamo. Facci sognare un po'. Vogliamo i particolari».

«È stato... delicato...», mi sento dire.

Josephine strabuzza gli occhi mentre Victoria si porta la mano alla bocca, simulando un'espressione sconvolta. «*Delicato?*», ripete.

«Esatto», mi mordo le labbra e arriccio il naso. «Mi sa che non si è divertito molto».

«Ho bisogno di più dettagli».

Sbuffo tutta la mia frustrazione. «Ieri sera non stava bene. Sono andata in camera sua, gli ho misurato la febbre, gli ho dato due aspirine e poi sono rimasta con lui. Quando si è ripreso abbiamo iniziato a baciarci, poi ci siamo spogliati e... l'abbiamo fatto. In modo... delicato», dico di nuovo. «Niente urla di piacere da parte sua, niente posizioni... eccentriche. Cioè, ci divide una parete, per la miseria. Io l'ho sentito. Un sacco di volte. Purtroppo. Invece con me è stato...».

«Delicato?!», ripetono all'unisono le mie due amiche.

«Già!». Alzo le braccia al cielo.

«Mi stai dicendo che avete fatto l'amore e che non è stata solo una scopata?», sussurra Josephine sporgendo il labbro inferiore all'infuori e mettendosi una mano sul cuore. «È così romantico!», annuncia con tono teatrale.

Romantico? È stato umiliante!

«No, ma cosa dici? Non si è divertito, è così».

«Pensavo di trovarti qui a saltellare dalla gioia, invece ti stai facendo un sacco di paranoie», mi rimprovera Victoria. «Quel ragazzo stravede per te! Cioè, ha *tradito* Helena per te».

Lo dice come se fosse una cosa bella, mentre io mi gelo. Ho bloccato l'immagine di Helena mille volte da quando ho messo piede nella sua stanza stanotte, ma ora sono obbligata a fare i conti con la mia coscienza. Dio, sono stata a letto con un uomo impegnato e non è da me fare certe cose. Neanche per Theo.

«Che succede?», mi domanda Josephine alzandosi dal letto e venendosi a sedere accanto a me.

Scuoto la testa. «Ha una ragazza. Non avrei dovuto, anche se lo desideravo più di qualsiasi altra cosa. Mi sarei dovuta fermare».

«No, *lui* si sarebbe dovuto fermare», mi rimbecca Victoria. «È lui quello impegnato, non tu. E, andiamo, l'abbiamo fatto mille volte questo discorso: non gliene importa nulla di quella scopetta frigida. La lascerà per te e sarete felici per sempre».

Gli occhi sognanti di Vicky mi fanno ben sperare... per alcuni secondi.

«Non ne sono così sicura».

«Ti ha detto qualcosa?».

«No».

«Non avete parlato?».

«No».

«E che cavolo avete fatto tutta la notte?», chiede Josephine per poi alzare gli occhi al cielo. «Domanda idiota. La ritiro».

«Dormiva ancora quando sono uscita dalla sua stanza. Ho paura».

Josephine mi circonda le spalle con il braccio e poggia il mento sulla mia testa. «Non averne. Vedrai che verrà a cercarti e chiarirete ogni cosa».

Lo spero, perché in questo momento mi sento sporca e ipocrita.

CAPITOLO 24

Eva

Non lo vedo da stamattina, da quando sono uscita di soppiatto dalla sua stanza. Fisso la cesta del bucato e non riesco a decidermi a scendere in lavanderia. Non posso incontrarlo, non saprei cosa dirgli, come guardarlo in faccia sapendo di essere stata nuda fra le sue lenzuola per tutta la notte.

THEO: *Non riesco a venire in lavanderia, sto andando con Kian al Doha Club, stasera suoniamo lì. Lascio il tuo nome e quello delle tue amiche all'entrata. Chiedete di Timothy, vi farà passare senza problemi. Spero di vederti... ho davvero bisogno di parlarti.*

Fisso il messaggio e lo rileggo cinquanta volte. Cento volte. Gli rispondo con un semplice "okay", ma non so cosa fare. Deve parlarmi? Deve dirmi che è stato un errore? Che è stata colpa della febbre? Delle aspirine? E perché parlarmi in un locale affollato quando poteva semplicemente uscire dalla sua stanza, fare tre passi e bussare alla mia porta?

Mi viene da piangere.

Come se non bastasse, non ho ancora letto i messaggi di ieri sera di J.J., che continuano a fissarmi e mi implorano di essere presi in considerazione. Sto per farlo, sto per aggiungere dolore al dolore, quando bussano alla porta.

Carmen non alza gli occhi dal suo cellulare, non si preoccupa di andare ad aprire. A lei non frega niente di niente. Non ci siamo nemmeno salutate questa mattina, figuriamoci augurarci buon anno nuovo.

Già, anno nuovo, problemi vecchi.

Victoria sta saltellando da un piede all'altro in preda all'euforia.

«Kian mi ha scritto un messaggio!», squittisce come una bambina. Dopo mesi a girarsi intorno, a flirtare ad ogni occasione, finalmente si è deciso a scriverle. «Mi ha detto che stasera lui e Theo suoneranno al

Doha Club. Ci fanno entrare». È su di giri e si aggrappa al suo cellulare stretto al petto.

«Okay». A quanto pare non conosco altre parole.

«L'hai visto?», domanda con tono cospiratorio e io scuoto la testa.

«Mi ha detto di raggiungerlo al Doha Club. Che mi deve "parlare"».

«Oh». Ci fissiamo negli occhi senza dire niente. «Vedrai che non è niente di brutto», minimizza, ma non ci crede nemmeno lei.

«Certo». Mi sforzo di sorridere. Posso affrontarlo, posso sopportare la delusione di sentirmi dire che sono stata un errore madornale. Sono forte abbastanza per incassare il colpo e rialzarmi. «A che ora usciamo?».

«Alle dieci».

«Okay».

***

Timothy, come promesso, non ci chiede i documenti, ci fa l'occhiolino e ci indica l'ascensore giusto.

«C'è solo un tasto, porta direttamente al locale», ci spiega.

Annuiamo tutte e tre. Victoria e Josephine sono euforiche come se si fossero fatte di cocaina, io vorrei solo sparire. I piedi fanno fatica a muoversi, la testa mi gira e i pensieri si affollano nella mente.

Apro e chiudo la mano destra, mi sforzo di mandare giù la saliva che mi impasta la bocca e ho l'aria di una pazza scappata da un manicomio.

Mi sono sciolta i capelli, ho indossato una delle magliette piene di strass che mi ha regalato mia madre, porto un paio di pantaloni neri stretti e degli stivaletti dal tacco accettabile. Mi sono anche truccata un po'. Non come ieri sera, solo un po' di rimmel e un lucidalabbra chiaro.

Le mie amiche continuano a chiacchierare fra di loro, si guardano allo specchio, si lisciano i capelli e si ritoccano il rossetto. Io mi sento una morta che cammina verso la sedia elettrica.

Mi sono sforzata di pensare positivo, di immaginare una conversazione tranquilla con Theo, ma ogni singola volta il mio cervello ha deciso per me: mi dirà che non vuole avere niente a che fare con me.

Le porte dell'ascensore si spalancano e io devo aggrapparmi a una delle pareti in acciaio per non svenire.

«Dai, Eva, andiamo».

Jo e Vicky non hanno fatto altro che ripetermi che andrà tutto bene. Mi accontenterei di un decimo della loro positività in questo momento.

Raddrizzo le spalle, respiro a pieni polmoni e lo cerco con gli occhi. C'è un dj dietro la consolle, ma non è Theo. Seguo le mie amiche fino al guardaroba e consegno il mio piumino, ma tengo la borsa stretta fra le mani.

«Eccoli là», mi informa Victoria a bassa voce. Seguo il suo sguardo e vedo Theo poggiato al bancone del bar: sta facendo il cretino con la barista.

Mi sale la bile in gola. Non ci posso credere, se ne sta lì a sorseggiare il suo drink e fa gli occhi dolci a quella… quella… *Argh!*, ho voglia di strozzarlo.

«Che figlio di puttana», mi sento dire e Josephine, come sempre, mi si avvicina e mi prende sottobraccio, quasi volesse sostenermi… o forse fermarmi dal commettere un omicidio!

«Che facciamo?», mi domanda.

«Andiamo da loro», rispondo severa.

Il locale non è ancora pieno, la pista è deserta e ci sono solo alcuni tavolini occupati. Mi faccio coraggio e avanzo a testa alta verso di lui e la sua faccia da schiaffi.

«Ciao», esordisco e, che mi venisse un colpo se sto mentendo, sono la tranquillità fatta persona. Almeno all'esterno.

«Ehi», mi saluta lui accorgendosi di me e posando il suo bicchiere sul bancone. Si sporge in avanti, poi ci ripensa, allunga un braccio, poi lo ritrae e infine si decide e mi bacia sulla guancia. «Sei arrivata».

«Evidentemente…», borbotto.

«Vieni con me». Mi prende per mano e mi trascina via.

«Dove stai correndo?».

Attraversiamo una porta di servizio, uno stretto corridoio e poi imbocchiamo una scala ripida. Saranno dieci gradini, ma fatico a stargli dietro. La porta è accostata e lui la spalanca.

Mi ritrovo in una piccola stanza a vetri, sembra una serra. Forse un giardino coperto. L'unica luce proviene dalla città illuminata davanti ai nostri occhi e mi incanto a guardare il *Chrysler* incorniciato dalla punta fino a circa metà della sua altezza da una pioggia di luci natalizie.

«Che ci facciamo qu…», non faccio in tempo a finire la frase.

La bocca di Theo preme forte sulla mia e mi zittisce con un bacio carico di desiderio. Mi prende il viso fra le mani e mi spinge all'indietro finché la mia schiena non va a sbattere contro la parete.

Ricambio il bacio come se dovessi morire da un momento all'altro. La sua lingua mi esplora e una delle sue mani scende fino ad afferrarmi la vita, poi avvicina il suo bacino al mio inguine.

Molto meglio che nei miei pensieri!

Mi divora le labbra, mi afferra una gamba da sotto il ginocchio e la solleva, mentre io mi struscio contro di lui cercando con la sola forza del pensiero di eliminare i nostri vestiti e di far sì che mi prenda proprio qui, al buio, in un posto dove potrebbe entrare chiunque.

Si stacca piano, mi riempie la bocca di minuscoli baci umidi, lenti e sexy. Mi sta facendo impazzire.

«Ciao», sussurra per poi afferrare il mio labbro fra i denti e morderlo piano.

«C-ciao».

«Ti stavo aspettando».

Certo, come no!

Avrei così tante domande da fargli: perché non è venuto a cercarmi tutto il giorno? Perché mi ha scritto solo per dirmi della discoteca? Perché stava facendo il cascamorto con la barista? Ma rimango zitta una volta tanto.

«Questo posto è bellissimo», dico guardando oltre le sue spalle.

La sua bocca si impossessa di nuovo della mia e le sue mani scivolano sul mio corpo, mi afferra il sedere e mi fa capire senza troppi giri di parole quali siano le sue intenzioni.

Ma se lo può scordare, dobbiamo parlare. Anche se non è facile ignorare il desiderio che si amplifica in mezzo alle mie gambe, o il suo profumo sublime, o il suo tocco lieve sulla mia pelle, o la sua bocca sul mio collo.

«Aspetta». Lo spingo via con delicatezza e lui fa un passo indietro.

«Ti sei sciolta i capelli».

«Sì, beh, dovevo nascondere questo». Sollevo una ciocca e gli mostro il segno viola che mi ha lasciato ieri notte sul collo. Nonostante i tre strati di fondotinta che ho applicato sul succhiotto, è ancora piuttosto evidente.

Theo ci poggia le labbra sopra e bacia il livido con delicatezza.

«Scusa, mi sono fatto un po' prendere la mano». Mi accarezza la pelle con la punta delle dita e si scioglie in un sorriso furbo che mi fa pulsare di desiderio tutto il corpo.

Al diavolo il luogo pubblico. Facciamolo!

Va a sedersi sul muretto che delimita l'orticello a cielo aperto e si accende una sigaretta. Io rimango impalata davanti a lui, e mi incanto a fissare il fumo che gli esce dalle labbra e si perde nella serra.

«Come ti senti?».

«Da Dio! Sei a tutti gli effetti la mia infermiera preferita».

Mando giù la cattiveria che vorrei sputargli in faccia e mi impongo di sorridere. Allunga una mano ed esito prima di afferrarla. Mi tira a sedere su una delle sue gambe, mi abbraccia da dietro e fa aderire la mia schiena al suo petto. Con una mano tiene la sigaretta e se la porta alle labbra, con l'altra mi cinge la vita.

È una situazione assurda! Non c'è imbarazzo nei suoi gesti, come se non fosse cambiato tutto nelle ultime trentasei ore. Era davvero solo ieri mattina che stavamo sbraitando l'uno contro l'altra nello spogliatoio femminile? Faccio mente locale: sì, era proprio ieri mattina. Lui sembra perfettamente a suo agio mentre io mi sto rodendo il fegato con mille dubbi e sensi di colpa.

«Di cosa volevi parlarmi?», sussurro e il suo mento si poggia sulla mia spalla. Strofina il naso sotto il mio orecchio e riprende a baciarmi lentamente.

«Abbiamo tutta la sera», replica. Butta il mozzicone a terra e lo schiaccia con la punta delle scarpe. Mi solleva dalle ginocchia e mi fa sedere meglio sopra di lui. Le nostre bocche ora si sfiorano, i nostri occhi si guardano e le mie mani tremano.

Mi bacia di nuovo. Lo lascio fare per un po' beandomi di quel tocco morbido, ma poi scosto la testa e aspetto di avere tutta la sua attenzione. Forse lui pensa che abbiamo tutta la sera, ma io no. Ho bisogno di sapere. Adesso.

«Dovremmo smetterla di baciarci».

«Perché?», mi domanda sorpreso.

«Perché tu hai una ragazza». A malapena riconosco la mia voce.

Gli angoli delle sue labbra si sollevano e il suo sorriso da mascalzone incallito mi stende.

«Non più…».

Sgrano gli occhi dallo stupore. «Hai lasciato Helena?».

«Tecnicamente *lei* ha lasciato *me*».

«Quando?», domando senza fiato.

«Ieri notte». Le sue risposte a monosillabe mi stanno spazientendo. Non dico nulla, aspetto in silenzio che mi spieghi come stanno le cose.

«Non è stata contenta quando ti sono corso dietro. Mi ha trovato seduto su un divano con le mani fra i capelli e ha fatto due più due. Le avevo detto che fra me e te non c'era nulla, le avevo promesso che ti avrei lasciata in pace. Non l'ho fatto».

«Oh», è l'unica parola che il mio cervello è in grado di formulare. Uno stupido e inutile "oh".

«Sarebbe finita comunque». Fa spallucce e io aggrotto la fronte.

«Perché vuoi stare con me?», azzardo io.

«Perché lascerò la Columbia a fine anno».

Il cuore scricchiola e i pensieri si accavallano alla rinfusa nella mia mente.

«E… io e te… cosa facciamo?».

«Io e te…», mi bacia di nuovo sulla bocca, «facciamo quello che abbiamo fatto stanotte, ma tutti i giorni. E a tutte le ore». Ridacchia mentre insinua la mano sotto la mia maglietta. Le sue dita sono calde, il suo tocco non è più delicato, al contrario, è impaziente e famelico, ma la mia testa in questo momento non è in sintonia con il mio cuore o con i miei desideri: la mia testa è ferma alla mezza risposta che mi ha dato.

«Fermo». Mi alzo in piedi e metto un metro di distanza fra noi. «Dovrai essere un pochino più chiaro, non mi basta questa risposta».

Theo sbuffa e si rigira l'accendino fra le dita. «Cosa vuoi sapere? Non sto più con Helena, sto con te. Fine della storia».

«E se non ti avesse lasciato lei? Lo avresti fatto tu?».

I suoi occhi si rabbuiano, la sua mano rimane a mezz'aria con quel cilindro di plastica colorata incastrato fra l'indice e il medio.

«Forse no».

Chiudo gli occhi dallo shock e nascondo le mani, che non smettono più di tremare, dietro la schiena. «Saresti venuto a letto con me e poi avresti continuato a stare con lei?». Più che una domanda esce fuori come un'accusa.

«Non sarei venuto a letto con te», dice con noncuranza, come se fosse ovvio, come se fosse stanco di ripetermi sempre le stesse cose.

«Cosa… cosa ti aspetti da questa storia fra noi due?».

Alza le spalle e sposta lo sguardo oltre la vetrata. «Perché ti fai sempre tutte queste domande? Perché non ti lasci andare una volta tanto e ti godi il momento? Sono mesi che mi giri intorno. Siamo finalmente qui, insieme, adesso, cos'altro conta?».

Mi si appannano gli occhi e respiro a fondo per ricacciare giù le lacrime.

Sono mesi che gli giro intorno?! Ma vaffanculo!
«Quindi o io o lei è la stessa cosa? Cioè, l'importante è che tu abbia qualcuno pronto a scaldarti il letto. Solo fino alla fine dell'anno scolastico, sia chiaro», replico con biasimo.

Theo si alza in piedi e mi si para davanti. «Non ho detto questo».

«È esattamente quello che hai detto», ribatto io alzando la voce. «Io e Helena siamo intercambiabili: lei ti ha lasciato, quindi, va beh, proviamo con Eva. Tanto una vale l'altra».

«Stai fraintendendo tutto».

«E allora spiegami!», urlo.

«Cosa? Cosa cazzo vuoi sapere? Sono stato chiaro dall'inizio: non voglio e non posso permettermi di impegnarmi. Le relazioni a distanza *non funzionano*, Eva! Lo sai tu e lo so io. Mi piaci da impazzire, mi piaci dal primo giorno, e lo sai bene. Sai che effetto mi fai, sai che non ti perdo mai di vista, che ti voglio nel mio fottutissimo letto da quella maledetta festa di Halloween! Sai già tutto...». Mi afferra le spalle con entrambe le mani e il suo sguardo implorante mi confonde le idee. «Ma abbiamo una data di scadenza, Eva», sussurra. «È così, non ci possiamo fare niente».

Smetto di respirare. Smetto di pensare. Smetto di credere nell'amore nel giro di mezzo secondo. Non può averlo detto, non può pensare che mi accontenterò delle briciole.

Le sue labbra si schiantano sulle mie, il suo bacio è disperato e supplicante. Mi prende in braccio e attraversiamo la piccola stanza vetrata fino ad arrivare a un divano abbandonato in un angolo.

«Ti voglio da impazzire, Eva. Ti desidero così tanto che mi fa male lo stomaco. Avrei dovuto lasciare Helena fin dall'inizio, okay?! Questa è la verità. Avrei dovuto seguire il mio istinto e non perdere tutti quei mesi a convincermi che non contavi nulla per me».

Sfiora il bordo della mia maglietta ma esita prima di sollevarla, mi chiede il permesso con gli occhi, eppure io non riesco a muovermi. Forse mi pentirò di quello che sto per fare, forse mi sono solo illusa. Mi sono ripetuta che avrei accettato tutto quello che poteva offrirmi, che per lui avrei smesso di credere nel Principe Azzurro, nell'amore della mia vita, ma non ce la faccio.

Mi ritrovo con la schiena schiacciata contro il tessuto morbido di questo vecchio sofà. Theo è davanti a me, inginocchiato sui cuscinoni, le mie gambe distese sotto di lui. Si sfila il maglioncino e poi la t-shirt, rimanendo a petto nudo. Fisso il suo torace scolpito, il tatuaggio a forma di lupo.

Sono animali pericolosi. Dilaniano la preda. Sono selvaggi e liberi.

La sua mano risale lungo la mia gamba. Mi sfora il ginocchio, la coscia e poi il tessuto nero dei pantaloni in mezzo alle mie gambe. La pressione delle sue dita contro il centro del mio desiderio mi stordisce, mi appanna i pensieri e il buon senso.

Chiudo gli occhi e butto la testa all'indietro mentre lui continua a stimolarmi senza ritegno. Il cuore accelera nel petto e dalle labbra mi sfugge un mugolio di puro desiderio. Non è più "delicato", è *carnale* e mi sta facendo perdere il controllo solo con la stretta dei suoi polpastrelli contro il tessuto spesso dei leggings.

«Non posso», riesco a dire sull'orlo del precipizio, ma lui non smette di toccarmi. Si abbassa su di me e mi morde una spalla, succhiando poi la pelle con forza.

«Ieri sera... Avevo paura anche solo a sfiorarti», mormora contro il mio collo. «Sei così... bella. Dio, sei così bella!». Con le dita della mano sinistra mi afferra le guance, stringendo quanto basta per farmi aprire gli occhi, costringendomi così a fissare tutto quel blu scuro. «Mi vuoi, Eva?».

Annuisco e le sue labbra mi sfiorano la bocca.

«Ma...».

«Non dirlo. Non dire niente. Non perdiamo altro tempo».

«Sei innamorato di me?». La domanda mi sfugge dalle labbra così debole e patetica che credo scoppierò a piangere prima di sentire la risposta.

«Eva...».

Riesco a sfilare le mie gambe da sotto il suo corpo e mi alzo in piedi.

«Perché io sì. E ieri sera per me è stato bellissimo. Io ti amo e non ho paura di ammetterlo. Tu ci sei e io sono felice, tu vai via e io mi sento persa».

Osservo ogni suo gesto: si passa una mano fra i capelli, poi sul viso, grattandosi ripetutamente la barba che sta ricrescendo. Guarda oltre la vetrata, poi le sue mani, poi il soffitto trasparente. Si morde le labbra, sbuffa, scuote la testa, ma non guarda mai me e non mi risponde.

Mi volto e mi incammino verso la porta, lui scatta in piedi e mi raggiunge. Mi abbraccia da dietro, affonda il viso fra i miei capelli e mi stringe così forte che mi fa mancare il respiro.

«Ti prego, non te ne andare», sussurra contro il mio orecchio e una lacrima mi scappa dagli occhi. «Non te ne andare».

«È semplice, Theo: o mi ami o non mi ami. Non ti sto chiedendo la luna, non ti sto chiedendo di giurarmi amore eterno. Ti sto solo chiedendo di provarci, di non segnare una data sul calendario con una croce». Mi asciugo gli occhi e mi obbligo a respirare. Lui rimane aggrappato a me e io mi stacco piano dal suo abbraccio, per poi voltarmi.

«Non posso», è tutto quello che riesce a dirmi guardandomi in faccia.

«*Sì che puoi*!», urlo e batto i pugni contro il suo petto, facendolo indietreggiare di un passo.

«Non posso, Eva! Finirà male per noi, ti spezzerò il cuore e me ne andrò senza guadarmi indietro. Lo capisci? Io sono fatto così: mi stufo di tutto, sono incostante ed egoista e non la voglio una storia a distanza. Non voglio ritrovarmi dall'altra parte del Paese fra qualche mese a domandarmi cosa stai facendo, a sentirti piangere al telefono perché non stiamo insieme. Ad ascoltare le tue accuse sul perché non sono rimasto. A sentirmi obbligato a chiamarti ogni sera alla stessa ora. A subire interminabili scenate di gelosia. Mi stai chiedendo troppo».

«No, *tu* mi stai chiedendo troppo!», sbraito e gli punto il dito contro.

«Voglio solo stare con te, Eva. Adesso, nel presente. Svegliarmi la mattina e aspettarti in camera mia per il bacio del buongiorno. Andare a dormire la sera e convincerti a farlo nel mio letto anche se il giorno dopo hai gli allenamenti. Vuoi che facciamo tutte quelle stronzate da fidanzatini? Non c'è problema, mettimi alla prova. Cinema, cene romantiche, pattinate a Central Park, brunch della domenica. Sono pronto a impegnarmi come non mai, per te».

«Ma solo fino a giugno...».

«Eva, cazzo! Tu non mi ascolti!», strepita alzando le braccia al cielo. «Tu non vuoi capire!».

«Sei tu che non capisci. Come puoi pensare che possa stare con te a tempo determinato? Non funziona così. Tu forse sei incostante ed egoista, ma io no. Io lo so che ce la possiamo fare».

«Ti sbagli. Perché non puoi accontentarti di quello che abbiamo adesso?».

«Perché io non sono Helena», sussurro.

«E io non sono il tuo ex. Non ti terrò legata a me con false promesse per poi vivere la mia vita in California. Io andrò a San

Francisco e tu sarai così lontana che non mi ricorderò nemmeno il suono della tua voce. Vorrei che fosse diverso, ma è così che stanno le cose. Prendere o lasciare...».

Le sue parole mi bruciano la pelle, mi provocano un dolore fisico. Mi porto una mano al cuore e una sulla pancia. Ci fissiamo negli occhi senza battere ciglio, nessuno dei due è disposto a fare un passo indietro.

Se non posso avere tutto, allora non voglio niente. Nemmeno lui.

«Lascio», sussurro. «Da questo momento tu per me non esisti più. Non voglio avere niente a che fare con te».

***

Esco dalla mia stanza nel cuore della notte e mi fermo davanti alla porta di Theo. Non so se è rientrato o se è in camera con qualcuna in questo momento. Ha lasciato che me ne andassi senza aggiungere altro. Josephine e Victoria sono venute via dalla festa con me, mi hanno obbligata a rimanere da loro finché non ho pianto tutte le lacrime che avevo in corpo. Mi sono messa a letto e ho ascoltato la stessa canzone fino all'infinito, finché non mi sono alzata, ho acceso la luce sulla scrivania e ho trascritto il testo in italiano su un foglio bianco. Accanto ci ho messo la traduzione in inglese. E ora sono qui, ferma immobile con le mani che tremano e il cuore spezzato, di fronte alla sua stanza.

Fisso il foglio ripiegato e il post-it rosa che ci ho appiccicato sopra, con due strofe che ho scelto per lui, per fargli capire come mi sento.

"Dicono che non c'è niente di più fragile di una promessa
Ed io non te ne farò nemmeno una
Quello che voglio io da te non lo so spiegare
Ma se tu vai via, porti i miei sogni con te"[9]

Mi decido a infilare i fogli sotto la sua porta e sgattaiolo di nuovo in camera mia. Ho solo un'altra cosa da fare prima di mettermi a dormire e cancellare dalla memoria gli ultimi giorni.

Una che sto rimandando da ieri sera.

Respiro a fondo, cerco di controllare il tremore alle mani e sblocco il display del cellulare. I messaggi non letti di J.J. sono ancora tre, sono ancora lì che aspettano di essere visualizzati.

---

[9] Cit. "Piccola Anima" – Ermal Meta (feat. Elisa)

Niente di quello che c'è scritto potrà piegarmi fino a spezzarmi. Niente.

O forse sì…

J.J.: *Ci siamo lasciati.*

J.J.: *No, non è corretto. Io ho lasciato lei.*

J.J.: *Ti amo, Eva. Ho sempre amato solo te. Non mi importa se siamo lontani mille miglia, duemila miglia, un milione di miglia, so che ce la possiamo fare, so che siamo fatti l'uno per l'altra. Mi sono convinto di poter andare avanti senza di te, ma non funziona. Mi manca parlarti la sera, il tuo messaggio del buongiorno, vedere il tuo viso imbronciato quando riusciamo finalmente a vederci su Skype dopo i nostri mille impegni. Questo tempo lontani finirà presto… e poi avremo tutta la vita davanti. Io e te – NOI – ce la possiamo fare. Noi ce la faremo sempre.*

CAPITOLO 25

Theo

Fisso la busta sigillata con dentro i risultati dell'LSAT come se contenesse antracite. *Hold me While You Wait* di Lewis Capaldi risuona a ripetizione dai miei auricolari. La risposta è arrivata una settimana fa, ma non ho ancora avuto il coraggio di leggerla. Vedo Kian entrare nella sala studio e infilo la busta nel libro di testo di diritto costituzionale, poi mi levo le cuffie e mi sforzo di sembrare tranquillo.

«*Mate*, ti ho cercato ovunque».

«Ero qui a ripassare. Ho l'ultimo esame della sessione fra poco».

Kian si siede davanti a me e posa sulla scrivania il suo portafogli e un pacchetto di sigarette schiacciato. «Io ho finito stamattina». Si stiracchia rumorosamente e si guadagna un paio di occhiatacce da un gruppetto di ragazzi che abitano al primo piano.

«Com'è andata?», domando distratto. Con la matita disegno un piccolo lupo stilizzato sul bordo del quaderno.

«Boh, non ne ho idea. Sono troppo stanco per pensarci. L'unica cosa che so è che il mio spring-break inizia adesso!».

«Bene».

«Hai deciso cosa fare? Vieni con noi a Daytona Beach domani mattina?».

«Non credo». Continuo a fissare i miei fogli.

«Dai, *mate*. È l'ultima pausa primaverile della nostra vita! Non puoi non venire».

Andare a Daytona Beach è un po' come entrare nella fossa dei leoni consapevole che verrai sbranato vivo. Se si fosse trattato di qualunque altro posto, non ci avrei pensato due volte, ma *lì* non posso proprio andare. Non parlo con Eva da due mesi e mezzo, nemmeno un saluto con la mano, un cenno della testa, un "vaffanculo" borbottato mentre passo. Niente di niente. Era stata chiara: "Da questo momento tu per me non esisti più". Ha mantenuto la parola.

«Andrò a trovare mia madre a Zanzibar», annuncio. Non ho ancora fatto il biglietto aereo, a dire il vero, non so neanche se lo farò.

«E questa?». Kian sfila la busta con lo stemma ufficiale della commissione d'esame da dentro il libro chiuso e se la rigira fra le mani. «Non l'hai ancora aperta?».

«No», rispondo, anche se mi sembra superfluo farlo.

«Cosa stai aspettando?».

Che un meteorite mi colpisca in testa e metta fine a questa stupida agonia.

«Il momento giusto».

«Ancora lei?».

Sempre lei.

«No, non è per quello».

Il mio migliore amico non mi crede, inclina la testa di lato e solleva le sopracciglia.

«Eva è acqua passata», ribadisco lapidario.

«Dici?».

Annuisco senza aggiungere altro. Niente la fa passare, niente riesce a togliermela dalla testa. Non il numero spropositato di ragazze che entrano ed escono dal mio letto, non le lezioni, non i tornei di poker, non le serate in discoteca, dove vado a suonare sempre più spesso, non questi maledetti risultati che mi diranno se ho fatto la scelta giusta o se ho perso inutilmente l'unica ragazza di cui mi sia mai innamorato.

«Sai cosa penso?», mi domanda, ma so che non si aspetta una risposta. «Credo che tu abbia una paura fottuta».

«Ah, sì?», ridacchio. «E di cosa?», chiedo con tono ironico. Kian pensa di sapere tutto, ma non sa un cazzo. Non ha idea di come mi sia sentito quella sera al Doha Club, di quanto mi sia pentito di aver urlato quelle parole in faccia a Eva, di non averla seguita.

«Che ci sia scritto centosettanta, o più, e che quindi dovrai partire per forza».

Scuoto la testa e accentuo la risatina. «Non hai capito un cazzo».

«Balle!». Kian si accende una sigaretta e mi lancia sul petto il suo pacchetto sgualcito, subito dopo l'accendino. «Te la stai facendo sotto. Non hai paura di non aver preso almeno centosessanta, tu hai paura di averlo fatto».

«Ma che diavolo vai blaterando?».

«Se andrai a Stanford, non la rivedrai mai più, ma se rimanessi...».

Non dirlo. Non dirlo. Non dirlo.

«Potresti stare con lei».

«Sei fuori strada», cerco di negare ancora, ma la voce mi tradisce.

Io *voglio* andare in California. Io *voglio* mettere tremila miglia fra noi due. Io *voglio* partire e dimenticarmela. Io... non sono la persona giusta per lei.

Kian mi fissa con gli occhi socchiusi, non so cosa stia cercando di fare, forse leggermi nel pensiero. Ci rimarrebbe davvero male se ci riuscisse: non lo so più nemmeno io cosa penso.

«Vuoi davvero andare ancora a Stanford? O è solo per ripicca nei confronti di tuo padre? Per dimostrargli cosa, poi? Che ce la fai con le tue forze? Che diventerai un avvocato ma alle tue condizioni?».

Le sue domande mi fanno innervosire, così gli rispondo cambiando discorso, sperando di farlo tacere una volta per tutte. «Pensi sul serio che una ragazzina con un bel culo possa mettersi fra me e il mio sogno?», domando con tono strafottente. «Andiamo, Kian, mi conosci bene. Me ne frego di lei. Mi piaceva, me la sono fatta e poi sono passato oltre». Le mie parole meschine stridono persino alle mie orecchie.

«E allora parti con me domani mattina», insiste lui. Non mi toglie gli occhi di dosso, sta studiando ogni singola espressione del mio viso. «Se era solo una scopata, quella che cercavi, che te ne frega? C'è? Non c'è? Non è un problema tuo. Cioè, Eva non conta un cazzo, giusto? È solo una "ragazzina con un bel culo" che ti sei fatto una sera di due mesi e mezzo fa. Tra l'altro, so da Victoria che Eva sta scopando con uno del Broadway House da un mese».

Il cuore mi schizza in gola, ma non faccio l'errore di distogliere lo sguardo. Non so se dica sul serio o mi stia solo provocando, in entrambi i casi mi impongo di rimanere impassibile.

«Partiamo, ci divertiamo, ci sbronziamo, ci portiamo a letto una quantità indecente di fighe spaziali e poi, *adios*, un altro paio di mesi e sarai in California. Problema risolto».

«Ci penso».

«Sto andando in piscina, ci saranno le gare della squadra di nuoto fra poco. Siamo tutti lì».

Trattengo il respiro. So bene che ci sono le gare.

«Devo finire qui. Ti ho detto che ho l'esame».

«Giusto». Kian si alza dalla sedia e sfila un foglio piegato in quattro dalla tasca posteriore dei suoi jeans.

«Questo è un regalo per te». Lascia cadere il pezzo di carta sul mio libro chiuso e io lo spiego lentamente.

È un biglietto aereo per Daytona Beach. A nome mio. Per domani mattina.

«Che ci devo fare?».

«Devi partire con me».

Alzo gli occhi al cielo. «Andrò a Zanzibar da mia madre».

«Stai due giorni e poi vai dove vuoi. Giusto per il concerto di domani sera. Senti, Daytona Beach conta, quanti? Settantamila abitanti? Non la incontreresti neanche se volessi».

«Ti ho detto che non è lei il problema. Non è per lei che non voglio venire».

«Certo. Ho capito. Solo che io ti conosco...».

Mi spazientisco. Accartoccio la prenotazione del volo e la lancio in mezzo al tavolo. «Se mi conoscessi davvero, smetteresti di fracassarmi le palle con questa storia di Eva».

«Se smettessi di farlo, non sarei il tuo migliore amico. E apri quella busta. Hai sprecato già troppo tempo».

Non ho la risposta pronta, così lo osservo andare via e salutarmi con un cenno della mano.

Si sbaglia. Si sbaglia alla grande. Non sto sperando di non aver superato l'esame per poter rimanere con lei. Non servirebbe comunque, non mi perdonerebbe mai. E io me ne devo andare.

Provo a riprendere la concentrazione, ma è inutile, così infilo i libri nel mio zainetto ed esco dalla sala studio del Brittany Hall. L'edificio dove dovrò sostenere l'esame è dall'altra parte rispetto alla piscina, eppure quando arrivo al bivio imbocco la strada per il Dodge Fitness Center.

Già da fuori si sentono le urla di incitamento degli studenti della Columbia. Mi calo il cappellino sugli occhi ed entro. Rimango fermo immobile alla fine del lungo tunnel che porta agli spalti. Vedo la squadra della Columbia al completo sulla sinistra e altre tre squadre di altrettante università sul lato opposto.

Dall'altoparlante annunciano che fra tre minuti si svolgerà la gara dei quattrocento rana. La gara di Eva, quella per la quale si sta allenando duramente dal primo giorno che è arrivata. Infilo le mani nelle tasche dietro dei pantaloni, mi appoggio con una spalla contro il muro e aspetto di vederla salire sulla pedana.

La riconosco anche se porta la cuffia e gli occhialini. Il suo corpo è sinuoso e slanciato. Scuote le braccia un paio di volte, poi si stira i muscoli. Sale sul blocco di partenza numero due e si guarda intorno. Non l'ho mai vista così concentrata.

Il direttore di gara dice qualcosa al microfono e la sua voce rimbomba chiara nella vasta palestra. Riesco quasi a sentire il ritmo cadenzato dei suoi respiri.

Lo sparo mi fa sussultare ed Eva si libra in aria con grazia, per poi immergersi nella piscina. Nuota con uno stile che ipnotizza. Faccio un paio di passi in avanti per vederla meglio. È terza, poi quarta. Dopo due vasche è ancora quarta, è l'unica della sua squadra a competere in questa categoria e le urla degli spettatori sono assordanti. Arrivata alla quinta vasca è seconda, il suo ritmo non è mai cambiato. Sto controllando i tempi sul grosso orologio a parete e spacca il secondo ad ogni virata, mentre le altre stanno rallentando. Alla settima vasca è testa a testa con la ragazza nella quarta corsia, ma anche lei sta cedendo alla stanchezza. E mentre le altre arrancano in acqua, Eva continua a nuotare, una bracciata veloce dopo l'altra, sempre più forte, sempre più determinata. Un'altra virata, e il suo ritmo aumenta. Solo altri cinquanta metri. La sua testolina sbuca in superficie per riprendere fiato e ogni volta che la ributta sott'acqua è più agguerrita di prima. Mancano solo pochi metri, potrebbe rallentare ma non lo fa. È instancabile fino all'ultimo. Aumenta ancora il ritmo e va a vincere sulle altre sette concorrenti con quasi mezza vasca di scarto dalla seconda.

Chiudo gli occhi e ricomincio a respirare.

Il pubblico esplode, solo bandierine blu con la sagoma del leone della Columbia sventolano in aria.

Eva esce dall'acqua con un balzo e va ad abbracciare il suo allenatore e i suoi compagni di squadra. Le fanno mille feste. Un ragazzo in particolare l'abbraccia con troppo slancio, la solleva e la fa volteggiare un paio di volte. Mi passo una mano sulla barba, grattandola come se volessi scorticarmela dalla faccia.

La osservo per qualche minuto, la sua risata genuina, il suo viso delicato, il modo in cui si muove, così sicura di sé e senza paura, così a suo agio nella sua pelle. Torno sui miei passi, con un sorriso soddisfatto sulle labbra e una confusione in testa che si amplifica ad ogni passo.

Non hai paura di non aver preso almeno centosettanta, tu hai paura di averlo fatto.

CAPITOLO 26

Eva

«Mammaaa! Vi muovete?». Batto i piedi come una bambina capricciosa e attiro l'attenzione della commessa insopportabile.

Mia madre e mia zia Jess mi hanno trascinato con loro a fare shopping e non ne posso più. Stanno analizzando lo stesso vestito da trentacinque minuti. Troppo corto? Troppi fiori? Troppo scollato? Troppo *last-season*?

Mi sto annoiando a morte. Sono a Daytona Beach da stamattina e sapevo che sarei dovuta rimanere a casa con mio padre invece di subire questo supplizio.

«Eva, sai che ho quell'evento importante. Mi serve il vestito perfetto!», mi rimprovera mia madre e io alzo gli occhi al cielo. Bla bla bla... avrà almeno trenta "vestiti perfetti" nell'armadio. «Piuttosto, dimmi, cosa ne pensi? Questo azzurro o quello bianco con i fiori verdi?».

Dio, nessuno dei due!

«Quello azzurro».

«È troppo corto». Zia Jess sospira sfiorando il tessuto leggero dell'abito ed esaminandolo da vicino. Forse sta contando le cuciture.

«Allora quello bianco con i fiori».

«Mhmm, troppo casual», sostiene mia madre.

La commessa, che mi sta lanciando occhiatacce senza neanche provare a essere discreta, se ne esce con un "forse ho qualcos'altro da farvi vedere", e io mi ributto sulla poltrona nell'angolo.

Sparatemi un colpo in testa. Per favore!

«Ho fatto!», grida mia madre in italiano quando vado a cercarla nei camerini.

«Sarebbe anche ora! Santo cielo, neanche dovessi presenziare ai Golden Globe».

Mi aggiusto la coda di cavallo davanti allo specchio e raddrizzo il top bianco che si è sgualcito a forza di rimanere seduta nella stessa posizione per più di un'ora.

Canto l'alleluia, ad alta voce, mentre mia madre paga il conto, e mi affretto a raggiungere la porta a vetri di questa boutique pretenziosa con le commesse più acide mai viste. Faccio solo un passo in avanti. Mi distraggo per controllare se mia madre e mia zia mi stanno seguendo e quando cerco di farne un altro mi scontro con un corpo massiccio che mi fa balzare all'indietro tanto è forte lo schianto.

«Attenta», urla Corpo Massiccio. Riesce non so come ad afferrarmi prima che cada all'indietro e a rimettermi sui miei piedi. «Ti sei fatta m...».

«Oh», mi lascio sfuggire.

«Ehm», mormora lui.

«C-ciao», dico imbarazzata.

Theo, che per quanto ne sapevo io sarebbe dovuto partire per andare a trovare sua madre in Africa, è immobile di fronte a me, rigido come una scopa, e comincia a grattarsi la barba come un forsennato.

«Evaaa!». Kian sposta il suo amico di peso e mi abbraccia come se non ci vedessimo da un mese. «Che *bella* sorpresa! Che ci fai qui?».

«Shopping», rispondo acida, anche se lui non si merita affatto il mio tono indisponente. Il suo amico? Oh, lui si meriterebbe un calcio in faccia, una dozzina di frustate sul petto e di essere trascinato per venti isolati – facciamo quaranta – attaccato con una fune al paraurti. E di essere infilzato con un milione di spilli. E di camminare sui carboni ardenti. E... beh, si merita di morire lentamente e soffrendo come un cane. No, non come un cane, i cani sono buoni. Come una iena. Ecco, si meriterebbe di morire male come una iena!

«Settantamila persone, eh? Stronzo», borbotta Theo verso Kian. Si sistema gli occhiali da *fashion-victim* sul naso e raddrizza il suo cappellino. «Ci vediamo in giro», mi dice, ma poi non si muove.

«Speriamo di no», ribatto io piccata.

«Ciao». La voce di mia madre mi fa sussultare. «Sono tuoi amici?».

«No», ribatto secca. Guardo meglio Theo: occhiali firmati, cappellino indossato in modo strategico, così che gli copra metà del viso, tatuaggi in bella mostra, t-shirt con un profondo scollo a V di una marca famosa, bermuda neri né troppo lunghi né troppo corti, Rolex al polso e un paio di Prada sportive ai piedi.

Mia madre potrebbe mollare mio padre su due piedi per un tipo come lui.

«Che burlona!», dice Kian allungando la mano verso mia madre per presentarsi. «Lei deve essere la sorella di Eva».

Che idiota qualificato!
«Originale». Sbuffo.
Kian si guadagna un'occhiataccia e una gomitata da Theo e sento mia zia Jess ridacchiare dietro di noi.
«Oh, sei un adulatore tu, eh?».
Mia madre è cretina, non c'è altra spiegazione. Davvero si sta facendo incantare da Kian? Poi lo guardo meglio: giovane, bello da mozzare il fiato, abbronzato, vestito alla moda, capelli e occhi di un nero innaturale, accento inglese.
L'idiota le fa il baciamano e mia zia Jess mi spintona da un lato mettendosi in mezzo, credo che voglia anche lei lo stesso trattamento. Hanno entrambe gli occhi a cuore.
«Buongiorno», saluta Theo educato.
Mi è mancata la sua voce, mi è mancato tutto di lui. È la prima volta che ci parliamo dopo il primo dell'anno.
«Okay, noi dobbiamo proprio andare». Poggio i palmi contro la schiena delle due rimbambite che chiamo "mamma" e "zia" da una vita e le incito a muoversi.
«Eva, verrai al concerto stasera?», mi chiede Kian.
«Sì».
«Allora ci vediamo lì».
«Non credo. Kian, Theo, *non* è stato un piacere incontrarvi». In realtà non ce l'ho con Kian, anzi. Ieri, dopo la gara, è venuto a congratularsi con me e mi ha regalato una rosa. Finta, ma pur sempre una rosa. Non ho avuto il coraggio di dirgli che odio le rose, odio i fiori in generale.
«Aspetta!», urla Theo e ci giriamo tutti a guardarlo. «Cioè, volevo dire... Eva, posso parlarti un attimo?».
«Siamo un po' di fretta».
«Tesoro, fai con calma. Noi andiamo a prenderci un caffè».
Madre traditrice!
«Posso offrirvelo io?», continua l'imbecille. Mi aspetto che queste due gli ridano in faccia, e invece... invece, mannaggia a loro, ridacchiano come due ragazzine e si incamminano tutti e tre verso uno Starbucks, due negozi più avanti.
«Ciao», mi saluta Theo quando rimaniamo soli sotto il sole cocente di fine marzo.
«Sì, okay», ribatto.
«Come stai?».

«Benissimo. Tu?».

«Alti e bassi», risponde. È imbarazzato, incredibile! Il grande Theo Steinfield, scopatore seriale, bugiardo patentato, menefreghista, egoista, egocentrico e testa di... cavolo, è imbarazzato!

«Cosa posso fare per te?».

«Dai, non trattarmi così. Non ci parliamo da mesi».

«E mi sarebbe piaciuto che le cose fossero rimaste tali». Mantenere il tono severo e rispondergli male mi sta costando una fatica enorme, ma non posso permettermi di riaprire quella porta. Forse lui ha bisogno di ripulirsi la coscienza, ma io non ho intenzione di rendergli la vita facile.

Se buttassi giù il muro, capirebbe quanto sono stata male, quanto mi è mancato, quante volte ho pensato di bussare alla sua porta e dirgli che andava bene, che potevamo stare insieme alle sue condizioni.

«Ti ho vista ieri».

«Dove?».

«Alla gara».

I piedi formicolano e mi viene la pelle d'oca. «Eri in piscina?».

«Sono passato prima di andare al mio esame».

«Okay». Non so cosa altro dire. È venuto a vedermi competere? Per quale motivo?

«Sei stata fenomenale».

«Grazie».

Rimaniamo in silenzio a guardarci, nessuno dei due sa bene cosa dire.

«Credo che Kian ci proverà con tua madre se non andiamo a recuperarlo».

«Lo credo anch'io».

Non dice altro, non dice che gli dispiace, che gli sono mancata, che si è comportato da stronzo e che mi deve delle scuse. Non dice niente. Non accenna nemmeno al fatto che gli ho lasciato il testo di una canzone strappalacrime sotto la porta della sua camera al dormitorio.

D'altronde, perché dovrebbe farlo? Dal giorno dopo la nostra litigata quella stanza è stata più affollata di un gabinetto pubblico. Sono entrate e uscite ragazze a tutte le ore. Ogni giorno un calzino da donna diverso dall'altro annodato alla maniglia. Ogni giorno nuove urla di piacere femminili a trapanarmi il cervello attraverso la parete che ci divide.

«Domani sera partirò per Zanzibar», mi informa un secondo prima di entrare da Starbucks.

«Cosa vuoi che ti dica? Scusami, ma non capisco. Stai cercando di fare conversazione per riempire il silenzio? Perché non è necessario. Possiamo stare zitti».

Theo sospira e spalanca la porta del locale. Zia Jess pende dalle labbra di Kian, mentre mia madre ha gli occhi puntati sull'ingresso della caffetteria. Mi stava aspettando.

«Tutto bene?», mi domanda in italiano quando siamo a un passo da loro. Mi limito ad annuire e a sorriderle per metterle il cuore in pace.

«Kian», lo richiama Theo. «Andiamo, dai». Anche lui si sforza di usare un tono allegro.

«Certo». Kian si alza dal tavolo e infila nella tasca dei suoi pantaloncini a fiori prima il cellulare e poi il portafogli. «Ci vediamo stasera?», mi domanda di nuovo.

Non se potrò evitarlo!

«Sì».

«Signore, è stato un piacere». Si esibisce in un inchino plateale e Theo lo afferra per un braccio.

«Scusatelo. Me lo porto in giro perché non ha altri amici e i suoi genitori mi pagano. Piacere di avervi conosciute». Theo saluta con la mano e mi cerca con gli occhi, ma io sposto lo sguardo e mi infilo al posto di Kian, accanto a zia Jess, ignorandolo del tutto.

Perché è questo quello che si merita!

«*Quello* è Theo? *Quel* Theo?», mi domanda zia Jess con gli occhi di fuori e la bocca spalancata non appena sono abbastanza lontani.

«Proprio lui». Sospiro guardandomi le unghie.

«Nipote, promettimi una cosa». Le sue mani stringono forte le mie spalle e mi costringe a guardarla negli occhi. Già so quello che mi vuole dire. «Giura solennemente che io sarò presente quando lo presenterai a tuo padre. Giuramelo!».

Okay, forse non è quello che mi aspettavo. Pensavo più a un: "Sei matta? È troppo grande per te!".

Mia madre scoppia a ridere e si copre la bocca con la mano. «Sarebbe il giorno più bello della mia vita».

«Papà non lo conoscerà mai», replico e zia Jess mi lascia andare.

«Non negarci questa gioia!», insiste mia zia.

«Che ti ha detto, prima?», chiede mia madre sorseggiando il suo *Vanilla Latte*.

«Che è venuto a vedere la gara ieri pomeriggio. Tutto qua». Non riesco a nascondere il tono deluso.

Mamma posa il suo bicchiere sul tavolo e incrocia le braccia. Mi guarda ma non dice niente e io aspetto paziente che si decida a darmi il consiglio che non ho il coraggio di chiederle.

«Cos'ha di così speciale quel ragazzo?».

«È intelligente. È educato. È protettivo ma non invadente. E mi fa schizzare il cuore in gola ogni singola volta, anche se si comporta come un idiota e... più mi allontana, più io ci sto male», confesso.

Non ho segreti con zia Jess, sarebbe impossibile averne, ma questa conversazione preferirei di gran lunga farla da sola con mia madre, magari sul dondolo del nostro portico, lei con un bicchiere di vino in mano e io con un tè freddo alla pesca.

«E poi... ma l'avete visto?», domando con il tono più piagnucoloso che riesco a fare. Sbatto la fronte sul tavolo tre volte prima di sollevare lo sguardo. «Cioè... nessuno dovrebbe avere quel viso. O quel corpo. È ingiusto!».

Mamma e zia Jess ridacchiano.

«Avresti dovuto vedere tuo padre da giovane. Non che adesso non sia un bell'uomo, anzi, ma a quell'età... faceva girare anche i sassi. E tuo zio Mark...».

«Quando passava Mark le donne svenivano come pere cotte ai suoi piedi. Non sto esagerando. Era imbarazzante», continua zia Jess.

«Le donne svengono ancora quando passa zio Mark», la prendo in giro io, sapendo quanto questa affermazione la faccia ingelosire.

«Non me lo ricordare», mi liquida con un cenno della mano.

«Lo vedrai, stasera?», mi domanda mia madre.

«Non lo andrò a cercare, se è questo che mi stai chiedendo, e lui non può contattarmi».

«Perché?».

«Perché l'ho bloccato ovunque: telefono, WhatsApp, Instagram, Facebook. Sono irreperibile per lui». Mamma solleva le sopracciglia e io alzo gli occhi al cielo. «Non che lui mi abbia mai cercata, l'ho fatto per me. Per non cedere alla tentazione di stalkerarlo».

«Se lo dici tu».

«Andiamo a casa?».

«Certo. Solo un'ultima cosa...».

Trattengo il fiato.

«Ho visto che è tornato J.J.».

Ah... J.J.! Mi aspettano drammi su drammi questa settimana.

«Già. Ci siamo dati appuntamento davanti alla ruota panoramica stasera durante il concerto», taglio corto.

«Cosa gli dirai?».

Mia madre sa dei messaggi di Capodanno, sa che io e il mio ex ci sentiamo almeno una volta a settimana, sa che stasera dovrò dargli una risposta: riprovarci o metterci definitivamente una pietra sopra.

Faccio spallucce. «Come faccio a stare con lui se sono innamorata di un altro?».

«L'amore è strano, piccola mia. A volte è solo un'infatuazione, quella che proviamo, e la scambiamo per un sentimento più profondo».

«Nel caso non si fosse capito, tua madre è Team J.J.», si intromette mia zia. «Io sono per il Team Tutti Quei Tatuaggi E Occhi Blu».

Ridiamo tutte e tre e finalmente ci alziamo da questo posto e ce ne torniamo a casa.

CAPITOLO 27

Theo

«Non posso ancora crederci che stavi facendo il cascamorto con la madre di Eva. Sei... *terrificante*».

«Intanto, io stavo facendo gli occhi dolci a sua zia – figa spaziale – e comunque anche la madre di Eva è *wooow*. Non le fanno più le mamme di una volta».

Rido al suo commento idiota. Mi affaccio dalla balaustra del balcone dell'Hilton e mi incanto a guardare l'oceano e il via vai di gente sulla Boardwalk.

«Vuoi fare un giro?», mi domanda Kian. Sta girando per la stanza da mezz'ora con solo i boxer indosso e sembra un leone in gabbia.

«Nah!».

Esce anche lui sul terrazzino con una sigaretta già accesa e due birre in mano. Me ne porge una e mi siedo, poggiando poi i piedi sul tavolino.

«Pensi che a San Francisco farà caldo così tutto l'anno? Perché potrei abituarmici». Chiudo gli occhi e mi godo il sole sul viso.

«Hai aperto la lettera con i risultati?», mi domanda sospettoso. Si affaccia e saluta un gruppetto di ragazze che sta passeggiando sulla via piena di negozi e ristoranti sotto di noi.

«Non ancora».

«Comunque, no. Dovresti trasferirti a Los Angeles per avere il sole tutto l'anno».

«Ci penserò», dico sovrappensiero. «Mi presti il tuo cellullare, per favore?».

«È sul mio comodino».

Rientro in camera e mi siedo sul letto di Kian. Lo sa benissimo cosa sto facendo, ma non fa commenti. Non ci sono nuove foto di Eva su Instagram, non ci sono post su Facebook e la sua foto profilo su WhatsApp è la stessa da mesi. Dopo aver ispezionato tutti i social di mia conoscenza blocco il telefono e torno sul balcone. Kian mi ha fregato il posto e io mi siedo sul tavolino, spostando le sue scarpe numero quarantasei. Ha dei piedi enormi!

«Vuoi andare in piscina?», gli domando. È il massimo che posso concedergli.

Kian apre solo un occhio. «Birra a bordo piscina e fighe in bikini?! Sì, andiamo giù. Abbiamo appuntamento con gli altri verso le otto, davanti alla ruota panoramica. Il concerto inizia alle nove».

«Mi metto il costume».

***

C'è troppo casino. Ho perso Kian mezz'ora fa e me ne sto seduto su un muretto a ridosso della spiaggia con in mano la quarta – forse quinta – birra della serata.

Mi guardo intorno e mi rendo conto che ho un solo pensiero in testa: Eva. La cerco ovunque con gli occhi. Ad ogni ragazza con la coda di cavallo che mi passa davanti il mio cuore perde un battito.

Sono le nove passate, il concerto è già iniziato e si sente bene anche da qui. Passano forse altri quindici minuti, ma alla fine, a forza di scandagliare *ogni* ragazza sulla *Boardwalk*, la vedo. E il mio stomaco fa una capriola. Una specie di triplo carpiato con tanto di *standing ovation* finale. Ha raccolto i capelli in una mezza coda, indossa un top bianco e un paio di shorts di jeans. Ai piedi, le sue immancabili Vans bianche con le stelle nere. Sta digitando frenetica sul suo cellulare, ogni tanto alza gli occhi, si guarda intorno e poi torna a scrivere qualcosa.

Butto il bicchiere di plastica nel secchio accanto a me facendo canestro e riprendo a osservarla.

Eva dondola sui piedi, si attorciglia il suo orecchino lungo intorno all'indice e si mordicchia le labbra.

Sto per alzarmi quando un ragazzo alto, con i capelli lunghi fino al mento e dello stesso colore biondo miele di quelli di Eva, le si avvicina.

Sarà uno dei suoi cugini, penso. Poi, però, la bacia sulle labbra con un gesto veloce e troppo naturale, come se lo avesse fatto altre mille volte. Non è della Columbia, lo avrei riconosciuto. Non che ricordi le facce di tutto il corpo studentesco, ma lui me lo sarei ricordato.

Eva lo abbraccia con slancio e ricambia il bacio a stampo, che stavolta dura qualche secondo di troppo.

No, decisamente non è suo cugino!

Si voltano entrambi verso di me e io faccio la cosa più idiota del mondo: mi lancio oltre il muretto e cado, in malo modo, sulla sabbia umida e fredda.

Credo di essermi storto una caviglia. Che cazzo faccio?

Quei due si mettono a sedere proprio dove ero io, mentre io sono costretto ad accucciarmi e ad appiattirmi contro il muro per non farmi scoprire.

Merda!

Se mi alzo, mi vedranno. Se rimango nascosto qui dietro, mi potrebbero scoprire e farei la figura del coglione più coglione dell'universo.

Opto per la seconda ipotesi: coglione sia!

Poggio la schiena contro il muro e mi porto le gambe al petto. Ascolterò solo un pezzetto della loro conversazione, giusto un paio di minuti. Cinque al massimo.

Alzo la testa e vedo le loro spalle, una accanto all'altra, talmente vicine che si sfiorano ad ogni respiro. Eva si scosta una ciocca di capelli dal viso e io riprendo a guardare l'oceano.

Giuro che, se inizieranno a baciarsi, non risponderò di me!

«Scusa il ritardo, Cenerentola. Mia madre non mi lasciava più andare».

«Come sta?».

«Meglio... più o meno. Lo sai com'è, ogni tanto ha delle ricadute, ma la situazione è sotto controllo».

Li sento abbastanza bene, nonostante l'aria sia satura di *Without You* degli Ashes Remain che proviene dal concerto, ma preferirei essere davanti a loro, così, giusto per non perdermi le loro espressioni. Si stanno tenendo per mano? Si fanno gli occhi dolci? Si stanno baciando? Ho ancora le palle attaccate al corpo o le ho perse durante la caduta di un metro e mezzo?

«Tua madre è forte. Per te ne uscirà, ne sono sicura».

Lui ridacchia. «Tu come stai?».

Già, Eva, tu come stai?

Sospira così forte che credo l'abbia sentita l'intera spiaggia. «Sto bene».

«Sei sicura? Perché in questi ultimi due mesi e mezzo ti ho sentita così strana».

«Beh, mi hai presa un po' alla sprovvista con la tua dichiarazione, J.J.».

Okay, quindi *lui* è J.J. Il suo ex. E si sentono da due mesi e mezzo. Perfetto.

«Sì, in effetti quel messaggio è stato un po' avventato. Lo ammetto, avevo alzato un po' il gomito la sera di Capodanno, ma quello che ho scritto lo penso davvero».

Rimangono in silenzio per un po' e io alzo di nuovo la testa. Non si stanno baciando, per fortuna. Le ha mandato un messaggio a Capodanno? La sera che siamo stati insieme? La notte che è rimasta a dormire nel mio letto?

«Un po' avventato?». Ridacchia sfottendolo con il suo solito tono sarcastico.

«Hai pensato a quello che ti ho detto?».

«Non faccio altro».

«E…?».

«Come facciamo a rimetterci insieme stando così lontani? Come potremmo mai ricostruire la nostra storia vedendoci una volta ogni tre mesi, se tutto va bene?».

«Potrei trasferirmi a New York…», azzarda lui e io chiudo gli occhi. Si trasferirebbe in un'altra città per stare con lei. Lui lo farebbe…

«E lasceresti la tua università? La tua squadra? Non te lo chiederei mai».

«Potresti venire tu alla North Carolina University».

«Potrei…», dice lei.

«Senti». Il suo tono diventa urgente e il movimento sopra la mia testa mi fa alzare di nuovo lo sguardo. Le prende il viso fra le mani e sono così vicini che si stanno sfiorando col naso. «Io non ho dubbi su quello che provo per te, Eva. Tu sei il mio primo pensiero, il mio unico pensiero. Te lo giuro che ho provato ad andare avanti, ci ho provato con tutte le mie forze. Rory… è una brava ragazza, ma non sei tu».

«Io…».

«Devi solo darci una possibilità. La distanza non conta quando due persone si amano come ci amiamo noi. Possiamo superare tutto. Te l'ho già detto, il college non dura per sempre, ma io e te sì. Troveremo una soluzione, ci sentiremo tutti i giorni, ci vedremo ogni volta che ci sarà possibile».

«Sì, ma…».

«Aspetta». J.J. pronuncia quella parola in modo concitato, ma poi rimane in silenzio. Sbircio di nuovo nella loro direzione. Le sta tenendo premuta una mano sulla bocca mentre con l'altra gioca con il suo orecchino. «Non dire niente, ancora. Pensaci un po'. Abbiamo tutta la settimana per stare insieme. Potremmo prenderci due giorni e andare a Miami, oppure possiamo andare alle Everglades come due anni fa e dormire in quel campeggio orribile. Te lo ricordi?».

La risata di Eva mi trafigge il cuore.

«Sei matto? Per poco non veniamo sbranati da un alligatore mostruoso».

«Sì, ma ti ricordi quanto è stato bello fare l'amore sotto le stelle?».

Mi viene da vomitare. Il cuore batte così forte nel petto che sono certo si arresterà da un secondo all'altro. Mi si chiude la gola e nascondo la testa fra le mani.

«Sì che me lo ricordo. Mi ricordo tutto...», sussurra lei.

«E allora ti ricordi anche di quanto siamo perfetti insieme».

Sento il rumore di labbra che si baciano, di vestiti che strusciano gli uni contro gli altri e il dolore che mi provoca il sangue che mi brucia nelle vene.

«Ti amo, Cenerentola».

Non sento più niente per alcuni secondi che sembrano eterni. Mi sudano i palmi e ho solo una certezza: non voglio perderla. Voglio essere io quello che le dice certe cose, quello che le confessa, su un muretto a ridosso dell'oceano, che la ama, che insieme siamo perfetti.

«Facciamo così», continua lui, «domani pranziamo insieme e poi la sera ce ne andiamo al cinema. Domenica mattina prendiamo la macchina e guidiamo senza meta finché non siamo stanchi. Ci intrufoliamo nel primo B&B che troviamo e rimaniamo svegli tutta la notte a parlare».

Trattengo il fiato in attesa della risposta di Eva. Gli dirà di no, perché lei è innamorata di me, giusto? Perché non può avermi già dimenticato, non possono due mesi e mezzo aver cancellato le sue parole che io non riesco a dimenticare.

Lei ama me. Lei dovrebbe stare con me.

«Ci devo pensare», dice infine e sento J.J. alzarsi dal muretto.

«Okay. Mi sembra giusto».

«Però va bene pranzare insieme domani», continua lei e io mi passo una mano sulla barba.

«Perfetto!».

«Ma per il viaggio... non lo so».

«Verrai con me, me lo sento».

«Sei sempre così sicuro di te...», sussurra.

«Sono solo sicuro di *noi*. Non ce la faccio più senza di te, Eva. Ci siamo arresi troppo presto, ed è stata soprattutto colpa mia. Ho dato per scontate troppe cose, piccola».

«Dove vai?», gli domanda lei.

«Mamma era un po' strana quando sono uscito. Per questo ho fatto tardi. Torno a casa, voglio assicurarmi che stia bene».

«Certo, certo. Vai. Ci vediamo domani a pranzo».

«Ti convincerò, Cenerentola. Una settimana, non ti chiedo altro. Saremo felici insieme e ci sposeremo in quella baita sperduta in Colorado come hai sempre sognato. E faremo un milione di bambini, come tua zia Jess e tuo zio Mark».

«Vuoi sei figli? Sei pazzo?». Eva ride e io mi sento morire.

«Sette! Ne faremo sette».

«Sparisci». Ridacchia e poi sento il rumore inconfondibile di un bacio a stampo sulla pelle.

«Anzi... *otto!*», grida lui e capisco che se ne sta andando.

«Che scemo», sussurra. La sua voce è limpida e rilassata.

Mi stringo ancora un po' le ginocchia e ci poggio il mento sopra.

Anch'io potrei darle tutte quelle cose, giusto? Un matrimonio, una famiglia, una casa con il recinto bianco e un giardino grande dove far giocare i bambini. Non otto, magari solo un paio.

No, in realtà no. Non puoi farlo, non puoi competere.

Sollevo lo sguardo e lei è ancora lì seduta, le mani posate sul cemento liscio e la testa bassa a fissarsi i piedi.

Una cover di *Start Again* dei Red risuona dalle casse posizionate ovunque sulla Boardwalk e io rimango lì, nascosto dietro un muretto, con la ragazza che è riuscita a penetrare la scorza dura intorno al mio cuore con una facilità incredibile a pochi centimetri da me.

Se chiudo gli occhi e mi concentro, riesco a sentire il suo profumo, a vedere il suo corpo spettacolare muoversi sinuoso sopra di me. Le sue iridi che mi incantano e il suo sorriso delicato a illuminarle il viso.

Devo solo aprire quella maledetta busta. Devo solo convincermi a leggere i risultati e prendere una decisione.

Se andrai a Stanford, non la rivedrai mai più, ma se rimanessi... Potresti stare con lei.

Potrei stare con lei. Potrei alzarmi in piedi e dirle che ho fatto un casino, che mi sono fatto fregare dal mio stupido sogno e dal mio maledettissimo piano ben congegnato, che in realtà fa acqua da tutte le parti. Le direi che non faccio altro che pensare a lei, che forse il biondino è stato il suo primo amore, ma io sarò l'ultimo. E la risposta ce l'ho a portata di mano. Il mio destino è scritto nero su bianco su un pezzo di carta che mi porto dietro da settimane.

Sfilo dalla tasca posteriore dei jeans la busta spiegazzata che pesa un quintale fra le mie dita e la fisso senza battere ciglio.

Ha ragione Kian: non ho paura di partire, ho paura che non potrò rimanere.

Scollo lentamente il lembo facendo attenzione a non stracciare la carta. Sfilo il foglio ripiegato in tre e mi lascio andare a un respiro profondo, poi a un altro.

Mi tremano le mani, mi sento così perso e in balia delle emozioni. Non so più nemmeno io cosa voglio davvero. Partire o rimanere?

Chiudo gli occhi e spiego la carta. È ruvida sotto i miei polpastrelli.

È semplice, Theo: o mi ami o non mi ami.

Mi sforzo di guardare e cerco l'unica frase che mi interessa, l'unico numero che segnerà il mio destino.

E poi lo leggo.

Centosettantadue.

È finita.

***

Sono rimasto a contemplare le acque scure dell'oceano finché non ho iniziato a sentire freddo. Poi mi sono alzato e mi sono mischiato alla bolgia della festa. Ho camminato a testa bassa per più di un'ora, rimuginando su quel fottuto numero.

Ce l'ho fatta. Ho superato l'esame con il punteggio che mi serve per entrare a Stanford. Volendo accetteranno anche la mia domanda di ammissione per la Columbia, se alla fine decidessi di rimanere, senza che mio padre debba intercedere per me.

A conti fatti, ho raggiunto il mio obiettivo: camminare con le mie gambe.

Kian mi manda l'ennesimo messaggio e mi avverte che sono tutti in spiaggia, dove abbiamo parcheggiato l'auto presa a noleggio. Non so chi siano *tutti*, ma so che non ho voglia di vedere nessuno. Andrò a prendermi le chiavi della Jeep e gli dirò di tornarsene in hotel con qualcuno. È più di un'ora che non bevo, dovrei aver smaltito l'alcol.

Sto percorrendo la passerella che porta ai vari falò a cielo aperto quando riconosco la ragazza che avanza verso di me a passo spedito.

Si è legata del tutto i capelli e si tiene strette le braccia intorno al corpo.

«Ehi», la saluto quando me la ritrovo davanti. La reazione che le provoca la mia voce è quella che preferisco in assoluto: occhi sgranati, spalle rigide e labbra che ingabbia fra i denti.

«Ehi», dice lei di rimando. «Kian è laggiù». Indica un punto in mezzo alla folla di studenti in spiaggia, ma non presto molta attenzione.

«Stai andando via?».

«Sì. Logan dovrebbe essere da qualche parte qui intorno. Mi faccio dare un passaggio a casa».

«Ti porto io», affermo senza riflettere.

«Non è il caso», ribatte seria.

«Che c'è, non possiamo stare nella stessa auto per cinque minuti? Sto andando via anch'io».

«No, in realtà non possiamo. Anzi, io e te non ci parliamo proprio, ricordi? Tu per me non esisti e oggi mi hai presa in contropiede. Non volevo fare scenate davanti a mia madre».

«Sai che c'è? Fai come vuoi». La supero, ma due passi dopo mi blocco. «Anzi, no. Non fai come vuoi! Ho rispettato la tua scelta quella sera in discoteca, ma tu non hai sentito la mia versione dei fatti».

«Ah, no?». Inclina la testa di lato e mi mortifica con un sorrisetto furbo di chi la sa lunga, di chi questa storia l'ha già sentita mille volte. «Quale parte di "prendere o lasciare" secondo te non ho capito? Sono curiosa».

«Mi stavi chiedendo di impegnarmi seriamente e stavamo insieme *da cinque minuti*».

Le sue guance diventano talmente rosse dalla rabbia che riesco a vederle anche al buio.

«Ti stavo chiedendo di provarci!», urla fregandosene di chi potrebbe sentirci. «Di non darci una data di scadenza! Dio, mi fai infuriare!».

«E tu no?! Ti senti con il tuo ex dalla sera di Capodanno. Mi dici che mi ami e poi scopro che stai pensando di tornarci insieme! Che addirittura vai a letto con non so chi da un mese! Tu, Eva, non sei migliore di me. Te ne vai in giro con la tua aria da brava ragazza a guardare tutti dall'alto in basso, ma sei come me. Usi parole di cui non conosci il significato e ti aspetti che gli altri la pensino come te, altrimenti ciao! *Adios! Caput!* Fine dei giochi! O si fa come dici tu o niente».

«Sei ingiusto», sibila infuriata dai denti. «E non vado a letto con nessuno, razza di cretino. Mentre tu... oh, tu non te ne sei fatta scappare una, eh? Tu passi da una ragazza all'altra con la stessa velocità con la quale io mi cambio i calzini».

Punta le mani contro i fianchi e io la imito.

«Hai idea di quante ragazze mi sono dovuto scopare per dimenticarti?».

«Vaffanculo, Theo!».

Okay, mi è uscita male. Non la intendevo in quel modo. I suoi occhioni verdi sputano saette e la sua collera, per assurdo, mi accarezza la pelle. Mi fa sentire così vivo che avrei voglia di trascinarmela addosso e baciarla fino a soffocare entrambi.

«Sai cosa volevo dire».

«Sì. Che sei un maiale!».

Stavolta è lei a voltarsi e ad andarsene, ma se lo può scordare. Dobbiamo parlare, dobbiamo chiarirci una volta per tutte.

Le poggio le mani sulle spalle e ignoro la sua espressione schifata, come se a toccarla fosse uno scarafaggio. «Non è stato facile. Sono serio. Se pensi che per me sia stato semplice rinunciare a te, allora non hai capito niente di niente. Di niente. Ma proprio niente». Sono ridicolo e lei se ne approfitta.

Sbuffa e fa un passo indietro per liberarsi dalla mia presa. «Devo andare».

«Dal tuo ex? Che, per inciso, senti dalla sera che sei venuta a letto con me».

«Come?».

«*Vi ho sentiti*. Prima, sul muretto».

«Mi stavi seguendo?».

«Non darti tutte quelle arie! Vi ho incrociati per caso».

«E cosa avresti sentito, di grazia?»,

«Che è ancora innamorato di te». Vorrei urlargliele addosso, quelle parole, invece escono fuori con un sospiro rassegnato e una punta di dolore che non riesco a trattenere.

«Lo è. Lui mi vuole bene davvero e non ha paura di impegnarsi... come te».

«Infatti. Il ragazzo perfetto. Il fottuto Principe Azzurro, vero? Sai cosa ti dico? Per quanto ne so io, ha detto tutte le cose giuste. Ha intenzioni serie e tu dovresti accettare quello che ti sta offrendo. Dovresti scegliere lui».

I suoi occhi si riempiono di lacrime e la vedo deglutire a forza. «Non lo pensi davvero».

«Sì, lo penso. È disposto a darti quello che vuoi: una storia seria, un futuro garantito. Si vede che è un bravo ragazzo. Dovresti chiamarlo. Ma che dico, dovresti proprio *sposarlo* e farci otto figli!».

«E se io non lo volessi il "fottuto Principe Azzurro"?». La sua voce è atona. «Se io, per una maledettissima volta, volessi rischiare? Te lo ricordi? "Se nella vita non rischi un po', come ti diverti?". Me lo hai detto tu e io non faccio altro che ripetermelo». Si preme forte le dita contro gli angoli degli occhi e si asciuga due lacrime prima che possano solcarle le guance.

«Intendevo andare a qualche festa, Eva! Metterti un rossetto rosso e tacchi alti. Fare tardi il venerdì sera anche se la mattina dopo hai gli allenamenti di nuoto. Parlavo di *quel* genere di rischio, non di perdere la testa per uno come me».

«Non decidi tu di chi devo o non devo innamorarmi. Se non mi vuoi, mi sta bene, ma non osare nemmeno per un secondo dirmi con chi devo stare».

«E invece sì, perché sei troppo importante per me e io voglio saperti felice e al sicuro».

«Con un altro? Che razza di ipocrita sei?». Si avvicina di un passo e mi spintona all'indietro. «Tu non vuoi che io mi rimetta con J.J. Non ci credo. Tu vuoi stare con me».

«Non è quello il punto. Io non *posso* stare con te!».

«Tu hai paura di tutto, persino di te stesso. Non sei disposto a rischiare, ma pretendi che gli altri lo facciano».

«Cerchi il rischio, Eva? È questo quello che vuoi davvero? Vuoi conoscere il vero Theo una volta per tutte?». Mi tremano le ginocchia e la voce esce distorta dalla mia bocca.

Quello che voglio io non ha più importanza, non dopo aver scoperto il risultato del test di ammissione. Se dovessi guardare solo i miei interessi, allora me la porterei via e non la dividerei con nessuno, perché lei è la ragazza giusta per mettere la testa a posto. Ma io sono l'uomo giusto per spezzarle il cuore.

«Sì!», urla lei di rimando e il mio cervello va in tilt.

L'afferro per un polso e la trascino verso il falò dove intravedo Kian a sbaciucchiarsi con una moretta.

«Chiavi», dico solo quella parole e cinque secondi dopo un blocchetto di plastica volteggia in aria e lo afferro al volo. «Grazie».

Kian non ci guarda neanche, sta infilando le sue manacce da polipo sotto la maglietta di quella ragazza e io, che intreccio le mie dita a quelle di Eva, cammino a passo svelto sulla sabbia alzando un polverone di granelli fastidiosi in faccia all'ammasso di corpi disseminati su ogni centimetro di spiaggia.

«In macchina. *Adesso*».

«Dove vuoi andare?», mi domanda lei strattonandomi per farmi fermare.

«Vuoi essere spericolata, giusto? Andiamo, ti insegno come si fa».

Spalanco la portiera dei sedili posteriori e quasi ce la lancio dentro di peso, dopodiché la seguo e chiudo lo sportello con un tonfo.

«Ma che cavolo fai?».

«Spogliati», ribatto severo.

«Cosa?».

«Hai capito bene. SPO-GLIA-TI».

«No! Certo che no!». Cerca di sgattaiolare via dalla parte opposta, ma la afferro per la vita e me la trascino in braccio.

«Oh, andiamo. Non fare la pudica adesso». Le sollevo la maglietta e riesco a sfilargliela via. «Se non vuoi il bravo ragazzo, dovrai accontentarti della feccia di turno. E io posso esserlo tutte le volte che vuoi. Vuoi stare con me? Io sono fatto così: le donne si spogliano, io mi prendo quello che voglio e poi me ne vado».

«Tu non sei così», cerca di usare un tono convinto, ma la voce si incrina sull'ultima parola.

«Oh, sì che lo sono». Le afferro il viso con entrambe le mani e, senza esitare, la bacio. Non appena le mie labbra toccano le sue, però, tutto il mio corpo sospira di sollievo, la mente si svuota e il cuore si gonfia. È morbida e delicata, mentre io la sto baciando come se avessi i minuti contati per godermi questo attimo con lei.

Vorrei mantenere il punto, spaventarla fino a farmi odiare e cancellare tutte le aspettative che ha su di me dalla sua mente, invece dopo un primo momento di foga incontrollata la bacio piano, assaporo le sue labbra piene e mi ritrovo a combattere contro il groppo in gola che mi sta soffocando.

Le avvolgo le spalle nude con le braccia, per coprirla. Che diavolo mi è preso? Levarle la maglietta di dosso in un parcheggio pubblico?

Mi stacco dal suo bacio e la fisso negli occhi. Ha le sclere arrossate, le labbra esangui e i capelli in disordine. Recupero la sua canottiera e gliela infilo dalla testa.

«Cosa stai cercando di dimostrarmi?». Sta trattenendo le lacrime e un dolore sordo mi stritola la gabbia toracica. «Puoi fare lo stronzo quanto vuoi, mandarmi via altre cento volte, ma non cambierà quello che provi per me. E di certo non cambierà quello che provo io».

«Sei impossibile, Cristo».

«E tu sei ottuso come nessun altro che conosco!». Mi avvolge le braccia intorno al collo e rimane a pochi millimetri dalla mia bocca. Mi fissa senza battere ciglio e aspetta che sia io a fare quel passo avanti di cui abbiamo entrambi bisogno.

Se la baciassi di nuovo, non credo che riuscirei più a smettere, ma se non...

Al diavolo!

Mi avvento sulla sua bocca e la stringo così forte che potrei romperla. Perché cazzo siamo in un parcheggio pubblico e non in un letto? Dio mi sta punendo e ha le sue buone ragioni per farlo. La mia erezione preme contro la cerniera dei pantaloncini e devo scostare Eva all'indietro prima che il nostro bacio si trasformi in un disastro che non saprei come nascondere. Butto la testa all'indietro, chiudo gli occhi e mi stropiccio il viso con una mano, con l'altra le accarezzo la pelle liscia fra la cintura degli shorts e il top bianco.

«Uscirai con lui domani?», domando senza guardarla.

«Sì. Lo farò e mi divertirò e lascerò che mi corteggi».

So che mi sta provocando, che sta aspettando che ceda una volta per tutte.

«Ti aspetterò sveglio...». L'abbraccio forte e la tengo stretta contro il petto, cullandola lentamente mentre le accarezzo la testa.

«Stavolta non credo che lo farai».

Forse no.

«Ti riporto a casa».

CAPITOLO 28

Eva

Nonostante la discussione con Theo, la piccola parentesi in auto e il tragitto fino a casa mia in silenzio, quando mi sono buttata a letto mi sono addormentata nel giro di pochi minuti e ho dormito come un sasso.

Mi stiracchio e mi decido a scendere al piano di sotto. Il vociare che arriva dalla cucina mi fa fermare prima di varcare la soglia. Possibile che questa casa sia sempre così affollata? Riconosco la voce dei gemelli, di mio zio Mark, di Ethan e di mia madre. Sposto la testa di lato e mi accorgo che la porta dello studio di mio padre è accostata. Mi avvicino in punta di piedi e ci sbircio dentro. Papà sta fissando lo schermo del suo PC ultratecnologico e sposta solo gli occhi da una parte all'altra, immagino sia intento a leggere qualche centinaio di formule matematiche incomprensibili al genere umano.

Busso piano e infilo la testa nello studio. «Posso?».

«Che succede?».

Il "buongiorno" a quanto pare non va più di moda in questa casa.

«Niente». Mi vado a sedere davanti a lui e mi rifaccio la coda di cavallo, stavolta stringendo di più l'elastico.

«Vuoi soldi?», mi domanda con noncuranza senza staccare gli occhi dal suo computer.

«No». Porto i piedi nudi sul bordo della sedia e mi stringo le ginocchia al petto.

«Hai ammaccato l'auto?».

Alzo gli occhi al cielo. «No! Perché dovrei volere soldi o aver rovinato l'auto?».

«Tua madre, quando entra qui dentro con quell'espressione mortificata, o deve confessarmi di aver fatto spese folli o ha graffiato il paraurti».

«Giusto. Ma io non sono la mamma». *Nel caso se lo fosse dimenticato.*

«No. Tu sei peggio». Si toglie gli occhiali da vista, li poggia sulla scrivania e si sporge in avanti per osservarmi. Lascio che mi faccia la radiografia e rimango impassibile a fissarlo. Mio padre ha dei poteri magici, sul serio. Credo che quando abbia iniziato a lavorare per la NASA gli abbiano installato una specie di *body-scanner* nella cornea dell'occhio destro, come quelli che si usano negli aeroporti.

«Hai finito?», gli domando alzando un sopracciglio.

«Mhmm», è la sua risposta.

«Quando hai conosciuto la mamma…». Ora sì che ho tutta la sua attenzione. «Sapevi che lei era quella "giusta"?».

«Dimmi che questa domanda non ha niente a che fare con il tipo tatuato di cui tua madre e tua zia non smettono più di parlare da ieri pomeriggio».

Merda! Quelle due sono davvero delle pettegole!

«Non direttamente. Si tratta di J.J.».

Papà poggia la schiena contro lo schienale in pelle della sua poltrona girevole e si porta alle labbra un caffè che sarà ormai freddo. «Pensavo che quel ragazzo fosse un capitolo chiuso».

Mio padre non odia J.J. – non lo ama, sia chiaro – ma il giorno che gli ho detto che avevamo rotto era così di buon umore che è uscito di casa da solo, è entrato nel primo centro commerciale che ha trovato e ha regalato sia a me che a mia madre un paio di occhiali da sole all'ultima moda. Mamma è andata a cambiarli il giorno dopo perché non le piacevano.

«Anch'io pensavo che fosse acqua passata, ma negli ultimi mesi ci siamo sentiti spesso. E ieri sera…», lascio la frase in sospeso un paio di secondi solo per gustarmi la sua espressione terrorizzata. «Mi ha detto che mi ama ancora. Ma com'è possibile? Cioè, dopo tutto questo tempo lontani?».

«Cosa vuoi dire?».

«Ci siamo lasciati perché non siamo stati in grado di gestire la lontananza. Non vederci, non condividere la quotidianità ci ha distrutti come coppia. E poi lui si è messo con Rory. L'ha presentata a sua madre. Non ci siamo sentiti per mesi e adesso… adesso dice di amarmi. Com'è possibile? Cioè, si è svegliato una mattina e si è ricordato di me?».

«Non ho visto e sentito tua madre per due anni e mezzo, eppure non ho smesso di amarla nemmeno per un secondo», risponde lui senza incrociare il mio sguardo.

«E nel frattempo sei stato con un'altra donna?».

«Un sacco di altre donne». Ridacchia e io storco la bocca.

«Papà!».

«Se pensi di essere abbastanza grande per fare certe domande, allora lo sei anche per sentire le risposte. E io odio le bugie, non te ne ho mai raccontate e non inizierò adesso».

«Come diavolo facevi ad andare con altre donne se eri innamorato di lei?».

«Perché ero immaturo, avevo ventitré anni, Eva. A quell'età non sai niente, non pensi alle conseguenze delle tue scelte, ti convinci che una donna vale l'altra, che tanto c'è tempo. Pensavo che non l'avrei mai più rivista, ma quando l'ho fatto...». Si rigira la fede fra il pollice e il medio e sposta lo sguardo sulla foto di noi tre che tiene incorniciata sulla scrivania. «Ho capito. Ero ancora innamorato di lei. Il destino continuava a metterci l'uno di fronte all'altra. Più mi convincevo che fosse finita, più mi ritrovavo al punto di partenza».

Poggio i piedi nudi sulla moquette e mi sbilancio in avanti, posando i gomiti sul legno scuro del suo tavolo da lavoro. «Lui non mi vuole. Non in quel modo. Non è disposto a rischiare e dubito che creda nel destino. Partirà per Stanford senza neanche darci una possibilità, anche se le nostre vite continuano a intrecciarsi».

«Ma di chi stiamo parlando?», mi domanda papà confuso.

«Di Theo!», rispondo come se fosse ovvio.

«Theo, chi?».

«Il ragazzo con i tatuaggi».

«E J.J.?».

«Non lo so. Lui mi ama, ma io ho perso la testa per un altro. Ma stai seguendo il discorso?».

«Non proprio...».

«Ieri sera abbiamo discusso, di nuovo. Poi mi ha trascinata nella sua macchina e mi ha detto "spogliati!"».

«*Cosa*?». Mio padre salta su e io lo liquido con un cenno della mano.

«Non ti arrabbiare. Mi stava solo provocando, non diceva sul serio. Mi ha tolto la maglietta ma me l'ha rimessa subito».

Gli occhi gli escono dalle orbite appena finisco la frase. Merda! È incazzato nero! Perché diavolo non rifletto prima di parlare?

«*Eva!*», mi rimprovera.

«Stammi ad ascoltare! Lui non ha una famiglia come la nostra. La madre è una mezza matta e suo padre... non lo so, è un tipo un po' strano. Ti dico solo che gira per casa con la vestaglia di seta e taglia il tacchino con una specie di bisturi elettrico».

Papà si porta le mani nei capelli e la sua espressione esasperata mi fa ridere, ma devo trattenermi. «Sei stata a casa sua?».

«No! Ho visto una foto del giorno del Ringraziamento. Suo padre è un tipo autoritario, vuole che Theo entri alla scuola di Legge e lui si sta facendo in quattro per accontentarlo. Ma vuole andare a Stanford, non vuole rimanere alla Columbia. E se andrà in California, non potremo stare insieme. Lui non vuole. Però... io sono certa che lui sia innamorato di me, ma non vuole ammetterlo. Come faccio a convincerlo a stare con me?».

Lo sguardo di papà si fa cupo e minaccioso. Avrei dovuto preparare un discorso che avesse senso prima di marciare qui dentro e sbrodolargli addosso tutte queste informazioni. Non sembra affatto felice.

«Eva, non credo di essere la persona giusta per questo tipo di conversazione. Tu parli e io sono fisso al pensiero che ti ha trascinata in macchina e ti ha tolto la maglietta. Quel cazzone ti ha detto di spogliarti!».

«Sapevo che avrei dovuto parlarne con lo zio Mark». Mi alzo dalla sedia e batto i piedi a terra. «Tu non mi ascolti mai!».

«Ecco, brava. Fai così. Vai a raccontare questa storia a tuo zio, perché avrò bisogno di un alibi e di qualcuno che mi aiuti a far sparire il cadavere quando avrò finito con quel figlio di puttana».

Sbuffo esasperata. «Vado a cercare la mamma».

Esco dal suo studio sbattendo la porta, mi incammino su per le scale ma a metà strada mi fermo e inizio a ridere. Non posso credere di aver detto quelle cose a mio padre. Mi copro il viso con le mani e cerco di soffocare la risata isterica. Scommetto che proprio in questo momento sta chiamando i servizi segreti per recuperare informazioni su Theo. E poi lo ucciderà!

***

«Sta arrivando», sussurra Dennis mollandomi poi una gomitata nel fianco.

Tiro su gli occhiali da sole e mi incanto a guardare Theo che avanza sulla passerella in legno come se stesse sfilando per Tom Ford. Accanto a lui, Kian, senza maglietta e con una fascetta giallo fluorescente a tenergli indietro i capelli.

«Come diavolo hai fatto a riconoscerlo?», domando al mio amico.

«J.J.? Beh, lo conosco *solo* da tutta la vita».

«J.J.?». Guardo meglio. Dietro Theo e Kian intravedo il mio ex con uno zainetto sulle spalle e l'asciugamano che gli penzola dal braccio. Anche lui sta sfilando sulla passerella come se fosse un divo di Hollywood. O forse il sole mi sta dando alla testa.

«Di chi parlavi, tu?».

Gli indico con il mento il ragazzone con il braccio ricoperto di tatuaggi, la sigaretta perennemente fra le labbra e il cappellino con la visiera al contrario.

«Oh, porcaccia miseria. *Quello* è... Theo?!».

«In carne e ossa». Mi risistemo gli occhiali e mi appiattisco a pancia in giù sull'asciugamano.

«Cioè, *tu* ti sei fatta quel tipo?».

«Pensi di poterlo dire un pochino più forte? Mio padre, a Cape Canaveral, non credo ti abbia sentito bene».

«Cazzo!».

«Cosa?», domando allarmata.

«Stanno venendo qui... tutti e due».

«Merda!». Mi acquatto il più possibile e nascondo la testa sotto le mani. «Credi che mi abbiano vista?», sussurro.

«Ciao, Eva».

Doppia merda!

«Ciao, Theo», saluto senza alzare la testa dall'asciugamano.

«Ciao, Eva», la voce squillante di J.J., una manciata di secondi dopo, mi fa gelare.

«Ciao», rispondo. Vedo solo i loro piedi. Uno indossa un paio di infradito alla moda, l'altro è scalzo.

«Piacere, J.J.».

«Theo».

Li sento presentarsi, ma per nessun motivo al mondo ho intenzione di alzare la testa.

«Dennis».

«Theo».

Hanno quasi finito?

I piedi di J.J. si spostano alla mia sinistra e lo osservo con la coda dell'occhio stendere il suo asciugamano accanto al mio. Poi si abbassa su di me e mi bacia una spalla. Trattengo il fiato.

Le infradito colorate di Theo fanno dietrofront prima che io possa dire qualsiasi cosa e seguo i suoi passi che si arrestano davanti a un gruppo di ragazze capitanato da Kian, che ha già una birra in mano.

«È un tuo amico?», mi domanda J.J. e io mi sforzo di spostare la testa così da vederlo in faccia. Sorride ed è così bello che fa male guardarlo.

«È il mio vicino di stanza al dormitorio».

«*Ceeerto...*», sento borbottare Dennis e gli mollo una pedata senza farmi vedere da J.J.

«Va bene se usciamo a cena invece che a pranzo? Ho promesso a mia madre che l'avrei accompagnata dal suo terapista».

«Nessun problema».

«Cosa leggi?», mi domanda afferrando il libro davanti a me e sbirciando la copertina. «*Cime tempestose*. Interessante».

«Molto». Che cavolo mi prende? È J.J., per la miseria! È facile parlare con lui, è naturale. Cerco di nuovo Theo con lo sguardo e capisco che questa giornata finirà male nell'esatto istante in cui lo vedo parlare – discutere, anzi – con Logan ed Ethan. Ethan, in particolar modo, è piuttosto agitato. Il mio vicino di stanza e mio cugino si stanno sfidando con lo sguardo e sono a un palmo di mano l'uno dalla faccia dell'altro.

Ma che cazzo fanno?

Mi tiro su a sedere e incrocio le gambe. «Che succede?», domando a Dennis.

«Non ne ho idea, ma non sembra nulla di buono».

Ethan spintona Theo in avanti e io mi pietrifico. Poi è Theo a mettere le mani addosso a mio cugino. Un secondo dopo sono di nuovo uno nella faccia dell'altro, con Logan che strattona Ethan da una parte e Kian, con la sua solita espressione da "quanto rumore per niente", che cerca di mettersi fra loro.

Mi alzo in piedi senza pensarci e inizio a camminare verso di loro.

«Ripetilo, se hai il coraggio, stronzo», lo minaccia Theo puntando il dito contro mio cugino e alzando così tanto la voce da sovrastare *I Don't Love You* dei My Chemical Romance che risuona da un set di casse *bluetooth*, posizionato da qualche parte intorno a me.

«Sei una mezza fighetta, *stronzo*! Levatevi dal cazzo tu e il tuo ciuffo».

«*Ethan!*», urlo io quando riesco finalmente a raggiungerlo. Che diavolo gli prende? Non è da lui fare certe scenate o esprimersi con certi termini.

«E già che ci siamo, stai lontano da mia cugina, o ti farò rimpiangere di essere nato».

Sbianco e mi cedono le ginocchia. È impazzito!

«Ethan!», urlo di nuovo mettendomi fra questi due giganti. «*Smettila!*».

«Sei un pallone gonfiato dagli steroidi. Non mi dici quello che devo fare, coglione».

«*Theo!*». Mi ritrovo con le braccia tese, una sul petto di Theo e l'altra su quello di Ethan. «Ma che cavolo vi prende?».

«Il tuo cuginetto pompato, qui, pensa di essere il padrone del mondo».

«Questa è casa mia», ribatte Ethan. «E tu non sei il benvenuto, Columbia».

Stanno davvero giocando a chi ce l'ha più grosso? Sono ridicoli!

«Pensi di farmi paura, Boston?».

«Dovresti averne. Ti seppellirò vivo».

«Se le fate male, spacco il culo a entrambi», interviene Logan prendendo il mio posto per tenerli a distanza.

«*Andiamo!*», afferro Theo per un braccio e me lo trascino dietro per qualche metro.

«Che razza di coglione», continua mentre lo allontano.

«Smettila! Cosa diavolo vi è preso?».

«Niente. Stavamo organizzando una partita di beach volley e ha dato di matto. È uno *psicopatico!*», urla verso mio cugino.

«Basta!». Sono certa che l'intera spiaggia ci stia guardando.

«E tu...».

«Io, *cosa?*».

«Neanche alzi la testa per salutarmi perché c'è il tuo ex? O forse vi siete rimessi insieme tra ieri notte e stamattina e ti sei dimenticata di informarmi?».

«Se hai problemi con mio cugino, risolveteveli pure a suon di pugni in faccia, ma non usare quel tono con me. Io non c'entro niente».

«Ti sei rimessa con lui?».

«E anche se fosse?».

«Non posso credere di aver passato la notte a pensare di rinunciare a...». Serra le labbra e sbuffa così forte da sfiorarmi il viso con l'aria che gli esce dal naso.

«Rinunciare a cosa?», lo incalzo.

«Lascia perdere. Il tuo ragazzo ci sta venendo incontro. Forse è il caso che tu vada da lui, o non so come gli spiegherai chi cazzo sono». È rosso in viso, non l'ho mai visto così arrabbiato e nervoso.

«Beh, sarebbe facile: tu sei quello che non vuole avere niente a che fare con me e mi sta suggerendo di mettermi con un altro».

«Va tutto bene?», domanda J.J. alle mie spalle mentre io e Theo rimaniamo a fissarci, entrambi con il respiro grosso.

«Sì», dico io.

«No!», replica Theo in contemporanea.

Fa un passo avanti e in una frazione di secondo mi ritrovo issata sulla sua spalla, con le gambe che penzolano oltre il suo torace e la parte di sopra del costume che si sposta lasciandomi nuda.

«*Theo!*», urlo.

«Che cazzo fai?», sbraita J.J.

«Sei arrivato tardi, amico. Hai perso la tua occasione. Adesso è mia».

E così dicendo si incammina verso la strada, con me caricata su una spalla come un sacco di patate, ignorando le mie proteste e i pugni che gli mollo sulla schiena. Sollevo lo sguardo e li vedo tutti impietriti: J.J. ha gli occhi spalancati, Ethan fuma di rabbia, Dennis è sull'orlo di una crisi isterica, Logan si copre il viso con le mani e Kian... ride così forte che ricade con le ginocchia sulla sabbia e si tiene la pancia.

Theo mi mette giù solo quando siamo nel parcheggio, di fronte alla sua macchina. Sono così arrabbiata che non appena i miei piedi toccano terra gli mollo un pugno nelle costole. Non mi preoccupo nemmeno che il mio seno destro sia del tutto uscito dal costume, gliene mollo un altro.

«Non mi stai facendo niente», mi sfotte e io gli pesto un piede con tutta la forza che ho. «*Ahi!*».

«Sei un cretino!». Mi aggiusto il reggiseno e mi porto le mani sulle guance. «Cosa diavolo ti è saltato in mente di fare?».

La sua risposta non è davvero una risposta. Mi schiaccia contro la portiera della Jeep e schianta le sue labbra sulle mie. Il suo bacio è il più passionale che abbia mai ricevuto in vita mia. Sono brividi di freddo sotto il sole che cala a picco sulle nostre teste. Il suo corpo mi avvolge tutta facendomi sparire dietro le sue spalle larghe e la sua presenza imponente.

Con le mani a circondarmi il viso e il bacino premuto contro il mio, mi trasporta oltre la linea di confine, quella che ha tracciato dal primo giorno, quella che avrei giurato non avrebbe mai superato. Perché il suo bacio non è solo un incontro di labbra affamate, è una rivendicazione universale. Sono io che mi arrendo al suo volere un'ultima volta. È lui che continua a combattere la sua battaglia interiore fra quello che sarebbe giusto fare e quello che non riesce più a evitare. Siamo io e lui che non abbiamo più paura.

***

L'intero clan dei Carter è seduto a tavola e si gode il pranzo domenicale sotto la veranda di casa mia. Stanno facendo tutti un gran baccano tranne me, che continuo a pizzicarmi le labbra con le dita, ed Ethan che è imbestialito.

Dopo il bacio più potente dell'universo, sono tornata in spiaggia, da sola, con la testa bassa e la coda fra le gambe. J.J. se n'era già andato ed Ethan mi ha lanciato un'occhiata assassina.

Ho recuperato le mie cose e ho chiesto a Dennis di riportarmi a casa. Me ne sono rimasta barricata in camera mia fino a mezz'ora fa, quando sono stata costretta a scendere per il pranzo.

«Scusate, ma vi siete accorti che c'è un ragazzo strano seduto dentro una Jeep, sul vialetto di casa vostra?», domanda mio cugino Charlie tornando in veranda dalla portafinestra della cucina con un vassoio di pomodori in mano.

Alziamo tutti lo sguardo dai nostri piatti. Anche se dalla veranda non si riesce a vedere oltre la finestra della sala da pranzo, istintivamente si voltano tutti a guardare dentro casa, mentre io mi concentro su Ethan.

«Che vuol dire un ragazzo *strano*?», domanda mio padre.

«Uno pieno di tatuaggi che sta piantonando la porta di casa vostra», spiega.

Ci alziamo tutti di scatto, ma io sono più veloce e sono la prima a rientrare in casa e a raggiungere la finestra che dà sul nostro viale d'accesso.

Cazzo! Che diavolo ci fa Theo fuori da casa mia?

«È il ragazzo di Eva», sussurra zia Jess, ma la sentono tutti.

«Il ragazzo di Eva?», le fa eco mio padre.

«Quel figlio di puttana, adesso le prende», sbraita Ethan.

«Smettila!», urlo e lo afferro per la maglietta prima che possa avventarsi sulla porta di casa.

«È quello che ieri ti ha detto di spogliarti?», chiede mio padre, anche se sembra più un'accusa che una domanda.

«Chi cavolo ti ha detto di spogliarti?», interviene zio Mark.

«Fatemelo vedere». Josh mi spinge di lato e sbircia oltre la finestra.

Un vociare fastidioso mi investe in pieno. Logan cerca di calmare le acque, ma è del tutto inutile. Mi riempiono di domande alle quali non ho il tempo di rispondere, finché non mi riscuoto dallo shock di aver appena visto Theo fuori da casa nostra e riesco a zittirli tutti.

«Basta!», sbraito

«Fallo entrare». A parlare è mia madre e dieci paia d'occhi la fissano come se fosse pazza. «Eva, invita il tuo amico in casa. E voi... comportatevi bene, o giuro che stanotte dormirete tutti in giardino».

«Non voglio farlo entrare!», protesto.

«Vuoi dormire anche tu in giardino?».

Mhmm... *sì?!*

«Okay, ma... tornate a sedervi a tavola. E comunque non è il mio ragazzo».

«Su questo ci puoi mettere la mano sul fuoco», borbotta mio padre eseguendo gli ordini di mia madre.

«Vado a prendere la macedonia in cucina», conclude mia madre come se la crisi fosse rientrata. «Comportatevi bene».

Aspetto che lascino tutti il salone e respiro a pieni polmoni prima di varcare la soglia.

«Ehi». Theo mi vede uscire di casa e balza giù dalla macchina. «Eri dentro?», mi domanda stupito.

«Sì. Cosa ci fai qui?». A stento riconosco la mia voce, me la schiarisco un paio di volte ma non succede nulla: il rospo è ancora incastrato in gola.

«Pensavo che fossi a pranzo fuori con il biondino. Ti stavo aspettando».

«Usciamo stasera. Cioè, *in teoria* dovremmo uscire stasera, ma dopo il teatrino in spiaggia dubito che vorrà vedermi ancora».

«Meglio così». Sorride a mezza bocca e io mi aggrappo alla mia t-shirt allungandola verso il basso.

«Devi entrare», sussurro.

«Dove?».

«In casa mia».

Theo guarda oltre le mie spalle. «Sei sola?», mi chiede con un tono malizioso e io ridacchio ironica.

«No... decisamente no. C'è tutta la mia famiglia al completo lì dentro».

Sbianca e io mi godo la sua espressione preoccupata. «E perché, allora, dovrei entrare?».

«Vediamo un po'… Ti apposti davanti a casa mia, litighi con mio cugino in spiaggia e *potrei* aver detto a mio padre che ieri sera mi hai trascinata in macchina e chiesto di spogliarmi. Vado avanti o ci arrivi da solo?».

«Hai detto a tuo padre che ti ho urlato in faccia di spogliarti?».

«Ho fatto di peggio: gli ho detto che mi hai sfilato la maglietta di dosso».

Theo si gira e rientra in macchina, aziona le sicure della portiera e poi sporge la testa dal finestrino abbassato. «Tu mi vuoi morto. E io sono troppo giovane per andarmene in questo modo».

«Non fare il codardo. Non morde mica. Ogni tanto spara, ma ti proteggerò io».

«Vuoi davvero che conosca i tuoi genitori?».

«Oh, no! Neanche per sogno, ma non abbiamo altra scelta. Ah, ci sono anche i miei zii e i miei sei cugini».

Theo si sfila il cappellino dalla testa e si aggiusta i capelli, guardandosi dentro lo specchietto retrovisore. Allunga una mano sul sedile posteriore e recupera una polo Ralph Lauren da uno zainetto. Si toglie la canottiera bianca con la scritta "I'll Fuck You Just Once"[10] e si infila quella pulita da "bravo ragazzo".

«Non mi sono fatto la barba», afferma, la sua voce è squillante.

«Non ti fai *mai* la barba».

«Giusto».

«Sbaglio o sei nervoso?». Mi piace vederlo sotto questa veste da insicuro. La sua agitazione sta mettendo me di buon umore.

«Non ho mai conosciuto i genitori della mia ragazza».

«Sono la tua ragazza?», domando e stavolta la mia spavalderia va a farsi fottere.

«Ne parliamo dopo. Come sto?», chiede scendendo dall'auto e lisciandosi la polo, sgualcita sul davanti e su una delle maniche.

«Presentabile».

«Dobbiamo entrare mano nella mano?».

Scoppio a ridere perché è la situazione più comica nella quale mi sia mai trovata. «Non credo sia necessario».

«Non ho i fiori per tua madre», riflette. «Ma ho questo…». Apre lo sportello posteriore ed estrae dalla sacca da mare una calamita di Daytona Beach.

---

[10] "Ti scoperò solo una volta".

«Un magnete?».

«L'ho preso per mia madre, li colleziona. Tua madre no?», mi domanda come se tutte le mamme del mondo collezionassero calamite.

«Lascia perdere. Devi solo entrare, presentarti, sorridere, schivare le pallottole e poi potrai andartene».

«Non sei d'aiuto».

Gli faccio strada e lo sento respirare a pieni polmoni dietro di me.

«Starai benone! Parla poco, annuisci molto e andrà tutto bene».

Varchiamo la soglia di casa e sembra che non ci sia nessuno nel raggio di cento metri. Nemmeno un fiato proviene dalla veranda e inizio a innervosirmi anch'io. Sono la prima a mettere un piede fuori dalla porta a vetri scorrevole e nove teste si voltano verso di me. Cerco mia madre con gli occhi per avere un sostegno morale, ma non la vedo.

«Papà, lui è Theo».

Mi volto per indicarlo – come se non fosse ovvio che Theo è proprio *lui* – e, mio Dio, è sempre stato così bello? I suoi occhi blu, a contrasto con la pelle abbronzata, sembrano finti. Quella polo gli dà un'aria sexy e il viso privo di imperfezioni lo fa sembrare così grande e sicuro di sé. Se mio padre lo guardasse con i miei occhi, si innamorerebbe di lui all'istante.

«Buona sera», dice Theo, la voce educata e la schiena dritta. Fa un passo avanti e porge la sua mano a mio padre. «Piacere, Theodore Steinfield».

«Steinfield? Dove ho già sentito ques… ».

CRASH!!!

«*Oh, mio Dio!*», esclama mia madre.

«Mamma!», urlo. Ha fatto schiantare la ciotola di ceramica a terra e sparso tocchi di frutta ovunque.

«Cat?!». Mio padre si alza in piedi con il chiaro intento di andarle incontro, ma lei ricomincia a blaterare.

«*Oh, mio Dio!*».

«Ohi, ohi, ohi… Ohi, ohi, ohi». Stavolta è mio zio Mark a parlare, mentre mio cugino Josh si alza dalla sua sedia e va incontro a mia madre che, giuro, ha l'aria di una che ha appena visto un fantasma.

«Sei il figlio di…». Deglutisce a fatica. Poggia una mano sulla spalliera della sedia, l'altra sul cuore e ricomincia a balbettare. «Sei il figlio di… Julian?».

«Julian?», chiede mio padre. «Julian, chi?».

«Ehm... sì... Mio padre si chiama... Julian», risponde Theo imbarazzato.

«Di che parlate?», domando io.

«Oh, no! No, no, no, nonono», strepita mio padre facendo due passi indietro, come se avesse davanti a sé l'anticristo in persona. «Non è possibile».

«Cosa devo fare?», sussurra Theo al mio fianco. Mio padre sembra impazzito, mia madre è bianca come uno straccio, zia Jess si copre la bocca con la mano e mio zio Mark ha gli occhi di fuori. Gli unici che non stanno capendo un tubo siamo io, Theo e i miei cugini.

«Non lo so», rispondo con un filo di voce.

«Come? Quando? Perché? *Perché?*», domanda mio padre per poi voltarsi verso la mamma. «Come fai a sapere che Julian ha un figlio che si chiama *Theodore?*».

«Io... beh... ne parliamo dopo, amore».

«Cat!».

«Ci scambiamo gli auguri di Natale, okay?!», si giustifica mia madre facendo spallucce.

«Con *Julian?* Ti scambi gli auguri di Natale con il tuo *ex?*».

Il suo ex?

Theo, accanto a me, segue la scena con gli occhi sgranati, mentre io fisso i miei genitori come se fossero pazzi.

«Di solito sono persone normali», mi affretto a dire senza farmi sentire da nessun altro che non sia Theo.

«Ogni tanto...», dichiara mia madre. Sta riprendendo un po' di colorito e ora esamina Theo con gli occhi socchiusi.

«Ogni tanto, *quanto?*».

«Non dirglielo», l'avverte mio zio Mark. «Menti».

«Ogni anno».

«Da quanto?».

«Menti, per Dio!», mormora lo zio.

«Da... un po'. Okay, da sempre. Da vent'anni, più o meno».

Scende il gelo sulla tavola, l'unico rumore udibile è il respiro greve di mio padre che esce a sbuffi dal suo naso.

«Da vent'anni?! Vi sentite *da vent'anni?* Caterina, mi prendi in giro?».

Mia madre sospira. «Ben, ti prego, stiamo facendo una scenata. Ne parliamo in privato», lo avverte con il suo tono che non ammette repliche. Solo che questa volta mio padre è *davvero* incazzato. Non la chiama mai con il suo nome per intero, soprattutto perché non lo sa pronunciare.

Papà si volta verso suo fratello e lui abbassa lo sguardo. «E tu lo sapevi?».

«Non mettetemi in mezzo!».

«Noi... forse è il caso che andiamo...», annuncio, ma non mi sta ascoltando nessuno. «Scappa!». Afferro Theo per un braccio e lo obbligo a seguirmi attraverso il salone e poi in strada. Intanto, dal patio, arrivano le urla funeste di mio padre e un po' mi spavento. Insomma, mi è capitato di vederlo arrabbiato, ma mai così furibondo.

«Cosa cazzo è appena successo?», mi domanda Theo quando siamo finalmente davanti alla sua auto e lontani dall'ira che si è abbattuta come un uragano su casa Carter.

«Non ne ho idea. Per fortuna che ti avevo detto di parlare poco».

«Mi sono solo presentato!».

Gli faccio cenno con la mano di lasciar perdere. «Tu lo sapevi?».

«Che tua madre e mio padre sono stati insieme? Evidentemente no!», mi rifila un tono a metà fra il sarcastico e il preoccupato.

Ci voltiamo entrambi verso la porta d'ingresso, solo per vedere i miei zii, seguiti dai loro sei figli, uscire di corsa e tornarsene a casa loro.

Mi aspetta un pomeriggio da incubo.

«Torniamo a noi...», dico quando la crisi sembra rientrata.

«Sì, giusto. Sto partendo. Ho un volo per Zanzibar alle otto di sera».

«Okay», replico senza riuscire a mascherare la delusione.

«Ci vediamo la settimana prossima al campus?».

«Credo di sì... a meno che tu non decida di rimanere in Africa», cerco di sdrammatizzare.

«Senti... quello che ho detto prima...».

Ci risiamo! Prima mi dà il contentino e poi una mazzata in testa. «Tranquillo, l'ho già dimenticato».

«No... ho bisogno di qualche giorno per schiarirmi le idee su una questione importante».

«Okay».

«Dovresti uscire con J.J., stasera». Le sue parole mi spiazzano. «Non voglio che ti rimetti con lui, Eva, ma...». Li odio i suoi *ma*! «Lo devi a te stessa». Le sue mani si poggiano sulle mie guance e si sporge in avanti, così da essere alla mia stessa altezza. «Lui ti sta offrendo un sacco di cose che ti meriti e io non voglio che ci rinunci mentre aspetti che io faccia chiarezza nella mia testa. Te ne potresti pentire e non possiamo permettercelo. Nessuno dei due. Finiresti per odiarmi e non lo sopporterei».

«Io ti odio già un pochino, a essere sinceri», dichiaro con un mezzo sorriso sulle labbra.

«Sì, lo avevo capito». Mi bacia sulla fronte e mi accarezza il viso con i polpastrelli. Risale in macchina mentre io me ne sto impalata a fissarlo, terrorizzata dal fatto che se ne stia andando di nuovo. «Posso chiederti un favore?».

«Sì».

«Ti dispiacerebbe sbloccarmi da tutti i social e dalla rubrica? Vorrei evitare di sequestrare il cellulare a mia madre ogni dieci minuti per spiarti».

«Cosa?!», domando ridendo.

«Di solito ti controllo con il telefono di Kian. Mi stai facendo fare la figura del perdente. Ho una certa reputazione da mantenere».

«Sarà fatto».

«Avvicinati un attimo».

Mi appoggio contro la cornice del finestrino e il suo naso sfiora il mio. Mi bacia le labbra con un gesto tenero per poi darmi un buffetto sulla guancia.

«Forse è il caso che rientri».

«Posso partire con te?», domando con tono piagnucolante.

«Io e te, a Zanzibar, tutto il giorno a mollo nell'oceano, nudi, a mangiare frutta esotica e bere birra. Perché non ci ho pensato prima?», mi sfotte.

«Augurami buona fortuna».

Un altro bacio, un'altra carezza e accende il motore.

Mi sposto di lato e lui ingrana la marcia, si immette in strada e mi saluta con la mano.

Uscire con J.J... per dirgli cosa? Che sono innamorata persa di un altro uomo? Che nel mio cuore c'è spazio solo per quel ragazzo tatuato che mi fa tremare lo stomaco ad ogni sguardo e che presto si trasferirà dall'altra parte del Paese e uscirà per sempre dalla mia vita?

Non posso credere che abbiamo i minuti contati, dovrà pur esserci una soluzione.

CAPITOLO 29

Eva

«Sei qui!», esclamo sorpresa. Mi siedo davanti a Theo che mi fissa impassibile. La sua valigia, ancora chiusa e con il cartellino dell'American Airlines che penzola dalla maniglia, accanto a lui.

«È ora di pranzo». Il suo tono è freddo e distante, come se l'oceano fosse ancora lì a dividerci.

Non ci siamo sentiti in questi dieci giorni, nonostante abbia sbloccato il suo numero. Non mi ha mai cercata e io non ho cercato lui.

Mi ha detto di aver bisogno di un po' di tempo per chiarirsi le idee, e questo silenzio imbarazzante fra noi, quel suo modo distaccato di guardarmi, mi fa tremare lo stomaco dalla paura.

«Com'è andata a Zanzibar?», domando sforzandomi di non perdere la testa.

Fa spallucce. «Bene. Sole. Mare. Com'è andata a cena con J.J.?».

Decido di non rispondergli, il suo tono accusatorio mi indispettisce, non me lo merito questo atteggiamento dopo quello che abbiamo passato.

Credevo che sarebbe stato contento di vedermi. Io sono stata tutta la mattina con le orecchie tese in camera mia sperando di sentirlo rientrare. *Empty Space* di James Arthur risuona dalle casse nella caffetteria e noi due rimaniamo a guardarci.

Imito il suo gesto, sollevo le spalle e mi osservo intorno annoiata. Ci sono solo altre due persone nella mensa. «Bene».

«E così mio padre e tua madre sono stati insieme da giovani», dice lui cambiando completamente discorso.

«Già». Cerco di non pensare alla sfuriata di mio padre quando ha scoperto che la mamma sente ancora – ogni Natale da vent'anni – il signor Steinfield. Quando sono rientrata in casa erano chiusi nella loro camera da letto. Papà urlava così forte che per un attimo ho creduto sarebbero venuti giù i muri. Non che mia madre si sia scomposta più di tanto davanti alla collera di suo marito. Vorrei avere anche solo la metà del suo sangue freddo e della sua razionalità. Io, invece, sono come mio padre: o è bianco o è nero. Tranne quando diventa tutto rosso e la rabbia mi acceca.

«Sai cosa mi ha detto mio padre?».

Riporto l'attenzione su Theo. I muscoli del suo viso sono contratti, ma i suoi occhi sono malinconici.

«No».

«Mi ha detto: "Theo, se questa ragazza è speciale anche solo la metà di quello che è sua madre, allora non hai scampo. Sei già fregato. Ti entrerà sottopelle, ti stravolgerà la vita e sarà la cosa più bella che potesse capitarti. E non potrai farne più a meno. Quando se ne andrà, *perché lo farà*, non sarai mai più lo stesso. Ti spezzerà il cuore. Potrai amarla più di tutto, offrirle il mondo intero su un palmo di mano, rinunciare ai tuoi sogni per lei, ma alla fine sceglierà il suo primo amore. Tornerà da lui e tu non avrai armi a disposizione con le quali combattere. E nessuna donna dopo di lei colmerà quel vuoto"».

Theo scuote la testa, mentre io mi mordo forte il labbro inferiore e cerco di ricacciare indietro le lacrime. Doveva amarla davvero tanto. Mi fa strano pensare alla sofferenza del papà di Theo. Se mamma avesse scelto lui al posto di mio padre, io non sarei qui adesso.

«Mia madre non è tornata dal suo primo amore», riesco a bisbigliare, ma so che mi ha sentito. «Non era mio padre il suo primo amore», ripeto, stavolta usando un tono più convinto. «Lui era semplicemente l'Amore, con la A maiuscola. La scelta più difficile, quella che, sulla carta, partiva svantaggiata. La più sbagliata per il resto del mondo, l'unica giusta per lei».

Theo soppesa le mie parole, senza capire fino in fondo quello che sto cercando di dirgli, gliela leggo in faccia, la confusione.

«Sono stato ammesso a Stanford», cambia di nuovo discorso. Afferra un pezzo di pollo con la forchetta, se lo porta davanti al viso, lo esamina a lungo e poi lo lascia ricadere nel piatto. Si sfrega i capelli con le mani, di nuovo cortissimi, e si stropiccia il viso e la barba.

«Sono felice per te. È il tuo sogno e lo hai realizzato contando solo su te stesso».

«Non prendermi per il culo», sibila a denti stretti. Allontana con una mano il vassoio davanti a sé. Ci sono due mousse al cioccolato intatte, sopra.

«Cosa vuoi che ti dica?».

«Ti sei rimessa con lui?», mi domanda arrabbiato e io rinuncio una volta per tutte a capirlo. Non ci vediamo e parliamo da dieci giorni e questa è la sua accoglienza? Certe volte lo odio proprio, con tutta me stessa.

«No», rispondo sicura di me. «Non lo amo più, non come dovrei. C'è spazio solo per una persona nella mia vita, e non è lui».

«Dovevi scegliere lui, cazzo! Dovevi farlo».

«Perché?». Cerco di mantenere il tono della voce limpido, ma la delusione sta scalpitando per venire a galla. «Così potrai partire con la coscienza pulita senza più guardarti indietro? D'altronde, se Eva si rimette con il suo ex, tu cosa puoi farci? Era destino, giusto?», lo incalzo io.

«No, Cristo!». Batte i pugni sul tavolo e si alza in piedi. «Il destino non esiste, altrimenti dovrei iniziare a pensare che sia stato il caso a farti capitare, con tutti i dormitori in questo fottutissimo campus, proprio nel mio, nella stanza accanto. O di averci fatti incontrare in lavanderia quel primo venerdì pomeriggio. O che l'unica donna della quale mi sia mai innamorato è l'unica che non posso avere perché fra cinque mesi ci dividerà un intero maledettissimo Paese. Quindi no, Eva, non c'entra un cazzo il destino». Respira a fatica e io lo imploro con gli occhi di rimettersi seduto e di smetterla di alzare questo muro fra di noi. «Io partirò per la California e tu rimarrai qui. Possiamo rigirarla come vogliamo, possiamo prendercela con chi vogliamo, ma il risultato non cambia. Non cambia mai».

Le sue parole mi fanno avvampare. Nessuno mi aveva mai urlato in faccia di essere innamorato di me con così tanto desiderio e risentimento allo stesso tempo. Come se esserlo fosse la cosa peggiore che potesse capitargli ma anche la più inevitabile.

Theo si rimette seduto, china la testa in avanti e nasconde le dita tese fra i capelli.

«Non partirò», dichiara infine, ma so che non è quello che vuole davvero e io non gli permetterei mai di rinunciare ai suoi sogni per me. Mi alzo dal mio posto e lo raggiungo dall'altra parte del tavolo, sposto le sue mani dalla testa e, come se fosse la cosa più naturale del mondo, mi siedo a cavalcioni su di lui.

Non mi importa se ci vedrà qualcuno, se mi manderà via per l'ennesima volta, so quello che voglio e ho tutte le intenzioni di prendermelo.

«Posso parlare io adesso?». Aspetto che mi guardi per poi intrecciare le mie mani dietro al suo collo.

«Non c'è niente da dire. Hai vinto tu. Non voglio una relazione a distanza e non riesco a pensare di non averti accanto a me ogni giorno, quindi rimango».

«Hai sempre dato per scontato che avresti dovuto essere tu a rinunciare al tuo sogno. Mai, nemmeno una volta, hai preso in considerazione l'idea che potessi essere io a venire con te. Non me l'hai mai chiesto».

I suoi occhi, del colore dell'oceano più blu mai visto, si fondono con i miei. Apre la bocca, poi la richiude e infine inizia a scuotere la testa. «Eva, non se ne parla».

«Perché no?», insisto io.

«Perché, se poi non funzionasse, cosa faremmo? Tu avresti rinunciato alla Columbia per niente, ti ritroveresti in California e... non esiste».

«Se non funzionasse, tu avresti rinunciato a Stanford per niente». Faccio spallucce.

«Non è la stessa cosa».

«Invece lo è! Non ho bisogno che tu mi protegga, ho solo bisogno che tu creda in noi e ci dia una possibilità».

Le sue grosse mani mi circondano il viso energicamente e mi parla a fior di labbra. «Verresti davvero con me?».

«Sì, lo farei».

«Perché?», mi domanda con una sofferenza nella voce che mi fa battere forte il cuore.

«Perché *no*? L'unica cosa che mi lega a questo posto... sei tu! Non so se è la scelta giusta, ma è l'unica che ha senso. Non voglio vivere di rimpianti, non voglio svegliarmi una mattina e ritrovarmi a domandarmi "cosa sarebbe successo se...?". E poi, se nella vita non rischi un po', come ti diverti?». Gli faccio l'occhiolino e lui si sforza di sorridermi.

«Io rinuncerei a tutto per te, lo hai capito questo?».

«Sì. Adesso lo so». Mi bacia piano, poi abbassa la testa e sospira.

Poso le mie labbra sulla sua fronte e cerco di infondergli tutto il mio coraggio.

«Non dobbiamo decidere adesso», dice.

«Sono d'accordo. Quando sarà il momento sapremo cosa fare».

«Tuo padre mi ucciderà...».

«Sì, credo proprio di sì». Ridacchiamo l'uno nella bocca dell'altra e cerco di alzarmi dalle sue gambe.

«Dove pensi di andare?».

«In camera tua. Non hai ancora finito di mangiare?», gli domando inclinando la testa di lato.

«In camera mia?». Mi stende con il suo ghigno sensuale e sento la pelle accapponarsi sulle braccia. «E cosa vorresti fare in camera mia?».

«Te!», rispondo con la faccia tosta.

«Ma senti, senti! Quindi è per questo che vuoi stare con me? Per il mio corpo? Mi sento un po' usato...», mi prende in giro.

«Tu *sei* "usato"... ma tutto sommato tenuto bene. Ora sbrigati a buttare quegli avanzi, o comincerò senza di te...».

Mi incammino verso l'uscita e sento alle mie spalle un fracasso che mi fa voltare. Theo ha lanciato nel secchio dell'immondizia l'intero vassoio di plastica e sta camminando a passo svelto verso di me. Inizio a correre e imbocco la scala antincendio. Mi raggiunge a metà fra il piano terra e il primo. Mi prende in braccio e mi incastra fra il suo corpo e la parete.

Si impossessa della mia bocca e il nostro bacio diventa indecente nel giro di una frazione di secondo. Con la mano libera cerca il mio seno, le mie il bottone dei suoi pantaloni. Scappa su per la scala con le mie gambe strette attorno alla sua vita e la mia lingua che gli tormenta l'orecchio e il collo.

A metà fra il secondo e il terzo piano mi mette giù. «Pesi troppo», dichiara con il fiatone. Conquista di nuovo le mie labbra. «Lo facciamo qua».

«Scusa? Io non peso troppo!».

«Sì. Sei una di quelle false magre, santo Dio. Non ce la faccio a portarti in camera in braccio, stramazzerei al suolo».

Gli mollo uno schiaffo sul braccio. «Sei un pappamolle! Forse sei tu che non hai abbastanza muscoli». Mi incammino indignata verso il portellone che conduce al terzo piano.

«Ammetto di essere fuori forma». Mi prende per mano e usciamo nel corridoio. «Cazzo! Ho lasciato la valigia al piano di sotto». Mi strattona verso l'ascensore e preme il pulsante.

«Stai decisamente rovinando il momento sexy!».

Theo ride a bocca aperta, buttando la testa all'indietro. «Ma che idee ti sei fatta? Guarda che non ho nessuna intenzione di portarti a letto».

Alzo gli occhi al cielo e accentuo il broncio mentre riscendiamo al piano terra.

«Portarmi a letto... come sei antico», borbotto.

«Aspettami qui», dice mollandomi dentro l'ascensore e tornando pochi secondi dopo trascinandosi dietro la sua valigia nera.

Non parliamo fino al nostro piano, ma lo vedo con la coda dell'occhio che sta ridacchiando sotto i baffi.

Una volta arrivati davanti alla sua stanza infila la tessera magnetica nel lettore elettronico e spalanca la porta.

«Ho un po' di jet-lag. Ti dispiace se ci vediamo più tardi?». Sbadiglia.

Spalanco la bocca come se fossi un pesce palla e lo fisso allibita.

Mi sta liquidando così?

Ricomincia a ridere, spinge la valigia in stanza e poi mi riprende in braccio. «Hai tre secondi di tempo per spogliarti, o ti strapperò i vestiti di dosso!».

«Forse è il caso che tu mi metta giù... non vorrei ti affaticassi troppo a portarmi in braccio da qui al tuo letto», lo schernisco.

Allarga le braccia e per poco non mi schianto a terra con un tonfo. Si richiude la porta alle spalle e ci si appoggia con la schiena contro.

«È colpa tua se sono fuori forma. Sono due settimane che non muovo un muscolo». Mi porto di nuovo le braccia al petto. «Ho passato tutta la vacanza a contemplare il mare e ad ascoltare la stessa canzone sdolcinata a ripetizione».

«Ah, sì?», domando senza nascondere il sarcasmo nella mia voce.

«Già».

«Quale canzone?».

«Non te lo dirò mai».

«Oh, sì che lo farai».

«Mai!».

Mi disfo del top e lo lascio ricadere a terra, poi procedo con i jeans. Me li sfilo lentamente facendoli scivolare con estrema calma lungo le gambe. Scarpe e pantaloni sono ora accanto alla mia t-shirt e mi infilo una mano dietro la schiena per slacciarmi il reggiseno.

Theo mi fissa, dalla testa ai piedi, dai piedi alla testa, senza sosta.

Mi libero degli slip e rimango nuda di fronte a lui, che non muove più un muscolo.

«Comincia senza di me...», mi provoca. La sua voce è roca e calda allo stesso tempo. Si porta le braccia dietro la schiena e si morde furioso le labbra.

Faccio come mi dice lui. Mi sfioro con la punta delle dita prima il seno e poi riscendo fino al ventre. I suoi occhi non mi lasciano scampo, il suo petto si solleva ad ogni respiro profondo. Mi tocco per alcuni secondi in mezzo alle gambe, chiudo gli occhi e smetto di pensare, di avere paura, di provare vergogna.

Le sue mani mi accarezzano le braccia nude e quando sollevo le palpebre, presa in contropiede da quel tocco inaspettato, è davanti a me, ancora vestito ma con un'espressione sofferente sul viso.

Cade sulle ginocchia e sposta le mie dita per sostituirle con la sua bocca. Mi aggrappo alle sue spalle e combatto la sensazione della mia testa che gira all'impazzata. Divora quella pelle sensibile con smania e devozione, fino a farmi sfuggire dalle labbra un gridolino di pura soddisfazione. Si accanisce contro il mio corpo e la sua lingua diventa così impaziente che non riesco a riprendere fiato.

Barcollo all'indietro e Theo mi fa stendere sul letto, senza mai staccare le sue labbra dal centro del mio piacere e allargandomi le gambe ancora di più.

«Spero che tu non abbia impegni da qui all'eternità, perché ho intenzione di continuare all'infinito», lo sento mormorare e mi costringo a buttare aria nei polmoni.

«Se pensi di farcela...», lo provoco.

Theo alza la testa di scatto e mi sfida con lo sguardo. «Sei impertinente!».

«E tu sei... Non ti fermare! Mi hai fatto credere che fossi molto più... delicato...».

«Delicato?», domanda facendo una smorfia schifata e alzando un sopracciglio.

«Sì... insomma. L'altra volta. Sei stato più... meno...».

«No, no. Finisci la frase». Si alza in piedi e mi guarda in attesa di una risposta.

«Sei stato "tenero"».

«Ma tu guarda che stronzetta!», ribatte indignato. «Mi sono comportato da *gentleman*!», protesta.

«Certo...».

«Pensi che stia scherzando? Vuoi davvero che ti mostri cosa posso farti?».

Alzo gli occhi al cielo. «Come sei suscettibile!».

«Ti faccio vedere io adesso». Si sfila la t-shirt e si libera dei pantaloni e dei boxer con un unico gesto fluido. «Spero che tu sia allenata, piccola impertinente, perché avrai bisogno di una buona dose di resistenza fisica per uscire intera da quello che sto per farti».

«Vuoi legarmi?», domando un po' preoccupata quando lo vedo avvicinarsi al suo armadio.

«No».

«Bendarmi?».

Gira la testa verso di me. «Ti piacerebbe?».

Faccio spallucce. «Forse…».

Fruga nel suo armadio per un po' e io rimango seduta sul letto, nuda, a contemplare il suo sedere spettacolare.

«Cosa stai cercando lì dentro?».

«Il frustino».

Tutti i miei sensi scattano sull'attenti.

Okay, fermi tutti! Io stavo solo scherzando.

«Io non… il frustino?».

Si volta di scatto e mi lancia addosso una scatola di preservativi sigillata. «No, genio! Stavo cercando quelli».

«Ah, okay».

«Sei incredibile, lo sai?», mi rimprovera sedendosi sul letto accanto a me. «"Delicato" non me l'ha mai detto nessuna. Non lo accetto». Mi guarda con sdegno e io scoppio a ridere.

«Dai, non fare così». Gli accarezzo il viso, ma lui mi scansa la mano e io rido più forte. Mi afferra dalla vita e mi rigira sul letto, mettendomi a pancia in giù e posizionandosi dietro di me.

«Ti diverti a provocarmi e ti approfitti del fatto che sono innamorato perso di te». Le sue parole mandano a fuoco il mio povero cuore. «Rifaremo l'amore altre mille volte, esattamente come quella sera, ma non oggi. Ti fidi di me?». Il suo braccio mi bracca la vita e mi solleva fino a mettermi a carponi sul materasso.

Mi scappa un gridolino dalle labbra, poi annuisco incapace di parlare. Scarta un preservativo e butta l'involucro sul pavimento. Le sue labbra si posano morbide sulla mia schiena. Mi bacia piano tutta la colonna vertebrale fino ad arrivare alle natiche.

«*Without You*. Mariah Carey».

«Cosa?».

«La canzone che ho sentito per una settimana intera pensando a te». Le sue dita entrano nella mia carne e io trattengo il fiato. Mi sento esposta e vulnerabile mentre lui mi tocca spingendole sempre più dentro di me.

«P-perché me lo stai dicendo?», balbetto.

«Per farti capire quanto cazzo ti amo. E perché quello che stiamo per fare, il *modo* in cui lo stiamo per fare, non è solo sesso spettacolare. È sesso spettacolare con l'unica donna che voglio al mio fianco e che si fida di me al punto da non tirarsi indietro e lasciarmi fare».

Non replico nulla, rimango immobile, carponi sul letto, con le sue dita che mi stanno facendo girare la testa, ma non è nulla in confronto alla sensazione che provo quando sposta la mano e mi invade con la sua erezione, fino in fondo, possedendomi come mai nessuno prima di lui.

È intenso e veloce, animalesco. Sono colpi decisi in rapida successione, i suoi gemiti assordanti e i miei che si mescolano ai suoi. E proprio quando penso che le ginocchia stiano per cedere, quando sono lì lì per esplodere, si sfila da dentro di me, mi fa voltare e ricomincia tutto da capo. Mi porta al limite, ogni volta in una posizione diversa e più erotica rispetto alla precedente, finché non ci ritroviamo per terra, sfiniti, ansimanti ma incapaci di smettere.

Sono seduta sulle sue gambe, la mia schiena contro il suo petto, le sue mani sul mio seno. Theo mi morde una spalla, succhia la pelle e io, nonostante sia al limite del collasso fisico, assecondo i suoi movimenti desiderandone sempre di più.

Stavolta non ha intenzione di cambiare posizione, lo capisco nel momento in cui butta la testa all'indietro e tutto il suo corpo inizia a tremare.

Cerco la sua bocca e la sua lingua mi accarezza le labbra. Vengo fra le sue braccia, senza pudore, con i suoi baci roventi a incendiarmi e le sue spinte a cullarmi durante l'orgasmo più intenso che abbia mai provato.

Mi abbandono, sfinita, addosso a lui e ricadiamo insieme sul tappeto, senza fiato, senza peso, sudati e abbracciati.

Non mi stupirei se entrasse qualcuno in stanza buttando giù la porta per accertarsi che sia ancora viva, che non mi abbia uccisa, perché le nostre grida, ne sono certa, le hanno sentite fino all'ultimo piano.

«*Delicato?*», mi chiede lui ironico dopo un lungo silenzio.

«*Mariah Carey?*». Mi volto e mi ritrovo faccia a faccia con il suo bel viso. Gli sfioro la barba morbida e mi incanto a studiare le sue labbra gonfie dopo i nostri mille baci e i suoi occhi lucidi ed espressivi.

«Uno pari?», conclude lui.

«Ci sto». Mi accoccolo contro il suo petto e le sue braccia si chiudono intorno al mio corpo. «Insomma sei innamorato perso di me, eh?».

«Non montarti la testa», mi ammonisce lui.

«Ci voleva così tanto ad ammetterlo?».

«Non sai quanto».

CAPITOLO 30

Theo

«È ora di svegliarsi», le sussurro piano all'orecchio.
In risposta ricevo un "uhm" assonnato e la bacio nell'incavo del collo. La sua pelle è liscia e sempre profumata. Faccio scorrere le dita sulle sue braccia nude, sul seno, fino a toccarle la pancia piatta. Due settimane e ancora non si attenua di una virgola la voglia folle che ho di lei. La costringo a dormire nuda nel mio letto tutte le sere, la sveglio di notte per una sveltina indecente, ricomincio tutto da capo la mattina appena svegli.
«Eva... dai, svegliati».
«Basta! Ti prego... *basta*! Sono distrutta. Non sento più le gambe, le braccia e... "lei", non la sento più! Hai vinto tu, okay!? È tua, ma ti prego, lasciami riprendere fiato».
Ridacchio contro la sua spalla e gliela mordo piano. «Sei davvero tremenda! Hai gli allenamenti di nuoto. Ti stavo svegliando per *quel* motivo».
«Non ci voglio andare!», protesta per poi nascondere la faccia sotto il cuscino e allontanarsi dal mio corpo quel tanto che basta per creare un vuoto fra di noi.
«Ma non hai mai saltato nemmeno una lezione!». Mi riavvicino. Cosa pensa di fare? Davvero crede che possiamo stare nello stesso letto senza toccarci? Inammissibile.
«Beh, pazienza. C'è una prima volta per tutto. Ho sonno».
Forse stanotte ho esagerato. Forse anche ieri pomeriggio ho esagerato. Abbiamo una specie di patto: non appena mette piede qui dentro deve spogliarsi. Solo che quando lo fa io non rispondo di me. Ogni volta!
«Vuoi che vada a prenderti un caffè?».
«No».
«Qualcosa per fare colazione?».
«No».

«Vuoi che ti porti in braccio fino alla piscina?».
«No».
Mi fa sorridere. Il suo tono è categorico e rimane immobile, sdraiata a pancia in giù fra le mie lenzuola.
«Vuoi davvero saltare gli allenamenti?».
«Shhh», mi ammonisce.
«Io devo andare in radio. Fra circa quindici minuti quel maledetto computer si bloccherà e la stessa canzone risuonerà all'infinito per tutto il campus».
«Ciao», mi risponde lei in italiano.
Le bacio la schiena nuda e mi schiaffeggia il braccio con una mano.
«Allora io vado», dico solo per darle ancora fastidio, ma lei non mi risponde neanche. Recupero un cambio di vestiti puliti e porto tutto nei bagni in fondo al corridoio.
Esco dalla doccia con un sorriso idiota stampato in faccia e fischiettando una ballata romantica che sento in sottofondo. Faccio un salto in mensa solo per recuperare un caffè d'asporto e mi dirigo verso lo studio. Aprile è un mese spettacolare per vivere a New York. La primavera è esplosa e un sole tiepido scalda l'aria. In giro per Morning Side Heights si vedono solo *joggers* nelle loro *mise* griffate che passeggiano alla volta di Central Park per una corsa mattutina.
There You Are di ZAYN risuona per la terza volta quando giro la chiave ed entro in radio. Sblocco il Mac e sistemo la playlist. Mi stravacco sulla mia poltrona imbottita e mi porto le braccia dietro la testa.

KIAN: Ci sei per una partita di basket tre contro tre fra due ore?

Fisso il cellulare e mi costringo a dirgli di sì. Sono quattordici giorni che me ne sto rintanato in camera con Eva. Sono uscito solo per venire in radio – quando non ne ho potuto fare a meno – e per andare a lezione. Se penso che in questo momento è nuda nel mio letto, mi viene voglia di staccare tutte le spine, fregarmene della WKCR e correre da lei.
Qualunque cosa mi abbia fatto quella ragazza, non è sano. Invade tutti i miei pensieri, tutti i momenti della mia vita. Non abbiamo più ripreso il discorso "Stanford", ma l'orologio gira e il tempo stringe. Non le ho ancora detto che mi è arrivata la lettera che conferma la mia ammissione all'università dei miei sogni. Lo farò. Lo farò alla prima occasione.

KIAN: Stasera torneo da te?

Che palle!

THEO: *K.*

Mi sto trasformando in uno di quei ragazzi che non appena si mettono con la tipa di turno si estraniano dal mondo e vivono solo per lei, ma poi ripenso al suo viso dolce mentre viene fra le mie braccia e, oltre a diventarmi duro, capisco che non me ne frega del "mondo".

Torno in stanza un'ora dopo ed Eva è già andata via. Ha lasciato un post-it al centro del display del mio computer con su scritta una frase in italiano.

"Sarò quel vento che ti porti dentro

E quel destino che nessuno ha mai scelto..."[11]

Non ho idea di cosa voglia dire, ma mi piace come suona. Ha una calligrafia morbida, come lei.

THEO: *Alla fine sei andata a nuoto?*

EVA: *No! Sono in camera mia.*

THEO: *Arrivo.*

Mi catapulto fuori dalla mia stanza e due passi dopo sono di fronte alla sua porta. La spalanca prima che possa bussare e mi butta le braccia al collo.

«Scusa per stamattina», miagola contro il mio collo.

Le bacio la testa e rimango aggrappato a lei. Se ammettessi che in quest'ora, da uno a dieci, mi è mancata dieci, finirei dritto dritto all'inferno nel cerchio dei lussuriosi? Probabile!

«Ho una partita di basket. Vuoi venire?».

«Vuoi che andiamo insieme?», mi domanda un po' impacciata.

Siamo stati così impegnati a saltarci addosso come conigli in queste due settimane che non abbiamo avuto tempo di fare *outing*. A parte i nostri amici più stretti, nessuno sa ancora di noi due. Non che mi interessi particolarmente chi lo viene a sapere.

«Perché no?! Prima o poi la voce girerà comunque. Meglio toglierci subito il dente».

---

[11] Cit. "L'Amore è una cosa semplice" – Tiziano Ferro

«Se ci vedesse Helena?», mi domanda preoccupata.

«Dubito le interessi. Ci siamo lasciati da quanto? Quattro mesi fa?».

«Oh, okay. Cioè, credo che vada bene».

«Sei nervosa».

«No. Non è quello. È solo che è... strano. Tu non hai mai avuto una ragazza *ragazza*. Penseranno tutti che io sia l'ultima delle tante oche giulive che si intrattengono nel tuo letto».

Se non avesse ragione, mi offenderei. A morte!

«Sei un po' oca, in effetti», la prendo in giro e lei mi molla uno schiaffo sul braccio. «Ahii!».

«Va bene, andiamo, ma prima devo farmi una doccia».

Le rivolgo una smorfia complice e lei diventa seria.

«Scordatelo!».

«Sarebbe molto eccitante...».

«Sei pazzo! No!».

«Okay, Madre Teresa, ma ti pentirai amaramente di avermi rifiutato quando te ne starai sola soletta in quel box doccia, tutta nuda e con l'acqua calda che ti scivola addosso».

«Non credo», ribatte lei a tono.

«Mio padre mi ha chiamato per avvisarmi che ha fatto revisionare la mia moto. Ti va se passiamo dal suo appartamento a prendere le chiavi dopo la partita? La temperatura fuori è uno spettacolo e potremmo andare a fare un giro in spiaggia».

«In moto?», mi domanda preoccupata.

«Puoi raggiungermi a Hampton Bays in treno, se vuoi, ma ti assicuro che ti perderesti metà del divertimento».

«Okay», replica con tono timido. «Solo... ma la sai guidare una moto?».

«No! Ma tranquilla, cercherò un tutorial su YouTube mentre sei sotto la doccia». Le arruffo i capelli sopra la testa e mi guadagno un'occhiataccia.

«Va bene, va bene! Dammi mezz'ora e sono da te».

«Sbrigati!».

«Sì... sì...». Mi richiude la porta in faccia e me ne torno in camera mia.

Mi infilo un paio di calzoncini e una canottiera dei *Knicks*, recupero poi una t-shirt bianca semplice dalla cassettiera e dei pantaloni comodi, e li butto dentro uno zainetto. Poi mi ricordo di prendere il mio k-way blu e lo poggio accanto agli stivali che uso per andare in moto.

Quando sono pronto mancano ancora quindici minuti abbondanti all'appuntamento. Odio aspettare.

Mi butto sul letto e prendo il cellulare. Mi collego a Instagram e cerco il profilo di Harper. Ogni tanto lo faccio, giusto per assicurarmi che stia bene… e per mettere a tacere la mia coscienza. L'ultima foto che ha pubblicato risale a due settimane fa: è sdraiata su un prato e il suo cane ha il muso poggiato sul suo petto. Indossa un paio di occhiali con le lenti scure e sorride. Sospiro e lancio il telefono da una parte, poi chiudo gli occhi e scaccio le immagini di lei ubriaca e strafatta che mi si accascia fra le braccia mentre la trasporto di peso in camera sua.

Eva, per fortuna, viene a salvarmi da quel ricordo un paio di minuti dopo. Adoro il fatto che sia un razzo nel prepararsi, che non perda ore e ore davanti allo specchio a rifarsi il trucco o a sistemarsi i capelli.

Bussa alla mia porta – anche se ha la chiave elettronica – e quando me la ritrovo davanti il senso di inquietudine si placa all'istante.

«Vado bene vestita così?», mi domanda.

I suoi capelli sono, come al solito, legati in una morbida coda di cavallo, indossa un paio di leggings neri e un top dello stesso colore.

«Certo». Le sorrido e le mie mani si muovono da sole per accarezzarle il viso. «Solo, prendi una giacca, farà freddo in moto al rientro».

Si porta davanti al petto uno zainetto che non avevo notato e ci batte il palmo sopra un paio di volte.

«Ho tutto qui dentro: giacca, scarpe di ricambio, infradito, un costume, un cappellino, crema solare – protezione cinquanta, ovviamente –, un asciugamano, una bottiglietta d'acqua e il burro di cacao».

Mi sporgo in avanti e la bacio piano sulle labbra. Qualunque cosa mi abbia fatto, profuma di buono e sa di per sempre.

«Andiamo».

***

La partita di basket finisce, come al solito, in una mezza rissa. Perché Kian non sa perdere! Mi avvicino a Eva, che se ne sta seduta sul prato con le gambe rannicchiate contro il petto e il viso rivolto verso il sole, e le faccio cenno che sono pronto per andarmene.

«Non vuoi passare al dormitorio a fare una doccia?», mi domanda e percepisco un po' di disgusto nella sua voce.

Sono così sudato che gocce di sudore piovono dalla mia fronte e dalle braccia.

«Me ne farò una veloce a casa di mio padre», la rassicuro. Lo so che faccio schifo, non c'è bisogno di guardarmi come se fossi un lebbroso.

Le porgo la mano e l'aiuto ad alzarsi.

Kian sta ancora litigando con un tipo tre volte più grosso di lui, in mezzo al campo.

«Credi sia il caso di andare e lasciarlo qui?», chiede Eva, oltremodo preoccupata per la vita del mio migliore amico.

«Ogni volta è la stessa storia: è una schiappa a giocare a basket e non ci sta a perdere. Tranquilla, abbaia ma non morde».

«Lui forse no, ma l'altro tipo, il fratello gemello di LeBron James, credo che nel tempo libero si alleni a strappare il cuore dal petto della gente».

Ridacchio e poi mi scolo una bottiglietta d'acqua in poche sorsate.

«Starà benissimo. Dai, andiamo, vorrei arrivare alla spiaggia per l'ora di pranzo».

Non ne è convinta, ma non oppone resistenza. Mi sciacquo il viso e le braccia alla prima fontanella che troviamo e con il bordo della canottiera cerco di asciugarmi il sudore dalla fronte, ma è inutile: sono da buttare.

Una volta arrivati in strada fermo un taxi e ci infiliamo nei posti dietro. Eva mi sta a distanza di sicurezza, probabilmente perché puzzo come una capra. Qualche minuto dopo tira giù il finestrino.

«Sai, non ti facevo così schizzinosa. Sei un po' snob», la prendo in giro.

«Non credo che tu ti renda conto di quanto puzzi!». Il suo tono mi fa ridere, storce il naso e mi rivolge una smorfia schifata.

«Oh, andiamo. Non dirmi che non sei almeno un po' eccitata», ribatto fregandomene del tassista pakistano che ci sta portando a casa di mio padre e che, ne sono sicuro, dovrà disinfettare il suo taxi una volta che saremo scesi. «Insomma, guarda che muscoli». Sollevo la t-shirt zuppa e le mostro i miei addominali – dei quali vado molto fiero!

«Bleah! No, neanche un po'».

«Snob».

«Puzzolente!».

L'autista ci lascia davanti all'ingresso del civico 740 di Park Ave. Pago la corsa ignorando i venti dollari che Eva cerca di passarmi.

«Non credo ci sia nessuno in casa», dico una volta dentro al portone. Mi avvicino al portiere, esibisco il mio documento d'identità e lui mi consegna un paio di chiavi.

«Spiegami una cosa: perché tuo padre ha un appartamento a New York e uno a Toronto?».

«Ha due studi legali. Uno qui in città e l'altro in Canada. Quando il suo socio, e migliore amico, è venuto a mancare dieci anni fa ha deciso di comprare un appartamento qui a New York, così da non dover alloggiare sempre in hotel. Prima ci veniva solo qualche giorno al mese, ora fa avanti e indietro come una trottola».

«Vai d'accordo con lui?».

«Quanto basta», taglio corto. Poi mi ricordo che Eva non è tipa da accontentarsi e mi preparo alla raffica di domande in arrivo.

Il viaggio fino al diciannovesimo piano diventa una specie di quiz televisivo a tempo. Ho la sensazione di essere sotto esame.

«Lo vedi spesso?».

«Quando è a New York passo a trovarlo almeno una volta a settimana».

«Che tipo è?».

«Tranquillo... un po' noioso».

«Assomigli a lui, fisicamente?».

«Non molto. Ho preso i tratti somatici dalla famiglia di mia madre».

«È autoritario?».

«Quando serve. A parte la sua fissa affinché diventi un avvocato, mi ha sempre lasciato la mia libertà».

«È affettuoso?».

Faccio una smorfia con le labbra e inclino la testa di lato. «Affettuoso? In che senso?».

«Non so, tipo... ti chiama per congratularsi quando superi un esame? Oppure ti dà una pacca sulla spalla e ti dice di essere orgoglioso di te?».

«Siamo due uomini... non facciamo queste cose».

Eva alza gli occhi al cielo. «Oh, certo! Siete "uomini". Che c'è, hai paura che un gesto affettuoso alteri il tuo testosterone? Perché, devo dirtelo, con me sei *molto* affettuoso».

«Tu sei la mia ragazza! È diverso».

Eva ridacchia e si passa una mano sulle labbra.

«Cosa?».

«Mi piace quando lo dici».

Scuoto la testa esasperato. «Sei proprio una bambina», la prendo in giro. Me la trascino contro il petto e l'abbraccio forte, ma dopo un secondo si scansa e inizia a strillare.

«Che schifo! Non mi toccare». Non ha tutti i torti. «Sei sicuro che non sia a casa?».

«Papà? No, certo che no. Sarà in ufficio». È sempre in ufficio.

«Oh, okay».

«Volevi incontrarlo?».

Eva non ama trovarsi al centro dell'attenzione – riformulo: Eva *detesta* trovarsi al centro dell'attenzione –, quindi non capisco perché sia così delusa.

«Ora mi dirai che sono scema, ma… sono curiosa. Insomma, tuo padre e mia madre sono stati *insieme*. Tu hai conosciuto mia madre, mi sembra giusto che mi presenti tuo padre».

«Se ci tieni tanto…».

«Ma non sei un po' curioso? Io vorrei fare mille domande a mia madre, ma ho paura di ferire papà».

Le donne si fanno dei viaggi mentali assurdi. Io so tutto quello che c'è da sapere: mio padre era innamorato di sua madre, lei lo ha lasciato per tornare dal suo grande amore, mio padre pochi mesi dopo ha conosciuto mia madre. Si sono sposati perché è rimasta subito incinta di me. Fine della storia.

«Onestamente? Mi mette un po' i brividi questa storia e cerco di non pensarci».

Le porte dell'ascensore si spalancano nell'attico e Miss Melnikov ci viene incontro.

«Buongiorno», ci salutiamo contemporaneamente.

«Le presento Eva», aggiungo io.

«Sono la sua ragazza», balbetta impacciata la biondina accanto a me. «Non sono una che ha trovato qui sotto. Volevo chiarirlo. Cioè, stiamo insieme. Io e lui».

Miss Melnikov le sorride e io mi ritrovo a scuotere di nuovo la testa.

«Hai finito?», le chiedo ridendo.

«Scusa. Non so cosa diavolo mi prenda certe volte».

«Papà dovrebbe avermi lasciato le chiavi della moto».

«Sono sulla sua scrivania. Insieme ai caschi che mi ha chiesto di preparare. Mister Steinfield non tornerà per pranzo».

«Grazie. Mi faccio una doccia veloce e poi andiamo».

La governante si congeda e io afferro la mano di Eva facendole strada verso la mia stanza.

«Questo posto è davvero *wow*!».

Lo è. È un po' freddo per i miei gusti ma sicuramente più accogliente del nostro appartamento a Toronto, che mia madre ha arredato con mobili antichi e costosi. Qui, invece, regna la modernità.

La mia camera è, come sempre, immacolata e la porta finestra che dà su una porzione del terrazzo, spalancata.

«Posso?», mi domanda Eva indicando fuori.

«Tutto quello che vuoi. Ci metto cinque minuti».

Tiro fuori dalla sacca che mi sono portato dietro il cambio pulito di vestiti e mi chiudo in bagno. Come promesso, cinque minuti dopo sono pronto. Ritorno in stanza già vestito e con i capelli ancora bagnati. Eva se ne sta appoggiata contro la balaustra e fissa Central Park davanti a sé.

«Io ho fatto».

Si volta solo con la testa e mi fa mancare il fiato. È di una bellezza innaturale.

«Me la farai guidare, la moto?».

«No!», rispondo categorico.

Mette il broncio. «Perché no?».

«Ne hai mai guidata una?».

«No, ma posso imparare».

«Un altro giorno, magari». *Con la moto di qualcun altro, possibilmente.*

«Dove andiamo?».

«In spiaggia».

«Sei scontroso», mi rimprovera.

Le avvolgo il viso con le mani. «Ti rendi conto di quante domande mi hai fatto in quindici minuti? Un milione! Hai superato il limite massimo di parole consentite per un'intera settimana. Adesso prendi il tuo zainetto, afferra il tuo casco e sta' zitta». Le bacio la punta del naso per farle capire che sto giocando.

«Mi stai dicendo che parlo troppo?».

«Non lo so, era un'altra domanda?».

Mi mostra il dito medio ed esce dalla mia stanza. Devo dirle di Stanford e pregare che non abbia cambiato idea, che voglia ancora trasferirsi con me in California, perché non saprei più immaginare la mia vita senza di lei. Tutti quei mesi a inventare scuse per mantenere le distanze e ora mi ritrovo a pensare a mille modi diversi per tenerla vicina. Sapevo che sarebbe stata la mia rovina, che se le avessi lasciato anche solo uno spiraglio lei avrebbe trovato il modo per insinuarsi nella mia vita e rimanerci incastrata dentro per sempre.

È come un temporale estivo dopo una giornata afosa di luglio inoltrato, quando l'aria diventa di nuovo respirabile e tu vorresti solo spogliarti e ballare nudo sotto la pioggia. È questo l'effetto che mi fa questa ragazza: mi fa tornare a respirare.

CAPITOLO 31

Theo

Per arrivare a Hamptons Bay opto per la strada più lunga, quella panoramica. Attraversiamo tutta Manhattan e oltrepassiamo il ponte di Brooklyn. Eva mi sta incollata alla schiena, le sue mani strette intorno alla mia vita. Non si fida un granché, ma la capisco: io non salirei mai in moto con nessuno.

Guido piano e sento il suo respiro regolare attraverso le cuffie collegate al casco integrale.

«Ti stai divertendo?», le domando per distrarla dal sorpasso che decido di fare all'ultimo. Il camion davanti a noi procede troppo lento per i miei gusti.

«*Sì!*», urla fracassandomi un timpano.

«Guarda che ti sento anche se parli con un tono umano».

«*Okay!*», grida di nuovo. «Okay», sussurra subito dopo.

«Ci vorranno poco meno di due ore per arrivare. Sei mai stata negli Hamptons?».

«Mai».

«Mia nonna materna abita lì. Pensavo di passare a salutarla».

La sento irrigidirsi, ma non dice nulla.

Rimaniamo in silenzio per gran parte del tragitto. Eva, miglio dopo miglio, si scioglie un po'. Segue le curve insieme a me, allenta la presa contro la mia pancia e si gode il panorama.

L'aria tiepida ci sbatte addosso quando sulla NY27 accelero superando di molto il limite consentito.

Fermo la moto di fronte all'imponente cancello in ferro battuto che delimita la proprietà di mia nonna e allungo una mano per premere il citofono. Una manciata di secondi dopo la lucina intorno alla telecamera di sicurezza si accende e una voce gracchia attraverso l'altoparlante.

«Theo!», urlo attraverso il casco. Un clic assordante rimbomba nella via deserta e il cancello, cigolando, inizia ad aprirsi. «Tutto okay lì dietro?».

«Sì».

Avanzo lentamente sul ghiaino e parcheggio davanti ai garage. Eva scende, si stiracchia le gambe e brontola qualcosa che sembra un "mi fa male il culo!". Ci credo, questa non è una moto da passeggio, non è fatta per andarci in due e stare comodi.

«Tua nonna è in casa?».

«Sì. L'ho sentita stamattina. Ci sta aspettando», mento io. Mia nonna è a Zanzibar con mia madre, ma adoro l'espressione circospetta di Eva, il modo in cui si sistema i capelli imbarazzata, anche se cerca di sembrare naturale.

«Le hai detto di me?». Arriccia il naso e non incrocia mai il mio sguardo.

«Pensavo di dirle che sei una sconosciuta che ho raccolto qui fuori… così potrai balbettare qualcosa di insensato. È stato divertente, prima. Potrebbe diventare una costante nel nostro rapporto», la stuzzico.

Eva alza gli occhi al cielo e si avvia al portone, solo per fermarsi qualche passo dopo per aspettarmi. La supero e la prendo per mano trascinandomela dietro.

Il pavimento in marmo è così lucido che riflette i nostri corpi come uno specchio. Sento i passi leggeri di una donna avanzare verso di noi e prima che possa salutare la governante Eva si stacca dalla mia presa e le rivolge un saluto bizzarro.

«Piacere di conoscerla, signora». Avanza spavalda verso di lei e le avvolge entrambe le mani con le sue. «Suo nipote mi ha parlato moltissimo di lei».

La governante, di cui non ricordo il nome visto che mia nonna ne cambia una ogni sei mesi, la fissa interdetta.

Davvero pensa che questa signora, che non avrà neanche sessant'anni, con un grembiule bianco sopra un'uniforme nera e i capelli raccolti in un'impeccabile cipolla, sia mia nonna? Per fortuna non è in casa, o alla piccola Eva sarebbe preso un colpo.

Mia nonna è… *particolare*. Veste solo abiti sgargianti firmati Missoni, porta i capelli lunghi – tinti di biondo – in morbide onde ed è sempre truccata come se dovesse uscire da un momento all'altro per presenziare agli Oscar.

«Ciao… nonna», dico io facendo poi l'occhiolino alla donna che non ha ancora aperto bocca. «Ti presento Eva. La mia ragazza». Mi mordo il labbro superiore per non ridere ed Eva si volta a guardarmi, chiedendomi con gli occhi perché mia "nonna" non ricambi il saluto.

«*Hola*... ragazzi», si decide a salutarci.

«Ce ne andiamo un po' in spiaggia», comunico recuperando il braccio della mia ragazza e facendola avanzare verso la vetrata che dà sulla piscina ovale e il cancello per accedere alla spiaggia privata. «Potresti farci portare qualcosa da mangiare e da bere?».

«Certo». Mi fa un mezzo inchino e io mi gusto l'espressione inorridita di Eva.

Quando siamo fuori dalla portata delle sue orecchie inchioda e mi strattona indietro. «Sei stato maleducato con tua nonna. Ma ti pare quello il modo di salutarla?». Punta i pugni contro i fianchi e mi guarda indispettita.

«Ma, secondo te, quella poteva essere mia nonna? Non hai visto che indossava un'uniforme? Santo cielo, è *cubana*!».

«Ma tu...».

La prendo in braccio prima che possa aggiungere altro e me la metto in spalla. «*Io* cosa? Semmai *tu*... sei uno spasso».

Protesta per qualche metro, dopodiché si lascia andare a una risata genuina e si nasconde il viso dietro le mani.

La metto giù subito dopo aver varcato il piccolo cancello in legno bianco, consumato dalla salsedine e dal vento che arriva dall'oceano.

«Dimenticavo che i tuoi muscoli sono finti e non sei in grado di portarmi in braccio per più di dieci secondi», mi sfotte.

«Cammina!». Le do una pacca sul sedere e le indico un piccolo gazebo in mezzo alla spiaggia. L'ombrellone è stato aperto, come avevo chiesto, e sulle sdraio hanno messo i cuscini imbottiti.

«Questo posto è davvero bello. Cioè, il mare della Florida è mille volte meglio, ma la spiaggia privata è notevole». Preleva il suo asciugamano dallo zainetto e lo sistema con cura. «Ci vieni spesso?».

Ecco la raffica di domande in arrivo...

«Ci ho passato tutte le estati della mia vita».

«Con tua nonna?».

«E con mia madre».

«Tuo nonno?».

«È morto quando ero piccolo».

«E tuo padre?».

«Oh, no. Lui è vivo e vegeto», la prendo in giro. Non ho problemi a raccontare della mia vita a Eva, spiegarle le dinamiche strane della mia famiglia, solo che non voglio farlo adesso.

«Riesci a rispondere a una domanda seriamente ogni tanto?».

«Quasi mai», confermo.

«Cosa facciamo?».

«Ci godiamo il sole e ci rilassiamo», spiego come se fosse una bambina di cinque anni e io un genitore esasperato.

«E poi?». Inclino la testa di lato e lei prende a gesticolare. «Scusa, ma non sono capace di rilassarmi e basta. Cioè, rimanere sdraiata al sole senza avere niente da fare mi sembra una perdita di tempo. A te no? Certo che a te no! Tu perdi *sempre* tempo».

Mi fermo davanti a lei e le poso le mani sulle spalle. «Sei insopportabile», dico per poi baciarle la fronte. «Vuoi giocare a frisbee?».

«Hai un frisbee?», mi domanda incuriosita.

«Certo. Aspetta che lo tiro fuori dalla mia sacca insieme al secchiello e alla paletta, così potrai trastullarti mentre i grandi sorseggiano cocktail fantastici alla frutta». Indico con la testa il cameriere che ci sta venendo incontro con un vassoio stracolmo di roba.

«Questa gita è noiosa...», borbotta Eva con il chiaro intento di farsi sentire da me ma non dal ragazzo, che posa in modo ordinato sul tavolino fra le due sdraio alcuni stuzzichini e due coppe.

«Grazie», dico io non appena è tutto sistemato. Afferro due olive e le lancio in aria una alla volta facendo canestro in bocca.

«Cosa beviamo?».

«Non ne ho idea».

«Sei strano».

Mi siedo, allungo una mano – che afferra senza protestare, stranamente – e me la trascino sulle ginocchia.

«Non sono strano», sussurro nel suo orecchio facendola rabbrividire. Recupero il cellulare dalla tasca posteriore dei pantaloni e mi collego all'app dell'università. *Light a Fire* di Rachel Taylor risuona piano accanto a noi.

I suoi meravigliosi occhi acquerello si incastrano nei miei e le sue labbra imbronciate si sporgono all'infuori. Le accarezzo una guancia e mi perdo a contemplarla. È bella e delicata... e io ho paura di perderla. Il che è ridicolo perché lei è qui – proprio fisicamente *qui* accanto a me –, dovrei solo respirare a fondo e convincermene.

Le sue dita sottili mi accarezzano il braccio sinistro e tracciano il contorno di uno dei tanti tatuaggi che mi decorano la pelle. Io sfioro la sua, immacolata, candida e liscia come la seta.

«Non abbiamo più parlato di Stanford...», sussurro e mi concentro sulle espressioni del suo viso. Qualunque emozione le provocheranno le mie parole lo capirò prima ancora che apra bocca.

Gli angoli delle sue labbra si sollevano e mi cinge il collo con le braccia.

«Non ne abbiamo avuto tempo», puntualizza lei. «Sai com'è, sono due settimane che mi tieni prigioniera nel tuo letto».

Sorrido ma non è una risata sincera. Ho bisogno di capire se ci ha ripensato, se vuole ancora fare questo salto nel vuoto insieme al sottoscritto.

«Mi è arrivata la lettera ufficiale che conferma la mia ammissione», mormoro. Non riesco più a vederla in faccia perché tiene le labbra premute contro la mia spalla.

«Sono davvero felice per te». Le sue parole mi mettono una strana agitazione addosso. «Ho fatto richiesta di trasferimento la settimana scorsa».

Me la scosto di dosso finché i nostri occhi non sono perfettamente allineati. «Davvero?».

«Certo».

«Perché non me lo hai detto?».

Alza lo sguardo e si perde per qualche secondo a contemplare l'oceano. «Non ho buone notizie, purtroppo».

Mi si mozza il respiro in gola. «Cioè?».

«Le richieste andavano inoltrate entro fine febbraio... sono giusto qualche mese in ritardo. Ma ho fatto quella per il trasferimento di metà anno. Incrociamo le dita».

Un mix di emozioni mi sconquassa il cuore e il cervello. Non partirà con me? Non la vedrò per mesi interi? La distanza ci allontanerà? Farò qualche cazzata e la perderò?

«Cos'è quell'espressione inorridita?».

Scuoto la testa ma non ho il coraggio di dare voce ai miei pensieri. Vorrei spiegarle che ho iniziato a cercare un appartamento, che le avrei proposto di venire a vivere con me, che so che stiamo affrettando i tempi ma che non riesco a non pensare che è l'unica cosa giusta da fare, quella che mi fa stare bene, che neanche per un minuto avrò dubbi su di noi o paura per il futuro se lei mi sarà accanto.

«Niente». Mi sforzo di sorriderle, ma non se la beve.

«Sapevamo che sarebbe stato difficile chiedere il trasferimento con così poco preavviso. Staremo lontani alcuni mesi, un anno al massimo...».

Lei continua a parlare, ma io sono fisso su quelle quattro parole che stridono nel mio petto e vorticano nel mio cervello: *un anno al massimo*.

«Guardami». Le dita sottili di Eva si stringono intorno alle mie guance. «Andrà tutto bene». Mi sorride come se ne fosse davvero convinta, ma non aiuta. Non aiuta neanche un po'.

Si volta verso il tavolino e recupera la sua coppa stracolma di un liquido rosa con una fragola tagliata a metà, incastrata sul bordo.

«Come fai a esserne sicura? Io potrei...».

«Tradirmi?», conclude lei per me.

Non era quello che stavo per dirle, ma mentirei se dicessi che non è stata la prima cosa alla quale ho pensato.

«Beh, se dovessi farlo, allora vorrebbe dire che la nostra storia non ha futuro comunque. Se non sei in grado di tenerlo nei pantaloni per qualche mese, forse dovremmo rivalutare tutta questa situazione».

«In che senso?».

«L'amore è fiducia e rispetto. Se pensi che ti basterà stare lontani per tradirmi con un'altra donna, allora non credo che potrò permettermi il lusso di lasciare tutta la mia vita e correrti dietro».

Il suo tono è serio, ma non mi sta accusando. Eva è due facce della stessa medaglia: è razionale e risoluta da una parte, impulsiva e avventurosa dall'altra.

È disposta a seguirmi fino in California, ma non prima di aver scoperto tutte le carte in tavola.

«No, non ti tradirei». La cosa strana è che nel momento stesso in cui lo dico lo penso. Lo penso, eccome. Non ci sono tante parole per spiegare quello che mi fa provare, solo due: amore puro. Mi piace come mi tiene testa, mi piace il modo in cui ragiona, senza mai farsi condizionare dagli altri. Mi piace che non abbia paura di andare a prendersi quello che vuole, nel bene e nel male. Mi piace lei.

Si morde il labbro inferiore e annuisce. «Ci stai ripensando?», la sua voce è un sussurro che vola via insieme alla brezza che arriva dal bagnasciuga.

«Ho passato ogni momento libero a cercare un appartamento per noi», confesso. «Ne ho trovato uno spettacolare con una grande terrazza dalla quale si vede l'oceano. Ci sono due camere da letto e due bagni. Un garage dove poter mettere la mia moto e una macchina per te. La cucina è spaziosa e potresti insegnarmi a cucinare, oppure potremmo farci consegnare la cena a casa ogni sera. Quindi, no. Non ci sto ripensando. Ti voglio lì con me, a qualunque costo. Ti vorrei lì con me da subito, dal primo giorno. Scegliere con te gli asciugamani e le lenzuola e fare tutte quelle cose assurde che non ho mai fatto ma che da due settimane a questa parte mi sembrano indispensabili».

«Non posso partire con te a fine agosto».

«Lo so. Non fa niente», mi costringo a dire, perché fra i due in questo momento sono io quello che si sta comportando come un ragazzino, come quello immaturo che vuole tutto e subito.

Eva tira su con la cannuccia due sorsi del suo cocktail. «Vuoi veramente vivere con me?».

«Già. Ti sembra così strano?».

Fa spallucce e posa di nuovo la coppa sul tavolino, accanto alla mia ancora intatta. «No, cioè... un po'. Stiamo insieme da così poco. Nella richiesta di trasferimento ho fatto domanda per una stanza in tre diversi dormitori. Non sapevo che volessi prendere un appartamento, che volessi viverci con me».

«Ti spaventa?».

«Sono disposta a seguirti dall'altra parte del Paese... Niente mi spaventa. Ma devi promettermi che sei sicuro di quello che mi stai chiedendo. Se poi andrà male, amici come prima, ma non voglio partire con il dubbio che tu non sia convinto al mille per mille di quello che stiamo per fare».

Non l'ho mai vista così seria, ma non appena mi poggia la mano sul petto e si accorge del mio cuore che batte a mille trova la risposta che cerca, quella che io non sono bravo a esprimere a parole. Si scioglie in un sorriso dolce che le illumina gli occhi e mette a tacere tutte le sue preoccupazioni. E le mie.

«Mai stato così sicuro di niente in vita mia».

«Posso vedere le foto dell'appartamento?», mi domanda con una punta di timidezza nella voce.

«Tutto quello che vuoi...».

Le sue labbra incredibili trovano di nuovo le mie e mi spiazza con un bacio che non è più solo carico di desiderio e piacere allo stato puro: è un incontro di anime destinate a non lasciarsi mai più.

Le nostre.

CAPITOLO 32

Eva

Quando rientriamo al dormitorio non mi sento più le gambe e le braccia. Theo ha guidato come un matto per l'intero tragitto di ritorno e io sono rimasta aggrappata a lui con tutte le forze che avevo in corpo. Non è spericolato ma non è neanche un tipo tranquillo. Il suo modo di guidare rispecchia in pieno la sua personalità: ribelle ma con la testa sulle spalle.

Abbiamo pranzato in riva all'oceano imboccandoci a vicenda, lui si è tuffato nell'acqua gelida dell'Atlantico, io sono rimasta all'ombra a contemplare il suo fisico asciutto e la fila di addominali ben definiti che sarebbero di ispirazione per un sacco di romanzi erotici.

Entriamo al Brittany Hall abbracciati: lui con un braccio intorno alle mie spalle, io che gli cingo la vita.

Kian è seduto per terra, spalle contro la porta della stanza di Theo, e sta digitando qualcosa sul suo cellulare.

«Sei in anticipo», lo rimprovera Theo bonariamente.

«Victoria mi ha sbattuto fuori dalla sua stanza... Speravo di arrivare in ritardo, a dirla tutta». Con un colpo di reni si tira su e me lo ritrovo davanti. «Siete *teneri* abbracciati», ci prende in giro marcando di proposito la parola "teneri".

«Cosa le hai fatto?», domando superandolo. Sono passati otto mesi da quando Victoria gli ha dato il suo numero di cellulare, ma fra i due non è ancora successo nulla. O almeno era così fino a stamattina.

«Lascerò che sia lei a raccontartelo. La sua versione sarà sicuramente più interessante della mia, condita da un sacco di particolari inutili, ma d'impatto».

Non indago oltre, si vede che è a disagio.

«Ci vediamo dopo?», domando a Theo infilando la tessera magnetica nella fessura accanto alla mia porta. Lui mi raggiunge e mi regala un bacio casto sulle labbra.

«Ricordati che abbiamo il torneo di poker subito dopo cena».

Come se me ne potessi dimenticare. Non ha fatto altro che lamentarsene per tutto il pomeriggio.

«Okay. Ciao, Kian».

«Ciao, Eva». Mi manda un bacio e si guadagna uno strattone dal mio ragazzo.

La prima cosa che faccio dopo essermi liberata dalle Vans che mi stanno cuocendo i piedi è recuperare il mio cellulare nello zainetto e scrivere a Victoria per impicciarmi dei fatti suoi.

Mi risponde solo dopo un'ora e il suo messaggio mi fa ridere.

VICTORIA: Lo stronzo mi gira intorno da otto mesi senza mai provarci davvero e poi si presenta, non invitato, in camera mia con il chiaro intento di farsi una sveltina, come se lui fosse il premio e io la prescelta per la serata. Spero che marcisca all'inferno.

Sorrido e metto il cellulare sotto carica. Il letto di Carmen è come sempre sfatto e sulla sua sedia campeggiano qualcosa come dieci magliette stropicciate. Da sotto il materasso sbucano almeno tre paia di scarpe e ci sono pezzi spaiati di bigiotteria disseminati su tutta la superficie della scrivania.

Io non sono la campionessa dell'ordine, ma lei è una selvaggia. Odiosa. Stronza. Maleducata. E selvaggia.

Mi butto sul letto e chiudo gli occhi, ripensando alla giornata appena trascorsa con Theo. È così diverso con me da quando ci siamo messi insieme, che mi sembra di sognare. Non credevo fosse così premuroso e attento ad ogni mio movimento.

Allungo la mano sul comodino e riprendo in mano lo smartphone. Riguardo le foto dell'appartamento che mi ha inviato poco fa e le studio con attenzione.

Sarebbe un sogno.

Un meraviglioso sogno, vivere in quel posto stupendo con lui.

E non ho ancora comunicato ai miei genitori le mie intenzioni…

Dal primo giorno della *High School* sapevo che avrei voluto studiare a New York. Mi ero immaginata mille volte a girare per i corridoio della Facoltà di Scienze politiche della NYU[12]. Mai, nemmeno una volta, avevo osato sperare di entrare alla Columbia, una delle università della

---

[12] NYU: New York University.

Ivy League [13]. Ricordo il mio timore nel mostrare la lettera di ammissione ai miei genitori. Studiare alla Columbia significava spendere quasi il doppio in termini di retta scolastica e alloggio rispetto alla New York University, ma loro non avevano fatto una piega. Papà era così orgoglioso che mi aveva liquidato con un: «I soldi ci sono. E se non ci fossero, troveremmo il modo per recuperarli. I tuoi sogni non hanno prezzo».

Non so come reagiranno quando gli dirò che voglio trasferirmi dall'altra parte del Paese con un ragazzo che frequento da sole due settimane. E non un ragazzo *normale*: il figlio del suo acerrimo nemico. Il figlio dell'ex di mia madre. Ex con il quale non ha mai smesso di tenersi in contatto.

Dovrei iniziare a buttare giù un discorso convincente, ma tutto quello a cui riesco a pensare è che, se fra me e Theo le cose dovessero funzionare, chissà, magari un giorno si ritroverebbero tutti insieme nella stessa stanza a pranzare. O alla cena di Natale. O al nostro matrimonio.

Quel pensiero ridicolo mi fa battere forte il cuore e sorridere contro il soffitto.

Mi rilasso ad ascoltare un po' di musica e mi decido ad alzarmi solo quando mancano cinque minuti al mio appuntamento con Theo. Mi cambio controvoglia e mi infilo un paio di shorts e un t-shirt pulita. Senza pensarci troppo mi lego una felpa in vita e approfitto dell'assenza di Carmen per aprire il suo armadio e guardarmi nel grosso specchio che ha fatto montare sull'anta interna.

Il suo armadio è uno schifo. Magliette attorcigliate una sopra all'altra, vestiti sgualciti che penzolano in modo precario dalle grucce, scarpe ammassate le une sulle altre e l'odore che ne viene fuori è stomachevole: un misto di chiuso e sudore che mi fa venire il voltastomaco.

Mi sbrigo ad applicare un po' di mascara e a sistemarmi i capelli, poi richiudo l'armadio degli orrori.

Theo è in ritardo di quindici minuti e lui non è mai in ritardo. Vorrei bussare alla sua stanza, ma ho paura che Kian si stia confessando e non voglio disturbarli, così aspetto paziente.

---

[13] Ivy League, o le Ancient Eight, è un titolo che accomuna le otto più prestigiose ed elitarie università private degli Stati Uniti d'America. (Wikipedia)

Un altro quarto d'ora dopo, però, mi spazientisco e ho fame. Busso alla sua porta, ma non risponde nessuno. Esito prima di usare la chiave elettronica che mi ha dato e che mi ha fatto promettere di usare quando voglio.

Allungo la mano, poi la ritraggo, infine mi decido e spalanco la porta. La stanza è ordinata e silenziosa. La finestra è aperta e un sentore di sigaretta ancora aleggia nell'aria.

«Sono qui». La sua voce, alle spalle, mi fa scattare sull'attenti, come se mi avesse beccata a ficcare il naso nelle sue cose.

«Ehi, ti stavo aspettando».

Profuma di bagnoschiuma e i suoi capelli sono ancora bagnati.

«Kian non se ne andava più. Sono corso a farmi una doccia». Si sporge su di me e mi bacia le labbra. «Perché non sei nuda?». Me lo domanda con una tale naturalezza che per un attimo non riesco a capire se sia serio oppure mi stia prendendo in giro come al suo solito.

«Perché ho fame».

«Anch'io...». Solleva un sopracciglio e il suo sguardo si posa in mezzo alle mie gambe, facendomi avvampare come se mi stesse davvero mangiando.

«È andato via?», domando schiarendomi la voce.

«Sì. Ha detto che mangerà al Broadway House e tornerà in tempo per il torneo. Hai sentito Victoria?».

Mi piace che sia avvezzo ai pettegolezzi, che possiamo parlare di tutto. Non sopporto i ragazzi che si sentono superiori a certe chiacchiere da "donne".

«Sì».

«E cosa ti ha detto?».

«Prima dimmi cosa ti ha detto Kian».

«L'ho chiesto prima io», mi sfida lui parandosi davanti a me e puntando i pugni chiusi contro i fianchi.

«Ha detto che lo ama alla follia», mento io.

«Davvero?! Sai, credo che anche Kian sia perso per Victoria, anche se non vuole ammetterlo del tutto. Mi ha fatto un discorso strano. Non l'ho mai visto così abbattuto. Credo che vorrebbe una cosa "seria" con lei».

«Stavo scherzando. Victoria ha detto che spera marcisca all'inferno».

Theo mi fissa accigliato, come se avesse appena tradito il suo migliore amico svelandomi una confidenza top-secret e io fossi una grandissima stronza.

«Tu... Tu sei proprio malefica quando ti ci metti».

«Grazie! Ci ho messo tanti anni per affinare la tecnica. Tu, invece...». Scuoto la testa fingendomi delusa. «Sei proprio malleabile. Non resisteresti tre minuti sotto tortura».

Non avrei dovuto dirlo. In mezzo secondo mi ritrovo a testa in giù e poi scaraventata sul letto, con il suo corpo massiccio sopra e le mani imprigionate sul materasso.

«Vediamo se resisterai *tu* tre minuti sotto tortura...».

Inizia a farmi il solletico in modo così feroce che mi fa contorcere su me stessa, come non pensavo fosse possibile, e ridere così forte che mi fanno male gli addominali.

«*Bastaaa!*», riesco a urlare quando un frammento di aria raggiunge i miei polmoni.

«Ritieniti fortunata. Siamo in ritardo, altrimenti ti inchioderei a questo letto fino a farti passare la voglia di fare la simpatica». Ricade su di me e il bacio che mi concede è solo un assaggio sublime di quello che sarebbe in grado di farmi provare.

Si alza nel momento stesso in cui le mie mani si infilano sotto la sua t-shirt e prendono a carezzargli la schiena.

«Stamattina mi sono ripromesso di lasciarti in pace per almeno ventiquattro ore, quindi non iniziare a strusciarti», mi avverte lui.

«Così tanto tempo?», piagnucolo io.

«Sei tu quella che ha detto di essere sfinita...». Sfoggia un mezzo sorriso da bastardo.

Se lo può scordare che lo implorerò di saltarmi addosso.

«Hai ragione. Abbiamo bisogno di una pausa». Mi tiro su e mi riallaccio il reggiseno che, Dio solo sa come, riesce a slacciarmi anche senza toccarmi.

«Uhm-hum... una pausa...», mi sfotte lui.

Scendiamo in mensa abbracciati e fregandocene delle occhiate interrogative che ci rivolgono gli altri studenti del dormitorio.

***

Il torneo di poker è una noia mortale. Mor-ta-le!

Nemmeno il libro che sto leggendo è un granché. Theo è stato costretto a giocare perché Kian aveva un muso lungo fino alle ginocchia e mancava un ragazzo per completare i tavoli. Ogni tanto si volta a controllare quello che faccio e non la smette più di mimare "scusa" con le labbra nella mia direzione.

Sono qui da due ore e non ne posso più, nemmeno le due birre che ho tranguggiato mi hanno regalato un po' di pace. Josephine è al cinema con un ragazzo che ha conosciuto la settimana scorsa e Victoria è *desaparecida*.

E, come se non bastasse, Jonah è seduto proprio davanti a Theo e continua a provocarlo con battute stupide che ascolto solo per metà. Dopo il nostro spiacevole incontro la sera di Capodanno mi sono guardata bene dall'incrociarlo al campus. Se lo vedo, cambio strada. Se me lo trovo davanti, fingo di non averlo notato... e poi cambio strada.

Mi mette i brividi con quel suo ghigno da serpente, i capelli sempre perfettamente in ordine e l'atteggiamento spavaldo.

Non ho mai raccontato a Theo cos'è successo quella sera, il modo incivile con il quale mi ha trattenuta in quel corridoio buio e le sue manacce addosso. Solo ora mi rendo conto che, invece, avrei dovuto farlo.

La voce di Theo si alza di qualche decibel e la mia testa scatta nella loro direzione. Il serpente si sta leccando le labbra in modo insolente e gli fa l'occhiolino, cosa che fa perdere la testa a Theo.

Vedo il mio ragazzo alzarsi come una furia dalla sedia e afferrarlo per il colletto della sua polo, lo trascina sul tavolo sparpagliando *fiches* e carte da gioco ovunque sul pavimento.

«Ti spacco il culo. Te lo giuro!», gli grida in faccia. Neanche il tempo di alzarmi che Kian è già intervenuto e scaraventa con forza Theo di lato costringendolo a mollare la presa su Jonah.

«Hai sempre i nervi a fior di pelle, tesoro». Jonah si ritira su e si aggiusta la maglietta con un gesto teatrale e ben calcolato. «Ho solo detto che, se vuoi venire a vedermi e non hai abbastanza *fiches*, puoi mettere sul piatto la puttanella che ti porti dietro. Non sarebbe la prima volta che ci divertiamo con la stessa ragazza...».

Io mi pietrifico, Theo diventa una belva. Succede tutto in pochi secondi, la sequenza delle immagini è così veloce che fatico a dargli un ordine. Kian cade, il tavolo fra Theo e Jonah viene scaraventato in mezzo alla stanza, una ragazza urla di dolore, Jonah è a terra, c'è sangue ovunque.

Il rumore dei pugni di Theo contro la pelle di Jonah è assordante e sovrasta la melodia allegra che risuona dalle casse della sala studio. *Wrong Crowd* di Tom Odell strimpella indisturbata anche quando tutto si ferma, quando tre ragazzi riescono a bloccare Theo dalle spalle e altri due soccorrono Jonah, come se qualcuno avesse schiacciato il tasto "pausa" su un telecomando immaginario.

Non riesco a muovermi. Sono paralizzata. Sento sulla pelle la furia cieca di Theo. I suoi occhi iniettati di sangue e le guance talmente rosse da sembrare incandescenti sono tutto quello che riesco a mettere a fuoco, finché le urla strazianti di una ragazza, alla mia sinistra, mi riscuotono da questo incubo a occhi aperti.

«Si è fatta male!», grida qualcuno.

Kian è in ginocchio accanto a lei, che si tiene un braccio sanguinante premuto contro il petto. Ha un taglio profondo dal quale escono fiotti di sangue e mi devo portare una mano alla bocca per bloccare il conato di vomito.

Mi accorgo, con la coda dell'occhio, di Theo che si precipita contro la parete in fondo alla sala e torna qualche secondo dopo con una cassetta in metallo per il primo soccorso. Anche lui adesso è inginocchiato accanto alla ragazza, ma io non sento nulla.

Vedo solo le sue labbra muoversi, un ragazzo dietro di lui sbraitare contro il cielo, lo sguardo preoccupato di Kian che fissa Theo con gli occhi sgranati e il viso pallido.

Jonah è ancora accasciato a terra, ha un occhio tumefatto che si gonfia di secondo in secondo e una caviglia piegata in modo innaturale.

Corrono tutti da una parte all'altra della sala. C'è chi scappa, chi cerca di rendersi utile, chi prende dell'acqua per i "feriti", chi si affretta a pulire il pavimento e chi fa sparire le carte e le *fiches*. E poi ci sono io, che sono una statua di sale e non riesco a guardare Theo per più di due secondi di seguito.

«Dobbiamo portarla in ospedale». Credo che a parlare sia stato Kian, riconosco il suo accento inglese sopra il rumore del fischio assordante nelle mie orecchie.

"Okay". Leggo il labiale di Theo.

La ragazza continua a piangere, quello che credo sia il suo ragazzo, invece, si mette le mani nei capelli e non la smette di sbraitare parole a caso. Dai suoi gesti scoordinati e dalle parole che borbotta intuisco che non è preoccupato per il braccio della biondina, riversa a terra in una pozza del suo stesso sangue, ma per le conseguenze della rissa.

«Ci sbatteranno tutti fuori. Finiremo in galera», sono le uniche frasi che riesco a cogliere.

Theo gli urla qualcosa addosso, lui ammutolisce.

«Jonah è messo male», dice un altro.

Theo volta solo la testa nella sua direzione e io lo imito. Qualcuno ha aiutato Jonah a sedersi contro il muro e lui tiene le gambe distese sul pavimento. Quel dannato piede continua a penzolare di lato come se vivesse di vita propria e lui non fosse in grado di controllarne i movimenti.

Theo si alza e si avvicina a lui. Il mio cuore riprende a battere alla stessa velocità di un treno merci fuori controllo. Ho paura che ricominci a pestarlo, ho il terrore di rivedere quell'espressione truce negli occhi del mio ragazzo. Mi porto una mano sul petto e trattengo il fiato.

«La caviglia?», gli domanda pacato.

Jonah annuisce e stringe forte i denti soffocando un grido di dolore.

«Dobbiamo chiamare un'ambulanza».

Il suo tono composto mi fa venire le vertigini. È come se per un attimo il diavolo si fosse impossessato del suo corpo e del suo cervello costringendolo a comportarsi come un animale e adesso fosse tornato in sé. E anche se ora riconosco la sua premura, il suo senso di responsabilità così accentuato, cinque minuti fa sono inorridita di fronte alla sua violenza inaudita e fuori luogo.

«No. Chiamiamo un medico privato», sussurra Jonah, che fatica a trattenere le lacrime.

«No». Theo scuote forte la testa. «Ti serve un ospedale».

Due secondi dopo ha il cellulare premuto contro l'orecchio, ma non sento quello che viene detto. La stanza si svuota, tutti troppo impauriti per rimanere, e io ancora non mi sono mossa di un passo.

«Portala in camera», gli sento dire, ma non so con chi stia parlando o a chi si riferisca.

Le mani di Kian si posano sulle mie spalle e io sussulto. «Vieni con me», mi supplica con tono dolce. Riesco, non so come, a scuotere la testa. «Eva, per favore. Sta arrivando un'ambulanza e forse la polizia. Fatti portare in camera, *per favore*».

Alzo lo sguardo e incrocio i suoi occhi preoccupati, un velo nero di angoscia gli trasfigura il viso.

«Vai anche tu», ordina Theo dietro di noi. Non mi guarda mai, non si rivolge mai direttamente a me.

«Scordatelo», ribatte Kian.

«Questo casino è solo mio. Vai. Dico sul serio». Ecco di nuovo il demonio nei suoi occhi, quella luce malvagia che non gli avevo mai visto e che avrei voluto non conoscere mai.

«Theo!».

«Cazzo, Kian! Vai in camera mia, portati Eva e rimanete lì. Porca puttana, dammi retta una buona volta!».

La ragazza bionda è ancora a terra e trema come una foglia. È da sola, perché tutti intorno a lei se la sono data a gambe, persino il suo ragazzo. Mi sfilo la felpa da intorno alla vita e gliela poggio sulle spalle. I suoi occhi sono pieni di lacrime e il trucco distrutto.

«Ti fa tanto male?», sono le prime parole che riesco a pronunciare. Lei scuote la testa e tira su con il naso. Afferro delle altre garze da dentro la cassetta del primo soccorso e le sostituisco a quelle piene di sangue che le hanno avvolto intorno al taglio profondo che ha sul braccio. Intravedo l'osso che sporge e devo smettere di respirare per costringermi a non vomitare. Recupero anche del nastro adesivo e cerco di stringerlo quanto basta per bloccare almeno un po' il flusso di sangue.

«Vedrai, basteranno un paio di punti e sarai nuova di zecca». Non lo so nemmeno io quello che sto dicendo, le parole escono di bocca da sole.

«Grazie», dice fra i singhiozzi silenziosi.

«*Kian!*».

La voce autoritaria di Theo mi fa rabbrividire dalla testa ai piedi e due secondi dopo mi ritrovo in piedi con le braccia di Kian sotto le ascelle.

«Andiamo, per favore», sussurra.

Non mi volto a guardare Theo mentre esco dalla sala studio. Non gli rivolgo uno sguardo di intesa, un cenno di comprensione, un qualunque gesto che possa fargli capire che sono dalla sua parte.

Perché non so se lo sono.

Kian mi strattona per un braccio e richiude alla svelta la porta antincendio alle nostre spalle, un attimo prima che i paramedici facciano irruzione nell'ingresso del Brittany Hall.

«Sbrigati, andiamo in camera», mi mette fretta lui, senza mai lasciarmi la mano.

L'ho abbandonato in quella stanza ad affrontare da solo le conseguenze della sua bravata e non riesco a trovare dentro di me un briciolo di compassione per quel ragazzo che amo incondizionatamente da otto mesi ma che nel giro di una manciata di minuti è riuscito a strapparmi il cuore dal petto e a farmi perdere la fiducia in lui.

CAPITOLO 33

Theo

Jonah ha una frattura scomposta alla caviglia e un bel gesso che dovrà tenere per tre mesi. A Cinthia hanno messo quindici punti di sutura sul braccio e solo per miracolo l'osso non si è rotto, nonostante il tavolo l'abbia centrata in pieno.

Ho la t-shirt imbrattata di sangue scuro non mio e un nodo nel petto che non mi permette di respirare da ore.

Rientro al dormitorio alle prime luci dell'alba, dopo aver accompagnato Jonah fino su in camera sua e aver affidato Cinthia alle cure della sua compagna di stanza al Kinny Hall. Ripulisco tutto il sangue nella sala studio, sistemo le sedie e raccolgo il tavolo che è ancora ribaltato a due metri da dove dovrebbe stare.

Ho esagerato. Ho perso il controllo e non merito di esserne uscito illeso e senza una denuncia da parte di Jonah – con il quale ho scambiato solo un'occhiata di intesa prima che rientrasse nella sua camera – o da parte di Cinthia.

Prima di entrare nella mia stanza, alle sei di mattina passate, rimango a contemplare la porta chiusa e ci sbatto la fronte sopra.

Come cazzo ho fatto a cedere alle sue provocazioni? Lo so che Jonah è uno stronzo, un bastardo fino al midollo. Avrei dovuto cacciarlo fuori dalla sala studio, prendere Eva e portarmela via, lontano da tutti. Lontano dalla mia furia cieca e dal demonio che mi serpeggia dentro e che oscura il mio buon senso quando ho a che fare con lui. Avevo già imparato questa lezione, ne avevo già subito le conseguenze, ero sceso a compromessi con il mio carattere di merda, mi ero imposto di pensare prima di agire.

L'ho fatto di nuovo. Ho lasciato che le sue parole mi entrassero sottopelle, ho permesso a quella sua faccia di merda di pungermi sul vivo.

Giro piano la maniglia e apro la porta di uno spiraglio. Eva è rannicchiata su se stessa nel mio letto, Kian è sulla sedia. Sussulta non appena sente la porta richiudersi alle mie spalle e balza in piedi.

«Dove cazzo eri finito?», sussurra.

Mi porto un dito alle labbra e ci spostiamo di qualche metro dal letto dove Eva dorme serena.

«Siamo usciti un'ora fa dall'ospedale».

Kian mi fissa in attesa che continui.

«Jonah ha una frattura scomposta alla caviglia e a Cinthia hanno messo quindici punti di sutura», ripeto come un disco rotto.

Il mio sguardo si posa sulla ragazza bionda che occupa solo un quarto del mio letto e sospiro.

«Era piuttosto sconvolta», mi informa Kian. Come se non lo sapessi già, come se non avessi visto la paura folle nei suoi occhi, la smorfia di disgusto che mi ha rivolto, il muro spesso che ha eretto fra noi.

«Non so cosa le dirò…». Mi stropiccio il viso con le mani e mi accascio a terra.

«La verità. Capirà».

«No». Dalla gola mi esce una specie di risata a metà fra il sarcastico e il disperato. «Non capirà. E sai cosa ti dico? Che è giusto che sia così. Non c'è nulla da capire. Non c'è proprio un cazzo da capire! Ho fatto una cazzata». Mi porto le ginocchia al petto e ci nascondo il viso dietro.

Kian non proferisce parola. È sempre il primo a sbattermi in faccia la verità senza preoccuparsi di dosare le parole, ma sono riuscito a lasciare interdetto anche lui. So cosa vorrebbe chiedermi: perché?

Lo so il "perché". Jonah stava barando, continuava a fare il pagliaccio, a guardarla, a borbottare fra sé e sé commenti del cazzo rivolti a Eva. Ho resistito per due ore, poi sono esploso. Non è stato solo il fatto di aver definito Eva una "puttanella", è stato il modo meschino con il quale ha accennato a Harper che mi ha fatto perdere il lume della ragione, riportandomi a quella maledetta sera che ha distrutto la sua esistenza… e un po' anche la mia.

«Sei tornato». La voce impastata di Eva mi fa alzare di scatto il viso.

«Vi lascio soli», dice Kian, per poi avvicinarsi alla porta della mia stanza. «Se hai bisogno di me, sono in camera mia, *mate*».

Aspettiamo che il mio migliore amico sia uscito prima di tornare a guardarci. Eva ha gli occhi gonfi e due profonde occhiaie violacee a marchiarle la pelle diafana. Non ho il coraggio di parlare o di avvicinarmi, così rimango seduto a qualche metro da lei e aspetto il verdetto finale.

«Non mi piacciono le persone violente», sussurra e un dolore sordo mi riecheggia nel petto. «Odio chi cerca di risolvere i problemi ricorrendo alle mani».

Annuisco perché non posso fare altro, non ho giustificazioni. Anche se Kian pensa che dovrei raccontarle quello che è successo a giugno con Harper, io non riesco a trovare la forza per riaprire quel cassetto.

Eva si alza dal letto e recupera le sue scarpe accanto al letto. «Sono rimasta solo perché Kian non mi ha permesso di andarmene. Ora vorrei tornare in camera mia». Parla tutto d'un fiato.

«Resta solo un attimo», mi sento dire.

«Come ti è venuto in mente di pestare un ragazzo in quel modo?». La sua voce è un sussurro pieno di collera e risentimento.

«Non ho giustificazioni».

«No, non ne hai. Neanche una. Neanche se avesse urlato che sono una lurida cagna avresti avuto un alibi sufficiente per picchiarlo in quel modo selvaggio».

«Jonah è una persona pericolosa», dichiaro. Mi alzo da terra e mi fermo a un metro da lei.

«E tu no? Perché il Theo che ho visto io stasera ha reagito come uno squilibrato. Hai scaraventato un tavolo dall'altra parte della stanza che è finito addosso a una ragazza che non c'entrava nulla, che probabilmente se l'è cavata con qualche punto sul braccio ma che avrebbe potuto farsi davvero male. E Jonah? Se non ti avessero bloccato in tre... Non riesco neanche a dirlo ad alta voce».

«Cosa? Che lo avrei ucciso con le mie mani?».

«Sì, cazzo! Lo avresti ucciso con le tue fottute mani!», urla lei di rimando. Trema tanto che è costretta a rimettersi seduta sul mio letto. «Perché? Dimmi, perché?».

«Non posso, Eva».

«Ti conviene iniziare a parlare, Theo, perché io sto per uscire da questa stanza e puoi giocartici il culo che non ti permetterò mai più di avvicinarti a me».

«Ti devi fidare di me! Jonah è *davvero* pericoloso, un bastardo senza scrupoli».

«Fidarmi di te?», esplode lei. Si alza di scatto e mi viene sotto. Batte un paio di pugni sul mio petto con tutta la forza che ha e si scosta una ciocca di capelli dal viso.

Mi fa male vederla così arrabbiata e disillusa. Mi guarda come se fossi un mostro e non riesco a sopportarlo.

«Tu sei l'ultima persona della quale io mi fidi, al momento. Hai messo in pericolo la tua vita, quella di Jonah, quella di una ragazza del secondo anno durante una partita illegale di poker, nel dormitorio di cui sei il responsabile. Tu fai tutto e il contrario di tutto, non hai regole, non hai un minimo di criterio».

Le sue parole sono una coltellata.

«Io *ho* delle regole. E la prima è il rispetto verso il prossimo. Non sono io il mostro, qui. Ti stavo difendendo».

I suoi occhi diventano gelidi, le pupille talmente dilatate che il verde intenso dei suoi occhi svanisce all'istante.

«Difendevi *me*? Da chi? Da cosa? Da un commento idiota uscito dalle labbra di un idiota? No, non provarci neanche. Tu hai dato in escandescenze per qualcosa che non riguarda me e lo voglio sapere adesso!».

«Non posso dirtelo, cazzo! Eva, non posso dirtelo».

«Spero che il tuo prezioso segreto sia più importante di noi, che non dirmi la verità ne valga la pena, perché io ora uscirò da questa stanza e tra noi finisce qua».

«*Cristo*! Ha violentato una studentessa del secondo anno e la colpa è stata anche mia», esplodo tutto insieme. Usare quella parola mi distrugge, mi fa ripiombare in un mare fatto di sensi di colpa e decisioni sbagliate.

Eva si porta una mano alla bocca. «Che vuol dire?».

«Vuol dire che gli ho venduto della droga e lui l'ha messa nel bicchiere di una ragazza. E che poi l'ha violentata. Sei contenta adesso? Volevi la verità, eccoti la verità. Lui è pericoloso e io sono complice in uno stupro».

«No», dice lei frastornata. «Non ti credo».

«A cos'è che non credi? Che lui sia un figlio di puttana o che lo sia anch'io? Perché mi sembra di averti dimostrato che ho tanti difetti, ma non sono un bugiardo».

«Avresti dovuto dirmelo». Inizia a tremare in modo convulso, al punto che le cedono le gambe e si accascia a terra prima che possa afferrarla. «Avresti dovuto dirmelo. Avresti dovuto dirmelo», singhiozza.

«Non potevo farlo».

«Tu... mi hai lasciata andare via con lui la sera di Capodanno. Io... volevo farti ingelosire e sono andata via con *lui*. Lui... quella sera mi ha braccata in un corridoio buio e deserto, avrebbe potuto farmi del male, rovinarmi la vita... E tu mi hai lasciato andare via con lui...».

«Di cosa cazzo parli?». Mi si appannano gli occhi e mi manca il respiro.

«Jonah... ha provato a mettermi le mani addosso. Io... pensavo che fra di voi ci fosse qualche vecchio screzio stupido, non pensavo... Tu mi hai lasciata andare via con lui senza dire nulla. Senza fare nulla».

«Lo ammazzo!», grido e con due grossi passi sono di fronte alla porta della mia stanza.

«Smettila!», urla ancora più forte di come ho fatto io. Mi afferra la maglietta e mi strattona all'indietro È così sconvolta che mi annienta.

«Perché diavolo non me lo hai detto?».

«Perché diavolo non mi hai fermata?», mi accusa fra le lacrime.

«Eva... Se avessi potuto, ti avrei tenuta con me quella sera. Perché pensi che fossi fuori dal dormitorio ad aspettarti?». La mia voce esce roca e disperata. Cerco di sfiorale il viso, le braccia, qualunque centimetro di pelle sarebbe sufficiente a placare il demonio che prende vita dentro di me e si nutre della paura folle che ho di perderla, che qualcuno possa farle del male, di averle fatto vedere un lato di me che odio e che speravo lei non conoscesse mai.

Mi trascina in mezzo alla stanza per evitare che io esca come una furia a finire il lavoro che ho iniziato solo qualche ora fa.

«Ma io ero in quella fottuta *Rec Room* con lui e tu lo sapevi. Mentre tu eri sotto la neve a fare l'eroe, lui mi stava mettendo le mani addosso, mi stava spaventando a morte». Piange senza sosta, si tiene il pugno chiuso premuto contro le labbra.

«Ti prego, *smettila!*», la imploro. Le sue parole mi stanno facendo impazzire. Lo voglio morto. Non mi basta vederlo a terra con una caviglia rotta, io lo ucciderò con le mie mani per aver anche solo pensato di poterla sfiorare.

«No! Tu devi sapere tutto. Tu devi capire che razza di egoista sei. Cosa ti aspetti da me? Che ti stia accanto mentre prendi una decisione sbagliata dopo l'altra? Io non ti perdonerò mai...».

Sto per replicare quando un forte bussare alla porta fa sussultare entrambi dallo spavento.

Chiunque sia dovrà aspettare.

Eva si asciuga le lacrime e si nasconde il viso dietro i palmi.

Bussano di nuovo, stavolta con più insistenza.

«Chi cazzo è?», sbraito avanzando verso la porta per poi spalancarla con violenza.

Un signore di mezza età con i capelli brizzolati, vestito in giacca e cravatta, mi fissa. Ha in mano due buste con lo stemma della Columbia. Dietro di lui vedo Carmen, la compagna di stanza stronza di Eva.

«Theodore Steinfield?».

«Sono io».

«E la signorina Eva Carter è qui con lei?».

Eva mi raggiunge davanti alla porta. «Sono io», dice con un filo di voce.

«Siete stati entrambi convocati dal rettore». Ci consegna le buste ed Eva distrugge la sua nel maldestro tentativo di aprirla.

«Oh, mio Dio». Inizia a singhiozzare come non pensavo fosse possibile. Si mette le mani nei capelli, li strattona, perde del tutto la testa.

Apro la mia, sotto lo sguardo viscido di Carmen che si gusta tutta la scena. Leggo solo la prima riga e tutto il mio mondo mi si sgretola davanti: i miei sogni, la mia vita, la mia relazione con l'unica ragazza che abbia mai amato davvero.

Siamo stati espulsi dalla Columbia.

«Papà...», sento la voce di Eva alle mie spalle.

Il foglio di carta avorio mi penzola dalle dita e non ho il coraggio di guardarla negli occhi.

«Dovete venire a New York. Adesso».

***

Eva, che indossa ancora i vestiti di ieri sera, ha le braccia scoperte e la pelle d'oca. Fissa la targhetta dorata con sopra inciso il nome del rettore e non apre bocca. Kian è alla mia destra e io continuo a voltarmi verso il corridoio in attesa di mio padre, che spero arrivi prima che Reagan ci riceva.

Poco dopo, Jonah, con le stampelle e la faccia massacrata, avanza lentamente verso di noi.

«Sei stato tu?», domando con un filo di voce quando è abbastanza vicino per sentirmi.

«A farmi espellere dalla Columbia. No, testa di cazzo. Questo è tutto merito tuo». Riesce a sedersi accanto a Kian e anche lui rimane in religioso silenzio a fissare il vuoto.

Il dondolio incessante di Eva, alla mia sinistra, mi sta facendo perdere il lume della ragione. Vorrei abbracciarla e rassicurarla, dirle che mio padre ci tirerà fuori da questo casino, che non deve preoccuparsi di nulla perché lui non perde mai.

Vorrei dirle che per lei cambierò, che, se mi darà anche solo un'altra minuscola possibilità, farò in modo di diventare l'uomo che si merita. Ma lei non mi guarda, non mi guarda mai. Tiene le braccia strette intorno al corpo minuto, di tanto in tanto si asciuga una lacrima e cerca di mascherare i sospiri incontrollati dopo ore di pianto incessante.

Passano altri dieci minuti, forse di più, ma finalmente l'inconfondibile suono del passo deciso e sicuro di sé di mio padre rieccheggia nel corridoio. Riconoscerei quel ticchettio di scarpe eleganti in mezzo a mille persone.

Mi ritrovo con gli occhi chiusi per un brevissimo istante e improvviso una preghiera di ringraziamento. Non sono preoccupato per me, solo per Eva. Perché lei non si merita di trovarsi immischiata in questo casino, non per colpa mia. E se prostrarmi ai piedi di mio padre servirà a farla uscire illesa dalla mia ennesima cazzata, allora sono disposto a rinunciare a tutto.

«Papà». Mi alzo in piedi e gli vado incontro.

«Theodore, cazzo!», sibila fra i denti, e con quella parolaccia in pubblico capisco quanto è infuriato. «Che diavolo è successo?».

Non perdo tempo a spiegargli i dettagli, l'ho già fatto al telefono mentre, insieme a una Eva tramortita e un Kian che la sorreggeva per evitare che svenisse, abbiamo camminato fino all'edificio del rettore.

«È stato un incidente. Eva non c'entra niente. Ti prego, la devi aiutare».

Papà mi guarda dritto negli occhi, poi sposta di un paio di millimetri lo sguardo sulla biondina con gli occhi gonfi e le guance emaciate, che se ne sta seduta in modo composto senza respirare. Il suo sguardo si addolcisce per una frazione di secondo, i muscoli del viso si distendono e lo sento trattenere il fiato. Mi sorpassa e si piega sulle ginocchia, così da trovarsi faccia a faccia con lei.

«Ciao, Eva». Usa un tono paterno e rassicurante allo stesso tempo. «Piacere, io sono Julian, il papà di Theodore». Le porge la mano e lei gliela stringe senza esitare. «Andrà tutto bene, okay?».

«Mi dispiace», sussurra lei. «Mi dispiace tantissimo. Io non voglio essere espulsa».

Mi porto una mano al petto e mi stritolo la camicia all'altezza del cuore.

«Farò in modo che non succeda». La guarda in modo strano, come se la conoscesse da tutta la vita e la sua unica missione fosse quella di proteggerla.

«È stato uno stupido incidente», pronuncia a fior di labbra. Potrebbe scagionarsi, dire a mio padre che lei non era nemmeno vicino a noi quando è successo il putiferio. Che lei, semmai, è la vittima, ma non lo fa.

«Adesso asciugati quelle lacrime e vatti a sciacquare il viso. Quando entrerai dentro quella stanza dovrai tirare fuori tutto il tuo carattere».

«Non sono sicura di averne».

«Sono certo che tu ne abbia da vendere», glielo dice come se fosse a conoscenza di un segreto custodito gelosamente per anni dentro di sé.

Eva sporge il labbro all'infuori e poi annuisce. Papà sta per alzarsi, ma prima di farlo le passa un fazzoletto di stoffa che tiene nel taschino interno della giacca.

«Grazie».

«Non c'è di che».

«Lo so, ho un aspetto orribile», si giustifica lei passandosi una mano fra i capelli, imbarazzata dallo sguardo insistente di mio padre.

«Assomigli in modo sfacciato a tua madre. Mi sembra di essere tornato indietro di venticinque anni. Ma non hai il colore dei suoi occhi», sussurra. Le sorride un po' impacciato alzandosi, mentre lei lo guarda con rispetto e una punta di ammirazione. Le porge la mano e lei l'afferra, lasciando che l'aiuti a rimettersi in piedi.

«Torno subito». Con il fazzoletto di mio padre stretto al petto si incammina verso la toilette in fondo al corridoio.

«Nemmeno un anno e ci ritroviamo di nuovo tutti qua». La sua voce non è più cordiale e pacata, al contrario: è furibondo. Guarda prima me, poi Jonah, poi di nuovo me. «Jonah, i tuoi genitori saranno qui a minuti», lo informa.

Mio padre mi afferra per un braccio e mi trascina a qualche metro da Jonah e Kian, che continua a tenere la testa bassa, troppo intimorito da mio padre per azzardarsi anche solo a dire "A".

«Papà, ti assicuro che è stato un incidente. Io e Jonah…».

«Non voglio sentirlo!», mi urla in faccia mantenendo un tono di voce bassissimo. Solo lui riesce a farlo così bene. «Dio mio, Theodore. Quando crescerai? Quando la smetterai di metterti in questi casini?

Un'espulsione? Hai idea di cosa significhi questo? Che non ti accetteranno nemmeno nel community college più sfortunato del Paese per permetterti di prendere quanto meno il diploma, e la scuola di Legge va a farsi benedire!».

«Lo so».

«No, non lo sai. Perché ci sono sempre io qui a coprirti le spalle. Io non ti ho cresciuto per diventare un teppista da strada. Pensavo che dopo il casino di giugno avessi imparato la lezione».

«L'ho fatto!», protesto. *L'ho fatto*. Mi sono tenuto lontano dai guai, ho messo la testa a posto, ho seguito il mio piano senza sgarrare mai. Tranne innamorarmi di Eva, quello non lo avevo messo in conto.

«Sì? E perché diavolo mi ritrovo in questo maledetto corridoio a ripulire i tuoi casini, allora? E quella ragazzina? Cristo, hai trascinato nelle tue stronzate anche lei. Dimmi che non stai di nuovo vendendo droga, o giuro su Dio che marcerò fuori da questo dipartimento e ti lascerò in pasto ai leoni».

«Certo che no! Non spaccio, non mi drogo, non ho permesso a quel figlio di puttana di approfittarsi di nessuno. Ha insultato Eva… e Harper… non ci ho visto più».

«Perché hanno espulso anche Eva?».

«Non ne ho idea, te lo giuro. Lei era su una poltrona a leggere quando ho dato di matto. Non so chi l'abbia messa in mezzo».

Papà mi fa segno con il mento di tacere e io mi volto in tempo per vedere la mia ragazza – che molto probabilmente non è *più* la mia ragazza – avanzare verso di noi. Si va a rimettere seduta al posto di prima, stritola quel pezzo di stoffa fra le dita e chiude gli occhi.

«Reagan è furibondo», confessa mio padre grattandosi poi il sopracciglio con un dito.

«I genitori di Eva stanno venendo a New York».

Mio padre sbuffa e per un attimo perde tutto il suo aplomb. «Bene, proprio quello che mi ci voleva: un Benjamin Carter incazzato nero perché mio figlio ha fatto espellere la sua bambina dall'università. Ti strozzerei con le mie mani!».

E da come mi guarda, da come gli si gonfia la vena sul collo, capisco che è serio da morire.

CAPITOLO 34

Eva

Ho un ricordo confuso di quello che è successo nell'ufficio del rettore. Il papà di Theo mi ha chiesto di tirare fuori il mio carattere, non credo di esserci riuscita.

Reagan continuava a sbraitare, sbatteva fascicoli sul tavolo, passeggiava dietro la sua scrivania e puntava il dito, a turno, contro di me, Jonah e Theo.

Ha detto qualcosa circa il fatto di inneggiare alla prostituzione, rivolgendosi direttamente a me, e credo di aver capito che il problema principale fosse che si stavano scommettendo... *me*! Non il poker illegale in sala studio, non il fatto che la stanza puzzasse di sigarette, che una ragazza fosse finita in ospedale, che Jonah avesse una caviglia fratturata e il viso tumefatto, no, lui continuava a ripetere che si sono spinti troppo oltre e che, ancora una volta, c'era di mezzo una ragazza. Una ragazza disposta a mettersi sul piatto da gioco.

Le uniche parole che sono riuscita a pronunciare sono state "non è vero!", ma se fossi stata lucida lo avrei mandato a quel paese, gli avrei fatto rimpiangere di avermi dato della puttana davanti a tutti. Gli avrei detto che si stava comportando come un sessista di merda, almeno la mia espulsione avrebbe avuto un senso. Invece, così, mi ritrovo in bilico sul ciglio di un burrone senza sapere nemmeno come ci sono arrivata.

Theo, invece... Oh, lui le parole le aveva, eccome. Mi ha difesa a spada tratta assumendosi tutte le responsabilità. Anche quando suo padre ha cercato di farlo tacere per non peggiorare la situazione lui non ha esitato a spiegare che io ero del tutto estranea ai fatti. Ha usato proprio quelle parole: estranea ai fatti. Come se fossimo due imputati in un processo, davanti a un giudice inclemente.

Non so nemmeno come ci sono finita sul divano in tessuto grigio nell'attico del padre di Theo, ormai tre ore fa. So solo che me ne sto seduta sul bordo, le mani in grembo e lo sguardo fisso nel vuoto. E non riesco a incrociare gli occhi di Theo. È più forte di me.

Il signor Steinfield non ha voluto dirci cosa si sono detti lui e Reagan quando sono rimasti da soli per più di un'ora nel suo ufficio. A quanto pare sta aspettando che arrivino i miei genitori per comunicarci il verdetto. Genitori che sono atterrati mezz'ora fa all'aeroporto JFK e che stanno venendo dritti dritti qui a Park Avenue.

«Vuoi qualcosa da bere?», mi domanda Theo, seduto accanto a me, in bilico sul bracciolo del divano.

Scuoto la testa e seguito a contemplare il muro bianco di fronte. La stanza è sterile, non ci avevo fatto caso l'ultima volta che ci sono entrata. Ieri, per l'esattezza. Neanche ventiquattro ore fa sono entrata in questa casa insieme a Theo, mano nella mano, e mi apprestavo a fare il mio primo giro in moto con il ragazzo dei miei sogni. Neanche ventiquattro ore fa stavamo parlando del nostro futuro, guardando foto di appartamenti fantastici con vista sul Pacifico. Neanche ventiquattro ore fa lui era il mio futuro, e ora faccio fatica a sopportare la sua presenza.

«Sei sicura?», parla ancora. «Ti faccio preparare una camomilla?». Il suo tono premuroso mi fa prudere le mani e alimenta la mia collera.

«Non voglio niente», mi sforzo di dire.

«Non mangi da ieri sera», continua lui.

«Lasciami in pace», lo avverto.

Ma Theo non mi ascolta, Dio, non lo fa mai. Si alza dal bracciolo e si accovaccia di fronte a me. Ha le gambe divaricate e resisto all'impulso di mollargli un calcio proprio lì, in mezzo ai testicoli.

Sono così arrabbiata con lui. Per avermi trascinata in questo casino, per avermi costretta a chiamare i miei genitori e a supplicarli di saltare sul primo aereo, per avermi messa nella situazione di dover guardare mio padre negli occhi e leggergli dentro tutta la sua disapprovazione.

Forse Theo è abituato a deludere le aspettative dei suoi cari, io no.

«Ti prego, guardami un attimo. Parlami».

«Ti odio! Per colpa tua sono fuori dalla Columbia, la barzelletta del campus, e in meno di ventiquattro ore mi hanno dato della puttana in due, e uno di questi è niente di meno che il nostro corrottissimo e maschilista rettore. E la cosa divertente è che, nella vana speranza che tuo padre sia riuscito a convincere Reagan a graziarmi, sarò additata per i prossimi tre anni come quella che un tempo si scopava il *fantastico* Theo Steinfield e che valeva così poco che lui se l'è giocata durante una partita di poker».

«Sai bene che non è andata così», ribatte lui serio.

«Io sì... ma il resto dell'università crederà agli stupidi pettegolezzi che continueranno a girare sul mio conto finché non me ne andrò di qua. E tu ne sei il responsabile».

So che la sua espressione mortificata è sincera, che se potesse tornerebbe indietro nel tempo e ci penserebbe mille volte prima di massacrare Jonah di botte, ma non mi basta.

«Cos'è successo a giugno? Voglio la verità».

«Te la dirò. Ti dirò tutto. Non appena saremo fuori di qui, io e te da soli, ti racconterò tutto».

Scuoto la testa e riprendo a contemplare il muro spoglio di fronte a me. Theo allunga una mano, mi sfiora il braccio, ma io lo ritraggo neanche avessi preso la scossa.

Non voglio che mi tocchi, che mi guardi con quei suoi occhi bellissimi, che pensi che basteranno due moine per farmi dimenticare quello che ho visto ieri sera. O forse lui sta solo cercando di ristabilire un contatto con me e sono io quella che ha paura che guardandolo, parlandogli o toccandolo possa cedere al mio cuore spezzato e abbracciarlo forte, nella speranza che tanto basti per dimenticare tutto.

La governante di casa Steinfield apparecchia la tavola e ci poggia sopra vassoi stracolmi di stuzzichini degni di un cocktail party. Decisamente fuori luogo. L'attenzione mi ricade su un set di coltelli in argento che io, al posto del papà di Theo, nasconderei in qualche credenza. Non sono certa che lasciare corpi contundenti in bella vista sia una mossa saggia, visto che mio padre sarà qui da un momento all'altro.

"Momento" che arriva troppo presto. Quando il citofono suona il mio cuore si ferma.

«Cazzo!», bofonchia Theo. Si alza in piedi e si siede in modo composto accanto a me.

«Di cosa ti preoccupi, tu? È il mio, di padre, quello incazzato che sta salendo al diciannovesimo piano e che mi riporterà in Florida trascinandomi per un orecchio».

«Mi taglierà le palle», sussurra.

In tutta franchezza? Spero che lo faccia.

La camminata del signor Steinfield verso l'ascensore è apparentemente tranquilla, ma quando si pietrifica davanti alle porte ancora chiuse ed emette un sonoro sospiro percepisco tutta la sua angoscia e inquietudine. Theo, che vedo con la coda dell'occhio, non la smette più di passarsi una mano sulle labbra, poi nei capelli, poi di nuovo sulle labbra. L'aria è così tesa che fatico a respirare.

Un "ding" sordo rimbomba nella grande stanza e quelle maledette porte iniziano ad aprirsi a rallentatore. Il signor Steinfield irrigidisce le spalle e io chiudo gli occhi per un secondo e butto fuori tutta l'aria che trattenevo nei polmoni.

Ci siamo. È l'inizio della fine.

Tengo gli occhi fissi sulla schiena del papà di Theo, sul suo braccio che si solleva, e poi lo vedo: l'uomo più incazzato del mondo.

Papà e il signor Steinfield si guardano dritto negli occhi. Il primo tiene le mani in tasca, il secondo una tesa verso di lui. Deglutisco aria e mi passo la lingua arida sulle labbra.

«Ciao, Benjamin», dice lui educato.

Mio padre non smette di fissarlo e mi innervosisco. Mamma è nascosta dietro di lui. Per fortuna papà si riscuote e contraccambia il suo saluto, sarebbe stato davvero imbarazzante se non lo avesse fatto. Gli stringe la mano e si fa uscire un "Julian" davvero tirato dalle labbra. Poi sposta la sua attenzione su di me e io incasso la testa nelle spalle ancora di più. Vorrei sparire dalla faccia della Terra.

«Ciao, Julian». Stavolta è mia madre a parlare. Si avvicina a lui e si scambiano un abbraccio affettuoso e un paio di baci sulle guance.

Papà li ignora, ha solo un obiettivo: uccidermi.

Avanza lentamente verso il divano, passi cadenzati e sguardo vitreo. Indossa un paio di jeans e una polo bianca. Gli occhiali da sole sulla testa, le labbra tese.

Theo, che proprio non ce la fa a rimanere fermo, si alza in piedi e fa un passo verso di lui. Mio padre non lo guarda neanche per una frazione di secondo, tutta la sua attenzione sulla sottoscritta, che non riesce a muovere un muscolo.

«Signor Carter, io…».

«Tu, taci». Gli punta il dito contro senza guardarlo e si ferma davanti a me. «Espulsa dall'università?».

Non è davvero una domanda, così rimango in silenzio. Mamma si avvicina a noi e poggia il palmo aperto sul braccio di papà. Ha un'espressione strana sul viso, un mix di delusione e preoccupazione.

«Non so come sia potuto succedere», balbetto fissandomi le mani intrecciate in grembo.

«Te lo dico io com'è successo», continua papà. «Ti sei immischiata in cose che non ti riguardano. Invece di concentrarti sullo studio e seguire la tua strada, usare la *tua* testa, ti sei fatta trascinare dal primo stronzo pieno di tatuaggi che hai incontrato e ti sei rovinata la vita».

«Ben!», lo rimprovera mia madre a bassa voce. Theo si prende l'insulto senza fiatare e suo padre incrocia le braccia sul petto, in attesa della sfuriata del mio.

«No, è bene che mi ascoltino entrambi, e molto attentamente. Andrai dritta al dormitorio, farai le valigie e domani pomeriggio tornerai a casa con noi. E *questo* non lo rivedrai mai più. Lavorerai nel pub di zio George finché non ci avrai restituito fino all'ultimo centesimo che abbiamo buttato nel cesso per te quest'anno. Sono stato chiaro?».

«Benjamin, calmiamoci un attimo tutti quanti».

Mio padre si volta verso il signor Steinfield come una belva e gli punta il dito contro. «Stanne fuori, Julian. Tu e tuo figlio avete fatto già abbastanza».

Io non ho il coraggio di aprire bocca, mia madre sbuffa rumorosamente e Theo scalpita accanto a me.

«È stata solo colpa mia! Eva non c'entra niente. Se la prenda con me, non con lei. È una studentessa modello, un'ottima nuotatrice, ha la testa sulle spalle. Non la può portare via, io non glielo permetterò».

Perché cazzo non sta mai zitto?!

«Tu non me lo permetterai? E *tu* chi diavolo pensi di essere?».

«Io la conosco bene, Eva. Non lascerò che la sbattano fuori, sistemerò tutto. Glielo giuro. So che mi odia, so che non sono il ragazzo giusto per lei, ma, glielo giuro, sistemerò tutto. Tutto».

La collera di mio padre aumenta di parola in parola.

«Se poteste calmarvi tutti quanti, avrei qualcosa da dire», interviene di nuovo il signor Steinfield, con un tono serafico che stona del tutto con le scintille che impregnano l'aria.

Papà e Theo si guardano negli occhi, nessuno dei due disposto ad abbassare lo sguardo. Che mio padre fosse un osso duro, lo sapevo già, che niente lo intimorisce – a parte l'ira di mia madre quando la fa incazzare –, anche, ma che lo fosse anche Theo, non me l'aspettavo.

«Nessuno rinuncerà alla Columbia», dice infine il signor Steinfield. «Sono arrivato a un accordo con il rettore. Theodore lascerà il dormitorio e si laureerà a giugno, come previsto. Eva potrà continuare i suoi studi serenamente e vivere al campus. Questa storia è archiviata».

Papà chiude gli occhi per un secondo, poi, con un movimento aggraziato e di una lentezza snervante, si volta verso di lui. «Cosa vuol dire che siete arrivati a un "accordo"?», gli domanda serio.

«Che farò una donazione all'ateneo e Reagan chiuderà un occhio». Lo dice come se fosse scontato.

«Papà, no», protesta Theo accanto a me.

«Theodore, sta' zitto, per favore. Hai già fatto anche troppo». Stavolta il suo tono è severo e non ammette repliche, ma non ha fatto i conti con mio padre.

«Una *donazione*? Giusto. Tuo figlio organizza tornei di poker illegali nei dormitori, pesta a sangue un ragazzo, mette nei casini mia figlia e tu risolvi tutto con una "donazione"», sputa fuori dai denti.

Mia madre, che non ha ancora detto una parola, si avvicina a me e mi rivolge un'occhiata minacciosa. Forse perché lei, a differenza mia, ha già fatto due più due.

«È l'unico modo». Il signor Steinfield si avvicina al mobile bar e versa tre dita di whiskey in due bicchieri. Li afferra entrambi e si avvicina di un passo a mio padre. Se potesse, papà glielo ficcherebbe giù per la trachea, quel cilindro di cristallo dal taglio stravagante, glielo leggo negli occhi.

«Quanto?».

«Non è importante», ribatte lui. Non c'è arroganza nella sua voce, ma non credo che mio padre la pensi come me.

«Ho chiesto quanto».

«Cinquecento».

Mio padre annuisce, scuote la testa e sghignazza sotto i baffi. Non è un buon segno.

«Cinquecentomila dollari?», domanda mia madre strabuzzando gli occhi e rimanendo con la bocca spalancata dallo shock.

«Fantastico! Semplicemente *fantastico*!», sbotta mio padre.

Incasso le spalle ancora di più, come non pensavo fosse anatomicamente possibile. Cinquecentomila dollari sono una cifra esorbitante, ma il padre di Theo non sembra affatto preoccupato.

«Sono solo soldi», ribatte il signor Steinfield, e il mio cuore si ferma.

«Certo, perché tu risolvi tutto con quelli. Il grande Julian Steinfield alla riscossa. Tira fuori il portafogli, firma un assegno da capogiro e tutto torna alla normalità, come se non fosse successo niente. Beh, non è così che funziona a casa mia. Io e *mia* moglie non abbiamo cresciuto Eva facendole credere che i soldi sistemino tutto. Che si può comprare un biglietto per la felicità senza assumersi le conseguenze delle proprie fottutissime azioni. Paga la tua quota, a mia figlia ci penso io. Eva, alzati». Mi rivolge un'occhiata assassina.

«Benjamin, cerca di essere ragionevole», insiste il signor Steinfield.

«Non provocarmi, Julian. Perché sono a tanto così dal perdere del tutto la pazienza».

«E cosa pensi di fare?», alza la voce lui di rimando. «Rovinarle il futuro? Si fa anche questo per i figli».

Mio padre con due grandi passi gli è di fronte e mamma sbianca. Anche Theo si alza in piedi e si sistema dietro a mio padre, pronto a intervenire se ce ne fosse bisogno.

«Io non le ho rovinato proprio niente! A quello ci hanno pensato lei e quel *genio* di tuo figlio».

«Ben, ti prego, calmati un attimo», prova a dirgli mia madre.

«Dovresti davvero ascoltare Caty».

Il tempo si congela per un breve attimo. Rimaniamo tutti fermi immobili, non respira nessuno, a parte mio padre che sbuffa fumo dal naso come un cavallo imbizzarrito. Gli darà un pugno, me lo sento.

«Non. Ci. Provare. Non far finta di conoscerla e non chiamarla Caty».

Io non ho il coraggio di muovermi. Tutto questo casino è solo colpa mia. Il loro incontro, il modo spavaldo con il quale Julian Steinfield si rivolge a mia madre, la collera di mio padre.

«Senti, è colpa di Theodore, la responsabilità ricade su di me. Forse non l'ho educato bene, probabilmente gliene ho lasciate passare troppe, ma non è questo il momento di fare gli eroi. Pagherò quello che c'è da pagare e non ci saranno conseguenze».

«Tu non paghi i miei debiti. Neanche per un secondo te lo permetterò. Eva, *alzati* e andiamo».

Come se avessi una molla sotto il culo, schizzo in piedi.

«Mi dispiace», sussurra Theo.

«Che razza di uomo sei? Mettere nei casini una ragazzina? Stalle alla larga». Papà punta di nuovo il dito contro Theo per poi voltarsi e incamminarsi verso l'ascensore. Ci si infila dentro e preme il pulsante per scendere. Non ci aspetta, non saluta nessuno. Se ne va e basta.

Rimaniamo tutti e quattro a fissare le spesse porte d'acciaio chiuse e non osiamo muoverci.

«Mamma, io…». Scoppio a piangere e lei si avvicina a me, per poi abbracciarmi forte.

«Cosa diavolo è successo, Eva?».

«È stato un incidente. Te lo giuro. È stato solo uno stupido incidente».

«Adesso calmati, per favore. Raccogli le tue cose e andiamo».

Mi stacco controvoglia dal suo abbraccio e mi affretto a recuperare la borsa sul tavolo.

«Caty, per cortesia, fai ragionare tuo marito. La situazione è già piuttosto precaria».

«Julian, ti ringrazio per quello che hai fatto, so che sei in buona fede, ma non possiamo accettare. Se ci sarà da pagare, pagheremo».

Theo mi si avvicina e mi passa il mio cellulare, che avevo lasciato sul divano.

«Stai bene?», mi domanda con un filo di voce.

Scuoto la testa bloccando altre lacrime che minacciano di uscire senza il mio permesso. «No».

«Ci vediamo al dormitorio?».

Annuisco e mi scanso prima che la sua mano possa anche solo pensare di sfiorarmi.

Mamma saluta il papà di Theo e mi circonda le spalle con un braccio trascinandomi verso l'ascensore.

«Grazie», dico sottovoce rivolta al il signor Steinfield. Non è così che avrei voluto conoscerlo, mi sarebbe piaciuto sedermi a un tavolo con lui e parlare del più e del meno. È così diverso da mio padre.

«Papà non mi perdonerà mai», riesco a farmi uscire di bocca quando io e mamma siamo da sole dentro questa dannata scatola asfissiante.

«Lasciamogli sbollire la rabbia. Lo sai com'è fatto, reagisce di impulso. Domani mattina, dopo una buona dormita, vedrà tutto con più chiarezza», cerca di rassicurarmi lei, ma non è sincera.

«Il signor Steinfield è una brava persona, si vede».

«Lo è, tesoro».

Papà ha già fermato un taxi e ci sta aspettando davanti alla portiera spalancata. Ci dà le spalle ma si accorge subito della nostra presenza. Fa entrare prima la mamma, io la imito, e subito dopo lui si sistema accanto a me. Comunica all'autista l'indirizzo del mio dormitorio e poggia il gomito contro il telaio della portiera, nascondendo poi il viso dietro la mano aperta.

«Papà, devi lasciarmi p...».

«Stai zitta, Eva».

Ingoio la fine della frase e abbasso gli occhi, le lacrime che ricominciano a scendere silenziose. Mamma mi prende una mano e intreccia le dita alle mie.

Non funziona così fra di noi. Noi ci parliamo, ci confrontiamo, ci spieghiamo. Anche quando ero solo una bambina, mi mettevano seduta sul divano e mi lasciavano dire la mia. Ma non stasera, stasera non vuole sentire niente, non le mie scuse, non la mia versione dei fatti, nemmeno la mia voce.

Mamma stringe ancora più forte la mia mano e io ricambio quel gesto che, a differenza di tutte le altre volte, non è in grado di restituirmi un po' di pace.

Scendo dal taxi e cerco di incrociare lo sguardo di papà, sperando che capisca quanto mi senta stupida e in colpa, ma lui mi ignora. Resta sul taxi, comunica un indirizzo all'autista e sfrecciano via lungo la strada silenziosa davanti al Brittany Hall.

CAPITOLO 35

Theo

Papà butta giù in un unico sorso prima il suo whiskey e poi quello che ha preparato per il padre di Eva. È nervoso e agitato, al punto che gli trema la mano destra.

«È sempre stato un prepotente del cazzo», borbotta fra sé e sé. Si avvicina di nuovo al tavolo-bar e si versa dell'altro liquido ambrato nel bicchiere. «Tu sei qui, pronto a sborsare una valanga di soldi per il bene di sua figlia, e lui che fa?». Scuote la testa, si volta verso la grande porta finestra e fissa fuori.

Ho l'impressione che non sia solo l'atteggiamento – prevedibile – del signor Carter ad avergli incasinato la testa.

«Vi stavate davvero scommettendo Eva?», mi domanda dandomi ancora le spalle.

Inorridisco a quel pensiero. «Ma che cazzo dici?», sbotto. Sono rimasto in silenzio il più possibile, mi sono morso la lingua così tante volte nell'ultima mezz'ora che sento ancora il sapore metallico del sangue in bocca, ma questa domanda non me la doveva fare. «Certo che no! Ma per chi diavolo mi hai preso?».

«Per uno che neanche un anno fa ha venduto la droga a una testa di cazzo e ha permesso che una ragazzina di vent'anni si facesse molto male. Ecco per chi ti ho preso! Ti difenderò di fronte al mondo intero, sempre e comunque, con la mia stessa vita, se necessario, ma adesso ci siamo solo io e te, e io *pretendo* la verità».

«Eva stava leggendo su una cazzo di poltrona. Quello stronzo le ha dato della puttana e, con una faccia da schiaffi, ha fatto una battuta meschina su Harper. Ho perso la testa. L'ho difesa e lo rifarei altre mille volte».

«Quando sei diventato così violento? Ti abbiamo cresciuto con sani principi, ti abbiamo dato tutto quello che avevamo, non ti è mai mancato niente. Hai idea di quanto umiliante sia sapere che vendi droga e intaschi soldi per le vincite del poker invece di pensare al tuo futuro? Cos'è, ti mancano i fottuti cento dollari nel portafogli? Perché l'ultima volta che ho controllato il tuo conto in banca aveva una bella cifra a cinque zeri».

Stringo forte i pugni e mastico gli angoli delle labbra. «Non lo so, okay?! Non lo so perché faccio queste stronzate, perché non riesco a essere il figlio modello che desideri tanto. Mi dispiace, il *perfetto* Julian Steinfield ha un figlio *imperfetto*. È ora che te ne faccia una ragione».

Papà scaraventa il bicchiere contro il muro e questo si frantuma in cento minuscoli pezzi, schizzando alcol ovunque. «Non usare quel tono saccente con me! Non provarci, Theodore. Sei un privilegiato, ti atteggi a eroe ma rimani una testa calda che si fa salvare il culo da papà ad ogni passo falso. E su una cosa hai ragione: non sei il ragazzo giusto per stare con una come Eva Carter, nemmeno fra un milione di anni sarai alla sua altezza».

Le sue parole mi feriscono e mi provocano un dolore secco fra le costole. Non mi ha mai parlato in questo modo, non si è mai spinto così oltre il limite.

«Lo so cosa stai pensando, che lei è proprio la figlia che avresti tanto voluto avere, probabilmente con la *donna* che hai sempre voluto. Io e mamma siamo il tuo premio di consolazione, giusto?».

I suoi occhi pieni di collera mi raggelano. L'ho punto sul vivo una volta tanto. Proprio lui che è sempre così composto e posato. Gli tengo testa e mi aspetto di tutto, ma non quello che dice dopo.

«Stai mettendo in dubbio che ti voglia bene come figlio?».

Rimaniamo a fissarci finché uno dei due non è costretto ad abbassare lo sguardo: lui.

Perché mio padre sarà anche un avvocato fenomenale, ma con me non è mai riuscito a fingere bene, non guardandomi negli occhi, almeno. No, non metto in dubbio che mi voglia bene, non l'ho mai fatto. Ma questo non vuol dire che io non abbia ragione. Che lui avrebbe di gran lunga preferito la madre di Eva alla mia. Che lui abbia passato tutti questi anni mangiato dai rimpianti per non essere stato in grado di tenerla al suo fianco. Io e mamma siamo capitati, e lui ha fatto quello che sa fare meglio: assumersi le sue responsabilità, mantenere le apparenze e mettere mano al portafogli.

Per anni mi sono chiesto il perché della sua freddezza controllata, del suo volerci bene ma con riserva. Adesso lo so: non eravamo noi la sua prima scelta.

Raccolgo le mie cose e mi incammino verso l'ascensore.

«Non staccare nessun assegno. Risolverò la questione a modo mio».

Lo saluto con un cenno della mano e lui rimane fermo immobile a guardarmi, sconfitto e solo come non lo avevo mai visto.

«Theodore», dice prima che le porte si richiudano. «È vero, tu nella mia vita ci sei capitato per sbaglio, ma ti ho amato dal primo istante. Non vorrei mai nessun altro figlio che non sia tu».

***

Busso alla porta della stanza di Eva, ma non ottengo nessuna risposta. Busso di nuovo e appoggio l'orecchio contro il legno liscio. Silenzio.

Forse suo padre non le ha permesso di tornare al dormitorio. Forse ha già fatto le valigie e se n'è andata. Torno sui miei passi e faccio scattare la serratura della mia camera. Me la ritrovo davanti, seduta con le gambe incrociate sul mio letto. Ha gli occhi così gonfi di pianto che mi spavento.

«Ciao», sussurro.

Tira su con il naso e si asciuga le lacrime che le solcano le guance. «Ciao».

Poggio la schiena contro la porta e ci incastro le braccia dietro. Non so cosa le dirò, sono così svuotato e ho la testa talmente incasinata da non riuscire a pensare nemmeno a breve termine.

«Non pensavo di trovarti qui».

«Mi devi una spiegazione». Le trema la voce e odio che sia per colpa mia. Annuisco ma non mi muovo di mezzo millimetro. Vorrei abbracciarla, ma so che non me lo permetterà, così rimango fermo.

«L'anno scorso vendevo pasticche di ecstasy agli studenti durante le feste». Il suo sguardo diventa vacuo, la lingua felpata mi graffia il palato. «Non c'è un motivo valido, non mi servivano soldi, io non l'ho mai presa. Ho iniziato per gioco, per fare un favore a un amico, e poi mi sono fatto prendere la mano».

Come sempre non mi interrompe, aspetta che le dica tutto, ma farlo mi costa una gran fatica.

«A giugno, durate la festa di fine anno al Broadway House, mi si è avvicinato Jonah e mi ha chiesto due pasticche. Gli ho domandato cosa se ne facesse di due pillole e lui mi ha risposto che aveva voglia di divertirsi con una ragazza. Sapevo con chi, Harper era una ragazza del secondo anno che viveva nel suo stesso dormitorio. Li avevo visti in giro un paio di volte e sapevo che erano arrivati insieme alla festa. Non ho fatto altre domande, lui mi ha dato i soldi, io gli ho dato la droga.

Non so spiegartelo, ma avevo la sensazione alla bocca dello stomaco che qualcosa non andasse, così ho continuato a controllare Harper. Lei era tranquilla, beveva, ballava, si stava divertendo. Mi sono rilassato e ho ripreso a mettere musica. A un certo punto l'ho vista portarsi una mano sulla fronte e l'altra sul cuore. Barcollava e stava cercando di farsi strada fra la folla per raggiungere l'uscita. Ho mollato la consolle a Kian e sono corso da lei. Sudava freddo, tremava dalla testa ai piedi, aveva le pupille dilatate ed era bianca come un fantasma». Lascio che la schiena scivoli contro il legno duro e mi accascio sul pavimento, senza mai perdere il contatto visivo con Eva, che rimane rannicchiata con le ginocchia al petto e gli occhi sempre più vitrei. «Mi ha detto di non sentirsi bene, che non aveva bevuto tanto ma che faceva fatica a respirare e le girava la testa. Le ho spiegato che l'ecstasy può fare quell'effetto, che ognuno reagisce in modo diverso, e il suo sguardo gelido mi ha fatto vacillare sulle ginocchia. Non l'aveva presa di sua spontanea volontà, glielo leggevo in faccia. Non aveva la più pallida idea di aver assunto una pasticca di MDMA[14]». Non le racconto i particolari, il suo colorito che virava al verdognolo di secondo in secondo, gli occhi così pieni di paura, capaci di stritolarmi la gola con ondate di panico violente. Mi limito a esporre i fatti, come se non fossi stato direttamente coinvolto in quel casino, come se non fosse in parte anche colpa mia.

«È stato Jonah. Le deve aver frantumato la pasticca nel bicchiere e lei stava andando fuori di testa. Mi sono offerto di riportarla in camera sua, quando lui ci ha trovati. Mi ha intimato di farmi gli affari miei, che se ne sarebbe occupato lui. Gli ho dato uno spintone e l'ho avvertito di starle alla larga. Harper non si reggeva in piedi, la droga iniziava a fare effetto e il terrore che le leggevo in faccia non l'aiutava a razionalizzare. Sono riuscito a portarla in stanza, blaterava frasi sconnesse, era agitata e alla fine ha vomitato dentro il cestino sotto la sua scrivania. Sono corso in bagno a prendere degli asciugamani inzuppati d'acqua, l'ho fatta bere, l'ho aiutata a spogliarsi. Ti giuro che ho fatto tutto quello che pensavo potesse aiutarla. Era così spaventata e sotto shock per essere stata drogata che tremava come una foglia. Ho anche pensato di portarla in ospedale a un certo punto. Dopo un po' si è ripresa, il colorito stava tornando normale e mi ha detto di avere sonno. Così ho

---

[14] MDMA: Metilenediossimetanfetamina.

aspettato che si mettesse a letto e sono rimasto con lei per accertarmi che fosse tutto passato. Poi me ne sono andato». Sospiro e mi passo ripetutamente la mano sulla barba, come faccio ogni volta che sono nervoso e mi sento senza scampo.

«Ieri sera mi hai detto che Jonah l'ha violentata. È così?», mi domanda Eva con un tono carico di apprensione. Continua a pizzicare con le unghie il copriletto azzurro e si morde il labbro inferiore. Le lacrime non accennano a smettere di scendere e i miei occhi si appannano.

«Sì», rispondo con la voce che scricchiola. «La mattina dopo sono stato convocato nell'ufficio del rettore. Quando sono arrivato c'erano già mio padre e la famiglia Ward con il suo avvocato. E poi c'era Harper. Si teneva stretta alla sua compagna di stanza per non crollare del tutto. I suoi genitori sono arrivati poco dopo. Non avevo idea di cosa stesse succedendo, avevo immaginato che si trattasse delle pasticche che avevo venduto, ma non immaginavo il resto».

Trovo il coraggio di alzarmi e mi avvicino a Eva, sedendomi accanto a lei sul letto, che, istintivamente, si sposta all'indietro per mettere distanza fra i nostri corpi.

«Quando sono andato via si è presentato in camera di Harper. Non so chi lo abbia fatto entrare o come ci sia riuscito. Lei ha detto che non si ricordava bene cosa fosse successo ma che era sicura che fossimo stati entrambi a fare sesso con lei mentre era semicosciente. Che si è fidata di me e che sono stato io a far entrare Jonah in camera sua. Che la mattina si è svegliata nuda nel suo letto. Non si ricordava granché, ma di una cosa era certa: io l'avevo portata in stanza, l'avevo spogliata e Jonah era lì. La sua compagna, che l'ha trovata in stato di shock, l'ha convinta a denunciarci al rettore. I genitori di Jonah le hanno offerto una cifra stratosferica per mettere tutto a tacere, ma io non ne volevo sapere. Avevo venduto la droga a Jonah e me ne sarei assunto la responsabilità, ma non l'avevo sfiorata nemmeno con un dito, non l'avrei mai fatto. Ovviamente la versione di quel bastardo era ben diversa: ha detto che Harper ci ha fatti entrare in stanza, che era consapevole di quello che stava succedendo e che ci ha voluti entrambi... contemporaneamente. Quel figlio di puttana! Ho detto a mio padre che non avremmo pagato un centesimo, che sarei marcito in galera, piuttosto, ma che non avrei permesso a nessuno di etichettarmi come uno stupratore. Avevo sbagliato, ma non l'ho toccata, e lui mi ha creduto».

«E dopo?».

Respiro cercando di incamerare quanta più aria possibile nei polmoni. «I genitori di Harper hanno accettato i soldi che gli hanno offerto i Ward e il loro avvocato ci ha costretti a firmare un accordo di riservatezza con una penale da capogiro se avessimo parlato dell'accaduto con chiunque. Le hanno dato i soldi e io e Jonah ce la siamo cavata con una ramanzina e dieci ore di lavoro extracurriculare da svolgere al campus. Harper ha firmato delle carte e il giorno dopo i suoi genitori l'hanno portata via dalla Columbia».

«Questa storia è assurda».

«È la verità, Eva. L'ha violentata, ha cercato di incastrare anche me, e i genitori di Harper hanno accettato i soldi e se ne sono tornati nel Minnesota con la loro figlia minore per evitare uno scandalo – visto che non c'erano prove, era la sua parola contro la nostra. Reagan è un corrotto, un fottuto bastardo che ha fatto capire dall'inizio che non aveva alcuna intenzione di rivolgersi alla polizia. Non hanno avuto scelta se non accettare quei soldi e mettere tutto a tacere. Lui non ha creduto a Harper nemmeno per un istante, lui è sempre solo dalla parte del dio denaro».

«Dovevi dirmelo...», sussurra lei più frastornata che mai.

«Lo so. Adesso lo so».

«Non riesco nemmeno a guardarti negli occhi. Perché diavolo vendevi droga? Chissà a quante ragazze sarà toccato lo stesso destino e tu ne sei responsabile al cinquanta per cento».

«Lo so», dico di nuovo, perché non ho altre parole per lei.

«No, tu non lo sai. Tu certe volte ti comporti come un ragazzino senza cervello. Tu non sai niente. Hai messo in pericolo Harper e lo hai fatto anche con me».

«Non sono stato io a drogarla o a metterle le mani addosso contro la sua volontà!», ribatto secco. Non ho respirato per mesi, non ho dormito per settimane intere. «Pensi che sia stato facile guardarmi allo specchio ogni giorno sapendo cosa le avesse fatto quel bastardo? Tu non hai idea di come mi sia sentito io, della nausea che mi attorcigliava le budella ogni volta che rimanevo solo con i miei fantasmi».

«È anche colpa tua», mi accusa lei.

«Non sono stato io a infilarmi in quel letto. Ho fatto un sacco di cazzate, ma non mi sono mai spinto così lontano. Due giorni dopo l'ho pestato dentro la *Rec Room* del Broadway House, volevo che imparasse la lezione, ma a quanto pare certe mele nascono e muoiono marce».

Eva si alza di scatto dal letto, gli occhi iniettati di sangue. «Ovvio, perché tu risolvi tutto con la violenza. Prenderesti a pugni anche l'aria se soffiasse nella direzione sbagliata».

«Non provarci!», le urlo addosso. Mi alzo anch'io e mi fermo davanti a lei. «Non sono un santo, ma non dipingermi come un mostro».

«Io non so davvero chi tu sia in questo momento».

«Sono lo stesso di due giorni fa, quello che ti ha portato sulla spiaggia, che ti ha fatto vedere le foto dell'appartamento che vorrebbe condividere con te. Quello che, per te, ha buttato giù tutti i muri», ribatto. Mi avvicino al suo corpo esile e le sfioro le braccia con la punta delle dita. Toccarla fa male, ma mai quanto il suo sguardo privo di affetto.

«Mi fai paura», sussurra, e il mondo semplicemente smette di girare. «Mi fanno paura i tuoi colpi di testa, il tuo non riuscire a controllarti, il tuo pensare che basteranno due baci e una carezza per rimettere tutto a posto».

Lascio che le mani mi ricadano penzoloni contro i fianchi e mi passo la lingua asciutta sulle labbra secche. «Io sto facendo del mio meglio per cambiare, Eva. Non sarò mai il Principe Azzurro, forse è bene che tu lo accetti una volta per tutte».

«Io non volevo *il Principe Azzurro*, io volevo solo te! Il Theo che mi prendeva in giro in lavanderia, quello che mi guardava le spalle, quello che riusciva a scaldarmi l'anima con un abbraccio. Ma questa versione di te... avrei preferito non conoscerla mai. Questa storia, questo episodio, è una macchia indelebile fra noi. Tornerà sempre a galla e io non so se saremo in grado di superarla».

Annuisco e gli angoli delle labbra si sollevano in un sorriso amaro. «Non è stata colpa mia», è l'unica cosa che riesco a dire. Perché dopo mesi passati a combattere contro i miei demoni questa è l'unica certezza che ho.

Non avrei dovuto vendere droga. Non mi sarei mai dovuto immischiare con quella merda. Ma. Non. È. Stata. Colpa. Mia.

CAPITOLO 36

Eva

Rimaniamo a guardarci per un tempo infinito e io cerco dentro di me il coraggio per fare l'unica cosa sensata: scappare a gambe levate da questa stanza e dalla sua vita. Ma non ci riesco.

Continua a ripetermi che non è stata colpa sua, e gli credo. Theo ha tanti difetti, ma non è un bastardo. Eppure, il mio cervello continua a gridarmi di proteggermi e voltargli le spalle.

«Kian lo sa?», domando incerta.

Theo annuisce e fruga nelle tasche alla ricerca del suo inseparabile pacchetto di sigarette. Ne accende una, si avvicina alla finestra per aprirla e poi si accomoda sulla sedia davanti alla scrivania.

«A lui lo hai detto», dico più a me stessa che a lui.

«È il mio migliore amico», replica con un filo di voce. «Non sarei riuscito a portarmi dietro questo segreto da solo».

«Però non ti sei fidato di me».

«Non si tratta di fiducia, Eva».

«E di cosa, allora?».

«La verità? Non volevo che lo sapessi. Non volevo che mi guardassi come stai facendo adesso. Speravo che questa storia rimanesse morta e sepolta, che potessimo lasciarcela alle spalle», confessa.

Non so cosa pensare, come rapportarmi con questa nuova versione di Theo. Sarà sempre così fra di noi? Non mi dirà le cose sperando che non venga a saperle? Come potrò mai fidarmi di lui?

Mi sistemo la maglietta, ormai sgualcita, che indosso da ieri sera e mi rifaccio la coda.

Scappa!, continua a sussurrarmi una vocina terrorizzata nel mio cervello.

«Domattina tornerò da Reagan». Spegne la sigaretta nel posacenere e si porta entrambi i pugni sotto il mento. «Ho detto a mio padre di non dargli un cazzo di centesimo. Farò in modo che ti lasci in pace, che capisca che tu non c'entri niente. Fosse l'ultima cosa che faccio, ti prometto che ti tirerò fuori da questo casino». La sua voce è pacata ma

decisa, come se per la prima volta nella sua vita fosse sicuro al cento per cento di quello che dice. Come se avesse finalmente capito la differenza fra giusto e sbagliato.
«E tu?», mi sento domandargli.
«Non lo so. Intanto inizierò a impacchettare le mie cose e poi... credo mi sbatteranno fuori».
«E Stanford?».
Theo sospira e si passa il palmo sulla barba, grattandola come se volesse scorticarsi la pelle del viso a mani nude. «Sto cercando di risolvere un problema alla volta, Eva».
Odio il suo tono di voce così remissivo. La rabbia che provo nei suoi confronti mi ribolle nelle vene incontrollata. Vorrei essere io a prenderlo a schiaffi adesso, a scaraventare la scrivania in mezzo alla stanza, a urlargli addosso che è un cretino, che ha buttato tutto all'aria, e per cosa, poi? Tutto il suo futuro – e probabilmente anche il mio – finiti nel cesso per un insulto uscito dalle labbra di un perfetto imbecille.
Non ci sto!
«E ti arrendi così?».
«È finita, Eva! Non mi laureerò, non andrò in California. Va bene così».
«Va bene così? Sul serio? Come fai a essere tanto superficiale?», lo accuso puntandogli il dito contro.
«Cosa vuoi che faccia?», alza di nuovo la voce. «Non gli permetterò di etichettarti come una prostituta e intascarsi soldi che non gli spettano. Pensi che non abbia imparato la lezione, ma l'ho fatto. Andrò da lui, mi incatenerò all'*Alma Mater* se necessario, ma tu rimarrai alla Columbia, fosse l'ultima cosa che faccio».
«Mio Dio, ma ti senti? Reagisci, cazzo!».
Theo si alza in piedi e mi è addosso in due secondi. «Vuoi che reagisca? Sono incazzato nero, Eva! Sono così arrabbiato che avrei voglia di demolire questa stanza. Quel figlio di puttana mi ha provocato per ore, ho perso la testa e ho perso te. Non chiedermi di reagire perché potrei non rispondere di me. *Io ti amo*, volevo ricominciare una vita nuova, semplice, senza casini, lontani da qua... con *te*! E ho mandato tutto a puttane. Ero a tanto così dal cavarmela con le mie forze e mi ritrovo con il culo per terra senza sapere come cazzo sia successo».

I miei occhi si appannano di nuovo e la sua collera mi esplode addosso.

«Tu non ti rendi nemmeno conto di come mi stai guardando, di quanto biasimo legga nel tuo sguardo. Non mi permetti di avvicinarmi, hai già preso la tua decisione e non mi stai lasciando scampo. Io sono disposto a rinunciare a tutto pur di salvare te, ma tu... mi hai già classificato come un perdente e sei pronta a voltare pagina». Respira a fatica e la vena sul collo pulsa incontrollata.

«Non pensare neanche per un secondo di sapere come mi sento io o cosa provo. Sono innamorata di te dal primo giorno, ti ho visto saltare da un letto a un altro per mesi. Ti ho perdonato le sfuriate, le volte che mi hai allontanata, le tue indecisioni, ti ho perdonato tutto. Mi hanno espulsa, Theo! *Espulsa dalla Columbia!* Ho deluso i miei genitori, gli sono costata un sacco di soldi e non so come farò mai a ripagarli. Noi non siamo miliardari, quei soldi erano i risparmi di una vita, di sacrifici. Mio padre non ha voluto nemmeno ascoltarmi e lui...». I singhiozzi mi si incastrano in gola e quasi mi soffocano, ma devo dirgli tutto. «Lui lo fa sempre. Invece era così arrabbiato, così *deluso* che non è riuscito nemmeno a guardarmi negli occhi».

Theo si passa la lingua sulle labbra con un gesto brusco, abbassa le palpebre e sbuffa aria dal naso. Passano solo pochi secondi, eppure qualcosa nel modo in cui mi guarda cambia. Non è più stravolto dai sensi di colpa o pentito. Non è più niente. Il suo sguardo è freddo e l'occhiata che mi rivolge mi gela, come se avessi un estraneo di fronte a me.

«Mi dispiace. Sapevo che ti avrei incasinato la vita, sapevo di doverti stare alla larga».

Le sue parole quasi mi fanno perdere i sensi e un tuono sordo mi esplode nel petto lasciandomi senza fiato. La luce nelle sue iridi si spegne e la distanza che mette fra noi diventa infinita. Con tre passi lenti è davanti alla dock-in station sulla scrivania, attacca distratto il cellulare al filo che penzola da un lato e pochi secondi dopo una canzone che non ho mai sentito prima riecheggia nella stanza smorzando il silenzio.

Mi dà le spalle, rilassa i muscoli della schiena e accende una seconda sigaretta.

«Me ne vado», mi sento dire. Ma non voglio andarmene. Voglio che si volti, che mi implori di perdonarlo, che mi prenda fra le sue braccia, mi baci come solo lui sa fare e mi costringa a rimanere. Con lui. Perché, nonostante tutto, io amo solo lui.

Sono una ragazzina stupida, una che sta cercando di provocare una reazione che non arriva dall'uomo per il quale ha perso la testa. Ma non succede nulla. Lui rimane a fissare fuori dalla finestra e io sento di aver perso tutto nel giro di ventiquattro ore: l'università, la fiducia dei miei genitori, la mia dignità e lui... ho perso lui.

«Hai capito quello che ti ho detto? Io me ne vado!».

«Ho capito». La sua voce è fredda e distaccata.

I Will Wait nella versione di Julia Harriman fuoriesce dalle casse e lui alza il volume.

Raccolgo le poche cose che ho e mi avvio alla porta. Esito prima di spalancarla e mi maledico mille volte per non essermene andata via quando ero ancora in tempo per preservare il mio cuore dal frantumarsi irrimediabilmente in mille piccoli pezzi.

«È meglio così, Eva. Sapevamo che non avrebbe funzionato fra noi».

Esco dalla sua stanza sbattendo la porta così forte che mi trema il pavimento sotto i piedi, ma non è niente in confronto al tonfo che sento solo qualche secondo dopo. Il rumore metallico di qualcosa che si schianta contro il muro mi fa sussultare sul posto e la musica si interrompe di colpo.

Mi rifugio in camera mia, ignoro il ghigno strafottente di Carmen e mi butto sul letto a pancia in giù senza trattenere le lacrime.

Non chiudo occhio per tutta la notte, solo quando le prime luci dell'alba filtrano fra le tende che né io né la mia coinquilina abbiamo chiuso riesco ad appisolarmi. Ma dura poco. Sogno braccia forti che mi cullano e mani gelide che cercano di strangolarmi.

Mi sveglio di soprassalto passandomi le dita sulla gola. Afferro il mio cellulare, che è finito sotto il cuscino, e il respiro mi si mozza di nuovo nel petto quando mi rendo conto che sono le nove passate e Theo non mi ha cercata.

Sono da sola in questa minuscola stanza, che forse non rivedrò mai più dopo oggi, quando decido di alzarmi. Un messaggio di mia madre mi informa che mio padre sta venendo al dormitorio e le lacrime ricominciano a scendere copiose.

Cosa gli dirò? Come farò a guardarlo in faccia?

Raccolgo un cambio di biancheria pulita, la mia trousse dalla scrivania e apro piano la porta della mia stanza. Il corridoio è gremito di studenti e un vociare insistente mi blocca sul posto. Vedo gli occhi degli altri studenti saettare da me alla porta di Theo, si coprono le labbra con le mani per non farsi sentire, mi rivolgono occhiate pettegole e mi fanno sentire sporca e di troppo. Trovo il coraggio per voltare solo la testa verso la camera di Theo e un secondo dopo me lo ritrovo davanti. Forse sono io che mi sto facendo condizionare, ma sono certa che, oltre a noi due, smettano tutti di respirare.

Ha uno scatolone pieno di roba in mano, indossa un paio di pantaloncini neri e una t-shirt bianca. Non riesco a guardarlo negli occhi, nascosti dalla visiera del suo capellino dei *Knicks*, ma so che lui riesce a vedermi, che percepisce la mia presenza come io faccio con la sua. Ci muoviamo nello stesso istante, lui si incammina lungo il corridoio, nella direzione opposta a quella in cui sto andando io, e io mi rifugio in bagno, senza dire una parola.

CAPITOLO 37

Theo

Li sento sussurrare alle mie spalle, il mio nome e quello di Eva rimbalzano di bocca in bocca, le loro risatine riecheggiano per tutto il dormitorio. Le voci hanno già iniziato a girare e il fatto che io stia imballando tutta la mia roba non aiuta a metterle a tacere.

Me la ritrovo davanti, ha dei vestiti e una borsetta in mano, e mi paralizzo per alcuni secondi. Ho passato tutta la notte a maledirmi per averla lasciata andare senza dire nulla, a radunare i miei effetti personali, a cercare di convincermi che me la dimenticherò in poco tempo, che la mia vita, senza di lei, andrà avanti lo stesso. Ma quando incrocio i suoi occhi spaventati e fisso le sue labbra con gli angoli sempre rivolti all'ingiù capisco che non sopravvivrò. Che lei sarà per sempre il mio più grande rimpianto, la donna giusta che non sono stato capace di tenermi. Che di sicuro non mi merito.

Aveva ragione mio padre: *"Sei già fregato. Ti entrerà sottopelle, ti stravolgerà la vita e sarà la cosa più bella che potesse capitarti. E non potrai farne più a meno. Quando se ne andrà, perché lo farà, non sarai mai più lo stesso"*.

Aspetto l'ascensore con il mio scatolone pesante in mano e quando si spalanca mi ritrovo davanti il papà di Eva.

Merda!

Rimaniamo a fissarci, lui non accenna a uscire e io non ho il coraggio di entrare.

«*Mate*». La voce di Kian, che deve essere salito tramite la scala antincendio, alle mie spalle, mi riscuote per un breve attimo.

Non lo guardo, perché gli occhi infuocati del signor Carter hanno il potere di inchiodarmi i piedi, e tutto il corpo, al pavimento.

Il papà di Eva allunga un braccio e blocca le porte dell'ascensore che si stanno per richiudere.

«Io e te dobbiamo parlare», dice con tono severo e io riesco solo ad annuire.

Mi volto verso Kian e gli mollo la scatola. «Puoi prenderla tu, per favore?».

«Certo». Lancia un'occhiata alle mie spalle e si affretta a recuperare il pacco. «Ci penso io a portare la tua roba nel furgoncino».

Entro in ascensore e abbasso lo sguardo sulle mie scarpe. Il papà di Eva preme un tasto e iniziamo a scendere.

Usciamo in silenzio dal dormitorio e io indico verso destra. Immagino non voglia farmi il culo in mezzo alla strada, così ci dirigiamo verso il caffè più vicino. Camminiamo l'uno di fianco all'altro e cerco di razionalizzare i pensieri nel mio cervello, trovare le parole giuste per dirgli che mi dispiace e pregare che non abbia una piccola Glock nascosta nella cintura dei jeans.

Spalanco la porta a vetri e la tengo aperta per lui. Mi supera e va a sedersi al tavolo più appartato della sala. Anche Eva lo fa sempre, sceglie i posti più solitari, quelli che la riparano da occhi e orecchie indiscreti.

Ci accomodiamo l'uno di fronte all'altro, io poggio la schiena contro la spalliera e raccolgo le mani in grembo, lui rimane seduto sul bordo della sedia, le spalle rigide e l'espressione più terrificante che abbia mai visto sul volto di chiunque.

Prima che possa iniziare a sbrodolargli addosso tutte le mie scuse una cameriera si avvicina e ci chiede cosa vogliamo ordinare.

«Due caffè», ribatte il papà di Eva, senza mai perdere il contatto visivo con il sottoscritto, sfidandomi a contraddirlo.

Mi passo una mano sulla barba e butto fuori tutta l'aria che trattenevo. Apro la bocca, ma lui alza una mano e mi intima di tacere.

«Se mi dirai che ti dispiace, ti smonterò pezzo per pezzo», mi avverte.

«Okay. Allora non dirò niente. Cosa vuole sapere?».

«Cos'è successo? Cos'è questa storia delle partite di poker al dormitorio?».

Mi tamburello le cosce con la punta delle dita, distolgo lo sguardo per un secondo e poi torno a concentrarmi su di lui. «Organizzo tornei per i ragazzi del campus. Loro pagano una quota per entrare, i primi tre si spartiscono le vincite. Io trattengo il dieci per cento». Faccio come mi ha insegnato mio padre: risposte brevi e pochi dettagli.

«Eva stava giocando?»

«No, certo che no. Eva stava leggendo. Era su una poltrona e mi stava aspettando».

«Hai scommesso mia figlia a carte?». La sua voce tradisce tutta la sua ira. Cerca di mantenere il controllo ma, dal modo in cui stringe i pugni, capisco che vorrebbe fracassarmi il cranio contro il legno duro del tavolo.

«No, signore. Nel modo più assoluto. Jonah mi ha provocato, voleva che andassi a vedere le sue carte, non avevo abbastanza *fiches*. Ha insinuato che avrei potuto mettere sul piatto Eva e ho perso la testa. L'ho pestato. Ha una caviglia fratturata e il viso tumefatto. Una ragazza durante la rissa si è fatta male».

La sua espressione è impassibile, non annuisce, non mi urla addosso, non muove un muscolo.

«C'è qualcos'altro che dovrei sapere? Oltre al fatto che sei così imbecille da organizzare tornei di poker illegali e che te ne vai in giro a pestare a sangue la gente?».

Mi lascio scivolare addosso il suo insulto, Dio sa che me lo merito tutto. Devo dirgli di Harper, perché so che lo farà Eva e io non voglio mentirgli.

«L'anno scorso vendevo droghe sintetiche agli studenti. C'è andata di mezzo una ragazza. Anche per colpa mia, è stata stuprata».

Risposte brevi.

Pochi dettagli.

Cuore in gola.

Il signor Carter riesce a rimanere distaccato anche dopo questa confessione e invidio la sua freddezza. Cerco di mettermi nei suoi panni e arrivo a un'unica conclusione: io, a uno come me, non farei vedere mia figlia nemmeno in fotografia.

«Cosa cazzo hai nel cervello?», esplode. Si sporge in avanti e, giuro, per un attimo penso che voglia darmi un destro sul naso. Me lo prenderei senza provare neanche a schivarlo, ma sono sollevato dal fatto che riesca a trattenere la sua furia cieca. «Droga? Poker illegale? Stupri? Risse? Ospedali? Come cazzo ti è venuto in mente di immischiarti con mia figlia?».

«Non è come pensa lei», riesco a ribattere.

«No? Perché tutto quello che vedo io, di fronte a me, è un ragazzino deficiente di ventitré anni che ha appena buttato nel cesso il suo futuro e quello di mia figlia». Gli trema la voce e gli occhi spaventati di Eva mi si materializzano davanti.

«Non lascerò che succeda nulla a Eva. Andrò a parlare con il rettore e mi assumerò tutta la responsabilità, non permetterò a mio padre di pagare neanche un centesimo o a Eva di essere sbattuta fuori. Ma deve capire una cosa: io sono innamorato di sua figlia e non avrei mai permesso a Jonah di prendersi gioco di lei. Ho reagito di impulso, ho sbagliato, ma la difenderei un altro milione di volte».

Veniamo interrotti dalla cameriera che ci posa sul tavolo due tazze bianche stracolme di liquido nero bollente. Il signor Carter non smette di fissarmi, non ho idea di cosa gli stia passando per la testa, spero solo che ammettere ad alta voce i miei sentimenti per sua figlia non sia stata la mia condanna a morte definitiva.

«Ho voglia di staccarti la testa a mani nude sempre di più. Sei stato ammesso in una delle scuole di Legge più ambite del paese, il che mi fa dedurre che tu non sia un coglione totale, quindi, spiegami, cosa diavolo hai in testa? Cosa cazzo spinge un ragazzo che ha tutto a comportarsi in modo così...». Non finisce la frase, nasconde il viso fra le mani e borbotta qualcosa di incomprensibile.

«Come fa a sapere di Stanford?», domando.

«Secondo te? Eva parla di tutto con sua madre».

«Sa anche che Eva stava pensando di lasciare la Columbia per venire con me in California?».

Il suo sguardo diventa glaciale e io trattengo il fiato. Dopo alcuni secondi interminabili lo vedo annuire.

«Lei è d'accordo?».

«No!», ribatte secco. «Certo che no! E dopo quello che è successo sono sempre più convinto che tu debba starle il più lontano possibile. E, a dirla tutta, la costa ovest non mi sembra ancora una distanza sufficiente», ringhia fuori dai denti.

Allungo la mano e afferro la mia tazza. Poggio le labbra sul bordo e ci soffio dentro, ma prima di ingollare anche solo un sorso poso di nuovo il caffè e mi sporgo in avanti.

«È solo per quello che è successo che non vuole che stiamo insieme?».

«Ti sembra poco?», domanda sarcastico.

«C'entra mio padre? Non so molto del vostro passato, ma quanto basta per capire che sono l'ultimo uomo sulla faccia della terra che vorrebbe accanto a Eva. Il figlio di Julian Steinfield: il diavolo in persona». Parlo troppo. Ho sempre parlato troppo. Perché cazzo lo sto provocando?

Benjamin Carter diventa livido, si tende verso di me e mi afferra la maglietta stritolandola nel suo pugno. Mi parla a un soffio dalla faccia. «Stammi bene a sentire, ragazzino. Tuo padre è un uomo rispettabile, di sani principi, un grande lavoratore, uno che si è fatto da solo. Gli affiderei la vita di mia figlia senza pensarci due volte. Se sono seduto qui davanti a te e ti sto ad ascoltare, è *solo* perché lui è tuo padre. Non sono incazzato perché sei il figlio di Julian ma perché non gli assomigli nemmeno un po', Cristo! Sono furioso perché Eva si è innamorata di uno stronzo che assomiglia troppo a *me* quando avevo la tua età. Anzi, no, tu sei ancora più imbecille di quello che ero io». Mi lascia andare e riprende fiato. «Sei talmente pieno di te, così strafottente e arrogante da non renderti conto del casino nel quale sei finito. Pensi che sia un gioco farsi espellere dall'università? Cosa andrai a fare? Non hai un briciolo di esperienza, non ti sei mai sporcato le mani, hai sempre vissuto nell'ombra di tuo padre, pronto a farti tirare fuori dai guai. Non sai un cazzo della vita e, fattelo dire, lì fuori è una merda!».

«Quindi, mi faccia capire, se mi faccio aiutare da lui, sono un idiota. Se non mi faccio aiutare da lui, sono un idiota. Comunque la giriamo, sono un *idiota*!».

«Finalmente qualcosa sulla quale siamo entrambi d'accordo», borbotta e mi fa perdere la pazienza.

Sto per alzarmi ma riesce a prendere il controllo sul mio corpo senza proferire una parola, così rimango al mio posto e cerco di difendermi dalle sue accuse.

«Lei non sa proprio un bel niente su di me».

«So quanto basta. Vuoi andare dal rettore e farti sbattere fuori? Accomodati, la vita è tua. Sarà solo l'ennesima scelta sbagliata che fai».

«E allora cosa dovrei fare?», alzo la voce e le braccia al cielo.

Il signor Carter rimane in silenzio a fissarmi, allunga una mano e recupera la sua tazza. La sorseggia con una calma snervante, forse si aspetta che ci arrivi da solo, ma non riesco a pensare lucidamente. Non so cosa devo fare, cosa si aspettino tutti quanti da me.

Avevo giurato a me stesso che avrei imboccato la strada giusta, che per una volta avrei contato fino a cento prima di agire. Ho provato a starle alla larga, a non innamorarmi di lei. Sapevo che ne avrei combinata una delle mie, che il mio carattere di merda mi si sarebbe ritorto contro.

«Pagheremo», dice l'unica cosa che proprio non mi aspetto di sentire dalle sue labbra e mi sporgo in avanti.

«Cosa?».

«Hai sentito bene. Pagheremo quello che c'è da pagare».

«No! Non stavolta».

«Non ci arrivi proprio, vero? Ti stanno offrendo una rete di salvataggio e ti assicuro che faresti bene ad accettarla senza fiatare». Richiude la bocca e stringe forte i denti.

«Lei non lo farebbe, al posto mio».

«Io *l'ho fatto*, al posto tuo! Io ho quasi mandato al diavolo tutto per colpa della mia testa calda, e ho rinunciato alla persona più importante della mia vita. Ho fatto una cazzata, ne ho pagato le conseguenze e sono stato a tanto così dal perdere tutto. Se non mi avessero offerto un salvagente, probabilmente ora saresti a imbustare polistirolo in qualche fabbrica. Lì fuori è una giungla, Theo».

È la prima volta che mi chiama per nome, finora mi ha apostrofato con vari insulti, ma non ha mai usato il mio nome.

«Le cazzate di oggi le pagherai a caro prezzo domani. Stai tranquillo, perché la vita ti presenterà comunque il conto, anche se oggi lascerai che sia tuo padre a saldare i tuoi debiti».

«Io... non capisco. Perché mi sta dicendo di prendere la strada facile?».

«Stammi bene a sentire. Non me ne frega niente del tuo futuro, ma che io sia maledetto se ti permetterò di trascinare giù anche Eva. Hai già combinato troppi casini, e io ho solo un obiettivo: non far espellere mia figlia dall'università».

Ci fissiamo senza battere ciglio. Non mi interessa cos'ha passato lui. Io, questo casino, posso e voglio risolverlo da solo. Io non sono lui e lui non sa niente di me. E se il mio destino sarà quello di imbustare polistirolo in qualche fabbrica sperduta nel New Jersey finché non mi cadranno le dita, allora lo farò. Lavorerò onestamente e diventerò l'uomo che Eva si merita di avere al suo fianco.

«Io e lei siamo diversi».

«No, io e te siamo fin troppo simili, purtroppo. Ma Eva si merita di più. Si merita una persona che non perda la testa alla prima parola sbagliata, un uomo di cui potersi fidare, e si merita di finire l'università, di vivere i suoi diciannove anni in tranquillità, e tu non glielo stai permettendo. Pagheremo quei fottuti cinquecentomila dollari. Metterò mano al mio fondo pensione, Eva non dovrà sapere nulla».

«No», dico ancora più convinto di prima scuotendo la testa così forte da rischiare di strapparmi un muscolo. «Non mi chieda di tenere un segreto del genere con lei. E non esiste che metta a rischio i suoi risparmi di una vita per sistemare un casino che ho combinato io».

«Tu starai alla larga da mia figlia! Da questo momento lei, per te, non esiste più».

«Non posso», vorrei urlargliele in faccia quelle due parole, invece mi ritrovo a sussurrarle.

«Cosa pensi di poterle offrire? Vai in California, finisci la scuola di Legge, cresci e poi torna. Se sarai fortunato – e io nel frattempo non l'avrò rinchiusa in un convento –, allora potrai pensare di farti avanti, ma fino a quel momento, ci puoi scommettere le palle, non lascerò che ti avvicini a lei».

«Ho sbagliato, ho fatto un casino, lo so. Dio, lo so», alzo la voce e nel gesticolare urto la tazza e metà del suo contenuto si spande sul tavolo. «Non me la porti via», sento il tono implorante nella mia voce, ma non ricevo nessuna reazione da parte del signor Carter. Mi guarda come se fossi una nullità, come se non meritassi nemmeno di stare al mondo, di sicuro non vicino a sua figlia.

«La mia decisione è definitiva», sentenzia lui.

«Se lo può scordare», ritrovo un briciolo di coraggio dentro di me, quanto basta per tenergli testa.

Alza un sopracciglio e mi rivolge un'occhiata assassina.

«Lei mi guarda e vede solo uno stronzo pieno di tatuaggi che combina casini, ma non sono solo quello. Io voglio bene davvero a sua figlia e la metterò sempre al primo posto. Non posso rinunciare a lei, non voglio. Andare in California non è un'opzione se Eva non sarà con me. Lo capisce? Mi dispiace che lei abbia dovuto rinunciare alla persona più importante della sua vita per salvarsi il culo, io non lo farò. Rimarrò accanto a lei, mi farò perdonare, le dimostrerò che non sono feccia, che sono cambiato. Ho cercato di tenerla a distanza di sicurezza per il suo bene, ci ho provato per mesi, solo ieri sera l'ho guardata dritta negli occhi e l'ho mandata via, ma Eva… lei ti entra sottopelle. Mi fa vedere le cose da una prospettiva che io ignoravo completamente. Solo lei ci riesce. Solo con lei mi sento in pace con me stesso. Se la riporterà in Florida, verrò anch'io. Se la spedirà in Italia, ci andrò anch'io. Al diavolo, se la nasconderà in Cina, la troverò». Quando finisco il mio monologo non ho più fiato nei polmoni, i pugni talmente stretti che mi si sbiancano le nocche. Non ribalterò il tavolo in mezzo a noi, non farò una sfuriata, ma non usciremo da questo caffè finché non avrà capito quanto cazzo sono innamorato di sua figlia, quanto bisogno ho di lei nella mia vita.

«Dio mio. Riesci a farmi rimpiangere quell'imbecille del suo ex!», dice e, forse mi sbaglio, ma intravedo un barlume di speranza per me nella sua espressione. Le palpebre che riprendono a sbattere a un ritmo regolare, i muscoli del viso che si rilassano, la schiena che si poggia contro lo schienale della sedia.

«Mi sta dando il permesso di corteggiare sua figlia?», domando cauto.

«No», ribatte serio, senza pensarci.

«Mi rimetterò in carreggiata».

«Beh, su questo ci puoi giurare, perché io ti starò con il fiato sul collo e alla prima mossa falsa ti eliminerò definitivamente dalla faccia della terra. Falle versare anche solo una lacrima e sei un uomo morto».

Provo a sorridere, ma gli angoli delle labbra si atrofizzano quando mi rendo conto che la sua non è una battuta ironica, è la verità.

«Come ha fatto a riconquistare sua moglie?». Giocherello con il cucchiaino e abbassiamo entrambi lo sguardo sulle nostre tazze.

«Quale delle venti volte che ho mandato tutto a puttane?». Stavolta sono certo di riconoscere una punta di sarcasmo nella sua voce.

«L'ultima».

«Sul serio mi stai chiedendo consigli su come riguadagnarti il rispetto di Eva?». Scuote la testa e si scompiglia i capelli, appena brizzolati. «È incredibile, più cerco di tenervi alla larga da mia figlia, più mi ritrovo a darvi suggerimenti su come rientrare nelle sue grazie».

Ma di cosa parla?

«Perché usa il plurale?».

«Credi di essere il primo babbeo che la fa incazzare e la delude? Il primo che voglio strozzare? Mettiti in fila».

Sentirmi paragonare a J.J. mi indispettisce, al punto che non riesco a frenare la lingua. «Lei è davvero indisponente. Si è fatto la sua idea su di me e non è disposto a cambiarla», lo accuso per poi pentirmene un secondo dopo.

Il signor Carter mi fissa dritto negli occhi e mi rivolge un mezzo sorriso che non preannuncia niente di buono. «Quando un giorno avrai una figlia – spero non dalla mia – forse capirai. Se mai ti ritroverai seduto al tavolino di un bar con un ragazzino egocentrico pieno di tatuaggi che prima ti dice che spacciava droga e un secondo dopo che è innamorato della tua bambina, ripensa a questo momento, a noi due seduti qui, davanti a una tazza di caffè, e a tutte le stronzate che ho dovuto ascoltare trattenendomi dal metterti le mani addosso. Ricordati le mie parole: per tua figlia ti faresti dare anche l'ergastolo!».

La sua minaccia mi arriva forte e chiara.

«Ieri sera le ho detto che tra noi non avrebbe mai funzionato».

«Sono d'accordo», risponde lui, scontroso.

Ignoro il suo commento e vado avanti. «Ma non è così. Solo che adesso credo ce l'abbia a morte con me».

«Ne sono certo». Alza gli occhi al cielo per poi scuotere la testa. «Eva è come sua madre: cocciuta, orgogliosa, e una gran rompipalle quando ci si mette. Sono i geni italiani. E, come me, non ha vie di mezzo: o ti ama o ti odia».

«Sono piuttosto sicuro che mi odi», pronuncio sovrappensiero.

«Lo spero davvero», ribatte con il mio stesso tono pensoso.

«Crede sul serio che dovrei lasciare che mio padre mi tiri fuori dai guai?».

«Penso che a tutti sia concesso di sbagliare e che, da soli, non sempre ce la possiamo cavare. Certo, tu sei recidivo, e onestamente non sono sicuro che tu abbia imparato la lezione…».

«L'ho fatto».

«Questo lo vedremo. Comunque… come pensi di restituire i soldi di questa bravata del cazzo prima a tuo padre e poi a me?».

Sto per dirgli che mia madre è miliardaria, che i soldi sono l'ultimo dei miei problemi, ma aziono il cervello prima che sia troppo tardi.

«Lavorando sodo», dichiaro, perché sono certo che questo è quello che vuole sentirsi dire.

«Farò finta di credere alla tua espressione da cane bastonato, ma sappiamo entrambi che mi stai prendendo per il culo».

«Mi dispiace davvero per quello che è successo. Avrei dovuto contare fino a mille e non mettere Eva in pericolo».

Il signor Carter annuisce, si passa ripetutamente una mano sulla fronte. Afferra la sua tazza e si concede due lunghi sorsi. *All Ends Well* degli Alter Bridge, che risuona dalle casse a un volume discreto, cattura la mia attenzione

«L'idea che Eva venga con te in California non mi piace per niente. È una bambina, è troppo piccola per prendere una decisione così definitiva».

Non replico, ma vorrei dirgli che si sbaglia sul conto di sua figlia, che se lo pensa davvero allora non la conosce per niente. Eva è forte e determinata. Eva è una *donna*. Pensa sempre con la sua testa e prende le sue decisioni usando il buon senso.

«Mi prenderò cura di lei, glielo prometto».

Il signor Carter sprofonda nella sedia e incrocia le braccia sul petto. «Tu pensi davvero che ti perdonerà?», mi sfida con un sorriso da canaglia che riconosco troppo bene.

«Sì», lo dico con convinzione, ma quando il suo sorriso beffardo si accentua le ginocchia tremano un po'. Lei mi ama e io amo lei, giusto? Dovrebbe bastare. Da come mi sta guardando suo padre, però, capisco che sono nella merda fino al collo. «Cioè, le spiegherò tutto e lei...».

E lei? Lei mi prenderà a sberle.

Alza un sopracciglio e sono certo stia gongolando di fronte alla mia espressione preoccupata. «Dovresti fare qualcosa di plateale», borbotta.

«Tipo?», domando preso in contropiede.

«Non saprei, qualcosa di molto grande». Sposta lo sguardo oltre la mia testa per poi tornare a prestarmi attenzione. «Alle donne piace sentirsi importanti e al centro dell'attenzione».

Lo fisso senza battere ciglio, ma sento il naso arricciarsi e le labbra corrucciarsi a dismisura. «Ma stiamo ancora parlando di Eva?».

Suo padre mi sorride e il mio istinto mi dice di non fidarmi di lui. «Certo».

«Ma Eva odia trovarsi al centro dell'attenzione! Se facessi qualcosa di "esagerato", sarebbe capace di tagliarmi la gola».

A stento trattiene una risata. «Nah. Fidati di me».

Ma io non mi fido proprio per niente di lui in questo momento. Decido di stare al suo gioco. «Quindi, mi sta suggerendo di farle, non so, una dichiarazione d'amore pubblica?».

«Vedo che ci stai arrivando».

«Magari alla radio del campus, così che possano sentirla tutti, professori compresi?».

«Sarebbe fantastico».

«Con tutto il rispetto, ma credo che ora sia lei a prendere per il culo me».

La sua espressione sbigottita è così autentica che quasi ci casco. «Mi stai dando del bugiardo?».

«No, signore». *Che stronzo!*

«Sai cantare?».

«No».

«Peccato». Solleva le spalle e recupera il portafogli dalla tasca posteriore dei jeans, ne estrae una banconota di piccolo taglio e la poggia accanto al suo caffè.

Immagino che la nostra conversazione sia agli sgoccioli, ma io non ho ancora avuto le risposte che cerco.

«Ti vedo perplesso. Senti, conosco mia figlia, sostiene di odiare certe dimostrazioni d'affetto ma ricordo bene che quando il suo ex si presentò a casa nostra con un pupazzetto di stoffa per farsi perdonare dopo una bravata lei quasi glielo fece ingoiare. Disse qualcosa sul fatto che non la conosceva affatto, che ci sarebbe voluto molto di più di uno stupido peluche per riconquistarla».

Mi gratto la testa, quello che dice non ha senso, anche se… Beh, a Halloween si è tinta i capelli di fucsia attirando su di sé una quantità infinita di sguardi. E la sera di Capodanno indossava un top così scollato e luccicante che brillava in mezzo alla pista. E il rossetto rosso su quelle labbra… Nessuno si impiastriccia la bocca in quel modo se non vuole essere guardato.

E io l'ho guardata. Attentamente.

E le sue labbra mi fanno *impazzire*, rimarrei ore appeso a quella bocca a baciarla.

«Ehi, liberissimo di non credermi».

Le parole del signor Carter mi fanno ritornare con i piedi per terra. Terra dove c'è *lui* che mi odia a morte e *io* che combatto contro una mezza erezione improvvisa nei pantaloni al ricordo di quelle labbra sfacciate.

«Sto andando contro i miei interessi, qui. Insomma, sono disposto a credere alla tua buona fede, ma se ti mollasse su due piedi e sparissi come per magia dalle nostre vite, sarei l'uomo più contento al mondo. Al diavolo, tu non mi piaci neanche un po'».

«Sì, questo l'ha già detto… il concetto è piuttosto chiaro», ribatto secco. «Penserò a qualcosa».

«Bravo. Ah, se ti può essere d'aiuto, le piace la musica anni '80».

«Pensavo le piacessero i Muse».

«Meglio Phil Collins…». Mi fa l'occhiolino alzandosi dal suo posto.

Che bastardo!

«Phil Collins? Davvero!?», mi porto le braccia al petto e lo sfido a guardarmi dritto in faccia e a continuare a prendermi per il culo. E lui lo fa. Mi rivolge un'espressione seria e se sta mentendo, io non lo saprò mai.

«È stato il suo primo concerto». Sposta lo sguardo oltre la vetrata e mi sembra – *mi sembra* – di cogliere un po' di imbarazzo nella sua espressione. «Sua madre voleva andarci a tutti i costi e ha trascinato anche me ed Eva. Aveva, credo, otto anni. Ne è rimasta affascinata».

È in piedi di fronte a me, ma io ho bisogno di un paio di minuti per schiarirmi le idee. «Sta andando da lei?».

«Sì. Mi deve un paio di spiegazioni e io delle scuse. Sta facendo le valigie, devo andare a dirle che non la riporterò di peso in Florida, anche se vorrei». Si infila le mani nelle tasche posteriori dei jeans e mi sovrasta con la sua altezza.

Siamo alti uguali, ha un bel fisico – sicuramente ci tiene al suo aspetto più di mio padre – e riesco a immaginarmelo alla mia età mentre canta su un palco.

«Andrai lo stesso a parlare con il rettore o lascerai che sia Julian a sistemare tutto?».

«Ho altra scelta?».

«Immagino di no».

Afferro il cellulare e cerco il numero di mio padre in rubrica. Sospiro, sotto lo sguardo attento del papà di Eva.

THEO: *Non farò cretinate. Paga quello che c'è da pagare a quel figlio di puttana corrotto.*

Invio ma non metto via il telefono.

THEO: *Ti restituirò tutto. Grazie.*

«Fatto. Vi ridarò fino all'ultimo centesimo».

«Bene». Fa per allontanarsi, ma mi alzo in piedi e gli blocco il passaggio.

«Se Eva dovesse darmi una seconda possibilità, lascerà che venga con me in California?».

Il signor Carter soppesa le mie parole e si prende qualche secondo prima di rispondere. «Eva non ha bisogno del mio permesso per decidere della sua vita. Se vorrà partire, sarà una scelta solo sua. Non sono d'accordo, ma posso prometterti di non influenzarla. Ma a una condizione...».

Sapevo che c'era il trucco, stava andando tutto troppo bene.

«Quale?».

«Non vivrete insieme. Lascerai che prenda una stanza al dormitorio, che si goda il college come una qualsiasi ragazza della sua età e che non rinunci a nulla. Non metterla in catene, troverà il modo per scappare via».

«Mi sembra ragionevole». Mi passo la lingua sulle labbra e poi aggiungo: «Anch'io ho una condizione».

Il signor Carter mi rivolge l'espressione più annoiata di cui è capace, come se fosse stufo di ascoltare le cazzate che mi escono di bocca. «Sentiamo».

«Non toccherà la sua pensione. Ho un fondo fiduciario per la scuola di Legge, sono molti più soldi di quelli che mi servono per la retta. Pagheremo la metà a quel bastardo di Reagan con quelli, gli altri li ridarò a mio padre un po' per volta».

«E come ti manterrai in California, sentiamo?».

«Come fa il resto del mondo: mi troverò un lavoro. Sono un ragazzone di un metro e novanta che non ha paura di imbustare polistirolo. Ci sarà pure qualcuno disposto ad assumermi, non trova?».

Riesco a strappargli un mezzo sorriso. Mi sembra già un miracolo.

«Ne discuterò con tuo padre», è tutto ciò che mi concede.

Gli porgo la mano e prego con tutto me stesso che accetti la mia tacita promessa di prendermi cura di sua figlia e che guardandomi negli occhi capisca che non deluderò nessuno dei due.

«Grazie».

«Ti tengo d'occhio».

Ci stringiamo la mano e riprendo a respirare a pieni polmoni. Finché mi ricordo che questo era solo un piccolo scoglio da superare... ora dovrò affrontare *lei*.

Il signor Carter esce dalla caffetteria e io mi rigiro il cellulare fra le mani. Ho ancora due messaggi da inviare.

THEO: *Lo so che mi vuoi bene, papà, te ne voglio anch'io.*

THEO: *Mate... ho bisogno di te.*

CAPITOLO 38

Eva

Sto piegando le magliette quando bussano alla porta accostata della mia stanza. Sposto solo la testa e trattengo il fiato. So bene che si tratta di papà e inizio a sudare freddo.

«Posso?», domanda, ma non si aspetta davvero una risposta, così spalanca la porta e si ferma sotto la cornice.

Sbuffo mentalmente quando mi rendo conto che è venuto da solo.

«Ciao. Certo, entra. Sono sola».

Di solito lo abbraccerei, invece mi ritrovo a sedermi sul letto e a nascondere le mani sotto le cosce.

Papà si infila le sue in tasca e rimane a un paio di metri da me. Soppesa con lo sguardo la stanza, la valigia aperta ai piedi dell'armadio, lo scatolone che ho preso in mensa stamattina, per poi tornare a fissarmi.

Il silenzio fra noi diventa soffocante e non so cosa si aspetti che faccia: scusarmi di nuovo o rimanere in silenzio?

«Sei stata una sciocca», dichiara.

«Lo so».

«Non credo di essere mai stato così arrabbiato con te».

So anche questo, ma tengo la bocca chiusa.

«Non ti farò una paternale, Dio sa che io di cretinate in passato ne ho commesse un'infinità, e la maggior parte me le sarei potute risparmiare se solo avessi messo in funzione il cervello. Ma tu... non sei come me. Tu sei razionale, pensi con la tua testa, sei pacata, sei buona. Ti sei fatta trascinare in un casino che non ti riguarda».

Alzo di poco il mento e lo guardo dritto in faccia. Scuoto la testa un paio di volte, mi mordo il labbro inferiore, ma poi parlo, perché lui deve sapere. «Mi dispiace per quello che è successo. Sono arrabbiata con me stessa, sono infuriata con Theo per come si è comportato, ma il rettore mi sta usando come capro espiatorio. Si sta approfittando del fatto che le famiglie di Theo e Jonah siano ricche da far schifo, per i suoi comodi. È ingiusto e io odio le ingiustizie. Jonah non è una brava persona e Theo mi stava difendendo. E ha esagerato, lo fa sempre, perde la testa, gli cala un velo sugli occhi e va dritto contro il muro, ma mi stava difendendo».

«Cosa faresti al posto mio?».

Faccio spallucce. «Onestamente? Non lo so, papà. Sto facendo le valigie, tornerò a casa con te e la mamma. Lavorerò come cameriera, vi ridarò ogni centesimo che avete speso, ma non posso fare più di così».

Sostengo il suo sguardo severo e incrociamo le braccia nello stesso istante.

«Non ti permetterei mai di buttare il tuo futuro. La questione con quel bastardo del rettore è sistemata. I soldi sono l'ultimo dei nostri problemi in questo momento. Io voglio sapere cosa vuoi fare *tu*, Eva».

«Non mi succede niente di strano, papà. Ho diciannove anni! Sono al college e, sì, ogni tanto capita anche a me di agire senza pensare... e mi sono innamorata. Forse della persona sbagliata...». Mi gratto il naso con l'indice e respiro a fondo. «Tanto non ha importanza. Non lo saprò mai, a questo punto. Lui se ne è andato e non si è guardato indietro. Quindi, sarai felice di sapere che fra noi è finita».

«Quanto mi piacerebbe che fosse vero», borbotta papà. Con due passi mi è di fronte, mi porge la mano e io l'afferro lasciando che mi tiri su. Mi circonda le spalle con le sue braccia forti e mi annusa i capelli in un gesto tenero, come faceva quando ero bambina. «Si sistemerà tutto, Vipera. Tornerà tutto come prima. Farai sempre la scelta giusta per te stessa, ne sono certo».

***

Il seminario del professor Trumpet, *Political Theory I*, è infinito. O forse sono io che non riesco a concentrarmi e continuo a perdere il filo del discorso ogni trenta parole. Tamburello la matita contro il quaderno come se avessi un fastidioso tic e sono certa di star mandando al manicomio gli studenti accanto a me. Ma non riesco a fermarmi.

Dovrei essere contenta di trovarmi nell'edificio di *International Affairs*, invece che in mezzo a una strada circondata da scatoloni imballati, eppure questa strana sensazione di inquietudine che ho addosso non se ne va e con il passare dei minuti diventa sempre più asfissiante.

Sono passati solo due giorni da quando papà si è presentato in camera mia per informarmi che potevo rimanere alla Columbia.

Quando se ne è andato, dopo avermi abbracciata forte, ha cercato di farmi credere che sarebbe tornato tutto come prima.

Ma non può tornare tutto "come prima".

Lunedì mattina Theo ha fatto i bagagli e, aiutato da Kian, sotto gli sguardi increduli e curiosi dell'intero dormitorio, se ne è andato. Ha lasciato la porta della sua camera da letto aperta e quando ci sono passata davanti non ho resistito all'impulso di sbirciarci dentro.

La scrivania era spoglia, il materasso senza le lenzuola, la finestra – perennemente aperta – senza le sue tendine azzurre attaccate. Le ante dell'armadio, spalancate, svuotate da tutti i suoi effetti personali. Ho provato un tuffo al cuore, come se mi avessero portato via qualcosa che è stato anche mio, come se in realtà non ci avesse mai vissuto nessuno fra quelle quattro mura. Non ho idea di dove si sia trasferito, forse è andato davvero a vivere a casa di suo padre.

Tamburello ancora più forte sul bloc-notes la piccola gomma posizionata all'estremità della matita e mi guadagno l'ennesima occhiataccia dalla mia vicina di posto.

Passa "solo" un'ora e mezza, ma io ho l'impressione di essere rimasta seduta immobile nello stesso punto per giorni interi, con la testa in una bolla di sapone, che attutisce i suoni ma non è in grado di mettere a tacere la sensazione strisciante di perdita che mi attanaglia lo stomaco. Quando il professore finalmente ci congeda, alle sei passate, sono la prima a lasciare l'aula.

Una fastidiosa e orribile canzone continua a fuoriuscire da ore dalle casse disseminate in lungo e in largo nel campus e, se non fosse che mi sono imposta di non cercare Theodore Steinfield per nessun motivo, marcerei – con tanto di passo da bersagliera – dritta verso l'*Earl Hall* e strapperei personalmente i fili della WKCR pur di far smettere questa lagna.

Aspetto Josephine fuori dall'aula dove sta seguendo il corso avanzato di *Analysis of Political Data* e mi appiattisco con la schiena contro il muro.

Forse è solo una mia impressione, probabilmente mi sto facendo condizionare dagli eventi degli ultimi giorni, ma giuro che mi sento gli occhi dell'intero corpo studentesco addosso.

Qualcuno mi guarda ridacchiando, altri fissano prima lo schermo dei propri cellulari per poi rivolgermi occhiatacce di biasimo.

«Ehi, eccoti». Mi avvicino a Josephine e lascio che mi prenda sottobraccio. «Cosa sta succedendo? Perché mi stanno fissando tutti quanti?», le domando a bassa voce.

Jo si guarda intorno preoccupata. «Non ne ho idea, ma… Okay, non andare nel panico, ho sentito almeno cinque studenti parlare di te durante la lezione».

Sento il sangue defluirmi lentamente dal viso e un freddo improvviso congelarmi lo stomaco.

Stanno parlando di me? Ma perché?

Fanculo, lo so benissimo "perché"! È tutta colpa sua, sapevo che sarebbe successo, solo non mi aspettavo di ritrovarmi al centro del gossip universitario in così poco tempo.

«Andiamo». La mia amica mi strattona in avanti e mi costringe a mettere un piede davanti all'altro. È come se non sapessi più come si fa a camminare. Tutto quello che percepisco sono gli sguardi curiosi degli altri studenti e il loro bisbigliare incessante, seguito da risatine aspre. E poi questa lagna, sembra che non riesca a concentrarmi su nient'altro.

«Ma perché questa patetica canzone continua a risuonare in *loop*? Dio, ho voglia di strapparmi i timpani e diventare sorda solo per non doverla ascoltare mai più».

«*Against all Odds* di Phil Collins?», mi domanda sorpresa Josephine.

«Sai anche il titolo?».

«Tu no?».

Scuoto la testa e, ancora sottobraccio alla mia amica, cerco di arrivare indenne all'entrata principale fingendo di non accorgermi del mio nome che passa di bocca in bocca.

Non facciamo in tempo a varcare il portone dell'edificio di *International Affairs* che una Victoria sudata e paonazza ci corre incontro.

«Eva!», strilla attirando su di me l'attenzione delle ultime tre persone in tutto il campus che mi stavano ignorando. «Devi venire subito con me!».

«Che cavolo succede?», le chiede Josephine dando voce alla domanda che mi rimane incastrata da qualche parte fra il cervello e la gola.

«Theo!». Ha il fiatone ed è *sudata*. Ha i capelli scompigliati e un'aria stravolta, e lei non è *mai* fuori posto. Volta lo schermo del suo cellulare verso di noi e inizia a girarmi la testa.

Ma che cazzo sta facendo?

Le strappo il Samsung dalle mani e fisso la foto con gli occhi di fuori e la bocca spalancata.

È seduto in braccio alla dea Atena, *l'Alma Mater*. No, no, riformulo: è *legato* in braccio alla dea Atena. Sotto la statua c'è un cartellone bianco con una *mia foto* stampata sopra e una scritta a caratteri cubitali che recita: "Se vedete questa ragazza, ditele che sono pazzo di lei. E che la sto aspettando".

Josephine mi afferra per un braccio, ma non è abbastanza veloce: mi accascio in malo modo sui gradini fuori dal dipartimento di Affari Internazionali e mi copro il viso con le mani.

«Eva, credimi, dobbiamo andare. *Subito*!», insiste Victoria.

«Ho un mancamento», mormoro.

«Ma cosa diavolo sta facendo?», domanda Josephine recuperando il cellulare dalle mie mani e portandoselo a un centimetro dal naso. «Ma quanta gente c'è?», domanda ancora mentre fa scivolare il dito sul display da destra verso sinistra.

«Non lo so, ma la notizia è già sul portale degli studenti. Eva, ti prego, *alzati*, perché qui si mette male».

Lo strozzo. Lo strozzo. Io. Lo. Strozzo.

Riescono, non so come, a rimettermi in piedi e a trascinarmi oltre il sovrapassaggio su Amsterdam Avenue, direttamente alle spalle della Facoltà di Filosofia. Le occhiate si fanno più intense ad ogni passo e il bisbigliare diventa un fastidioso ciarlare, con tanto di dita puntate verso la sottoscritta. Nella mia testa si affollano mille pensieri, ma solo quando arrivo davanti all'edificio *Buell* inchiodo i piedi e mi pianto come un albero in mezzo al sentiero che porta alla piazza principale del campus.

«Che fai?», mi domanda Victoria, allarmata.

«Fammi rivedere la foto», grido in direzione della mia amica che, senza protestare, affonda la mano nella borsa e ne estrae il suo smartphone. Tre secondi dopo sto di nuovo fissando la faccia da schiaffi di Theo. Il sorriso che cerca di nascondere mordendosi le labbra, il suo cappellino calato sugli occhi. Le spesse catene di ferro, strette intorno al corpo. Una folla di studenti sotto di lui. E quel maledetto cartello ai suoi piedi con la mia faccia assonnata sopra. Quell'imbecille ha stampato la foto di me appena sveglia e tre quarti del campus l'hanno vista!

«Dio, gli staccherò le palle!», urlo, imbestialita, recuperando un po' di lucidità.

Mi porto una mano al petto e conto i battiti del mio cuore impazzito. Chiudo gli occhi e continuo a contare senza riuscire a smettere. Non può essersi davvero fatto incatenare a una statua. Non può avermi fatto una cosa del genere, mi conosce troppo bene. O, forse, la verità è che non mi conosce affatto. Forse mi sono sbagliata.

«Tesoro, ti senti bene?», mi domanda Josephine con il suo solito tono apprensivo costringendomi a sollevare le palpebre.

Scuoto forte la testa, gli occhi adesso fissi su un punto invisibile davanti a me.

«Mi sono sbagliata», sussurro. Non le guardo ma so che mi stanno scrutando entrambe. «Su di lui. Su di noi. Se avesse voluto parlarmi, avrebbe dovuto bussare alla mia porta. Non può non sapere che gli avrei aperto, che lo avrei ascoltato. Farsi incatenare... Perché?».

«Eva..».

«No. Ho bisogno di un minuto per raccogliere le idee».

Cosa gli dirò? Come farò ad affrontarlo davanti a quella folla di gente senza scoppiare a piangere? Senza urlargli addosso che se ha pensato anche solo per un secondo che avrei trovato divertente una piazzata del genere, allora lo odio. Lo odio perché ha rovinato tutto. Di nuovo.

Mi asciugo una lacrima da sotto gli occhi e mi fisso la punta delle scarpe.

«Non piangere», sussurra Jo.

No, non piango.

«Andiamo», riesco a dire.

Corriamo per il resto del tragitto e, a mano a mano che ci avviciniamo alla piazza del *Low Memorial Library*, il mio cuore batte sempre più forte e la salivazione si azzera.

Solo che quando svolto l'angolo, ormai preparata al peggio, non c'è nessuno sulla scalinata.

Nessuna folla.

Nessun cartello.

Nessun Theo incatenato ad aspettarmi.

***

Mi guardo intorno confusa, serro gli occhi, li riapro, ma non succede nulla. La piazza è semideserta, ci sono giusto alcuni studenti seduti sui gradini a farsi i fatti propri.

«Non capisco», sussurro.

«Avviciniamoci», suggerisce Victoria.

Josephine mi è accanto, mi guarda da sotto le sue lunghe e folte ciglia. Non sa nemmeno lei cosa pensare, non capisce quello che sta succedendo. Vicky ci precede, si avvicina alla statua con passo deciso e si ferma sul gradino più alto, a qualche passo dalla dea Atena.

«Guarda», dice additando la statua. Strizzo gli occhi per mettere a fuoco il punto che mi sta indicando e noto un quadratino di carta rosa nascosto fra le pieghe del vestito della statua. «Vai a leggere».

Se non fossi così stordita e non mi sentissi come se stessi affogando in una fitta coltre di nebbia, ci arriverei subito che c'è il suo zampino dietro a questa storia.

Mi accovaccio, stringo le braccia al petto e studio il post-it appiccicato sul gufo. È la scrittura di Theo e gli occhi si appannano al punto che non riesco a decifrare le poche parole impresse sopra.

Tiro su con il naso, scuoto la testa e poi leggo.

Se troverai Kian al primo tentativo

(nascosto dietro la statua)

ti porterà fortuna. T.

Mi alzo di scatto e faccio il giro del blocco di marmo. Il suo migliore amico se ne sta seduto, spalle contro la pedana, a digitare qualcosa sul cellulare.

«Mi hai trovato». Sorride, in quel modo speciale che gli fa brillare gli occhi neri come la pece e accentua le sue ridicole fossette sulle guance.

«Che... sta succedendo?», riesco a domandargli.

«Ho una cosa per te». Si alza in piedi e fruga nelle tasche posteriori dei suoi jeans. Mi mostra un foglio di carta spiegazzato, allunga la mano destra, ma prima che possa afferrarlo ritrae il braccio. «Il ragazzo si è impegnato. Non dirgli che l'ho letta». Mi fa l'occhiolino e finalmente si decide a consegnarmi la lettera.

Vicky a stento trattiene una risata soddisfatta; Josephine, invece, solleva le spalle come a dirmi che non ci sta capendo niente nemmeno lei.

«Ci vediamo dopo», mi sussurra Kian in un orecchio e poi fa una cosa che proprio non mi aspetto: circonda le spalle di Victoria con un braccio e la bacia sulla testa in un gesto veloce ma altrettanto affettuoso.

«Questa poi...», sbotta Josephine.

«Non fare la gelosa, ho un braccio anche per te», la prende in giro Kian guadagnandosi prima un pugno nelle costole da Vicky e poi una smorfia schifata da parte di Jo.

Le mie amiche mi salutano con un cenno della mano e mi lasciano al centro della piazza, da sola, con questo pezzo di carta fra le mani che mi spaventa a morte.

Mi decido a sedermi su uno dei gradini solo quando li vedo tutti e tre attraversare la strada e diventare puntini indefiniti. Respiro a pieni polmoni e poi inizio a leggere...

Un uccellino mi ha detto che il tuo cantante preferito è Phil Collins e che adori trovarti al centro dell'attenzione, anche se fingi di imbarazzarti. Mi ha suggerito di farti una dichiarazione indimenticabile, mi ha chiesto se so cantare (credimi, non so cantare!), insisteva che per riconquistarti avrei dovuto fare qualcosa di spettacolare.

Secondo me, quell'uccellino mi stava prendendo per il culo!

Non mi sono mai fidato del mio istinto, mai. Hai presente quella vocina fastidiosa che ti sussurra nell'orecchio la soluzione giusta a tutti i tuoi problemi quando ne hai più bisogno? Ecco, io l'ho sempre ignorata.

Come alla festa di Halloween, quando ci siamo baciati. Lei mi diceva "portatela via" mentre io ti stavo allontanando.

O la mattina dopo il giorno del tuo compleanno, quando in mensa ti ho costretta a sederti sulle mie ginocchia. Il mio istinto mi stava implorando di dirti le cose giuste, o quanto meno di stare zitto. Io, invece, ti ho mandata via... di nuovo.

E la notte di Capodanno? E la sera dopo? Dio, mi prenderei a calci da solo!

Ma la cosa che mi fa più male in assoluto è sapere che, alla fine dei conti, quando mi sono deciso a buttarmi fra le tue braccia senza paracadute ho rovinato tutto per un "commento idiota uscito dalle labbra di un idiota".

Vuoi sapere cosa mi stava suggerendo il mio istinto in quel momento? Di ridergli in faccia. Di alzarmi da quella fottuta sedia, prenderti per mano e trascinarti in camera mia per fare l'amore.

Capisci dove voglio arrivare? No, forse no. Non ho le idee molto chiare nemmeno io in questo momento.

Quello che sto cercando di dirti è che mi dispiace. Mi dispiace che tu abbia dovuto conoscere la peggior versione di me, di averti messa in pericolo, di averti incasinata con i tuoi genitori, di averti trascinata nel mare di cazzate che continuo a fare.

Quando ho parlato con "l'uccellino" ho capito. Credo che stesse cercando di farmi aprire gli occhi, di dirmi che avevo la risposta giusta a portata di mano. O forse voleva davvero che facessi la figura dell'imbecille. In ogni caso, ho deciso di fidarmi del mio istinto una volta tanto.

E il mio istinto mi dice che è ora di vuotare il sacco.

Primo: Ti conosco meglio di quello che pensi. Io ti CONOSCO e mi gioco il braccio destro che stai odiando questa pallosissima canzone con tutta te stessa.

Secondo: Farmi incatenare a una statua ed esibirmi in una dichiarazione d'amore pubblica? Mi avresti appeso per le palle!

Terzo: Per la prima volta mi sono reso conto che la mia vita non è più solo mia, è anche un po' tua. Non so come sia successo, perché o il momento esatto in cui io abbia smesso di pensare solo a me e abbia iniziato a pensare anche a te. Ma è successo. Ed è liberatorio.

Quarto: Insieme siamo perfetti. Punto. Fine. Non servono tante parole, è così e basta. Tu sei la ragazza giusta per mettere la testa a posto. E io NON sono l'uomo che ti spezzerà il cuore.

Quinto: Dammi una seconda possibilità. Ti dimostrerò che ho ragione io.

Theo.

P.S. Se vuoi che questa lagna smetta una volta per tutte, dovrai venire tu stessa a staccare la spina...

CAPITOLO 39

Theo

Meno tre.
Meno due.
Meno uno.
Zero.

Il countdown ricomincia insieme a questa maledetta canzone. Tre minuti e ventisei secondi. Mi stupisco che non sia ancora arrivato qualcuno a dare fuoco alla radio. Con me dentro.

Mi porto le mani dietro la testa e sposto lo sguardo sulla scrivania ormai sgombra. Ho avuto così tanto tempo a disposizione che mi sono deciso anche a riordinare il casino di dischi e chiavette disseminati ovunque.

Onestamente? Pensavo che sarebbe corsa da me dopo aver letto la lettera, ma sono passate due ore da quando ho ricevuto il messaggio da parte di Kian, col quale mi informava di aver dato tutto a Eva, e di lei nessuna traccia.

Sospiro e decido di alzarmi in piedi. Magari potrei sistemare i dischi nella libreria. Sono circa duemila, quanto mi ci vorrà? Due giorni? Posso sopravvivere qui dentro altre quarantotto ore. Lo faccio.

Fisso gli scaffali stipati di CD che dal pavimento arrivano al soffitto. Ma chi voglio prendere in giro? Non ci penso neanche a fare una cosa del genere.

Mi rimetto seduto e fisso lo schermo del PC.

Meno un minuto e quindici secondi.
Meno un minuto e quattordici secondi.
Meno un minuto e tred...

Un movimento alla mia destra, che noto solo con la coda dell'occhio, mi fa scattare la testa di lato e trattengo il fiato.

Se ne sta in piedi dall'altra parte del vetro a fissarmi senza battere ciglio. Porta i capelli sciolti, è struccata e le sue labbra sono così imbronciate che mi fanno quasi fermare il cuore.

È bella da star male.

Mi alzo dalla sedia, ma non faccio nemmeno un passo. Infilo le mani in tasca e aspetto.

Che si decida a entrare.

Che esca definitivamente dalla mia vita.

La canzone finisce e ricomincia. Eva alza gli occhi al cielo e non riesco a fermare gli angoli della bocca che si sollevano.

"Posso?", mima con le labbra.

Scatto in avanti e spalanco la porta. «Certo», le dico con voce strozzata. Me la schiarisco e mi faccio da parte per lasciarla passare.

Lei esita prima di decidersi a entrare. Si guarda intorno un po' spaesata, poi, senza dire niente, si avvicina al mio computer, studia lo schermo per alcuni secondi, fa scorrere il cursore del mouse sulla parte in basso e clicca sul tasto "pausa".

Silenzio.

Dio sia lodato!

«Quell'uccellino deve odiarti davvero tanto se ti ha suggerito questa canzone per farti perdonare».

«Nah! Mi stava solo mettendo alla prova». Poggio la schiena contro la porta chiusa e non le tolgo gli occhi di dosso. «E comunque ha funzionato... sei qui. Con qualche ora di ritardo, ma sei qui».

«Già...». Eva mi dà le spalle e inizia a giocherellare con il mio pacchetto di sigarette sul tavolo da lavoro.

Mi avvicino di qualche passo. «Devo...». Indico il computer e lei capisce che devo caricare un brano, perché la radio non può rimanere muta.

«Sì. Scusa». Si sposta da davanti alla scrivania e mi osserva mentre seleziono una canzone dalla lunga lista di brani che ho a disposizione. Scelgo l'unica che voglio davvero che ascolti: *Belief* di Gavin Degraw.

«Ti sei incatenato all'*Alma Mater*», sussurra.

«Solo per un minuto».

«Perché?».

Faccio spallucce. «Non c'è un perché. Volevo attirare la tua attenzione».

Eva scuote la testa, delusa. Sbuffa, chiude gli occhi, li riapre e si morde le labbra, come se volesse trattenere le parole con tutte le sue forze.

«Parla», la incito.

«Cosa stavi cercando di dimostrare? *Dio*! Solo domenica mattina eravamo nell'ufficio del rettore. Non ci arrivi proprio, eh?», strepita e io mi appoggio con il sedere contro la scrivania.

Incrocio le braccia e aspetto. Sono preparato alla sua sfuriata, so che me la merito.

«Sei una testa calda, non rifletti mai prima di agire. Io così non ce la faccio».

«Quella è stata l'ultima bravata. Te lo giuro», replico serio. Faccio un passo in avanti e lei ne fa uno indietro. «Il Theo scapestrato, quello che non impara mai, quello che si mette nei guai, quello che agisce prima di pensare è rimasto incatenato a quella statua. Il Theo che hai davanti in questo momento è un uomo completamente nuovo, uno che varrà la pena di amare ogni giorno, ogni minuto, per sempre».

I suoi occhi diventano lucidi e si porta le mani sulle guance. Non abbassa lo sguardo, non ha paura di mostrarsi fragile e spaventata ai miei occhi. Faccio un altro passo in avanti e questa volta non si muove, aspetta che la raggiunga.

«Ogni volta che credo di aver capito come sei fatto, tu... mi spiazzi».

«Sai benissimo come sono fatto». Vorrei allungare un braccio e toccarla, afferrarle il polso e trascinarmela contro il petto. Eva scuote la testa, si lecca le labbra e abbassa gli occhi sul pavimento. «Parlami, Eva».

Poggia una mano sul cuore e quando i suoi occhi si incastrano nei miei trattengo il fiato. È solo un attimo, ma quello che ci leggo dentro mi manda il cervello in tilt.

Mi lascerà.

Andrà per la sua strada e non ci concederà una seconda possibilità.

«Se parlassi, se aprissi la mia stupida bocca in questo momento, non riuscirei a dirti la verità. Mentirei, ti allontanerei, mi proteggerei. Ti direi che ti odio, che mi fai mancare la terra da sotto i piedi con i tuoi colpi di testa, che non sei la persona giusta per me. Quindi, no, forse è meglio che rimanga in silenzio».

«Sei innamorata di me?». Le mie parole la spiazzano. Quando fu lei a farmi questa domanda ricordo di aver provato la sensazione di un pugno nello stomaco. Avrei voluto urlarle in faccia che, sì, l'amavo con tutto me stesso, invece l'avevo lasciata andare via.

Ma lei non è me. Se siamo qui oggi, l'uno di fronte all'altra, è perché lei ha creduto in noi ancora prima che esistesse davvero un "noi".

Aveva già capito tutto, sapeva che ce l'avremmo fatta. Ora devo solo trovare il modo di ricordarglielo.

«Theo... ti prego, non fare così».

«Perché io sì. Tu ci sei e io sono felice, tu vai via e io mi sento perso». Recito a memoria quelle parole che non ho mai dimenticato. Quelle due frasi che mi sono ripetuto fino allo sfinimento e che solo adesso comprendo fino in fondo. «Quindi, Eva, rispondimi: sei innamorata di me?».

«Hai davvero bisogno di domandarmelo?». Mi soppesa con lo sguardo, pronta allo scontro.

«Sì. Ho bisogno di un sacco di cose in questo momento: del tuo perdono, dei tuoi baci, della tua parola che mi darai una seconda possibilità, di sentirti dire che mi ami, perché io... senza di te non funziono».

«Il problema non sono io, Theo. Come fai a non capirlo? Io ci sono sempre stata, io ti ho dato mille seconde possibilità».

La sua voce è così tesa e decisa che mi fa mancare la terra sotto i piedi. Ho paura che ci sia un "ma" nascosto da qualche parte e non uno di quelli che vorrò ascoltare.

«Sì. Ti amo. È così difficile smettere di essere innamorata di te. Così maledettamente complicato convincermi ad andare per la mia strada e lasciarti indietro».

«E allora non farlo!». Senza pensarci mi avvicino a lei, ma non la tocco ancora. Il suo profumo mi sfiora le narici, il calore del suo corpo mi rilassa, mi fa girare la testa, non mi lascia scampo. «Non ti deluderò mai più».

«Davvero vuoi farmi una promessa così impegnativa?».

Il tono sarcastico che usa mi fa sorridere. Ricaccia indietro le lacrime e mi regala una lieve risata che mi fa perdere la cognizione del tempo e dello spazio.

Eccola qua la mia Eva.

È tornata da me.

Alzo gli occhi al cielo stando al suo gioco. «Non ti deluderò mai più *di proposito*», preciso.

«Sei incredibile!». Trattiene la smorfia divertita con tutte le sue forze, ma un angolo della sua bocca sfugge al suo controllo.

Ha ragione suo padre: è cocciuta! Mi ha già perdonato, lo so io e lo sa lei, ma non ha intenzione di rendermi la vita facile. Così si volta e mi dà di nuovo le spalle, per nascondere i suoi occhi che ridono al posto delle labbra. Non ero certo se alla fine si sarebbe presentata qui in radio, ma dovevo saperlo che, qualora l'avesse fatto, sarebbe rimasta.

«Posso dirti una cosa?».

Tutto quello che vuoi.

«Spara».

«Ci sono rimasta male». Afferra una ciocca di capelli e se la porta dietro l'orecchio. «Sì, insomma, quando sono arrivata davanti all'*Alma Mater* e non c'eri... io... È stupido, vero?». Si volta e mi stende con un'espressione tremendamente innocente.

«Speravi di trovarmi incatenato davanti a una folla di gente?», domando sorpreso.

«No! Cioè, ero *così* arrabbiata. Per tutto il tragitto ho continuato a ripetermi: "Io stavolta lo ammazzo!". Ma poi non ti ho trovato e ho pensato... di essere arrivata tardi. Che ti fossi arreso. Lasciamo perdere...».

«Parlami, Eva».

«Tu sei fatto così. Sei eccessivo, sei impulsivo. Quel lato di te mi piace da impazzire e mi spaventa in egual misura. Quando mi sono innamorata di te – innamorata sul serio – è successo perché ti vedevo come una specie di eroe: non avevi paura di niente. Mentre io ho paura di tutto».

«Non è così».

«Sì che lo è. Penso troppo, me lo dicono tutti. Ma tu no».

Non so se prenderlo come un complimento, immagino di sì, ma le sue parole mi permettono di vedermi sotto una luce completamente diversa. Mi guardo attraverso i suoi occhi e quello che vedo non mi piace neanche un po'.

«Non mi sono davvero incatenato. Un ragazzino del secondo anno era arrampicato insieme a me sulla statua e stava tenendo le catene da dietro. Kian ha radunato alcuni studenti con una scusa talmente idiota che mi vergogno a dirtela, ha scattato la foto e siamo corsi via. Sono eccessivo e sono impulsivo, ma ho imparato la lezione. Non avrei rischiato di finire di nuovo con il culo nell'ufficio di Reagan e non ti avrei mai messo nella situazione di doverti vergognare per le mie bravate. E, credimi, sarebbe stato incredibilmente romantico farti una dichiarazione d'amore imprigionato dalla dea Atena, ma non me l'avresti perdonata, e avresti fatto bene. Io sono eccessivo e impulsivo. Tu sei razionale e riservata».

«Già. Immagino che ognuno sia fatto a modo suo, giusto?».

«Giusto».

Si aggira per la piccola stanza, poi si ferma davanti a un tavolino sistemato nell'angolo. Sfiora con l'indice delle buste di plastica che ci ho sistemato sopra e lascia che un silenzio ingombrante e carico di aspettativa si insinui fra di noi.

«Cos'è questa roba? Puzza».

«Sono gli avanzi della nostra cena». Seguo i suoi movimenti con gli occhi. Studio le smorfie sul suo bellissimo viso, il modo in cui si porta sempre la stessa ciocca di capelli dietro l'orecchio, il suo corpo sensuale che domina la scena e mi costringe ad ammirarla. «Avevo ordinato cinese».

Sposta solo il viso nella mia direzione e mi guarda di sottecchi.

«Ti avevo preso i ravioli al vapore con ripieno di manzo e salsa Teriyaki».

«E cosa ne hai fatto?». Inclina la testa di lato.

«Beh, io… li ho mangiati».

«Vuoi dirmi che hai mangiato tre buste di cibo cinese e non mi hai lasciato niente?».

«Quando sono nervoso l'unico modo che ho per calmarmi è mangiare», mi giustifico facendo spallucce. «A dire il vero, qualcosa ti ho lasciato…».

Infilo le mani in tasca e stringo la presa intorno alla mia unica chance di riconquistarla. Spero davvero che le sia rimasto un briciolo di senso dell'umorismo in corpo e non mi faccia ingoiare il biscottino della fortuna cinese, con tutta la carta. Lo lancio in aria e lei lo afferra al volo, i riflessi sempre pronti.

«Un biscotto della fortuna?», domanda ironica. Se lo rigira fra le mani e poi strizza gli occhi per osservarlo meglio. «Ma è stato aperto e richiuso con una spilletta?».

Non dico nulla, poggio di nuovo il sedere contro la scrivania e aspetto paziente.

«Non capisco».

«Aprilo».

Quando si rende conto che il biscotto è stato spaccato a metà e poi riassemblato con lo scotch trasparente scuote la testa e ride di nuovo. Rimuove l'adesivo e si fa scivolare sul palmo il bigliettino che ho nascosto dentro le cialde.

«*Parti con lui. Confucio*», legge ad alta voce, poi scoppia a ridere. «Sei veramente…».

«Imbecille? Ottimista?».

«Dolce».

«Mi hai detto di peggio».

Eva si rigira il biglietto che ho scritto a mano fra le dita, sospira e poi si avvicina a me. Mi sfiora il viso con i polpastrelli, prima la guancia, poi il naso e infine le labbra. Chiudo gli occhi e chino il capo. Posa le labbra sulla mia fronte in modo delicato e finalmente, *finalmente*, mi abbraccia.

«Parti con me. Lo so che ti sto chiedendo tanto, ma parti con me lo stesso».

«Cosa diceva il tuo biglietto della fortuna?».

Non ero preparato alla sua domanda.

«Non lo so. Non l'ho scartato».

«Fallo».

«È dentro una delle buste».

Ci fruga dentro e trova quello che sta cercando. Stavolta è lei a lanciarlo in aria. Volteggia un paio di volte prima di atterrare sano e salvo fra le mie mani.

Mi schiarisco la voce in modo teatrale, divido a metà il biscotto e srotolo il foglietto. «*Il Principe Azzurro sposa sempre la sua principessa*», dico con tono solenne.

«Davvero?!», mi domanda Eva, sorpresa. Inclina la testa di lato e una cascata di capelli biondi le accarezza la spalla.

«No!». Scoppio a ridere dal nervoso, perché mi rendo conto che la sua espressione confusa è l'unica che vorrò vedere per il resto dei miei giorni. Quel nasino che si arriccia. Quelle labbra imbronciate che corruccia fino a farle sembrare un cuore. I suoi ridicoli occhi verdi con sfumature turchesi che brillano sempre di più ad ogni battito di ciglia. «*Follia del giorno: compra un elastico per capelli e fatti una coda*».

Eva ride, ed è così bella quando lo fa.

«Vieni qui». Stendo il braccio in avanti e rivolgo il palmo della mano all'insù. Ci posa sopra il suo senza esitare e lascia che la trascini contro il mio petto.

«Non sono una principessa», precisa.

«Lo so».

«E *tu* non sei il Principe Azzurro».

«Nel modo più assoluto», confermo.

«Parto con te», mi sussurra in un orecchio e la stringo più forte che posso contro il cuore.

Le sue labbra sfiorano le mie e rimaniamo fronte contro fronte con gli occhi chiusi per diversi minuti, concentrati solo sui nostri respiri.

Mi trema il cuore dall'emozione e barrico in un cassetto tutte le paure che mi porto dietro da sempre. È strano affidare la mia vita a un'altra persona, *condividerla* con un'altra persona. Fidarmi ciecamente e saltare nel vuoto con qualcuno al mio fianco. Non l'ho mai fatto.

E poi è arrivata lei, con i suoi vestiti improponibili, quell'aria da ragazzina pronta a spaccare il mondo, così silenziosa ma con una personalità talmente ingombrante che si è presa tutto senza chiedere il permesso.

Lei, che mi sfiora il viso con amore e mi disarma con la forza di un sorriso, lasciandomi nudo e vulnerabile.

Lei, che mi guarda e mi restituisce un significato di famiglia che non conoscevo, che mi fa credere che noi due, più di chiunque altro, ce la possiamo fare.

Sempre lei.

FINE

EPILOGO

E vissero per sempre felici e contenti…

(*Confucio*)

LETTERA AI LETTORI

Okay, okay, lo so, questo epilogo non è davvero un "epilogo". Credetemi, la mia editor me ne ha già dette di tutti i colori. Qualcuno di voi mi conosce già, per tutti gli altri credo sia necessaria una breve spiegazione: non sono capace a scriverli.

Perché? Perché i miei epiloghi sono sempre lo spunto per nuove mille storie. È più forte di me! Sarei capace di far litigare Eva e Theo nel giro di tre righe e far diventare questo romanzo, autoconclusivo, una trilogia con finale appeso e almeno tre novelle intermedie (e voi sapete bene che sto dicendo la verità... *Scegli Me docet!*).

È assurdo, non riesco semplicemente a mettermi giù e pensare: cosa succederà fra Eva e Theo fra, ad esempio, tre anni? Saranno ancora una coppia? Si saranno sposati? Avranno avuto figli? Lui sarà diventato un avvocato?

Lo so cosa state pensando: non sarà mica così difficile! LO È! Ne ho scritti tre e cancellati altrettanti. Vi dico solo che Mark stava... no, no, non ve lo dico cosa stava per combinare Mark. Vi basta sapere che era una delle sue... una di quelle GIGANTI!

Però (c'è sempre un però) allo stesso tempo non riesco proprio a lasciarvi così, con il fiato sospeso, senza raccontarvi almeno un pezzettino delle loro vite (più che altro perché ci tengo alla *mia* di vita!)

Quindi, facciamo un patto: io lascio che Logan vi racconti com'è andata a finire fra quei due e voi NON mi chiedete un romanzo su di lui... per adesso.

Affare fatto?

Perfetto. Prego, girate pure pagina e buona lettura.

Vi voglio bene,

Valentina

LOGAN

C'era una volta Eva, una ragazzina dai lunghi capelli biondi e gli occhi di un verde innaturale che un giorno, sospetto per ripicca, decise di andare a studiare a New York City, alla Columbia University, per l'esattezza.

Questa ragazzina, cocciuta come un mulo e all'apparenza tutta perfettina – ma sotto sotto una gran rompipalle –, conobbe un soggetto improponibile tutto muscoli e niente cervello.

Sì, lo so, si è laureato in una delle università più prestigiose del Paese ed è stato ammesso alla scuola di Legge di Stanford, ma questa è la mia versione dei fatti, quindi decido io. E io dico che è senza cervello.

Torniamo a noi... il bell'imbusto tatuato fece quello che tutti i *bad boy* che si rispettino sanno fare meglio: far perdere la testa alla piccola Eva. E quando dico "perdere la testa" intendo proprio che l'ha mandata K.O. con un unico colpo ben assestato. Vi assicuro che ho assistito a scene pietose e imbarazzanti.

Comunque... Eva e Theo non potrebbero essere più diversi l'uno dall'altra. Non hanno interessi in comune, non ascoltano la stessa musica, lui preferisce il cibo cinese, lei vivrebbe di pizza. Lui guida una moto da milleduecento cavalli, lei si tiene cinque miglia sotto il limite di velocità massimo consentito. A lei piace leggere, lui guarda solo film di Tarantino. Lei è una bacchettona, lui una testa calda. La lista è infinita.

Eppure, *eppure* quei due si amano come non credevo fosse umanamente possibile e vanno d'amore e d'accordo. Lo so, è ridicolo.

Facciamo un passo indietro.

Theo, dopo la fine dell'anno scolastico, si è trasferito in California per frequentare la scuola di Legge a Stanford. Eva sarebbe dovuta rimanere a New York per sei mesi senza di lui e raggiungerlo solo una volta ottenuta la lettera di trasferimento, solo che nessuno di noi aveva fatto i conti con le influenti conoscenze del papà di Theo. Così, a metà agosto, sono partiti entrambi alla volta di Santa Clara County per la *gioia immensa* di mio zio, che voleva sterminare tutti i membri della famiglia Steinfield.

Spoiler: Eva e Theo vivono insieme. Zio Ben non lo sa, è convinto che la sua bambina divida una doppia con una ragazza cilena in uno dei dormitori del campus.

Spoiler 2: lo scoprirà molto presto.

Spoiler 3: sarò io a dirglielo a Natale. Oh, non guardatemi così, non lo spiattellerò di proposito!

Dov'ero rimasto? Giusto, Eva si è trasferita in California con Theo da quattro mesi e vivono insieme. Hanno fatto tutte quelle cose ridicole che fanno le coppiette sdolcinate: hanno arredato casa, comprato una macchina, preso un gatto, il venerdì sera vanno al cinema e lui le sta dando lezioni di surf. Quindi, sì, in realtà il loro è davvero un "vissero per sempre felici e contenti"... o almeno per ora.

Siete curiosi di sapere come se la passano tutti gli altri? Vediamo un po'...

Josh è diventato il secondo quarterback ufficiale dei Miami Dolphins.

Ethan si è laureato, è stato preso dai Dallas Cowboys e si sta facendo valere, nonostante sia l'ultima ruota del carro.

Charlie sta frequentando l'ultimo anno di scuola superiore e ci ammorba con la sua chitarra giorno e notte. Ha deciso che non frequenterà l'università perché vuole andare in tour con il suo gruppo (immaginate la felicità di mia madre!).

I gemelli sono dei teppisti. Irrecuperabili. Non so cosa facciano, neanche mi interessa, a stento ricordo i loro nomi.

Kian si è trasferito a Londra a fine agosto, solo per tornare di corsa negli Stati Uniti dopo un paio di mesi. Anche lui è in California, ma non ho idea di cosa faccia lì. Ah, non sta più con la biondina sexy, Victoria. Pare abbiano fatto scintille per un paio di mesi e poi si siano mollati.

Josephine-La-Santarellina non è poi così "santarellina". Quando andai a trovare Eva a New York per il suo compleanno, la bella Josephine dai capelli ricci e gli occhi da cerbiatta fece finta di non considerarmi, mi rivolse sì e no tre parole. Oh, l'ho fatta parlare! Vi assicuro che la seconda volta che sono andato a New York aveva un sacco di cose interessanti da raccontare... un sacco!

Helena: non pervenuta.

J.J.: anche.

I miei zii sono sempre uguali: un giorno si scannano, quello dopo si amano alla follia. Zia Cat ha il divieto assoluto di scambiare messaggi con il papà di Theo, di qualunque genere...

Spoiler 4: mai dire a una donna italiana quello che può o *non* può fare perché ti presenterà il conto con gli interessi quando meno te l'aspetti.

Sui miei genitori, invece, vorrei stendere un velo pietoso: loro si amano *sempre*, come due liceali. Sospetto che abbiano una vita sessuale più attiva della mia.

E io? Davvero volete sapere cosa combino io? Okay...

Io sono sempre il solito. Mi diverto, mi alleno, mi diverto, mi alleno, mi diverto. Ammetto che sta diventando davvero complicato mantenere tre relazioni aperte contemporaneamente, ma che ci posso fare? Certe persone non sono nate per la monogamia.

Io sono una di quelle...

PLAYLIST

1. *Eighteen* – Pale Waves
2. *Not Alone* – Red
3. *Uprising* – Muse
4. *Who do You Love* – The Chainsmokers
5. *Not Strong Enough* – Apocalyptica
6. *You Spin Me 'Round (Like a Record)* – Dead or Alive
7. *Somebody to Die For* – Hurts
8. *Last Night's Mascara* – Brynn Cartelli
9. *Katchi* – Ofenbach & Nick Waterhouse
10. *This Girl* – Kungs & Cookin' On 3 Burners
11. *Be Mine* – Ofenbach
12. *Questions* – Secret Nation
13. *Can't Forget You* – My Darkest Days
14. *Wires* – Athlete
15. *Hold Me Now* – Red
16. *Unshatter Me* – Saliva
17. *New Americana* – Halsey
18. *The Wind Blows* – All-American Rejects
19. *I Hope You're Happy* – Blue October
20. *My Mistake* – Gabrielle Aplin
21. *Long Day* – Matchbox Twenty
22. *Impossible* – James Arthir (Acoustic)
23. *Lost On You* – Lewis Capaldi
24. *Chlorine* – Twenty One Pilots
25. *Why Her Not Me* – Grace Carter
26. *Closer to You* – Adelitas Way
27. *Someone You Loved* – Lewis Capaldi
28. *Don't Call Me Up* – Mabel
29. *What's Left* – 3 Doors Down
30. *Piccola Anima* – Ermal Meta (feat. Elisa)
31. *Hold me While You Wait* – Lewis Capaldi
32. *Without You* – Ashes Remain
33. *Start Again* – Red
34. *I Don't Love You* – My Chemical Romance
35. *Empty Space* – James Arthur
36. *There You Are* – ZAYN

37. *Light a Fire* – Rachel Taylor
38. *Wrong Crowd* – Tom Odell
39. *I Will Wait* – Julia Harriman
40. *All Ends Well* – Alter Bridge
41. *Against all Odds* – Phil Collins
42. *Belief* – Gavin DeGraw

RINGRAZIAMENTI

Quando ho scritto *Scegli Me*, le persone a conoscenza di questo mio progetto erano davvero in poche, quelle che credevano in me ancora meno.

Oggi, dopo aver messo la parola "fine" anche alla storia d'amore fra Eva e Theo, mi ritrovo qui davanti al computer con la consapevolezza che questo romanzo non è solo mio, ma un po' di tutte le persone che mi hanno seguito in questo percorso. E sono davvero tante.

Inizio con due care amiche, Alessandra e Silvia (che in tante conoscono come Sam P. Miller). Non so come avrei fatto senza il vostro prezioso aiuto, già a partire dalla trama. Dalle ricerche più strambe su Google fatte con Silvia, alle paranoie su ogni singola frase con Alessandra. Oltre ad esservi sorbite la storia capitolo per capitolo, paragrafo per paragrafo, mi rendo conto che abbiamo raggiunto un nuovo livello di follia: la lettura in diretta delle scene, in stile audiolibro. Grazie per la vostra amicizia, professionalità, aiuto incondizionato. Ma soprattutto per non avermi ucciso quando ho riscritto per la quarta volta il primo capitolo, e poi il secondo, e il terzo… e il finale. Grazie davvero, sapete quanto tenga a voi e ai vostri giudizi.

Alessia e Denise, che vi devo dire? ADOOORO! Grazie per il sostegno, i banner meravigliosi, i video spettacolari, le chiacchierate sul nostro bellissimo gruppo WhatsApp e per aver trovato Theo! Perché la ricerca di Theo è stata INFINITA, DOLOROSA ma MOLTO, MOLTO PIACEVOLE! Quando iniziamo a cercare i nuovi prestavolto? Non vedo l'ora. Grazie soprattutto per la vostra amicizia sincera, vi voglio bene.

Alle ragazze che si sono "gentilmente e volontariamente" offerte di leggere il romanzo e farmi da Beta: Bianca Ferrari, Valeria Cibele e Paola Mattuzzi. Grazie per aver scovato fino all'ultimo refuso e per i vostri preziosi consigli.

Alle ragazze (e i ragazzi) del gruppo *Matching Scars Series: Storie Segrete Di Una Sognatrice*, perché senza di voi questo romanzo non avrebbe mai visto la luce. L'avete voluto in tantissimi, avete atteso pazienti che mi venisse "l'ispirazione" e spero che sia proprio quello che stavate aspettando, io ci ho messo tutta me stessa e li ho amati tantissimo, questi due. E no, Julian non finisce sotto l'autobus!

Ringrazio le lettrici che mi conoscono, quelle che mi daranno una possibilità, quelle che tornano a ogni storia e mi danno così tanta carica da spingermi a voler fare sempre meglio. Grazie di cuore.

Alla mia bellissima famiglia. Marito, è anche grazie a te se sono qui, oggi, alla mia decima pubblicazione. Anche se non leggi i miei libri. Anche se ogni volta mi suggerisci di uccidere uno dei miei protagonisti perché "t'immagini che colpo di scena?!". È evidente che tu non abbia ancora ben chiaro il concetto di "romance", ma va beh, ti amo lo stesso. E a Mia... Sei la cosa più bella della mia vita. E no, non puoi leggere questi libri finché non avrai almeno diciotto anni!

Un grazie anche ad Alessio Rega, editore di Les Flâneurs Edizioni, casa editrice con la quale ho pubblicato le serie Matching Scars e Secret Life. Anche se questo romanzo l'ho pubblicato in self, per scelta, tu mi hai incoraggiata e aiutato ogni volta che ne ho avuto bisogno, e non è da tutti (anzi, è da molto pochi!). Grazie Boss. È sempre un piacere lavorare con te, anche se indirettamente.

Last but *definetly* non least (notare l'avverbio anche in inglese!) la mia Pigozzo. Sì sì, proprio la "mia" Pigozzo. Se non avete un'editor come lei, allora non potete capire. È vero, ti faccio arrabbiare e, hai ragione, scrivo delle cretinate che *Dio, salvaci tu*. E vuoi uccidermi, ormai lo sanno tutti. Poi ci sono le ripetizioni, gli avverbi, le "braccia al petto", il pantalone, i toppini, le maglie... Continuo? Meglio di no, o ti prende un coccolone. Quello che voglio dire è che sei l'unica di cui io mi fidi ciecamente in questo bizzarro mondo dell'editoria, l'unica alla quale affido i miei romanzi, consapevole che li tratterai come se fossero tuoi, quindi grazie, perché io senza il tuo prezioso e indispensabile aiuto non saprei dove mettere le mani. Anche se hai cercato di eliminare il pezzo divertente con i Matching Scars, ti voglio bene lo stesso e ti rispetto molto. Grazie.

Grazie a chi leggerà la storia di Eva e Theo e a chi vorrà lasciarmi un messaggio, un commento, una recensione, un pensiero su Facebook alla pagina ufficiale della serie: Valentina Ferraro Autore - Matching Scars Series (https://www.facebook.com/matchingscars/) o sul gruppo Matching Scars Series - Storie Segrete Di Una Sognatrice (https://www.facebook.com/groups/371800786502372/)

ALTRI ROMANZI DI

VALENTINA FERRARO

Matching Scars Series

#1 – Scegli Me
#1.5 – The Other Side
#2 – Quanto Dura Per Sempre
#2.5 – Solo Una Volta
#3 – Fino Alla Fine Del Mondo
#3.5 – Come Un Uragano

Secret Life Series

#1 – Naked Truth
#2 – Never Ever
#2.5 – Naked Truth: The Wedding

BIOGRAFIA

Valentina Ferraro, classe 81, è nata a Roma ma, per esigenze lavorative del padre, ha vissuto gran parte della sua infanzia e adolescenza in giro per il mondo. Si è laureata in Giurisprudenza a Roma per poi trasferirsi di nuovo all'estero per nuove esperienze lavorative. Da cinque anni vive a Verona con il marito Francesco, che ha conosciuto a Dubai e sposato nel 2013 e la sua bambina di un anno, Mia.

Collabora con il blog Romance & Fantasy for Cosmopolitan Girls da due anni e ha pubblicato, con Les Flâneurs Edizioni la trilogia Matching Scars Serie – un New Adult ambientato fra gli Stati Uniti e il Canada – e la Secret Life Series, Contemporary Romance.

INDICE

PROLOGO 9
CAPITOLO 1 15
CAPITOLO 2 21
CAPITOLO 3 27
CAPITOLO 4 33
CAPITOLO 5 46
CAPITOLO 6 60
CAPITOLO 7 74
CAPITOLO 8 86
CAPITOLO 9 101
CAPITOLO 10 111
CAPITOLO 11 123
CAPITOLO 12 135
CAPITOLO 13 144
CAPITOLO 14 154
CAPITOLO 15 163
CAPITOLO 16 176
CAPITOLO 17 191
CAPITOLO 18 204
CAPITOLO 19 211
CAPITOLO 20 222
CAPITOLO 21 232
CAPITOLO 22 245
CAPITOLO 23 252
CAPITOLO 24 268

CAPITOLO 25 279

CAPITOLO 26 284

CAPITOLO 27 291

CAPITOLO 28 303

CAPITOLO 29 318

CAPITOLO 30 328

CAPITOLO 31 338

CAPITOLO 32 345

CAPITOLO 33 354

CAPITOLO 34 363

CAPITOLO 35 372

CAPITOLO 36 379

CAPITOLO 37 384

CAPITOLO 38 397

CAPITOLO 39 406

EPILOGO 414

LETTERA AI LETTORI 415

LOGAN 416

PLAYLIST 419

RINGRAZIAMENTI 421

ALTRI ROMANZI DI 423

BIOGRAFIA 424

Printed in Dunstable, United Kingdom